希年

白饭如霜 著

长江出版社
CHANGJIANGPRESS

图书在版编目（CIP）数据

希年 / 白饭如霜著. —武汉：长江出版社，2023.7
ISBN 978-7-5492-8858-8

Ⅰ.①希… Ⅱ.①白… Ⅲ.①长篇小说－中国－当代
Ⅳ.①I247.5

中国国家版本馆CIP数据核字(2023)第078199号

希年 / 白饭如霜 著

出　　　版	长江出版社	
	（武汉市解放大道1863号　邮政编码：430010）	
市 场 发 行	长江出版社发行部	
网　　　址	http://www.cjpress.com.cn	
责 任 编 辑	梁 琰	
特 约 策 划	亦 十　阿 执	
特 约 编 辑	梨 锦	
封 面 设 计	青空工作室	
封 面 绘 制	早文吕	
印　　　刷	北京盛通印刷股份有限公司	
版　　　次	2023年7月第1版	
印　　　次	2023年7月第1次印刷	
开　　　本	710mm×1000mm 1/16	
印　　　张	20	
字　　　数	418千字	
书　　　号	ISBN 978-7-5492-8858-8	
定　　　价	45.00元	

目录
Contents

楔子

XINIAN

从高空俯瞰，花市街城中村就像一块四边形的黑色胎记，肆无忌惮地贴在西京最繁华的地段中心。

此处原占地面积十二平方公里，村内两条单车道交叉，延伸到主干道。

东面入口立着一道石头牌坊，据说有一两百年历史了，上书"花市街"三个大字，龙飞凤舞，牌坊内外，天差地别。

牌坊外，西京新城，西京的中央商务区，这里汇集了城中乃至国内最贵的写字楼、住宅区、酒店和商场。

牌坊内，花市街是城中村，清一色的自建房。

临街这边一层都建成了商铺，开着各种小店，快餐、小吃、衣服饰品、情趣用品……衣食住行，包罗万象，样样都便宜。

杂货超市整天大喇叭音波轰炸："十元一件大甩卖，走过路过不要错过。"

楼宇高高低低，住客形形色色。

房与房近在咫尺，打开窗户，对面住家便一览无遗，家家户户住久了相互熟悉，这边的人伸手就递一袋桃子到那边，那边时不时送一盘凉菜到这边。

窗边晒衣服的主妇们隔着一条巷道聊天，言语来一句去一句，半空抛洒，连绵不断，像杂技演员两手之间抛接的球。

花市街里没有高低贵贱，入我门中，皆我族类，自成一格。你可以说它是西京，它又不是西京，这里没有太多规矩，吵闹、低俗，却又生机勃勃。

这方寸之地住了数万人，存续着无穷可能，既卧虎藏龙，又藏污纳垢。

第一章

花市街的包子店

◆

　　凌晨三点，花市街，方圆包子店二楼东侧的小房间。

　　乔希年并没有睡着，在黑暗中睁着眼睛。意识到快到时间了，她伸手按停正要响的闹钟。然后她翻了一个身，借着窗帘外透过来的银色月光，凝视着睡在身边的儿子乐乐。

　　小小的孩子，像一只猫咪般蜷缩着，他把被子压在身下，睡得很熟，嘴唇微微张开，小脸蛋红扑扑的，长睫毛像两个小帘子，密密地盖在眼睛下。他睡着时的模样，每一个细节，都在乔希年的内心引发温柔的颤动。

　　正是春末天气，早晚微凉，她把自己这边的被子盖到儿子身上，转身下床穿衣服。不用开灯，她对这个自己住了快一年的地方了如指掌：八平方米，靠墙有一张简易床。床头摆了一套给小孩子做作业的小桌椅；床尾墙壁上钉了几条隔板，摆着大大小小的塑料置物箱，放他们母子的衣服、日用杂物；床下塞着带滑轮的长条盒子收纳床上用品，还有一个乐乐的带着盖子的藤编篮，里面放他的玩具和书。作为一个跟着当服务员的妈妈生活在包子店里的小孩子，他的书算是非常多了。小窗户开了一条缝透风，乔希年在窗台上放了一个米酒瓶，几支小雏菊迎风摇曳，菊瓣伸展，柔弱而无畏。

　　她走了两步，踩到地上大堆报纸，这些都是她的睡前读物。

　　乔希年弯腰把它们归拢到一起，放了在小桌子上，微茫的月光照着其中一张证券时报的头版标题：《2.5亿，证监会向国约法人代表开出史上最高罚单》

　　乔希年从房间出来，穿过走廊去尽头的公用洗手间洗漱。隔壁房间的灯亮了，袁哥和方姐在屋子里说话，声音压得很低，怕吵醒女儿妞妞的熟睡。只不过一扇薄墙，隔音不好，外面也能听得清清楚楚。

"婆娘，你多睡一下子嘛，我先起来做事。昨天晚上啥子都弄好了，来得及。"

"醒都醒了，不睡了不睡了……我的鞋子呢？"

"这里这里，我给你拿，你腰疼莫弯腰。"

"声音小一点儿，莫把娃儿弄醒了。"

"晓得晓得，来，我给你穿鞋子。"

老板娘像个小女孩一样笑起来。

乔希年情不自禁也笑了笑，看着镜子里的自己又愣了神。过了好一会儿，老板"咚咚咚"下楼的脚步声传来，她赶紧端着脸盆回去，方圆包子店的一天开始了。

方圆包子店一天卖大概一千两百个包子，三种固定口味，鲜肉、酱肉和梅菜素包。看老板心情和采购情况，不时推出新口味，拿张白纸写了往收银台后一贴，就当新品出炉昭告天下了。每次做的数量不多，是个意思，然而这点儿新意思格外受顾客追捧。大家每次都踊跃购买，平时吃两个的，遇到新品会多买一个。

六点半左右，第一个来吃早点的客人走进了包子店，说："一笼葱肉包，一杯豆浆，在这里吃。"

这是个熟客，街口开五金店的邻居吴胡子，略有点儿驼背，留把大胡子，经常摸着下巴若有所思看天，看得入神，顾客进门叫他都不答应。他在此孤家寡人，每天早上来包子店吃东西，狼吞虎咽不到十分钟就抹抹嘴走了，临走看了看包子店的大门，跟老板娘说："小美，这个卷闸门生锈了，我关店了给你来整整。"

老板娘很利落地答应："好嘛，你记得来整哈。"

七点左右，上班的人多起来了，顾客如同潮水一般涌入狭小的店面。老板娘从收银台那里落荒而逃，冲进后厨把乔希年赶出去顶班："你去你去。"

乔希年洗了手去收银台，那里已经排起了长龙。这个点儿来吃早饭的，大多是穿工作服的工人、中小学生、住花市街去市中心上班或者刚下夜班的，拥在收银桌子面前七嘴八舌地点东西：

"一笼葱肉，一笼素菜，两杯豆浆，两个锅盔。"

"一笼葱肉，两个锅盔，不要豆浆。"

"两个锅盔，一笼素包子，打包。"

方圆包子店在花市街小有名气，生意明显比周围的早餐店好，全因为老板亲手做的葱肉包子和灶烤锅盔是镇店之宝，做出了水平，做出了境界。

包子皮薄馅香，蒸的火候格外到位。肉是手切的上好鲜肉，不用绞肉机，肉味香浓；葱量下得恰到好处，又提鲜又不呛；调味不咸不淡，油水不腻不寡，回味厚永。

锅盔做法要复杂些：调好了味的肉馅或者红糖跟面揉在一起，和上劲了进蒸笼，蒸出来再摆到明火炉膛里烤，慢火细制。老板拒绝烤箱，说怕失了原味，因此一天只能烤十一二炉。新鲜出炉的时候一个个锅盔微焦冒油，鲜香酥脆，咬下去唇齿生津，一口入魂。

这两种小吃到处都有，绝对入不了各种美食杂志或者点评榜单的法眼。只有来过的客人才知道，方圆包子店的，跟其他大路货根本不是一码事。

夫妻店，一切规章制度从简。收银机都省了，进账出账，都靠手记，以前是老板娘的事，现在都归乔希年管。她以一对十，耳闻心算，顾客点完，这边就算出钱，顺便把手写的单递过去，无缝衔接，比老板娘拿计算器一笔一笔加加减减要快无数倍。她来之前，每天包子店在点单环节都会损失很多不想等的顾客，现在完全不是问题。只见乔希年"唰唰"往外出单，效率高得令人咋舌。

七点这一波忙过去，八点多又来了一波。这个点的顾客和上一批不一样，很多是从其他地方过来西京新城工作的白领，衣着打扮明显比较上档次，尤其是女孩子，很多都拿名牌包、穿高跟鞋，妆容一丝不苟。她们中好些人也是熟客，包子天天买，吃起来也很开心，但每次接过装包子的透明塑料袋都一脸嫌弃，两个手指头捏着一点点袋子提手，离得远远的，好像生怕那气味粘到衣服或皮肤上。

乔希年来了没多久就建议店里配一些食品包装用的纸袋，质量好一点，设计大方些，也不白给，谁要谁多给五毛钱，成本才一毛一个，店里也不亏。

老板娘拼命摇头："麻烦死了，算包子豆浆都算不过来，还为了五毛钱给自己找事哦。"

乔希年说："有我呢，算得过来，反正付款都是手机扫一下，又不用找钱。"

老板娘一听，既然是你算，那行吧，加纸袋。就这么一个小小的动作，这个时间点的销量猛然上升了一倍多。

乔希年看得很准，白领丽人们一天天的好生打扮，帽子、包包、鞋子配得整整齐齐，那必然是不愿意拎一塑料袋包子进电梯的，多寒酸。配个纸袋，算是能见人了，姑娘们挺高兴，于是随手就买多几个带回办公室茶水间慢慢吃，有时候还给关系好的同事带一份。

最爱给同事带包子的是个小伙子，姓李名吉祥，留个平头，眯眯眼，身材圆滚滚的，皮肤出奇地白，他总是没说话就开始笑，一看就知道脾气肯定好得不得了，泥菩萨似的，没有半点火气。

他一礼拜起码有三天，下了地铁就直奔方圆包子店。自己吃不算，还几袋几袋拎着跑回办公室，胸口工牌乱晃，上方印着"盛世投资"四个字。

三月底，天气还是凉飕飕的，不时春雨连绵。有一天李吉祥来得格外早，七点多就趴在收银台找乔希年下单，点了无穷多：一百五十个酱肉包、一百五十个鲜肉包、一百个锅盔、七十杯豆浆、三十三杯米浆、十碗银耳莲子羹，三个包子装一袋，另外三十份老板亲手腌的小泡菜，用塑料小碗装。

老板娘看到订单心情冰火两重天，生意好当然高兴，装这么多零碎又烦了个半死，她一边装一边问："小李，你今天是要干吗？搞包子批发吗？"

李吉祥乐了，说："哪里是包子批发，今天集团公司在这边办公室开大会，所有人都要八点到，老板特别批准可以在会前一起吃早餐，我们部门的人鼓动说一定要吃你们家的包子，否则白来总部了。"

他很有骄傲感，道："这可多亏了我，中英双语我都用尽了最高级的形容词来吹你们家的包子了啊！"

老板娘笑着问："那是不是真这么好吃嘛？"

李吉祥斩钉截铁点头，连说："好吃好吃好吃。"

老板娘得意劲儿溢于言表，一昂头，道："那是必须的。"

麻利地装完泡菜，老板娘转身就往厨房走，脚还没踏进去，嘴已经开始说了："袁哥，袁哥，我跟你说嘛……"这是拿着小李的话去夸老公了。

李吉祥做了个鬼脸，悄悄对乔希年说："老公吹。"

"是啊，老板娘特别愿意夸老公。"乔希年说。

李吉祥老气横秋地附和："这是对的，要是自己老婆都不愿夸，他还能去哪里找存在感？"

他点了一遍包子袋，又加了两个锅盔，终于点完了，刚说"好了，就买这些"，乔希年无缝衔接旋即报数："488块5毛，连包子带喝的加袋子全部，少收五毛钱给488就行。"

小李掏手机扫码，由衷赞叹道："乔姐，你这心算能力太牛了，佩服！"他很好奇，"天生的还是练出来的？"

乔希年淡淡地说："练的啊，天天卖包子。"

小李过去交了票等拿包子，闲着也是闲着，又回来收银台跟乔希年继续聊："我不信，老板娘卖包子比你时间长吧？上次我来买包子，你不在，五个人的分量她用计算器算了两遍，算出来三个价钱。"

乔希年微笑："给你算多了还是算少了？"她笑起来时鼻翼微微皱起，有一种成熟女人身上非常罕见的孩子气。

李吉祥说："算少了。"

"是因为你买得多所以少收你一点吧？"乔希年很实诚。

刚好老板娘夸完老公晃出来了，板起脸："说我坏话呢？"

李吉祥嬉皮笑脸："不敢不敢，我哪儿敢说您的坏话。您要是明天不卖包子给我了，我们团队的人不得打死我？他们都爱吃这口，别无分号。"

他有备而来，带了一个非常结实的大手提纸袋，把所有吃的装好，一路小跑走了。

因为李吉祥的批量采买，早上的包子比平时早了一两个小时卖得干干净净，十点多就空下来了。袁老板做好了午餐要卖的包子，收拾了厨房，蹬上三轮车去五公里外的农贸市场采购，老板娘从厨房出来找乔希年："你今天不是说要去医院做检查嘛，这个时间了挂不挂得上号哟？"

乔希年看了看墙上挂的钟，说："下午两点钟，还早。我提前网上挂了号的，去就行了。"

老板娘感慨了一下："现在是方便哈，有个手机，随便点几下就把啥子事都办了。"

她放下抹布，从收银抽屉里摸出一小沓整理得整整齐齐的现金，递给乔希年，"趁着现在空，你赶紧走，不急回来哈，中午我自己搞得赢。路上逛一下，给乐乐买双新鞋子，娃娃脚长得快，现在那双要穿不得了。"

乔希年一愣,她天天和乐乐在一起,却没有注意到儿子的鞋子已经小了。惭愧与惶恐交织着涌上咽喉,微带刺痛。

她摆手不肯接:"我有钱,我自己去买吧。"

老板娘心直口快:"你有没有钱我还不晓得,拿着。"塞她手里自己又忙去了。

乔希年看着老板娘背影低了半天头,不声不响爬到二楼换了双鞋子,出了店门。

离方圆包子店最近的地铁站是临江路站,走过去十分钟,进去三号线坐五站,再换乘到八号线坐六站,就来到了八号线的新街口站。

这个站在老城区。C出口对面有一栋永发商务楼,是西京最早建成使用的写字楼之一。当时风光,现在当然是破败不堪了。大堂很暗,墙壁上到处都是渗水的纹路,大门敞开,里面闻起来却很像地下室,潮湿而沉闷

一个胖胖的保安坐在大堂里埋头玩手机,根本不看都有些什么人进进出出。电梯也是二十年前装的,轿箱很小,顶上亮着一盏黄黄的灯,在这两平方米的范围里,世界永远是日暮。缓慢上升的过程中,电梯会不时弹一下而后停下来,第一次来的人要是遇到了,难免会吓一跳。

乔希年不是第一次来,她轻车熟路按下十三楼的楼层按钮,而后退到角落里,抬头盯着电梯面板上的数字。

她的目的地是十三楼四号房。大门边挂了一个不锈钢牌子,上面简单地写着两个字:希望。下面留了一个手机号码,号码后的括号里写着:微信服务号同号。

这是一家公益性质的心理健康诊所。房主本人就是心理咨询师,自己定期出诊,不时也请一些其他热心的咨询师来出诊。诊疗咨询免费,药费自理,想来的人提前在微信公众号上预约排队。

今天出诊的是毕志良医生,西京第一医院心理健康专科的主任医师,资历深、口碑好,病人评价非常高,好几年前就一号难求了,他仍然坚持一两周一次来希望诊所做公益诊疗。

乔希年以前和他约过两次,今天是第三次,她舍不得去第一医院挂号付咨询费用,都是在公号上抢号,约得到就来,约不到就算了,因此每次前后相隔的时间都很长。

她下意识地整理一下衣领头发,轻轻推开门。里面是普通的一室一厅,干净疏朗,角落里放着大盆的绿色植物,咨询室在里间,客厅装修成了等候区,窗户下舒适的淡蓝色沙发旁边放着简单书架,架子上放着一些心理自救的指导书,有一些已经被翻得卷边了。

门开后,笑着迎上来的是小阳姐姐,希望公益心理健康诊所的长期志愿者。

小阳姐姐是毕志良医生的高中同学,毕业后去了卫校读护理专业,生完第二个孩子没再出去工作,趁白天小朋友们上学的工夫,定期一周三天在希望诊所做志愿者。

她身材丰满,喜欢穿大花大绿的花裙,衣物跟她的笑容一样明艳而爽朗,一个人等同于一支乐队,可以瞬间驱除任何地方的冷清况味,如同一个完美的母亲,她永远亲切地接纳所有来到希望诊所的人,以及他们各种各样的怪癖或心病。

无论男女老幼,大家都叫她小阳姐姐,见到她,心里就会产生一种微妙的安全感。

"希年你来啦，好准时，准时的人最靠谱了。来，我给你倒杯水，毕医生在里面等你啦。"

乔希年感激地向她报以微笑，而后走进了咨询室。

毕医生已经坐下了，他身形纤瘦，穿着白大褂，履历上写着他是七十年代初生人，外表却丝毫看不出来知天命的痕迹，头发乌黑，单眼皮，看人的时候会微微皱起眉头，天然有一种专注感。他全身上下没有多余的装饰，只有手腕上戴了一块素净的银色钢表。

他身体微微向前，和乔希年打招呼："乔小姐，你好，请坐。"

他一如既往以亲切的寒暄开始咨询："最近怎么样？"视线落在她的坐姿上。

乔希年的坐姿是教科书式的：腰背挺直，双膝和双足都紧并，双手交叠，平放在膝盖上，几乎只坐三分之一的椅面，完全不移动位置。

哪怕是在直播镜头面前做节目的专业媒体主持人，也不会比她坐得更端庄了。

听到毕医生的问题，乔希年慎重思考了一下，似乎遇到了什么难点，回答却很简单："还可以。"

毕志良医生轻柔地说："那么，具体表现在哪些方面呢？比如说，工作顺利吗？"

乔希年点头："算是顺利，因为是简单的工作。"

"工作中的人对你如何？相处得好吗？"

"非常好。"她回答得很快，自然而然就使用了高程度的形容词，这个话题让她愉快安心。毕志良在此停留下来："能跟我说说你工作中的同伴吗？"

乔希年就说了，一开始字斟句酌，慢慢便畅所欲言起来。

"老板袁哥，厨艺一流，有时候会讲点儿冷笑话，爱女狂魔，天天发朋友圈炫耀自家闺女妞妞；老板娘爱干净，嘴快，脾气火爆，可是对家里人贴心贴肺，手脚麻利。两个人都勤快得不得了，每天起来就脚不沾地地做事，很少有不高兴的时候；我们家做的包子特别好吃。"乔希年很郑重地告诉毕志良。

他微笑着说："我很喜欢吃包子，我觉得包子是面食的精华。"

他低头做了一些笔记，而后说："我感觉你比上一次来的时候，对身边的人认识更多了，而且和他们相处的感觉很舒适，是这样吗？"

乔希年说是。

"这是好事，良好的人际关系对你的情绪很重要，这想必是你说的'最近还可以'的部分。那么，我们来聊聊不太可以的部分，你觉得有什么在困扰你吗？"

乔希年听到"困扰"两个字，本能地垂下眼睛，试图以沉默来代替回应。

她不习惯讨论自己的困扰，有困扰本身似乎就是错的，拿出来说显得没有教养。

是谁对她说过，所谓内心的问题，其实都是无稽之谈。

毕志良温和地提醒她："乔小姐，你不需要总结或者定义你的困扰是什么，你只需要告诉我，生活中有什么具体的事，让你觉得不舒服，好吗？"

乔希年迟疑地点点头，提醒自己面前坐着的人是医生，医生什么都见过，他不会嘲笑自己的。

"我……嗯，我还是睡得不太好。"

"是入睡困难吗？还是能睡着，但是睡眠的质量不太高？"

乔希年羞怯地抬头看了医生一眼，说："入睡是不太容易，最主要的是我总会在某一个时间点突然惊醒，然后、然后就不太容易再睡了。"

她下意识地揉了一下自己的眼睛，很干，黑眼圈明显。老板娘知道她睡眠不好，经常在下午赶她上楼去补觉，还嘀咕她是不是半夜起来去隔壁偷鸡了才这么累，毕竟隔壁就是一家黄焖鸡快餐店。

"是某个特定的时间点吗？"

"嗯。"

"具体是几点呢？"

乔希年的双手下意识地蜷起来，抓着膝盖上的布料往上拉，裤脚下露出了她纤巧的脚踝，脚踝上方有一条条的疤痕。

"一点三十七分。"

一个非常精确具体的时间点。根据自己多年行医的经验，毕志良医生立刻领悟到这个时间点对乔希年来说一定意义重大。

"这个时间点绝大多数人都在睡觉，你醒来是为什么呢？"

乔希年迟钝地说："以前……我先生，他、他会在这个点，叫醒我。"

"为什么？"

"他平常比较忙，很晚才回家，回家之后，嗯，他、他会想问我一些问题。"

"比如说呢，什么样的问题？"

乔希年陷入了长久的沉默。

毕志良耐心地等着，然后决定不去逼迫她。他换了一个问题："他问完问题之后，你能再次入睡吗？"乔希年摇头。

"那你会做什么呢？"

乔希年羞怯地说："我看一些金融杂志和报纸，看着玩。"

"金融杂志和报纸，你喜欢关注这个领域吗？"就连毕志良对此都有点意外，毕竟金融信息跟好玩之间并没有什么直接关系。

乔希年也说不上来为什么，她说："我就是觉得看数字和分析挺有意思的。"

毕志良医生笑了笑，说："真好，咱们聊聊你喜欢看的东西吧。"

乔希年在毕医生那里看诊的时候，盛可以刚好开完会回到自己办公室，两条长腿健步如飞。

盛可以三十三岁，盛世投资的执行合伙人，上任两年多了，业绩不怎么样。大家背后对他甚嚣尘上人尽皆知，他自己也知道。

盛世投资隶属于盛大集团，盛大集团是盛家的产业。第一代掌门是盛楚生，膝下两儿一女，一头一尾都是事业型的。大哥盛天骄正在不惑之年，老成持重，从小跟着父亲打拼，上一辈退隐后顺理成章成为盛世的实控人。他很有雄心，运筹帷幄，决胜千里，把盛世集团从一叶轻舟渐渐打造成了商业航空母舰，旗下业务覆盖了地产、快消品、广告传媒、商业服务和投资。

小女儿名叫盛利好，据说是学问人，不涉足家族生意。饶是狗仔经常去扒他们家的豪门八卦，也一直没挖掘出来太多盛三的个人信息。只有几张照片，照片上三小姐衣着打扮端庄简洁，气质低调沉稳，没有什么值得特别关注的地方。

至于盛二爷盛可以，那就不一样了。他简直是八卦版面的一块宝，能撑起好些自媒体业绩指标的半边天。

他的名声在外：胸无大志，精通吃喝玩乐，活脱脱一个盛家的宋徽宗。爱玩、有钱，朋友自然就多，西京大半富二代都在他的社交圈里，大家一起玩跑车，玩表，玩极限运动，玩几天就厌了再去折腾下一个节目，日日开趴。

西京的每个夜店，酒店和夜总会管事的人都认识盛二爷，知道他总是占最贵的包厢喝最贵的酒。来的人一半和他认识一半不认识，全都花他的钱，到买单的时候他多半已经喝高了，就算没喝高反正也不看消费明细。有夜店的人甚至试过拿另外桌的账单过去他也照买不误，是一个完美的冤大头。

江湖传说盛可以是盛楚生的私生子，十几岁的时候从外面带回来的，盛楚生的太太和他一起打拼事业，是人尽皆知的女强人，突遭变故，气得寻死觅活，让家里鸡飞狗跳、天翻地覆。据说闹了足足好几年才渐渐平静下来，而且外人看不到的地方仍是暗流涌动，给世人提供了好些谈资。

盛可以反正是来了就不走了，盛楚生去世的时候，他和哥哥妹妹一起披麻戴孝抬棺答礼，大家背后都说盛太太好气量，这都能忍下来。男人在外面有多少女人，只要没名分，卷再多钱走也有限，只有带回家的儿子含金量十足，那是有继承权的。偌大产业有三分之一要给外人的血脉，随便是谁想想都会替盛太太不值。

盛可以顶着私生子少爷的名声玩了好几年，从大学毕业玩到去国外读完研究生，回来继续玩，盛天骄实在受不了了，把他弄去上班，结果盛二爷，硬是到哪儿上班就把哪儿搞砸。

如果是光他自己搞砸也就算了，盛世集团精英云集，最多就是组团给他擦屁股。但不知道盛可以是真的情商特别低，还是纯属故意，他不管到哪儿，想说啥就说啥，想骂谁就骂谁，不得罪则已，一得罪就是一片，折腾一段时间之后身边的人就哗哗地离职，越是有本事的离职越快。

盛天骄一看，这不行啊，培养骨干不容易啊，思来想去，干脆单独为他成立了一个投资公司，把本来集团投资线的一部分业务搬过去。既然他喜欢吃喝玩乐，那就主力投餐饮、家庭服务、综艺娱乐这几块，把相应的骨干团队连根拔起搬过去用。

盛董找他谈话，苦口婆心："其他你不愿意干，也干不了，在自己喜欢的地方花钱你总会吧？你就带着这帮人，多听他们的意见，花钱，多花上几年，说不定你就知道自己能干什么想干什么了。"拳拳之心溢于言表，可惜盛可以压根就没听进去。

前后三年多下来，盛世投资的项目不管是一级市场还是二级市场，没有老板参与的都干得很不错，风生水起；只要盛可以插手，不听团队意见硬要上的，投什么亏什么，从连锁奶茶店到影视剧，没有他不敢亏的，还特委屈特迷茫："商业计划写的不是这样的啊。"

团队的人疯狂吐槽：商业计划书又不是你的出生证明，为啥每一个字你都要信啊？

"市场走向分析说会涨的啊。"

团队继续疯狂吐槽：市场分析也不是出生证明，就算是出生证明也可以假。

"这个雷这么明显我怎么就没看出来呢？你们也不替我看看。"

团队恨得牙痒痒，明明就是这么说的，这位爷当时跟聋了一样，现在装失忆是吧？

这边辛辛苦苦挣进来，那边大手一挥散出去，换了谁也受不了，团队最后终于气到吐血三升忍无可忍，杀到总部告状去了。大老板耐心地听完之后，堆起一脸当家人的慈祥，油盐不进："要给他时间成长，不要担心，万事有我兜底。"大家垂头丧气打道回府，回到公司看着盛可以在那里没心没肺地晃荡，也不知道这位爷是否了解兄长的苦心。

凭良心说，盛可以别的不说，工作态度是很认真的，他本来和哥哥一起住在西京另一边的郊区别墅，据说为了方便上班，家都不回了，搬到了公司附近的一家酒店公寓里。只要头天晚上不喝多，他每天一定早起跑步，司机开车在后面跟着，跑完拉回公寓洗漱换衣服上班。他的私人助理安娜提前给他买好三明治或者汉堡配一杯咖啡当早餐，天天都这样。

他压根不知道员工们其实很希望他少来办公室，有钱你去玩不行吗？你非要爱岗敬业。

今天早上他一来就开会去了，没吃早餐，回来看到桌面上放着一个真空保温盒，里面搁着两个肉包子，盛可以问坐在外面的安娜："谁给我放的包子？"

安娜站起来，说："蒋总拿的，说是他们今天早会大家一起吃的早餐，知道您爱吃这一口，就送了两个来。"盛可以哼了一声："马屁精。"

安娜道："盛总您别这样，您不是爱这一口吗？"

盛可以确实爱吃面食，想必是小时候饮食习惯留下的影响，天天吃都不腻烦，两个大馒头配红烧肉能吃得心满意足。他应酬时去天价馆子，各种人间美食吃完总是要加一碗面，千叮万嘱多放香菜，压根不管人家暗地里怎么嘀咕，甚至晚上在外面喝酒也是，喝着喝着突然想吃馒头，服务员一头汗，到处给他找。

安娜口中的蒋总是投资项目分析部门的业务总监，特别能干，也会来事儿，集团公司里管事的人有啥喜好脾气他都摸得清清楚楚，盛总爱吃包子自然是不可能错漏的重要情报。

嘀咕归嘀咕，盛可以忙了半上午确实有点饿，拿起包子来啃了一口，接着眼睛就瞪大了。

第二天中午，蒋凡被老板叫了过去："昨天那包子哪儿来的？"

蒋凡也不知道："团队的人出去买的，怎么了，盛总觉得好吃吗？"

"好吃，油大，肉香，吃来不腻，皮子宣得绝了，薄还劲道，牛。"

他以专业美食家的口吻点评完，抓起外套拔腿就往外走："走，去吃个热乎的。"

蒋凡赶紧给李吉祥打电话："盛总要去吃昨天买的那家包子，你去门口跟我们会合，带盛总去。"

蒋凡是李吉祥领导的领导，他电话接起来已经很紧张了，听到蒋凡说的话脑子里"嗡"

的一声："谁要吃？哪个盛总？"

蒋凡喷他："咱们公司就一个盛总，你赶紧过来，别啰唆。"

李吉祥撒腿飞奔，一面又觉得不妥："蒋总，那个店在对面城中村里，特别小，车子都开不进去，盛总去不合适，要不我给他打包回来？"

盛可以耳朵好，一下就听到了，他嗤之以鼻："吃包子就得吃刚出笼的，一经运输就失去了灵魂。开什么车？走着去吧。"

安娜换了平底鞋跟上来，说："我也去，我也爱吃包子。"盛可以瞅了自己助理一眼，这姑娘瘦得跟条麻秆似的还在天天喊减肥，吃的方面像兔子多过像人，几乎从不碰主食。

他一言不合就开嘲讽："你上次吃包子是什么时候？八岁？你就装吧。"安娜知道他的脾气，甜甜笑着跟上，不反驳。

一行人走了十几分钟到了对面花市街的包子店，人挺多，刚好有张靠厨房入口的桌子空出来，李吉祥上前掏出湿纸巾把桌子擦了两遍，请领导们坐下。老板娘方姐在旁边看见脸都拉长了，说："不用擦，我们搞得干净得很。"扭头叫乔希年出来点单，"他们人多，我懒得记数。"

老板在厨房里边摇头边说："你也太懒了嘛，万一小乔不干了咋办？你就不收钱不点单了？"老板娘瞪老公，说："说那么多废话做啥子。"一边说一边把男人戴着的口罩正了正，言语不饶人，手脚却轻得很。

乔希年拿上手写单和铅笔去了外面，李吉祥叫她："乔姐，我又来了。"

乔希年微微一笑，站在他们桌子面前说："吃点什么？"

李吉祥仗着自己熟门熟路，主动承担了点菜的职责，还抽空对老板们解释："这里中午没菜单，除了包子，其他菜都是厨师做什么就有什么。"

安娜和蒋凡都没说话，盛可以一拍桌子，说："全都点一个，我要试试味道。"

李吉祥得令，转头问乔希年："乔姐，有啥你跟我说说呗。"

方圆包子店中午卖包子也卖快餐，菜色没有一定之规，完全取决于袁有明大厨头天在农贸市场买到了啥，突然愿意做啥，以及自己想吃啥。

全国各地川菜馆子里常见的回锅肉、火爆双脆、麻婆豆腐，他经常做，因为吃的人多。外地人不熟悉的龙眼烧白、半汤鹅肠之类的原教旨川菜也不时出现，周围的熟客们经常抱着开盲盒的心情来吃午饭，遇到了自己爱吃的固然喜出望外，尝到了新鲜滋味也不虚此行。

今天中午有六个菜，都中规中矩：辣子带鱼、尖椒芽菜炒蛋、芋儿烧鸡、鱼香茄子、干煸四季豆、炝炒包菜。

四个人把菜全都点了一遍，再要了十二个包子、四个锅盔，乔希年在旁边听着，端着写菜板但一个字都没写，客人的话音一落，她说："291块。"

小李拿手机扫码结账，这时候旁边桌叫加菜，又有一桌叫买单，走了之后紧跟着又有一群人结伴来吃饭，呼啦啦拥进来，坐在盛可以他们对面。店子里人头攒动，热闹得很。

全部桌子都是乔希年管，她空着手各处站一下点单，然后回厨房跟老板一五一十说："一号桌点了六个菜，191块收了。二号桌点了一个辣子带鱼一个炝炒包菜，两个包子，一共57块，收了。三号桌六个人，点了带鱼、包菜、炒蛋和茄子四个菜，还有八个包子两个锅盔，一共86块，收了。"

老板娘在旁边帮老板记，见惯不惊："晓得了。你再说一遍，二号桌点了啥子？"

蒋凡听在耳朵里，随口说："这服务员记性那么好？"

李吉祥一听来劲了，说："这不算什么，我经常来吃包子，不管多少人，怎么点，她只要听一次就能记住顾客点了什么，一点儿都不乱，也不会算错，而且什么都能算。"

他这么一说，大家这么一听，本来就过去了，结果坐在这里闲得慌的安娜偏要较真。

"那我出个题，你让她心算给我看看。"

李吉祥一愣，有点儿不自在，知道自己给人乔希年找事了，说："安娜姐，别了吧。"

安娜盯他一眼，不悦道："干吗心虚，刚才不还吹得挺带劲的吗？"

安娜从盛可以来盛世投资就给他当助理，每天打交道的都是公司高层，级别不高，位置重要，大家都愿意和她搞好关系。蒋凡是正经业务部门的总监。李吉祥呢，算是一线员工，要不是因为盛可以今天突然要来吃包子，他压根就没机会跟这几个人坐在一张桌子上。

人微言轻，他脾气又好，安娜这么一挤兑，他一时间不知道怎么接话，只好用祈求的眼神看着蒋总，希望有人出来打个圆场，别为难乔希年。

谁知蒋凡看热闹不嫌事大，起哄说："让她试试呗，看她是啥都能算，还是只能算包子钱。"正说着，老板娘送了菜和包子来，餐具都是不锈钢的，图消毒快捷方便，装盘自然随随便便，和"档次"两个字肯定不搭边。

蒋总和安娜的嫌弃之色溢于言表，李吉祥又不敢率先动筷子，只有盛可以挽起袖子埋头开吃，尤其对芽菜炒蛋啧啧称奇，从头到尾像没听见他们说话一样。

安娜为了配合老板，勉强夹了一筷子放自己碗里，没有半点要吃的意思，继续拿着手机上网搜题，终于挑了一个她觉得合适的，给小李看："喏，你拍下来拿过去给她，看她能不能算。"

李吉祥一看，这个不知道是哪一年国际奥数的竞赛真题，他自己是理科硕士，还学过高数，一多半也做不出来，顿时满脸为难。

安娜火上浇油："对了，你拿过去给她现场做啊，别上网搜答案。"

李吉祥僵坐了一会儿表示自己无声的抗议，实在顶不住蒋凡和安娜咄咄逼人的眼神，最后认怂了，站起来过去找乔希年，喊了一声："乔姐。"

乔希年刚好在收拾旁边两张桌子，一边擦台面一边回应："怎么了？还要点什么？"

小李特别不好意思，一方面觉得自己欺负人，一方面人在屋檐下不得不低头，那点儿憋屈也很强烈，他期期艾艾地说："我同事，说、说请你算个题。"

乔希年一愣："算什么？"

小李把手机递过去给她看，努力解释："我们同事，觉得你心算能力很厉害，想看看你能不能算这个？"

乔希年扭头望了一眼，那三个人人模狗样，衣冠楚楚，和方圆包子店格格不入。

这会儿除了坐在最里面的高个子在埋头猛吃，另外两个人都往这边张望，满脸都是等人翻车的表情。她内心涌上来一阵微妙的反感，如同有形之物，卡在那里上下不得。

如果一只猴子有尊严，当它在舞台上表演翻筋斗听到台下观众们哄笑，内心也许会有同一种反感。

换了是老板娘，说不定当场会把抹布摔到人家脸上，但乔希年做不到，她从不给别人看到自己真正的情绪，起初是不被允许，后来就慢慢习惯了。

她装作没注意到看客们的视线，接过手机端详了一下，很快就还给小李："我不会算。"李吉祥愣了："不会算？"

乔希年向他笑笑："跟你说了我算账就是卖包子练出来的，这么复杂的题，我看都看不懂，怎么会算？"抓着抹布就走了，头都没回。

李吉祥回到吃饭的桌边，把乔希年说的话复述一遍，安娜满意地挑了挑眉毛，说："这才对，她要是能算，就不会在这里当服务员了，能算这些题的可都去了麻省理工和清华。"她夹起一个包子，咬了一口就放下，拿出湿纸巾反复擦沾了一点油腻的手指，不依不饶对小李训话："以后少吹牛，显得没见过世面叫人笑话。"

蒋凡在旁边煽风点火："他们年轻人看漫画看多了，爱夸张爱想象，很正常。"

小李没来由被这么损了一道，不能反击，一口气又咽不下去，只好低着头吃菜，手指捏筷子的动作都变形了，脸色很不好看。

盛可以一直埋头猛吃，看起来两耳不闻窗外事，现在啃完了第二个包子，开口了："啥题？我看看。"他伸手拿起安娜的手机瞄了瞄，迷惘的表情一闪而过，显然也没看懂，然后问蒋凡："你会算吗？"语气冷冰冰的。

蒋凡这个人粘上毛比猴还精，马上知道自己和安娜刚才过分了，很勉强地说："不太会。"他的理由比较充分，"我学商业管理的，纯文科，没学过奥数。"

盛可以"哦"了一声，转向安娜，说："你呢？算得出来吗？"语气不友好。

安娜有点慌，刚才的气焰一下灭了大半截，跟着嗫嚅："我、我也是学文科的。"

盛可以从鼻子里哼了一声，说："就是说，你们俩都算不出来？"

接着就照直捅肺管子了："那你们嘚瑟啥？不依不饶给人家上眼药？"

他把手机"啪"一下丢给安娜，直接摔她面前菜盘子里了，说："咱们这是新中国，祖上三代谁家都是泥腿子，别把自己当人上人知道？还麻省理工呢，还清华呢，说得跟你们自己去了似的，自豪什么？就算你们去了又怎么样？不是一样天天上班挣口饭吃？人家包子卖得好，比你们拿薪水还强，你们有啥了不起的？"

训完话，他擦了一下嘴，站起来就走了。

蒋凡伸长脖子看着老板远去，无可奈何，带点儿给自己下台的意思，说："盛总这脾气还真是一直没变过啊，想说啥就说啥，想说谁就说谁。"

安娜故作从容："是啊，盛二爷嘛，确实不用看谁的脸色。"她皱着眉头拈起自己的手机，把沾了油水的名牌镶钻外壳摘下来，顺手丢了。两个人都装作没看见，还在吃东西的小李嘴角露出一丝格外解气的笑。

自打去了一次方圆包子店之后，盛二爷就记住了袁师傅手作的味道，一开始一两个礼拜去吃一次，后来变成几天吃一次，吃来吃去发现其他地方的包子都不是方圆包子店的对手，干脆把自己的晨跑路线给改了。

以前是沿着横贯西京的西江步道跑十公里，司机跟着，跑完穿出步道上车回公寓洗澡换衣服。

换了路线之后，盛可以先沿着西江步道跑七八公里，然后横穿街道绕一个圈进去花市街，直取方圆包子店，买上两个包子两个锅盔走回主路上车回家，经常路上就把早餐给干掉了，一边吃还一边对司机发感慨：肉包子使我快乐。

他来得勤，自然就跟老板娘和乔希年熟了，此外还偶遇过李吉祥好几次，人多要排队，两人站在那里瞎聊。

盛世上上下下都听过这个老板不少八卦，真真假假没人知道，普遍的说法是他脾气不好。然而自打盛可以在包子店帮李吉祥出头怼了安娜和蒋凡之后，李吉祥认为这种脾气不好应该算是优点。

他一开始跟盛可以说话还受宠若惊，渐渐发现这个传说中鬼见愁的盛二爷完全没架子，心态不知不觉就变了，什么都敢扯，公司各部门里里外外的事儿一串一串跟盛可以说，重不重要的，盛可以都听得挺认真。

老板娘看在眼里，有一天盛可以没来，她问小李："那个是谁？也是你们公司的？你同事？"

李吉祥不是个傻子，没把老板底细随便往外兜，笑眯眯点头，说："是啊，同事，不过不是一个部门的。"

"比你官大不？"老板娘问。

小李"扑哧"笑出声："我们是个投资公司，公司里没官不官的，他比我级别高一点倒是真的。"

老板娘很失望："级别才比你高一点啊，那不行嘛。"

李吉祥内心有点受伤，马上抗议："老板娘，你为什么要对我使用轻蔑攻击？"

老板娘不是一般的耿直："你看你天天帮别个买包子，级别能高到哪里去？"说得小李无法反驳。

她一边说一边居然还冒出了星星眼，说："不过这个男的挺帅，嘿，我一向觉得嘛，那些个子高，胳膊长腿长的男的最经看了。"说到这里缩缩头，往厨房里张望一眼，小李马上起哄："老板要伤心咯。"

老板娘咯咯笑："伤啥子心，在我心中最帅还是他。"

李吉祥打趣："隔得远，老板听不见，老板娘你省着点儿拍马屁吧。"

这么吃了一个多月，五月中旬，盛可以出了一个多礼拜的差，回到西京已经是晚上八点多了。他在飞机上睡着了没吃东西，饥肠辘辘直奔方圆包子店而去。

这是他第一次晚上到方圆包子店，店门关了一小半，盛可以干脆弯下腰钻了进去。铺子里空空如也，只有收银台顶上开了一盏灯，乔希年正坐在一张桌子后看杂志。

她冷不丁见到那么大一个人冒出来，吓得跳了起来，看清楚之后才松口气，有点意外："你好？你怎么来了？"

盛可以张望了一下，把自己好几万一件的西装随便堆在凳子上，说："我出差去了，刚回来，晚上还有包子吗？"

乔希年说："没啦，就算有也不好吃了嘛，不新鲜了。"

盛可以点头表示赞同："有道理。"

他饿得不行，此刻没包子也不想跑其他地方了，摸着自己的下巴发出灵魂拷问："你们还有什么？"

乔希年迟疑地说："啥都没有了。"

盛可以一脸失望，声调变得凄凉："啥都没了？"

说着，肚子发出了咕咕叫，如此饥肠辘辘，他忍不住哭诉起来："我快饿死了，飞机上啥都没吃，就想留着肚子来吃包子解解馋，你们怎么能不营业呢！"

乔希年哭笑不得，还跟他一五一十解释："晚上一直都不营业，七点半打烊，做早餐的店很少做晚餐，因为没那么多人手倒班。"

盛可以还是哭丧着脸，不愿意听理由，乔希年有点不忍心，就说："晚上我们自己吃的面，还有一点儿，你要不要吃？"

吃面！这简直正中盛可以下怀，他本来都准备站起来走了，马上无缝衔接改变姿势坐下，舒舒服服伸长了两条腿，问："吃什么面啊？"

"辣鸡面，袁哥烧的辣鸡，自己拉的面，我去给你煮。"

盛可以很高兴，跟着她过去厨房看辣鸡，因为他没吃过。

这是他第一次进方圆包子店的厨房。视线所及，所有东西都放在合适的地方，机器厨具、案板台面，全都干干净净，没有半点油腻尘灰，连最容易藏污纳垢的地面角落都刷得光洁锃亮，完全颠覆了他对大排档小馆子后厨一直以来的印象。

"好干净啊！"他发出感叹，问乔希年，"是你收拾的吗？"

乔希年摇头，说："不是我，是老板娘，老板娘有洁癖，眼睛里容不下一片脏纸巾，宁愿不睡觉也要打扫卫生。"

盛可以连连点头："厉害厉害，难怪你们的包子那么好吃、纯粹，肉是肉，菜是菜，一点儿杂质都没有。"

乔希年很迷惘："有关系吗？"

盛可以煞有介事："当然有关系，我跟你说，后厨不干净的饭店，不管用料多好，厨师手艺多厉害，东西随便吃一下可以，细品起来就不纯粹了，留不住懂吃的客人。那些灰尘、油腻、脏的空气，会混在菜品里，影响食材的味道。"一言以蔽之，"你们家老板娘真厉害！"

乔希年一脸狐疑地听他扯，为了不冷场，礼貌地对最后一点表达了自己的意见："是啊，老板娘很厉害，干什么都快，还干得好，一个人能顶好几个人。"

她上锅烧水，水开了下面，面是老板自己和、自己扯的，很筋道，趁面在煮着，抽一个大碗放下去葱花、生抽、麻油，一点点盐，一勺子高汤下去，捞了面进碗，乔希年再转身从冰箱里拿出一个真空食品包装盒。

盒子里装着多半盒辣子鸡，红黄辣椒鸡丁大蒜完美地调和在一起，一开盖就散发奇香，引人垂涎，她舀了几勺浇在面上，盛可以在旁边强烈要求："多一点，多一点。"

乔希年看着他，勺子举在半空中，说："很辣的。"

盛可以大无畏地说："我不怕，只要好吃，辣一点也没关系。"

乔希年强调了一下："真的很辣，老板说这是自贡那边的口味，用了很多干辣子还有泡椒。"

盛可以的眼睛闪闪发光，说："太好了，我喜欢吃四川的泡椒，滋味足，外面泡的好的不多。你赶紧多给我一勺，别小气，我给钱啊。"

乔希年嘀咕了一句："不是给不给钱的问题。"无奈又挖了一大勺堆在面上。

面做好了，端出去放在桌上，盛可以一边拿筷子一边吞口水，乔希年看着觉得好笑，送佛送到西，还给他煎了个蛋，盛可以一口下去，眉开眼笑："好吃，太好吃了。"

他回忆了一下："上次中午来吃饭，菜也好吃，但没这么好吃啊！"

乔希年帮老板解释："那是大盆菜，老板说做做就可以了，晚上吃的是给自己做的。"

盛可以恍然大悟："那当然是给自己做得比较好吃。"

他吃上了面，乔希年又坐回之前那张桌子，继续看她的杂志，盛可以吃着吃着，冷不丁说："你能看这个啊？"

乔希年一愣，不自然地把杂志放下了，那是一本英文版《经济学人》，这一期的头条讲的是美国的新经济政策，她轻轻地说："客人丢下的，我看看里面的漫画。"

盛可以"哦"了一声，他刚才已经观察好一会儿了，乔希年看杂志的样子很专心，绝不是在看漫画，而《经济学人》这本杂志可不是初学者看的简易英文读物，里面的文章专业性很强，不是很好懂。既然人家都不愿意承认，盛可以也就不说了，把注意力转回到自己的辣鸡面上来，一开始吃鲜香满口，渐渐真辣起来了，一口鸡肉一口热乎乎的面，如同地狱火焚烧，奇妙之处在于明明辣得跳，他还停不了，身不由己般继续吃，汗珠子一颗颗滚下来，跟狗狗散热似的不时伸出舌头喘气。

乔希年放下杂志，起身给他拿了一碟泡菜一瓶可乐过来，说："跟你说了真的很辣呀。"

盛可以晃着脑袋尝了一筷子泡青笋条，爽脆可口，淡酸中带微甜的口感一下子把辛辣气味给冲淡了，他喜出望外："好吃！哪儿来的？"

乔希年说："也是老板泡的，自己吃的。"

盛可以一脸羡慕，频频点头："不错不错，好吃极了，比什么店里的都好。"

他表现出对泡菜很有研究的样子："你知道吧，在泡菜界，四川泡菜天下无双，放和牛汉堡里，比酸黄瓜好吃多了。"

乔希年"哦"了一声，不知道是赞同还是不赞同，她倒不是懒得跟人说话，而是根本不知道怎么跟陌生人闲谈，有事说事，说完就算了，"哦"就算是回应。

盛可以浑然不在意，就着泡菜埋头继续吃，店铺里非常安静，就只有他吸溜面条的声音。

一碗面快要见底，店门外传来了孩子们的笑声，这是老板娘带着乐乐琪琪饭后消食回来了，乔希年赶紧拉起门迎出去："回来啦？"

两个小孩子跟炮弹一样冲进来，琪琪五岁了，稍有点儿胖，手脚都是圆鼓鼓的，头发又黑又长，老板娘给她梳了七八根小辫子再织到一起，显出一张小脸分外可爱。这孩子笑点特别低，有点啥事儿就笑得前仰后合，一分钟都停不下来，是个人就喜欢她。乐乐刚好相反，比较瘦弱，又安静，眼神总是很专注，似乎能看到别人无法企及的地方，他喜欢读书，常常发问，脑子里永远都有个风车在不断运转。

个性差这么远，不耽误乐乐和琪琪天天黏在一起，乐乐甚至还问过乔希年小孩子可不可以结婚，因为他要和琪琪结婚，这样就可以永远在一起了。

乔希年听了微笑，内心却有个声音在说，哪里有永远这种事。

她伸手去摸儿子和琪琪的脖子，摸得两手汗："玩得这么疯啊，衣服全都湿了。"

老板娘在后面跟着笑："坐摇摇去了，新摇摇，一人坐了八遍还不肯走，然后跟我去跳了一会儿广场舞。"

琪琪的个性和妈妈一模一样，轻而易举就能乐，在旁边插话："我们跳得好！婆婆嬢嬢们都喊我们明天还要去。"

老板娘把手机递给乔希年，说："我录了视频，你看你幺儿的表现，是不是很霸道？"她这时候才注意到店里还坐着个盛可以，愣了："你咋个来了？"

乔希年说："他来吃包子，没了，说要吃碗面，我用咱们剩下的辣鸡浇头给他做了一碗。"

盛可以举起筷子来，说："好吃。"

老板娘眉开眼笑："那是好吃啊，我最爱吃那一口。"过去看了看那碗基本见了底的面，又有点舍不得，"本来说留着我明天吃拌面的，算了，明天喊我老公再弄。"

她这心直口快的脾气很对盛可以的胃口，他笑："还给你留的，没吃完，放心吧。"

老板娘大大咧咧，说："要得。"转身带着琪琪进去喝水了。

乔希年在旁边打开手机看视频，乐乐在花市街社区中心广场上全程跟跳《可可托海的牧羊人》，舞姿销魂。她忍不住笑，问儿子："好玩吗？"

乐乐点点头，说："好玩，广场舞好玩，新摇摇也好玩，新摇摇会唱《我的小毛驴》，还会唱外国歌。"

乔希年放下手机，伸手抱起了儿子，说："宝贝乖，什么样的外国歌啊？"

乐乐奶声奶气的："妈咪，我唱给你听。"

他挣脱妈妈的怀抱，站在包子店中间，双手背在身后，开始咿咿呀呀的唱歌，音调欢快悠扬，但乔希年一句没听懂。

老板娘洗完手出来了，一脸迷惘："超市那个新摇摇放的尽是这些歌，老子一句都听不懂，你说附近又没得外国人，放啥子外国歌嘛。"

这时盛可以插了一句："小朋友，你在哪儿学的西班牙文啊？"

乐乐转过身看看他，天真地问："叔叔，什么是西班牙文？"

盛可以说："你刚才唱的就是西班牙文啊。"

乐乐摇摇头："不知道。"

盛可以惊了："那你怎么会唱啊？"

乐乐更茫然了："听了就会唱了呀。"他的表情像是在说这个叔叔的问题有点傻。

盛可以不敢相信自己的耳朵："你听了一遍就会唱了？连曲调带发音？"

乐乐点头："是啊。"

盛可以傻看着他，乔希年赶紧把乐乐带走了。

包子店的人呼啦啦一下全都走了个干净，没人理盛可以了。他吃完碗里最后几根面，连鸡丝丝都挑出来吃了，起身到收银台那边，掏出手机准备自助扫码付钱。

收银台下的桌子上摆着一沓硬纸壳，都是从各种商品包装盒上剪下来的。很多张纸壳空白那一面密密麻麻地写满了，都是算式。

盛可以好奇地抓起那一堆纸壳翻了翻，其中一张上面写着一道题目，就是上次安娜非要怼给乔希年算的那道题，用铅笔抄下来的。再翻了几张，在另一张纸壳上看到了答案，答案后重重画了一个问号，做题的人似乎不敢肯定这个结果正确与否。

盛可以拿出手机来拍下了答案，然后就悄悄地走了。

这一年的夏初和往年一样多雨，五月底那个周五的早上，雨下了一晚还没停。花市街里积水严重，好些地方把路都给堵了，来方圆包子店吃早餐的人明显比平时少。

李吉祥也没出现，八点多突然一个电话打了过来，老板娘刚开了免提接起来他就在那边呐喊："江湖救急，江湖救急。"

老板娘一脸蒙："救啥子？被绑架了吗？有工夫打电话到这里为啥不报警？"

小李心急火燎道："老板娘，我们部门今天开月度总结会，我答应了给全部门的人买早餐，结果我起晚了，你能不能行行好，帮我把包子送到公司门口啊？我在门口等你，求你了。"

老板娘看了一眼天气，很明显不想帮，还在想推脱的理由，小李祭出了撒手锏："老板娘，今天的早餐可是在麦当劳、永和豆浆和你们之间投票选的，大家都投了给你们。你要不送，怎么给咱们方圆包子店长志气啊？"

爱慕虚荣的老板娘陷入了天人交战，小李精准地抓住了这个机会，二话不说开始下单，营造出先上车再买票、木已成舟的架势，说："求你了，快点送来吧。六十个包子，三十五个锅盔，四十杯豆浆，见了面我扫码转钱给你啊。谢了谢了，拜拜。"电话一挂，老板娘再要后悔显然就来不及了。

乔希年在旁边全程听着他们的对话，一步步看着老板娘被套进去了，她知道老板娘腰不好，稍微重一点的东西老板都不让她提的，一个人去肯定拿不了那么多，于是起身解了围裙，说："方姐，我跟你一起去送吧。"

她们穿着雨衣雨鞋，提着食品袋子，出门没走两步，雨就下大了。

城中村长期等拆迁，市政基本不怎么搭理，几乎每条路都年久失修，平常就不怎么好走了，一下雨简直糟糕透顶。积水比比皆是，一步一坑，动辄有车子飞驰而过，溅满路人半身泥水，咒骂声在街边此起彼伏。

老板娘在前，乔希年在后，深一脚浅一脚，跋涉了快二十分钟才终于来到小李工作的国际金融大厦门口。老板娘心里的怒气程度和满头满身的雨水形成正比，一路上骂骂咧咧，乔希年在旁边算是一次性把四川简阳流行的各种吵架金句都给听完了，很担心老板娘看到小李就要扑过去徒手撕了他。

还好，看在还没收钱的份上，老板娘及时克制了自己，接上头之后一脸没好气，但起码还保持了平静，结果小李不长眼啊，一看袋子数量那么多，得寸进尺："这么散，我一个人拿不上去，老板娘你送佛送到西，跟我上楼吧。"

老板娘二话不说，把一堆袋子劈头盖脸塞到小李怀里，怒气冲冲地扭头走了。

李吉祥忙不迭抱紧了一堆袋子，扎个马步，靠自己腹部的肉肉把包子们顶起来，转头瞅着乔希年一脸苦相："乔姐，救我狗命，我就只能靠你了，帮我拿上去吧。"

乔希年没法拒绝，只好在门口把雨衣脱下来折好放进自带的塑料袋里，再拍拍身上的水珠，接过两个袋子跟小李上了电梯。

她身上淋湿了，大厦里的温度最多只有十六度，一停下来站在那里冷得寒噤连连。怕小李注意到自己的窘相，她使劲儿往后靠着电梯墙壁，咬紧了牙关。

电梯里没别人，小李跟她简单介绍了一下自己公司："我们公司是盛世投资，在三十六楼，一层都是我们的。"

乔希年顺口说："你们做投资，投什么的啊？"

李吉祥说："我们主要投连锁餐饮，连锁大众娱乐，像是量贩卡拉OK啊，密室逃脱什么的，今年主力投影视频类的制作和营销公司，投了好几家都不错。"

他问乔希年："喝过欢茶吗？最近很红的水果茶店，马上上市了，第一轮就是我们投的。"

乔希年知道欢茶，没喝过，她带乐乐和琪琪周末去公园的时候经过一家，门口的队排出上百米，声势惊人。她想买一杯给孩子们尝尝，上外卖软件一看，一杯要三十多块钱，赶紧关了页面，老板娘在旁边骂："十九块钱六个橙子，变成三杯饮料卖老子一百块，做什么生意，不如去抢！"后来她在街边花十块钱买了一个手动榨汁机回来，又从农贸市场买了橙子回来打汁，小的们也喝得很开心。

说话间，他们到了公司，进门直奔会议室，桌子上已经按位置摆好了资料，投影开着，项目演示文稿在自动播放。小李放下东西刚准备付钱给乔希年，手机响了，他老板劈头盖脸问他到哪儿了，赶紧去办公室。

小李的老板是蒋凡的左膀右臂，姓陈，外号大雷，人如其名是个暴脾气，急躁如火，干活儿雷厉风行，骂人也一样，生平最讨厌别人慢吞吞，手下人对他都望而生畏。

李吉祥一听雷哥召唤，顿时慌了手脚，招呼都忘记跟乔希年打，举着手机跑去陈老板办公室了，留下乔希年站在会议室里不知所措。

要是跟小李上楼的是老板娘，现在肯定骂着先人板板追上去了，天王老子现形都要先把账结了，她才不管什么甲级写字楼什么高管金领上等人，吃包子给钱，天经地义。

乔希年没那么彪悍，只好独自在空空如也的会议室等，汕汕的，雨鞋上的水滴落到地毯上，润湿了灰蓝色的绒毛，她觉得难堪，脚趾头情不自禁地蜷缩得更紧些。

左等右等，不见李吉祥回来，乔希年决定先回去，账明天再结好了，老板娘也不会说什么。她走到会议桌的尾端，把装着食物的袋子一袋一袋拿出来，有条不紊摆成一排，一边抬头看了两眼投影上播放的项目内容。

那是一家短视频营销公司做的融资方案，页面漂亮，内容翔实丰富，看得出来做的人花了很多工夫。此时正播到公司过去一年的财务数据，乔希年聚精会神正看着，忽然门口人影一晃，盛可以走了进来，两人面面相觑。

"你怎么在这里？"盛可以劈头就问，一看桌上的包子马上明白了，说："来送餐啊？"

他看看会议室的窗外，雨下得更大了，天地之间连绵如水帘，风吹不进："这么大雨，你不会是走过来的吧？"

乔希年笑笑："没关系啊，又不远。"

盛可以一屁股坐在她旁边的位置上，抓起一袋包子咔咔吃了起来，乔希年又看了几眼演示文稿，收拾装包子纸袋的塑料袋要走，盛可以伸手拦住她，说："雨太大了，我让公司的司机送你回去。"

乔希年赶紧摆手，说："不用不用，我走过去就行了，反正鞋子衣服都湿了。"

盛可以很认真道："什么叫反正都湿了，少湿一点儿是一点儿啊，这么大雨，你打伞也没用。"他二话不说打了电话给司机："小劳，你开车到大堂门口等，送乔小姐回花市街，她穿着一件黑色长 T 恤，黑色胶鞋。"

"主干道进不去，你知道的，从西面绕过去能开到他们店门口。对，就是方圆包子店，天天去的。"

司机那边答应下来，心里挺纳闷，方圆包子店他知道，穿黑色胶鞋的乔小姐是什么人？

盛可以让乔希年等等，说："司机从车库出来要绕一圈才到大堂门口，你过几分钟再下去吧。"乔希年急忙说："我去门口等就行了。"

盛可以这个人心直口快："门口也有雨，你这样站大堂里面保安会赶你的。"

黑色长 T 恤，黑色胶鞋，盛可以很精确地描述了乔希年的衣着。

T 恤皱巴巴的，背后还写着方圆包子店几个大字，黑色胶皮雨靴里扎着蓝色的旧运动裤，前后都湿了大半，乱发蓬头。

她这个样子站在金碧辉煌的国际金融中心大堂里，保安真的会赶，毕竟这栋写字楼是不准任何外卖和快递进大门的。

盛可以就事论事，并没有讽刺的意思，但乔希年的脸还是腾一下就红了，一直热到耳根。

盛可以完全没注意她的窘迫，自顾自把视线投向了项目演示文稿，速度奇快地吃完了一个包子，又拿了另一个在啃，一边自言自语："这公司不错，挺好，我得让他们赶紧投。"

乔希年把这句话听在耳里，也许刚才那一句保安会赶你走刺痛了深深隐藏起来的自尊，她非常突兀地说："这家公司不行。"

盛可以一愣，转过椅子来看她："啥？"

一口气容易上来，也容易泄，乔希年马上就后悔了，退了一步说："没什么，我胡说的。"

盛可以若有所思，看看乔希年，看看演示文稿，屏幕上正好播到一页特别花哨的商业模型示意图，他从鼻子里哼了一声："是演示文稿配色不行吗？如果是的话，我同意你的说法。"

乔希年不出声，很后悔自己多事。盛可以两口把包子吞了，擦擦手，向她倾过来，非常认真地问："什么原因让你觉得他们不行，你说来听听嘛。"

乔希年坚持："我胡说的。"

盛可以不放过她，说："你别藏着掖着，就当是你教我。"很诚恳，不带一丝杂质的诚恳。

不知道为了什么，这句"你教我"让乔希年眼角一颤，她心一横，真说了："你看第三张表格，他们的管理层成本太高了，跟同类上市公司比很畸形。我看过这家公司的一些报道，是从个人工作室发展起来的，最值钱的资产是旗下两个头部主播，主要管理者都是家族成员，绩效结构不平衡，万一主播IP（知识产权）出了问题，整个公司价值都会极大缩水，风险大而且不可控。"她说着，盛可以就盯着演示文稿看，而后问："你怎么知道它们的管理层成本跟同类上市公司的数据比很畸形？"

乔希年低下头，把那一团塑料袋揉在手心里，轻声说："我真的就是随便说说。"

盛可以拨浪鼓一样摇头，说："没人会在这种事情上随便说说的。"

他摸了摸自己的鼻子，纠正了自己的说法，说："就算有人想随便说，也说不出来，你肯定有你的理由。"他看着乔希年，"来嘛，你说说看嘛，你怎么会知道呢？"

乔希年抬头看到他眼神里真实的热切，这莫名其妙的场合，这莫名其妙的人说的莫名其妙的话，忽然让她觉得感动，刚要张嘴，开会的时间到了，呼啦啦一群人冲进来。

李吉祥也在里面，看到乔希年很惊讶："乔姐，你还没走啊？"

乔希年一惊，顾不上盛可以叫她，赶紧低着头一路小跑出了会议室。盛可以追了上去，到大门外刚好看见乔希年进了电梯。

他一边往回走一边打电话，经过会议室门口往自己办公室去了，说："小劳，你接到乔小姐发个信息给我。送乔小姐回去之后告诉她，我回头会来拜访，你把我电话号码给她。"

会议室里的人都听到了，互相交换了一个眼神。他们不知道刚刚冲出去的外卖小妹就是乔小姐，几个关键词连在一起，大家互传眉眼，脑内小剧场马上开幕演了一整出八卦——

萍水相逢，春风一度，这会儿姑娘才从家里走，盛总非常怜香惜玉，知道这么大雨要让司机送，晚上还要再见面。肯定是新认识的姑娘没跑了，你看电话号码都还要司机给。

盛可以单身，从来没听说他有固定的女朋友，只要不犯法，想怎么玩都光明正大。但是打工人嘛，八卦老板本来就是人生快乐之本。

只有李吉祥知道盛可以在说什么，看看窗外连天雨幕，内心感叹：盛总这人真的挺好，根本不像公司上上下下传的那么浑蛋啊。

这时候蒋凡敲了敲桌子，会议正式开始，陈大雷视线远望着盛可以消失的方向，问："盛总不来吗？"

蒋凡叹口气："他昨天说不参与讨论，让我们决定好了再跟他汇报。"

人群此起彼伏发出了微弱的呻吟，大家都知道跟盛总汇报意味着什么——他们之前的讨论全部打水漂，二爷脑门一热，大腿一拍，你们的头头是道都算什么。

今天这里坐的有投资部门的，也有投后服务部门的，讨论的就是到底要不要投如梦这个公司。讨论结果非常明确：不投。

这家公司是一个账号名叫"彪姐"注册的，以各种知识密集型的热点视频走红，有流量之后一开始做个人工作室，后来开始扶植自己的网红矩阵，成功捣鼓出了两个头部主播，在各大平台都很火，再后来切入开始做短剧，质量很精良，跟拍电影一样讲究：有剧本有布景有人物，甚至还有角儿，不少正经二三线的明星都出演过。

他们的短剧非常好看，紧凑热闹，故事的来龙去脉前因后果全部放弃，情节第一秒钟就让观众爽上天，一集一分钟，每周更新十几集。几部作品出来后流量惊人，一时间炙手可热，从广告收入到视频打赏，订阅变现非常可观，财源滚滚。

他们融资目的有两个，第一是想跟上游平台绑得更紧，参与播放平台主导的作品投资，解决渠道问题，第二是想组建自己的发行网络，布局成型后就上市。

如梦是一家一直专注内容制作，而且也专精擅长内容输出的公司，对他们的未来来说，这两个方向的努力都有道理，同时野心也太大了，哪怕大量的投资砸进去，也很难预料会发展成什么样子。

投资的人求财，都想蹚着石头过河，没有人想成为那块石头。只有盛可以，他好像属铁的，五行欠锤，什么地方有雷他就往什么地方蹚，义无反顾。

如梦是他介绍给公司的项目，过程很丝滑，丝滑得像被人下了套——

"话说二爷去夜店里玩，人家介绍他和彪妹认识。

"两人聊得投机，约了几次吃饭喝酒，彪妹自然知道了他的身份。

"彪妹带上项目介绍和团队直接到了盛世投资，二爷给她摆出了所有高管谈合作。

"霸王硬上弓。"

事情就是这么一个事情。

既然是盛二爷带来的，大家自然只能硬着头皮接啊。到目前为止已经谈了好几轮了，内部意见有分歧。

赞成投的，觉得这家网红公司前景很好，应该试试。我们不投，其他人抢了怎么办？

不赞成的，觉得风险不可控，说难听一点，头部主播说声跳槽、生病、车祸，那分分钟就没了，短剧拍得再好，也未必能持续变现。

赞成的人呢，主要是盛可以。不赞成的呢，是其他人。

泾渭分明。

盛世投资的分析师们都来自盛世集团的投资业务线，身经百战，在自己的领域里很少看走眼，也不容易被改变主意。所以说来说去，今天会议上真正要解决的问题只有一个：怎么做到既不投，又不让老板跳脚，万一他跳脚，非要坚持己见，怎么防止他没条件创造条件硬上。

顺着他来是不行的，因为盛可以一意孤行。盛世投资这两年已经失败了好几个项目，数以亿计的资金打水漂。合伙人们去 KTV 唱歌唱到陈奕迅名作《落花流水》这一首，都纷纷眼含热泪。

大家达成共识之后一起沉默下来，几个大佬互相看，最后陈大雷伸出手，说："剪刀石头布，谁输了谁去请盛总进来。"

蒋凡揉了揉自己的脸，才早上十点半就心力交瘁了，说："那谁赢了谁负责跟他说我们的意见。"

陈大雷咳了一声："伸头也是一刀，缩头也是一刀，剪刀石头布个屁。"他站起来就往外走，把会议室的门一开，迎面和盛可以撞上了，陈大雷的气势顿时矮了三分，张口结舌："盛、盛总来啦？"回头和蒋凡对望，彼此都在想，这位爷不是一直在门外偷听吧？大家吐槽的时候可一点没留情面啊！

盛可以轻轻松松走进来，坐下，说："怎么样，讨论完了？这个项目的情况你们跟我说说吧。"还强调了一句，"有什么说什么。"

蒋凡不敢相信自己的耳朵："盛总想听听我们的意见？"

他挺自在地点点头："是啊，我对这家公司有点疑问，看看你们是怎么想的。"

蒋凡简直要热泪盈眶，他按住自己激动的心、颤抖的手，开始一五一十从数据、市场趋势和企业运营研判各个角度讲如梦这家公司的情况，讲到最后，顺理成章得出结论："不值得现在就跟进，可以持续观察。"

盛可以望着项目演示文稿，双手指尖相触，支着下巴，椅子转来转去，沉吟了一阵，才点点头："行，那观察一下吧。"他还发表了自己的高见，"我主要的疑虑是他们的管理层成本太高了，和其他类似大公司比高得很明显，主要的管理层又都是家族成员。"

环顾左右，看到了一些点头如捣蒜的脑袋："那咱们投的很大一部分钱，不就是帮他们养自家人？"

蒋凡就差没"扑通"跪下喊"主上英明"了："盛总看得很准，这一点我们都没特别关注。"事实上，他真的也不知道如梦的管理层很多是创始人的家族成员，这么偏门的消息盛总从哪儿看来的？

陈大雷喜出望外："那，咱们现在就不投了。"

盛可以拍拍桌子站起来，拔腿就走："那就不投了呗。"

身后响起了掌声。

这一天大雨倾盆，天色晦暗，按理说很容易令人心情郁闷。但是盛世投资的朋友们过得很好，很愉快，晚上回家的时候内心舒展，毫不苦涩。可见老板不抽风对员工的身心健康起着多么重要的作用。

盛可以一天又参加了好几个会，忙到晚上八点多才回到自己办公室。打开微信，他的酒搭子们给他发了好多条60秒的语音，五花八门的，问他今晚去不去玩，有什么节目，自己都在哪儿，在干什么等等，让他快点过去。

盛可以统一回了一句："还没下班呢，晚点再说。"

这时安娜进来了，说："盛总，还有什么事吗？没事的话我先下班了。"

作为助理，她很有规矩，老板不下班，她也不下班，哪怕盛可以从来没有这么要求过。

盛可以坐在办公桌前看手机，头都没抬："下班吧，我没事了。"

安娜犹豫了一下："八点多了，要给您定个餐吗？"

盛可以一听餐字，肚子咕咕叫了几声，他想了想："不用了，我自己出去随便吃点。"

安娜说："好的。"拿了包，换了鞋走了。

盛可以听着她高跟鞋"哒哒哒"一直响到走廊尽头，很快就消失了。他转过椅子去看落地窗外的西京夜景，四处都是灯，霓虹闪烁，摩天大厦楼身上的灯影广告打出一个又一个简单粗暴的图像，告诉你什么凉茶可喝。什么基金可买，何处是神仙洞府人生必访，结婚时又必须要买哪一套厨具，等等，句句在理，井井有条，没得辩驳。

这铺天盖地的繁华之下，二爷觉得很寂寞，说出去会被人骂矫情，却在内心深处涌动，他的寂寞虚弱而鲜明，也像窗外那些灯光。

他拖着脚步出了公司，发了个信息让司机回去了，自己左右看看。

往左边走，十五分钟步行回公寓，可以洗个澡坐下来叫个外卖；往右边走，拐弯有不少高级餐厅，有几家还没吃过，一个人吃吃也无妨。

结果踌躇许久，他没往左也没往右，过了街直奔花市街去了。

跟上次一样，方圆包子店的店门关了大半，下半截透着光，盛可以这次没有再直接钻进去，而是很有礼貌地伸手敲门，老板在里面喊："哪个？今天打烊了，吃东西明天早上来。"

盛可以干脆蹲下来回喊："我找乔小姐，她在吗？"

卷闸门呼啦啦拉了上去，方头方脑，树墩子一样壮实的老板穿着夹脚拖鞋、老头衫、大裤衩走出来，手里提个锅铲，一脸迷惑："你找哪个？你是哪个？"

盛可以一时语塞。

这是他第一次跟袁哥打照面，每次他来都只看见老板娘和乔希年在前面张罗，老板本人永远藏在厨房里，兢兢业业蒸包子、打锅盔、榨豆浆、做小菜，脸都不往外露一个。

他只好说："我常来吃包子的，老板娘和乔小姐都认识我。"

老板眨巴眨巴眼："哦，今天没包子了。"生怕人家明天晚上还来似的，补充了一句，"晚上都没包子。"

说完伸手就想拉卷闸门，盛可以赶紧挡住，有点哭笑不得："我找乔小姐问她一点事，你让她出来一下可以吗？"

老板一副很不情愿的样子，半天才说："我去问问。"

里面响起老板娘穿着拖鞋啪啪啪下楼梯的声音，问老公："袁哥，你在跟哪个说话？"

老板扭身走了进去："有人找小乔，说是她的朋友，说认得到你，你去看一下是不是真的认得到。"语气相当警惕，盛可以在门口哭笑不得。

老板娘验明了盛可以的正身，总算放他进去了，只见店里一张桌子上摆了四菜一汤：莲白回锅肉、芙蓉鸡片、家常豌豆苗、酥肉汤，一盆子凉拌折耳根，一盘豆瓣鲫鱼，菜的中间有一只小蛋糕，一瓶老白干，老板娘正张罗着摆碗筷和小酒杯，一边放开喉咙喊："小乔，有人找你，快下来，娃儿们吃完饭了，喊他们自己看动画片。"

乔希年答应着，穿了拖鞋啪啪啪从楼上下来了，手里举着两个孩子吃饭用的小黄鸭碗，看到盛可以一愣："哎？"

她赶紧把乱蓬蓬的头发抓到耳朵后面去，掸掉胸前黏的蒸蛋和菜叶子，问："你找我？"

盛可以举起手来："是啊，我公司司机，他没跟你说我晚上会来找你？"

乔希年脑子很清楚："他说你回头来拜访我，我以为这是来吃包子的客气说法，那你应该明天早上来才有包子吃啊。"

盛可以一想也是，说的确实是回头，没说当晚。他看场面知道自己来的不对，急忙想走，还顺口撒了个谎："本来想来吃点东西的，没事，我去其他地方吃。"

老板在旁边指出："你不是要问小乔一点事？"

他叮嘱乔希年："他要问啥子就在这里问哈，你不要跟出去，我们两个上去拿点儿东西。"

盛可以有点窘，就是有事现在也问不出来，老板娘看他慌慌忙忙，忍不住笑："吃饭没？没吃一起吃嘛。"果然人长得帅是有一点好处的，起码老板娘对他和气。

老板马上瞪了老板娘一眼，显然很不乐意，随即又被瞪回来了，老板娘还对着乔希年那边使了个眼色。两口子相处久了，不需要多话，眼睛眉毛一动老板就明白了，老板娘说的是这男的说不定对乔希年有意思，难道不应该创造点机会？

老板乐了："差得太远了嘛，异想天开。"被老板娘一筷子打在手臂上，跳了起来："哎呀哎呀，打我做啥子？"

惧内不是一朝一夕的事，天长日久下来已经成了本能，老板雄起了最多一秒，眼看着就见风转舵了，被打了之后心不甘情不愿地说："对嘛，加双筷子容易得很，吃饭吃饭。"

盛可以的脚都悄咪咪移到了卷闸门边，听到这句邀请，油然回想起了那天的辣子鸡真味，情不自禁哗哗流口水，他假惺惺地说着："哎呀，那怎么好意思啊。"长腿一撩跨过长椅，很干脆地坐下了。

老板嘀咕："但凡你坐得慢一点我都当你真的不好意思。"

老板娘安排大家坐下，她和老板一排，乔希年就坐在盛可以旁边，盛可以举着筷子看看菜色很满意，再看看那个蛋糕，说："今天谁过生日啊？"

老板给他斟上酒，给自己和老板娘也倒满，拿了一瓶可乐给乔希年，说："我过生日。"

盛可以把袖子一卷，高高举起酒杯："大哥，生日快乐！我先干为敬。"一口闷了。

老板没想到这人模狗样的男的如此爽快，顿时高兴起来："可以可以。"毕竟喝酒有人一起确实比较快乐，一口也闷了。

这么闷了几个回合，加上盛可以每吃一筷子菜都要用力夸几句老板的厨艺，他们俩的感情眼看就奔着生死兄弟的境界去了。

老板娘在旁边猛翻白眼，嘀咕："瓜男人，憨批，喝点儿酒自己名字就记不到。"

说是这么说，她自己也没事抿一口，不停地给老公夹菜。两口子腿靠着，手臂挨着，转头偶尔看看对方，眼神里都是高兴。

酒过三巡，大家互相交代了一下彼此的情况。方圆包子店老板，袁有明先生，四川简阳人，是家里的老大。他有个弟弟在简阳务农，承包果园，种大樱桃和黄桃，国家给贷款，包种子，农业专家定时来教怎么种、怎么管、怎么收，收获之后一揽子收购，只要好好干活就能挣到钱。老板娘方小美，老来女，上头四个哥哥，两个跑运输，一个在宁市带一个装修小队干活，还有一个在老家开个小超市过活，在家那个负责奉养父母，其他在外的就每个月给几百块钱。他们俩结婚的时候四个哥哥都在，老板一看阵势，这辈子他要是敢欺负方姐，下场必然凄凉。结完婚之后才晓得，根本轮不到四个大舅哥出手，方姐比他能打多了，且不说他对老婆巴心巴肝根本没有欺负的念头，就算想都没机会。

至于盛可以，他比较简单，自己家里有个哥哥，有个妹妹，哥哥妹妹都是一等一的彪悍之辈，他比较不行，在盛世投资混混日子。他没说自己具体做什么，总结就是："我没什么出息，跟家里人关系很一般，平常也很少回去。"初次见面就说到这个份上，非常实在了。

袁哥很认真地教育他："那不好嘛，一家人就是一家人，啥子事互相体谅，关系自然就好了，是不是？"

盛可以不至于轴到去反对这一番金玉良言，说："是的，袁哥你说得好，来，咱们走一个。"

走完之后，扭头对乔希年说："我名字叫盛可以，可不可以的那个可以，你知道我名字怎么来的吗？"

这确实不是常见的名字，乔希年很贴心地捧了一下哏："怎么来的呢？"

盛可以跟老板碰了个杯，娓娓道来："我哥名叫盛天骄，特别有气派，他长大了之后人也很有气派，没取错名字，接下来我老头子想要个女儿，名字都想好了叫盛可爱，没想到我斜刺里杀出来，我妈问他取什么名字，老头子说，既然是个活的，什么名字都可以，我妈就干脆叫我盛可以。"

乔希年认真地说："后来还是生了一个妹妹叫盛可爱吗？"

盛可以叹口气，沉重地说："没有，生我妹那会儿家里人沉迷炒股，所以妹妹叫盛利好。"

乔希年笑出了声，老板从来不接触啥子股票不股票，没反应过来，茫然地问："笑啥子？"

酒过三巡，盛可以跟老板同心协力干掉了一瓶老白干，狠狠吃了两碗饭，把菜一扫而空，最后兴高采烈拍着巴掌为老板高歌了一曲《生日快乐》，啃了半块蛋糕，折腾到十二点才兴尽而归。

他走得和来时一样突兀，说声"拜拜"站起来一拉门，人就不见了，乔希年始终没搞懂盛可以来找她干吗？老板娘就断定丫根本是来蹭饭吃的，因为他实在吃太多了。

过了几天，晚上打烊的时候，快递送过来一个箱子。箱子里装着偌大的红木盒，外观贵气十足，里面是一整套刀具，一共十七把，从切肉的到切葱的一应俱全。

这些刀和老板日常所用的刀完全不是一种东西，刀面上有繁复的花纹，质地极其精良，说明书全是英文。乔希年看了看，说这是大马士革刀，上网一搜这个牌子套装的价格，小五位数，大家都吓了一跳，再看附送的卡片里写着：**生日快乐**。

原来这是白吃了一顿生日家宴的盛可以来补礼了。老板厨艺精湛，用的工具却一直很苟且，拿到这套刀一试，人生新境界豁然打开，所谓宝剑随名士、鲜花配美人，好刀需要好厨子，袁哥全神贯注在厨房"玩"了一晚上，怎么喊都不出来。

老板娘纳闷地靠在门口观察老公，还问乔希年："你看你袁哥，是不是发神经，这个时辰了，摸出两块排骨来剁是啥子意思？"

乔希年看了一下："应该是刀比较好，比平时剁得快一点。"老板娘往手心的餐巾纸上吐了一嘴瓜子壳，表示不理解："快一点就快一点嘛，那么高兴干啥子？"

"走，我们两个上去陪娃儿，让他一个人耍。"老板娘抱着乔希年的肩膀拉她上楼。

第二天早上，盛可以没来吃包子，老板站在门口站成一个望夫石，实在等不到了，回过身来让乔希年打电话给盛可以，说要对人家表示感谢。

两个男的煲了好一会儿电话粥，老板才把手机还给乔希年，说："小盛说，晚上要过来吃碗面，让你留个门给他。"

乔希年很纳闷："又要过来吃碗面？袁哥，我们晚上不开店啊。"

老板想了想："他也不是外人，反正都是要弄饭我们自己吃的，他来了就一起吃呗。"

乔希年哭笑不得，只跟老板喝了一顿酒，怎么就不是外人了？

到了晚上，她跟老板娘一起收拾第二天要用的食材，偶尔心神不宁看看门口。果然，七点来钟盛可以来了，完全没把自己当外人，进来直奔厨房，看到有粉蒸排骨和火爆肥肠很高兴："香！"

他抓起筷子就吃，还问老板："袁哥，你为啥不开个川菜馆？你做的菜太好吃了，什么米其林一二三四，我觉得都不是你的对手。"

袁哥正在烧家常豆腐，幽幽地白了盛可以一眼："说得容易，开店不要钱？"

盛可以伸长脖子看锅里的菜，筷子高高举起，迫不及待想试味道，顺嘴说："你要多少钱开店？我帮你去找。"

袁哥哼了一声："算了，别人的钱，老子消受不起。"他快手快脚翻了几下锅，作料下全，火候到了，滑锅上菜。老板娘把盛可以轰了出去，"我要拿碗筷了，你出去坐，莫挡道。"

盛可以赶紧出来了，趁着老板两口子在厨房收拾的工夫，他把乔希年拉到一边："上次你在我们公司看到的那个项目，记得吗？"乔希年点点头。

盛可以说："我们公司没投，那天我就是来跟你说这个，结果喝多了，忘了。"

乔希年又点点头，盛可以满怀期待地看着她："赶紧问我为什么。"

她只好问："为什么不投？"

盛可以挥挥手："我投了反对票，让他们不要投，因为你说他们有问题。"

乔希年没想到："这么随便的吗？"盛可以很认真："一点儿都不随便。"

他一屁股坐在收银台的后面，煞有介事地说："我告诉你，投资这种事呢，数据很重要的。如果看数据觉得不靠谱，那其他一切都要忽略不计了。"

他看着乔希年："你眼睛可太厉害了，看一眼就知道什么数据有问题。"

赞美发自内心，完全没有掩饰，盛可以没想过自己应当掩饰。外人眼里他们之间天差地别，一个西装革履，风度翩翩，一个灰扑扑的大排档服务员，按理说根本就没有任何共同语言，但这不妨碍盛可以掏心掏肺地向乔希年表达自己的敬佩之情。

乔希年对此有些吃惊，她局促地承受着盛可以的赞美，一面心里模模糊糊地想，这个世界上人跟人的区别真的好大啊，有的人可以飞快就和其他人达成一致、推心置腹，有的人一辈子都包在坚硬的外壳里，没有任何人看得到他内心翻腾的是什么。

盛可以又说："你是不是在想我为什么会这么相信你？"

还挺会自导自演："赶快问我为什么。"

乔希年不好反驳，顺着他往下说："为什么？"

盛可以打开手机，给她看一张图片，是上次他在店里收银台后面发现的奥数竞赛题答案，写在纸壳上的。乔希年的表情顿时不太自然。

盛可以指着那张图，说："这道题是国际奥赛竞赛题，能做出来的都是绝顶聪明的人。我去验证过答案了，你做的一点儿问题都没有。"

他站起来双手高举，鞠躬下拜："大神！牛！"乔希年吓得往后退了两步。

吹完这一串彩虹屁，盛可以话锋一转："对了，你那天说如梦的薪酬结构跟同类上市公司比不合理，到底怎么不合理法，能跟我讲讲吗？"语气非常认真，如同学生向老师求助。

忽然之间，乔希年连站的样子都不一样了，整个人挺拔起来，说："哎，这些东西，真的对你有帮助吗？"

盛可以猛点头："有有有。"他手里举着筷子，感觉自己回答得不够庄严，啪一下放下了，双手抱拳，"有有有。"

乔希年脸上飞出两片红，羞涩地说："我知道了，我整理一下数据给你。"

她犹豫了一下："我要下班后去网吧才能整理，你等我两天可以吗？"

盛可以很意外："你没有电脑吗？"乔希年垂下眼睑："没有。"

"iPad呢？"

"也没有。"

盛可以说："现在小朋友不是很多都上网课什么的吗？你没电脑，他怎么上课啊？"他还想得挺周全。

乔希年轻声说："他上课可以用琪琪的平板，不过晚上老板他们会拿平板看视频、看电视剧，我不方便去借。"

盛可以马上说："我送一个给你，不对，我送两个给你，你一个，小朋友一个。"

乔希年霍然跳开两步，反应很大，一口气说了七八个不要，斩钉截铁："不行的。"她以为盛可以怕她耽误事，还特意强调，"网吧很方便，千万不要送。"说完径直走去帮老板娘摆碗筷了，留下盛可以在后面摸头。

接下来几天，乔希年一到晚上把乐乐安顿好了就往网吧跑，花了几天下载数据，最后做了一份格式非常原始的数据对比表出来。为了方便盛可以看，她还全都打印了，花了十几块钱，而后很慎重地给盛可以打了一个电话，说自己弄好了。

盛可以下午时分跑到店里来，店铺里空空如也。他一边吃乔希年给他留的包子，一边拿着厚厚一沓密密麻麻全是数据的纸坐在桌子旁边看，当场就蒙圈了："这是啥？"

屏住呼吸看了一会儿，愁眉苦脸地抬起头来对乔希年坦白："我看不懂。"

乔希年不明白他怎么会看不懂，这些数据摆在那里就像一只被褪尽了毛的肉鸡，里里外外都一目了然。她过去站在盛可以的旁边，微微弯腰，指点着一张一张给他讲："你看，我选了十家公司，取了他们过去三年所有财报的数据，然后跟如梦的数据比较。如梦的这个，还有这个都高于最高值。"

盛可以照她的指点看了半天，总算松口气："这样我就明白了。"

他明白了之后又开始震惊："你这是硬比出来的啊？你怎么找到这些公司数据的？"

"上网搜的。"

"那你怎么会知道要搜这些公司的数据呢？"

"这些都是业绩稳定，三年期表现比较好的同类公司。我以前看过他们的信息，有基本的了解，顺着名字去找就可以了。"

盛可以差点儿双膝跪地："你以前看过这些公司的信息？还记得住它们的基本情况？"

乔希年一脸茫然说："是啊，有什么奇怪吗？"她内心开始慌张，"这样做是不是不太对？我也不知道。"

盛可以不说话了，他仔细观察乔希年，意图发现她是在装模作样故意打击自己的自尊心，结果他看到的只有深深的局促不安。眼前的人对自己做的事是好是坏，似乎没有任何信心。

还有，她的鼻子很好看，秀气、挺拔、有筋骨，又不夸张，像医美医院给客人看的那种模范鼻子。

他柔和地说："你太了不起了，你不用问我你做得对不对，我没资格评论你。"字字都说得认真，乔希年一时间不知如何回应。

这时老板娘下楼的脚步声噔噔噔传来，乔希年从盛可以身边走开，临走顺手指着纸上一家叫广通全息娱乐的公司，说："我觉得这家公司股票最近可能涨。"

盛可以看了一眼，没看出来这家名不见经传的公司有什么特别，他问："为什么？"

"他们一年多之前签了好几个战略合作协议，项目收获期都在这个季度，如果正常的话，很快项目公告就会出来，我觉得起码会涨15个点。"说完这句话，她就过去帮老板娘忙活了。

盛可以跟她们告辞出门，走在路上，越想乔希年说的话越有意思，于是掏出手机打开证券软件，顺手买了十万块的广通娱乐，然后就把这事儿忘到一边了。

第二章

—— XINIAN

秘密总是带来伤疤

　　花市街上的商铺换手率出了名的高，常常上半年开一家，下半年开另一家。换汤不换药。都是些小本生意，住在附近的人早习惯了：木桶饭关了家家乐快餐开张，十元家居店关了水果店开张。该有的自然都会有，什么都不影响。可是那些开店关店的人，往往在这一间小小的铺子上投进了自己全部积蓄，一关张就意味着血本无归。

　　开店成本最大头的就是铺租，开不下去最大的原因也多是涨得比营业额更快的铺租。

　　方圆包子店和周围的店铺比有少许优势：东西好吃回头客多，销售额稳定。夫妻店再加上薪水不高的乔希年三个人一条心，成本也好控制，才在花市街结结实实开了三年多。

　　他们生意好，房东看在眼里，自然每年租金也都会加一点，还好，都在能接受的范围之内。

　　眼看一年租约又要到期了。七月刚过了十五号，房东一早突然到店里来，说有其他人想租这个铺子。

　　方圆包子店要续租的话，下一年租金要涨百分之五十，而且这个月就要把下一年两押两付给了落定，不愿意就收拾收拾赶紧搬，不要耽误她租给别人。

　　房东是个六十来岁的婆婆，西京本地人，姓钟，街坊都叫她钟姨。人精瘦，头发烫了大花卷，一两个月去染一次颜色，每天晚上都在社区广场跳舞。

　　她老公已经死了，儿女没在身边，自己一个人住。她家在花市街最南边，本来是一栋挺好的三层小楼，前几年坊间传说政府要拆掉这一片，改造成商业用地和高级公寓楼。钟姨当机立断在屋顶上加建了好几层，成品远看歪歪扭扭活像危房，图的就是拆迁时按照使用面积算补偿，她能多拿一大笔钱。

　　除了自住楼，钟姨还有好些店面，都在花市街，每个月三十号绕着圈收租，妥妥的隐形富婆。

老板娘平时泼辣，见谁都不虚，在钟姨面前还是情不自禁矮了一个头，好声好气："钟姨，我们小本生意。我们两口子自己一天做到晚，交完租买进卖出就只能糊口，再涨百分之五十就做不下去了，能不能少涨一点？"

钟姨油盐不进："你要糊口，我不要糊口？你去问问这一排铺位，我给你的租金是不是最少的？你不要以为我不知道你们生意有多好。"

钟姨在店里绕一圈，走过去看看楼上，说："还有，你租在这里，住的地方不用找了吧？还有比这个更省钱的吗？"她的唾沫星子都喷到了老板娘脸上，"做人呐，知足常乐，不要人在福中不知福。"语气跟训孙子一样。

老板娘心里憋着一股气，脸上只能苦笑："钟姨，话不是这么说，楼上我们也是给了租金的，经常停水停电，我们也没麻烦你。"

她话音没落，钟姨文得黑黑的眉毛就竖起来了，活像两条得了神通的蚕虫，末端蠢蠢欲动："停水停电又不是我停的，你们不高兴住就去租好房子嘛，是不是？说那么多废话做什么呢？去住五星级酒店啊，干吗要在我店里委屈。"

她数落完拂袖而去："百分之五十，一分钱不能少。要租就租，不租拉倒，大把人等着要租。"

房东走后，店里几个大人有了心事，两个孩子也感觉到了家里的气氛不对。琪琪调皮被老板娘训了几句，掉着眼泪躲到房间里去了，乐乐赶紧抱着自己的图画书去找她玩。没一会儿，屋子里又响起了娃们的打闹声——小孩子的世界里没有太多烦恼，就算有也不会延续很久。

等打了烊，老板弄好第二天早上要用的东西，破天荒不去楼上看电视了，在厨房里闷坐着。老板娘站在他身后，难得那么轻言细语，劝老公："你莫生气，实在不行，我们回简阳算了。是个人都要吃，去哪里不是卖包子。"

她说着说着叹口气，说："在这里也不是个长久之计，你想哈，琪琪过两年要上小学了，我们在这里也没得户口，又上不起民办，哪个办嘛？迟早都是要走的，干脆走了算了。"

老板一声不吭，低着头看自己的手。听老婆说了半天之后慢慢站起来，也没去看老板娘，一字一句说："横竖都是我不行，没得用，找不到钱，连累娃儿老婆跟我受苦。"

说完，拖着步子走出店门去了。本来一条好好的汉子，从后面看突然背都驼了，跟被人打了闷棍似的。

乔希年在收银台后面坐着听他们说话，老板经过她身边的时候，她没抬起头来，只是呆呆的，手指绞在一起放膝盖上，眼里含着泪。

老板娘走出来一看她的表情，就趴在台子上摸摸她的手："哭啥子？"

乔希年不说话，只是翻过掌心来，握住老板娘的手。她的手不管什么时候都是凉的，老板娘却永远火热。

老板娘跟她朝夕相处久了，知道她的心事："你担心我们走了你咋个办，是不是？"

乔希年点点头，终于泪珠滚出了眼眶。

她记得自己来到花市街的时候有多狼狈：身无分文，乐乐生病了，母子俩在天桥下心惊胆战睡了几个晚上，一只老鼠蹿过去就能把她吓得跳起来。

找工作吧，家家都要押金、身份证，还嫌弃她带孩子。她也确实不能干，肩不能挑、手不能提，做临时工、做清洁、洗厕所都过不了检验关。

要不是最后关头遇到老板两口子，愿意收留她，什么都不问，给她一个栖身之处和活路，待她和儿子跟亲人一样好，她不敢想自己和乐乐现在在哪里，会变成什么样。

老板娘拉着她的手摇了摇，半天说不出什么来，只是接二连三地叹气。

晚上大家都睡了，乔希年轻手轻脚下了楼，开了一盏灯，在桌子上摊开这几个月方圆包子店的账本和一沓硬壳纸，左手一页一页翻账本，右手在硬壳纸上写写画画。时间不断流逝，夜色越来越深，她浑然不知。直到过了午夜，她那个旧手机上嘀嗒一声，有条短信进来，居然是盛可以，他没头没脑的一句话：*我哥说我说得对*。

乔希年疑惑地看了半天没看明白啥意思，也没回信息，放下手机继续跟账本较劲。

第二天盛可以早上气喘吁吁跑过来了，一身跑步装备，大汗淋漓，站在收银台旁耐心地等乔希年干活儿，见缝插针地谴责："你怎么不回我信息呢？"

乔希年无奈地看着他："你是不是发错了？"

盛可以气不打一处来："什么叫发错了。"

这时候有人来点包子，他就不出声了，等着。连续等了三个人，乔希年稍微得空一点了，他马上又开始叨叨："我昨天回家跟我哥讨论工作了，说到如梦那个公司，你记得吗？你给我那一堆数据，我看得想要发癫痫的那堆数据。"

来买包子的客人听到"癫痫"两个字瞪了盛可以一眼，盛可以赶紧闭嘴。等人家拿着票走了，又说："我把你跟我说的话原封不动跟我哥说了一遍，还给他看那些参照公司的数据，他觉得我干得很不错。"

乔希年终于明白了昨晚那条信息是怎么来的，一时间以为自己听错了："你哥哥说可以吗？"

盛可以点头如捣蒜："对对对，我哥可不是我，他可不是胡说的人。对就是对，不对就是不对，他还说我有进步来着。嘿嘿。"

他趴在收银台上对乔希年挑起大拇指："厉害了。"

乔希年表情没什么变化，眼神里却自然而然透出开心。她也没去想盛可以的哥哥到底是做什么的，为啥兄弟俩见个面还要一起看投资数据。

盛可以顺势拿出手机来："我要四个包子。"刚好排到面前要下单的一个老阿姨大怒，"排队，不用排队的吗？"他赶紧一溜烟跑到后面去了。

乔希年低着头写单，唇角露出一丝微笑。过了几分钟，盛可以排到了，他看自己后面没人，松了口气，说："哎，我跟你说。"

乔希年抬头："嗯？"双眸清澈如水，就像孩子的眼睛，看人的时候，总是先躲闪一下。

盛可以发现自己很喜欢她眼睛的形状，看了几秒钟才说："晚上我请你吃饭吧。"

乔希年赶紧摇头："不用不用，晚上我们也忙。"

盛可以哼了一声："忙啥？你这么明目张胆地欺骗我好意思吗？我一个礼拜在这里吃三天饭，你跟我说你晚上忙，我是瞎子吗？"

乔希年闹个大红脸，盛可以真的来太勤了。

但是她也没胡说，解释道："你吃完饭就走了，我们接下来就要准备明天早上需要的东西，出去吃饭那肯定就太晚了。"

盛可以不依不饶："吃个饭能耽误多久。"他想了想，"你是不是怕老板娘说你翘班？那我去跟老板娘说。"他一副很有自信的样子，"我一说，她肯定让你去了是不是？"

乔希年大惊，急忙摇手："别呀。"

看她表情不像是客套，是真不愿意出去吃饭，盛可以琢磨了一下，说："要么这样吧，我叫外卖来你们店里，跟老板老板娘一起吃，总可以吧？就当我蹭了那么多顿饭回请一次。"

老板娘打旁边过，耳朵好，听到了，马上插话："那挺好，你也该请我们一次了，我们伙食费最近飙升哈。"

盛可以拍桌："我就喜欢老板娘这个爽快劲儿！"

没到七点，他果然兴冲冲地来了，孑然一身，双手空空。

满怀期待要吃欺头的老板很失望："搞么子？还是要我做饭吗？"提了一下裤子嘀嘀咕咕站起来就要去厨房。

盛可以拦住他："不做不做，马上来了。"乐乐和琪琪也兴冲冲下来："吃外卖吃外卖。"他们平常很少有去外面吃饭或者点外卖的机会，家里菜再好吃，尝新鲜的时候也很兴奋。

琪琪举手问："是不是比萨？"她老看电视里的比萨广告，一直闹着要吃，都被老板娘否决了，一块比萨一两百块钱，才够两三个人吃，那怎么得了，一两百可以在农贸市场买多少菜肉？

盛可以把乐乐抱起来坐在自己左边膝盖上，琪琪坐在右边膝盖上。店里三大两小排排坐，一起伸长脖子往外面看。

等了一会儿啥动静没有，乐乐举手："这位叔叔，我要发言。"

盛可以正襟危坐："可以发言，乐乐你要说啥？"

乐乐说："我饿了，我要吃面条。"

琪琪跟着举手："我也要。"

老板心疼娃儿，又要站起来去厨房，还是被盛可以拦住了，说："快了，快了，快了。"

他说到第三个快了的时候，门口来了浩浩荡荡一个队伍。七八个人都穿着干净雪白制服，一进门就开始摆阵势：铺桌布、摆餐。各色中西餐加日式热食、冷食、甜品一字排开，饮料、酒水也很夸张，连鲜榨果汁都有四种。

服务员传高送低，还有人现场管火锅：现切和牛、滩羊、走地鸡下锅，捞起来配好料摆到面前，真正做到了让大家饭来张口。

一顿饭欢歌笑语，吃了三个小时下来，外食团队把东西收拾好带走了，盛可以还在跟老板吹牛喝小酒。乔希年悄悄对老板娘说："方姐，能不能带乐乐他们两个上去睡？我想跟盛总说点儿事。"

老板娘露出了惊喜的笑容，猛点头："你说，你慢慢说，娃儿我管起，你不要慌。"老板娘三步两步带着两个孩子上去了，一路走还一路嘻嘻笑。

乔希年意识到老板娘肯定想歪了，而且歪到了十万八千里之外。她目送老板娘上楼，张了几次嘴不知道怎么解释，只好摇着头转回店里。这时候老板的电话响了，电话里和楼上都回荡着老板娘大声武气的声音："上来上来。"老板很迷惑："上来干啥子？难道娃儿们洗澡睡觉要我来陪着吗？"老板娘作河东狮吼："喊你来就来，搞快点。"

老板一头雾水地上去了，乔希年啼笑皆非。

她在盛可以面前坐下来，说："盛总。"

盛可以举起一只手打断她，严肃地说："你怎么这么见外？"

乔希年没料想他这个反应，忙喝了口水。

他想了想，语重心长："叫我小盛，知道吗？"然后又眉开眼笑地说："小盛是自己人，有事儿您说话。"

乔希年差点一口水喷出来，她感觉到这会儿时机不对。盛可以和老板把那瓶茅台喝太快，已经有点醉了。

来都来了，眼下只好死马当活马医。她拿出一沓打印纸，递给盛可以："小李说你们公司是做餐饮投资的，我有件事想请教一下。"

盛可以聚精会神听着。

"你知道的，我们店早上中午一直生意很好，但晚上客人就很少。"

她长出了口气，打起精神继续往下说："早午餐都是简餐，生意再好利润还是微薄。明年房东要涨租，我算了一下，涨租之后基本上要把所有流水拿出去当成本，那店就开不了了。"

乔希年语气里带着淡淡的忧愁，是压了又压的焦虑稀释而成的，渗透在每一个字里："我把周边晚上生意好的店铺情况都看了一下，有点想法。但这方面我实在没经验，能不能麻烦你找你们公司做餐饮投资的人看看，我们还能做点什么才能把营业额和利润都搞上去？"

最后这一大段话她一气呵成，是提前很久反复在脑子里演练过无数遍的，可是不由自主越说声音越低，最后简直像是在喃喃细语。

求人帮忙是乔希年生命中最难的一件事。如果只和自己有关，她宁愿在泥泞里爬行，也不向路人呼救，但方圆包子店的存亡不那么简单

她在这里一年多了，老板和老板娘拿她当亲妹妹一样照顾。这家店不但是她的庇护所，更是老板和老板娘的心血，她安身立命所在。

如此勤劳打拼的两个人，因为房租涨了百分之五十就被迫要关掉店子，不知道能去哪里重新来过。一念至此，乔希年的心就像被灌进了泥浆，沉重而浑浊。

他们走了，自己怎么办呢？她当然会担心，但这不是她向盛可以求助的主要原因。

盛可以接过那沓纸努力看了半天，上面很多数据，他有点蒙："这是什么？"

"周边五百米的餐厅，每家的特色、价格定位、营业面积、午晚饭点的平均顾客数字、进店的顾客和街道上人流量的比例，还有周围住家、商户、对面写字楼过来吃饭的人的数字和选择的情况。"

她一口气说下来，盛可以吓了一跳："你自己一家一家去看的？"

乔希年点点头："不是特别精确，特别是中午。因为这边中午有点忙不过来，晚上时间多一点，所以会详细一点。"

她有点不好意思："我还装作是市场调查人员，请人填了一些表。样本不太多，用户画像不精准，只能勉强作为参考吧，数据都在这里了。"

盛可以酒都被吓醒了。他看看那几张纸，看看方圆包子店，虽然整洁干净，但真的就是一家苍蝇馆子大排档，这种地方怎么会有乔希年这样的服务员？

他的内心在呐喊：这简直毫无道理。

他想了想，把几张纸折好放进了西装口袋里，然后说："我能不能问你一个问题？"

乔希年说："什么？"

盛可以很认真地问："你是怎么跑到这里来上班的？"

乔希年对他笑笑："不然呢，我能去哪里上班？"

她平静地解释，就像这个问题的答案已经提前准备过，排练过了似的："我家里条件不好，没读什么书，以前上班也就是在各种店里当服务员。"

盛可以一脸疑惑地看着她："你是不是认为我没见过读书少的人？"还学了一下乔希年刚才说话的腔调，"我请人填了一些表，样本不太多，用户画像可能不精准，只能勉强作为参考。"

他点了点自己的脑袋："我刚才听到这句话，以为自己喝多了在公司加班，那些分析师就是这么说话的。"

乔希年很无奈："盛总。"

盛可以抢话："小盛！"

乔希年实在没法这么叫，只问道："这怎么行啊？"

盛可以从善如流："那就叫二哥！"他还解释，"我是家里的老二，大家都叫我二哥，比我大的人也叫我二哥。"

乔希年意识到再跟他扯下去也扯不清，只好从了："行，二哥，我要是能当分析师，我在这里卖什么包子啊。"

她说得很平淡："每天三点要起床，穿平底鞋一天站下来脚都会肿，很辛苦的。"

盛可以再迟钝也听明白了这句话，他把筷子放下来说："对不起，是我太冒失了。"

他慎重地向乔希年保证："我明天上班就拿给同事看，你放心。"

第二天天气非常好，生意从六点就开始火爆，乔希年一直忙到下午三点才喘口气。她头晕眼花地去睡了两个小时，起来急急忙忙看手机，没电话，收到的信息都是广告。

她快快不乐地下楼来做事，做完了就待在收银台后，没事扭头往外看一眼。老板娘注意到了，就问她："妹妹，你怎么了？不舒服吗？"

乔希年摇摇头，说："有个客人叫我留了包子给他，又没来拿。"

老板娘乐了，多大个事啊，哪儿值得皱眉头呢？就说："不来拿拉倒，自己吃呗。"

乔希年对她笑笑，说："是啊，等一下我自己吃。"又往外望了一眼，没有盛可以的影子。

她盼的不是盛可以的人，而是她托付盛可以的事。

有人看了那些数据吗？有什么想法吗？能让包子店多挣点儿钱吗？

她内心为之忐忑不已。

带活一家包子店而已，那些分析师身经百战，对他们来说这不算什么疑难杂症吧？

时间一点点流逝，乔希年始终没见到人来，她情不自禁地帮盛可以想理由——

上午：让同事看要点时间，应该很快会有说法，等下午吧；

到了下午：白天可能忙去了，现在下班了，说不定过一会儿就会带着意见过来；

到了黄昏：说不定今天加班呢？人家毕竟有正事。

而后，七八点，按理说，加班也应该加完了。

还是不见盛可以的人。

乔希年脸上没有表情，该做的事手头做着，只是内心另外的自己在一个小时一个小时地等待，一个小时一个小时地琢磨。

昨天晚上盛可以看着她的眼睛许下了承诺，当时听起来是真的，到大天白日之下好像就变成了泡影。她徒劳地去想盛可以昨天是不是喝太多酒了，她记得他是没怎么喝，最多就是微醺的状态，不至于就断片了。他走的时候还哼着小曲儿，步子很稳当。

她明明过目不忘，却反复在记忆里跟自己确认点滴事实，生怕自己有所遗漏。

乔希年不愿意去想另一个可能性：和喝不喝多没关系，盛可以就是随口一说然后忘记了，因为这件事一点儿都不重要。

她不愿意想，正因为这个可能性太真实了。

她更不愿意想，对盛可以来说，乔希年这个人不重要，方圆包子店这样一个小生意也不重要。

这也太真实了。

现实总是比较伤人，于是人们千方百计回避它。

转眼一天过去，乔希年的盼望一再落空。

理智告诉她这不是一件什么大事，她仍然感觉到了深深的焦虑。肩膀有个地方开始疼起来，就像血肉的深处打了一个钉子，拔不出来，敲不进去，这种疼痛和生理无关。

人们的焦虑就像车子上的警报器，当它拼命叫喊，就是有什么事在发生。如果无法解决那件事，警报就会永远响下去，光是那声音就足够让人崩溃了。

她尝试着深呼吸，同时提醒自己应该再次在公众号上排队去约毕医生的诊疗号。蓄水太多的水库需要一个泄洪的出口，毕医生就是她的出口，她要在撑不住之前就采取行动。

一直煎熬到晚上，老板娘收拾了厨房，和乔希年坐在店里看账。这个月还是不错的，有点净利润，但要是下个月加了租，再扣掉各种水电、杂费、食材、成本，就几乎什么都不剩下了。

唯一的办法是包子锅盔都大幅度涨价，否则根本开不下去。然而在花市街，贵的东西是根本卖不动的，再好吃都不行。

乔希年不敢想包子店关掉自己要怎么办，眉头紧紧皱起来，盯着一个地方出神。

老板娘一边算账一边没歇气地骂房东，要是钟姨在面前估计两个女人马上会打起来。她骂得正上头，转脸一看乔希年的表情停下来了，忽然说："妹妹。"

四川人喜欢叫女的妹妹，老板娘对乔希年这么叫，叫女儿也这么叫，老板叫老板娘也是这么叫，透着一家人不说两家话的亲热。有时候不知道到底在哪个在叫哪一个，场面很混乱。

"看你这个样子，伤神得很，没得必要。店不开了，钱还是要找，饭还是要吃。你记到，你愿意的话就跟着我们。只要我们有口饭吃，不会丢下你一个人跟娃娃，晓不晓得？莫乱操心。"

乔希年重重点了两下头，好像这个保证值千金，她也等了很久似的。她眼泪又要落下来，唯独在老板娘面前，她格外娇气。

老板娘笑她："又哭啥子，眼皮子那么浅。"摸了一张纸巾给她，自己上楼去了，一阵噼里啪啦地抓着乐乐和琪琪洗脸洗澡准备睡觉，根本不需要任何人搭手。

带孩子是乔希年的弱项，操持乐乐吃饭穿衣睡觉，每一件事都特别吃力。而老板娘一出手，管两个仍然举重若轻，能把所有事情搞得妥妥当当。正所谓人各有长处，术业有专攻。

生活上的事乔希年帮不了什么忙，她的任务就是给两个孩子讲睡前故事，辅导作业。琪琪和乐乐问起知识方面的问题，乔希年都能详细而精准地回答出来。

有时候老板娘也在旁边听，听着听着就笑，说难怪乐乐那么聪明，读书这种事情还是主要"拼妈"。

故事讲完，乐乐每每就在琪琪床上睡着了，乔希年把他抱回自己房间小床上，孩子的一天就这样平静而愉快地结束了，妈妈的一天却还要靠自己继续熬着。

窗外偶尔传来车声；远处吃夜宵的地方；醉了的人在唱歌；又有某处失火了，救火车呼啸着来了又去。

深夜的世界总体而言很安静，是应当熟睡休憩的时刻。

但乔希年睡不着，就算睡了内心也充满恐惧，仿佛很快就会被迫醒来。久而久之，睡意就绕着她走了，也许唯独孩子有长夜无梦的幸福。

干躺到十点多，她悄悄爬起来，从床底下随便摸出几本杂志，下到店铺里去看。杂志都是从花市村社区图书室借的，财经周刊，每个礼拜都会到新的。

那些故事会、明星八卦题材的杂志都翻卷边了，只有这本杂志永远簇新，永远动都没人动，刚好可以帮乔希年把时间打发过去。

她慢慢翻着杂志，不时听听楼上的动静，怕乐乐醒来找妈妈。这种事不常见，就算乐乐真的醒了看不见妈妈，他也不怕，往往径直去敲隔壁老板娘的房门，爬到琪琪小床上再度睡过去。

熬到十一点左右，卷闸门上有人敲了两下，乔希年腾地站了起来，往厨房的方向退。

花市街人多事杂，附近有不少烧烤啤酒馆子营业到两三点，三天两头总会冒出来几个喝多闹事的醉鬼，凌晨时分莫名其妙地来拍门要吃饭，报警才赶走。

她想把灯关了，忽然听到有人在喊："希年，你在不在店里啊？在的话给我开个门。"

乔希年脱口而出："包子卖完了，明天早点来。"说完才反应过来，是盛可以的声音。

他在外面笑着说："不是来吃包子的，你开门吧，放心，我不是一个人。"

乔希年一头雾水，拿出钥匙把卷闸门开了。果然外面不止盛可以一个人，而是站了整整一群人。

总共是五男两女。男的都穿着正经西装，黑的灰的；女的穿着及膝的连身裙，裙子显眼位置有标志性的 logo（标志）花纹，都价值不菲。

他们凝望乔希年，个个面无表情，气质和架势都跟方圆包子店非常不搭。

盛可以带着他们鱼贯而入，占据了所有的吃饭桌子。乔希年穿着自己起了毛边当作睡衣的 T 恤七分裤，茫然地站在门口，不知道这是怎么回事。

盛可以发话了："我今天去证监会开会了，临时被弄过去的，一过去电话就被收了，所以没来吃成包子，公司的人也加班到现在。"

他语气很懊恼，还探头往厨房的方向看了看，好像很希望乔希年会给他变出几个包子来似的。

接下来又说："包子不吃就算了，现在请我们同事给你分析一下店铺和周边餐饮的营业数据，看怎么提高盈利。"

他挥了挥手："跟你介绍一下，这是我们餐饮投资部门的分析团队。总经理、副总、项目总监、分析师，全在这儿了，都是在连锁餐饮投资领域干了五年以上的专业人士。人太多，我不介绍名字了，大家来一起加个班，给咱们包子店盘盘道，好吧？"

乔希年仍然处于震惊状态，啥都说不上来，其他人都摆出了专业人士应有的扑克脸，与此同时内心疯狂吐槽。

他们七个人的年薪加起来超过两千万，个个履历出类拔萃，国内好多细分市场排名前三的连锁餐饮集团背后都有他们的身影。

万万没想到啊，他们现在倾巢出动，挤在一个总共只有六张桌子的大排档店面里，为一家每个月营业额可能不超过十万块的包子店做咨询。

盛可以虽然是盛世投资的总裁，但这么折腾他们也算是过分了。

他们是下午收到盛可以会议安排邮件的，之后内部火速开了个小会，商量要不要抗命不遵。

只要说一声约了客户有工作安排，盛老板总不可能去查大家的日程表。

但是，有人就提了一个问题："如果他明天继续找我们呢？"

盛可以的字典里没有"知趣"这两个字，更何况他毕竟是老板，惹急眼了，他很有可能连续两礼拜找他们，不达目的誓不罢休。

再合计了一下，大家觉得不如将计就计。

他们在盛世投资已经待得很腻味了。盛天骄把团队派过来的时候说过，如果三年没有起色，就让他们回到集团，该给的待遇，该有的扶持，统统加倍补偿。但事关盛可以的前途，这三年不能少。

大老板这番拳拳之心不知道是认真的，还是做给大家看看的，但话是撂下了。

这帮人没办法，平常项目照做，再怎么说和自己收入有关，也必须要给董事长交代。至于盛可以，他们就一直是抱着看戏的心态，冷眼观察这位爷能荒唐到什么程度。

就像现在。

盛可以完全没有想到这么简单的一件事背后团队有那么多小九九，意气风发地说："要不咱们开始吧。"

他看向坐在自己旁边的女士，一条火焰般燃烧的红裙子让伊人不怒自威，杀气腾腾："翟总，你来吧。"

翟总是部门副总，名叫翟晓敏，哈佛毕业，本科学的数学，硕博连读的专业是经济，后来去沃顿读了个MBA（工商管理硕士）。部门其他人也差不多是这个履历。

此刻她小心翼翼地坐在一条长板凳上，就着昏暗灯光摸出笔记本电脑，运指如飞开了一个文件开始做记录，一面字正腔圆地说："谢谢盛总介绍背景，乔小姐，咱们先来过一下方圆包子店的数据吧。"

乔希年抓了抓乱蓬蓬的头发，终于回过神来，顿时非常后悔刚才干完活没去洗把脸。

这会儿再洗也来不及了，她心一横，把收银台里那张板凳拖出来，坐在智囊团前面，挺直了腰背，活像一个接受面试的小学生。

咨询开始了。

两小时后。

咨询结束了。

还是翟总收尾，字正腔圆地说："乔小姐，我们会在一周内给您出一个整体方案，在方案的基础上我们再安排会议进行具体讨论。"

说完，她收好电脑，带着其他人和进来时一样丝滑地鱼贯而出，盛可以跟着走在最后，临行对乔希年摆手。她也摆手，欲言又止。

他们远去之后，乔希年愣了一阵子，关好门回到厨房打开冰箱冷藏室最下层，里面有个真空盒放了一整天，里面有四个包子和一小碗泡仔姜。

乔希年看着仔姜出神，盛可以带着那一队投资专家走到了花市街牌坊的外面，面对主干道上的车水马龙，大家不约而同停下了脚步。翟晓敏看看盛可以，看看自己的同事们，发出憋了很久的一声"哇哦"，语气中充满了惊叹。

大家都明白她的意思。

方圆包子店确实小，生意规模上根本不值一提，乱发蓬头的乔希年和包子店本身一样，不值一提。

然而一旦他们开始问乔希年问题，她的形象就悄然发生了变化。

乔希年在方圆包子店工作了一年零三个月，她记住了从第一天开始和这家店有关的一切数据。

每一个阶段原料的价格和一年中的涨跌比例，细到日期，精确到小数点后两位；店里畅销产品和滞销产品的种类和成本比例；周边铺租和出租房的价格变化；食物卖出的分量，浪费的分量，在成本中的占比；不同时段不同天气对营业额的影响；主要顾客群的性别、年龄、工作类型，以及他们的购买偏好；不同人群的平均消费额；商品变化带来的成本变化，营业额变化和人流变化……

她回答了投资团队问出的所有数据问题，没有磕巴，没有犹豫，毫不怀疑自己记忆与记录的精确性。此外，她还利用业余时间观察和记录了周边三公里内几乎所有早点铺的同类数据，在此基础上进行了竞品分析和市场分析，其结果可以说百分之百准确和清晰。

乔希年没有接受过任何商业运营方面的训练，她完全是靠自己超绝的记忆力收集信息再做解析，非常原始，非常费力。

结果没有瑕疵。

当年美国登月，靠的是人手算出火箭运行数据，做法非常原始，非常费力。因为算的人是个天才，什么都没耽误，火箭稳稳当当地上了天。

这就是天才的力量。

乔希年绝对是天才。

翟晓敏问盛可以："盛总，你怎么认识这位乔小姐的？"

盛可以觉得这事儿一目了然，说："包子店的服务员啊，吃包子的时候认识的，不是说了吗？"

翟晓敏傻看着他，忍不住重复了一遍："包子店的？服务员？"

过分了啊。

如何帮一个包子店降本增效，这对翟晓敏的团队来说相当于于拿大炮打蚊子，按理根本不应该发生，尽管如此，他们还是做了。

做的原因很简单，第一还是要给盛老板一个面子，第二，乔希年给出来的数据太过于扎实了，放在那里相当于一个半成品，许多结论和方案呼之欲出，不做感觉不对劲。

人类的本能是完成，明明白白的事情半吊子丢着叫人心烦。

翟总分配了两个分析师花了一周时间做了一个方案，一页纸就能表达完，很简单，都是可行之道——早餐主力产品维持原有的价格，减量，每周增加一种新口味的产品，提价，补上主力产品减少的量，具体减多少，提价多少，做一个月的测试最后确定；午餐从随机供应菜品改为套餐制，以二人餐为基础，增加分量，减少品种，提高价格；提前装盒，方便打包，提前一天预定可供应团餐。

方案最后还额外发挥了一下，写了一个对他们来说符合传统投资思路的一个想法。

方案做完，第一时间拿给盛可以看。翟总还建议安排个正式会议请乔希年过来，详细讨论一下方案的实操可行性，结果盛可以劈手抢过那张纸，说不用开会了，他反正要去吃饭，自己去跟包子店的人说说就行。

翟晓敏目送老板远去的身影没脾气，扭头问下属："你说盛总这是在干吗？"

她不知道自己的想法对不对，说："他这是把我们撇开去跟人家邀功吗？"

同事给出了一个大胆的想法："翟总，盛总他该不会……想追那个姑娘吧？"

大家在心里衡量了一下盛二爷和方圆包子店精神股东之间的差距，有点不敢往下琢磨。

有人就说："不可能吧，盛总不是有女朋友吗？"

"盛总好像一直拍散拖，没有哪个固定的。"

"有一个好像经常跟他一起，我在办公室楼下都见过两次。"

"是不是钟家的大小姐？"

"哪个钟家？"

"钟氏工业那个钟家。"

他们说的钟家是盛家的世交，两家的上一辈相识于微时，一起创业，一直关系深厚，两家儿女凑成一对既合情又合理，绝对 1+1 > 2。

人们于是纷纷感叹，难怪有钱的人一直都有钱，越来越有钱，而没钱的人怎么都爬不上去。因为人家的资源直接就内部融合了，根本肥水不流外人田啊！

盛可以当然不知道下属们在扯他的闲篇，唱着歌儿走到了包子店。自从他三天两头往这里跑，他的司机都开始担心自己会失业了。

他拿着方案，一边啃包子一边跟老板、老板娘和乔希年三个人做说明："你看，咱们的大肉包子不能涨价，因为一涨价就打草惊蛇了是不是？主要吃这个的人对价格比较敏感，咱们得稳住他们。以前没事上上新品种还挺多人买嘛，那就把那些比较多人买的新口味拿出来每周有规律地加一个。这个新品可以涨价，大肉包子少做一点，新口味多做一点点，这样一进一出，嘿，这部分就有钱挣了。

"午餐，更有钱挣了。袁哥，你平常买菜，是到菜市场看到什么买什么，把身上带的钱花完就算数，这样不行。根据乔希年记的数，中午卖的炒菜，销售很好，可利润太低，有时候甚至是倒贴的，咱们得改改，做成套餐制，要提前规划好食材，控制住成本，成品再涨价。记得去做一些饭盒，像样子一点的，不要怕花钱，这个外卖可以做批量，餐盒的成本都在里面了，临时买的要直接加盒子钱，羊毛出在羊身上。"

说到第三点时候，他甚至还精神入股了："你们可以订团餐了，那我就让我们公司的人，还有朋友公司的人都来你们这里定！"

他很有热情，也讲得非常清楚，袁哥他们全听懂了。

办法都是好办法，说不难是不难，说白了就是个多想一想算一算，好好设计成本和收入比率的问题；说难也难，得有懂行还知道控制的人长期盯住数据，一手一脚落实到位才行。

做咨询的人见得最多的，就是方案一百分，理解八十分，执行三十分，最后全歇菜。

方圆包子店没这个问题，他们有乔希年。

大家听完盛可以的介绍都去看乔希年，老板娘直截了当就把锅甩过去了："这是你的事哦。"乔希年点头如捣蒜："我的事我的事。"她容光焕发。

这样一来，包子店又能做下去了。老板娘一颗忐忑的心落到肚子里，眉开眼笑："读书人就是了不起，有办法，我们不知道怎么感谢你好。"

盛可以指了指乔希年："我们公司那些人做了百分之十五，其他全部是靠她。"

他说得也很有道理："我们这一行有个大佬说过，所有正确的决定都隐藏在正确的数据里，就看你能不能找出来。希年给了所有正确的数据，我们团队找到正确的决定，双赢。"

盛可以的语气中充满了自豪感，不知道是为盛世投资的人，还是为乔希年。

老板听不懂这些，他高兴得抖腿，恨不得马上就起身去厨房开始做新口味的包子，好每个多卖五毛钱。

这时候盛可以按住了老板，说："我们团队，还有个想法。"袁哥一脸蒙："啥想法？"

"他们觉得一个包子店做来做去的，做起来没什么意思，建议你们换换思路。"

"嗯？啥子思路。"

翟晓敏他们的思路，简单总结一下就是两个路子。

"第一个是把方圆包子店做成网红店，一个包子十块钱，包装宣发的水平提上去，把客单价提高，相当于做成包子中的爱马仕。这个办法需要比较多前期的营销投入，此外需要花点钱装修铺子。"

盛可以说完上下左右看了看方圆包子店，挥挥手，说："我亲自给你们整个设计方案。"

老板没有表现出任何兴趣，纯粹出于礼貌说："那第二个路子是啥子？你赶快说一下。"

盛可以没注意到他言语中的敷衍，说："第二条路子就是建中心厨房，开连锁，把你的包子配方标准化，做好成本管控，西京全面开花，做到有人的地方就有方圆包子，一年开它一百家。"

老板和老板娘一起摇头。

他们没怎么听懂，就算听懂了也不觉得这两个方法跟自己有啥关系。

方姐还忍不住笑："十块钱一个包子，开玩笑，别个敢买嘛我还不敢卖，街边那么多包子店，疯球了，要来吃十块钱一个的包子！"

袁哥也帮腔："啥子连锁店，不可能嘛，你看到肯德基麦当劳才连锁嘛，我做个包子连啥子锁，不得行，不得行。"

方姐跟老公一唱一和："就算行，我们哪里来的钱装修搞品牌，搞连锁嘛？都是大事情，要花不晓得好多钱。"

盛可以挺起了他的小胸膛，认为这是老板他们想瞌睡天下掉了一个枕头，骄傲地说："我们就是做投资的，既然他们说这个可以做，我们可以投的。"

老板娘疑惑地说："啥子叫投资。"

乔希年怯生生地帮盛可以解释："就是他们给钱给我们做生意，他们也要占股份。"

袁老板一听炸毛了："我们本分人，小本生意，不需要，做不得！"

夫妻俩特别同步,你一句我一句说完,双双很虚伪地对盛可以说了一声:"谢谢你哈,帮我们操心。"转身就进厨房干活去了。

盛可以看着他们头也不回的身影,感觉自己的人生翻开了新篇章——以前都是人家拿着方案过来求他看一眼好搞点儿钱,现在他求着人家看一眼他好投钱,人家还不爱看。

乔希年能读懂他的震惊,这事儿是她张罗起来的,现在盛可以好心好意帮包子店想办法还惨遭拒绝,她发自内心觉得不好意思,脸都红了:"对不起啊。"

盛可以看她一眼,货真价实诧异,说:"有啥好对不起的?"

乔希年双手绞在一起,确实有点懊恼:"麻烦你们做了这么多事。"

她看了看厨房里忙碌的老板和老板娘,接下来的话不知从何说起。关于投资的事,说人家两口子不对那断然是不行的,他们有他们的想法和难处,那说什么好呢?

乔希年的内心有一种隐隐的遗憾:重要的事情她不能下决定,正确的事情,她不能全力投入带来结果。

被动,等待,听从安排。

这仿佛一直是她的常态。

当她从这个角度去审视人生,内心就自然涌现出了新奇而强烈的遗憾。

盛可以听她不再出声,干脆帮她说了:"你是不是觉得我热脸贴个冷屁股,为我感到非常不值?"

乔希年刚要犹豫着点头,盛可以已经捂住胸口:"我感觉自己也受到了巨大的打击。"他靠在墙上,一只手撑着额头,露出了心碎表情。

乔希年十分错愕,没有料到讨论正经事的时候这位爷居然要上了宝,这话没法接。

盛可以看她愣着不动,推了推她:"求你了,赶紧去给我下碗面吧,不然打击更大了。"

乔希年皱眉看着他,心底深处的不甘仍然风起云涌。

盛可以只好严肃起来,坐好清清嗓子,把文件夹递过去:"好吧,不吃算了,哎,你是不是觉得这事儿其实有戏?"

乔希年点了一下头。

"但也不能跟老板她们硬来是不是?"

乔希年又点了一下头。

盛可以的好处是豁达:"好事多磨,都是这样子的,别太着急。这些资料你留着,里面有详细的投资计划和成功案例文件。啥时候老板娘和老板想通了,咱们再商量看怎么办,毕竟我们公司投资也不是说投就马上投的,你觉得好不好?"

乔希年仔细考虑了一阵子,终于露出了清浅但真实的笑容,说:"好。"

她把资料接过去,顺手翻开第一页开始看起来,一看就入神,完全忘记自己本来要去做什么事了,盛可以等了一会儿,忍无可忍,敲着桌子闹腾起来:"我要吃面,我要吃面。"

乔希年赶紧跳起来,慌慌张张跑去厨房下面,盛可以往硬板凳上一坐,心满意足哼起了歌儿。

方圆包子店时来运转，新举措、新气象、节流开源，一个月实验下来，纯利润增长了百分之二十七点多，把房租增幅妥妥地覆盖过去了。老板娘赶在房东的最后通牒之前去交了明年的押金和两个月的租金，能继续把店稳稳当当开下去，大家都松了一口气。

盛可以就此成了包子店的功臣以及名誉家庭成员。他每周吃两三次包子，有时候是早上，有时候是中午，要是出差了或者实在忙得没时间，就晚上跑去要求加餐。最低要求是乔希年给他下个面，哪怕什么菜都没有，弄点儿泡菜当浇头也行。

当然袁哥对他十分偏心，很少有让他光吃面的时候，不管多晚，看盛可以来了，一定重新开火上锅给他弄几个菜，看他吃得满意才高高兴兴上楼。盛可以吃啥老板娘都不收钱了，硬给还挨骂，他只好曲线救国，隔三岔五给包子店买东西。

成套的进口珐琅锅，乐乐和琪琪玩的玩具穿的衣服，还有袁哥他们闻所未闻的高级零食，接二连三地送，反正他要买什么就是交代安娜一声，一天有时候能交代两三次。

每次包裹到了都是方圆包子店一天的小高潮，一家人围着桌子伸长脖子屏息静气，屋子里洋溢着开盲盒的兴奋感，开出来是谁的谁就"哈哈哈"自己抱着上楼。

他还给袁哥买各种食材，M12的牛肉，野生大黄鱼，小臂那么长、那么粗的虾，蒙古直送的滩羊羊排……白天东西到，晚上盛总人跟着到，和乐乐、琪琪一起站在厨房门口敲筷子等吃。

给乔希年的包裹并没有比其他人更多，零零碎碎买的都是些小东西，一个名牌的发夹、一本从国外带回来的英文书、一瓶擦脸的面霜、一个质量特别好样子还可爱的保温杯。

几个月下去了，一转眼就到了冬天。十二月中旬寒潮来袭，天干地冻，天气冷得叫人难受。

这一天盛可以还是一身衬衣西装晃进方圆包子店吃晚饭，老板娘缩在收银台后的取暖器面前哆哆嗦嗦，看着他直摇头："穿这么少，你不冷吗？"

他脖子一梗："不冷。"

老板娘翻白眼："傻小子睡凉炕，全凭火力旺。"

盛可以晃了一圈："乔希年呢？袁哥呢？"

"一个在楼上管娃娃做作业，一个在弄饭，没听到爆油锅的声音嗦？"

盛可以胡乱"哦哦"了两声，忽然往收银台上一趴，眼睛瞪得溜圆："老板娘，过新年咱们吃什么菜？有啥想吃的没？我来买。"

老板娘没脾气："咱们是啥子意思？"

盛可以理直气壮："就是你们一家人和我，加在一起是'咱们'。"

方姐觉得奇怪，马上问了出来："哎，你不是家在本地？爸爸妈妈哥哥妹妹一大家子人，怎么过新年都不回家吃饭？"

盛可以幽怨地翻了个小白眼，说："老板娘你对我上点儿心好不好？我说过了，我和我英明神武的哥哥妹妹不对付，所以很少回去啊！"

方姐指出："很少回去也没说打死不回去吧，过年过节总得回啊！"

盛可以堆上了一脸苦相："这事儿吧，说来话长，没那么简单。"

方姐精神一振,满怀期待地等着他的话长,结果没了,他杀进后厨找袁哥去了。方姐悻悻然,一边嗑瓜子一边嘀咕:"只听说炒股炒成股东,泡妞泡成老公,没听说过吃包子吃成亲戚的,怎么家里就多了一口呢?"

盛可以的话真要说起来其实一点儿都不长,他很少回家是真的,过年过节要回去应个卯也是真的。五点进门六点吃饭八点下桌九点走人去赶自己的酒局,回回如此,八点到九点之间还是因为大哥找他单独谈话,否则他八点就会直接消失。

今年天气太冷,家里老人觉得在西京待着不舒服,于是盛天骄在马尔代夫包了一个岛,家里人都去岛上过新年,还邀请了几家过往亲密的朋友一起。

盛天骄很高兴,说这是头一次家里的私人飞机能坐满,不浪费,过节就是要热闹云云。

人和人的悲欢无法相通,盛可以就半点儿都不高兴,他光想想和这么一群人在岛上待一礼拜都要发心梗。

那么小一个岛啊!上面全是亲戚和熟人啊!抬头不见低头见,没处藏没处躲啊!得不停跟他们打交道,那还得了?

大哥一提,盛可以马上拒绝,接下来几天家里人谁打电话都不接,死活不松口,终于成功地自己留在了西京。新年晚上狐朋狗友们都要跟家里人吃饭,约了十点之后再出来玩。在那之前,盛可以就只能往包子店跑了。

过了两个礼拜,元旦前夜,盛可以真的来了,他的司机往地上放了好几个巨型的购物袋才走。他转身拉下卷闸门,一脸兴奋:"吃饭吃饭。"

这位爷今天穿得很妖艳,紫色衬衣,灰色羊绒开衫,终于知道零下二度不好对付了,外面穿了个深灰色的大衣,窄窄的很修身,脖子上绕了一个爱马仕紫色大丽花的小方巾,尽显俊男本色。老板娘眼前一亮,上上下下看了半天,小心翼翼摸了摸他的开衫,问:"这个衣服是啥子材料?摸起好舒服,颜色也好看。"

盛可以拉出衣服来给她摸:"羊绒的,纯羊绒,很暖和,一件抵三件。"

老板娘很喜欢,又摸了几下,回头看了看在厨房忙活的老公,压低声音:"你悄悄说好多钱,我准备去搞一件给我们袁哥过年穿。"

盛可以摆手:"千万别买这个牌子,划不来。老板娘你要买就看准羊绒就行了,牌子没用。"

老板娘的好奇心上来了:"到底多少钱嘛?"

"三万多吧好像,我不记得了,买了几年了。"

老板娘倒抽了一口凉气,看着盛可以走过去,仿佛看见了三百多张百元大钞贴在他的身上迎风飞舞,她喃喃自语:"造孽啊,三万多买件毛衣,啥子毛衣哦,造孽哦。"

盛可以一到,吃饭的人就来齐了,大人小孩都下了楼,忙活着准备开饭。两个娃娃看到盛可以很高兴,扑上来要抱,他就一手抱一个转圈圈。

天气冷,吃饭的桌子两张拼一张,移到了最里面,靠近厨房门。桌子底下摆了取暖器,热风吹着,小小的屋子里暖意融融。

老板娘往桌上摆了四副大人碗筷和两副小孩子的碗筷，乔希年负责传菜，一道道热腾腾地端上来，袁哥在厨房里吆喝——

"干煸青椒猪头肉，方小美女士最爱！

"芸豆蹄花汤，肉末蒸水蛋，两个乖娃娃最爱！大刀莲白回锅肉，小乔最爱！

"椒麻鸡，盛老二最爱！"

盛可以听到袁哥最后那句话，人一愣。

乐乐很敏感，马上问他："盛叔叔，你怎么了？"

盛可以拉过他的小手晃了晃，说："盛叔叔饿了，你呢？"

乐乐和琪琪一起点头："我们也饿了。"

老板娘好功夫，两只手端了六碗白米饭出来，听到了他们的声音忍不住笑："傻儿哦，饿了来吃嘛，搞快点，坐过来。袁哥还要凉拌个折耳根和毛肚，我们先吃起。"

盛可以一本正经拒绝："不行的，过新年吃饭大家要一起吃。"

突然想起什么，他跳起来从自己的背包里掏出一个盒子，咋咋呼呼喊着老板："袁哥，我给你带了好东西。"原来是一瓶两斤装的限量版茅台，年份很老，市价要好几万，他冲进厨房给袁哥献宝，袁哥一边拌折耳根，一边目不转睛盯着那瓶酒，口水都要下来了，嘴上假惺惺："要不得！那么贵重，喝点儿老白干可以了。"

盛可以告诉他："老板你想清楚哈，你不喝我就带走了，不会给你留下换钱的。"

袁哥马上改变了主意："那喝嘛。"

新年饭吃得很好，一路吃到九点多，两个孩子困了，老板娘带着他们上去洗澡准备睡觉。盛可以的司机给他打电话："盛总，该出发了，你说九点半要过去夜店，让我提醒你的。"

盛可以正在和老板热火朝天吹牛，一听跳起来，抹把嘴，穿上大衣，说："新年快乐！我去下一场了。"临出门转回来，把那两大袋东西搬过来放在饭桌旁边，"送给你们的新年礼物，拜拜。"

临出门又转回来，这次是问乔希年："我去夜店喝酒，你要不要跟我一起去？"

乔希年完全没想到这一出，拨浪鼓一般摇头："不去，我从来没去过夜店。"

盛可以摸摸脑袋："好吧，那我走了。"

来如闪电去似霹雳，老板娘下来一看人不见还有点蒙："小盛呢？"

"和朋友去喝酒了。"老板说。

老板娘看了一眼乔希年，话外有音："有这样的吗？自己就这么走了？"

老板根本听不出来老婆的意思，惬意地抿着茅台，身心舒畅："不然呢？他们年轻人，不就是爱玩。"

老板娘一屁股坐在老公身边，若有所思："这个人到底是什么来头啊？小李说在公司里级别就比他高一点点，我看不太像。"

她对那件羊绒毛衣耿耿于怀："啥子级别能买三万块一件的毛衣！"

老板根本不信："怎么可能有三万块一件的毛衣？三万块我们在简阳可以吃一年了，吃得还多好滴。"

老板娘白他一眼："你不晓得，不代表没得。"

她凑过去问乔希年："你呢？晓不晓得他到底是干啥子的？"

乔希年仔细想想，也确实不知道盛可以的职位是什么，高是肯定很高的，不然怎么叫得动一个团队的人过来盘数据？但具体高到哪里去呢，他们都没概念。

老板觉得这些不重要，一锤定音："人是好人，跟我们处得来，晓得这一点就行了，别个有好多钱是啥子来头，跟我们也没得好大的关系，是不是？"

老板娘一想也对，刚要站起来就看到脚边几个大袋子。

"这是啥？"

乔希年说："二哥说给我们的新年礼物。"

老板娘拎起来，一件件掏出来放在桌上：给琪琪的芭比娃娃套装，明天小姑娘看了要疯；给老板和老板娘一人一件大鹅羽绒服；给乐乐一整套几十本中英文的科普书。

最后是给乔希年的，一本电子书，已经拆了封，里面有几百本书，盛可以还留了一张小字条：**给你买了一个包年服务，看什么书都可以。**

乔希年惊呆了。

老板娘眉开眼笑："送得好，太了解你了。"

他们吃完饭，老板喝得有几分醉意，倒头就睡了，老板娘和乔希年在洗手间洗脸，她忽然问乔希年："小乔，你晓不晓得这个小盛怎么回事？"

乔希年一愣，没明白老板娘的意思："什么？"

老板娘慢吞吞洗脸，若有所思："他是不是对你有意思？三天两头来，过年过节也在，就没把自己当外人。"

乔希年笑："老板娘你说什么呢？他不就是喜欢吃包子，小李还每天都来呢，还有胡大爷，天天头一个进店报到。"

老板娘挑了挑眉："喜欢吃包子？至于嘛？都要吃成我们户口本上一员了，你想一哈，小李和老胡啥时候晚上非要进来吃个素面？他还晓得你爱看书。"

说到这里想起来了："平常给你送的东西也是，全都是对的，绝对不是乱送。"

发夹是天天要用的，保温杯是说过自己要去买没得的，书都是她愿意看的。

都是小玩意儿，都是看在眼里知道她需要，用了心的。

乔希年不说话了。

老板娘觉得这个妹妹实在愚钝，于是戳了她一指头："他肯定对你有意思，来这里旋，我们都是凑数的。"

乔希年看她这么认真，慌了神："方姐，你别乱说，我觉得他就是有意思，也是对袁哥有意思，你看他喜欢袁哥的菜喜欢到了什么程度。"

老板娘哼了一声，还想说什么，看看乔希年脸色知道她开不起玩笑，也就算了，顺坡下驴："那倒也是，行吧行吧，他喜欢袁哥我就把袁哥让给他。"老板娘倒了水端着水盆口杯回房间睡觉去了。

乔希年回到房间，乐乐已经在床上睡成了一个大字。这孩子天天吃那么多，光长脑子了，个子还是小小的。

她低下头亲了亲儿子，把桌子上的台灯调到了最小，搬出一沓财经报纸逐张看，她最近在关注新能源企业，正一家一家盯着搜资料。

跟平常不一样，她今天格外难静下心来，老板娘在洗手间说的一番话反复在耳边回响。盛可以好像就在面前，长手长脚，脸上总是带着好奇的表情，像没长大似的咋咋呼呼，认真起来又很稳重，说一是一，说二是二，睫毛很长，眼睛很亮。

她想到这里手一颤，做资料的笔尖戳到了纸上，漏墨了，顿时洇出一片黑。乔希年手忙脚乱拿纸巾过来擦，不但没擦干净，还弄到自己两手都是墨，她懊恼地咬住嘴唇，一以贯之地觉得自己笨手笨脚。

这时候她那个小破手机的屏幕亮了一下，是盛可以发来的信息。

我喝多了！

还加个感叹号，不知道为什么这么隆重。

乔希年傻看了一会儿，回了条：酒精是一类致癌物，每日摄入酒精60克以上，多数上消化道癌症风险增加三倍。

盛可以秒回了一个害怕的表情，其他啥都没说，乔希年明白自己把天聊死了。

这是她的独门绝活之一，到哪儿都不容易和人说上话，说上了也接不下去，经常被人嫌弃上不了台面。

正捏着手机左思右想，那边又来了一条：今天有月亮哎，还挺大一个。

接着发了一张图片过来，真的是端端明月，清辉如水。乔希年拉开窗帘看，想到一句千里共婵娟，心里一热，可惜下一条盛可以又煞风景了：真像五仁月饼啊是不是？哎呀，我怎么又饿了。

乔希年轻笑，回了一条：喝酒前吃点奶制品能保护胃黏膜。

盛可以发来大喜的表情包：就这么定了，科学拯救夜生活。

紧接着一条：我更愿意吃一碗你煮的面，效果应该更好。

不需要她回应，又发了一连串的月亮表情包：晚安。

乔希年把手机放好，继续看自己的报纸，努力甩掉一切私心杂念，尽管脑子深处还是在模模糊糊地想，这是去哪儿玩了，跟谁在一起呢？

过了新年就是旧历年，盛可以这一次没避过，被家里人拎着带去三亚过年了。老板娘他们年二十九回了一趟老家，左劝右劝乔希年跟一起去，乔希年不愿意，一点儿没得商量。

老板娘没办法，最后干脆带着乐乐走了，火车二十三个小时，有两个孩子一起玩也不寂寞。乔希年独自留着看店。

天寒地冻，花市街一大半店面过年期间都关门。老板给她留了充足的口粮，包子冻在冰箱里，还炒了好些菜用保鲜盒装着冻起来了，热一下就能吃。乔希年就靠这些在铺子里待着，独自过了年。

初五那天她很幸运地约到了毕志良医生的公益诊疗号，一五一十跟医生说了最近包子店的事，毕医生很为她感到高兴。

他说："人生有的时候看起来好像一间没有出口的屋子，沉闷黑暗，非常可怕。但只要开了一点点窗，窗缝里有风有光进来，就有希望。"

乔希年深以为然。

从过年开始到三月份，西京的雨水一直没停过，搞得老板他们很烦恼。

只要下雨，餐饮生意就不好做，客人肉眼可见变少，幸好有乔希年每天实时跟进店铺里的成本收入，及时调整比例，勉勉强强能混过去。只有每个月的铺租摆在那里避无可避，也不可能靠压缩成本把房租挣出来。

老板天天早上三点起来，第一件事是出门看天色，满心盼望天气预报出问题，看完发现科学始终正确，就忍不住开始叹气。再到白天，看着只有三三两两几个客人进出，大家都着急上火，老板娘鼻血都出来了。

这天中午一点多，盛可以突然跑到方圆包子店。刚好遇到大雨倾盆，店里半个顾客都没有，老板眼不见心不烦的，干脆拉着老板娘上楼睡午觉去了。只有乔希年正皱着眉头折腾她的手机。

乔希年用的是个山寨智能机，老板娘换新手机的时候送给她的，很旧了，除了能打电话发信息，其他一切功能都不时抽风。

据老板娘说这个手机修都没地方修，配件绝版了，再坏就直接扔掉。偏偏乔希年不嫌弃，一直用了一年多。

盛可以冲进去跟只大狼狗一样甩了甩自己身上的水，问："你干吗呢？"

乔希年抬起头来，一脸失望，说："我想在手机里下个软件。"

"啥软件？"

乔希年明显不想说，拿着手机往后藏，说："就是个软件。"

盛可以观察她的表情："你这样子不对，你要装啥软件？是不是什么投资理财，什么一百块一周变一万那种？那是杀猪盘好嘛小姐，反诈新闻看过吗？"

乔希年哭笑不得："不是的，怎么有人会来骗我，我没有什么好给人骗的。"

盛可以很有自信地摇头，好像他和骗子很熟："人家怎么知道呢，毕竟乱枪打鸟必有一中？"

乔希年越窘迫，他越觉得自己的猜测有道理，劈手抢过手机一看，原来她在下载一个股票软件，进度卡在百分之三十，怎么也不继续了，屏幕上不断闪出提示说手机内存不够。

软件是正经软件，应该和骗子没什么关系，盛可以放心了，说："你想炒股啊。"

乔希年非常窘。

她楚楚可怜，盛可以于是把投资有风险，炒股须谨慎的废话吞回肚子里，改口说："你有本金吗？"

乔希年听他的语气不像戏谑或者嘲笑，定了定神，小声说："我存了一万块钱。"

盛可以说："你存哪家银行了？对应银行下证券软件方便银证转账。"

乔希年睁大眼睛看了盛可以好一会儿，更小声地说："我放在楼上了。"

盛可以很意外："现金啊？"

乔希年点点头，试图解释："我一点点存的，每个月也不多，我没去银行。"

盛可以"哦"了一声。

外面大雨哗哗，他们俩相对无言，过了好一会儿，盛可以说："你想买哪只股票？"

这一次乔希年半点儿没犹豫，张口就说了一个公司出来。

盛可以拿出手机来查了一下："创业板？振宇精工，名不见经传啊，股价一直徘徊在两三块，成交量也很小，你为啥要买它？"

乔希年用一种很不确定的语气说："我看了他们的资料，这家公司总体趋势很好。业绩持续上升，而且最近他们的同类业务在美股那边有很多积极消息出来，涨得很厉害，我觉得会影响他们，所以想买买。"

盛可以差点儿脱口而出你怎么想的。

他自己做投资，专业再不行，没吃过猪肉还是见过猪满地跑的。

如果光凭看一点儿公开的公司资料就能判断股票可不可以买，什么时候买最好的话，市面上得有多少股神啊？

股神不是没有，盛可以跟着哥哥去见过几个二级市场操盘的大佬，对政策、市场趋势、各家公司阶段发展的研究之深，简直出神入化。但那些都是顶级大拿，集多年专业钻研，行业浸淫再加上高智商于一身，寻常人根本无法望其项背。

就这样他们还不时会亏呢。

股神很少，韭菜很多，这就是全世界的股票市场现状。

他没把话说出来，表情却已经多少说明了他的不以为然。乔希年低下头去，局促不安里带着羞愧，盛可以的内心自然而然生出了怜惜之情。

他以一百八十度转折改了台词："我觉得可以试试。"

乔希年没料到这个回应，疑惑地发出"嗯？"的声音。

盛可以敲敲那个破手机："你下不了软件，内存不够了，这样吧，我来帮你买。"

他拿出自己手机，打开股票账户，当着乔希年的面往账户里转了一万块，全部买了乔希年说的那只股票。

"要是赚了，归你，要是亏了，归我，行不行？"

乔希年马上摇头："不行。"

她苦恼地摇晃了儿下自己的手机。进度条纹丝不动。

要想买股票，就得另外去买个手机，万一亏了，新手机不能退，乔希年承受不了这个风险，可是明目张胆占人家便宜，她又实在干不出来。

盛可以提出了一个新的解决方案："那这样，赚了是你的，你不用跟我客气，本金就一万，你请我吃包子就行，好吧？然后亏了也是你的，一万块钱是上限，万一亏完了不关我的事，你也别找我的麻烦，相当于把我和我的手机当成工具用一下，行不行？"

实在不可能有比这个更好的方法了，乔希年犹豫良久，她总算同意了，还强调了一句："亏了算我的。"

盛可以收起手机来点头："算你的算你的。"

他吃完东西就回去上班了，忙了几天周末也没休息，被盛天骄带去了海市出差谈事出席活动，连轴折腾了半个月。

计划回西京前的晚上，盛天骄临时去了海南见朋友，让他代替自己去外滩八号应酬。

盛可以去了，吃高级法餐的馆子，一桌人都衣冠楚楚，有个负责私人银行业务的姑娘在他身边坐着，整晚都在暗送秋波。

那姑娘腿长、脸小，随便往哪儿一站都是焦点，脖子上有颗小小的黑痣，盛可以情不自禁盯着那颗黑痣看，看得人家娇颜酡红，最后实在忍不住了，伸手拍拍他的手："盛总，您看什么呢？"娇滴滴的。

盛可以一愣，敷衍了几句把人家混过去，望着窗外华灯璀璨的夜景，心里纳闷。

他虽然爱玩，但男女方面一向很有原则，从不乱看陌生姑娘，更不用说盯着发呆了，今天怎么了？

纳闷半天终于想起来了，乔希年的脖子上，同样的位置也有这么一颗小小黑痣。他顺眼看到过很多次，从来没往心里去，甚至都没提到过她这里有颗痣啊。

原来他的印象其实非常鲜明，鲜明到能在完全不相似和不相干的人身上看到复刻。

这时候有人和私人银行的妹子换了位置，坐到他身边，说："盛总，我给你推荐两个股票，有没有兴趣玩一玩？"

盛可以回过神来，说："赚钱的事儿，那肯定是有兴趣的。"

来人名叫关之鸿，高高瘦瘦，戴一副金丝边眼镜，头顶微秃，额头前伸，小眼睛大鼻子，穿着很平凡的polo衫和卡其色长裤，走在路上泯然众人，绝对不会引起任何人注意。然而人不可貌相，这位老兄在国内二级市场的玩家里，可以说跺一脚四方云动，是国内数一数二的分析师和操盘手。

他非常有自信："振宇精工，我们关注这个公司很久了，多年前一级市场就想投的，后来时机不对，就改成二级市场跟进。等了好几年，终于可以收获了。"

他对盛可以笑笑："最近会有大动作，我建议你买一点。"他低头看了看手机上的股票软件，表情很满意地说，"昨天今天，连续两天涨停了。"

盛可以差点儿跳起来："什么？"吓了关先生一跳，他笑着说："反应不用这么大，咱们多交流，好股票我都推给你。"

盛可以赶紧点头："那当然好，感谢感谢。"

关之鸿图穷匕见："改天请二哥约一下盛董，或者我上门拜访他，探讨一下深度合作的机会，你觉得怎么样？"原来和盛可以套近乎的目的是接近盛天骄。

盛可以的心思完全不在这，胡乱答应下来："没问题。"

他借口上洗手间冲出了餐厅，跑到楼下的江景露台给乔希年打电话，响一声那边就接起来了，不像是在睡梦中被吵醒的样子："你好。"

盛可以喜气洋洋："我很好，你也很好。"

乔希年有点蒙："怎么啦？"

盛可以说："请我吃饭，吃好的，不能只给我几个包子。"

乔希年马上明白了："股票涨了？"

盛可以说："你没关注？"

乔希年说："我这几天没去看报纸。"她关注股票的方式很传统，得买报纸。

盛可以告诉她："一共涨了百分之七十，据说后面还会涨，咱们明天卖还是等一等？"

幸福来得很突然，乔希年犹豫起来了，她当然知道盛可以不可能胡说，可是内心深处还是不敢信。

一切好事发生在她身上的时候，她都不太敢相信。

盛可以等了她一会儿，然后说："一鸟在手，好过百鸟在林，我明天帮你卖了吧，赚上七千也是好的。"

乔希年心略微放下了一点，说："嗯，看趋势会有一段时间调整，我觉得先出来比较好。"

盛可以笑："你听听这话，多专业啊！"

电话干脆利落放下了，乔希年听着话筒里"嘟——嘟——"的声音，轻轻地说了一句："谢谢你。"

盛可以出差回来，第一件事是揣了七千块钱现金来找乔希年，在楼上她的小房间里一五一十数给她。

乔希年看着桌子上的钱，眼神闪烁着纯粹快乐的光彩，盛可以为之觉得感动。

他和他的家里人，熟悉的人，不怎么把钱当钱看，随便买一个包十五万，一块表一百万，一辆车六百万，买回来并不特别高兴，放在衣帽间、表柜、车库。在想要什么到刷卡买下那一小段时间里，人是满足的，除此之外什么都没有改变。

他把钱放好了，问乔希年："你准备拿去干吗？"

乔希年犹豫了一下，把那一小堆钱推回盛可以面前，说："能不能再帮我买一点股票？"

盛可以笑："这次要买啥？"

乔希年报了一个名字出来，盛可以还是没听说过，一看又是创业板的，他觉得纳闷："你又是怎么知道这家公司的，他们很少在公众眼里出现，除了投资方发布的融资签约消息，其他什么都没有。"

乔希年说："他们有年报、财报、公告啊。"

"但你怎么想到要去看这一家的。"

乔希年垂下眼睛："我失眠。"

盛可以一脸迷惑。

失眠跟股市有什么关系？

"我失眠，晚上就靠看财经报纸混时间，看到一些公司的新闻有意思，我就会去图书馆找更多他们的财报和公告看。看完之后总会有一点印象，觉得哪些最近情况比较好，哪些可能会出问题。"

盛可以惊呆了，他做梦都想不到失眠的时候还能这么混时间。

"看看电视剧什么的不行吗？"

乔希年说："第一，我没有看电视剧的工具；第二，电视剧都是假的，这些事件和数字是真实的。"

她笃信如此，自然说得坚决："只要找到了事件，找到了数字，确认它们是真实的，结论就会真实，它不会骗人。"

盛可以挣扎了一下，说："有些公司的数据会造假。"

"我知道。"她轻声解释，"但造假的数字无法得出和谐均衡的结果。"

"和谐和均衡？"盛可以没有听过有人这样形容数字。

"真实的数字可能非常难看，但你能看出它是怎么来的，它有前因后果，造假的没有，它们是异类，不管怎么伪装，都会在某个地方露出马脚。"

她对盛可以笑笑："就是这个意思。"

盛可以被镇住了。

他内心满是赞叹，以灼热眼神凝视乔希年，好一会儿说不出话来，乔希年难免有点慌神："怎么了？我说错什么了吗？"

不知如何养成的习惯，她总是第一时间从自己身上找问题："我就是随便说说的，可能这么想没道理吧！"

盛可以摇摇头："不、不是随便说的。"

他说："你说得非常好，有道理得一塌糊涂，我对你的崇拜你无法想象。"

他把一万七千块拿过去，忽然想到一个主意："你知道什么叫场外配资吗？"

乔希年不知道。

她的知识结构非常奇怪，有时候无所不知，有时候又对常识毫无概念。

"比如说你有一万块，你场外配资一百倍，那就有一百万，如果你买的股票涨了，你就能用一万块拿到一百万成本的利润。当然，很少有人敢配到一百倍的，因为赔钱的话也是以一百万为基础赔钱，哇，那真是能赔到上天台。"

乔希年听到赔钱和上天台两个词，身体马上绷紧了，浮现出恐慌的表情，急急忙忙摆手："我不用，完全不用，有多少钱就买多少钱。"

盛可以赶紧安慰她："我知道我知道，你先别急，我的意思是说，咱们来搞一个场外配资的组合，比如说你买一万七，我就买，呃，七万吧，现金多了我也没有。如果挣了钱的话，咱们俩平分所有的利润，你觉得行不行？"

乔希年一口回绝："不行，你的就是你的。"

盛可以没脾气了，明明乔希年看到一万块钱就眼里放光，怎么有人把钱送到她手里还要往外推呢！

他放缓了语气："好吧好吧，不搞配资，这样吧，你选的股票，你用你的钱买，跟咱们之前说的一样，赔了赚了都是你的，好吧？这一点咱们不变。同时呢，我也想想买你推荐的这个股票，相当于你帮我操盘，操盘手的佣金，咱们随便定一个，百分之十五吧，如果我挣了，你就收百分之十五，如果我亏了，那你就不收钱。"

乔希年皱起了眉头："明明是你操盘啊，为什么我收钱？"

盛可以理直气壮："我操什么盘，我就按了两下买和卖，操盘最重要的是知道买什么。"他挥挥手，"现在社会什么最贵？知识和情报最贵！"

他不给乔希年反应的时间，很警惕地看着她："你不会是想跟我赚了钱五五分吧，那可不行，太多了，这个我不答应。"

乔希年啼笑皆非："怎么会？"

盛可以趁机一锤定音："既然你不贪心，那就这么说定了，百分之十五。你要不要再仔细想想，那只股票到底行不行？"

乔希年双手抓着自己的 T 恤下摆，左思右想，最后点了点头："我觉得是行的。"说话的声音很小，但也很坚决。

盛可以很满意地点点头，自己手机递过去："为了让你放心，你用你的证件和号码在我手机上开一个新的账户吧，万一我携款潜逃了，你还能逮得到我。"

乔希年问他："你会为了一万七潜逃啊？"她是很认真地在问。

盛可以耸耸肩："那谁知道呢，是吧，防人之心不可无。"

乔希年忍不住笑起来。

人跟人之间的关系是在共同经历中建立的，男人讲究一起扛过枪，打魔兽也算，女人讲究一起逛过街，购物网站上互相帮着砍一刀也算。要是能把钱裹在一起炒股，那简直已经是过命的交情了。

盛可以和乔希年之间也不例外，自打乔希年委托盛可以炒股，两人过往更密了。盛可以三天两头来方圆包子店吃饭不说，就是不来，每天晚上也必然会跟乔希年通电话，沟通沟通股票的情况，顺便扯扯闲篇，说说自己今天干吗了、去哪儿了之类的。

老板娘经常在旁边听他们谈股票，每次都听得打哈欠，内心十分纳闷。乐乐好像比她还听得懂一点，没事就问问妈妈："股票涨了吗？"甚至会拖出报纸来指着某个股票的 K 线叫乔希年解释一下。

老板每到这时候，看看正跟着动画片载歌载舞的琪琪，就会重复一句至理名言："龙生龙，凤生凤，老鼠生儿子会打洞。"

说到智商，乐乐不但高过琪琪，还轻而易举高过他全班、全幼儿园，乃至全花市街甚至西京新城的小朋友。乔希年给他做过测试，如果条件合适的话，凭借乐乐的阅读能力和数学能力，他直接去读小学高年级没有半点儿问题。

可是去哪儿读呢？

稍微好一点的学校就要身份证明、户口、暂住证，再不济也要父母的身份证，乔希年没办法给。

花市街这个幼儿园的主要客源是城中村住户，家长要求低，幼儿园的学费和各方面管理水平相应也低，各种松散，乐乐才得以顺利入学。

他如饥似渴地学东西，读书，无时不刻不在读书，妈妈给他上课，知识像流水一样经过他的大脑，全部留存下来。他聪明得像天上星辰，任何人都没法忽视。有时候乔希年看着儿子，总觉得这是老天给自己的补偿，再想到自己无法给予他的一切，就忍不住深深叹气。

说到老天，老天一向公平。琪琪不爱念书，没心没肺地整天惦记玩，身体格外棒，几乎从不生病；乐乐脑子好，智商高，体质却明显更弱，每年一到流感季，必然要发几次烧，幼儿园同学得什么传染病，他必然跟着中招，从未幸免。

这一年春末夏初，草叶疯长，天气又暖又湿。有一天乐乐从幼儿园回来，洗澡的时候打了几个大喷嚏，就感冒了。

下午到晚上还只是流鼻涕，第二天转成上吐下泻，蔫巴巴的，晚上睡得不踏实，翻来覆去。乔希年给他吃了点儿药，带他在家休息了两天，精神还挺好，在店里跑来跑去玩。

第三天晚上十点多，外面突然变天，风雨交加，雷鸣电闪。大家都睡下了，乐乐躺着躺着突然"哗"的一声，把晚上吃的东西吐了满床。

乔希年一摸他的额头，烫手，找出体温计来，烧到了 39 度。她慌了神，跑到隔壁把老板两口子叫起来，大人交替用冷水给乐乐擦身体，敷冰袋，温度下去又上来。

物理退烧的手段丝毫不见效用，退烧药吃了能有一点儿作用，退了一点点后半小时不到又烧起来。到十二点多，乐乐缩在床上全身颤抖，脸色通红，不断往上翻白眼，眼看是要惊厥了。

乔希年扑在儿子身边哭得声嘶力竭，手足无措。老板娘临时下了一个叫车软件叫车，老板冒着雨跑到外面去拦车，跑出了几百米，空车的影子没见到。雨太大了，雷声凛冽，平时聚在牌坊外的黑车今晚都没出来。

老板一身湿回来，换了鞋，过来背乐乐："我开三轮车带娃儿去医院，穿起雨衣，不怕。"

老板娘残存一丝理智，把他拦下了："最近的医院你开过去要半个小时，三轮车没得遮拦，娃儿万一淋湿了更恼火，不得行。"

老板跳脚："那咹个办嘛？这条街上我们又认不到哪个有车。"

一语惊醒梦中人，老板娘急忙对乔希年说："叫小盛，他肯定有车，他还住得近，赶快喊他。"

乔希年下意识觉得这不是个好主意，她的世界里没有麻烦别人这个选项，刚要开口拒绝，老板娘一声暴喝："搞快点，莫东想西想的，有啥子比娃儿的命重要。"

老板娘劈手把手机给她塞过去："打电话。"

乔希年一下子醒了过来似的，赶紧拨了号。响三声那边接了，背景有音乐，男男女女嬉笑、碰杯的声音，盛可以的声音是清醒的："希年？你找我？"

乔希年情不自禁带了哭腔："乐乐，乐乐发高烧了，要去医院。下雨了我叫不到车，能不能……能不能麻烦你开车送我们一下？"

那边吓了一跳："什么？"

盛可以跑到了安静的地方，背景安静了，他说："你别急啊，别急，我马上过来，你们那里面车子到门口的话要绕道，很耽误时间。你打把伞走到牌坊旁边来，给孩子盖好别淋着雨，五分钟之后就往外走出来，好吗？"

乔希年听到他一连串说下来，心似乎就定了，放下电话对老板娘说："他说五分钟后让我们去牌坊那里等。"

老板急忙拿了自己平常开三轮车进货穿的大雨衣过来，让乔希年抱着孩子，从头到脚罩得严严实实的，再拿了一把破伞，让老板娘在家等着，然后陪娘儿俩出了门。

两大一小，冒着跟下刀子一样的暴雨，一脚水一脚泥地走到了牌坊外面。雪白的闪电劈下来，跟着就是滚雷，街上像世界末日一样空空荡荡的，叫人害怕。

乔希年紧紧地抱着乐乐，借着闪电看他的脸，不停去擦孩子小小脸蛋上的水珠，自己的泪水在凉丝丝的雨里格外热。老板把伞高高举着，伞下面的空间全给她们了，自己被雨水打得眼睛都睁不开，浑身湿透。

他们在牌坊外站了一分钟，一辆红色的奔驰商务车急速开来在他们面前停下，车门开了，司机扭过头来："乔小姐，上车吧，盛总让我先送你们去医院，他晚点过来。"

乔希年和老板手忙脚乱上了车，水滴在奶白色真皮座椅和座椅下的淡蓝色地毯上，汇聚成了细流。袁哥惶恐地把雨伞抱在自己怀里，乔希年顾不上脱雨衣，屁股沾着一点儿座位，望着窗外景物变幻，恨不得车子飞起来瞬间就到医院。

司机平稳地开着车，说："附近的公立医院儿童急诊都已经满了，咱们现在去品爱医院，是一个私家诊所，离这里很近。我已经提前安排好了预约，乔小姐放心。"

乔希年脑子里如同一锅沸水，煮着翻动的焦虑与恐惧，她看着乐乐通红的小脸，紧闭的眼睛，几乎没有听到司机在说什么，还是老板一迭声地答应："好的好的，麻烦你了，谢谢哈，谢谢。"

品爱诊所就在国际金融大厦旁边，车子开了十分钟就到了。司机带他们进去，果然导诊和护士已经在大门口等着。

护士接过孩子，导诊带乔希年去填表办手续。

诊所里灯火通明，陈设讲究，墙面上庄重地摆着主治医生们的专业形象照片，配上一份份光辉夺目的履历，人们说话的声音既温柔又镇定。一切仿佛都在告诉乔希年，只要进了这里的门，乐乐就没事了，有救了。

老板身上湿透，尽管工作人员什么都没说，他还是不敢坐在里面，自觉站到门外伸长脖子往里看，生怕错过什么需要自己的事情。又过了十分钟，一辆保时捷跑车停在诊所面前，盛可以跳出来，看到老板就问："乐乐怎么样了？"

老板摇头："我也不晓得，他们在里面。"

盛可以刚要进去，又转过头来看看他："袁哥，你都湿透了，这样很容易生病的。"

伸手对还停在门口的那辆车挥了挥，司机下车，带着伞过来了，很恭敬："盛总，您有什么吩咐？"

盛可以说："把这位大哥送回家，然后你回去吧，代我谢谢钟小姐。"推了老板一把让他上车，自己进去了。

乔希年正在医院前台的接待处填表，手一直抖，眼泪簌簌而下，字都写不下来。

盛可以走过去，先吩咐前台的护士："拿条大毛巾来给乔小姐。"然后把乔希年带到了等候区，轻声说："我来填表吧。"

乔希年哆嗦着抬起头来，头发湿透了，一绺绺贴在脸上往下滴水。她脸上有一种悲惨的神情，仿佛走到了世界的尽头，发现自己已经无处可去。

盛可以从她面前把表格和笔拿过去，填了乐乐的名字，顺口问："乐乐姓什么？"

乔希年低头看着自己的脚尖，一言不发，良久说："姓王。"

盛可以点点头，心里有一点儿微妙的不快。他看着那张表，小朋友几岁、出生年月日、血型、过敏历史、病史，他发现其实自己对乔希年和乐乐一无所知。

盛可以踌躇了一下，在监护人信息那里写了自己的名字，身份证号码，乔希年和自己两个人的电话号码，拿着表走到前台对护士说："孩子有什么需要先找我，账单放在我的名下。"护士看了乔希年一眼，表情有点儿不理解，一面满口答应下来。

品爱私人医疗是国内数一数二的高档私立连锁医疗机构，最早的投资方就是盛世集团。盛家的人在国内任何一间品爱诊所都是顶级 VIP 待遇，一般的毛病根本不去医院，都是医生带着护士和设备上门服务。他们没有排队拿号的概念，也不用自己给钱，都是盛家的财务管理人员经手年结。

有句话说，这个世界上只有死亡和税收是公平的，其实这只是穷人们的自我安慰。

对有钱人来说，死亡来得比较慢，税务也有专门的人负责处理，他们从不坐以待毙。

盛可以回到乔希年的身边，拿护士递过来的大毛巾将她严严实实包住，热水杯端到手边，说："喝点热的吧。"

乔希年抖抖瑟瑟伸出手来，没接住，一下碰翻了，大半杯水倒在了盛可以裤子上。她愣愣地看着他的湿裤子，眼神躲闪着，说不上来是羞愧还是害怕。

盛可以动都没动，泰然自若地拍着她安慰："没事没事，我再给你倒杯水。"

乔希年含泪看着他，盛可以重复了一句："没事，有我呢。"

乐乐看完医生已经一点多快两点，验血查了病毒，打了点滴退烧，开了药，医生说没什么大碍，可以回家去休息了，乔希年总算松了一口气。

盛可以帮她抱上乐乐出门，雨还在下，正是夜色最深的时候，红色奔驰车在街边等着。

盛可以问乔希年："这个点是不是袁哥他们都睡了？"

乔希年点点头，医生接诊之后她和老板娘通了电话，说今晚要在医院待着，让他们不要担心，老板回去之后，自然一家人就睡了。

做事的人很辛苦，凌晨三点要起来，一点多到三点的时间是睡得最香最沉的时候。

盛可以想得很周到："那你回去一拉卷闸门，他们不是都醒了？"

乔希年立刻为难起来，再一想，事实上他们就算回去也无处可安身，床上床下都是呕吐物，明天起码要花半天时间清理。

盛可以顺理成章地建议："那你带着乐乐去我住的地方休息吧，就在旁边，开车五分钟就到。"

乔希年情不自禁露出了为难的表情，盛可以看在眼里，接着说："我那里有很多房间，这么晚了，我让司机也上去休息，你不用担心。"

乔希年结结巴巴地说："我不是担心，我、我没有这个意思。"

"担心是对的，"盛可以对她笑了笑，一本正经地说，"这个世界上禽兽可多了。"

乔希年没笑，可是放松了下来。世界末日的迷雾在眼前消失了，世上还是有很多条路可走。

盛可以住在国际金融大厦南边的一家五星级酒店里，酒店大堂进去，左转电梯上公寓，右转电梯上客房。

厨房餐厅一体，客厅格外大，三室两厅，主卧加一个书房一个客房，每个房间都带洗手间和小露台。

家具摆设是酒店配好的，审美在线，设计品质都上佳。但就是酒店的样子，没有什么家的感觉。

盛可以在这儿住了两年多，私人痕迹很少。沙发背上几件衣服，洗手间里放着刮胡刀擦脸油，此外什么都没有，随时能拔腿走人的感觉。

司机睡到了书房的沙发上，盛可以帮乔希年把乐乐安顿在客房。小朋友退烧了，睡得很沉，乔希年守了一阵子，终于松了口气。

她焦渴难当，于是走去厨房想找口水喝，一出门发现客厅灯火通明，盛可以窝在沙发里玩游戏，闻声扭过头来："怎么了？"

乔希年轻声说："我要喝点水。"

盛可以站起来："你待着，我去给你弄，凉水还是热水？"

乔希年犹豫了一下，"凉水吧，不要麻烦你。"

盛可以一会儿端着水杯回来了，乔希年接过来，触手温热，他笑："淋了雨，喝点儿热水吧，不麻烦。"

他又跑回去打游戏了，乔希年在另一侧的单人椅上坐下来，踌躇良久，终于鼓起勇气说："二哥，谢谢你。"

盛可以放下手机："客气什么，邻居不应该守望相助吗？"

乔希年很耿直："我们不是邻居呀！"

"离得近啊，远亲不如近邻，关键就是要近。"

他很笃定的样子："再说了，咱们的关系可比邻居更亲近。"

乔希年心里微微一动，说："是吗？"

盛可以扳着手指一五一十回答："当然是啊，你看咱们是炒股的伙伴，还是吃饭搭子，简直是亲上加亲。"

乔希年放松下来："二哥你真爱说笑。"

盛可以叹口气："近朱者赤近墨者黑吧，袁哥爱说笑，我就被他影响了。"

乔希年指出："袁哥平常不怎么爱说话的，老板娘比较喜欢说话。"

盛可以不管这些："反正都是他们影响的，两口子谁都行。"完全不讲理。

他有一个问题想问很久了，此刻终于找到了机会："希年，你是怎么跑到袁哥他们包子店去当服务员的？你干什么都比当服务员合适。"

乔希年脸色马上就僵了，慢慢低下头去不吭声。

盛可以察言观色，知道人家不愿意说，他情商还是在线的："家家有本难念的经，我就是随便一问，你别介意。"

乔希年沉吟半晌，艰涩地开口："我、我和乐乐的爸爸关系有点问题，我就带着他从家里出来了。去包子店工作能同时照顾乐乐，做其他工作就不那么容易，所以……"

盛可以赶紧回应："我明白我明白。"

他望着墙壁出了一会儿神，忽然说："都说一个女人自己带着孩子不容易，你有时候会不会觉得乐乐拖累了你？"

乔希年一愣："拖累？"

盛可以一不做二不休："单亲妈妈都特别辛苦，不是吗？"

乔希年迟疑地点点头，她不能否认事实。

尽管事实未必就等于全部的真相。

"单亲妈妈是很辛苦。"她没有交代前因后果来龙去脉，寥寥几个字背后是人生中隐约可见的低谷与深渊，接着说，"但要是没有他的话，我的人生也没有什么意义，也许早就活不下去了。"

盛可以屏住了呼吸，没再追问下去，只是若有所思。他的体贴后面有一种如释重负，好像心底有一个藏了许久的谜题突然得到了解答。

乔希年喝完了杯子里的水，正要起身进房间去看乐乐，盛可以忽然说："我妈妈也是一个人带大我的。"

乔希年一时间没理解："怎么会？"

盛可以对她笑笑："你记不记得我跟你说过，我有个哥哥有个妹妹。"

"记得。"

"我们是同父异母，他们跟我不是一个妈妈生的。"

"哥哥和妹妹跟你不是一个妈妈生的？那他们俩呢？"

盛可以觉得她这个思路有点意思："三个孩子三个妈可能有点儿太狂野了。"

他跑去厨房从冰箱里拿了一瓶啤酒开始喝，夜半无人娓娓道来。任何人要找到一个能听你说话的对象都不容易，他今天忽然找到了。

"老盛本来是个乡下人，我妈是老盛的第一个老婆，一个村里的，算青梅竹马吧，十几岁就在一起了，乡下人没有什么法律观念，没扯证，办了个酒席就当结婚。结婚后老盛出去做事，我妈为了照顾两个家里的老人留在村里，一年到头，走运的话就过年见一次。结果没过两年，老盛有出息了，进了一家公司上班，跟老板的女儿好上了，奉子成婚，正经扯证了的。"

他语调随便，所有需要提起爸爸的地方都用老盛代替。

"那个死老头子，仗着我妈信得过他，我妈确实也不太聪明，两头瞒着，过年过节不回来了。但偶尔还装作一切正常回家探亲，他外面的老婆先生了孩子，就是我哥，再过了好几年，探亲探亲，我妈居然怀上了我。"

他叹口气，似乎为自己的出生感到深深的遗憾，接着说："我妈把有了我的事告诉老盛，死老头子慌了神，跟我妈玩失踪。老家的人找过去，他的渣男行径才彻底暴露。"

乔希年屏住了呼吸，盛可以越说得轻描淡写，这些前尘往事越是惊心动魄。那个被骗了半辈子的女人发现真相时，天是不是就此塌下来了？她当时做何感想？

"他的新老婆发现他玩两头骗的把戏，捶到老头子屎都出来了，他从此再没回来见过我和我妈。几年后我们看电视上他接受采访，才知道老天没眼，死老头子居然当了大老板，而且又生了一个女儿。"

盛可以像在复述某个八点档电视剧的情节，还带点儿被逗乐了的调调："我妈妈一个人把我带大，我十四岁那年她去世了，临死之前不知道想了什么办法，硬把我爸找回来托孤。所以呢，一夜之间我就从乡下人变成了西京人，从王寡妇的傻儿子变成了富二代，亲娘没了，却多了个爸爸，一个后妈，一个哥哥和一个妹妹。"

他一口气讲完，对乔希年笑笑："狗血不？"

乔希年被镇住了。

她福至心灵，突然明白了盛可以喜欢往方圆包子店跑的原因。

老板娘他们那样的人，就算住在一个纸箱子里，也能营造出踏踏实实生活的人间烟火气、亲近、醇厚、有情有义，天然能吸引那些不知自己应当去往何处的孤独之人。

她说："挺狗血的。"语气既不同情，也没对盛可以表达安慰，她的泰然自若中包含着宇宙的真理，"家家有本难念的经，是不是？"

这句话让盛可以觉得亲切，他露出笑容："是的。"

还有一句未曾说出来的，是人人都有秘密。

秘密总是带来伤疤，何必一定要掀开来看底下的鲜血淋漓。

他伸出手拍拍乔希年的膝盖："所以说，不管你为什么来包子店当服务员，有什么苦衷和难处，都没关系，你看看我。"

他挺起了胸膛，表现出了迷之自豪："莫非你还能在狗血程度上打败我？"

乔希年凝视着他，良久叹口气，说："那确实有点难。"

乐乐在盛可以这里住了一礼拜，总算彻底恢复过来了。老板娘天天带着琪琪晚上过来，盛可以也不出去玩了，跟两个孩子一起在书房瞎闹，沸反盈天。这间公寓从来没有这么热闹过，两个女人看着他们三个人窜过来窜过去，不时拦住一个给塞一嘴水果。

回去头一天晚上，老板娘告诉乔希年，说花市街那边她们的房间已经收拾干净，该洗的全都洗了，该换的全都换了，袁哥给娃儿包了清淡的小馄饨放冰箱里，回去就能吃。盛可以在旁边闹："我也要吃。"

老板娘瞪他："难道你也发了烧？"

他不服："谁说的只有发烧才可以吃小馄饨？"盛二爷拍胸膛，"我有功的，我送了宝宝去医院的。"

老板娘忍不住笑："有功有功，吃吃吃，想吃啥都行。你袁哥爱你得很，不用有功也会给你做。"

盛可以心满意足坐下来，点点头："那就好，你告诉袁哥，我也爱他。"

第三章

有窗，有风，有光

花市街的历史比西京新城更长，仿佛开埠就已成型。

起初，西京新城的四向都荒芜冷清，渐渐修路修桥，挖隧道通地铁，高楼大厦一座座落成，像一个热气球，在大量金钱与人力的催谷下飞速膨胀。西京新城摇身一变成为新贵之地，寸土寸金。唯独花市街是异类，尽管周边土地渐渐被越来越多的高大上建筑蚕食，但两条路交叉中间的这一块城中村，始终还保持着自己的活力。

中间有两次传言要拆迁，大地产开发集团有意认购这一块土地，将其建成覆盖写字楼、商超、购物中心、公寓的大型商业综合体，旁边再修一些高层公寓。他们原本都已经派了项目组进花市街做调研，结果刚有点眉目，就被花市街的包租公包租婆们迎面狙杀，有的誓言要和祖屋共存亡，有的狮子大开口，拆迁赔偿价远超开发商的预算。一段时间后，喧闹又归于平静，一切照旧，什么实质性的变化都没发生。

乔希年在花市街的第三年初，新年刚过，该来的终究还是来了，花市街拆迁计划重启。

上一代阻挠最狠的那些居民要么已经去世或搬迁，要么改变了主意，这一次的重启格外顺利，没多久地产商就和花市街的地主们谈妥了价格，排定了拆迁补偿和回迁的时间表。

一夜之间，花市街横空出世一群千万甚至亿万富翁，各处自建房外墙上都喷满了拆字，其中收益最大的土著之一就是方圆包子店的房东钟姨，她往自住楼上加盖数层的行为最终被证明是英明之举，没白盖，每一平方米都换到了真金白银。

谈妥拆迁款之后，钟姨高兴得在自家楼顶打开便携音箱，放了十几分钟电子爆竹，全世界都知道她发了大财。

有人欢喜，自然就有人忧愁，几十年来，花市街临街的商铺迎来送往了无数做小本生意的店家，现在也都到了告别的时候，方圆包子店首当其冲，被晴天一个霹雳直接打蒙——限时两个月搬走，否则封门。哪怕不封门，只要外围开始动工挖地基，那生意就无论如何也做不下去了。

这些消息先是满天飞，而后被报纸杂志报道坐实，等房东土著们和开发商谈定了条件，才最后通知到那些实实在在受影响的小商家那里。

袁哥从房东那里听到消息，刹那间什么都不想做了，坐在店铺里往外看天，稍微有点响动，他脸上就不由自主哆嗦一下。

老板娘比老公心大一点儿，在旁边劝，这里要拆迁嘛，是没办法的事，等天气好去找找其他地方有没有合适的铺子就行了。此地不留爷，自有留爷处，趁清闲你去多睡会儿吧。

她一边说一边摸着男人的背，眼神里既是忧虑，又是心疼。

安慰的话说来容易，事实如何彼此都清楚。当初来花市街开店，就是因为这里地段足够好，人流量足够大，铺租又相对最便宜。

小本经营，一进一出都要算计到极致才有点钱挣。他们两口子其实都是大大咧咧的人，饶是东西好吃人又勤快，多年来开店都只能打平混口饭吃。是乔希年来了之后把成本支出算清楚了，卡得死死的，他们才挣到了一家人的生活费，挣到了乔希年的工资，年底结算还能略有盈余。

花市街开不下去了，去其他地方开店吧，当头就要一笔钱投入，开起来之后除非大幅度提高价格，否则想赚钱千难万难，而一家街边小店大幅度提高价格，和自杀有什么区别？

条条路走不通，一步步都是难。老板娘安慰了几句，自己都说不下去了，握着自家男人的手，默默坐在那里，坐了一会儿发起蛮来，拖着袁哥上楼去了："睡觉睡觉，坐着冷手冷脚的。"一面叫乔希年，"你看一下店哈。"

乔希年答应了。

她远远坐在收银台后面，出神地看着老板他们两口子上楼，一面爬楼梯，一面还说话。老板好像被老板娘逗乐了，暂时脸上放了晴，笑得很开心。

和他们相处那么久了，乔希年仍然不明白，为什么这两个人有那么多话说，什么都能说。谁都不担心自己犯蠢犯错，彼此好的坏的接受下来都天经地义。

最多就是吵嘴，吵得不凶，而且两人都带一点幽默感，好像生怕对方把吵架这件事当真，吵几句就变成了互相逗闷子。

乔希年记得最清楚的一次，就是老板娘粗心大意糟蹋了第二天做包子要用的原料，老板三点起来发现没面粉也没猪肉，啥都干不了，站在空空的厨房里摇头，带点儿无奈："你个憨批婆娘，简直瓜得没办法。"

嘀咕是嘀咕，嘀咕完就算了，想了想说很久没休息，干脆今天不开门了，带老婆孩子去逛街。

逛了一天，老板娘回来兴高采烈，说遇到商场打折，买了很多东西，一件一件往外掏，都是家里用的或者给孩子的，没忘记给乐乐买个水杯，最后拿出一双给老公买的鞋子，自己啊都没有。再一转脸，老板提着一个小盒子过来了，小心翼翼给老婆戴上一条簇新的银项链。两人你看看我，我看看你。

同甘共苦，相濡以沫，执子之手，与子偕老。

那些熟悉的成语，在老板两口子的身上都有了具象，原来都可以是真的。

乔希年经常听到他们在隔壁亲热的声音，大部分时候是入睡前，偶尔在起床的时候，老板娘总是窃窃地笑，有孩子在身边，不敢大声，那一点点哼哼照样心满意足。乔希年总是把耳朵深深地埋在枕头里，她不敢听，就好像别人的幸福里夹带了烧红的钢针，会穿过她的内心留下伤痕。

她晃晃头，不愿意继续想。电子书放在面前，怎么都看不进去，一眼看到这行，一眼看到那行，心烦意乱。

过了一会儿，老板娘安顿好老公下来了，招呼她到最里面的一张桌子旁边坐下，拿了几个橙子来切。

切一片给乔希年，她接过来不吃，问方姐："这一带真的要拆啊？"

老板娘说："看样子是咯，这一次应该跑不脱了。"

乔希年眉头紧锁，她的眉毛有一点点倒八字，整个人因此显得愁苦而无害，像一只有心事的绵羊，问："那怎么办啊？"

老板娘是真豁达，第二片橙子直接塞乔希年嘴里了，吃也要吃，不吃也要吃："有啥子，不是跟上回说的一样，开不下去就回简阳咯，到哪里不是卖包子。"

乔希年的眉毛还是皱着，老板娘觉得好笑："嘿，你这个娃儿真的怪，你愁啥子嘛？"

她软软地说："方姐，我带个孩子，什么都没有，做什么都不行，你说我怎么会不愁？"

老板娘看她一眼，一把水果刀削橙子，龙蛇腾雾一般顺滑，眨眼就把皮都转下来了，细细盘成一长条在桌上，一次没断过，空气里飘起了细细的橙子香气。

她慢悠悠说："我跟你说心里话，我跟袁哥都是老实人，没得啥子其他的本事，也不要求啥子，不管在哪里，只要一家店开得下去，一家人有饭吃，就行了。"

说着，又塞了一片橙子过来递到乔希年手里："倒是你，那么聪明，你那个娃儿我看比你还要聪明，为啥子整天觉得自己这个不行那个不行？"

乔希年这次终于把橙子塞到嘴里："方姐乱说，我算什么聪明人啊！"

老板娘夸张地挑起眉毛，看架势简直想要对天喊冤："我真的搞不懂，我从来没见过比你脑壳更好的人。哎，你说说看，你为啥子觉得自己不聪明哟？哪个洗了你的脑哇？"

乔希年低着头不说话，老板娘话都说到这里，索性说开了："我也不怕你不高兴，是不是你以前的老公对你不好？天天骂你，欺负人，你没得办法才带个娃儿跑出来躲起来？"

老板娘在简阳乡下看到过这样的外地媳妇，不知道从哪里被抢来的或者骗来的，来的时候好好的一个人，细皮嫩肉的，说话做派都跟乡下人格格不入，没过多久就发疯了。往外跑没跑脱的，抓回来会被打得满身鲜血淋漓，关在土屋子里不见天日，渐渐就一点儿声音都没有了，人变得呆呆傻傻，跟一条龙被抽掉了筋一样。再生几个孩子满地吃泥，自己也跟着吃，一生就这么废掉了。

有寥寥几个特别幸运或者胆子特别大的，千方百计跑了，就永远都不会回来。

她收留乔希年的时候就想过很有可能是这种情况，所以才什么都不问，世事艰难，谁都活得不容易，能给人活路的时候不能不给，否则和禽兽有什么区别？

这么在一起过了一两年，两家人过成一家人了，老板娘偶尔会旁敲侧击地探探口风，看乔希年愿不愿说说从前、以后，每次她都还是低下头不出声。

今天也一样，乔希年沉默着拿起那片橙子皮揉在手心里，翻来覆去地搓，一条条白色橙皮丝丝拉出来，黏了她一手。

老板娘习惯了，不再往下问，一面开始剥第二个橙子往碗里放，准备给老公孩子过一会儿饭前吃，一面说："我跟你说，深奥的道理我不晓得，我没读过啥子书。但是有一点哈，两公婆过日子，必须要有感情，要一条心。不然的话，就不要过，能躲好远躲好远。你做得对，莫要有心理负担。"

她想了想，脸上带上一点儿笑，情不自禁地说："我跟你们袁哥耍朋友的时候，他没得啥子钱，也不是帅哥，土里土气，简直是一尊土炮。我嘛，你也晓得，说话大声武气，粗鲁得很。也不是那么招人喜欢，但他就是对我好。"

老板娘停下剥橙子皮的手，望着天花板出神，似乎回到了恋爱最甜蜜的时候，无数细节栩栩如生浮现于眼前："他对我那个好法，就是让我觉得我大声武气说话都是对的，都乖得很。全世界不喜欢，他反正都喜欢，我在他面前随便咋样都可以，你晓不晓得那种感觉？"

乔希年不晓得，可是老板娘说得她整颗心都揪起来，眼角不知不觉含了泪。

老板娘不需要乔希年回答："夫妻就要这个样子，其他全是虚的。"

她拍拍乔希年的脸，手势温柔，掌心暖洋洋的，带着橙子的香气："你记得，如果有人说你不好，那就是他不对，肯定不是你的问题。"剥完一碗橙子，她又剥了一碗，第二碗放在乔希年面前："多吃点，补充啥子素是不是？对身体好。"然后起身一扭一扭哼着歌儿往楼上去了。

乔希年伸手去拿碗里的橙子，手微微地抖着，就像心情太过于激荡了，连抓一片橙子都抓不稳当。

忍了很久的眼泪一颗颗从眼角落下来，在桌子上轻微地啪啪响。

花市街开始拆迁，包子店的生意直线下滑，连李吉祥都不出现了。因为施工方挖断了地铁外通到花市街的路，在国际金融大厦上班的人都选了另外一个地铁口出站。

自打老板开店以来，从未如此频繁出现包子卖不完的情况，总量一减再减，要是再减下去，生意就不要做了。要说干脆不做吧，距离封门还有两个月，又没有现成的地方搬，难道关起门来闲着？

这么水深火热的时候，盛可以在哥哥的要求下，跟着团队去上港做项目了。他在团队中的作用是吉祥物，其他啥事不用干，开会的时候在最显眼的地位坐着就行，没事再说上两句车轱辘话，表示盛世集团对这个项目是很重视的。

他去了将近两个礼拜，每天给袁哥和乔希年打电话，跟袁哥说的主要话题是让他研发新菜等他回来吃，到了饭点就要求："今天吃的啥给我拍张照。"

跟乔希年说的主要是鸡毛蒜皮，一般都是他说半天，乔希年听着，看起来没什么交流，但有人听着可能就是交流。

没有一个人主动跟盛可以说起包子店眼看要关门的事，不知道是觉得跟他没关系，还是多少有点自欺欺人，像是不说，事情就不会那么快成真。

袁哥这个人有一点特别好，从不怨天尤人坐以待毙。生意不好，他就满世界去找能另外开店的铺子，找了几天，发现花市街东边有一条工业大路，离花市街主入口牌坊几百米，路两边的大排档格外多。做烧烤的、做海鲜砂锅粥的、做清粥小菜的，他以前没见过，因为这一带的档口都是做夜宵的，白天不开门，五点到凌晨六点营业，晚上三四点还有乌泱乌泱的人吃东西，甚至要排队，生意很好。

袁哥喜出望外，去问了一圈没有空的商铺出租，结果有是有，但价格都很贵，根本不适合卖早餐午餐，等问到一家烧烤店，老板白天闲得无聊，正在收银台泡茶，顺口说："要是卖包子就晚上卖，这边没什么人吃早餐，但很多吃夜宵的客人喜欢吃主食。"

袁哥走出来蹲在工业大路旁边，专心致志想了好一阵子，然后一路小跑回到店里。

当天晚上他搞了一个送外卖的人平常用的那种隔热大背包，里头放满店里卖团餐打包用的塑料盒子，每盒装上四个用白天的剩料新鲜现做的肉包子，九点来钟背着去了工业大道的夜宵一条街。

他一家一家进那些馆子，找店里的人商量，问人家自己能不能来流动卖包子，卖出去的钱对半分。

有的店自己有点心师傅，一口就拒绝了，有的只卖肉食或者炒饭类的，就觉得多一样东西没什么不好，走了一圈，谈下来了四家店。他就在这四家店之间走过来走过去，心想多卖一个是一个，卖不脱本来料钱也是要亏的，没什么好可惜。

一个人心态特别好的时候，老天爷就会特别眷顾他。袁哥自己都没想到，他走了第一圈，一个包子没卖出去，走了第二圈，卖了一盒，走到第三圈的一半，第二圈那个买包子的人气喘吁吁跑过来找他，又买了三盒走了，等他再一次走到之前那个卖包子的地方，一个馆子的人都在等他，五分钟那一背包的包子就没了。

袁哥高兴得脸上发光，一路小跑回到包子店，乔希年正在楼上给两个小的讲数学题，老板娘一个人在楼下，袁哥冲进去抱住老婆亲了几口，把老板娘亲蒙了，第一个反应是："彩票中奖了哇？中了好多钱？"

袁哥意气风发："中啥子彩票哦，不劳而获的思想要不得！"他动作夸张地把空空如也的背包打开给老板娘看："全部卖完了！别人抢着要！"他眉飞色舞摩拳擦掌，看样子是很想进厨房再包一千个包子拿出去卖。

老板娘有点不敢相信："真的？"她挺警惕，"你不是把包子都丢了，回来哄我开心吧？"

袁哥啼笑皆非："我哪里是那么浪费的人嘛，卖不脱我不晓得留给人吃，放冰箱下头冻起，又不怕坏。"

老板娘一听也是，马上跟着高兴起来了："全部卖完了？这么短时间？"

老板点头点头点头："是的是的是的。"佝偻了几天的腰背都挺直了，"这个方法要得！我明天可以做回原来的包子量了。"再一想，意气风发，挥了挥拳头，"多做三百都要得！"

老板娘抱着老公，甜甜地笑："我就晓得没得人可以抗拒我老公的手艺。"袁哥很受用，也不谦虚了："就是。"

乔希年听到声音下到一楼，一看那个空背包和老板他们脸上的表情就知道了："卖完啦？"她情不自禁笑起来，袁哥绘声绘色把刚才的经历说了一遍，老板娘非常捧场地鼓掌，乔希年问："袁哥，你怎么想到专门去吃夜宵的地方卖包子的？"

她问对了，老板真有原因，绝非瞎猫碰到死耗子。

当年袁有明先生在简阳的时候，和现在一样勤劳肯干，为了多挣点钱，他白天在一家炒菜馆子上班，晚上十点以后就推一个车子到市中心的酒吧一条街去卖夜宵，东西就那么几样：包子、煎饺、锅盔、红糖糍粑还有椒盐土豆，生意却很不错，而且越晚生意越好。喝完酒出来的人到那个钟点多半都饿了，看到有盐有味的东西走不动道，纷纷解囊。卖得最好的就是包子，拿着吃方便，一咬一口肉，香喷喷的油花飞溅，旁边本来不想吃的人闻到味都会改变主意来买上两个。

老板白天晚上两头熬，晚上卖包子挣的钱远远超过了白天的正职，唯一的缺点就是辛苦。后来他跟着朋友来西京打工，这才收摊没再卖了。

据说袁哥走了之后，好些晚上出来喝酒的人都很不习惯，到处打听那个卖夜包子的兄弟去了哪里。

乔希年由衷佩服袁哥，白天一份工，晚上一份工，连轴转做到凌晨两三点，睡几个小时又去上班。这样辛苦的日子袁哥说起来，没有半点儿唉声叹气，胸膛里那一团火滚烫。难怪老板娘喜欢他，跟这样的人过日子，就算天寒地冻也能抱着一起挺过来。

旗开得胜，大家都很开心，袁哥第二天兴兴头头又出去了，一个多小时就跑回来装第二个背包，乔希年自告奋勇："袁哥，我跟你一起去。"两人背了两大袋，老板骑着电动车拉上乔希年，没到一个小时，把剩下的包子全都卖完了，回家的路上袁哥引吭高歌："不经历风雨，怎么见彩虹，没有人能随随便便成功。"

回到家老板娘下来了，三个人商量了一下，兵分三路。

离店铺拆迁还有两个月，店里包子生意照做，午餐炒菜停掉，减少支出，老板娘负责，客人不多，一个人也顾得过来；乔希年出门去找合适的商铺，争取两个月之后能无缝衔接，继续开店；老板白天主力做包子加抓紧时间休息，晚上分两个时段出去卖夜包子，第一个时段乔希年和老板一起去，晚了就回家休息，毕竟女人家那么晚在外也不安全，老板自己继续多卖两个小时，把午餐不做的亏空找回来。

古人云，只要思想不滑坡，方法总比困难多。既然大家齐心协力，说声"做"就做起来了，一个月算下来，甚至比之前正常营业的时候还多挣了一点钱。

代价当然有，首先是特别辛苦，以前守着一个店做熟了，晚上睡多久白天睡多久都有规律，要出去跑就完全说不准了，十二点回来也有，更多是三点还在外面。然后是不安全，袁哥连续几晚遇到喝醉了打架的蛮汉，头两次远远躲开了，第三次没跑脱，好端端站着在卖包子，被飞过来的一个酒瓶砸破了头，血流满面。

醉汉一哄而散跑了，袁哥在店家那里拿了块一次性毛巾擦擦脸按住伤口，硬是把包子都卖完了才回到家，吓得家里两个女人脸色煞白。老板娘催老公去医院，袁哥怎么也不愿意，说皮外伤，喷点云南白药就行。

乔希年晚上睡不着，听到隔壁袁哥的鼾声和平常一样此起彼伏，老板娘却压着声音哭了半宿。

她第二天起来就看到老板娘在楼下给老板换药，正在骂："你个瓜娃子，要钱不要命。"看到乔希年就抱怨，"你说一下你袁哥，打死不去医院，拖都拖不起走，万一有后遗症咋个办？"

袁哥倒是笑眯眯的，好像受伤的是别人，还嘴硬："我晓得医院咋个回事，不是一样消毒、涂药、纱布绑起，滴点大一个伤口，非要打破伤风，做 CT 查脑震荡，我们又没得医保，几百块钱一下就没得了，没得那么复杂，那个瓶子是从我脑壳上擦过去的，没砸中。"

老板娘高高挥起手，落下去在老公脸上摸了一下："打不死你个龟孙，这个时候还爱财，那么犟，万一破伤风哎，脑震荡哎，你想做啥子？死球，丢下我们孤儿寡母哇？"

老板就势拉住她的手，拍了拍，很庄严地说："不得，我肯定要死在你后头，不然哪个给你弄饭，哪个给你暖脚？"

老板娘一下没憋住，哭了出来，一边哇哇哭，一边轻手轻脚给老公用棉签蘸着碘酒消了毒，对着伤口左看右看，怕里面有玻璃碴，然后敷上药，盖上纱布。老板那一块地方的头发给推光了，看着有点滑稽，外面一有客人来，他就赶紧躲到厨房里去了，晚上再出门的时候不知道从哪里搞了一个帽子戴着，怕别人看到伤口不买包子。

老板娘担心老公，变身为一块望夫石，琪琪和乐乐睡了之后她一反常态坐在店铺门口，有点风吹草动就伸长脖子往外看，到两点多老板终于回到家她才松口气，欢天喜地陪着老公上楼了。

乔希年在自己房间里睁着眼睛听他们经过门外，两人还有笑声。她翻了一个身拿起手机，在微信里打开盛可以的名字，手指摸着键盘，却一个字都写不出来。

盛可以早先八点多如常给她打过电话，说明天早班机回西京，先去上班，中午或者晚上过来吃饭，交代完行程还感叹了一句，"终于可以见到你，呃，你们了。"说得轻描淡写又情真意切。

乔希年和平常一样指出了事实："这边路挖断了，你可能不方便来。"

盛可以很诧异："什么路挖断了？"

"旧城区改造，水电很快也会断。"

盛可以一下子好像瞌睡都吓醒了："什么意思？水电断了怎么开店啊？"

乔希年说："应该是开不下去了。"内心突然有很多东西充塞着，她不知道怎么说下去。

盛可以在那边喂喂喂："什么意思啊，开不下去怎么行？"

他没听到乔希年回应，想了想，转头安慰她："我明天就回来了，回来咱们一起想想办法，花市街不能开了去其他地方开就好了，你说呢？"

乔希年"嗯"了一声，那边有人在叫盛可以，他匆匆忙忙说："那明天见啊，我先有事去了。"

第二天早上，永远第一个进门来吃早饭的胡大爷一如既往出现，今天不同的是，他吃完之后特意走到厨房，跟老板两口子道别。

胡大爷的五金铺子昨天就不做了，胡大爷的儿子来帮他收拾好了东西一起回老家，说正好儿媳妇怀了孕，他回去帮着照顾照顾，比守着店面熬日子强。

话是这么说，说着说着哽咽了。老板娘给他塞了两袋子包好的包子路上吃，胡大爷擦着眼泪走了。兔死狐悲，老板唏嘘了很久。

到了十一点左右，店里一个客人都没有，乔希年终于坐不住了，站起来对老板娘说："方姐，我出去一下。"

老板娘正在擦桌子，桌子要是人，这会儿已经秃噜皮了，闻言点点头："又去找铺子哈？你去嘛，慢一点。"

乔希年答应着，塞了一沓纸进自己常背的帆布袋，提着出去了。

她最近出去找店铺都要绕路，避开各处挖出来的坑走出花市街牌坊，再右转上大路去坐地铁。以地铁站为中心踩点，一站一站看了一段时间下来，乔希年对周围三十公里范围内的商业地产情况已经相当了解了，没一个地方是合适开包子店的。

今天她没去地铁站，而是径直过了街，十五分钟之后来到了国际金融中心大厦的楼下。

乔希年站在大门旁边的角落里，抱着帆布袋站了半个多小时，而后打开手机地图，再次查看从西京机场到国际金融大厦所需的车程时间，大概估算一下之后，她拨了个电话给盛可以。

响一声那边就接了，压低了声音但很亲切："希年？"

她啥都没说，猛一下直接挂了电话，一秒钟之后那边打过来，盛可以很诧异："怎么啦这就挂了？打错了吗？"

乔希年的手轻轻发抖，口干舌燥，好好的天气，她却好像突然遭遇了氧气短缺，良久才终于艰难地说："没、没打错，二哥，我想跟你谈点事。"

每一个字说出来都觉得很别扭。

盛可以说："好啊好啊，我才进办公室一会儿，正在开会，你在店里吧？等我开完了我过去找你。"

乔希年说："我来办公室找你可以吗？"

盛可以顿了一下，说："也行，那我打电话给你你就过来。"

乔希年挂了电话，握着自己的旧手机走到金融大厦出租车道和主干道连接的地方，笔直站在那里。春寒料峭，她穿得不够，体温一点点降下去，寒冷渐渐变得难以忍受，很快脸和耳朵都通红。

乔希年对此似乎浑然不觉，她纹丝不动望着自己的脚下，在冥想中捕捉和积攒着勇气，她知道自己等一下会需要非常非常多的勇气。

等了一个多小时，浑身冷透，盛可以给她打电话了："你出发吧，从那边走过来可能十五分钟左右，我过十分钟下去等你。"

乔希年急忙说："不用，我自己上来就行。"

盛可以向她指出："前台要登记身份证，拜访事由和联系人信息的，很麻烦的。"

乔希年哑然，她就跟小李直接上去一次，确实不知道进个写字楼有那么多手续。

盛可以笑："还是我下来接你吧，一会儿见。"

十分钟之后，盛可以如约出现在写字楼大门口。他没穿外套，一件宝蓝色的毛衣配着牛仔裤，双手插在兜里，站在风中往花市村的方向望。

乔希年深深吸了一口气，慢慢走过去，双腿宛如灌了铅那么沉重，越是靠近盛可以，她的心跳越喧嚣，怦怦轰鸣，车水马龙都掩盖不住。

盛可以扭头看见她："哎，怎么从那边过来了？坐车了吗？"

乔希年摇摇头，轻声说："我早来了一会儿。"

盛可以看看她单薄的衣着："冷坏了吧？"

乔希年本能地说不冷。

盛可以摇摇头："明明冷啊，你看你嘴唇都青了，这个天气出门还是要多穿一点的。"拉着她的手腕就往写字楼里面走，"赶紧进去。"乔希年顺从地跟上了，手指紧紧蜷缩在自己手心里，不敢张开和盛可以接触。

盛可以还在叨叨："前几天气温还20度呢，这几天快零下了，不是说六月的天气孩儿面吗？为啥三月也孩儿面？这月份就一点都不带成长的。"

乔希年说："嗯。"

盛可以转头看她一眼，语带嗔怪："你嗯啥？一会儿回去我叫司机送你，你别冷着回去了，万一感冒了传染给乐乐可不行。"大义凛然，不容辩驳。

他们上了楼，穿过前台经过走廊，两边办公室和会议室的人都行注目礼，有人知道乔希年是方圆包子店的服务员，更多人知道盛二爷没事就在对面花市街吃饭，刹那间八卦消息就开始通过内网聊天软件和微信群飞速在整个公司传播：

老板怎么把包子店的服务员带回来了？

看样子是亲自下去接的。

谁见过这个女的？

是不是盛二爷始乱终弃人家上来算账。

不至于不至于。

盛可以轻快向前，不在乎旁边办公室会议室里都有谁，在说什么。乔希年却敏锐地察觉到自己在被人注视，那些目光大部分是好奇，也有不少充满蔑视，或夹杂些许莫名敌意。

她后知后觉地意识到，盛可以在盛世投资的职位可能比她想象的要高。这里重金打造出来的公司环境，又让她的渺小更加明显。每走一步，乔希年感觉自己和盛可以之间的距离都在不断拉大。

她步子越来越僵，手和视线都不知道往哪里放好。

如果有选择，乔希年想要转身，以自己最快的速度跑向电梯，逃离这一切。

可是她没有。

支持她继续走下去的，是脑海里老板和老板娘的样子。

她的感受无足轻重，老板他们的实际需求至关重要。

这个世界上不应该只有好人受苦。

他们先后走进盛可以的办公室，坐在外间的安娜站起来，一脸愕然，盛可以说："安娜，给乔小姐泡杯茶，然后你去行政那边待一会儿吧。"

安娜迟疑地答应下来，盛可以又说："把门开一半。"

这是盛可以的一个小习惯，跟公司的任何一位女员工单独谈话，他的办公室门和套间的门都一定开着，哪怕安娜就在外面也不例外。

盛可以请乔希年坐下，自己去门口从安娜手里接了茶杯回来放在她面前，然后说："啥事儿啊，这么隆重？还来一趟办公室，我本来晚上就要去吃饭的呢！"

乔希年挺直身体，欲言又止，那些在脑子里过了又过的话，突然一句都说不出来。

盛可以看乔希年一脸犹豫不决的样子，很爽快地批评她："你看你又见外了，咱们谁跟谁啊，饭搭子！炒股搭档，有什么事随便说就行，这儿没别人。"

没别人三个字，让乔希年恍然领悟到盛可以的用心，他之所以让安娜去行政部坐一会儿，就是怕乔希年在外人面前拘谨。

盛可以接着说："说到饭搭子，我最近没去吃饭，袁哥想我没？"

乔希年直来直往："不知道，但他说你不来吃饭买菜的钱节省了不少。"

盛可以乐了："我说过好多次要给他伙食费的，他不干，现在知道心疼了吧。"

乔希年马上为老板澄清："他没有，他说你是他的知音，知道欣赏他的手艺，这比伙食费重要多了。"

有点实诚过了头，她还补了一刀："不过你吃得真不少，以前我们三个人晚上吃饭不用做那么多菜的。"

盛可以拍大腿："我就应该老老实实给伙食费的。"

乔希年急忙摇头："不是不是，你买那么多东西，十倍百倍于伙食费了。"

插科打诨一开玩笑，心情自然就放松了，乔希年咬着嘴唇，心一横，趁着这一点儿畅快，火速张开嘴，说："二哥，我想请你帮我投一个项目。"

开门见山，说的居然是投项目，盛可以惊了。

他最初接到乔希年的电话，第一个念头是乔希年可能要借钱，不拘干什么吧，要给孩子买东西上什么课之类，或者遇到了急事，都有可能。

他一边开会还一边很认真地考虑了一下，要怎么答应借钱才能不让乔希年太过于觉得亏欠。

零零碎碎天长日短，他们其实接触不少日子了，盛可以对乔希年的印象八个字可以概括：聪明绝顶，小心翼翼。

简单来说，别人如果欠她很多钱还蹬鼻子上脸，乔希年多半还会觉得挺正常。

这打破了他对聪明人的一贯认知，按理说，越聪明的人，往往越自我。

这种个性，是怎么形成的呢？

盛可以没问，他直觉乔希年不会愿意回答这个问题。

他把念头转回来，说："你仔细跟我说说，啥项目。"

乔希年打开背包，把一沓纸拿出来捏在手里，纸张上有盛世投资的公司标志，这是之前翟晓敏团队给方圆包子店做的那个升级经营方案。

看样子乔希年花了不少时间研究，文件皱皱巴巴的，边缘都卷起来了。

盛可以来精神了："你还是对这个有兴趣啊？是想开连锁还是走网红路线？老板他们想通了吗？"

他点了点那份方案："要是你准备按这个里面的建议去做的话，那我把翟总找过来，和你一起先把品牌定位、营销方案那些理一理，网红店最重要的就是推广，味道其实还在其次。"

乔希年赶紧制止他，说："二哥，是这样，花市街要拆迁了，我们那里最多还开几个月，就开不下去了。"

盛可以说："嗯，你之前跟我说了。"

二爷觉得这事儿不难解决："另外找个地方开店呗？包子嘛，哪儿的人都是要吃的。"

乔希年说："确实要另外找个地方开店。"

咽了口唾沫，她慢慢说："但是，我不但想换个地方，还想换个时间卖包子。"

这句话是很长一段时间深思熟虑的结果，尽管乔希年的语气里仍然有着深深的不确定。

话音一落，她就下意识地，飞快地往后坐了一下，好像在等待马上就会到来，而且一定会到来的批判与嘲讽。

她的眼角余光不由自主地在盛可以脸上搜寻一种熟悉的神情，只要它存在，无论多么微弱乔希年也能立刻感知，包含着微妙的否定、不耐、蔑视、嘲讽，还有怜悯，它存在于轻微上扬的眉毛里，抿紧的嘴唇里，松垮下来的眼睑上，以及突然牙关咬紧又放开的小动作中，都是一个绝顶聪明的人被迫跟傻子说话时自然而然会有的神情。

她没有找到。

盛可以坐在她对面，手机放在很远的办公桌上，他什么都没有拿，身体向她微微倾过来，看着她，等她说话。哪怕是装的，这一分钟他也装出了百分之百的全心全意，毫无破绽。

"你具体说说看。"

这瞬间乔希年又看到了毕医生描述的那扇小小的窗，窗外有风，窗外有光。

她开始讲这一个月袁哥去卖夜包子的经历和结果，以及自己的分析结果。

"我这几天负责找店铺，我发现，早餐和快餐、午餐的利润非常微薄。稍微地段好一点的地方，我们的营收都撑不起最基本的房租。西京的城中村基本上都被拆完了，就算有，估计也很快要被拆。"

"嗯，所以呢？"

"根据袁哥去卖夜包子那个地方的特点，我把西京所有夜店和夜宵点集中的地方走了一遍。"

乔希年的眼睛闪闪发亮："七点多是一个用餐的高峰期，十二点多是另一个高峰期，然后就是两点多，很多人在大排档吃夜宵选择的都是主食，烧饭、炒面、河粉、米粉或者一碗面，配几个小菜，要么就是吃烧烤，因为体力消耗之后人天生会渴望摄入碳水和高油高糖，包子比炒饭那些吃起来更方便，而且那个钟点，人对价格不敏感。"

她说完这一大段话，喘了口气，开始进入状态了："你吃过袁哥做的凉菜和卤菜吧，是不是很好吃，配包子是不是一绝？"

她从包里再次摸出一张地图和一沓纸，摊开在茶几上，地图上面用小孩子的水彩笔圈出了十个点，盛可以凑过去看了一下，那一沓纸上密密麻麻全是对每一个地点相关数据的收集和分析。

"这十个点的夜生活人群集中，周边有合适的店铺位置。铺租虽然贵，但是我认为夜包子可以比正常包子的价格高出不少，营业额一定可以覆盖铺租和其他成本。"

她满怀期待地望着盛可以："你觉得怎么样？"

盛可以想了想："等一下，你把我给说饿了。"

他站起来去冰箱拿了一盒巧克力出来，打开盖子放在乔希年面前，把纸巾盒也拿到乔希年面前，自己捻了一块丢进嘴里，说："这个是香槟松露巧克力，有人从法国给我带来的，说只有香榭丽舍和日本银座有店，你吃吃看他是不是在吹牛。"

乔希年严肃地说："哦。"却没有要动手去拿来吃的意思。

盛可以不勉强她，说："说到吹牛，多看看那些来融资的人你就知道了，吹牛是很多人的安身立命之本啊！"

他把巧克力盒子盖好，直接放到了乔希年带来的那个布包里，说："你一会儿带回去给乐乐和琪琪吃，我不怎么吃甜食，放这儿最后都是过期。"

乔希年想推来不及，再想到乐乐和琪琪看到巧克力一定会欢呼，内心自然而然地高兴起来。

她察觉到这一点喜悦，又忍不住默默在心里自嘲：果然这个世界上就没有不爱占小便宜的人啊！

盛可以回到了原先的话题上："你刚才说的有一点我觉得很对，人出去鬼混完了就想吃热腾腾的主食和油水，这个我绝对有发言权，有时候回到家饿得半死啥都没有，楼下便利店的方便面我都能硬吃一包，何况袁老板的小菜和包子是有品质保证的。"

他基本上就是把乔希年说的话又说了一遍，跟公司里的人还有自己家里的人开会他要这么干，就有人批评他人云亦云，不动脑子，但歪打正着，乔希年需要的就是这个，需要被肯定，被认同。

她热切地点着头，说："是的，就是这样的。"

盛可以看着她笑，说："你刚才说你要一口气开十家店？"

乔希年本能地感应了一下他语气中是否有讽刺或者否定之意。

没有。

她于是放心地继续说下去，语气明快，声音清朗，和她平常不一样。

"喜欢晚上出去玩的人是流动的，他们会在不同的地方活动，如果能够同时在十个地方开店，就意味着他们会在自己经常去的地方都看见方圆夜包子，哪怕第一次看见不会买，那么等他第三次看见，也许就会买了。"

"为了让购买尽可能便利，不设堂食，小菜和包子都提前包装好，四个一袋，一袋起卖。"

她滔滔不绝，胸有成竹，方方面面，细致入微。

方圆夜包子店在她的言语中从一粒沙一块砖，到一面墙一间房，直至最后成型，可以拎包入住。

"我相信这会是一个很好的项目。"

她如此总结，而后向盛可以投去包含希望，而希望中又隐藏着恐惧的眼神。

盛可以没有让她多忐忑一秒钟。

他说："你真的想得很周到了。"

下一句话是："你一定也算过了一家店需要多少钱对吧？"

答案是肯定的。

五十一万七千六百块，这是每一家店需要的初期投入，一切成本控制到极致后算出来最精简的数字。铺租、押金、装修、设备采购、店内所需物料，头三个月的食材成本，两个员工的薪酬费用。任何一家店都不可能开张就盈利，所以还包括了稳定支撑六个月运营的后备资金。这个数字建立在非常乐观的估计之上，毕竟很多店都要撑一两年才能收支打平，三年过后才可能收回全部原始投资。

现实的残酷之处在于，哪怕是很成熟很被看好的加盟连锁，也有大量的店根本开不到三年。

盛可以点头："我觉得可以。"

乔希年本来还准备一项一项解释这些费用是怎么算出来的，盛可以一句话终结了她的准备。

她下意识地说："啥？"

盛可以说："你不用详细跟我说了，数据运算和控制是你的强项。我虽然没卖过包子，但如果你分析过觉得可以，那就是可以。"

他低头看了一下那个地图："只有一个问题。"

乔希年马上坐直了身体。

一切都进行得太顺利了，不像是真的，她暗自提醒自己，好事不会那么快就发生，有可能好事根本就不会发生，所以千万不要随便高兴。说不定那个她熟悉的否定句在不远处等待着，终究会来临，你看，现在不就出现了问题吗？

她望着盛可以，手心里不知不觉渗出了汗珠，等待着，热切而忧虑。

盛可以站起来，过去把办公室套间里外两重门都关上了，重新回来坐下之后，神情里多了一点尴尬。

"咱们是自己人，我就跟你说实话了。"

这句话一出来，往往一切美好希望都会落空，实话带来的就是这个效果。

盛可以低着头，继续说："你如果想开一家店，公司是不会投的，不管你的想法和根据多强都没用，哪怕没有当场被否定，一整套审核测评下来，结果估计也是一样。"

没有投资公司会投一家单店，这是常识。

但是，如果一家单店能复制成十家，而后再去跟投资者说我能变成一百家，三千家，那就是另外一码事了。

"起码要开出三家店来，把商业模型落地，提供持续变现的实际案例，那时候才可以跟公司谈。"

万里长征道阻且长，第一步要想跨出去，只能自己投资，而且一定要赚钱。

"老板娘他们有这么多钱吗？"

答案当然是否定的。

如果他们有，就不会跑到街上去流动卖包子了。

乔希年来找盛可以的原因有两层，他也心里有数。

"你希望我们公司可以投，如果不行，你希望我能投。"

乔希年的脸腾一下红了，仿佛是为了证明自己并非异想天开，她甚至打断了盛可以，急急忙忙把再三思量过的计划说出来："老板娘他们存了五万多块钱，这段时间操作完，今天提现的话扣掉手续费应该有五万三千一百六十五块；上次请你帮我买股票，一万七的本金，你上次说你也买七万，给我15%的利润，那加起来我们能凑十二万左右。"

她垂下眼睛，挣扎着说出请求："二哥，你、你能不能帮我们解决另外四十万的资金缺口。"

内心有求于人的盘算被实实在在说出来，原来比想象中更难以面对。她说的一个字比一个字更小声，脸完全红了，一直红到耳根。

盛可以注意到了这一点。

他站起来，走到乔希年身边，蹲下去，轻轻握住她的手。

乔希年吃惊地蜷起了背，可是她没有推开盛可以。

这个姿态比一切言语都更有力，在告诉乔希年，他说的是真话，他不是在敷衍她。

乔希年几乎要战栗起来。

盛可以努力尽可能清楚又真诚地解释他们共同面对的现状。

"我这么跟你说吧，如果是要花钱买东西，我买什么都可以，几百万上千万都没问题。如果要投资，哪怕十万二十万，我就没有。"

他的情况是很荒谬的。盛二爷能花钱，钱来自盛天骄给他的附属卡——黑卡，额度无穷，吃喝玩乐买奢侈品包括手表车子，随便用，不需要提前问过任何人，到时间自然有人会还，从他十八岁去国外读书开始就这样。

对于拥有足够财富的人来说，日常花钱根本不算什么，因为人的需求和欲望都有限度，就算一顿饭吃十万块，一天也就是吃三顿，而且往往第二顿还吃不下多少。

私人飞机买一个就够用了，总不会没事就买一个。

爱马仕全部的包包买完也就买完了。

车子就算买齐所有市面上的豪车款，每年换一辆，也就那么多钱。

买东西折腾钱，盛天骄和他的财务专家压根不在意，更不反对。

所以盛二爷才是西京富二代中著名的买单王。

消费之外，规矩就很多了——

不可以用信用卡套现。

不可以为别人大额，高频次刷卡。

不可以变卖自己的财物。

不可以自行投资。

绝对不准借钱，更不能出入赌场，或者其他高风险的场所。

这些不是阳奉阴违能混过去的，盛天骄用的是专业财务监察团队，管得很严。

公司层面也一样，他在盛世投资说是老板，实际上财务都是总部派的人在控制，举凡薪酬、预算、项目投入，一切和大钱有关的事儿，最后审批都没在他手里。他可以坚持投一个破项目，但从中个人弄不到任何钱。

最绝的是，他还没工资。

单以现金而论，盛可以名下的财富，最高峰也就只有二十万。来源说来辛酸，一是非常偶然的机会帮朋友刷卡买东西，人家居然主动还了钱给他，二是过年过节他作为公司的老板要给员工发红包，公司财务以预支款的名义给他点儿现金，没发完他就自己留下了。

当然，管归管，盛可以如果真想要搞钱，怎么都能找到方法搞，可他确实从来没想到过这一茬。

这些事，涉及个人隐私、家族秘辛、公司安排，盛可以没有办法跟乔希年说得太仔细。

可他更不希望乔希年觉得他在找借口拒绝帮忙。

总结起来就是："家里人对我的财务管理很严格，我在公司也不拿工资，需要现金投资的话我能动用的钱不多。"

他大概计算了一下自己的银行余额："我能给你大概十万，其他的你觉得老板娘他们能再凑凑吗？"

乔希年脑子里响起收银机收款时的滴滴声：四十万减去十万，还剩下三十万。

有钱人过年的时候喝一晚上酒就这个数字。

买一个包就是这个数字。

普通人要攒很多年。

更多人一辈子都没有三十万。

世事何曾公平过。

乔希年沉默下来。

她想起从前给乐乐读过的一个故事，匈牙利作家莫里兹写的，名字叫《七个铜板》。

一对赤贫的母子，想方设法，翻天覆地，在家里各个角落寻找七个铜板。

第一句是这么写的："穷人也可以笑，这本就是神明注定的。"

微不足道的钱，有时候会成为人生中不可承受的重担。

何况整整三十万。

她只允许自己沮丧了一会儿，一小会儿，是的，她很失望，怎么可能不失望呢？鼓起那么大的勇气，在心里走了那么远的路，终于来到这里，却无法达成愿望。

那句话怎么说的，人生不如意十有八九。可是最起码她做了自己该做的事，起码盛可以对她的方案是肯定的。

她盘算着，万一开店不成，还有什么后路可以走。先租个民居做包子，然后晚上两个人出来继续游动销售，先支撑一段时间。

或者，真的跟袁哥他们去四川。她没有去过四川，简阳好像是一个很小的地方，老板娘说得对，只要是跟他们在一起，互相照应着，总可以过下去的。

她想到这里，心稍稍安定了一些，说："我知道了，我回去再和老板娘他们商量一下。"

盛可以想安慰她，想说车到山前必有路，想说东方不亮西方亮，想说遇事劝她放宽心。

话到嘴边，都吞回去了。

全都是废话。

此时此刻的盛可以，比乔希年更加沮丧，老板娘他们，加上乔希年，他们确实没有其他办法，他盛可以却本来不应如此。

如果乔希年求助的是盛天骄，她这会儿脸上的笑容会如花盛放。

五十万，五百万，五千万。

不过是盛董一句话。

说来说去，是他盛可以没用。

他沮丧地退回到自己的座位上。

乔希年打定主意，站起来说："我知道了，我回去和袁哥他们一起想想办法。"

她比来的时候内心要平静，这要归功于盛可以，她忍不住说："二哥，谢谢你，那我走了。"

盛可以抬头看着她："这么不客气的吗？"

他压抑着内心自我贬低的浪潮，努力像平常那样开玩笑，语气还带点儿嗔怪："说完正事拍拍屁股就走像话吗？别人一般怎么也要跟我闲聊两句，谈谈人生和理想什么的呢！"

乔希年啼笑皆非："你在上班有事啊，我就不耽误你了。"

盛可以懒洋洋地靠在椅子上，非常戏精地伸长了腿："你看我像是很有事的样子吗？"

看他好像很认真，乔希年一时间就迷惘了，不知道留下好，还是坚持要走好。幸好这时候安娜解救了她，她给盛可以打电话，说话的声音隐约从外面传来："盛总，投后服务部的会议在一号会议室，时间差不多了，资料我给您拿过去。"

盛可以一想还真有这么一个会，只好一跃而起："打脸来得真快。"

他没理安娜催促，坚持送乔希年到了电梯前，跟她招手告别，笑容满面。这一送又把公司工作里的八卦热潮炒起了一波，有人看热闹不嫌事大，甚至还开了一个接龙，要组队去方圆包子店吃包子顺带看看二爷的新欢本尊。

安娜回到自己办公室刷完了大家的议论，语气无辜地在群里发了一条：大家都在瞎猜什么呀，人家妹子是来谈项目的。

有胆儿大的就开玩笑：搞定老板，就搞定项目，所以谈什么不重要啦，哈哈。

大概是忍无可忍，李吉祥冒出来打抱不平：你们别胡说了。

瞬间被淹没在了一片"哈哈哈"里。

乔希年不知道自己去一趟盛世投资带来了什么涟漪，她带着那盒松露巧克力回到了花市街，一走到包子店门口，就感觉晴天一个霹雳打下来。

就在她出去的几个小时里，门前原本那条还算完整的路消失了，取而代之的是一个大洞，几个工人在里面忙碌，不知道要做什么。

她绕到街道另一头，钻进隔离架后面，沿着泥坑边残存的小道走回到店里，一步一趔趄的。看这样子，包子店最后一两个月的生意应该都坚持不下去了。

果然老板娘和老板在店里坐着，看到她就叫："小乔，你来，我们跟你商量个事。"

她忐忑地走过去，老板娘劈头就问："你愿不愿跟我们回四川去？"

门口那个坑给老板娘的打击很大，从她今天的模样就看得出来。

方姐是个讲究人，平常不管多忙多累都把自己收拾得干干净净的，贵重首饰买不起，老板送的银链子总是戴在脖子上，有时候配个小丝巾，有时候耳边夹朵小花。

今天头发乱蓬蓬的，眼睛红得像兔子，看样子哭过一场了，也许不止一场。

尽管如此，她跟乔希年说话还是尽可能地温存，慢慢解释："生意一天都搞不起走了，房东说还能住两个月，我们住归住，其他早做打算，你说呢？"

乔希年坐下来，茫然地看着眼前熟悉的桌板。一日三餐撒汤漏水，上面还是洁净干爽，没有一滴油污，可见主人为之花的力气。

老板娘见她不说话，握住她的手："妹妹，你莫多想，我们带着你，晓不晓得？"

乔希年点头，咽喉间有什么东西哽塞，她不敢开口说话，怕一开口就要落泪。

这样好的人，只不过想自食其力安安稳稳过一点小日子，怎么就那么难呢？

老板这时说："婆娘，你把东西拿给小乔嘛。"

老板娘起身上楼，乔希年跟着站起来："我也有东西拿给你们。"

两个女人一起上了楼，老板娘一直牵着乔希年的手，像妈妈或者姐姐，小心翼翼地，手很暖，指尖掌心都有日夜劳作留下的老茧，厚厚的。乔希年终于忍不住，一边走一边掉眼泪，泪珠摔在灰色的水泥台阶上，淤出一点湿迹，很快又消失了。

她们分头进了自己房间，又一先一后下来，各自拿出来的东西往桌子放，一起惊呆了。

两个一模一样的纸包，就是店里拿来给白领们带包子的那种。

里面都装着现金，连厚度都差不多。

老板娘看看乔希年："你干啥子？"

她把自己那个纸包推给她："这是我和袁哥给你的，你跟我们走也好，不走也好，这一万块钱你收到，总会有用。"

她叹口气："我们再多也没得了，你也晓得，这几年要不是你在这里，绝对挣得更少，我们一家人，你莫推辞。"

袁哥帮腔："喊你收到就收到，推辞就见外了哈。"

乔希年眼泪汪汪，把自己那个纸包推过去："我买股票挣了钱，这几年要不是你们照顾我，我跟乐乐，现在都不知道会在哪里，我想都不敢想，我想谢谢你们，我真的……"

她胸膛起伏，一句话说得断断续续，结结巴巴，说到最后再三哽咽，实在说不下去了，老板娘伸手抱住她。

乔希年靠在她的胸口，一口气没转过去，伤心地大哭起来，老板娘忍不住也哭了，老板在一边低着头，方圆包子店里从未有过如此沉重的气氛。

偏在这个时刻，盛可以的声音忽然从门外响起，从远到近，轮番喊他们的名字："乔希年、乔希年。老板娘——袁哥、袁哥。"

他溜着街道缝儿冲进来，差点还摔一跤，站稳了先抱怨了一句："啥情况啊？才几天就挖成这样。"

其他三个人泪眼婆娑，真情流露到一半硬被打断了，情绪上有点转不过来，都呆看着他。袁哥的本能反应是："现在吃晚饭太早了哦。"

盛可以啼笑皆非，急忙摆手："我不是来吃饭的。"

他一屁股在桌旁坐下，现在四人合围，摆出了开会的架势。盛可以迫不及待宣布了一个消息："开店的钱有了，夜包子店。"

袁哥和老板娘一脸迷惘："啥？"

乔希年猝不及防："什么？"

盛可以看看老板两口子的表情就知道了："你没跟她们说？"

乔希年有点尴尬，"嗯"了一声。

盛可以自告奋勇："没事，我帮你说。"

他是真把乔希年说的话都听进去了，夜包子店是什么？怎么开？开了之后怎么办？

一五一十复述得十分准确。说其他的部分老板都很有兴趣，毕竟这是他的本行，说到最后开一家店加上稳定运营六个月需要五十万块钱的时候，袁哥倒抽了一口凉气，脸上货真价实变了颜色，张口就要喊不可能。

盛可以早就料到了他的反应，猛然伸手挡住袁哥："等一下。"

他原封不动把乔希年算的账拿出来过了一遍，老板的精神状态并未有丝毫好转，仍然哭丧着脸："缺口三十万？我去哪里找三十万？卖个肾也卖不出这个价钱，也来不及马上卖。"

老板娘恼火地伸手给了老公后脑勺一巴掌："乱说啥子，哪个喊你卖肾了？"

盛可以笑嘻嘻的，心情愉快，全场只有他一个人知道事情的全部真相和问题的解决方案，这种感觉实在美好，当然他也知道，继续拖下去会挨打。

所以还是摊牌吧。

他转向乔希年："你刚走了之后，我想把我答应给的十万块转给你，于是就上手机银行看了一下余额，想着有多少就给你多少。"

大家精神一振。

盛可以一拍大腿："结果发现账面上只有三百多块钱！根本没有十万。"

大家随即萎靡，老板娘开始撇嘴。

"但我以前真的有小二十万的，一直在账户上待着的，怎么会不见了呢。"

大家异口同声问："怎么了呢？"

盛可以拍上了乔希年的肩膀："都是因为你！因为你才不见的。"

老板娘和老板一起张大了嘴，乔希年的表情翻译过来就是一个成语：血口喷人。

盛可以没瞎说，他那十万块确实是因为乔希年才不见了。

他拿来买了一只叫广通娱乐的股票，是乔希年推荐给他的，好几个月了。

买了之后他完全没了印象，之后和乔希年一起操作股票，用的是乔希年的账户。

直到半小时之前，他终于想起了十万块钱的去向，想起自己本来还有一个股票账户，他抱着好奇心登录，进入"我的持仓"，就看了一眼，盛可以马上跳起来直奔花市街，连外套都没拿，身后几十双眼睛见证老板急惊风发作。

他所看到的现在就呈现在乔希年她们三个人面前。

广通娱乐，现在价值是三十七万四千八百六十五块。

还没到三点，还可以买卖。

盛可以拉着乔希年的手指，在"卖出"的按钮上重重点下去，全仓。

挂单，逐笔成交，钱回到了盛可以户头的可用资金里。

明天操作银证转账，这三十万就落袋为安了。

这就意味着……

"袁哥，方姐，乔希年小姐，我们的第一家夜包子店，要开张了！"

"我们的？"

"我们的。"

初夏将来未来的时节，一家包子店在西京红石大道路口悄然开张。

红石路是本市著名的酒吧一条街，包子店店门对着三岔路，三条路上都是吃喝玩乐的地方，任何方向来的人经过时都能看到"夜包子"的招牌。

租金很贵，店面很小，设不了堂食。柜台一边是收银台下单拿号，另一头是出餐口，料理间在里间，用玻璃墙隔开，一览无遗。里头亮堂堂的摆设分明，一尘不染。

开张那天，两个孩子白天上课，全体人马出来在店里忙。下午四点，老板娘回花市街负责孩子，老板和乔希年带一个新招的服务员继续干活。做好三百个包子蒸上之后，老板还要准备第二天的料，就骑电动车回花市街去了，剩下两人守着。

走的时候，老板笨拙地对乔希年说："那辛苦你了。"乔希年点了几下头，各自脸上都有不敢抱什么希望的神情。

计划得很周全，筹备过程相当顺利，本来应该意气风发。

可是钱来得太容易，事情也发生得太快了，这和袁有明先生的经验不对板。

他一辈子辛苦做事，永远一步一个脚印，即使千般谨慎，也经常会摔回原点，不得不从头来过。

对他来说，太容易的好事就不像真的。眼前这家店不像一家真正的店，倒像是乐乐和琪琪玩的纸板玩具屋，很可能玩不多久就要坏，他又高兴，又不敢高兴。

乔希年和他想的一样，如果希望太高，失望的时候就会摔得太痛，不如始终惴惴不安。

为了快速打开局面，方圆夜包子店门口挂了广告：头三天开张免费吃，晚十点开门，每人限领一次，每次两个，一天只领一百份，领完关门。

老板娘很心疼，说凭什么白送东西给人家吃啊，包子店以前都卖不过来呢。

结果就算白送都不行，十点到十一点，一个人都没来。乔希年和服务员一开始坐在里面等，等得心惊肉跳，后来顾不上难为情了，一人带一沓传单，出去在街道上走动，见人就塞一张。

这么晚经过的都是去玩的人，成群结队酒足饭饱，根本没人想吃东西。有人拿到手里走两步就扔掉，更多人根本接都不接，乔希年细声细气说着免费试吃，人们充耳不闻。

一直冷清到十二点多，路上人少了，服务员猛打哈欠，语气开始有点儿不耐烦。乔希年让她先回家，自己在店门口的马路牙子上坐下来，强忍着没叹气。

夜风凛冽，这几天倒春寒，她冷得瑟缩，想想店里热腾腾的包子，又一筹莫展。那种感觉就像不会游泳的人走在海滩上，一步步向前，越走水越深，不知道什么时候就会踏个空。

这时候，有个穿黄制服的阿姨过来，手臂上戴着环卫工人的袖章，站在取餐口往里面看。乔希年打起精神过去："阿姨，要不要来份包子？"

阿姨五十来岁，比乔希年矮一截，背微弯着，齐耳朵的头发都白了，上夜班上得满脸疲倦。她问了三次："免费的？不收钱吗？一点儿都不收吗？"得到了确定答复之后才拿着两个包子离开，走向酒吧一条街深处。

过了十五分钟，阿姨回来了，趴在收银窗口问乔希年："姑娘，这包子啥时候开始卖啊？很好吃，我老公和儿子喜欢吃肉包子，你卖几个给我带回家去给他们尝尝。"

乔希年拿出袋子给她包了四个递出去，说："阿姨，今天都是免费的，你拿回去吧。"

阿姨指着门口的广告说："不行的不行的，说了限领两个是不是？我认字的。"

乔希年把袋子放在取餐口外面："拿着吧阿姨，今天反正送不完，浪费了不是更可惜？"

阿姨推脱半天，最后还是收下了包子，说了好几声"谢谢"，走远了又倒回来，抓了一沓柜台上的传单揣在自己工作服的大口袋里。

已是深夜，街道上仍车流如织，这一带无论白天晚上都是西京最繁华的地方之一，可是孤独的人在任何地方都是孤独的。

乔希年守在柜台后面，十二点多老板娘给她打电话问了一下情况，长吁短叹之余又安慰她："新店是这样的，莫慌，生包子没蒸的你等下叫个车带回来，莫浪费。"

乔希年答应下来，电话挂了。眼看快要一点钟，她开始收拾准备回花市街，刚要关灯，收银台外面传来一个熟悉的声音："小乔、小乔，我来吃包子了。"

盛可以在外面笑嘻嘻地站着，穿一件深蓝色衬衣，淡蓝色的针织长外套。身旁还站了七八个人，有男有女，衣着打扮和盛可以一样都时髦得很，一看就知道刚从夜店出来，酒酣耳热。

有个女孩站在盛可以旁边，浓妆红发，穿桃红色长靴热裤，披着灰色丝质的长衬衣，身材极好，差不多和盛可以一样高了。两人挨得很紧，女孩的胸口几乎都贴在盛可以的手臂上，正一脸嫌弃地说："干吗在这儿站着？不是说要去梨记吃海鲜粥？"

盛可以充耳不闻，他看到门口广告了，立刻嚷嚷起来："免费？免什么费啊！好东西不允许免费。"

他撸起袖子，上前把广告给撕了，自作主张指挥自己的朋友："来，排队，吃包子，我告诉你们，这是我，你们家盛二哥最爱吃的包子，一绝！没吃到的人生都有缺憾，赶紧的，排队，我排第一个。"

他真的排第一个，所谓凑热闹乃人生快乐之本，其他人真的嘟嘟嚷嚷排上队了，盛可以趴在收银台上小声跟乔希年说："你不急啊，慢点弄，让他们自己掏钱给你当托儿。"乔希年也小声："行不行啊？"盛可以说："怎么不行？我说行就行！"

两人靠得有点近，乔希年能看到他脸稍微有点红的样子，忍不住说："喝酒了呀？"盛可以笑嘻嘻地回答："是啊，放心，喝得不多。"他摸了一下她的手，乔希年像被电击了，往后退了一步。

这么多人排队，场面马上就热闹了起来。这个点是夜店第一波散场高峰，人都是爱热闹的，好些人走到街口来叫车或者等车，经过时看到这么多人排队，赶紧上来看看什么情况。

还有些人喝得晕晕的，不管三七二十一，有人排队我也排队，一下来了好几拨人加入队伍。从门可罗雀到大排长龙，前后就几分钟的时间，乔希年在里面看傻了。

乔希年给夜包子定的价是一笼六个卖二十，老板娘一直说贵了，之前卖两块钱一个，比夜包子大一倍以上，还一直有顾客一边买一边抱怨他们家东西贵。

最后价格还是按乔希年的意思定的。她坚持的原因很简单，只有这个价格才能赚钱，能快速让现金流滚起来，她们没有多余的钱拿来垫亏损。

现在卖起来才知道，价格一点儿问题都没有，再贵一点儿都行。

排队的人上来根本就不问价不看价，点了东西直接拿出手机来扫码，手是颤抖的，眼是模糊的，扫完也不看到底付了多少钱，走到旁边伸长脖子看料理间，咽着口水互相倾诉说："我饿了，好香啊！赶紧给我拿包子吧。"

乔希年一个人又要收银，又要出餐，忙不过来就开始发慌了，盛可以干脆从旁边的门里走了进去："你去给人拿包子，我帮你收银。"

乔希年没工夫跟他说谢谢，赶紧去干活了。盛二爷在收银台那里把外套一脱，挽起自己身上那件真丝衬衣的袖子，吆喝起来有板有眼："来喽，来吃包子了。"

他的朋友把这当作夜生活的小插曲，笑得前仰后合，一个接一个过来享受了一把被盛二爷服务的快乐。有个喝晕了，还掏出一百美金放他面前说当小费，盛可以不客气收起来了，叫乔希年："谢谢打赏，多给孙贼一个包子。"乔希年在那边手忙脚乱犯蒙："谁？"一个留小辫子和八字胡的精壮小哥跌跌撞撞冲过去傻笑："我，我是孙贼，我要多一个。"

盛可以一搅局，三百个包子瞬间卖光，没买到的人一脸失望："没有了？我排很久哎。"盛可以把传单往他们手里塞："明天赶早，十二点准时开张，夜包子数量有限先来先得。"

这个时候已经两点来钟了，那个女孩是唯一没来凑热闹买包子的人，一直脸色冷冷地站在街边，终于不耐烦了，扬起嗓子喊："二哥，走不走？国悦那边催了，再不去人家都散了。"

盛可以一拍脑袋："差点忘了，我还得去赶一场。"一边应着"来了来了"，一边转身问乔希年："你是不是得回花市街？"

乔希年点头，盛可以打个响指："我让司机送你，我去蹭他们的车了，拜。"他拔腿走了。她没机会推辞，只能眼睁睁看着他跑到街边，一辆大红色法拉利风一般开过来，盛可以和姑娘一起上了车，绝尘而去。

乔希年站在玻璃窗后，望着法拉利如一阵红色的疾风卷过街道，转眼不见，内心有涟漪翻卷，五味交织。

她正发愣，盛可以平常用的保姆奔驰车来到了路边，司机按下车窗冲她笑："乔小姐，需要我帮你拿东西吗？"

乔希年赶紧做完手头的工作，关灯，走了出去："不用不用。"

第二天老板娘和乔希年一起去开店，十点一开门就见到昨晚那个环卫工阿姨在外面等着，小声问："今天还能领包子吗？"说话间低着头，眼睛看地上。

乔希年问老板娘："袁姐，咱们今天还送不？"

老板娘探出头看了一眼："大姐，你昨天是看到说我们送三天是吧。"

环卫工阿姨点点头，很不好意思地说："今天是不送了吧？我看广告都没有了，那算了，我买几个。"

老板娘笑："你看到了那就送，没看到的再说。"老板娘装了两个，被乔希年拉住，多放了两个送出去："你慢慢吃哈。"

阿姨收下了包子，然后说："昨天晚上你们包子卖完没？"

乔希年说："卖完了阿姨，谢谢你关心。"

阿姨很高兴："我昨天下班以后还在几个店门口给你们发了一下传单，放那些车子上的，看来效果可以，我再拿点过去放吧。"

老板娘很明理："要不得，你们领导看到了找你麻烦，阿姨，你想吃包子随时来，不用给我们做啥子。"

阿姨摇头："没领导的，这个点了哪有领导出来管事，而且我下班了他们也管不到我。"她伸手抓了一大沓传单往酒吧街中心区去了。乔希年望着阿姨远去的身影，满怀期待地说："今天生意可能也会还可以吧？"

她错了！不是还可以，是爆了，大爆！

老板娘和乔希年看得到的，是阿姨在酒吧街帮她们发出去的传单，他们看不到的，是昨天晚上吃了包子的人在社交媒体上传的帖子。

其中最轰动那一条消息来自孙贼，孙泽凯，就是那个用美金打赏盛二爷的兄弟。他是西京著名的富二代之一，超跑俱乐部的铁杆会员，盛可以的长期夜生活搭档。

他用颤抖的手给盛可以拍了一张当户收银的特写，和两个包子拼在一起，配了一句话发在了自己的朋友圈：盛世集团二公子盛二爷和他为之疯狂的夜包子。

这张图片迅速出了圈，＃盛世集团二公子当炉卖包子＃的话题在各个社交媒体传播，其直接结果，就是夜包子开张的第二天就彻底爆了，十一点四十五分开始到十二点半，所有包子卖空，有人在外面蹲了一个多小时等包子蒸出来，拿到手的瞬间就抓起往嘴里送，然后说了一个字："值。"

夜包子一炮而红，花市街的店终于可以心安理得顺理成章关了。大家都一门心思扑在了新店上，本来说要去重新租个房子，老板娘舍不得，说能住好久先住着，能节省一点是一点。俗话说仓廪实而知礼节，房东钟太太就是发大财而能厚道，她拿了大笔拆迁款之后，心情好得不得了，居然主动过来告诉袁哥他们，店不开了人还可以住在这里，等施工队正式入场之前搬就行。

方姐表面上笑嘻嘻地表示了感谢，钟太太后脚一离开，她就嘀咕起来了："好大的恩惠哦，说得那么好，本来我们租金就多交了两个月的，停电停水又不管，假打。"

袁哥比老婆心宽："拆迁队来之前还有好几个月嘛，我们多住一天就挣了一天，挺好的。"

正说着，盛可以过来了。自从晚上要开店，他改成了中午蹭饭，反正哪顿都没少吃。他绕着路深一脚浅一脚过来，看到他们贴在卷闸门上的关门告示很不舍："完了，你们不开店了，我去哪里吃饭？"

老板娘翻白眼："哦，我们开店就是为了方便你吃饭嗦？"

盛可以理直气壮："我觉得这个理由很重要！人是铁，饭是钢，是不是？"一边说一边疯狂吃老板今天晚上特制的连山回锅肉。

连山回锅肉是袁哥的拿手好菜，它和普通回锅肉不一样，一斤猪切四片肉，一片有成年男子手掌大，切得非常薄，锅里一过油就卷起来了。肥肉醇，瘦肉香，配菜是莲花白，不用青椒蒜苗，菜和肉都好吃。

袁哥炒了一大碗，四个大人连两个娃娃一起吃，结果大半都给盛可以干完了，有点不好意思，满足之情却溢于言表："太好吃了吧。"

然后旧话重提："袁哥，你开个餐厅吧？"

他还有理有据："夜包子迟早会开连锁，到时候你就不用自己包包子了，干点别的嘛。"

可能被夜包子的成功激励了，袁哥这一次没有那么抗拒，还想了想："行不行哦？"

盛可以点头如捣蒜："行行行。先开个小的，用不了好多钱，等夜包子成本回来就可以搞起来了。"

他越说越振奋，感觉自己走上了一条光明坦途，有出息了，都能投资回收成本再投资了。

顺手把桌子上的碗筷扒拉开，扯了乔希年的账本过来写写画画："我看看怎么给你设计菜单。"

老板娘在旁边开嘲讽："婚都没结，你就给孙子做衣服，八字没一撇呢，菜单都设计上了。"

盛可以听到了，头都没抬为自己辩解："哎，袁哥负责做菜，老板娘你负责管店，希年算账，那除了给钱，试吃还有设计菜单，我还能干啥？"

乔希年憋笑，走过去把桌子给盛可以清出来，看了看他在账本上随手画的菜品，寥寥几笔，生动可爱，还真不是乱画的。

相对于新餐厅，她更关心夜包子。

"二哥，你们公司真的有开连锁的可能性吗？"

盛可以点头："会的会的，他们都去吃过包子了，很惊喜，说再观察几个月看看，如果能维持现在的流量，你那个一口气开十家的计划就指日可待了。"

袁哥不肯信："哪里那么简单哦，我现在弄一家都累死人，搞十家咋个可能？"

盛可以小小地嘲笑了一下老实人："袁哥，开连锁的做法和开一家店完全不一样，你放心吧，只要现在这家没问题，总有一天，我帮你把夜包子开遍西京，开到上港、南都，所有大城市，到时候你一个包子都不用亲手做了。"

他再次把主题转到了自己感兴趣的地方："所以开家川菜馆嘛。"

盛二爷吃完饭聊高兴了，拍拍屁股一走了之，给袁老板整了个心事，没事就问老板娘和乔希年："我做的菜，是不是真那么好吃？"

老板娘对老公放彩虹屁的习惯贯穿了整个婚姻，说的话本质上来说是不能算数的，但乔希年一直很严谨，她的意见是："我反正没有在别的任何地方吃过更好吃的。"

袁哥高兴了一会儿，觉得她这话也不怎么有说服力："你又不是我们那边的人，吃得太少了，不算数。"

乔希年就问他："袁哥，你跟谁学的做菜啊？"

袁老板心情好，搞了一点小酒喝着跟乔希年吹壳子："我们简阳屋头以前有个空房子，租给一个成都来的老头，我们喊他齐大爷，说是找女儿找到简阳来的，结果女儿不认他，他住了一年多实在没得办法，又回成都去了。我那个时候在厨艺学校学白案做点心，他看我做包子，就过来教我弄菜。"

说到这里摇摇头："现在想起来，老头就是懒得做饭，教我把菜弄好了他就吃了，我还要负责洗碗，狡猾得很。"

老板娘继续彩虹屁："那你基本上算是自学成才了哦。"

袁哥这个人很有操守："一日为师终身为父，学了就是学了嘛。"

乔希年坚定地站在老板娘那一边："反正就是好吃。"

过了一个礼拜，盛可以中午又来蹭饭，这次进门就欢天喜地直扑厨房，对袁哥说："我给你找了一个有意思的活儿。"

袁哥精神为之一振："啥活儿？你们公司团购包子？"

盛可以嗔怪地看着他："团购包子算什么有意思的活儿？"

盛可以说，他有个朋友，新装修好了一个会所，准备搞个聚会招待一些朋友，需要饮食服务。

西餐请了五星级酒店波利扒房的行政总厨来负责，点心甜食部分，请了西京烘焙坐头一把交椅的黑天鹅饼房负责，最重要的中餐部分，本来是准备请今年拿了黑琥珀三星的中餐馆国色来搞的，结果国色的主厨临时家里有急事，婉拒了邀请。

说这事儿的时候盛可以刚好在场，他拍案而起，以脑袋担保，当即就推荐了袁哥。

人家也不知道袁哥什么来头，听盛二爷一通猛夸，觉得这位爷推荐的肯定不会差，真的答应下来了。盛可以比自己接到了活儿还高兴，一出来就跑来了。

没想到袁哥一脸不乐意："几个人啊？"

盛可以算了一下："五六十个人吧。"

袁哥的脸皱成一个苦瓜，摘一摘能炒一盘了："这么多人的外卖怎么做？不去不去。"

盛可以说："那不叫外卖，叫配餐服务。"

"啥意思？"

"配餐服务，简单来说，就是你去别人家里帮忙准备吃的，人家好待客。"

"所以不是外卖饭菜，是把我外卖了呗。"袁哥更不乐意了。

盛可以使出撒手锏："一天五万块。"

老板娘冲上来把老公往身后一扒拉："哪天？要干啥？五万块一口价，来先付一半。"

盛可以开新会所的朋友不是别人，是他哥，盛世集团的董事长盛天骄。

盛天骄和盛可以完全是两种人，从外貌到脾性，看不出半点儿血缘关系，和人打交道方面也一样风格迥异。

别看盛可以天天在外面玩，你问他谁是你最好的朋友，他搞不好会脱口而出说是袁有明。起码老板记得他喜欢吃什么，不管多晚看到他来了都会爬起来给他炒两个菜，从没求过回报。

盛天骄就不一样了，他很少应酬，却扎扎实实交下了不少朋友。这间会所不是为自己开的，而是为朋友们开的，最好的酒，最好的服务，绝对安全的环境。很多和他地位相当的人不愿出外，自然而然都往他这里来。

在西京，能为盛家的私人会所，尤其是家宴服务，被餐饮界人士视为一种专业上的肯定，袁有明先生对此显然一无所知。

他按照盛可以的要求列好了菜式，给对接的人开出了所需物料和食材的清单，之后就把这件事抛诸脑后。夜包子的生意火爆，袁哥感觉自己迎来了事业的上坡路，人生的高峰期，他心无旁骛奋力工作，精疲力尽躺到床上时还会花一两分钟的时间和老婆一起畅想将来，包括但不限于租个比较大的房子，给琪琪买个正经孩子做作业的书桌，给方小美女士以及她的妈妈一人打一个金镯子。方姐特别指明要那种厚重宽大的款式，戴在手腕上能起到防身的作用，刀枪不入。

还要什么呢？袁哥没有想更多，本质上来说他不匮乏，他不是那种盘踞在山洞里蹲守财宝的恶龙，只有贪念，没有幸福。

他很容易就幸福。

盛家家宴前一天，盛家派了车来接袁哥去做准备，他穿着自己的七分裤大汗衫，腰上别了一个灰扑扑的腰包就上了车。老板娘和乔希年目送车子远去，都有点担心。

过了一会儿，盛可以来了，一看她们的表情有点想笑："干吗？老板是去工作，又不是被抓到渣滓洞了。"

老板娘也笑："哟，你还晓得渣滓洞，有点文化嘛。"

盛可以点头："那是，小学毕业了的。"

他转过去对乔希年说："希年，明天你也来吃饭吧。"

乔希年一愣："明天？我不去啊，袁哥说你们有专门的厨房工作人员和服务员帮他，用不着带人。"

盛可以说："对，厨房不用你。"他歪着头看乔希年，忽然声音温柔了，"我是请你跟我一起去参加聚会。"

乔希年连连摆手："不行不行，你们聚会，袁哥做菜，我去干吗？"

不知道拨动了哪根弦，她没头没脑地问了一个问题："你不带你女朋友去参加聚会吗？"

问完她就屏住了呼吸，强烈的后悔如同胃酸反流冲刷着她的咽喉，内心有一个小小的声音发出叹息，说着不要告诉我答案，我不想知道答案。

好在她的恐慌没有积累，盛可以下一句话就为她建起了堤坝："我上一次有女朋友还是好多年前的事了，没人要我啊。"

他忽然摸了摸后脑勺，一看就有点心虚。老板娘聪明过人，马上就问出："你找希年去干吗？纯吃饭吗？"

盛可以有点不好意思："哎，都有都有，我也想请希年吃饭，我也……嘿嘿，我也想让希年帮我一个忙。"

他对乔希年摆摆手，略有点不安："说出来你不要生气。"

乔希年是真的不明白："我为什么要生气？"

盛可以期期艾艾地说："因为可能会很麻烦你。"

乔希年点点头："你说来看看。"

盛可以还在犹豫，老板娘猛然一声大喝："搞快点！要说啥子就说。"把他们俩都给吓了一跳，盛可以脱口而出："我想要你帮我看一家公司的资料，明天要用。"

乔希年搞不懂："什么意思？"

盛可以解释了一大堆，乔希年和老板娘终于明白了。

原来盛世集团最近要收购一家公司，已经谈了好几轮了，来到了最后批准与否的阶段，明天吃饭要开会最后定夺，到时候会问盛可以的意见。目前来看他的意见就是没有意见，爱投投，不爱投滚，但这话他不能说，说了会骂。

老板娘很同情他："这么吃顿饭压力好大，你不去算了嘛。"

盛可以眼泪都要掉下来了，说："不可以！"他强调，"不去他们也会问我。"

心里另外加了一句，不去我哥得活劈了我。

乔希年迟疑地问："那我能帮你做什么？"

盛可以有备而来，从包里摸出一个笔记本电脑，啪一声放在桌上："帮我看资料！"

电脑打开，文件一个一个打开，屏幕上密密麻麻的数据、表格、模型。

乔希年穿着她在厨房帮袁哥做包子时穿的外套，灰扑扑地坐下来，洗了手，开始看资料。

数字如水一般从她眼前流过，她沉默不语，一目十行，过目不忘。

不需要反复，不停顿，不困惑。

突然盛可以开始问她问题，就像两个人在为一场即将到来的重要考试做复习准备。

一开始做的是填空题，只要照搬资料里的数字或模型。

后来他们做的是阅读理解，问题和公司的长期商业模式设计有关。

再后来盛可以穷凶极恶，跑出了综述，开始问主营业务到底未来会怎么发展，趋势如何。

无论什么问题，都如螳臂当车。

只要是和这家公司的资料能关联起来的，乔希年有问必答，简洁、明了、全面。

这家公司有十八年历史，员工四千多，每年销售额一百个亿，市值将六百亿。

在她眼里和方圆包子店并没有太大区别。

随着时间流逝，盛可以的内心产生了一种微妙的感情。

如果一定要形容的话，庄子笔下的河伯顺流而上见到大海，望洋兴叹之时，就是这种心情。

他发出了由衷的感叹："希年啊，你不去做投资这一行，实在太可惜了。"

乔希年松了一口气，她在一问一答的过程里其实也紧张。

这个世界上很多问题根本没有正确的答案，有时候哪怕答出了正确的答案，也拿不到自己想要的结果，因为决定权不在她。

听到盛可以的赞叹，她羞怯地看他一眼："我什么都不懂，怎么可能做投资啊！"不期然的，语气里又有一丝天真，"而且投资要很多很多钱对吧？"

盛可以很自然地就把自己平常被训的内容搬出来了，说："投资最重要的不是有很多钱，是要把钱用在有回报的项目上，如果乱投的话，再多钱也扛不住的。"

"这样吗？"

盛可以信心十足地拍拍乔希年："就是这样，你这方面非常强，比我见过的所有分析师都厉害，这就是天才与凡人的区别。"

所谓千穿万穿，马屁不穿，放之四海而皆准。乔希年问："真的？"

盛可以很干脆地点头："你干吗不相信你自己呢？你不相信自己没关系，相信我就行了。"他挥挥手，"我就算没吃过猪肉，没投出来过什么厉害的项目，可是我见过猪跑啊！"

他确实见过很多猪跑："你知道吗？很多分析师是利用 R 语言来抓取和分析数据的，只要他知道自己想要什么，电脑会帮他完成其他的工作。而你呢，相当于既是分析师又是电脑本脑。"

乔希年犹豫了一下，说："R 语言是什么？"

盛可以对她解释："是一种统计用的语言，一开始只是给统计学家用来做数据统计的，后来跟金融结合起来了，是量化投资这个流派的利器之一。"他想了想，眼睛一亮，"你不是有一次说过，数据是不会骗人的吗？只要数据是真实的，结论就会是真实的，R 语言用在数据分析方面完美地印证了你这个观点。"

乔希年眼睛里闪出了光："我去买几本书研究一下。"

盛可以说："我给你那个电子阅读器呢？你放在身边了吗？"

乔希年果然放在身边，还很仔细地给电子书包了一个粉蓝色的硅胶外壳，造型怪趣，拿出来她有点不好意思："乐乐帮我挑的。"

盛可以说："品位真不错，这个颜色我也很喜欢。"

他拿过阅读器，埋头操作了一会儿，拿回去给乔希年："我把我的信用卡跟这个读书账户关联起来了，你想买什么书都行，随便买。"

好像知道乔希年会本能地就加以拒绝一样，他及时地补了一句："这个算项目成本，你要是去买了实体书也记得开发票，拿给我走正经报销。"

乔希年被项目成本这么严肃的说法给镇住了，犹豫着收起了电子书，盛可以趴在她对面，看到她抬起的袖子上绽了一根线，伸手一拉，扯出了一圈。她拿出剪刀把线头剪了，有点惋惜地说："怎么就脱线了呢。"

盛可以想到了一个基本的问题："对了，明天的聚会有着装要求，你有没有礼服裙，红色的，或者蓝色的？"

乔希年没想到吃顿饭还有着装要求："我没有裙子，什么颜色的都没有。"

盛可以想想还真是，认识这么久了，他没见过乔希年穿裙子，甚至没见过她穿任何颜色鲜艳的衣服。

他往后靠了一下，仔细看她："我觉得你穿红色应该好看。"

乔希年心里一跳："你怎么知道？"

他比画着："你五官端正，穿那种饱和度特别高的颜色一定好看。"

说到五官他又仔细看了一下，然后叹口气。乔希年慌了："怎么了？脸上有什么吗？"

盛可以摆手："不是不是，脸上啥都没有，很干净。"

终于忍不住笑起来："但牙齿上有菜叶子，一点点，哈哈哈。"

乔希年跟火烧了屁股一样跳起来往厨房里冲，盛可以笑得前仰后合。过了一会儿她一脸无奈地走出来，他拍着桌子还在笑："我应该把你跳起来的样子录下来。"

乔希年闹个大红脸："两个小时了你才说？"

盛可以耸耸肩："不是怕你尴尬吗？"

乔希年道："现在告诉我，我还是尴尬呀。而且你一直看着我说话，牙齿上有菜叶子，你看了不觉得难受吗？"

盛可以很自然地说："你喜欢一个人的话，不要说她牙齿上有菜叶子，就算她鼻孔里有菜叶子也没关系。"

乔希年不知道该感动好还是该恶心好，皱起眉头来："不要说了。"盛可以又笑起来。

看看时间不早了，盛可以站起来穿好外套，说："我还有点事，先去一趟公司，晚点我来接你，我们去买衣服。"

他说话的时候弯下了腰，很认真地看着乔希年，两人的脸离得很近，一转头就会碰上似的。

乔希年闻到他身上的气味非常干净，带着一点点梨子的味道。她整个人都僵住了，眼睛不敢看他，也不敢动。盛可以说："不管你穿什么我都可以，但其他人不了解你，所以最好还是需要打扮一下。"

顿了一下，他看着乔希年的眼睛，诚恳地说："你觉得好不好？"

这句话他在乔希年面前好像经常说，无论是什么事，大到投资，小到点菜，都会问："你觉得好不好？"

乔希年每次都说好，没问题，可以。

但她偶尔也觉得，如果她说不好，不行，不能这样，盛可以一定也会同意。他问这句话的时候，是真心想了解她的想法。

这种感觉也像是一扇窗户，有光，有风，叫人心情明亮。

她说："嗯。"

果然下午四点他就打电话来了，叫乔希年到西京新城的购物中心门口会合。盛可以带着她直奔第一层："一楼二楼都是女装，咱们一家一家看过去吧？"

乔希年有点犹豫："那要花很长时间啊，太麻烦了。"

盛可以大开眼界："新鲜啊，这句直男专属的台词居然被你抢先说出来了，以前都是我说的。"

乔希年看了他一眼，有心想要问你会跟谁说这句话，但也知道自己无论如何说不出口。盛可以没注意她微妙的神色变化，还在埋头研究："有几个牌子还行，我们去那几家看看吧。"

不愧是盛家的二少爷，他说还行的几个牌子都在一楼最显眼的地方，全是顶级奢侈品。冲进第一家盛可以就轻车熟路一屁股坐在了沙发区，旁边还坐着一位大哥，明显也在等女伴购物。两人相视一笑，好似难兄难弟江湖相见，很有默契的样子。

盛可以喊乔希年："你随便买哈，我就坐在这里，试穿的时候给我看看。"

乔希年点点头算是答应了，象征性地转了一圈过来了："没有什么合适的，咱们走吧。"

盛可以一跃而起："这就看完了？"

乔希年点头，盛可以露出了同情的神色："这个牌子这么不招你待见吗？就看了一分钟。"

坐在沙发上那位老哥接话："老弟，人姑娘都说没什么合适的了，你纠结啥？走吧。"一边说一边满脸羡慕嫉妒恨，话音刚落，他的女伴过来了："宝贝，你看看这三条裙子，买哪条比较好？"

这位显然是资深的老公，久经训练，早就有了只付款绝不参与挑选与评判的自觉，眼神都没转过去就斩钉截铁地说："三条都买。"

姑娘很开心，但还要象征性地感叹一下："很贵哎。"

大哥挥挥手，有气无力地说出自己命中注定的台词，说："怕什么？老公买单。"

盛可以跟乔希年走出了门，看了一眼橱窗里的衣服，对乔希年说："希年，你看一眼就走了，不会是觉得贵吧？"乔希年被说中了心事："真的很贵啊，一条裙子三万多。"

她简直痛心疾首："三万多！你知道三万多可能买多少斤猪肉，多少斤葱，包成多少包子吗？"

居然还精准地报出了答案："一千零六斤黑猪肉，再加二十三斤生葱，按每天卖 1800 个包子算，起码能给我们用一礼拜。"

盛可以挠头，他从来没听过有人拿猪肉和葱作为计价单位的，赶紧叫停："行行行，我知道了。"

旁边是第二家本来要去的店，盛可以感觉就算去了也没戏，马上改变了购物政策："二楼有一个精品店，集合了好几个不错的女装牌子，咱们这样，你上去挑三件，我帮你挑一件。如果你半小时没有成功找出三件喜欢的，我就直接去帮你挑一件。"

他认为这个机制万无一失，配了一个坚决的手势："总之，今天要带一件合适衣服走，你觉得怎么样？"

明明是他要给乔希年买东西，当金主的还苦口婆心劝人家听话："你真的不能穿那件有洞洞的长 T 恤去参加聚会，真的！你这么有礼貌的人，不应该如此不尊重主人家吧？"

乔希年认真地说："昨天我们已经看完数据了，你自己去完全没问题的。我不用去。"

盛可以的脑袋摇成了一个风扇："不行不行不行，你不在我身边我没有主心骨，求你了，救人一命胜造七级浮屠，救人于水火有功德知道吗？"

乔希年真的不知道，没法知道："什么呀。"

盛可以不怕被她知道自己的凶险处境："非常会，我跟你说，去年也是有一个投资开现场决策会，我一问三不知，被我老板严厉警告了，说如果我再对工作不上心，那就别干了。"

他看看乔希年："跟你说良心话，我其实也不想干，但被人家一脚踢开自尊心多少有点受伤是不是？如果我没有遇到你就算了，可我现在就认识你了，你是我的大救星，那我怎么也要支棱起来啊！"

　　盛可以的赞美来得猝不及防，乔希年突然体会到了被人认真地，迫切地需要是什么滋味，这感觉像什么呢？像一个暖水袋，体感零度的时候抱在怀里，冷得缩手缩脚魂不守舍的人在这暖意里便蓦然缓过了神。

　　她于是抬起头来，对着盛可以笑一笑，说："我知道了。"

　　盛可以很满意："太好了，我们俩达成了共识，那就走吧，买买买去喽。"

　　他们上到二楼，面前就是一家面积很大的女装店，售卖的品牌定位高级又比较小众，售货员个个跟模特儿一样精致可人，笑容可掬过来招呼。

　　盛可以仍然撒腿直奔沙发区，一屁股坐下来之后掏出手机上了一个闹钟，还喊上了："半小时啊，半小时。"

　　既然说到了这个份上，乔希年终于也不纠结了，售货员跟着她，很有礼貌地说："二位赶时间吗？需不需要我帮您介绍一些款式。"

　　乔希年摇摇头："我自己看就好，谢谢。"

　　有了三十分钟三件衣服这个条件限制，她很快就完成了任务，一件件换好了，盛可以就颠儿颠儿地过来看，连续看完三件之后，他发表了总结陈词。

　　"好看。"脱口而出，发自肺腑，非常真诚。而后他话锋一转，"希年，你喜欢的衣服都是这个色系这个风格啊？"

　　那三件衣服，严格来说大同小异。

　　一件是灰色的直筒裙，中袖衬衫领，一件黑色的高领长袖裙，一件是米色的圆领短袖，

　　三条裙子都是纯色，裙身没有任何装饰，连一根腰带都没有，裙长过膝，剪裁得体，乔希年很纤细，穿加小码很合身，自有一番温良贤淑的风味。售货员尽责地拿来梳子和发夹帮她挽起了头发，修长脖颈一扭，楚楚可怜。

　　这是盛可以第一次见到乔希年女性化的一面，他觉得很好看，像火柴划亮点燃了他心中一根蜡烛。她的存在让他心里安定，这是从未有过的体验。

　　听到盛可以的问话，乔希年低头看了看裙子，仿佛想要确认这是自己的选择没有错。

　　她脸上一闪而过的，是犹豫与怀疑之色。

　　盛可以礼貌地请导购小姐走开一下，自己围着乔希年转来转去，手摸着自己下巴，若有所思，乔希年不安地说："怎么了？"

　　盛可以轻轻地，很温存地问："希年，你是特别喜欢黑白灰吗？"他又拎起那几条裙子看了看，"特别喜欢这样的款式吗？"

　　乔希年的眼神明显躲闪了，语气很不确定，说："这几条颜色款式都挺好的吧，很端庄，很适合我。"

　　盛可以点头又摇头："不是这几条的问题，这几条适合你，好看，咱们想买随便买，我就是想知道，你喜欢吗？"

乔希年抬眼望着那几条裙子，沉默不语，她仿佛在消化盛可以的问题。那是一个对大多数人来说可以一秒就回答的问题，她却不知道答案，或是不知道如何给出答案。

她低声说话，像在反问盛可以，又像是自言自语："我喜欢吗？这很重要吗？"

盛可以理直气壮地说："是啊，不然呢？"

"你穿的衣服，当然是要你喜欢才行，不然你买啥，买个寂寞吗？"

乔希年热切地看着他："如果我不喜欢，可是别人喜欢呢？比如说，你喜欢，嗯，要是你觉得我穿这样的衣服好呢？"

盛可以伸出一根手指在她面前慢条斯理地摆动："第一，我绝对不会让你穿我喜欢而你不喜欢的衣服，我也不会让你做你不愿意做的事；第二，就算我有这样的想法，你也根本不用理我。"

他很郑重："知道吗？你自己的事情，你的想法是最重要的。"

乔希年没想到过还有这样的选择："是吗？"

"对。"

盛可以斩钉截铁地回答，而后重复了一次自己的问题："你喜欢这些衣服吗？"

乔希年陷入了沉思，过了好一会儿，毅然决然摇头："我不喜欢。"她语气在这一刻突然激烈起来，"我不喜欢黑白灰，也不喜欢这种款式！"仿佛在大声反驳谁。

盛可以一点儿都不介意，直截了当地说："不喜欢就不买！"

他把乔希年推进了更衣室："换掉换掉，咱们继续挑，这些都不要。"

乔希年都进去了他还在外面喊："挑你喜欢的，知道吗？"

第四章

着盛装，光临你的世界

◆

晚上八点半，盛可以和乔希年结束了这一次的购物之旅，终于买到了一条裙子、一双鞋，还有一个配套的包。

红裙子、红鞋子、小小的红色手抓包，都不是特别贵的品牌，但质地精良，去哪里都能拿得出手。

每一样东西都是乔希年自己挑的，和她之前拿的那些相比完全是天壤之别。

颜色鲜艳动人，式样别致。

裙子是 V 领，窄肩带，下摆不规则剪裁，长的那一边堪堪到膝盖，短的那一边露了小半截大腿。

盛可以看她试穿出来啪啪鼓掌，乔希年非常不好意思，反复问他："真的适合我吗？"她在镜子前怯生生看自己，盛可以上来轻轻按住她的背，温暖的肌肤接触，让乔希年整个人都战栗起来。盛可以没有察觉，他的用意是："抬头、挺胸，这样最好看。"

他认真地问乔希年："知道为什么吗？"

乔希年不知道，她是真的不知道。试衣服的时候她看着镜子里的自己，没化妆，脸色憔悴，头发也乱糟糟的，可是那件裙子让她整个人散发出一种光辉。

知道自己是谁、做了什么选择，相信自己选得对的时候，一个人脸上就会有这样的光辉。

"因为你是我认识的人里最聪明的一个，你是天才。"

"天才想做什么就做什么，凡人只能跟着，天才想穿什么就穿什么，凡人只能看着。"他凝视着乔希年，加重了语气，"这就是世上的真理。"

他说得夸张，又说得恳切，像一把小扇子在三伏天贴在耳边扇起来的微风，叫人不期然舒口气。

乔希年脸色微微红了，软软地说："只有你会这么说。"

盛公子自信心爆棚地说："那就够了。"

他拉着乔希年直奔三楼："去把头发也搞一下吧，要不要买点化妆品？"

乔希年这一次没犹豫，响亮地说："要。"

乔希年六岁那一年就知道，服从是一个女孩的最高美德。服从带来安宁、丰足，还有爱。这一切如此珍贵又如此脆弱，不应该说的一句话就能让它们在刹那间灰飞烟灭。

她的衣柜里挂满了粉色和白色的衣服，妈妈说这是属于好女孩的颜色。乔希年记得她的学校里曾经有一个高年级的女生公然抗拒穿校服，经常以一身黑的打扮露面，黑色T恤、黑色牛仔裤、黑色的墨镜。她觉得很酷，可是乔希年的妈妈提起那个孩子时，语气中的轻蔑和厌恶如此强烈，以至于乔希年根本不敢说出自己的想法。

"坏孩子，将来长大了一定是女流氓，小小年纪就一点儿规矩都没有，糟糕透了。"

妈妈这么说着，眼睛睁得大大的。她盯着乔希年的鼻子，视线仿佛能穿透女儿沉默不语的表面，搜索她内心的每一处沟壑，一旦找到大逆不道的种子，就要在它们未曾发芽之前捶打焚烧，毁灭得干干净净。

饭桌上出现她最讨厌的西兰花时，父亲就会单独把菜装上一小碗，摆在她面前。

"西兰花有营养。"他平淡地说。

许多东西都有营养，秋葵、四季豆、韭黄，人世间一切可以吃的东西，在某个层面上都有营养。唯独西兰花会被特意装出一小碗，摆在她面前。伴随着父亲严厉的注视，乔希年低头一口一口吃下那些绿色的，令人恶心的菜。

她试过反抗，如果那也算得上是反抗的话。有那么一次，她装作没看见，没在意，很快吃完其他东西回到自己房间。

当时针来到九点四十五，她洗完了澡，按照日程安排在床上看睡前书的时候，母亲推开了门，在书桌上放下一碗西兰花。

"你今天吃的蔬菜不够，对你的身体不好，五分钟内吃完这些然后再去刷一次牙吧。"妈妈平淡地说，站在那里，递过来一把叉子。

她知道，确凿无疑地知道，西兰花有没有营养不重要，重要的是她不喜欢，而父母不喜欢她的不喜欢。

那么就穿粉色和白色吧，那么就在五点半准时回到家，去上美术课和钢琴课吧，那么就按照父母的要求，把自己的时间安排到一分一秒吧！

乔希年就是这样成长起来的，渐渐地她忘记了自己有过喜欢不喜欢某样东西某件事的时候，她的判断标准变成了：

可以吗？

可以这样吗？爸爸？

可以这样吗？妈妈？

可以这样吗？老师？

可以这样吗？老公？

可以吗？？

盛天骄的新会所在平安坊，坐落在西京市市郊的溪云山下。

这座山是城市的市肺，国家5A级景区。景区内不准盖房子，景区外的山脚下风光一样可人，寸土寸金，能盖房子的地方也很少，因此盖出来的全是豪宅。平安坊就是豪宅中的豪宅。

前年交的房，盛天骄装修自家那一栋花了一年多快两年时间，现在终于启用了。前院、后园，请了国内这些年风头极盛的年轻设计团队操刀。花木扶疏，亭台楼阁，既保持了中式大宅分进分里的精华，又最大程度兼顾了西式的动线功能分割。盛天骄对成品很满意，本来只当会所，后来干脆辟了一楼出来自家常住。

宴会这一天，十一点左右客人们就陆续到来。除了和盛天骄向来交好的世家老友，合作伙伴，集团高管，还有盛世集团旗下各家公司里得力的干将，这些人由每家公司管事的人亲自挑选。

挑选的要求很高，不但要业绩出色，忠心可嘉，最好相貌还得过去。三者相加，将来在盛世必有前途，参加盛家的家宴相当于盖章认定了这一点。

如此一来，各公司被邀请的人无不以为荣幸，盛装前来。一面享受好酒佳肴，觥筹交错，一面暗怀心思，想找机会跟盛家人或起码是盛家的嫡系混个脸熟。

宴会是自助式的，按照盛天骄一贯的风格，不讲繁文缛节，大家尽管吃吃喝喝聊天玩乐，下午两点左右，他会召集集团的人开闭门会，这也是常规安排，每次家宴都有。

闭门会长达三小时，既有纯为拉近上下关系而来的闲聊，也会对严肃的话题进行商讨，有些第一次参加盛家宴会的人没有见过盛天骄，对这个闭门会非常期待，另有一些满心想要在大老板面前崭露头角的，更是满腔热望，有备而来。但不管出于什么原因让人有所期待，这些人中间都绝对不包括盛可以。

事实上他最痛恨这个闭门会，每次他都因为这个破会必须来又走不了，到了会上一不小心就挨骂。

有时候是因为不说话，有时候是因为乱说话。众目睽睽下还得忍着气。

这一次他也跑不了，可是和以前相比，盛可以今天多了一点儿底气，那底气来自身边的乔希年。

司机把他们送到门口，自己把车子开到了旁边的停车场，那一片俨然在开豪车展。大部分车上都等着一个司机，同行们相视一笑，自来熟地开始唠嗑。一会儿饭点了主人家会差人来带他们去屋子里吃饭，礼数不可谓不周全。

盛可以让乔希年挽着自己胳膊下车，一下车就见到了李吉祥。

李吉祥同学是代表盛世投资来的，除了他还有蒋凡和翟晓敏。

蒋凡和翟晓敏都是盛天骄的爱将，年年指名必来。而李吉祥呢，破天荒头一次，是盛可以亲自请的。

以前盛可以从不邀请任何人，毕竟连他自己都不想来。

眼下李吉祥穿着他最贵的一套衣服，上次穿还是结婚，一脸兴奋地和盛可以打招呼，再乍一眼看到乔希年，愣了半天大叫："乔姐！是你？"

他上上下下地看，赞叹不已："哇，乔姐你好漂亮，气质一百分，以前你怎么不这样穿？"

乔希年微微低下头，很不好意思："干活儿的时候怎么能穿这样呢。"

李吉祥一击掌："乔姐，早知道你要来，给我带几个包子，我好久没吃你们家的包子了。"

小胖子一脸惋惜："上次我晚上出差回来路过夜包子店想去买几个，结果被排队的人吓退了，生意太好了吧。"

乔希年一听到人家说夜包子生意好她就高兴："是啊，生意挺好的。"

盛可以挺胸昂首，和乔希年一样高兴。理论上来说，夜包子是他第一个独立投资的项目，哪怕成功再小，也值得四处吹嘘。

他说："等夜包子要开连锁了，小李你就加入团队帮乔希年他们做投后服务，自己人比较靠得住。"

一句自己人，立刻让李吉祥感到了春天一般的温暖。他眉开眼笑道："那是。"

他们走进去，屋子里已经不少人。这个宅子太大，不像是住户，倒像是一个小规模的景点。随着客人们的陆续来临，前院、庭院到后花园之间的所有门都打开了，专业宴会主办的机构派出了上百人的服务团队，为贵宾们打点一切所需。

乔希年不太习惯穿高跟鞋，盛可以就一直扶着她的手。这一幕落在在场所有人眼里，他们一进去，闲言碎语就开始在场子里像病毒一样流传，从大门传到餐厅，再传到主楼三楼盛天骄的书房。

"二爷带了一个姑娘来。"

"谁家的千金？"

"不知道。"

"二爷收心了？"

"谁知道呢！"

人们交头接耳，说的是什么盛可以一无所知。他带乔希年去后院看盛天骄养的孔雀和鹦鹉，特别告诉乔希年这玩意儿不能吃，乔希年觉得很好笑："你真的很爱吃。"

盛可以很大方地承认："可不，不过我只吃能吃的东西。"

他们漫步在花园，经过一处水池，中间游弋着许多珍贵锦鲤。乔希年淡然走过去，不知道里面每一条鱼都价值千金。

平安坊的人都是有钱人，他们炫富的方式隐秘而低调，车子、手表，吃什么喝什么，都上不了台面，富贵都在暗处。恰似宋词有云："梨花院落溶溶月，柳絮池塘淡淡风。"

有的人院子里种的一棵树要一百万，有的只要三十五万，有的人养的鱼一条四十万，有的只要三万八，高下立见。懂的自然懂，不懂的也没人告诉他。

乔希年不懂，她也没兴趣，她从小就知道自己和其他女孩子不一样，过家家酒没意思，花花草草没意思，穿什么戴什么，什么口红色号，她都没兴趣，她愿意把一本大学化学教材从头看到尾，此间趣味，不足以为他人道。人们却都为此批评她，说你一个小姑娘，怎么这么不合群？

好像合群并非习惯或选择，合群是正常人的条件反射。

盛可以带她看了一圈，乔希年礼貌性地表达了赞美，盛可以笑着逗她："你挺敷衍的知道吗？"乔希年认真地说："是很不错啊！"

她问盛可以："这是你朋友的会所吗？"

盛可以说："是啊，朋友兼老板。"

他对乔希年笑笑："等一下你就会见到他了。"

主楼大厅熙熙攘攘，客人基本上都来齐了。盛可以走过去，如同投进油锅的一滴水，炸出了无数注意力，络绎不绝有人上来打招呼。他不那么情愿，可也习惯了这种场面该怎么应对，从头到尾拉着乔希年不撒手。

这姿态出乎乔希年意料之外，却起了绝大的作用，令她安心。

她很少到人多的场合，从前就少，这几年自然更少，独自站在陌生人中间总是令她非常紧张。就像一个小孩子在车水马龙的街道上走着走着忽然不见了父母，不知自己身在何处，又能去向哪里。

盛可以仿佛听到了她的心声，他对乔希年说："我小时候很不喜欢参加这种聚会，每次我都会站在餐台旁边，装作思考要吃什么，免得去面对陌生人。"

"然后家里人就会说我，只惦记吃，不会跟人打招呼，一点儿都不懂事。"

他叹口气："天晓得，其实我只是害怕。"

盛可以对乔希年微笑，把她拉近了一点儿："你就不用害怕了，有我呢。"

乔希年垂下眼睛，身体站直了："嗯。"

他拍拍乔希年："走，说到餐台，我们去看看袁哥做了什么好吃的。"

他们走到餐厅转了一圈，还没发现袁哥的出品，忽然有人过来找："二爷，麻烦你去一趟书房，盛董找你。"

盛可以答应下来，低声交代乔希年："我走开一会儿，你等等我，累了就找地方坐坐。我找不到你会打电话的，好吗？"

乔希年点点头，目送他离开，孤零零的一个人站在餐台旁边，内心的恐慌如盛可以所说的，一点点堆积起来。有人跟她说话会让她惊慌，没有人跟她说话又让她窘迫。

她看着雪白餐台上摆出来的精致点心，强烈地想要回到方圆包子店，而且是那家从前开在花市街的方圆包子店，在那六把桌椅和收银台之间，她能找到真正属于自己的位置。

乔希年下意识地往餐台尽头移动，那里有一个角落，大盆的绿植后还留着足够一个人藏起来的空间，她克制住真的把自己藏进去的冲动，独自站在那里看在餐厅里走动的人。宾客们笑语晏晏，觥筹交错，衣香鬓影，彼此之间很容易就能融为一体，他们欢呼、拥抱、碰杯、聊天，对乔希年而言，这些人仿佛来自另外一个世界。

乔希年在餐厅里发呆的时候，盛可以来到了三楼的书房。

这间书房是盛天骄专用的，层高格外高，最深处有一个小空间悬空。三面都是落地窗，窗外用一个中式大菱格做成框，外观如同半个镶嵌于墙壁之内的石亭。石亭下有丛丛修竹，颇为有趣。立面摆了一套古色古香的桌椅加一盏灯，清净疏朗，是盛天骄日常喝茶看书的地方。

盛可以进去的时候，盛天骄就在茶亭里，需要他亲自接待的朋友都还没到，坐在他身边的是盛家三小姐盛利好。她三十岁上下，身形很瘦，皮肤雪白点妆不上，戴着一副黑框眼镜，神情严肃，沉着的气质和她的年龄全不相称。

盛利好是家里的学霸，学心理学的，在西京大学教书，已经是副教授了。她住在学校，和盛可以一样平常一两周才回家吃次饭，两人见面的机会不多，今天特意来庆祝哥哥新会所开张。

盛可以叫了一声哥，跟妹妹打了个招呼，坐下来，盛利好给他倒茶，开门见山就说："老二，听说你带了一个女伴来啊！"

盛可以说："是啊，来陪我参加闭门会的。"

这就让盛天骄很意外了。

"开闭门会的？不是女朋友？"

盛可以说："不是。"

"没报宾客名单吗？盛世投资那边好像就是小翟，蒋凡和一个姓李的。"

盛可以梗着脖子："没有，是我自己带来的。"他阴阳怪气了一下，"哥，不至于我带个朋友来都不行吧？"

盛利好接了一句："你带朋友吃饭很平常，来开闭门会是不是有点奇怪，毕竟是工作上的事。"

她明察秋毫地指出："你是故意跟哥闹别扭吧？"

听起来就很像是盛可以会干的事儿。

盛可以还会干的一件事，是在盛家人面前动辄就着急。往常盛利好这么点他一句，他肯定反唇相讥，指不定说出什么话来。结果今天奇了怪了，他居然心平气和地摊摊手："真不是，她工作上很强的，昨天晚上还在帮我理那个收购项目的资料，我现在对那个项目就了解得很清楚了。"

盛天骄不以为然："很清楚了是吗？那你别等闭门会了，现在就跟我说说你的了解。"

盛可以哼了一声，胸口一股微妙的气流左冲右突，他清清嗓子，真的说了。

很容易，无非是把他头天跟乔希年之间的问答复述一遍，盛可以起码下了功夫把答案记下来。

他说着说着，盛天骄的神情就有了微妙的变化。根据盛可以对哥哥多年的了解，那是积极正面的征兆——他不但认同盛可以说的内容，甚至还受到了震动。

盛可以的表述告一段落，盛天骄喝了一口茶，若有所思，还没说什么，盛利好先开口了："老二，你怎么突然对工作这么认真呢？发生了什么事吗？"

她以资深心理学家的专业眼神打量盛可以，一副要看进他内心最深处的架势。盛可以心里发毛，赶紧错开话题："哥，你觉得怎么样，我说得有没有道理？"

盛天骄很公平，他点头："很有道理，而且有一些地方我们的收购团队以前甚至都没想过，等一下闭门会上可以好好讨论。"

盛可以容光焕发，盛天骄看看他："你带的那个姑娘帮你整理的？"

"是呀，说了你们还不信。"语气挺傲娇的。

"这位助理叫什么名字？"

"乔希年。"

盛天骄点点头。

盛可以趁热打铁："闭门会我能带上她吧？"

"不太合适，在场的都是公司高管，名单上没有就不能破例。"盛天骄放缓了语气，"你悠着点儿吧，下次再说。"

盛可以有点失望，但哥哥这话也在情理之中，幸好现在有手机，万一闭门会上出现了新问题，他给乔希年发短信求救也来得及，于是顺势起身："好吧，哥，你要没什么别的事我先走了。"

他下了楼到处找乔希年，最后在餐厅最靠里的一株大绿植边看到了她，旁边还站着一个服务员，以及今天管活动安排的经理。

盛可以赶紧过去："什么事？"

活动经理急忙说："盛先生您好，这位小姐在帮我们找这条项链的主人。"

他的视线落在经理手上，人家小心翼翼托着一条白金项链，吊坠上镶了一颗起码有三克拉的钻石，旁边一圈水色上佳的碎颗翡翠，熠熠生辉。盛可以估了一下，这东西买起来要大六位数，不知是谁戴着戴着就给掉了。

乔希年在旁边说："是一位叫艾莎的女士掉的，她戴的手镯跟这个项链是一套。"

盛可以对这个名字没印象，多半是盛天骄的朋友，乔希年没可能认识。

果然经理也问："这位女士，您认识艾莎女士吗？"

乔希年摇摇头："我进门的时候她刚好走过我身边，别人叫她艾莎，那时候她还戴着这条项链。"

盛可以兴趣上来了："你看了一眼就记住了？"他知道乔希年记忆力超凡绝伦，不过之前都是记账记数据，没想到也能记人脸和首饰。

乔希年没觉得这有什么好大惊小怪的："记得住啊，这个东西很显眼的。"

经理和服务员再次道谢后离去，盛可以的玩闹心上来了，他把西装袖子一挽，说："咱们玩个游戏吧。"

乔希年说："什么？"

盛二爷兴冲冲地说："考考你的记忆力，你现在出去走一圈，尽量观察身边的人，接下来我也出去走一圈，回来给你出题，怎么样？"

乔希年下意识地拒绝："不要了吧。"

盛可以笑得贼高兴："要的要的。"不由分说，牵着乔希年走了出去，真的绕场一圈之后，回到起点，他开口了。

"来，刚才的人里，有几个戴白色钻表的？"

乔希年想都没想，脱口而出说："五个，有两个人的款式很相似，但其中一个人的表镶了钻石，一个没有。"

盛可以怪叫了一声："你不是瞎蒙的？"

乔希年摇摇头："当然不是，你数过了吗？"

"数了。"

"是不是五个？"

盛可以击掌："还真是！"

他双翘拇指："有你的啊乔希年，等着，我就不信难不倒你。"

他心急火燎地冲出去，一会儿又回来了："这回来个绝的，我觉得你马上要失手了。"

乔希年抿嘴："你说说看。"

"有多少人穿了红色高跟鞋？"

乔希年愣了一下，盛可以仿佛看到了胜利的曙光，结果人家紧接着就问："男人穿的也算吗？"

盛可以这个人有时候也可以很严谨："红色、高跟，满足这两个条件就行，不分男女。"

乔希年点点头："七个，六位女士，一位男士。另外有一位穿的是暗红色的，像毛血旺里猪血那个颜色，算不算红色？"

盛可以咽了口口水："你怎么都把我说饿了呢！"然后眉开眼笑，"算的算的。"

他再度消失在了人群里，这次带回来的问题是："今天来了几个秃头？"

乔希年忍不住笑了起来，盛可以是认真的："赶紧说，别想混过去。全秃的那种，戴假发的也算，地中海不用管。"

乔希年摇头认输，说："戴假发的怎么能看出来？"她接着说："没戴假发自己秃着的有两个人。"

盛可以五体投地，他摸着下巴："你这个记性要去用来打麻将或者玩百家乐，那不得当场发财致富啊！"

乔希年的微笑缓缓浮上唇角，内心欢喜，她天真地摇头："不行的，我不会打麻将，百家乐又是什么？"

没有人教过她玩这些东西，没有人允许她玩这些东西，好孩子不应当玩，世间一切纯粹为娱乐而存在的东西都是邪恶的。

他们俩说着话，李吉祥不知道从哪个角落冒出来了："盛总，乔姐。"手里端了个盘子，正在吃一串白白的，像年糕又有夹心的东西，盛可以的注意力马上就被吸引过去了，"你吃啥呢？"

"袁老板做的糯米鸭片，可太好吃了。"

他居然对盛可以建议："咱们去打个包吧，别浪费了。"

盛可以一瞪眼："我过去吃了还有给你打包的份儿，你太看不起我的食量了吧。"

他带着小李和乔希年雄赳赳气昂昂穿过餐厅，直取安置在另一处角落里的川菜台，台子上摆着各色玩意儿都是盛可以在方圆包子店蹭饭时没见过的：除了李吉祥吃的糯米鸭片，还有串起来的迷你贡菜肉丸，用精致的八角小面盅装着的麻婆豆腐。

和牛馅料的一口锅盔，一只一只放碟子里的椒香扇贝，一小碗一小碗的担担面，每碗就一根，调料和面条的中间隔了一层米纸，吃的时候一搅拌，香气喷薄而出。

盛可以还看到了自己这辈子见过最豪华的大刀耳片，铺在骨瓷小碟子上。一大片薄薄的耳片，色泽娇嫩，弹指可破，中间堆了细细的一条干碟蘸料，红中带细碎的白和绿。一口卷起来吃下去，有耳片的肉香，脆骨的弹牙，芝麻、海椒与新鲜花椒融合的回味，简直好吃得令人发指。

盛可以没事就去包子店蹭饭，吃了那么多次，从未意识到袁哥的手艺有如此精细的一面。虽说是他盛情推荐的，但盛二爷之前对袁哥出品的卖相多少有点担心，毕竟盛家的人和盛家的宾客都十分挑剔，单靠味道无法满足。

这一刻他完全放心了，甚至喜出望外。

他问乔希年："这个，这个，这个，你吃过吗？"

乔希年点头："吃过啊，都是袁哥拿手菜，不过家里吃不会这么装盘。"

盛可以非常感慨："袁哥对我不好。"

小李给他捧眼挺到位："怎么说？"

盛可以拿叉子叉起一个糯米鸭片塞到自己嘴里，一边品味，一边愤愤不平："这么多好吃的，从来没想过要做给我吃吃看。"

乔希年很维护老板："袁哥每次都是给你做你喜欢吃的啊！"

盛可以想想也是，又插了一个和牛小军屯锅盔："太好吃了，这不比什么三明治四明治好吃。"

他吃得非常投入，连自己手机铃声响起都没注意，还是乔希年提醒他："有电话。"盛可以一看，慌了神，"糟了，到点了。"

李吉祥和乔希年异口同声问："什么到点了？"

盛可以来不及多说话，往楼上飞奔："开会了，开闭门会。"跑了两步回头交代小李，"陪着你乔姐，哪儿都别去，知道没？否则扣你工资。"

李吉祥喃喃自语："怎么好好的就扣上工资了呢！"

他转身对乔希年做了个鬼脸，"咱们继续吃去吧。"

闭门会开了三个多小时，很顺利，最后以盛可以的发言为基础，大家一致同意搁置之前说过的那个收购项目。

会议结束，人们纷纷站起来离开盛天骄的书房。差不多是晚宴时间了，菜色非常值得期待。

盛可以从来没在哥哥面前开过这么意气风发的会，这会儿昂着头哼着小曲儿也往外走，被盛天骄叫住了："老二，晚饭后过来玩两局牌吧。"

盛可以本能地挥手："不了不了。"

盛天骄对他的拒绝置若罔闻，又说了一句："请乔小姐一起来，九点，在地下一层的棋牌室。"说完就走了。

盛可以傻看着哥哥离开，赶紧下楼，在餐厅门口截住了乔希年和李吉祥，劈头就说："希年，你晚点跟我去打牌。"

李吉祥和乔希年异口同声问："打什么牌？"

盛可以摸了摸头："怎么跟你说呢。"

盛天骄每年举办的晚宴结束后，余兴活动是玩牌，地点在盛家的棋牌室。

说是说棋牌室，其实盛家的棋牌室规模宛如一个小型的赌场，德州扑克、百家乐、21点、麻将桌、大小点，一应俱全。

玩家要受邀才能进入，除去盛天骄自己的朋友，只有那些最有希望进入盛世集团核心圈的人才有资格去棋牌室玩上一晚。邀请函会一对一发到手机上，没收到的吃完饭就该走了，走的人内心无不惆怅万分。

玩的人不需要自己掏钱，筹码都是主人家统一定量发，赢家能拿多出来的筹码去兑换礼品。礼品很高级，件件大牌，有的还是定制版，外面买不到。

不过，受邀的人没有半个是冲着礼品去的。事实上，他们在盛天骄的场子里不花钱玩的时候，比去真的赌场一掷千金还紧张。

盛天骄以慧眼识人自傲，这一点人人都知道，他尤其相信三局见真才的说法。所谓三局是酒局、赌局，还有就是困局，酒局看品格，赌局看头脑，困局看韧性。

所谓楚王好细腰，宫中多饿死，既然老板有这一套评估体系，那身边人自然会玩了命地往这个方面使劲儿。每年几次的家宴和家宴后的牌局，无形之中成了在盛世集团出人头地必经的考验。

盛天骄点名让乔希年去棋牌室，就是对她产生了考察的兴趣。这不仅仅是考察乔希年，还是在考察盛可以，至于考察的结果如何，盛可以心里半点儿没底。

他这么简略一说，乔希年还没反应过来怎么回事，李吉祥就发表了意见："没找我去玩吧？没找我那吃饭去了。"

盛可以摸头："请是没请你。"

他灵光一闪："小李，你会不会玩牌？麻将、21点、百家乐、德州扑克？"

打瞌睡天上掉下个枕头的事儿不时也会发生的，眼下就是一例。李吉祥头一抬胸一挺："21点我可以玩，百家乐我不会，麻将可以，还得过奖呢！第一名。"

盛可以满怀希望地看着他："啥比赛？全国？全省？西京市？"

李吉祥镇定地说："读大学时我们寝室跟隔壁寝室的比赛第一名。"

盛可以要被他气死："啥玩意儿，这你还敢拿出来显摆？"

李吉祥一点儿不虚："寝室比赛是没啥，但我隔壁寝室有个哥们是我手下败将，后来在拉斯维加斯拿过一个什么麻将世界争霸赛的第三名，四舍五入我好歹也就算个全球第二吧。"

盛可以这个人有一点比较好，容易被说服，他都没去求证一下这个麻将全球争霸赛争的是什么鬼，就爽快地接受了李吉祥这个四舍五入的结果："我觉得可以。"

他揪住李吉祥不放："你别吃饭了，赶紧的，教乔姐玩21点打麻将去，我们三个人在实战中操练起来。"

李吉祥在他手下挣扎："为啥现在教？我要去吃饭，我看过菜单了，很多菜我以前没吃过。雪菜蒸野生大黄鱼，水煮龙虾，我都没吃过，过了这个村我可就吃不起了。"

盛可以不放："你要吃啥都行。我回头请你吃，吃到你上吐下泻，吐的和拉的是整只龙虾都行。现在你别想了，你的任务就是教会你乔姐玩麻将。"

李吉祥苦着脸表示不理解："一定要吗？"

"一定要。"

"为啥呀？"

"因为一会儿你乔姐要过堂。"

盛可以说完，不管李吉祥听没听明白，拉着他们俩就往楼下棋牌室飞奔，特训开始了。

晚上九点，奉旨参与娱乐节目的宾客们三三两两步入棋牌室。第一次来的人无不啧啧称奇，东摸西看，常客们则刻意保持着自己矜持的嘴脸，服务团队在门口迎接众人分送筹码。只见人群宛如流水，一股涌进来之后，很快就分散到了各个台子上。

盛可以十五分钟之前才从这里撤退，现在带着乔希年又回来了，从门口的服务员那里拿了两份筹码，带着希年在里面转悠。

盛天骄在棋牌室最里面的一间包厢跟几个自己亲近的朋友玩德州扑克，要过约莫一个小时才会出来走动，那是在场的盛世人最紧张的时候。他们不知道的是，这间占地面积足有五百多平方米的棋牌室各个角落都有高清监控，如果盛天骄对哪个人格外有兴趣，他同样会在监控里观察其言其行。

"变态不？"他对乔希年介绍了这些内幕之后，轻声问了一句，一半开玩笑，一半是认真的。

乔希年困惑地说："变态倒不至于，但你老板为啥要这么干啊？"

"他觉得要了解人，就要把人放在有压力的状态下去观察。赌博有输赢，压力挺大的，大老板还在旁边看着，压力更大了，这时候的表现最说明问题。"

乔希年不是特别理解："那万一有的人是放松型选手呢？没压力表现很好，一有压力就什么都做不成那种。"

盛可以认真地考虑了一下这个可能性，摇头否决："那这个人就不适合做我们这行。"

乔希年抿了抿嘴角，看起来是笑，表情的纹路里却隐藏着莫名的失落，她轻轻说："我就特别怕有压力。"

盛可以站住了，有人跟他打招呼，他很敷衍地举了举手回应，炽热的眼神注视着乔希年："谁跟你说的？"

乔希年有点窘："不用谁跟我说啊，这不是很明显吗？"

盛可以摇头："我不觉得，我认为你刚好相反。"

"为什么这么说？"

盛可以笑："我就是知道。"

他拉了一把希年："别管那么多了，我们去玩一下。"

他带着乔希年径直来到麻将区，刚好有一桌三缺一，其中有个玩家还是盛世投资的蒋凡，他看到老板过来马上热情招呼："盛总，玩两把不？"

盛可以答应着走过去，路上轻声叮嘱乔希年："你在旁边看一会儿。"一面招呼服务员搬了椅子过来给乔希年坐。

蒋凡看了几眼乔希年，觉得面熟，但没敢把二爷的女伴跟包子店的服务员联系起来，笑着对盛可以说："盛总，咱们打哪种麻将？"

问了一圈，在座的人里，盛可以算是西京人，在盛世总部财务工作的周奇是上港人，蒋凡是湖南来的，另一位市场部门的女将江近春是东北人。

大家麻将都会打，各地套路有不同，于是七嘴八舌商量着折中了一下：保留百搭听用，能碰不能吃，不算番，和牌模式通用，分大和平和，明杠小钱，暗杠算大和。

规矩已定，麻将洗好升牌，哗啦哗啦大家就打起来了，一边打一边聊些闲天。二爷坐在这里，员工们自然明里暗里想刷存在感，一会儿说说自己接的一个大单，一会儿说说历年在公司学习成长的感悟。盛可以表面一本正经，偶尔接一两句话，肚子里暗笑，心想你们在我这儿长脸有什么用，不如省省力气等真神出场。

他麻将技术很一般，因为盛天骄明令禁止他赌博，最多就是和朋友在谁家里玩几把。不过今天运气好像格外好，两圈过后，他起手就有五个对子，做七对很快落叫成型，手里散了一个七条一个八条，二选一打出去等单吊。

盛可以伸长脖子看了半天牌面，没看出七条和八条有什么分别。他毕竟是个生意人，对八这个数字有着基本的热爱，于是捏起七条，刚准备打，忽然乔希年在他背后不安地动了一下，身体好像绷紧了。

他用眼角余光看了一眼乔希年，她正紧紧盯着盛可以的牌面。盛可以尝试着把手移到八条上，她眼神瞟过来，人就放松了。

盛可以于是顺手把八条打了出去，坐他下手的蒋凡跟着丢出一张西风，嘀咕了一句什么。最终这一局无风无浪，以江近春放炮给周奇送了一个屁和告终。

麻将桌里稀里哗啦洗牌，乔希年对盛可以说："你幸好刚刚没打那个七条，不然就送了他一个自摸清一色对对碰。"

她声音很轻，但坐得这么近，桌子上的人都能听见。顿时六只眼睛齐刷刷看了过来，蒋凡惊讶地说："你怎么知道我清一色对对碰单吊七条？"

乔希年一直老老实实坐在盛可以身后，别说起身走动了，头都没探过，除非她的视线能拐弯，否则绝无可能看到蒋凡的牌。

乔希年没想到蒋凡会接话，一时间慌了神，眼睛望向自己脚尖，木讷地说："我、我猜的。"

盛可以按住她的膝盖，笑着说："你算出来的吧？"

乔希年敏锐地察觉到了其他人不以为然的神情，很后悔自己刚才多那句嘴，低着头不再出声了。

盛可以却没就此放过她，他不易察觉地往麻将桌上方瞥了一眼，那里嵌入式的摄像头泛着幽幽红光，正将一切都摄入镜头。

他说："希年啊，你别藏着掖着。跟我们说说，你是怎么看出蒋总在做清一色对对碰单吊七条的？"

他望着乔希年，满脸都是期待和热切，就像那些忠心耿耿的球迷，等待着自己的偶像上场大放异彩，信心满满。

乔希年感受着他手指的温度，心情奇妙地放松了下来。

她抬起头坐正了身体，娓娓道来："这位蒋总，起手连续三张牌打的都是风，之后开始清万子和饼子，前后清掉了三圈牌，说明你在做条子的清一色。你碰了上家一个三条，碰了二哥一个九条，之后在五轮时间里打了一个六条和一个八条，其他牌你都是随摸随打的，说明你有两个七条，有一个七条还在剩下没抓的牌里。二哥如果打七条，你就能直接和了。"

所有人都听傻了。

盛可以内心狂笑，表面上云淡风轻，还继续捧哏："哟，希年，你怎么知道另外一张七条在剩下没抓的牌里。"

乔希年看了看江近春和周奇："他们俩也分别打了六条和八条，相差时间很短，如果有七条在手，那两个条子不会出得这么频繁。"

江近春以一种梦幻般的语气问："我们在什么时候出过什么牌，你全部都记得？"

乔希年很轻地点了一下头，没说什么，她这会儿无论说什么，承认也好，否认也好，都太像炫耀了。

盛可以高高兴兴站起来，把位置让给乔希年："来，你打几局试试手。"看乔希年不动，干脆扶了她一把落座，接着向大家宣布："大家输了都算我的。"

这句话的意思没法再明显了，在座的各位，全都会输，绝对要输，没有任何悬念。

事实证明，确实没有任何悬念。

两圈过后，蒋凡第一个站起来，头也不回地走了，连再见都没跟盛可以说，完全是输急眼了。不过，他和其他人都留下了应该要给乔希年的筹码，没有因为盛可以大包大揽就赖账。都是有头有脸的，输就输了，不能变本加厉地丢人，就算他们想也不敢——有人会看着。

蒋凡和周奇都走了，只有江近春，不愧是高情商的市场营销人才，留下来说了几句话，发自肺腑地表达了自己的敬佩之情。乔希年没什么，盛可以笑得见牙不见眼，好像人家夸的是他本人。

他们还在说话，盛天骄出来了，棋牌室的气氛突然紧张了起来。倘若有人以上帝视角俯瞰，会发现在场的人突然都变身为行星，或远或近一圈一圈地围着某个中心在转动。那个中心自然就是盛天骄，他走到哪个台子面前，那里的温度就突然升高。

盛可以不乐意凑这种热闹，和乔希年商量："再玩一会吗？还是咱们出去喝喝茶。"

作为一个资深社恐，此刻乔希年的社交能量值已经呈现负数，巴不得离开人群，闻言急切点头，盛可以笑起来。

他们刚要走，盛可以忽然想起什么，数了数自己和乔希年手里的筹码，带她到了棋牌室进门左侧的一个小房间。

这个房间布置成一个展厅的样子，玻璃展架上放置着各种各样的礼品，有珠宝首饰，有名牌包包，有全套贵妇级保养品，有小文玩古董，甚至还有一张价值十万块的私人飞机礼券。礼品下方的标签上标明了兑换需要的筹码，来的人只需要放下筹码，签个字，拿走东西就行。

盛可以让乔希年挑："咱们的筹码够换五万块所有价格的东西，你看看喜欢哪个吧？"

乔希年抿着嘴笑："不行呀，那怎么好意思？"

盛可以抱着胳膊靠在门边，满不在乎："规矩就是这样啊，一会儿半夜聚会结束，凡是赢了的人都会来挑东西的，你赶紧。别看上了什么结果被别人拿走了，咱们不是吃了大亏？"

乔希年听到咱们两个字，眼里有一点光稍纵即逝，她凝视着盛可以，轻声说："二哥，其实你和他们才是'咱们'吧。"

她这么聪明的人，对人情世故再迟钝，也看得出来盛可以在这个大宅院里地位超然，横行无阻。任何公司的高管、老板的爱将，都不可能有这种大大咧咧，满不在乎的态度。

盛可以笑："我和他们是'咱们'，我跟你也是'咱们'，你赶紧挑，放心吧，都是正当的。"顺手牵着她来到一个爱马仕的小背包面前，"要不换这个吧，很合适你用。"

乔希年摇摇头，走到房间的角落里，那里摆了一盒巨型的乐高，超大宇宙飞船主题，六千多片，盒子上标明适用18岁以上用户，还是全英文的纯进口版，她说："我拿这个吧，乐乐会喜欢的。"

盛可以接过来费劲地读了一下盒盖上的复杂说明，肃然起敬，感叹道："虎母无犬子啊朋友们。"

他们拿了礼品，庭院里又逛了一下，还在户外的小吧台喝了两杯果汁。十一点多听到里面人声鼎沸，想必是棋牌室里活动已经结束。盛天骄一晚上都没再找盛可以，今晚应当是顺顺当当混过去了。

他松了口气，到门口和乔希年等着司机把车开过来，两人正在闲聊，一个白衣女郎走过来，说："二哥，你怎么没去吃晚饭？害我等了半天。"

乔希年一眼看出，这是夜包子开张那晚和盛可以在一起的女郎，那晚她浓妆艳抹，今天晚上却淡扫蛾眉，一身白色西装，干练爽利。

盛可以和她打招呼："娜娜，你也来了，我都没见到你啊，你在哪里等我？"

娜娜气鼓鼓地说："我和我妈一直在三楼陪邓总聊天，大哥说我们晚宴坐一桌啊，你的位置就安在我旁边，结果你人影子都不见。"

她的声音很美，带着一点点烟熏嗓的独特质感，辨识度很高，说话的方式尤其特别，所有的调子都轻轻往上扬，既不容争辩，又不让人反感。

盛可以不怎么在意："我都不知道你来了。"

娜娜哼了一声："糊涂蛋，喂，你站这里干吗？走不走？我车子在门口了。时间还早，我们去波波家喝一杯呗，大熊他们都在。"

她一边说一边已经作势在转身，似乎很笃定盛可以会跟上来。

结果他没有："不了，我还有点事，回头再喝吧。"

娜娜一脸不高兴："行吧，那你有空的话再说。"转身走了，从头到尾，她看都没看旁边的乔希年一眼。

目送她走开，乔希年忍不住问了一句："你朋友啊？"

盛可以点点头："嗯，严格来说是我哥哥朋友的女儿，我们认识很多年了，老在一起玩，也算是朋友吧。"

乔希年刚要说什么，管家忽然过来了："二爷，盛董请你去一趟。"

盛可以一愣："找我？这会儿？干啥？"他噔噔噔跑上去了。

上到三楼书房，进门就问："大哥，你找我？"

盛天骄坐在窗边扶手椅上，凝视着窗外灯火幽幽的庭院，开门见山："老二，乔小姐到底和你什么关系？"

盛可以猝不及防被一问，下意识地说："我助理啊，下午说过了的。"

盛天骄凝视着她。

"她本来是做什么的？"

"呃。"

他脑子转过无数个念头，最后决定说实话："是公司对面花市街一家包子店的服务员。"想了想补充了一句，"现在也是，不过兼职帮我做一些项目数据的整理。"

他一看盛天骄表情就明白，他说的大哥都知道。

这位老爷就像一只坐镇网络中心的老蜘蛛，看起来不动声色，其实不会放过身边的半点动静。

"兼职是吧？怎么个兼职法？"

盛可以干笑了两声："就是，人家一边卖包子，我有事儿她就帮我做做。"听起来荒谬，他语气却非常坦然，因为事实就是如此。

盛天骄点点头，"既然如此，你下一步有什么打算？"

盛可以没想到哥哥有这一问，一惊，一喜，脱口而出："我想让她来公司上班，正式当我的私人助理。"

盛天骄看他一眼："安娜做得不好吗？"

这就有点出乎盛可以意料了。

"哥，你连我的助理叫安娜都知道？这么小的事，他们有必要报告给你吗？"

盛天骄说："这是我要求的，和你有关的没小事。"

这话让当弟弟的有点迷瞪，他脱口而出："哥，你这话我没法接，我该感动好还是觉得你在监视我好？"

盛天骄淡淡说："实际如此，你怎么想那是你的事。"

他直视盛可以，被他这么看的人都知道自己最好不要胡扯，否则这一关万万过不去。

"我刚问的问题你还没回答。"

所谓长兄如父，说的就是盛可以跟盛天骄的关系。

他脖子都没敢扭，老老实实作答："我想请乔希年来做项目助理，安娜负责日常事务的，跟看项目没什么关系。"

"项目助理具体做什么？"

盛可以额头上冒出了汗，生存欲慢慢变强，仿佛又一次开闭门会来到了被拷问的阶段，提前没打小抄，身边也没有靠山，他有点儿结巴了。

"公、公司不少投资的项目，我拿不太准，想让她帮我看看，把把关，这样我心里，呃……比较有底。"

按理说，他这么回答是要挨骂的。

堂堂盛世投资的总经理，自己分内的事拿不准，要别人帮忙把关，这就算了，毕竟用外脑也是有智慧的表现。

求助的对象居然是一个包子店的服务员？

说出去谁不心里犯嘀咕？

奇怪的是，盛天骄没批评他，甚至连脸色都没变，还是慢条斯理地说："你觉得她能胜任？"

盛可以的脑子就像风车在急速转动，想说谎，又怕被戳穿，想蒙混过关，又觉得会断了自己后路，犹豫再三，终于鼓起勇气道："我觉得她没问题。"

他急切地想要捍卫乔希年，某种程度上来说也是捍卫自己。

"咱们那个收购项目的资料，希年昨天晚上才看的，一目十行，过目不忘。我聪明人也见过不少了。当然没有哥你见多识广。但乔希年是我认识最聪明的人，这是肯定的。然后，哥，你看到她打麻将了吗？"

盛天骄瞥他一眼，说："没有。"

盛可以很失望："啊？你没看到？"

盛天骄说："我看到你打麻将了，蒋凡单吊七条是吧？"

盛可以喜出望外："你看到了？"

他激动起来了，没刹住车："哥，你知道吗？她不会打麻将，是我和我一个手下临时教她的，开打之前没吃饭，学了一个多小时，结果哥你看见了。"

二爷挥了挥手："横扫千军有没有？"

盛天骄忍俊不禁，不知道是因为弟弟的欢喜，还是他的夸张。

他笑着说了一句："我知道了，照你说来，乔小姐是天才，这一点毋庸置疑。"

"哈？"盛可以有点不敢相信自己的耳朵，"哥？你认真的吗？"

盛天骄难得也有一点幽默感："你不是也说我见多识广吗？真正的天才和大傻子一样，都会在人群中闪闪发光，我不会看错的。"

他表扬了弟弟："老二你慧眼识人，干得很不错。"

盛可以呆了。

这句话轻描淡写，效果却如同霹雳。

被人肯定的感觉真好啊，被人相信的感觉真好啊，像春风像及时雨像饿得半死时老板给煮的一碗面。

他屏住了呼吸，直勾勾地盯着哥哥。

内心不知不觉就在祈祷，下一句千万不要是"但是"，还不如别夸呢，使劲儿作践我，我还能习惯呢。

盛天骄没有。

他直接切入了正题，这个正题建立在对盛可以和乔希年彻底的肯定之上，以盛董的身份，他没有说"那个服务员"或者"那个女孩子"，而是礼数周全地用了一个尊重拉满的称呼。

"你跟我说说看，你具体需要乔小姐帮你干什么，看项目怎么个看法。初期筛选的时候看，进入背调阶段看，还是小翟他们看完了到你这儿拍板的时候，让乔小姐最后定夺？"

盛可以给问蒙了。

他没想过这么深远，更没有想这么细。二爷单纯觉得乔希年不应该在包子店里待着，应该做更重要的事，比如说来盛世帮自己干活儿。

盛天骄看他没反应，追加了一个问题："还有，你跟乔小姐谈过这件事了吗？"

盛可以不说话，习惯性地躲开了哥哥的视线。

盛天骄一看这表情就明白了，二爷和平常一样没有系统性地用过脑子，一拍大腿就做了重要决策，根本不去考虑对自己和对别人的影响。

他下意识地想要批评两句，话到嘴边硬生生忍住了。

他注意到了盛可以刚才脸上的光彩，不知不觉就舒展开的身体语言。

盛二爷嘛，毕竟是盛家人，到哪儿都不至于受委屈。可是盛天骄仔细想一想，这个弟弟发自内心高兴的时候也真不多。

他有点不忍心，于是语气和缓地说："我的意见是，第一，你要跟乔小姐商量一下，看看她的想法；第二，如果事情确定了，也要跟公司的人先沟通，包括人事的和投资部门那边，取得共识。"

他说得句句在理，很多也是自己的亲身经验："当然，你是老板，但工作还是要靠下面的人去做。乔小姐进了公司一样是要跟他们合作的，提前沟通好不会有什么坏处。"

盛可以知道哥哥说得对，但多少有点不服："那要是你去说呢，不就是一句话，他们敢放屁吗？"

盛天骄觉察出了弟弟这句话中的孩子气，忍不住笑："不是这样的，我是可以一句话逼他们干自己不想干的事，他们也可以撒腿就走啊。"

他伸手拍拍盛可以的肩膀："说破天，公司是我们的。人家做一份工而已，有本事的人都有脾气，有本事的人又哪儿都去得了，所以根本没必要受气。你得记住这一点。"

盛可以勉强听进去了："好吧。"

说了一天的话，盛天骄总算觉得累了，疲倦地眨了眨眼睛，盛可以顺势站起来："哥，你休息吧，有点晚了，我先走了。"

盛天骄挥挥手："好，我回头再找你。"

盛可以一溜烟跑出门外。

下楼一看，屋子里空空如也，乔希年站在院子里等盛可以。

他问："你跑出来干吗？在里面坐着等我多好，喝喝茶什么的。"

乔希年说："他们开始做清洁了，我坐在里面妨碍人家呀。"

盛可以脸色都变了："客人还在呢，他们做什么清洁，这不是胡扯吗？"不高兴地扭头就要冲进去找佣人们麻烦。

乔希年赶紧拉住他："没事没事，是我自己出来的，你不是都下来了吗，咱们走吧。"

"袁哥呢？"

盛可以也想起来了："对呀，袁哥呢？"

他一想到袁哥肚子咕咕叫，同步反应过来自己晚上没吃啥，挺懊恼："小李吃的那个啥，鸭肉什么的？我都没吃两口，不行我得让袁哥给我单做一个。"

乔希年笑着给袁哥打电话，响了好久那边才接，背景很热闹，人声鼎沸，音乐流淌，显然不是方圆包子店。

乔希年刚以为自己打错了，马上就听到袁有明先生爽朗的声音："小乔，你找我啊？你回家没？"

"袁哥，你在哪儿啊这是？"

"我也不知道，他们带我来的，也是个好大的房子。哎哟，好漂亮，有钱人过的日子哟，不得了。"

乔希年捂住话筒，悄悄对盛可以说："袁哥说有人带他去了另一个地方。"回头想再跟袁哥说话，那边忽然就断了，再打过去关了机，估计是没电了。

他们一头雾水上了车，开到花市街牌坊那里，司机停下来向老板报告，说里面的路没法走了，东一个坑西一个坑，不管从哪头绕都绕不到方圆包子店。盛可以一听，干脆让司机下班，自己下车陪乔希年走回去。

乔希年推辞，盛可以一把拉住她的胳膊："老实点儿吧你，跟着我走。你这个高跟鞋等会儿一脚踩在坑里，拔都拔不出来，我在旁边还能救你。"

他说的真没错，现在的花市街整个就是一个大工地，到处都是坑，路灯也没几个亮着的。不要说高跟鞋会卡，这么晚要是不小心，穿什么鞋都有可能随时摔个跟头。

乔希年深一脚浅一脚地走着，不时打个小趔趄，她看着昏暗泥泞的街道，陡然想起自己来这里时花市街的样子。川流不息的人，各种各样的小店铺，高音喇叭架在各家门口你喊你的我喊我的，震耳欲聋里根本听不见说的是什么。客人们在堆成小山的外贸原单衣服里挑自己的心水之物，六十九元三件，不让试，挑出之后就站在镜子面前左比比，右比比。

忽然，盛可以把胳膊伸了过来："扶着。"

乔希年客观评估了一下局面，知道这个动作事关安全，很爽快地伸手扶上了。她挽着盛可以的手臂，手抓着他的袖子，盛可以对她笑，两个人的身体轻轻贴在一起，静静地走着。

微妙的战栗从她和盛可以接触的地方流转到四肢百骸，而后直达内心。她的脸红红的，咽喉之间干渴，要不断攫取更多水分与氧气，以免心脏跳得过于激烈。

为了填充他们之间的沉默，乔希年问盛可以："刚才你去做什么了？"

盛可以似乎一直盼着她问这个问题，马上就笑了："我老板问你是什么来头？"

这个回答让乔希年猝不及防，微弱的眩晕感顿时散去，她声音紧张，问："你说什么了？"

"我说你是公司对面包子店的服务员，我想请你来公司上班。"

乔希年脑子"嗡"的一声："什么？"

她万万没想到这个答案，更没想到盛可以这么轻松愉快地说出来。

盛可以扭头看乔希年："我正好想跟你聊聊这事儿呢，是这样，我想请你来当我的助理，帮我看看项目啊什么的。"

他这个人和盛天骄对他的判断一样，用脑子的时间不那么多。

如此重要的事，这么在泥水路上走着，盛可以顺手把薪酬都给谈了："我现在的私人助理每个月是两万五，你来看项目技术难度大多了，那肯定要高一些。不过具体能给多少我也不清楚，姑且说五万左右吧。"

他殷切地问："你觉得行不行？"

乔希年半天没说话，低下了头。

他没被扶住的手伸过来拍拍乔希年的脑门，还弹了一下："你别把工资换算成猪肉和葱了啊。"

乔希年还是什么都没说，拉着盛可以的手臂却有点僵硬了。

盛可以没催她，相处一段时间了，他对她的脾气还是有点了解的。如何安身立命去哪里上班，对任何人来说都是件大事，乔希年不会随便在大事面前表态。

他轻轻吹起口哨，曲调在寂静的花市街上空回荡，格外悠扬，两人就这样走到了方圆包子店的门口。卷闸门半开着，里面有一点亮，不用看就知道，肯定是老板娘在等老公和乔希年回家。

乔希年放开了盛可以，他伸手摸摸她的头发，轻轻地说："我刚才说的事是认真的，你考虑一下答复我，好吗？"

她抬眼看了看盛可以，那张脸让乔希年心里燃起明亮火焰，她略一犹豫，点了点头。

盛可以帮乔希年拉开卷闸门，果然老板娘在店里坐着。她见到乔希年很高兴，又往后面张望了一下，见到了盛可以，一脸"我就知道"的表情。

"回来了哇，好不好耍？"老板娘招呼盛可以，"盛总，你进来吃点啥子不？"

盛可以忙摆手："不吃了不吃了，我就是送乔希年回来，老板娘拜拜。"他撒腿就走了。

司机还在路口等，盛可以上车坐定，下意识地打开手机翻了翻自己的娱乐群。好几伙人在不同的地方正热火朝天开展丰富多彩的夜生活，有的在私家酒窖品酒会，有的在夜总会和妹子们调情唱歌喝花酒，有的在夜店跟着名DJ摇头摆尾，每伙人都找了他，给他留言打电话，时间地点谁谁谁。每句话都跟着好几个感叹号，都叫他赶紧来。

盛可以爱玩，也不挑项目，他朋友多，天天都有好几场，周末尤其没完没了。他的原则是谁第一个约他，他就跟谁玩，所有人都欢迎他。买单的人哪有不被欢迎的。

今天最早约他的是玩儿车的一帮群友，一看居然是个剧本杀局，沉浸式伦理情感主题。盛可以忍不住嘀咕，这帮人都几十岁了，除了少数几个富二代，其他都是自己做事业的人，这是在现实生活里没伦理够还是怎么的？要给自己寻找更多创造性体验狗血的机会？

盛可以对剧本杀本身没意见，玩什么不是玩，就算不去剧本杀，后面还有一堆节目等着呢。

但今天很奇妙的，他哪儿都不愿意去，倒是很想看看书。

卧室床头柜上放了一本盛天骄给他的书，稻盛和夫的《活法》，放在那儿小一年了，连塑料外封都还在。盛可以每次瞅到心里都吐槽：这么老的人了，别管曾经多辉煌，不也早过去了吗？况且那个年代吧，收集点儿商业信息都要靠写信发电报，如此古老，他总结的成功经验今天还能用？

和乔希年认识之后，盛可以的想法有了一点点改变，他还是觉得稻盛和夫太老了，但稻盛和夫是个天才啊！

那些被世人公认为天才的人到底是怎么回事？思考模式如何？遇到事情又是如何反应的呢？借着如此拐弯抹角的方法，也许他能多了解乔希年一点。

盛可以回家去看书了，乔希年在铺子里陪着老板娘等袁哥，老板娘对他们今天见了什么干了什么很好奇："耍得好吗？我看你很高兴。"

乔希年把在盛家会所遇到的事儿一五一十说了，老板娘一边听一边笑："那么凶嗦？可以可以。"她伸手摸摸乔希年的脸，"我就说了嘛，你聪明得很，没说错嘛。"

乔希年带一点儿小儿女的憨态对她笑，然后问："袁哥还没回来啊？我打电话给他，他说被其他人拉到一个别的地方去了，然后手机可能就没电了。"

老板娘频频点头，早就了解了情况："他给我说了，不晓得是个啥子老板，吃你袁哥弄的那个三味郡肝叠肥肠，非说吃感动了，要跟他深聊，把他拉走了。"

她看了看时间，有点儿不高兴："聊啥子聊，聊到这个钟点，没得时间睡觉了。"一半是懊恼，一半是心疼。

乔希年陪老板娘坐着聊天，直到指针指向凌晨一点，老板终于回来了。他哼着歌儿兴兴头头从外面拉起卷闸门，看到她们俩都在店铺里坐着，有点蒙："做啥子，不去睡觉？"

旋即想起了什么，眼睛亮亮地过来一屁股坐在老板娘身边，把乔希年直接挤下去了。他拉起老婆的手，说："婆娘，我跟你说，说不定，说不定哈，以后你真的不用做那么辛苦了。"

他脸红红的，身上也散发着酒气，老板娘对自家老公很了解，知道他这个状态是喝得有七八分醉意了，很警惕："啥子？你喝昏了是不是？开始乱说话了。"

袁哥举起手来发誓："我就喝了三两，跟平常在屋头一样多，我发誓，别人给我倒的都是好酒，茅台！我跟你说，不是普通的茅台，真资格的老茅台，几十年前的，要兑新酒喝，特别香，好得很，闻起那个味道都想掉眼泪。我跟他们说了，我答应了我老婆的，最多三两！超不得。"

老板娘很努力地板着脸，但眉间眼角已经在笑了："那么乖？"

袁哥点头如捣蒜："乖得很我跟你说。"

"那不干活了是啥子意思？"

袁哥一拍大腿："今天喊我去喝酒那个大哥，不晓得是干啥子的，有钱得很。他说我做的菜，传承了啥子啥子四大名厨之一的本味，市面上早就没得了，他还是十几年前吃过一回，念念不忘，没想到我做得出来。哎呀，跟我说得天花乱坠的。"

乔希年在旁边捧哏："到底说了啥呀？"

袁哥眉开眼笑："说过几天来找我，要帮我开个高级川菜馆，争取评个啥子黑珍珠还是白珍珠，啥子米林还是面林，搞不清楚，反正就是高级嘛，说他投钱，我技术入股。"

老板娘的人生原则是天上绝对不会掉陷阱，如果掉了一定有毒，不吃为好。

她鼻子里哼了一声："我老公有本事我晓得，不需要别人说，不过这些啥子随便喊要给人投资的人，第二天一般都看不见了，你莫那么兴奋。"

袁哥是个实在人，平时和老婆观点一致，今天晚上却真的激动了："我觉得不会，那个老板很认真。"

老板娘笑着把他提溜起来："行了行了，认真就认真，反正开啥子高级低级店活都是要干的，先睡觉。"

别看老板娘风风火火，撒娇哄老公的技术是第一流的："跟你一起干活我又不觉得苦，吃苦都是甜的。"

老板感动得呀，眼泪花包起，两人勾肩搭背往楼上去了，留下乔希年目送他们。大晚上的，没招谁惹谁，无端端被塞了一嘴狗粮，噎得不行。

她自己在店铺里坐了一会儿，上楼看了看乐乐，在黑暗中脱了高跟鞋坐在那里。一字一句，她开始琢磨盛可以说的话，五万块一个月的工资，帮他看项目，去盛世，做投资。

窗户缝里一点点风吹进来，很清凉，乔希年觉得畅快，这么多年下来，身心第一次是通透的。如果给她一对翅膀，似乎能飞上天空转圈圈，一整个世界都在眼前，没有边界，没有遮挡。

这是何等奇妙的感觉。

别人讲话盛二爷油盐不进，这很正常，但大哥对他的影响力是很大的。

家宴第二天，他清早醒来去跑步，一边跑一边琢磨大哥交代的两件事。和乔希年谈一谈算是已经完成了，以她的处事习惯，估计要等上几天考虑清楚才会回话。那接下来呢，就要跟公司那帮人谈一谈了。

他打定了主意，一上班就往翟晓敏的办公室冲，结果扑个空。莫道君行早，更有早行人，人家已经开了半小时会了。

盛总又杀过去找蒋凡，蒋凡也没在，这礼拜都在外面出差。

他悻悻然往自己办公室走，心想，难道我要给他们发会议邀请？还得一个一个发？看他们忙成这样，一个一个聊得聊到什么时候？

盛可以日常想到一出是一出，恨不得乔希年明天就来上班，结果偏就还有那么多弯弯绕要处理。他站在走廊上一琢磨，就开始不耐烦了。

他就想啊，蒋凡也好，翟晓敏也好，他们对自己的想法同意也好，不同意也好，其实都翻不起什么风浪，那盛世投资还有什么人的意见是必须要听的呢？

答案就在不远处，离盛可以此刻位置大概十米左右的一道门里。

是高萍的办公室。

高萍是盛世投资的人力资源副总裁，兼任盛世总部集团公司的人力资源总监。

四十出头的一位女士，人胖胖的，脸如银盆，眉清目秀，走路说话都不紧不慢。第一次接触她的人多半会觉得她斯文和蔼，平易近人，到真正打起交道来，才知道什么叫外柔内刚。

她在盛世做了十几年，专业精通，眼光准，做事又很努力，很受盛天骄本人的倚重。来盛世投资之前，她手下的直属团队覆盖人力资源全模块，有三百多号人，遍布二十多个城市。高萍可不是那种对内负责换灯泡，对外负责买社保的人力资源小员工，人人都知道在盛世要高升，除了老板满意，必过高萍这一关。

如此位高权重，却亲自来管一个几十人的公司，根本是杀鸡用牛刀。人人都知道她在盛世投资的目的是帮大老板把二爷看住，别让他从根子上把公司给弄垮，别让那些集团过来的精英真的流失掉。

高萍日常一大半时间在总部，今天刚好过来盛世投资，此刻正戴着耳机开视频电话。助理都没来得及通报，二爷就一头冲了进去，大马金刀往高总的办公桌前一坐，还很体贴地说："你开你的，别管我。"

高萍一愣，对与会者说："抱歉，稍等。"然后关掉麦克风问："盛总，您找我有事吗？"

盛可以点头："有事儿有事儿，你开你的，我等你，你开完跟我说。"

高萍想了想，重新打开麦克风："各位，我这边有件急事要处理，今天要讨论的议题基本也都谈到了。请大家把自己的复盘总结在下午五点之前写完交给小曲，她汇总之后，明天上午十点跟我汇报。"

说完她摘下耳机，走过来拉了一张椅子，在盛可以的旁边坐下，说："盛总，我可以了，您请说。"

盛可以真就说了，把乔希年的事前后一交代，高萍略有点迷惑，说："您的意思是说，您给自己找了一个专业助理，即日入职，月薪五万，职责是帮您判断咱们公司哪些项目能投，哪些不能投。现在需要我去帮您说服翟总他们接受这个安排，是这样吗？"

盛可以前后讲了有一二十分钟，高萍两句话就把大意给概况完了，果然是专业人士。

盛可以点头："对，就是这么一回事。"他满怀期望地看着高萍，"怎么样，你啥时候去跟他们说？"

高萍整理了一下自己的衣摆，她穿着合身的灰色西服套装，平底鞋，鞋头有一个巨大的金属扣子。全身上下唯一的装饰是手指上的钻戒，起码有两克拉大，闪闪发光。

她借着整理的动作思考如何措辞，等想好了，脸上的笑容就变深了，轻言细语。

"盛总，您要推荐人来公司上班，我们肯定是欢迎的。只要有相应的岗位，对方履历也合乎要求，面试过了随时上班都没问题。"

她话锋一转："不过，您刚才说的项目助理这个职位，我们目前的组织架构里没有，咱们不好这样突兀地因人设岗吧。"

盛可以吃了个软钉子，很不高兴："为什么不能？乔小姐跟普通求职者可不一样，我就是看中她的能力，能帮我透彻分析公司的项目，职位名称不重要，在我身边帮我就行。"

高萍声音更柔和了，如果熟悉她的人在场就会知道，越是柔和，通常越表示她不认同对方说的话，不管那是谁。

"您这么推崇这位乔小姐，都让我很好奇了，我猜她的资历一定非常好，要么您把她的简历给我看看，我尽快安排亲自和她聊一聊？"

一句话就把盛可以给卡在那儿了。

高萍的要求十分合情合理。国有国法，家有家规，不管进公司的人是谁，按招聘流程走一遍天经地义。

何况他大张旗鼓要弄进来的是一个看项目，甚至有可能对项目一锤定音的人。

高萍要是会轻易妥协开口子，大老板就不会让她在这儿守着了。

盛可以无言以对，和高萍大眼瞪小眼，一肚子是气，又发作不出来。

高萍十分善解人意，给了盛可以一点反应的时间，而后推心置腹继续聊："盛世投资虽然不大，但规矩一直跟总部走，还是比较完善的。咱们这儿做项目的人吧，又都是精兵强将，坦白说，对公司的要求也会比较高。"

她句句意味深长："如果不经过必要流程，空降一个这么重要的角色进公司，我认为团队会比较抵触。盛总您是知道的，咱们做投资的，内部稳定很重要。"

盛可以闷着头不回应。

高萍说的这些他确实知道，知道又不想面对，所以希望有人能帮他解决问题。

这本来就是他来找高萍的原因。

结果"哐当"一声，旧问题没解决，来了一个新挑战。

"一定要简历吗？"他闷闷不乐地问。

高萍露出笑容："盛总，招人看简历，这是最起码的。不是我一个人看，大家都要了解。"

盛可以一言不发起身走了，回到办公室把门重重一关，往沙发上一倒，发出了懊恼的呻吟。

乔希年的简历！她的简历怎么写？写了来有什么用？

资深包子店服务员？离家出走的单亲妈妈？特别会看数字但是没有任何投资经验的人肉计算机？

这个世界上，人固然是血肉之躯，更是林林总总的经历与资历的总和。人们根据这些经历与资历判断一个人是什么，可以做什么，又值多少钱。

乔希年什么都没有。

盛可以简直不知道怎么跟乔希年提这件事，现在他后悔自己嘴太快了，没敲定的事就板上钉钉说了出来，万一人家考虑了几天之后，兴兴头头真的准备来上班，那如何是好？

他心里一有顾虑，就连续几天都没敢去花市街，手机响起他都抖一抖。

乔希年好像知道他天人交战，也没联系他，最后是袁哥的短信来了，问盛可以第二天去不去吃饭？他准备做大刀白肉，盛可以要是去就多整一点儿。

盛可以想到那白肉蘸着红油的浓香，情不自禁地咽口水，回了一句：*我来我来，必须多整一点儿。*

这么一坨吃货第二天下了班跑到花市街去，在方圆包子店门口踩着两脚泥踱了半天步，最后下定了决心冲进去，他赶在勇气跑光之前一把揪住乔希年，拖到了门外："我跟你说两句话。"

他不知道自己是不是误会，乔希年好像也在躲他，被揪住之后一脸惊慌。两人面面相觑，乔希年抖着问了一句："二哥，什么事？"

盛可以犹豫了一下，说："你得写个简历，再去跟我们公司人力副总面个试，然后才能去上班。"

他抬着头，眼神却一直往地上瞅，生怕乔希年把手里抹布摔在他脸上，咆哮着说这么麻烦是不是看不起我，老娘不伺候了！

他认识乔希年那么久了，连她大声说话都没听过，此刻却脑补得活灵活现的，自己把自己给吓个半死。

万万没想到乔希年的声音比平常还低："那，我就不去了。"

盛可以张开嘴："什么？"

乔希年对他露出恬静微笑，表情如释重负："你们公司那么正规，肯定招人都要那些高学历的、有经验的，是吧？"

她说得真心实意："我什么都没有，真的不合适。二哥，我早就跟你说过了啊！"

盛可以不肯马上接受事实，还垂死挣扎："可是，你就不能写个简历，去跟公司的人聊聊看吗？"

他还比画了一下："简历嘛，就手机敲几行字说说你的经历就好。"他咽下一口唾沫，莫名地没有底气，"就是走个流程，真的，你相信我。"

乔希年点头："嗯，我相信你。"

她主动抓住了盛可以的手臂，推心置腹："我从来没有进大公司工作过，也没有做过你们这一行，确实不合适，还有……"

她直接转移了话题，就像之前讨论的事情已经得出了结果，不需要继续浪费时间了："夜包子那边最近生意非常好，二哥，我觉得我们可以考虑开第二家了。"

盛可以张了几下嘴，不知道怎么接话，这时候老板娘喊起来了："吃饭吃饭，大刀白肉等不得，搞快。你们两个做啥子，赶快进来。"

乔希年对盛可以笑笑，答应着进去了，假装没看到他一脸怅然。

方圆夜包子店营业四个月，风生水起，钱回来得飞快。乔希年每天盯着数据进出，开两个月的时候就当机立断调了一次价，又增加了利润率更高的配品，很快账目上就出现了正现金流。

方圆夜包子店比之前的方圆包子店就多了一个字，本质上却早就鸟枪换炮，成了一家正经餐饮经营公司，有工商营业执照，有对公银行账户，还有四个股东。袁哥两口子自然是大头，袁哥百分之四十，毕竟没有他就没有产品原形，老板娘百分之三十，乔希年又出钱又出力，占了百分之二十，另外百分之十是盛可以的。

他本来说不要，袁哥和乔希年都坚持他必须要。袁哥认为没有盛可以倾力相助，这个店没可能开起来，乔希年的目的却是绑定盛世投资，为了方圆包子店将来的连锁化做准备。

每当她只需要考虑事情怎么做，她往往就是正确的。

乔希年拒绝盛可以的工作邀约一个月后，四位股东严肃正经地开了一次碰头会，乔希年告诉大家账面已经有了足够的钱开第二家，地址、预算、日程表她都全部做好了，特意打印出来分到了每个人手里。然后进入非常原始的举手表决阶段，开还是不开，如果不开，那就年底分一下红。

盛可以是无条件站乔希年的，开连锁，必须开连锁！

方圆夜包子店是第一个正经算他独立投的项目，没有他，确实也不会有夜包子。

目前来看这个项目的体量如同蚂蚁，不折不扣一个小玩意儿，但这不妨碍二爷为之感到骄傲——等夜包子开到一百家，他相信自己会更骄傲。

和这种成就感相比，钱算什么！

老板娘则是坚定的分钱派，照她的想法，花无百日红，今天生意好，不代表明天生意好，更不代表永远在任何地方都能好下去，落袋为安是王道。

她天天跟着乔希年看流水看账目，简直跟变戏法一样，几个月余额有小几十万呢，老板娘这辈子没见过那么多钱，哪怕分到手里暖暖心窝子也是好的。

三个人把各自意见一说，从股份比例和影响力来说，盛可以加乔希年对上老板娘，可算是旗鼓相当。最后一票掌握在袁有明先生手里，他是方圆包子店的灵魂，也是最大的股东，可以一锤定音。

他们四个人坐在花市街包子店的饭桌边，两两相对，现在所有眼神都聚集在了袁哥的身上。他清了清嗓咙，悬念拉满，然后吼了一嗓子："开连锁！"

方姐大怒："造反吗！"

袁哥不懂什么餐饮连锁商业模式，甚至拿不准自家包子在那些疯疯癫癫的酒客中到底有多受欢迎，他只是本能地相信乔希年和盛可以。

他们是做大事业的人，既然现在谈论的事和做事业有关，那必须要相信他们。

他没跟平常一样去哄老婆，而是庄严地举起了手，重复了一次："开连锁！"

盛二爷一拳砸在饭桌上，"耶"了起来，然后他转向乔希年："等第二家店开起来，我就让公司跟进评估项目，接下来多半就不用花咱们自己的钱开店了。"他眉开眼笑的。

老板娘提醒他："盛总，你跟你们公司才是'咱们'吧。"这句话似曾相识，乔希年以前也说过。

盛可以很公平地说："都是，都是。"他偷偷望了一眼乔希年，刚好乔希年也在看他，两个人视线一撞，乔希年脸"噌"就红了，急忙起身去厨房。老板娘眼尖，把这一幕小剧场半点不落看在眼里，脸上露出了姨母笑。

他们开完了会，盛可以过去找乔希年："我明天要出差去上港，可能要三四天才回来。"

乔希年点点头："知道了。"

盛可以想了想："最近有什么股票可以推荐吗？"

自从他们上一次把投在股票上的资金都抽出来开店之后，账户就闲置了。账户闲置不妨碍乔希年失眠，更不妨碍她失眠的时候继续看财经报纸，盛可以送她那个 kindle（电子书）能连上网络，勉勉强强看资讯，看得比平常更多了。

一听这话，乔希年想都没想，道："有三四个很不错的。"她看看盛可以，"你买吗？你买的话我把股票的名字写给你。"

盛可以苦着脸说："我没钱买。"

乔希年有点遗憾："那挺可惜的，这几只股票今年表现都不错，我已经看着它们涨了两轮了。"

毕竟是做投资的人，听到这句话没法忍，盛可以就说："你写给我看看呗。"

"不是没钱买吗？"

盛可以耸耸肩："拿来跟人吹吹牛也不错。"

乔希年瞪圆了眼睛："不好吧。"

盛可以给她拿过纸笔："怕什么，吹牛本来就是我们这一行的基本功。我经常要去见二级市场的大佬，多少知道点儿好过人家说我不学无术。"

"万一我判断得不对呢？人家不是更要说你。"

盛可以一脸无所谓："怕啥？习惯了！你看我好像很怕被人家说不学无术的样子吗？"

乔希年啼笑皆非。她开始往纸上写股票名字和代码，信手拈来，一边写一边说："你上次跟我说的R语言，我去图书馆借了几本书来看，确实很有用。就是网吧里的电脑不太好运行。"

盛可以在旁边叹气："姑奶奶，容我从公司抱台旧电脑给你好吗？算公司资产，不用了退给我，你拿来干点儿正事，别再去网吧算包子店的账了好吗？"

他这一次打蛇打在了七寸上，考虑到是旧电脑、公司资产、要算包子店的账，乔希年终于放下了占人便宜的心理负担，点头同意了。

盛可以很高兴，打了个电话出去，司机半小时之后就送了一台全新的高配一体机过来。

等电脑的过程中乔希年一直站在门口，伸长脖子望眼欲穿，像小孩子盼过年，盛可以就在旁边没来由地偷笑。她穿着一件后背印着方圆包子店的旧T恤，在二爷眼里却比什么高定礼服都可爱。

乔希年和老板两口子紧锣密鼓筹备第二家店，盛可以负责没事敲敲边鼓给大家提劲儿，这边刚找好地方，那边他就被哥哥提溜去上港了。

盛天骄带盛可以去上港是为了见一个朋友，这个朋友名叫黄成武，在国内的纺织工业和时装界是泰山北斗一流的人物，名下的集团规模在国内数一数二，孵化了不少高端女装品牌，产供销一体。

这几年发力电商，产业规模蒸蒸日上。

黄成武比盛天骄大十岁，身体不好，长期在国外温泉胜地修养，偶尔回国必和盛天骄小聚。这次回来不知为什么，指名道姓邀请了盛可以。

盛可以接到哥哥的电话很蒙："见我干吗？我跟成武哥又不熟。"

盛天骄说："你去就知道了，有什么好问的。"干脆利落挂了电话。

没到两分钟，盛老大的私人助理就给盛可以发来了航班和酒店的预定信息，明天上午八点就得飞，后天下午回西京。

盛二爷一看航班时间，内心叫苦连天。晚上他有酒局，要跟钟妮娜和她的闺蜜团去踩一个网红夜店的点，十点半才开始，起码得喝到后半夜，明天这么早飞可不得要了亲命了。

他对自己的折腾程度评估很精准，一玩就玩到三点多才回家，洗漱完毕眯了两个小时，爬起来就往机场去了，出门的时候天都还是黑的，盛天骄在独立贵宾室见到他，一眼看出他的疲态，挺意外地问："不是说最近都不怎么出去玩了吗？"

盛可以信口开河："有个朋友过生日，没推掉，过了十二点切完蛋糕我就走了。"

盛天骄抬抬眼皮，道："是吗？"

盛可以硬着头皮道："是啊，挺好的朋友，人家过生日，切蛋糕还是要陪着的。"

毕竟弟弟成年了，盛天骄忍住没再往下训他。盛可以赶紧趁机转换了话题："大哥，咱们过去怎么安排？跟成武哥吃午饭吗？"

"午饭、晚饭，一条龙吧，我特意去见他的，其他事情也没安排。"

他忽然笑了笑，说："对了，成武哥的女儿回国了，可能希望你见见。"

盛可以一愣："啥？"

"比你小几岁，威尔士女子大学本科刚毕业，在伦敦路易威登分公司上了两年班，准备回国来发展。成武哥的意思是你们都是年轻人，认识认识。"

盛可以回过味儿来了："难怪非要我去，哥你这是给我安排相亲啊？"

盛天骄好像觉得挺好玩，笑眯眯的："什么相不相亲，见见嘛，见见有什么关系。"

盛可以咕咚咕咚喝水，气急败坏："哥，你怎么不给盛利好安排相亲呢？她是妹子，更应该考虑婚姻大事啊！"

盛天骄觉得盛可以根本不了解情况："你错了，利好的终身大事才麻烦呢。"说到这个，居然长长叹了口气。

盛可以不信："怎么可能？"

盛利好从小就是所有人口耳相传"别人家的孩子"，是跟母亲一个模子印出来的女中豪杰，盛可以打第一天进盛家门就知道了，惹谁都不要去惹盛利好。这么优秀的女人，加上盛家的条件，天生一个万人迷是不是？

结果不是。

盛天骄说："这个道理很简单：跟老三比还算得上能力强、家世好、长得过得去的男的，基本上一早就被锁定了，不要说结婚，孩子都好几个；单身那些多半有问题；至于那些不如她的，你觉得老三会将就？"

盛可以当然知道这绝对不可能。他信口开河："那更应该让她去多相亲啊，情谊不成买卖在，串联串联当开拓商务关系也不错。"

盛天骄居然当真了："说得也有道理，可惜老三不愿意。"还看他一眼，"你什么时候学得这么务实了？"

务实是盛天骄最看重的品质，也是他对人最大的赞美，这个词从前就没和盛可以联到一起过。他莫名有一点高兴，趁着东风，顺势又拍了哥哥马屁："那不都是跟你学的吗？"

盛天骄瞪了他一眼，并不严厉，说明千穿万穿马屁不穿，这始终是人类世界无上的真理。

飞行很顺利，提早十分钟落地了。黄家派来的司机恭恭敬敬等在外面，身旁站着一个年轻女子，留着利落短发，穿一身红色棋盘格的路易威登长裤套装，运动鞋，英气勃勃，看到他们就迎上来自我介绍："盛总你好，我是黄明明，爸爸叫我来接你们。"

她落落大方伸过手来，盛可以连忙握住，看到哥哥瞟了他一眼，眼神意味深长。

黄明明接待得很周到，车派了两辆，请盛天骄去坐劳斯莱斯，黄明明陪着盛可以去坐了另外一辆迈巴赫。

两人有一句没一句闲聊，聊起来各自在国外念书的经历，发现他们就读的两个学校隔得不远，甚至还认识共同的人，关系一下就拉近了。盛可以问她："你在国外待着不挺好，怎么回来了？"

黄明明答得很爽快："回来帮我老爹做事，他老了，身体不好，需要人帮他。而且我妈妈很希望我待在她身边，经常说我在外国她就好像跟没生过孩子一样，不值得。"

她问盛可以："你呢，你为什么回来？"

盛可以很诚实："我本来是不想回来的，但是我哥断掉了我的生活费，说我出去之后无法无天，没人管，花钱花太凶了怕我学坏。"

黄明明说："要学坏不需要有钱也可以。"

盛可以认为她说得对，黄明明拍拍他，安慰道："回来也挺好的，玩太久也就玩腻了。"

盛可以很遗憾地说："我没有玩腻呀。"

黄明明笑起来，然后问："哎，你知不知道我爸这次请你们来做什么的？"

"老朋友聚会吧？你爸爸每次回国都会跟我哥见面的。"

黄明明不信："我爸非要让我来接你们，你哥有没有非要让你来？"

"我哥无所谓，但他说你爸爸指名要见我。"

黄明明半点不给他脸："你有什么值得我爸爸见的？"

盛可以想了一下："体健貌端？正直可靠？"

黄明明笑出声："不会吧？"

盛可以一本正经："当然会。"

既然都说到这份上，黄明明也不藏着掖着了："你说,他们有没有可能是给我们安排相亲？"

这么单刀直入，果然是鬼妹性格。盛可以反问一句："你觉得呢？"

"我觉得吧，只有这么说才解释得通。"

黄明明露出灿烂的笑容，睁着大眼睛看他："如果真的是安排我们相亲的话，咱们能不能统一口径，就说彼此有意思，可以谈谈看？"

难怪要给他们哥俩各自安排一辆车，原来黄明明想跟盛可以串供。

盛可以不懂，问："为什么？"

他在西京不少朋友也是十几岁甚至几岁就给送出国去的，等习惯了那边的生活之后，因为长辈的要求，或者家族企业的需要，又硬给弄了回来。

有的很快就重新适应了，毕竟西京也是世界级的大城市，愿意的话可以就地过东京或者曼哈顿的生活毫无阻碍；有的完全不行，整天叫唤要离家出走投奔自己的精神故乡。

按理说走就走吧，签证大厅的门一天开八小时，航班也没断过，他们又舍不得家里人给的钱。给太多了，怎么拒绝得了啊！

这些朋友同样时常遭遇家里人逼婚，擅自安排相亲什么的，大家清一色都很抵触。这么上赶着说咱们配合一下谈谈看的，黄明明是头一个。

黄明明认为这很容易理解："我对结婚没兴趣，我想做事，根本不想浪费时间谈恋爱。"她露出了烦恼的神色，扮个鬼脸，"但我爹地根本不理这些，总是想把我介绍给一些男的，我看不上还要批评我，这不是很奇怪吗？"她想了想，"中国是不是有句古话，强种的瓜不甜。"

盛可以严肃地纠正她的语言错误："不是，是强扭的瓜不甜，种没什么问题。"

他理解了黄明明的诉求："就说咱们彼此看得上，接触看看，谈着，免得他继续再给你安排其他人相亲，是这个意思吧？"

黄明明一拍大腿："正是。"

盛可以赶紧挪开了一点儿，看她拍手那力度，啪啪作响，跟练过铁砂掌似的，把自己拍骨折就不好了。

"我觉得行，那咱们一会儿眉来眼去装一装。"

黄明明心满意足："可以，眉来眼去我挺会的。"

"那当然会，你看你眼睛那么大。"盛可以对她眨眨眼，黄明明爆笑，"这就开始了？"

驱车四十分钟左右，两辆车先后到了黄家。

黄成武已经在门口等着了，他坐在轮椅上，护士推着他，穿一件中式对襟的白色上衣，眉毛很长，黑黝黝的，眼睛习惯性地眯着。他的腿脚虽然不便，精神却很爽利。

盛天骄的到来让黄成武很是高兴，和盛可以初次见面，上下打量之时，欣慰之色更溢于言表，可见盛可以确实体健貌端。

一行人进了屋子，闲聊几句之后，管家来请他们入席吃饭，说知道盛天骄喜欢吃川菜，特意请了上港最近很火的一家川菜馆主厨来掌勺，请他试试味道。

菜一一上来，食材、口味、卖相，都很不错，毕竟成名的厨师个个都有自己的绝活。只有盛可以天然不服，他认定袁有明川菜无敌，死活不承认人外有人，山外有山，从感情上全盘偏向自己人。这会儿吃了几口之后，还偷偷摸摸给袁哥发了一条信息，很突兀地对他进行了无脑吹捧，经过长时间的相处，袁哥已经很了解他了，回了一句：你又去哪里的川菜馆子吃了吧。

然后又问一句：啥子时候来吃饭？

盛可以回：出差呢，回来就过来。

袁哥说：要得，我给你弄点儿腊肉炒儿菜，炖个芋儿鸡。

盛可以回了一句：好嘞。

正发着信息，黄明明拉了他一下，凑过来悄悄说："开演不？"

他也小声说："会不会突兀了一点？我们之前都没什么交流。"还挺认真。

黄明明说："可以现在开始交流。"

盛可以心想既来之则安之，于是回答："也行。"两人头挨着头沉默了一会儿，桌子挺大，外人看起来就像是他们在咬耳朵，于是很自然地就收获了黄成武好奇而欣慰的眼神一个。

黄明明坐正了身体，给盛可以夹了一筷子菜，盛可以决定投之以木桃，报之以琼瑶，给她盛了一碗汤，侍者在旁边试图跟他抢活儿干都没有成功。黄明明特意调高了一点声调说："谢谢，你真贴心。"盛可以："明明的声音真好听。"

明明对他做了一个要呕吐的动作，盛可以笑起来，觉得还挺有意思。

他们俩演得起劲儿，花样越来越多，坐得越来越近，大声讲小声笑，一开始互相叫黄小姐、盛总，渐渐无痕切换成了明明、二哥，各种明里暗里吹捧对方，搞得盛天骄和黄老爷都有点喜出望外，不知道这门当户对怎么来得如此突然。

盛天骄对弟弟比较了解，平常出去应酬状态起伏就很大，底线是能保持礼貌，要他很热情得看天时地利人和，今天似乎什么都对上了。

黄成武先生就不一样了，他和女儿在一起的时间其实不多，印象中这个孩子生性高傲而且耿直，从小被宠得无法无天，别管去哪里见什么人，有时候人家说的话让黄明明不高兴，她能站起来就走，不掀桌子都算是很忍让了。

此刻黄明明居然对盛可以青眼有加，黄成武打心眼里高兴，他不去干扰女儿和盛可以的互动，继续跟盛天骄聊天。两人喝点儿酒，聊聊事业，聊聊人生，不时看一眼小辈们，盛天骄的感觉是弟弟最近懂事很多，开始知道给长辈面子了，黄成武就已经在想彩礼应该买什么，游艇飞机还是哪一处整个全家人都能住的别墅，一步到位。

他情不自禁说出心声："盛老弟，要是咱们两家联姻，那简直就太好了，知根知底，做父母的才放心啊！"盛天骄干笑几声，说："大哥说得对，天下父母心啊！"赶紧自己喝了一杯。

黄成武继续遐想："就是辈分有点乱，你弟弟叫我岳父的话，你不是凭空矮了一辈。"盛天骄说："大哥不用想那么长远，到时候他们喊他们的，我们喊我们的。"

他们吃完饭，移步到黄成武的私家酒窖继续聊天，开了两瓶名庄好酒。黄明明和盛可以陪他们喝了一杯，黄明明就说："爹地，我陪二哥去园子里逛逛，你们慢慢喝，好吗？"

平常黄明明想从老头安排的社交场合走人，简直是不可能完成的任务，他按都要把她按在这里待到曲终人散。

今天不一样，她说陪盛可以出去逛逛，黄成武没听完就同意了："去吧，你们年轻人，聊你们自己的，不用陪着我们。"

两个人没想到幸福来得如此突然，欢天喜地出了酒窖，盛可以对局势有着清晰的把握，说："你准备去哪儿玩？"

黄明明一愣，有点不好意思地说："我有几个朋友刚从国外回来，我想去见见。"

盛可以说："那你去呗。"

黄明明礼节性地询问了一下："你要不要跟我一起去？"

盛可以忍不住笑："你听听你的语气是有多不情愿，我要真的去，你不得气死？"

黄明明大力拍他："你真是个明白人，我都有点真的喜欢上你了。"盛可以连忙摆手："要不得，要不得。"不小心冒出了袁哥教的四川口音。

她问盛可以："那你呢，你去哪儿？"

盛可以说："我找个地方坐会儿玩玩游戏，差不多了进去跟他们聊几句，顺势把我哥拖走，你就安全了。"

黄明明击节赞赏："就这么干！"

他们俩真的分头行动。盛可以在黄家的院子里逛了一圈，看出来了为什么哥哥和黄成武会是好朋友，他们对山水园林的热爱挥洒于各处，每一棵树都是用人民币堆起来的。

他抓紧时间给乔希年打了个电话，闲聊几句，看看时间差不多了回到酒窖，进门就听到黄成武和盛天骄在聊做一个私募基金的事儿。

黄成武说："关之鸿之前在锦绣做，表现很出色，可惜跟他老板老郭一直不对付，前几天来找我，说想自己主导搞一个私募，让我支持一下。"

他问盛天骄："你要不要一起来？"

盛天骄抬了抬眼皮，看到盛可以进来了，就问："老二，你怎么回来了，明明呢？"

盛可以不慌不忙地在哥哥身边坐下，张口就来："我跟明明说想来跟成武哥聊聊天，多跟您学习，明天再和她一起吃饭，她就回去休息了。"

所谓千穿万穿，马屁不穿，他这么一说，黄成武没什么好挑剔的，招呼酒侍过来给他倒了点酒，说："今天跟你哥喝威士忌，这是我在日本买的一个酒厂自己出品的，你尝尝味道。"

盛可以喝了一口，有点惊喜："成武哥你这酒用的水太好了。"

黄成武很高兴："老二很懂啊！"

盛可以有点尴尬地看了哥哥一样，做好准备下一句就会被批吃喝玩乐不学无术，谁知盛天骄说的却是："他对自己喜欢的事情都还是有研究的，现在做一个投资公司，专攻文娱餐饮，什么密室逃脱之类的。反正年轻人喜欢的东西嘛，给年轻人去做就对了。"

盛可以腰都挺直了，参与谈话的兴头马上高起来。

"刚我进来，成武哥在说关之鸿要创业啊？"

黄成武有点意外："老二也认识老关？"

"嗯，去年我哥有一个应酬我代替去的，饭局上见到了，他还介绍了两支股票给我。"

他想起来了，对盛天骄说："说让我找机会带他跟你认识呢！"

盛天骄淡淡地说："那时候他可能就想自己出来单干了，所以在物色合适的LP（出资人）吧。"

黄成武说："老关做二级市场很有心得，在锦绣管三个七八十个亿规模的基金，四五年下来不管行情如何，平均每年都有25个点的年化，最高能去到百分之三百，很稳健。我对他还是比较有信心的。"

盛天骄点点头："大哥既然信得过，我当然没有别的意见，回头他开始攒盘子了，我跟着大哥投一点。"

黄成武笑："他为了让我对他有信心，把自己的私人股票清单给我看了一下，确实很牛。今年年初高位进去的，居然现在都有两倍多盈利了。"

盛可以随口说："成武哥，老关自己买了些什么股票啊？"

黄成武说了一只股票名字，他心里猛然一跳，下意识地问了一句："哪个？"

"光安能源，老二有了解过吗？"

盛可以压抑住了内心的波动，摸出自己的钱包，从身份证旁边掏出一张折成小块的纸，自己先看了一下，然后展示给二位大哥："是这个吗？"

黄成武瞥了一眼，回头去喝酒，喝着喝着觉得不对，扭头又看了一眼。酒杯被放下了，他探身从盛可以手里把那张纸接了过去："这是哪来的？"

盛可以一秒钟都没犹豫："我有个顾问前几天写给我的。"

黄成武仔细看每一个股票的名字，啧啧称奇，而后说："果然英雄所见略同，这上面有七只股票都在老关的私人清单上。"

盛天骄在旁边伸长了脖子，黄成武转手把那张纸递给他："你这个顾问功力很深啊，和老关一样都专注新能源赛道，看个股眼光精准。"

盛天骄接过那张纸，一看到手写的娟秀字迹，心里就有点数了，顺手还递给盛可以："老二这个顾问是个天才，跟科班出身那些基金佬不太一样，有机会我也带来给大哥见见。"

盛可以对哥哥投去感激的一瞥，黄成武说："既然如此，天骄，咱们给老关投钱，再有个靠得住的自己人一起搞不是更好？"

他直接对盛可以说："让你这个助理来跟老关一块儿干呗。"

盛可以简直坐都坐不住了，咽了一口唾沫，本能地望向大哥。盛天骄没有回望他，略一踌躇，说："大哥说得对，回头咱们合计合计。"话题一转，转到其他事情上去了，"你这次回来准备待多久？"

"买了一个球队，深实，去年拿了国内联赛亚军，我回来看看他们的情况。"

"嚯，大哥还是想玩俱乐部啊，准备交给谁去管？"

夜色越来越深，谈话还在继续，酒很好，然而盛可以对这一切视而不见听而不闻。他的全部脑子都放在了做私募基金这件事上。

浮想联翩啊朋友们，他浮想联翩。

做一个自己的私募基金。

乔希年掌舵，自己护航。

盛可以飘了。

回到西京，盛天骄和盛可以各回各家。大哥就是大哥，从容自若，盛可以却五内俱焚，像被架在油锅上烤还不翻面，煎熬了一两天，他实在忍不住了给哥哥打电话，劈头就问："哥，私募基金那件事怎么说？要不要给乔希年做。"

盛天骄像是早知道他会这么问："老二，关之鸿这个盘子起码二三十个亿，不是小事，不能操之过急。再说，乔小姐有执业资格吗？"

盛可以给问住了，不用想，肯定是没有的。

"没有可以去考一个，或者让其他人注册也可以，这不是问题。"

"那什么是问题啊大哥，能不能别吞吞吐吐的？"

"操盘大笔资金做二级市场和自己拿点儿闲钱买点儿股票玩，完全是两码事。我不太了解乔小姐，不能判断她是否能承受这么大的压力。"

盛可以张了几次嘴，硬是没敢帮乔希年打包票，毕竟他自己也清楚哥哥说得对。一万块本金固然挣不了多少，也亏不到哪里去，而带杠杆的巨额盘能动辄杀人，玩私募玩到跳楼是寻常事。

盛天骄反过来安慰他："老二你别急，我观察一下乔小姐给的这个股票清单，过一段时间咱们再看，关之鸿那边也不会很快启动的，他还在到处找 LP 呢。"

这句话提醒了盛可以，他当机立断掏出手机，把乔希年推荐的十只股票统统放进关注列表，早一看，晚一看，涨了就欢喜鼓舞，跌了就如丧考妣。明明没投一分钱进去，精神上已经成为十家公司的大股东。

第五章

不必知道人间何世

✦

一个多月很快过去了。有一天盛天骄让盛可以过去总部，他进门一看，大哥坐在办公桌后面若有所思，面前摆着一个鼓鼓囊囊的牛皮信封。

盛天骄示意他打开，说："你看看这个。"

盛可以疑惑地打开信封，里面是一厚沓照片，有几十张之多。所有照片的主角都是一个三十出头的女人，一头棕红色长发十分引人注目，面容姣好，高挑丰满，从外貌到穿着都是贵妇级别的。

照片的背景很雷同，都是在某一条巷子里，背后是一家日本料理店。门脸很小，看起来平平无奇，店招是一幅海浪浮世绘，颇有一点陈旧了。

照片应该都是抓拍的，都是些动态的瞬间，下车、站在街边、往料理店门里走、扭过头来张望。

照片中的人没有意识到自己正在被人拍摄，神情动作都很自然，一次都没望向镜头。

盛可以就有点纳闷了，就他所知，盛老大可不是爱偷拍的人，更不爱看。

"这是谁啊，干吗拍她的照片？"

盛天骄带点无奈地说："这位女士叫郑知竹，你有印象吗？"

他没有。

"这是郑老先生的女儿，你几年前其实见过一次，他们一家大小来家里做客。不过你当时吃完饭就跑了，估计根本没印象。"

郑知竹是谁长什么样子盛可以确实不记得，郑老先生他还是知道的。那是盛楚生的好朋友，二人相识于微时，各奔前途，人情往来却一直没断过。

盛老先生巧取豪夺白手起家，终成一方豪富。郑老先生一路读书，博士毕业后留任母校任教，他研究的课题是哲学科学，十分冷僻，没有外快的路子。尽管他著作等身，但一生都不算宽裕。

六十五岁时郑老以教授的身份退休，之后两年老伴生病去世，膝下一儿一女，儿子在国外定居，女儿在西京读完大学，上班几年后结了婚，嫁的是一个颇有钱的生意人。郑老先生只要在西京，逢年过节就会带着女儿女婿到盛家来走动，是不折不扣的世交。

盛可以听完这一段介绍更糊涂了，要是郑知竹没结婚，他可能以为又要相亲，但人都已经结婚好几年了啊，闹啥呢。

他直接就问了："哥，然后呢，跟我有啥关系？"

盛天骄抬了抬下巴："你注意到照片的背景了吗？"

"嗯，是家日料店吧。"

"一楼确实是一家普通的日本餐厅，从后门的楼梯上去，楼上三层是一个私人会所。"

盛可以觉得这个会所的选址未免有点太偏僻了："挺私人的，没人带估计都找不到。"

"是的，是故意这么搞的，因为这个地方是个地下赌场，只接待熟客，不对外开放。"

盛天骄叹口气，终于说出了前因后果："小郑没结婚之前在澳门工作了几年，做酒店的大客户公关，跟着客人进出赌场多了，自己也下水玩，前前后后输了好几百万。她爸爸耗尽毕生积蓄，帮她还了赌债，让她离开澳门回大陆来上班，之后消停了一段时间，总算顺顺利利结了婚。这几年丈夫可能忙于工作，陪伴很少，她又赌上了。"

盛可以眼睛都睁大了，不管是在亲妈那里还是在盛家，他从小就被教育黄赌毒绝不能沾，沾边必死，怎么书香门第出来的姑娘还不懂这个道理？

"然后呢？她又跑澳门了？"

"没有，她就在这家会所玩，每周去三次，打德州扑克。"

盛可以觉得还行："打打牌没关系吧，就算是赌博，也不至于输太多。"

盛天骄沉下脸："你错了。"

他从抽屉里甩出一个更大的信封，信封里有更多照片："这几个人你认识吗？"

这简直就是今日说法啊，大哥你把叙述节奏都给安排上了。

他匆匆看了几眼，说："不认识。"

照片上有男有女，有老有少，有气质浮夸张扬的，也有衣着朴素外表平凡的，不一而足，看上去没有任何共同点。

"这几个人是拉斯维加斯和澳门的资深职业玩家，玩百家乐、德州扑克、21点的，都有。有些以前参加过巡回赛，拿过分站冠军或者世界级的名次，有的现在活跃于各大赌场，从去年开始，他们的身影就不断出现在这家扑克会所，以普通客人的身份跟人玩。"盛天骄说。

盛可以反应很快："当托啊？"

"确实是当托，还不是普通的托。普通的托只会让你买买东西，买什么花钱都有限，他们能让客人倾家荡产。"

在赌博这个领域，业余玩家再怎么技艺精通，都绝不可能跟专业选手相提并论。

"小郑去这种地方跟这种人玩，没有法律保障，又技不如人，还瘾头奇大，能有什么好下场？"

盛可以终于明白过来了："她被人设局坑了？又输了很多钱吧？"

"没错。"

这位郑女士先输光了自己的积蓄、信用卡贷款、各个平台的贷款、一切可以动用挪用的现金流，然后开始借朋友同事家人的，都借到公公婆婆头上去了，再接下来偷偷摸摸抵押了家里房子，几百万拿出去，很快就没了，再然后是各种非正规的高利率网贷、小额贷，最后实在没钱了，会所的人图穷匕首见，开始直接借钱给她，不用抵押，即借即拿，拿到钱马上招呼她上桌玩。赌徒到那一刻已经输红了眼，猪油蒙了心，根本不会去管后果。

本质上是一个滥赌鬼平平无奇的人生小故事。

盛可以听得咋舌。

他见过世面，知道高利贷的坑比赌博本身更吓人。一个人如果有钱，一直输的都是自己的钱，最后无非就是输光拉倒，睡大街还是吃垃圾都属于活该，想通了咬咬牙说不定还能东山再起。

问题在于没有人会止步于只输自己的钱，赌鬼之所以神憎鬼厌，就在于他一定会借钱，骗钱，甚至抢钱，硬给自己的人生挖出一个无底洞，黑漆漆的，没有止境。这个人就此一直跌落下去，直到把自己，家人以及一切社会关系能够带来的资源都吞噬殆尽为止，除了一死了之，没有别的出路。

盛可以跟着哥哥去过好几次拉斯维加斯，盛天骄不准他碰任何游戏，只准跟着看。他自己进去有公关帮他换两百万的筹码，玩四个小时去吃饭，赢多少算多少，输了也无所谓。如果没一会儿就输光两百万，那就提前离场，绝不流连。

以盛天骄的身家，就是一天输两个亿他也能面不改色地出门，毫发无损，但他永远卡住自己的分寸，从不追加筹码。

两百万就是两百万，从某种程度上来说，盛天骄不是去赌场玩的，是去做自控力实验的，想必他明白其中的凶险，因此绝不相信其他人能见好就收浅尝辄止。

从这个角度来看，盛天骄不让弟弟掌握现金很有道理。他自己不赌，只要有钱，保不齐其他人黏上来拖他下水，他有时候是可以很糊涂的。

盛可以嘀咕了一声："前前后后这个姐姐一共借了多少钱啊？"

"各种网贷高利贷，连本带利差不多两千万吧。"

"啊？"

两千万对普通人来说是天文数字，终其一生都不可能挣到或者存下那么多钱，短期内一笔进出更是天方夜谭。

盛可以吓一跳。

盛天骄长叹一声："现在已经被人追到自己家里，父母家里，甚至以前的同事家里去了。她自己早就没有任何积蓄了，现在老公根本不见她，已经在起诉离婚，你要知道赌债是不能作为夫妻债务双方共同承担的。"

"所以她来找你借钱还债？"盛可以觉得这个姐姐胆儿有点肥。

盛天骄露出了无奈的神情："她自己来找我我肯定不会理的，我一向来知道赌棍无药可救，但来的是她父亲，老爷子走投无路了。"

饶是见惯了大风浪，盛天骄仍然忍不住对世交的长辈流露出几分同情。他也是有下一代的人了，很清楚儿孙不争气能叫人多伤神，想到这里还特别多看了盛可以一眼。

盛可以非常敏锐："看我干啥？我又不赌博。"

盛天骄平淡地说："我谅你也不敢。"

盛可以赶紧把话头带回原来的主题上，别给自己找磕碜。

"然后呢？郑老爷子跟你借钱？"

"他的本意是借钱去填了他女儿的赌债，明说了现在无力偿还，但会尽快从现在住的房子搬出去，等把房子卖了，马上还我一部分。"

盛可以很不落忍："哥，你不至于吧？他这么老了还能搬到哪里去住？你又不少这两千万。"说完吐吐舌头，生怕被大哥骂慷他人之慨，毕竟又不是他出钱。

盛天骄没训他，沉吟不语，在办公室里转来转去，过了好一会儿才说："你说得对，这一笔钱我可以帮她还。但你想过没有，只要她继续赌，就会继续欠，老爷子的房子也好，其他东西也好，迟早都保不住。"

这是世事洞明的话，入情入理。沉迷赌博的人大半会丧失理性，没有廉耻，渐渐变成像疯子一样，除了搞钱翻本，脑子里留不下任何东西。

这个郑小姐现在当然是跪在老父亲面前哭天抢地赌咒发誓，说只要帮她过了这一关，以后绝不再赌，让她剁手担保都会答应，因为亲爹是最后的希望。

等真的过了这一关，只要她捞到一点点钱，马上会出门往打牌的地方走。或者更可怕，她会想方设法去找不属于自己的钱，继续赌，直到死在这个上面为止。

盛可以懂哥哥的意思，只好挠头："那怎么办？"

盛天骄已经很透彻地想过这件事了，说："必须端掉这个地下赌场，端掉之前，把小郑输的钱弄回来。"

盛可以不太明白这其中的弯弯绕绕，说："直接报警端掉不就能拿回来了吗？"

盛天骄摇摇头："这些地下赌场都连带做钱庄生意，这边吞进来的钱转手就洗出去了，我估计就算立案，小郑输掉的钱多半也追不回来，而她借的钱除了高利贷可能不用全部还之外，其他贷款怎么都是免不了的。"

盛可以反应过来了："你的意思是说，就算你给她还了，她还是背着债。"随即纠正了自己的说法，"郑老爷子还是背着债？"

"是的。"盛天骄说，"两千万我给了就给了，老爷子是有骨气的人，一定会千方百计想要还我，所以最好是能想个办法把她输出去的钱拿回来。"

他看看自己兄弟，内心很感慨："老头子可怜呐，一辈子安贫乐道，七十岁了还要为这些事情烦恼。"

盛可以一激灵："哥，你啥意思？你是不是想找人去地下赌场玩，顺便把钱赢回来？来一出局中局黑吃黑？"

他难以免俗地高估了自己："我可不去，我不会玩，哥，你认识那么多玩牌玩百家乐的高手，找专业的去啊！针尖对麦芒。"

盛天骄难得地翻了一个白眼："有你什么事？高中起你的数学就没及过格，打牌也好，打麻将也好，21点也好，除了运气，都靠算，你能算得出什么来？"

盛可以嘀咕："说得好好的，干吗要人身攻击？"

盛天骄不理他："普通人别想了，专业高手也不行。但凡业内有头有脸的玩家，一落地西京，赌场那边必然就知道了，去了白去，他们不会上当的。"

盛天骄慢条斯理抽丝剥茧，说到这里的时候，数学和算这两个词在盛可以的脑子里碰撞，瞬间闪出灿烂光芒，照亮一个熟悉的人名。

盛可以明白了，说："哥，我算知道你为什么要我来了，你想让乔希年去！"

盛天骄笑了，一个属于老狐狸的微笑，既含蓄又把意思表达得很清楚。

盛可以拨浪鼓一般摇头："不行不行不行，太危险了，那种鬼地方吃人不吐骨头，我不能让希年去冒险。"

他的反应也在盛天骄意料之中。

"没什么好冒险的，她就是去玩。我找人教教她，你带她去去几次熟悉一下环境，试试水，行不行不必现在就有定论。"

他看看盛可以："我特别允许用你的信用卡换筹码，让乔希年上桌，一段时间之内输赢都不必在意。"

盛可以一脸狐疑："然后呢？"

"然后看情况再说。"

盛可以想了想："我得和希年商量一下，这不是我一个人的事。"

盛天骄调整了一个舒服的坐姿，说："那当然，你去和她商量吧！"若无其事之间，他放出了大招："做私募基金可比去玩牌压力大多了。"

盛可以一凛。

盛天骄把弟弟的表情看在眼里，回眼去望桌上摆着的紫翡翠观音坐像，不知道我佛慈悲，度不度贪者。

"小事见真章，你知道我的风格，所以你不妨和乔小姐商量一下，看能不能顺顺利利把这件小事办了。"

盛可以背上的毛都竖起来了："哥？"

这都不叫图穷匕首见，什么叫图穷匕首见？

盛可以从哥哥那里出来，已经是下午了，他在自己车上嘀咕了一整路。

一会儿觉得盛天骄的想法挺对，一会儿觉得自己和乔希年都被算计了，七情上脸的，让司机都忍不住往后瞥了他几回，觉得老板今天的情绪怎么不太稳定呢。

他直奔方圆包子店，进去先通知袁哥要吃饭，然后找到乔希年，劈头就把这事儿从头到尾说了一遍，这一次他没再藏着掖着了，把自己和盛天骄的关系说得很明白。

其他部分，说他实诚很实诚，说他鸡贼也很鸡贼，他压根没提私募基金这事儿，怕的是乔希年受惊，重心主要放在了描述郑老爷子的晚景凄凉之上。

果然乔希年被打动了。

"两千万啊，这么多钱，这位郑老师肯定很难过。"

盛可以说："肯定，家里有个这么不省心的孩子。"

乔希年微笑："你大哥好像也觉得你挺不省心的呢。"

盛可以哼了一声："打人不打脸，咱们俩不应该是一头的吗？"

乔希年抿嘴，随即说："除了我没有其他人能去吗？我除了上一次在你们家，从来没有打过牌。"

盛可以把自己和盛天骄的讨论拿来说了一遍，听起来颇为深思熟虑："专业的高手都有名有姓，一到那个会所八百米内就被人发现了，那些人不会上钩的，普通人就没什么用，玩得再好也干不过庄家。"

乔希年很自觉地把自己归类到了普通人："那我肯定也不行啊！"

盛可以看着她，说："我跟你说良心话，我和我哥一样，也觉得干这件事其他人都没戏，你肯定行。"

他有论据："你看，你学了半小时怎么打麻将，就差点把蒋凡给打哭了，没办法，脑子在那儿啊。你要知道那哥们技术很不错的，我看他玩过好几回，真没见他怎么输过。"

他伸手把乔希年垂到脸边的一绺头发别到耳后，认真地说："而且你的师傅是小李，还能有比这个更低的起点吗？"

乔希年"扑哧"笑了出来。

盛可以也笑，说："你说说看，你愿意去吗？"

乔希年垂下头："我不知道自己行不行，但那个郑老太爷是真的很可怜。"

她说的每一个字里都充满了真实的悲悯："你哥哥想得很周到，有的人确实不愿意白得别人恩惠，就算借钱给他，无非也就是解了燃眉之急，身上的负担并没有真正减轻。要是能赢回来再抓坏人的话，郑老爷子就能真的松口气了。"

如果盛天骄听到这番话，必然会引乔希年为知音。

盛可以咂摸了一下乔希年的语气，试探着说："那……要么咱们试试？"

乔希年犹豫着，想应承又不敢肯定："行不行？"她心慌慌地，情不自禁又加了一句，"要不行怎么办？"

盛可以一挥手："肯定行，又不是马上就去大决战，我哥说了先去正常玩一段时间，那最差能差到哪里去？无非就是输点钱，输他的。"

想到能输点儿哥哥的钱，他心里居然还挺高兴，有一种孩子气的报复快感。

"我哥输得起，放心吧。"

乔希年没有他的心那么大，未知的忐忑一贯能让她焦虑不安，她垂下眼帘看地面，犹疑地说："我到时候，到时候怎么去啊？我要一个人去吗？"

盛可以趴在桌子上笑："当然是我跟你一起去啊！"他对乔希年眨眨眼，"作为全西京最出名的地主家的傻儿子，我可是带你进那个会所最好的掩护了。"

乔希年在他面前笑得格外多，眼睛弯弯的，眼神里有光彩："干吗这样说自己？"

盛可以毫不在意地耸耸肩："世人既然如此公认，我就不挣扎了。"他拉过乔希年的手，乔希年惊慌失措地往后缩，盛可以却全然未曾察觉。他像个准备和同伴一起去干坏事的淘气少年，被兴奋冲昏了头脑："我们可以扮情侣，你记得脾气坏一点，要对我呼来喝去，把我当提款机一样看待，这样他们就知道有一只大肥羊上钩了。嘿嘿，演这个角色我特别熟。"

乔希年笑了，那一绺不听话的刘海又荡到了额前，她顺势抽出手把刘海抿到耳后，说："对了，今天小李来了，说要和我过一下方圆包子店的数据，这是为什么啊？"

盛可以眼睛一亮："小李？"

小李是投资服务部门的，他老板是陈大雷，这个部门负责项目调查和数据分析。一般来说，哪个公司想要拿到盛世的投资，项目调查是第一关，过不了那就一点戏都没有了。

陈大雷怎么会无端端把小李弄过来看什么数据？

他第二天上班就兴冲冲去找陈大雷，人家有点迷惑："盛总，您不知道？这是盛董亲自交代的，说让我们研究一下这个项目，有眉目的话尽快把它做起来。"

盛可以兴高采烈点头："没错，尽快动起来！"

陈大雷笑："我们看过数据了，很漂亮，乔小姐的财务控制简直神了。"他并不是在老板面前拍乔希年马屁，是真的心服口服，天才如同流星群，有眼睛的人都不可能错过。

盛天骄做事情的风格和弟弟不一样，他言出必行，能做多彻底就会做多彻底。说动就动的不仅仅是方圆包子店的项目，还有针对地下赌场的计划。

为了让乔希年做好准备，他从澳门请了两个赌场专家到西京两个礼拜，密集训练乔希年，天天安排得紧紧张张的。

她起早贪黑，进门出门都一路小跑，训练回来还得管方圆包子店的账，乐乐都顾不上了，全丢给老板娘。

老板他们搞不清楚乔希年到底去干什么，她总不能从实招来自己帮人赌博，只好跟盛可以串供，说是去他们公司帮财务算账。

既然是盛可以的安排，加上每天专车专人接送，来的人都毕恭毕敬，足见靠谱，老板娘他们也就不担心了。

乔希年一忙，盛可以来吃饭的次数也跟着骤减，连续三四天影子都不见，两口子空下来闲谈就说这状况未免太明显了吧，铁证如山。这个姓盛的左吃包子右吃包子，包子不是重点，重点是对我们家乔希年有意思！

老板娘是女人，想得长远，一说到有意思三个字，思绪已经飞到了遥远的未来，什么领证摆酒见公婆啊，早生贵子白头偕老啊……畅想一番之后，她真心实意开始担忧乔希年带个娃儿，不晓得盛可以的家里人接不接受，人家条件那么好，"二婚拖油瓶"总不是什么加分项。

袁哥同意盛可以多半对乔希年有意思，可希年不在，盛二爷居然就完全不来，他还是有点不开心，毕竟暗地里袁哥一直认为自己的厨艺才是盛可以的真爱。

老板娘敲着他的脑壳嘲笑："吃饭嘛，吃饱了就不想吃了，哪里有喜欢的人在一起那么好耍，你懂啥子？"

袁哥理直气壮："我啷个不懂哎，我跟你在一起最好耍了我还不晓得啊！"

老板娘笑得花枝乱颤，靠着老公肩膀摸他的脸，柔情蜜意："我情哥嘴巴就是甜，听起心头舒服。"

袁哥亲她的手："那是，真心话。"

琪琪和乐乐在旁边看动画片，看到他们俩腻歪，琪琪对乐乐说："我妈老汉又撒狗粮了，我们进去看吧。"

乐乐问："什么是撒狗粮？"奶声奶气的。

琪琪歪着头想了一会儿，不知道如何解释，于是老道地采取了一招声东击西，转移了小天才的注意力："哎呀，熊大被抓了。"

乐乐小声抱怨："熊大不好看，太幼稚了。"

他扭头问老板娘："我妈妈呢？我要她给我讲宇宙大爆炸的故事。"

老板娘赶紧哄他："你妈妈有工作，要晚点回来，方孃孃给你讲故事好不好。"

乐乐毫不留情道："你又不懂宇宙大爆炸是什么。"

吐槽完之后继续黏着琪琪看他没兴趣的熊大，反正只要琪琪高兴就好了。

老板娘悻悻然道："为啥子聪明娃儿都有点欠抽哎？"

袁哥盘起腿在床上坐着，听了就笑："你是不懂宇宙嘛，娃儿也没乱说。"

两人正说着话，忽然袁哥的手机响了，说曹操曹操就到，盛可以冒出来了。

一边打电话一边还在下面喊门："袁哥，袁哥。"

两口子下去把他接进来，盛可以穿着整整齐齐上班的西装，风度翩翩，玉树临风，袁哥劈头就问："没吃饭哇，给你下个面行不行？"想了想又加了一句，"这段时间跑哪儿去了人都看不见。"语气挺哀怨。

老板娘同时出声："希年没在，你晓得她没在哈。"

盛可以一脸精疲力尽："我出差呀出差，去了好几个地方呢，累死我了，今天才回来。"

他哥最近不知道怎么了，去哪儿都带着他，看得死死的。盛可以也不敢说个不字，突然之间就忙得四脚朝天。

他一屁股坐下，这才回答老板娘："我晓得希年没在，她在我们总部培训呢！"所谓近朱者赤近墨者黑，都有四川口音了。

老板娘有点茫然："训练啥子，不是去算账吗？"

盛可以说漏了嘴，赶紧含糊过去："我们公司大，规矩多，算账也要培训。"

老板娘就很高兴："说真的哈，你是不是准备让希年去你们公司上班？是不是都开始培训了？我说哈，她管账肯定得行。"她一边跟老公使了个眼色，意思是哪怕盛可以本来不这么想，今天也要逼他考虑一下。

盛可以心想这全不是一码事，可千万不能给老板娘他们画饼，万一事情搞不成，自己脸往哪儿搁？他赶紧往回圆："先培训，上不上班还没说定，定了我第一时间跟老板娘你汇报。"

老板娘认为这么说就是有八分成算了，由衷感到高兴。

她的想法很简单，大公司，高级白领，在国际金融中心那种门面吓死人的地方上班，咋个都比在包子店当服务员强，何况还能和盛可以朝夕相处。对乔希年，方姐有一种微妙的当妈的心情，希望乔希年有个好归宿，盛可以看起来又还挺靠谱的。

盛可以不知道老板娘心里这么多弯弯绕绕，说完这两句，脱了外套跑到厨房去了。袁哥忙忙碌碌地正在给他煮面，盛可以劈头就谴责："袁哥，你不讲义气哦。"

袁哥大怒，不知道为什么被人说没义气。但四川人被说没义气，那是必须要大怒的。

"胡说！"然后再问，"为啥子这么说？"

盛可以卷着自己的袖子，一脸嗔怪地回答："说好了我给你投资川菜馆的是不是？菜单设计我都给你做了是不是？你怎么能又答应要跟泰格哥合作呢，没个先来后到的吗？"

袁哥一脸茫然："啥？谁是泰哥哥。"

"一个眯眯眼的大胖子，有点年纪了，脑袋跟电灯泡一样亮，有印象吗？"

袁哥想了老半天眼睛一亮，印象回来了，他点头："是有这么一个人！"

他想起来的原因是这个人太能吃了。

"那天你们屋头请客，我那个川菜小吃台子面前本来没得啥子人，结果他来了之后一个人吃了十个人的份，还到处去招呼人来，很早就把东西吃精光。我都有点不好意思，没整够量。"

他扭头冲着厨房外告诉老板娘："就是我跟你说那个胖子，带我去吃酒的那个。"

盛可以很悲愤，那天一个人吃十个人份的主儿原来不止一个，小李已经有姓名了，而他呢，自家请客，自己啥都没吃着，回去啃了两块饼干，这是造的什么孽！

他告诉老板："那个人是我哥的总裁班同学，叫泰格，我们叫他泰格哥。他是国内一个大公司的创始人之一，早几年套现几十个亿洗手上岸了，现在就是享受生活，做做投资。我跟你说，这个哥哥特别爱吃，特别特别爱吃，经常为了一顿饭飞十五个小时去一趟欧洲，吃完第二天又飞回来。"

老板娘在旁边给出了一个简要中肯的评论："活该胖。"

盛可以说："确实！"

他问袁哥："你后来怎么就没跟他联系了呢？"

袁哥眼睛瞪得滚圆："联系他干啥子？我又跟他没得好熟。"他在周身摸了一下，"哎，他好像给了我一个片片写了号码，不晓得去哪了。"

方姐哼了一声："一张方纸片片哇，洗烂了，丢了。"

盛可以没脾气，敢情是袁哥当时手机没电了，泰格哥亲自给他一张名片，这是多少人求之不得的面子，到袁哥这儿下场这么凄凉。

他前几天出差去上港，跟团队一起见一个重要的合作伙伴，今天上午才回来，一落地机场直接去公司开会，开到下午四点多。忽然电话响了，安娜告诉他有个名字叫泰格哥的人杀到了办公室，点名道姓要盛可以赶紧去见他。

据安娜说，他一头冲进办公室，坐下来顺手就指挥上了，要安娜赶紧把茶台理一理，他带了极品的三十年陈老班章来跟盛老二喝一壶，完全没把自己当外人。

盛可以给整蒙了，匆忙结束会议回到办公室一看，讲究人啊，自带茶叶还自带茶具，包里掏出一个瓷盒儿，一揭盖拿出个红色的小建盏放在茶台上，已经自己喝上了。

泰格是盛天骄的朋友，年纪大了盛可以不止一轮，算长辈，确实有资格不跟他客气。但无事不登三宝殿，这位爷跑来干呢？

他就问了："泰格哥，今天这是什么风把你吹来了？"

泰格哥168公分，86公斤重，吃喝不忌口，后脑勺凸起一块肉墩儿，血压血糖估计都低不了，皮肤黑黑的，穿着二十块一件的圆领老头衫，十五块一双的夹脚拖鞋，国潮品牌大胯裆裤，戴个黑边小圆圈眼镜。看他那劲儿，就差没把闲云野鹤四个字刻在脑门上了。

他回答说："我不是来找你的。"

盛可以忍不住看了看周围，既然如此，那在场两个人里必然有一个人走错了地方。

泰格哥没有胡言，他来这儿真的不是来找盛可以的。

"我问你，上个月你家请客，那个川菜厨师上哪儿请来的？"这人性子急，不等盛可以开口，自己先报了一串名字："富贵？珊瑚？白犀牛？"都是国内数一数二的高级川菜馆子，没有一家在西京。

盛可以摇头："都不是。"

泰格哥拍大腿："怎么可能！这么牛逼的厨师还能藏在哪儿，藏那么久？我居然以前没吃过，而且到处打听都打听不到！"

盛可以忍不住笑，平心而论，袁哥做的菜是真好吃，能吃得人五体熨帖，内心柔软，但毕竟只是菜。中国那么大，指不定什么地方就藏着个把民间食神，别人就算了，以泰格哥见多识广的程度，这个激动劲儿不至于。

他直言不讳地问人家："哥，你怎么了这是？生平不识回锅肉吗？"

泰格哥正色："你不懂。"

他端着自己的小杯子抿茶，慢条斯理在那儿说上书了，还挺有范儿，从源头开始扯："我跟你说，中国川菜菜系是最接近法国菜的，食材多样，讲究佐料配伍，不拘一格，高人辈出，各有特色。"

盛可以洗耳恭听，暗想不给这个哥哥一把折扇一个惊堂木简直是浪费。

泰格哥继续："川菜自古以来就是中国八大菜系之一，分支繁多，一地一风，自贡和乐山菜式就迥异，百型百味。觉得川菜只有一味辣，那是没有见识的人才这么想。"

"如此源远流长，自然有大家，其中有四大宗师，明末到新中国，传承一直绵延不断，钱、蔡、李、臧，前三家都人丁旺盛，开枝散叶，子孙加徒弟，出师一个，开一家馆子。别说咱们国内了，三藩市新德里，多的是这三家的徒子徒孙，尤其是蔡家，特别爱生养，又不拘什么传男不传女的旧训，女大厨也出过好几个。白犀牛的主厨就是蔡家人，蔡珊珊，珊姐，我特熟。他家规矩严，掌门的老爷子来店里，珊姐恨不得跪着去接。"

盛可以似懂非懂点头。

泰格哥继续："只有臧家，和前面三大家都不一样，他们不开店，祖祖辈辈给达官贵人当私厨。川菜很多食材是贱物，内脏下水什么的，贱物贱做，浓汤重味，好吃，但上不了台面。臧家的流派是贵物贱物都贵做，食材讲究，手法精细，用一句现在的话说，从没有格调的地方硬是创作出格调来。"

盛可以忍不住打了个岔："泰格哥，这跟我们袁哥有什么关系？"

泰格哥瞪他一眼："你们家袁哥？他八成是臧家的传人。"

盛可以昂起头来想了想家宴上那精致可爱得不像川菜的小碟子面，一片片吃的耳片，忽然感觉袁哥的出品确实有点泰格说的那意思。

泰格哥一走，盛可以下班就往花市街来了，现在转述完这一段，老板两口子都像看傻子一样看着他。

他明白他们的感受："过了是不是？我也是这么想的，简直了，什么四大宗师，跟写小说似的。"

他又摇摇头："不知道谁编出这么一大段来骗他玩。"

袁哥若有所思："那啥四大宗师，你再说一次，都姓啥？"

盛可以记得清清楚楚："钱、蔡、李、臧。"

袁哥眼睛突然亮了："最后一个，是哪个字？"

盛可以打开手机搜出来给袁哥看："这个字。"

袁哥恍然大悟："是他。"

盛可以和老板娘异口同声问："是谁？"

袁哥说："我师傅。"

盛可以和老板娘又异口同声："啥？"

袁哥指着那个字："我师傅是这个姓没错，我见过他的身份证。"

老板娘说："你哪个师傅？在简阳租你们房子天天让你给他做饭那个？"

"是啊，老头子懒得很，菜不爱买，火不爱烧，那时候没得啥子外卖，他有时候饿一天奄奄一息都不做饭，我们都喊他齐大爷。"

盛可以迷惑："怎么又姓齐了？"

"不是，他女儿姓齐。"

听的人更迷惑了："怎么爸爸反过来跟女儿姓啊？"

袁哥从头到尾给他解释了一下。

这位臧大爷是正宗成都人，自己说的祖祖辈辈都是成都人。他二十岁出头闪婚，没多久就离了，离完婚才知道前妻怀了孕。

臧大爷当时年轻，不知道责任两个字怎么写，贪玩图轻松，没管前妻母女死活，自己浪去了，害得人家女方无依无靠，只好挺着大肚子回到简阳老家。

幸好家里人支持，前妻顺利生下孩子，过几年另外嫁了个挺好的人，又生了一个儿子，后爸姓齐，对继女很疼爱。姑娘也就跟着姓齐，一家人其乐融融，过得很幸福。

几十年过去，臧小伙变成了臧大爷，膝下无儿无女，一辈子的玩乐忽然之间毫无结果，于是有了飘零之思，打听到了前妻的下落之后，居然跑到简阳来认女儿来了。

人家姑娘铁了心姓齐，对这个找上门来的老爸完全不待见，当着他的面把门一甩，不闻不问。臧大爷没办法，只好在旁边租了一个屋子住下来，想着精诚所至金石为开，说不定过几天女儿想开了，事情能有转机。

那屋子就是袁哥家的，前面一间租给他，后面两间自家住。大家都搞不清楚这个人什么来头，听他说自己是齐妹子家的亲戚，就干脆叫他齐大爷，这名号就是这么来的。

住了一年多快两年，齐妹子始终不认亲爹，他只好灰溜溜回成都去了，啥都没捞着，除了教袁哥做菜，也啥都没留下。

这么一说盛可以终于明白过来了，他表示这位齐大爷活该，栽树耕田下苦功的时候你干什么去了？丰收了你屁颠屁颠过来想摘桃子，轮得到你吗？

袁哥这个人既公平又感恩："你说得也对，但不管咋个，还是我师傅哈，别人还是教了我本事的，我就不说他坏话了。"

盛可以点点头："好吧，反正，泰格哥说了，臧家的人一直在深门大院做私房菜，新中国成立后也没出来开过馆子，普通人不怎么知道，这家人丁不旺，连续几代都是单传。后来唯一的传人既不再执业，也不授徒，干脆就这么消失了，这么看来，难道你师傅就是这个臧家的传人？"

他数学还挺好，会四舍五入："所以掐指一算，能不能说袁哥你现在就是臧系川菜的传人，独此一家别无分号？"

袁哥用鼻子哼哼两声，露出了"这种馅饼不可能会砸到我头上"的经典表情。

他跟盛可以聊天不耽误干活儿，三两下把面煮好了，连汤带肉浇了一勺红烧猪头肉当浇头，捡了一碟泡菜，给盛可以放到桌上，根本没把他说的话当回事："啥子传人不传人，我烧的菜人人会烧，有啥子了不起。"

盛可以露出了受伤的表情："袁哥，我用我吃喝玩乐三十年的经验告诉你，你是错的，真的不是这么一回事。我盛老二吃遍天下，你以为我是那么好征服的吗？"

老板娘在旁边吃吃笑："太肉麻了嘛，哎，就算袁哥是那个啥子派传人嘛，有啥子好处？未必外头挂个牌子说我们是正宗臧氏川菜啊，每个盒饭能多卖五块钱不？"

盛可以严肃地说："老板娘，你格局小了啊。"

天上确实有时候会掉馅饼，有时候饼的尺寸还有点大，能把人直接砸晕在地。

泰格哥找盛可以的目的非常简单，他在盛家家宴上吃了袁哥做的菜之后，念念不忘，想让盛可以出面找袁哥一起开一家精品馆子，把臧氏川菜的风味传承下去。

他这些年做投资做得很溜，模式都想明白了，袁哥一分钱不用出，技术入股，泰格哥来投资，盛可以愿意的话也参与。第一家店预算五百万，誓要开成西京乃至国内都赫赫有名的高级餐馆，开出来第一年就要将各种评级斩落马下，出道即巅峰。

这位爷是真心的，财富地位和实力又在那里摆着，换个人说出来相当于纯吹牛的愿景，泰格哥一出马就是指日可待。

然而这一点盛可以知道，袁哥可不知道，当时说得高兴，一回头名片都给洗没了，态度可见一斑。

盛可以现在来问他觉得行不行，他的心脏就有点受不了。

五百万这种数字的钱，对袁哥来说根本不真实，相当于白日做梦，夏夜说鬼。他答："当然不行哦，吓死人，我搞现在的包子店都搞不赢，还敢开五百万一个的馆子啊。"

盛可以掰着筷子准备开吃，一不小心把话说漏了："包子店你别操心了，我们公司会投连锁，数据看完了，正在准备提案，搞完了会来跟你们谈。到时候运营团队接手过去，老板你不用做啥，每年分钱就行。"

老板娘在收拾桌子，老板在收拾厨房，两个人一里一外，听到这句话突然同时停止了动作。

老板娘走过来站在盛可以旁边问："你说啥子？"

盛可以举着筷子刚要嗦第一口面，赶紧放下，后悔自己嘴又太快，恨不得给自己一个耳光，怎么就藏不住半点事儿呢。

既然说都说起来了，盛可以只好把事情跟老板两口子好好说了一遍："公司准备接手了，钱没问题，专业团队都在组建了。"

老板娘神往地望着厨房的高处："开连锁哟，那要开好多家。"

盛可以说："开得不好几十家，开得好全国开，几千家都有可能。"

袁哥菜刀都有点拿不住了，腿有点软："几千家？那要投好多钱去开，要好多人一起做包子。"

盛可以对他笑："连锁店的开法和咱们一家店两家店完全不一样，你不用操心。到时候你就拿几个点的股份，一年分个几百万就好了。"

袁哥赶紧坐下，这些几十万、几百万，甚至几千万的数字，他好像都是在盛可以这里才听得到。仔细观察盛可以的做派和神情，他又觉得这个人有来历，并没有跟他瞎说。

这种美妙得都不太敢去想象的感觉太有冲击力了，老板和老板娘必须要手拉手才能共同面对。

"开几千家店，每年可以拿几百万啊？"

"生意好当然可以。"

"开几百家，那就是几十万，几十家，那也有大几万吧。"

盛可以想了想："也不是这样算的，到时候袁哥你去做技术总，发薪水也要发几十万给你啊。"

袁哥颤抖了："那生意不好呢？"

盛可以很老实："生意不好就拿不到那么多钱咯，都是这样的嘛，咱们慢慢来呗。"

这句话终于让袁哥找回了一点现实感。

他想着，几千家店铺也好，几十家或者几家店也好，都不是一天能开起来的。饭要一口一口吃，路要一步一步走。在眼下的两家店到未来之间有那么多可能性，这已经足够让人热血沸腾了。

他的眼里放出了光，背着背囊一家家店去卖包子时，袁先生眼里也有一样的光。只要肯做，就有希望的那种光。

他发出了梦呓一般幸福的声音："等包子店开成连锁了，哎哟，我给我婆娘不晓得要买好多东西。"

老板娘在一边甜甜地笑了，给老公揉肩膀："不买我也晓得你对我好，说这些。"

盛可以停下筷子，袁哥的容光焕发他看在眼里，畅想美好未来他自己也很开心。然而这一切忽然都不重要，让他动容的是老板娘满脸信赖又倾慕的神色。无论世事如何，人生是顺境还是逆境，她从未质疑过身边人的爱和疼惜，既天经地义地享受着，又坦然无畏地给出自己全部作为回报，不怕失落或浪费。

他见过这样的爱情吗？在他人生的任何阶段，在他认识的其他人那里。

没有。

盛可以内心唏嘘地继续吃面和吃狗粮，吃完之后放下筷子打了个饱嗝，总结了一下刚才的谈话主题，把话题拉回开川菜馆的事上。

"总之，包子店你不用操心了，估计快就三个月，慢就半年就能连锁化，所以袁哥你想想看，川菜馆你开不开。"

他成功地引起了袁哥的注意力，老板擦干净了手，小心翼翼坐在他对面："说嘛，要咋个开嘛？"

西京新城国际金融大厦临街商铺二楼是黄金铺位，若干年前有个法国人跟他的中国太太在这里开了个法国餐厅。

这位法国人从小就想当厨师，追逐梦想一丝不苟。二十五岁毕业于蓝丝带烹饪学校，又去了南法进修，在普罗旺斯地区一家米其林餐厅一路干到助理主厨，终于在中国实现了拥有一家自己餐厅的梦想。

开店的时候踌躇满志，没开心两天高卢雄鸡犯上了嘀咕。西京人嘛，法国是爱去的，法国牌子是爱买的，时尚杂志上说起法国时尚法国风情嘛，大家都是流口水的，怎么一到日常吃吃喝喝，对法国就没了感情呢？

午餐，经常一个人都没有，晚餐小猫两三只，靠窗的无敌夜景位能坐满都算是很不错。其他地方空空荡荡的，大厨从厨房往外看，泪如雨下。

如是坚持了一年多，资金耗尽，开不下去了，法国餐厅关了张。之后又有不怕死的商家过来开过海鲜火锅，开过潮州菜，不知道是被法国人下了诅咒还是怎么着，这么好的地段，这么开敞的铺子，硬是做不下去，短的一年，长的一年半，都纷纷转移阵地或直接关张。最后谁都不敢来了，活生生关了两三个月无人问津，直到泰格哥冒出来，要开一个全西京最高级的川菜馆。

盛可以牵线拉桥之后没几天，泰格哥很隆重地请袁哥两口子吃了顿饭，而后一行人浩浩荡荡到了西京金融国际中心二楼。

泰格哥指着那个铺面，绘声绘色向老板两口子描绘自己心目中的蓝图，大意是他联合了一众爱吃的朋友共同投资，准备大大方方花钱。

整体方案必须做得完美无缺，别的细节不说了，所有后厨设备一定要顶级的。

管理团队交给盛世投资，请专业做餐饮产品线的翟总亲自面试亲自培训，用各路精兵强将攒出来，二流货色看都不希看。

铺子内外装修要请第一流的设计师出马，虚拟现实技术效果图做得细细的，投资的人和袁哥都要看得满堂喝彩才算过关。

他还特别强调，一定要把臧家川菜独家传承这个文化品牌打出去，进来吃饭的人一眼看得出来这个馆子有来头。当年顶级达官贵人才能吃到的菜，现在大众终于有机会鉴赏品尝了，何等难得！光是这一点公关要素就价值千金！

袁哥听得一愣一愣的，全程没怎么说话，一脸梦幻色彩。泰格哥送他们回花市街，车子停下车之后，居然就手递了一个文件袋过来。

他果然有备而来，文件袋里面装着草拟成型的投资协议和股权架构协议，很客气地请袁哥他们先看看，有意见和想法尽管提，需要律师的话打个电话就行，随时上门解释条款。

硬硬的一沓纸这么拿着，袁哥和老板娘手牵手走回包子店，一路上半句话都没说。

这件事从一开始像个笑话，像个梦，像个无人在侧时异想天开的呓语，猛然间有了极其真实的质感——一块肉腾腾的大馅饼，冒出浓烈香气，唾手可得。

结果袁哥却害怕起来了。

看完商铺回来当天晚上，老板娘倒头就睡了过去，睡到半夜，迷迷糊糊听到袁哥烙饼似的在床上翻来翻去，没个消停。她忍不住踢了男人一脚："干啥子？做噩梦哇？"

老板一把揪住她："你也没睡着哇，哎呀，我睡不着，我有心事。"

老板娘啼笑皆非："我都睡了一觉了你个瓜娃子。"

骂归骂，有心事这三个字对老板娘来说很新鲜，她嫁给袁有明十几年了，从来没听过他说自己有心事。

老公有心事，老板娘自然要上心。她先不问，自己想了想，真想不出来最近能有什么心事，夜包子生意好得不得了，感觉川菜馆也真能开起来。那么多事，辛苦肯定是越来越辛苦，但辛苦做事的人有奔头的时候，按理说是最踏实的，怎么会有心事呢？

袁哥伸手过来找到她的手握住，在黑暗中自顾自就讲下去了："我跟你说嘛，开店这件事，我心头有点儿不踏实。"

老板娘很务实，马上就想到了自家人被忽悠的可能性上："哪个哎？是不是那个啥子泰格哥？哎呀他那个名字我都喊不来，你是不是怕他根本就不投钱，逗我们玩？"

袁哥说："不是的，我是觉得他们那个做法，不太对。"

不太对的地方包括但不限于把"臧系宗师传承"这几个字印在菜单上，满世界发广告说这家店是唯一的臧系川菜，正宗传承。

还要写一副字挂店里，把这个四大宗师的说法好好介绍一下。找哪个老师写似乎都想好了，很有名的一个啥子教授，开了店，客人进来就能看得清清楚楚。

他说完这些，翻个身，手放在老板娘身上，说："你觉得是不是，不能这么搞嘛。"

老板娘打了个哈欠，说："有啥子不对？"想了想明白了，"你觉得你这个宗师传承不正宗是不是嘛？"

袁哥摸了摸她的脸："还是你最懂我，你想嘛，我虽然学了齐师傅做菜的手艺，从来没拜过师，当时确实也不晓得他是哪个。现在我是晓得了，别个未必把我当亲徒弟，那我咋个就把师傅摆起当台面了哎。"

自己下了判断："要不得。"

老板娘半晌不言语，多年夫妻，她知道老公的脾气，这么说就是认定。尽管想开川菜馆子多少年了，这么一来多半是开不成。

她看那些有钱人的意思，袁有明三个字和他出神入化的手艺根本不算什么，后面那个劳什子宗师才是他们劳师动众给钱的真正原因。

煮熟的鸭子飞了，泡到一半的菜臭了，老板娘心里难免不舒服，又无法可想。袁哥平常什么都听她的，只有大是大非上，这男人跟一头牛似的，认定了的事怎么拉都不会回头。但这也是老板娘愿意嫁给他的原因，坚如磐石总比墙头草让人放心。

沉默久了，老板大概也知道她想什么，伸出胳膊来，老板娘像猫儿一样靠过去枕在男人肩膀上。他好言好语地哄老婆："你放心，我好好干活，等挣到钱了，我们自己开一家川菜馆子。不要别个的钱，不看哪个的脸色，一样叫方袁，你那个方，我那个袁，不用哪家的宗师来给我们扎起。"

老板娘伸手搂住男人的脖子，"嗯"了一声，轻声说："那你准备咋个办？"

袁哥说："我过几天去跟他们说，如果一定要用臧老的名字，我就退出不搞了。"

老板娘又"嗯"了一声，说："那行了，不说了，赶快睡觉。"

袁哥放宽了心，迷迷糊糊就进入了梦乡，没注意到老板娘在黑暗中睁着双眼，和窗外一缕缕路灯投射下的灯光对视到了天明。

第二天乔希年也是八点多就出去盛世总部了，下午三点多忽然回了家，老板娘正要出发去夜包子那边准备开门，看到她很惊讶："妹妹，今天这么早就回来了？那个啥子工作训练训练完了哇？"

乔希年不善撒谎，只能"嗯嗯"两声，老板娘赶着走，叮嘱她："你要是没事，四点半就去接一下乐乐和琪琪，这几天我都是把他们两个托管在幼儿园的，六点袁哥再去接，你既然在家就早点去，两个娃儿也高兴一下。"

乔希年急忙说："方姐，我一会儿要出去，接不了乐乐和琪琪。"

老板娘一愣："还要出去啊？去干啥子？"

乔希年说："盛总找我有事。"

老板娘大喜，很明显她想岔了，把"出去一下""找我有事"八个字直接替换成了花前月下，卿卿我我，马上真诚地表达了发自内心的一百二十分支持："那对嘛，那娃儿们继续托管到六点就得行了，袁哥会接的，你放心哈。"

乔希年看她表情就知道老板娘误会了，无奈地点头："辛苦你了方姐，这段时间我太忙了，都没怎么管乐乐，没有你我不知道怎么办。"

老板娘很耿直："我会带娃你会算账，我们都做自己最凶的事就行了。乐乐好得很，你空了多陪他看下书就可以，那个娃儿我实在教不来。"说完风风火火地出门去了。

乔希年目送她离开，自己回到楼上的小房间里，把上次去盛家吃饭的那套衣服翻出来穿上，也跟上次一样稍微化了一点妆。看看镜子，果然人靠衣装，佛靠金装，眼是眼唇是唇的，精气神就都提了起来。

她坐在床边看着窗外一点点暗下去的天色，手机放在面前等盛可以的消息，一颗心怦怦直跳。

她今天和盛可以要去的地方，就是盛天骄盯上的那家地下赌场。

这两个礼拜大家分工明确，她的任务是在总部接受各种赌法培训，盛可以就负责发动他的狐朋狗友帮他找去下场玩的路子。

和他说的一样，以盛二爷在西京纨绔圈的名声，说声想赌博，那相当于在鲨鱼群前放出血饵，自然有人闻风而动。果然，没过几天那间赌场的公关就通过人找上了盛可以，请他有空去坐坐玩玩，约的就是今天。

五点半，盛可以按照约定准时到了，乔希年跟着他往外走，有点疑惑："这么早开始玩牌了吗？"

盛可以笑，老样子把手臂伸过去，让乔希年挎着。两人并肩走在尘土飞扬的花市街上，他说："你这段时间天天那么辛苦，我先带你去吃个饭，吃完饭再去玩牌。"

乔希年马上站住了："哎呀，那我还是去接乐乐吧，我好几天都没和小朋友说过话了。"

她早出晚归，走的时候小孩上学了，到家小孩子多半又睡了，连乐乐刷牙洗脸这几天都没顾上。当妈的再不擅长带孩子，孩子仍然是心头上的一块肉，一有点时间，肯定是要陪孩子的。

乔希年说完，怕扫了盛可以的兴，一时间眼神就不安起来。

没想到盛可以喜出望外："有道理啊，瞧我怎么没想到这一茬呢，我也好久没跟他玩了，乐乐几点放学？"

"托管到六点，现在过去刚好。"

"那等啥，咱们赶紧过去吧，我让司机到另一头来接咱们。"

他吩咐司机改地方，乔希年就急忙给袁哥打了个电话，说乐乐琪琪她都去接走了，袁哥很高兴，说刚好他可以在夜包子二店那边多待一会儿，招了几个新人，他要教他们怎么好好配料。

乐乐和琪琪读的幼儿园离方圆包子店七八百米，步行要十分钟左右，坐落在花市街另一头的一条岔道里。门脸很窄，正门前还矗了一根电线杆子，进出要绕一下。

这个幼儿园是民办的，一圈围墙圈着一栋小洋楼，建筑物有点年头了，保养得还不错。一楼是办公区和食堂，二楼三楼改装成了教室，小洋楼前后各有一个院子，后院修了一个操场。麻雀虽小，五脏俱全，孩子们日常要玩的篮球架、沙池、蹦床一个没少，还有一块很容易晒到太阳的地方专门修了弹性地板，每天早上用来给小朋友们做操。

这一块地方紧挨着花市街，但因为地段上刚好拐了一个弯不属于那条街，就没在拆迁的范围内。据说业主为此很不高兴，还跑去和开发商闹了好久。

盛可以他们走到的时候，托管的孩子们已经陆续出来了。有的家长没及时到，小朋友就自己背着书包在幼儿园门口一根电线杆下等。大门上方左右各装了一个摄像头，监控方圆十几米之内的状况，此外就没什么安保措施了。

乔希年往门里张望，很快就看到乐乐和琪琪走了出来。琪琪比乐乐高一截，老板娘养得好，圆滚滚的小脸儿红润健康，一左一右背着两个书包，一个是自己的，一个是乐乐的，雄赳赳气昂昂的一马当先，见到谁都大声打招呼，开朗值爆表。乐乐就慢条斯理踱步跟在后面，一副老成持重的样子。

他们先看见乔希年，马上跑了过来，一起投到了乔希年的怀里，然后异口同声喊盛可以："盛叔叔盛叔叔。"他们表示很高兴。

盛可以蹲下来跟他们说："小朋友们，今天过得好吗？盛叔叔带你们去吃大餐如何？"

孩子们欢呼起来："吃大餐吃大餐。"

他们理解的大餐跟大人们不太一样："吃比萨吗？还是吃炸鸡？"

盛可以笑："可以，你们想吃什么就吃什么。"

他和乔希年带着孩子们往上车的地方走，走了几步盛可以回头看了看幼儿园的大门，说："这儿的管理挺随便的啊，小孩子就这么自己出来跟人走了，连个交接手续都没有吗？"

乔希年说："来这里上学的家里都住花市街里面，管得不严，大班的孩子基本都是自己走回去。"

盛可以不理解："那随便来个人把孩子拐走了怎么办？"

他自己没孩子，但好些朋友都有。照他们的说法，去幼儿园接小朋友跟特工接头有一拼，入学时就要递交接送白名单，名字、照片、电话、身份证号码诸多信息给得一应俱全，白名单上的人人手一张卡，专卡专用，司机的卡不能给保姆用，妈妈的卡不能给外婆用，必须人证合一，接人的时候过闸机扫描。但凡有点不对，园方的保安会马上阻拦，随即报警，宁可错杀八百，绝不放过一人。

如此烦琐却没有哪家父母不高兴，全部当作幼儿园的加分项接受下来。毕竟现在家家户户的孩子都金贵，少一根毛天都会直接塌下来。

乔希年对他笑笑："都这么大了，不那么容易拐走了。"

乐乐很睿智地在一边发表意见："我是不会跟陌生人说话的，更不会跟陌生人走的。如果他们强行带离我，我会大声呼救，而且会对着街边某个特定的人呼救，这样他才会愿意来帮我。"

盛可以听得直乐："带离、呼救、特定的人，这些词你从哪里学到的啊乐乐？"

乐乐说："一如既往，从书上啊。"

盛可以大笑起来："一如既往这个词用得太妙了，叔叔给你买书！你最近想看什么书？"

乐乐一本正经地点头："我最近对海洋生物很有兴趣，尤其是鲨鱼。"

盛可以大包大揽："可以可以，我给你买鲨鱼书。"

乐乐表现出"知我者盛叔叔也"的欣慰表情，盛可以很贴心地转向琪琪："你呢琪琪，你想要什么？"

琪琪笑眯眯地说："我妈妈说我不可以随便接受其他人的礼物。"

盛可以说："没关系，我不是外人，而且我也经常给你们买礼物啊！"琪琪还是笑眯眯，蹦蹦跳跳："妈妈说别人送的是好心，可以收下，但是不可以跟人要。"

盛可以对乔希年笑道："老板他们挺会教孩子。"她点头："是啊，琪琪很乖的。"

盛可以原本是要带乔希年去吃日本料理的，平常袁哥做的饭都以川菜为主，盛可以想让乔希年试试清淡有本味的菜。

孩子们加入之后情况就起了变化，盛可以让司机取消了日本料理店的预定，改带他们去了明丽酒店的意大利餐厅意庐。

意庐是西京头一份儿的西餐厅，东西很正宗，而且很难得地能做到兼顾。无论是真正赏识西餐的老饕，还是只想尝尝新鲜的大众，都能在这里找到自己愿意吃的菜式。

盛可以对孩子们相当了解，他们的味觉没有完全成熟，只能欣赏那些简单粗暴味道香醇浓烈的东西，于是一进餐厅点了一个比萨、两份鸡翅、一份蝴蝶意面、两个招牌蛋糕，齐活儿。

小朋友们兴高采烈等吃，盛可以就问乔希年："我帮你推荐推荐不，还是你自己点？"

乔希年认为差不多了："这些够吃了。"

盛可以对她笑："干吗？你准备等他们吃完然后自己清盘吗？"

乔希年觉得这很合理："这么多，他们吃不完的，别浪费啊。"

盛可以安慰她："比萨、鸡翅都能打包，放心吧。至于意面，这儿的意面一份就一口，不会浪费的。"

他把菜单递过去："点你爱吃的，我怕我点的你不喜欢，那就真浪费了。"

乔希年打开菜单，第一道主菜的标价就让她的血压上来了：M9和牛200克配松露土豆泥，芦笋藏红花，2688元，另外加15%服务费。

下一页是香草小羊排，1888元，往后面翻几页，看到了刚才盛可以点的那个龙虾意面，888元。从摆盘上来看，真的就是一口。

她忍不住叹口气。

盛可以说："怎么了？"

乔希年悄悄说："这儿实在是太贵了，我们能不能去其他地方吃？花市街外面有一家比萨店还开着的，12寸的全肉派对才99块钱呢。"

盛可以认真地回答："这儿是挺贵的，那咱们下次去你说的那家吃吧，现在再去太折腾，乐乐他们会饿的。"

乔希年想想也是，于是坚持："你点你想吃的，我吃乐乐他们剩下的，免得打包了。"

盛可以从善如流，说："也行，那我们俩分个牛排。"

以他的身份，不要说在这里吃顿饭，把这家餐厅刷卡买下来都行。可他没提这一茬，没嘲笑乔希年见识少眼皮子浅，明明别人买单她还肉疼计较价钱，他更没有说M9的牛排就是这个价格，花市街的比萨怎么能吃呢，那里面放的培根成分里多半淀粉多过肉。

他认认真真和乔希年说话，没有表现出丝毫优越感，到饭后结账，大厨和经理都过来和盛二爷寒暄，乔希年才后知后觉这一点。那一刻，她内心有一根弦宛如被清风吹拂，轻轻弹奏出悠扬音调。

吃完饭，送乐乐和琪琪回了家，时间已经接近九点。这时赌场那边打电话过来了，问他们什么时候能到。

好戏上场，乔希年听着盛可以跟对面的人说话，口干舌燥，坐立不安。

自己将要面对什么，能做何表现，都是未知数。

未知制造焦虑，大脑不喜欢陌生的地方，陌生的人，以及从未做过的事。

盛可以放下电话，看看乔希年，说："紧张吗？"

乔希年略一犹豫，点了点头，说来奇怪，一旦承认自己紧张，紧张感仿佛就略微松弛了，这也许就是分担的意义？

盛可以在她后背拍了拍，手掌边缘碰到她裸露的脖颈，动作很轻，皮肤很暖："你这几天培训得怎么样？怎么个培训法？"

乔希年说："就是教了我各种赌场的玩法，讲基本规则和技巧，讲完跟我对局。"

"有赢有输吧。"

"嗯。"

"想赢怕输吧。"

乔希年看他一眼，意思是不然呢？

盛可以笑起来，说："其实你一点儿都不用担心，今天和接下来几次，都是我先去玩。"

乔希年不明白："什么意思？"

要是盛可以自己去搞得定的话，为什么还要专程请人费那么大劲训练她呢。

盛可以对她笑："我们分工，你过目不忘，负责观察，我负责每种玩法都蹚一遍，然后再看看玩啥能帮我们尽快把那两千万赢回来。"

乔希年明白了。

车子很快开到了地头，司机过来开门，盛可以先下去，伸手给乔希年："来，牵着我。"

乔希年拨浪鼓一样甩头："不行不行。"

盛可以不勉强她，手臂曲起来，一本正经地说："挎着总可以吧？要扮情侣不得亲热点儿吗？"

乔希年觉得有道理，脚尖跐地，一抬手扭扭捏捏挎上了。盛可以把她往身边拉了拉，说："哎呀，别一副被人强抢民女的样子呀。"

乔希年情不自禁笑起来，轻轻拍了他一下。旁人看过去，两人的亲密劲儿自然又热烈，确实像一对情侣。

赌场公关在日本料理店的门口迎接，自我介绍名叫百合，外形打扮与谈吐气质不凡，俨然高级白领。百合带着他们穿过餐厅，从后门外一段窄窄的楼梯通上去，一进门别有洞天，原来上面大得惊人。

装修奢华，金碧辉煌，家具装饰都是名牌。没有任何公共区域，一共六个贵宾房。房间里有娱乐区和休息区，娱乐区完全照搬国际赌场的贵宾房，各种赌法一应俱全，休息区的餐食酒水档次和五星级酒店的吧台类似，全场随意享用。

这里的隔音效果极佳，所有角落都铺着厚厚的地毯，人们的行动都悄然无声。房间里也都没有窗户，进来此处，就不必知道人间何世。

盛可以和赌场管事的人寒暄几句，人家问他今晚玩什么，他说德州扑克。乔希年听了一愣，下意识反问他："什么？"

盛可以弹了一下她的耳朵："玩'德扑'啊，什么什么？"拖着她起身就去兑筹码。乔希年看了一眼赌场的人，欲言又止，满心纳闷。

以她特训两周的经验，德州扑克是所有扑克游戏里难度最大的一项，规则复杂，要想在牌桌上赢，技术、经验、心理素质缺一不可，几乎没有靠概率赢的可能。

盛可以说他们是要来赢钱的，为什么要选最难的一种开始尝试呢？

她想不明白，可是看盛可以胸有成竹的样子，又觉得他必然有自己的道理，于是忍下了疑问，默默地跟着盛可以走进了贵宾一厅。

牌桌边留了最好的位置给盛可以，此外已经坐了三个人，一男二女，打扮各异，长相都不出奇。

有人对盛可以笑脸相迎，有人佯佯不睬，赌场的公关提了一句这些都是来玩的客人，但没像普通社交场合一样互相介绍名字身份。而后荷官带着牌上场，赌局正式开始了。

这一场牌打了两个多小时，注下得很小。盛可以赢了六万多，他随手散了一把筹码给荷官，挽着乔希年高高兴兴地走了。出门的时候，他和乔希年都感觉到很多双眼睛在后面看他们。

他们一出门上车，乔希年就说："二哥，原来你很会打牌啊。"

盛可以失笑："从哪里看出来的？"

乔希年指指赌场的方向："你刚才打得很好啊。"

盛可以笑："你觉得我打得很好？"特意加重了我字。

"是很好啊。"

他摇摇头："不是我打得好，是他们打得好。"

"什么意思？"

必要的时候，二爷什么都懂："今天打牌的四个人里，除了我，其他三个都是庄家的人，相互呼应，他们想让客人赢很容易，当然，输更容易。"

"他们不是客人吗？"

"不是，他们装作第一次认识，但有时候不小心会交换眼神，或者随意地说一两句话？打起牌来那种你进我退，有配合的，不可能是第一天认识。"

乔希年对盛可以肃然起敬："二哥，你这些都能看出来？我啥都没注意。"她还有一事不明，"他们既然互相认识，不应该打配合让你输吗，为啥要让你赢啊？"

这个智商一百八的姑娘，社会经验可能是负数。

盛可以耐心地跟她解释："这种赌场都是放长线钓大鱼的，绝不会让客人第一天就输光底裤。你想想看？第一天就输个半死，以后怎么还会去？"

这句话是金玉良言："普通人去赌场玩一百次，人家九十九次都能玩死你，唯一一次让你赢，就是引你上钩的时候。"

乔希年恍然大悟："所以你选了德州扑克打？"她举一反三，"你想看看玩一个最难的他们会怎么办，对吧？"

盛可以一脸坏笑："是啊，其实我连德州扑克的规则都不是很明白，乱打，他们还要煞费苦心让我赢，可太不容易了呢。"

仿佛是为了印证他的话，他的电话这时候应景地响了，赌场公关百合打来的，约二爷玩下一场。

他轻描淡写地应答："明天不行，我出差，周五吧，周五可以玩得晚一点。"

挂了电话对乔希年眨眨眼："周五估计还能宰他们一笔，你说我们要不要宰完就跑了算了，人家送上门来的，不要白不要。"

乔希年睁大了眼睛："那郑老爷子怎么办啊？"

盛可以看她竟然马上当真，忍不住笑："跟你说笑的，就算我敢，我哥也不会放过我啊。"

乔希年白他一眼，放松的样子格外可爱。

盛可以伸了个懒腰，在牌桌边坐了两小时浑然忘我，这一刻才觉得腰酸背痛，他呷摸着刚才顺风顺水赢钱的快感，由衷地觉出了害怕："这要是不知道内幕的，谁能顶得住啊，肯定就一头栽进去了！"

乔希年问他："二哥，那你下次还玩德州扑克吗？"

盛可以摇摇头："不玩了，下次试试别的。"

他拍拍乔希年："你注意观察哈，我玩上几轮，你就要上了。"

接下来两个月，盛可以保持着一礼拜带乔希年去两三次地下赌场的规律。果然不出所料，第一次赢了之后，第二次玩百家乐就连本带利全部吐了回去，第三次又玩德州扑克，输了十多万，第四次盛可以一脸气鼓鼓地去玩大小点，不知道是运气特别好，还是赌场怕他跑路放水给他，又赢了一点点。

第五次，盛二爷就像一个真正的赌棍，玩21点，屡败屡战，而且不断翻倍投注，活生生就是输急眼了想要一举翻本，最后玩到凌晨出门的时候口袋里没了三百多万。

普通人没了三百多万，差不多就该歇菜了，但盛可以显然不是普通人。第二天他若无其事再次出现在会所，一脸从容地用黑卡兑了五百万筹码，施施然走到百家乐赌台旁边，屁股一坐就是一个通宵。

那五百万来如春风，去似朝云，六小时后筹码兑现，只剩下十二万多一点。百合满口奉承着盛二爷，高高兴兴送他出门，满脸都是笑。

乔希年全程默默无言地守在他身边，他们上车之后盛可以第一句话就是问乔希年："你可以上场玩了吗？"

他连续几天都在赌，累得一边含含糊糊说话，一边哈欠打个没完。乔希年倒还挺精神，长期凌晨一点多睡三点起来做包子训练有素，倒也不是没有回报。

这段时间她始终陪在盛可以身边，他玩的时候她就看，走了就走了，什么都没说过。

听到这句问话，乔希年终于表现出了自己潜藏已久的担心："二哥，你没事吧？我看你好像有点入迷了。"

盛可以点点头："我也感觉到了，所以我才问你准备什么时候下场啊。而且咱们现在输了不少，怎么赢回钱来还没想法呢是不是？"

他这几天输得有点狠，精气神难免为之软弱，甚至对哥哥的信心都有点动摇了。

盛可以开始怀疑盛天骄的计划是否过于天真，会不会向警察举报一锅端了他们，再把两千万塞给郑老爷子比较好。这一次先仁至义尽，下一次郑知竹还要继续作死，那就谁都管不了了。

再一想，盛天骄叫乔希年来，除了想帮郑老爷子，还有个考察她的目的啊。他要是半途而废，那不就表示考察失败了？

一念至此，盛可以就很沮丧。

乔希年看他无精打采七情上脸的样子，以为他输了钱不高兴，就安慰他："我有点想法了，但还需要观察几天。要不你别去了，我自己上去看看吧。"

盛可以看她一眼："他们不会让你白看的，你要看什么？"

乔希年想了想，"我要看百家乐。"

"为什么？"

"我感觉他们的百家乐有问题，嗯，出牌方面有问题。"

盛可以大吃一惊，瞌睡都醒了："不可能吧？什么问题？"

他看过哥哥在拉斯维加斯玩百家乐，这种玩法要用到八到九副牌。大赌场会在一个透明的房间里提前洗牌而后放入牌靴等待发牌，地下赌场一般是荷官当着大家的面拆牌洗牌，让玩家自由验牌再切牌，之后再放进牌靴待用。

牌局开始之后，散客可以要求消牌，就是随机废掉前面出的多少张牌，那些牌拿出来丢到回收盒里，不复再用。之后出牌一次一张，整个过程都很透明。

其他扑克游戏能藏牌换牌，或者有把大牌放在特定位置等待取用的可能，百家乐的流程没有这个余地。

再有，百家乐的玩家并非铁板一块，是有坚固阵营的。他们可以随意押庄家或者闲家，干脆买和也行，也就是庄闲一样大。在场的玩家哪怕绝大部分都是赌场的托，也根本无法预知谁会押哪一家，又该在发哪家的牌上动手脚。如此一来，就失去了出千的意义。

面对盛可以的惊讶，乔希年严肃地说："我只是有点想法，还需要再观察三次。"

"为什么是三次？"盛可以很好奇。

"再看三次，我应该就可以找到出牌的规律。"

盛可以没听懂乔希年的意思，但两人对视了一分钟之后，他被乔希年坚定的眼神折服了："我押你！"

毕竟他从未见过乔希年做自己没有把握的事，说不着四六的话。

她是靠得住的。

乔希年没笑，眼神转向窗外，显然她沉浸在了自己的世界里。具体想什么要做什么，盛可以决定问都不问。

他支持。

这就是他的任务。

当然，盛可以的支持虽然重要，可盛天骄才是真正的金主。他非常识相，第二天一早就杀到办公室向哥哥汇报了这段时间的战况，以及接下来的计划。

"希年还要观察几次，估计这个过程里还得输点钱，这几次之后，找到机会就可以采取行动了。"

他一边说一边心里打鼓，毕竟所谓的"找到机会"还是八字没一撇的事。

出乎意料的是，盛天骄居然想都没想，盛可以话音一落，他就一口答应了。

"既然乔小姐这么说，那就这么做吧。"

盛可以忍不住掏了掏自己的耳朵，重复了一次："真的吗哥？"他小心翼翼，"哥，我已经输了差不多一千万哦。"

盛天骄走到安乐椅边，拿起一本书，戴上眼镜，余光很随意地瞥了他一眼："算个事儿吗？"

他挥挥手叫他走了："你是盛世的二当家，我盛天骄的亲弟弟，别小家子气，该干吗干吗去吧。"

盛可以半天没回过神来。

放在以前，要是哪一天盛可以去跟哥哥说他在赌场输了一千万，五分钟之后腿就直接被打断。

断腿不但得不到救治，盛天骄多半还会叫安保团队把他抬到地下室关起来，不反省到奄奄一息的生死关头绝不放他出门。怎么忽然之间态度迥异呢？

他百思不得其解地回去了，琢磨了一两天都没琢磨出来哥哥这个天上地下的变化是怎么来的，直到乔希年给他打电话。

她在电话里忐忑万分，问盛天骄给不给他们继续的机会，甚至还问了一句二哥你有没有钱继续输？

盛可以刹那间福至心灵，突然悟出来了，他的格局小了。

澳门、拉斯维加斯、摩洛哥、大西洋城。

驰名世界的大型赌场是不出千不作弊的，也不会在任何赌具上动手脚，但赌场还是永远可以在整体胜率上碾压散客。

有人专门写论文研究这个现象，结论之一就在于，赌场以无限对有限，天然就立于不败之地。

空间无限：赌场就开在这里；时间无限：玩多久它都能跟你玩；本金无限：一个人在赌场赢再多钱，都不可能动摇它的根本，而赌场有时候只要赢散客一次，散客就直接兵败如山倒，永世不得翻身。

乔希年无论脑力多强，智商多高，她都是一个活人，一个凡人。

凡人的心态，必然会影响她的五官与判断。

如果她没有安全感，怕输钱怕失误，焦虑在内心涌动如烈焰熊熊，自然会战战兢兢，畏首畏尾，最终得出错误的判断。

不管多聪明的人，这种心态下最后都一定输。

盛天骄世事洞明，而且深谙赌场三昧。

他对盛二爷说那句话的意思，就是默许乔希年拥有在某种程度上等同于无限的本金。

区区一个地下赌场，就算他们手眼通天，现金流怎么可能跟盛世集团的大老板抗衡？

这一点盛可以参悟清楚，再跟乔希年说明白了之后，她的压力为之一轻。

她开始下场玩了，而且专攻百家乐。

她玩牌的风格和外表判若两人，下注很坚决，加得很快而且很狠，输赢无论多惨烈，眼都不眨。

盛可以在一边哼着歌儿，给她端茶倒水，不时摸摸她的耳朵后背。

二爷对女朋友的喜爱溢于言表，他为女朋友掏黑卡换筹码的速度也快如闪电。

大家都很理解，有这么有钱的男朋友兜底，怕什么输钱？

饶是乔希年下场，一开始也是输得亲妈都不认识，渐渐就有输有赢了。两三个礼拜过去之后，有一天乔希年玩了七个小时没间断，走的时候赢回了盛可以之前输掉的一半资金。

等她再来，赌场的人就不再敢肆无忌惮跟着乔希年下注了。

这就是无限的力量。

又过了一个多礼拜，盛可以他们等的机会终于来了。

这天是周末，也是月末，盛可以在家里睡了个懒觉，起来正要去袁哥那里蹭饭，路上接到了百合的电话，很客气地邀请他参加下个月一号的特别贵宾场。

单注比平常高十倍，一晚上进出轻易能以千万计。

对方设计了很有针对性的话术，劝导利诱，生怕盛可以不来，没想到刚说了两句，幸福就突如其来地降临了。二爷一口答应："哟，这么刺激啊，来来来，我来，给我女朋友也报一个。"

百合喜出望外，一迭声答应下来。

他撂下电话去找乔希年，她正在帮老板娘算账，看到他脸上就笑："二哥你来了。"

盛可以拉住她，对老板娘招招手："我跟希年说句话啊。"他拖着人就往外跑，老板娘鼻子里哼了一声，又笑眯眯地喊出声，"慢点，莫摔了。"

他们一直跑到老板娘听不到他们说话的地方，盛可以心急火燎问乔希年："你看够了没有？"

他比画了一下："百家乐，你看出啥动静来没有。"

乔希年眼都没眨："我还说帮老板娘算完账就去找你呢，我觉得我看出来了。"

盛可以大喜："看出啥来了？"

"他们的牌出来是有规律的。"

盛可以一怔，嘀咕起来："说了不可能啊。"

乔希年很有自信："有可能。"

盛可以想了想："是不是跟我们玩的人都是托。"

"托没用。"

盛可以翻了个白眼，很明智地不再继续检验自己的智力，转头耍起拿手的赖来了："赶紧说个明白啊。卖关子太没义气了吧，而且我们过几天就要去玩高注场了，争取这一次毕其功于一役啊，我可再不想去泡赌场了。"

"什么高注场？"

盛可以把百合说的转告了一遍。

"都是贵宾，下注提高十倍，输了付80%，赢了拿120%回报？"

"对。"

乔希年想了想："这明摆着有问题吧。"

"怎么说？"

"想尽办法让人觉得自己占便宜的推销，一般来说都有问题。"

盛可以点点头："是这样没错。"

他拉起乔希年的手："但这就是我们等的机会啊，所以你赶紧说吧，你到底看出啥规律来了？"

乔希年跟他说："牌本身没问题，是荷官有问题。"

"什么意思？"

"洗牌有问题。"

"说人话啊姐姐。"盛可以抓耳挠腮。乔希年继续耐着性子往下一五一十，终于把自己的观察讲明白了。

照乔希年的说法，荷官用了特别的手法洗牌，洗完之后，从牌靴里出来的牌，顺序就有规律了。

洗不同的次数，会形成不同的规律。所有的牌彼此之间形成一定次序，不同数字和位置的组合会带来不同的结果，就像是大循环里套着的小循环，每一个循环的开头结尾，又是另一个小循环的组成部分。

乔希年已经看出了五个循环，以这五个循环为基础，她买了八副牌，推演出了另外三个循环。

此外当然还有更多的可能性，要花更多时间去验证。现在的话，只要这八个循环中的某一个出现，她就一定知道下一张牌是什么，随后又会补出什么牌。这种开天眼的情况下要能押对庄闲，自然易如反掌，必赢无疑。

盛可以将信将疑："真的可以固定牌的顺序？你确认吗？"他追着问。

乔希年犹豫了一下，望着盛可以的身后，忽然就开始神游太虚，就地沉思起来。盛可以眼巴巴地望着她，等了好一会儿，轻轻叫了声："希年？"

她没反应。

盛可以玩手指，玩了一会儿又叫了声："希年希年。"

她还是没反应。

盛可以只好放弃了，掏出手机来玩游戏，玩到一半，乔希年回过神来了，说："确认。"

盛可以忍不住笑："乔小姐，你刚刚是灵魂出窍了嘛，这是什么情况？"

乔希年一脸诧异："你不是让我确认一下牌的次序吗，我确认了一下啊。"

"哈？请问你是怎么确认的？"

她一副天经地义理所当然的样子："我把之前玩百家乐的经过都回忆了一下，那些牌的出来次序，确实是按照规律来的。"

盛可以没脾气了，这是多么惊人的记忆容纳量和计算速度啊。

天才说我回忆一下，站在一条烂泥路上开始想，想完结论就出来了。普通人呢，就算拿摄像机把那些玩牌的经过全程录下来看三年，多半也看不出来其中到底有什么蹊跷。

人莫与天才斗，盛可以很欣慰自己和乔希年是一头的。

高注场的那一天很快就到了，赌局晚上开始。中午时分，盛天骄给盛可以打电话通风报信："公安那边的朋友告诉我，说那家地下赌场团伙的几个主犯，从荷官、专业牌手到地下钱庄主事的人，全部都入境到了西京。今天晚上那家赌场里是满的，每个贵宾厅都有一个冤大头，想必他们捞完这一笔，这家赌场就要关掉换个地方了。他们会在这两天采取行动，你可能要和乔小姐抓紧一点。"

每个贵宾厅都有一个冤大头！这句话让盛二爷内心涌出了毫无必要的胜负欲："哥，我是不是其中最大的那个冤大头？"

盛天骄没好气道："这有什么好争的！"

他顿了一下，又说："你是我弟弟，肯定你最大。"

盛可以嘻嘻笑起来，转头就把这句话告诉了乔希年，两人为自己的超级冤大头地位感到了由衷的自豪。

这一晚的赌局开始得惊心动魄，结束得毫无悬念。如乔希年所说的，她精准识别出了每次洗牌次数代表的不同循环，而在盛家无限本金的加持之下，她每一次下注都是或包闲家，或包庄家，之后无论对家增加多少，照跟不误。一局几百万地进出，对她来说好像只不过是买菜钱。反正每次都是进，她有什么压力可言？

赌局开始六个小时之后，赌场方崩溃了，他们这一间贵宾厅提早结束战斗。凌晨三点多，乔希年和盛可以牵着手，带着四千五百万的现金走出了日料店。门外街道上，盛家的安保团队严阵以待，盛二爷和乔小姐从容上车，全副武装的警卫都拥过来搀扶。

赌场楼上某处，外人看不见的缝隙里，地下赌场的人默默看着楼下的劳斯莱斯和吉普车离去，彼此相对无言，内心充满了极致的困惑与恼恨。

这个世界上，只有踢到铁板的人，才会知道自己的脚趾有多痛。

盛可以他们离去没多久，公安的专项行动组悄然出现，把整栋楼围了起来，从组局的到操盘的，从当托儿的到叠码仔，一个都没有跑了。

盛天骄的朋友特意告诉他，正因为盛二爷这条大鱼最近频繁出入，地下赌场那边才攒了一个这么大的局，能来的骨干全都来了，比开年会还齐全，是真正意义上的一网打尽。盛二爷这个有史以来最贵的卧底立了大功。

至于盛二爷带着乔希年赢的那些钱，程序上得收回去作为证据。郑知竹也要上法庭，当证人还要接受处罚，等全案审完，公安会将非法借贷的部分退还给受害人。

这样一来，盛天骄总算能顺理成章出手帮郑家世伯偿清债务，老爷子胸口那块大石算是卸下来了。

盛天骄确认了消息之后立刻叫来盛可以，他一听情况，高兴得见牙不见眼，一秒钟没等就顺势开始夸起了乔希年："哥，你终于知道天才的力量了吧？"

盛天骄慈祥地说："行了，知道了。"

他顺便关心了一下包子店："包子店开连锁的事儿怎么样了，在做吗？"

盛可以酸唧唧地说："你都说话了，他们还能不做？"

他还哼哼起来："你看看，还是大老板说话有用，我这个总经理就是个摆设。"

弱者的命运，很多时候就是强者的心血来潮。

盛天骄笑笑，话里有话："你也可以不是摆设的。"

盛可以装作没听见，免得接下来要接受哥哥没完没了的大道理。

他们两兄弟坐在办公室，面对面喝茶。天气不好，玻璃窗外风急雨骤、雷电交加，里面一点声音都听不到，可是霹雳一道一道闪过去，天威气象，难以形容。

盛天骄的办公室在盛世总部最高那层楼的角落里，景观无敌，但布置得很朴素。地方很大，东西很少，符合著名的奥卡姆剃刀定律：如无必要，勿增实体。

盛世建楼的时候请风水师来看过，说这一块是紫薇位，权力最大那个人坐这里，能和整个公司相得益彰，要是阿猫阿狗坐了反而影响公司气运。既然如此，大老板的办公室自然就安在这里了。

眼下盛天骄看弟弟不接自己的茬儿，也不追，就继续说："包子店没问题了，那我跟你说说私募基金那件事吧。"他单刀直入，不玩虚的。

盛可以精神一振，大哥说："你再跟我说说看，为什么你觉得乔小姐能做私募基金，她不是专业出身，没有从业经验和资历，就凭她押中了几个股票，我们真的可以把几个亿甚至十几个亿的资金交给她操盘？"

盛可以平静地听着哥哥的问话，胸中风云激荡，脸上毫无表情。

因为他一直在等这句话，反复演练过要对哥哥说些什么。

他清了清嗓子，开始讲乔希年。

讲她如何每天晚上看几个小时年报，人肉锁定值得买入的股票，不需要任何工具，持续追踪该股票一两年；讲她如何看盛世投资那些大大小小的项目数据，一目十行，过目不忘，脱口而出就是结论，他的团队再三测算反复研讨，得出的结论也并无不同；讲她深入研究与关联不同领域信息的能力，别人的竭尽全力，不过是她的日常，绘声绘色津津乐道。

他非常有激情，对乔希年，对乔希年能做到的事，对他想和乔希年一起做的事。

盛天骄鲜少在弟弟身上见到这样的激情，某个时刻他如此感慨，以至于想起了盛可以初到盛家时候的模样。乡下少年，高高瘦瘦，皮肤黝黑粗糙，土里土气，一脸戒备与怨恨。

他和盛家人格格不入，头两年跟亲爹和继母作对，花样百出，其恶劣程度足以被赶出去。说不定他就是这么想的，他千方百计就是想要被赶出去。

只有盛天骄很清楚，这个同父异母的弟弟必然会留下来，要是没处理好，也注定要成为家里的定时炸弹，后患无穷。

他不得不花时间承担起按理说父亲才需要承担的责任，关注他的成长，照顾他的生活，在自己爹妈和盛可以之间进行缓冲和协调。一开始是不得已，后来就习惯了，这成为他人生责任的一部分。

盛天骄人如其名，生来就被教育要成为盛家的顶梁柱与骄傲。他对自己的要求很简单，两个字而已：公平。

其他一切美德，都建于公平的基础之上。

盛可以十四岁之后得到的几乎所有教导，都来自盛天骄。很难说他的人生是成功的，大半时间他似乎都在抵抗那些促使他成功的努力，值得盛天骄欣慰的是，起码盛可以没走歪路。

然后，一夜之间，他突然醒过来了。就像武侠小说里那些被打通了任督二脉的菜鸟，功夫大成，能仗剑江湖行侠仗义了。

乔希年居功甚伟。

盛天骄由衷地这么认为。

她唤醒了一个打定主意拒绝真实世界的人，尽管她自己并不清楚这一点。

他举起手来，打断了弟弟的滔滔不绝："好好好，我知道了。"直接回到了正题上，"你说的我都听见了，我相信你不会看错。"

盛可以一愣，而后满怀期待地说："真的吗？"

盛天骄拍拍他的肩膀说："是的，现在我有两个想法，你可以斟酌斟酌看哪个合适。"

盛董从不心血来潮，他说出来的话都是有凭据的。

第一个建议，乔希年目前经验尚浅，让她进盛世投资后可以先给一个助理总裁的头衔，深度参与项目，一定程度上负责审核项目，但要和团队协作，不可能像盛可以想的那样一言堂。

盛可以差点跳起来，哥哥字字句句都说到了他的心坎上："我也觉得是！"还大义凛然地挥挥拳头："必须和团队协作。"

盛天骄摆摆手，示意他少安毋躁，自己的话还没有说完。

"这个做法有一个小小的前提，你们之间不能有男女关系，现在不能有，将来也不能有。"

盛可以完全没想到有这一出："为什么？"

盛天骄的表情说明他认为这个为什么问得毫无常识。

"盛世投资不是作坊式的夫妻店，它凝聚了很多人的心血。同事间如果有男女关系，好的时候狼狈为奸，不好的时候反目成仇，统统对工作没任何好处。老二，我不是针对你，这是我的原则。"

盛可以听到狼狈为奸四个字翻了个白眼，根本无法反驳。

盛天骄确实没有针对他，盛世的原则一贯如此。两个同部门的员工之间正常恋爱，未婚男女你情我愿的，一方自愿辞职或被调到其他部门，不合作的话两个人都开除；不正当关系责罚更严，一方或者双方已婚，那就两个都开除，不问谁主动谁被动，是单方面骚扰还是两厢情愿。

谁包庇都没用，只要捅到盛天骄那里，包庇的人跟着一起倒霉。

正因为公司这种变相的道德约束，盛世的男性高管客观来说比其他公司的人都更检点。

盛天骄等着盛可以答复，他却一直不出声，脸色阴晴不定，似乎内心正在进行激烈的思想斗争。

最后他干脆一摊手："哥，你不是有两个想法？第二个是啥？"

简直一切尽在不言中。

这也在盛天骄意料之中。

盛可以满怀希望地继续问："第二个建议是不是上次说的，咱们投钱给关之鸿做私募，希年跟他一起操盘？"

盛天骄说："不是。"

当头一盆冷水这么干脆地泼下来，盛可以很失望："为什么呀？她很合适干这个的，你这段时间关注了她选的那些股票没？"

盛二爷很激动，双手比画起来了："全在涨！"

盛天骄从容不迫道："我知道，我有叫人买，基本上翻倍了。"

盛可以直接跳了起来："哥！盛董！你都有听别人的建议赚钱的时候？"

盛天骄摇摇头："胡说，我赚钱都是靠听人建议，一个人的脑子能有多大？"

他摸透了盛可以的想法，终于直捣黄龙了："乔小姐初出茅庐，又是野路子，跟老关那样的行尊恐怕合不来，所谓一山难容二虎，也没有必要合得来。"

盛可以的心吊到了嗓子眼："所以？"

盛天骄拍拍他的肩膀："我们给乔小姐投资，让她自己独立操盘一个小盘子看看吧。"

第六章

有形的人，无形的岁月

♦

　　盛可以从公司电梯下来，蹦跳着冲出大门，第一时间拨了乔希年的电话。

　　盛天骄刚提的方案就像一个小火苗闷在他的心里，暂时还不能烧出炉，可是已经带来了浓浓的甜蜜与温暖。从不知道狂喜为何物的盛可以，此刻高兴得不知道如何形容自己的心情。

　　电话接通，乔希年在车站，背景音很嘈杂，不断有广播验票进站的声音，还有老板娘满地追两个孩子的叫喊。盛可以一拍大腿，想起来了："哎，你们今天回四川啊？"

　　这事儿上礼拜就定了，盛可以自己没记得。

　　这段时间花市街拆迁工程开始正式施工，机器日夜轰鸣，动辄停水停电，方圆包子店的二楼是彻底没法住了。

　　盛可以很上心，叫公司的行政带着老板娘去周边看房子。物美价廉的地方不好找，又要得急，好不容易锁定一处吧，上一任租客还没法马上搬，怎么都还要两个礼拜时间周转。

　　老板提议再找找，倒是老板娘一口答应了，交了两个月定金一个月租金。房东挺好，说你们既然这么爽快，那干脆免一个礼拜的租方便搬家收拾，三周后再开始算租金。

　　他们看完房子回去吃饭，盛可以埋头啃芸豆炖猪蹄，老板娘突然说："既然还要两周才能住新家，那干脆一家人回一趟四川吧。"

　　她的理由很充分，眼看夜包子要做连锁店，今年过年肯定是忙得歇不住的了，趁现在还能腾出点儿时间，去看看家里人。

　　老板第一个表示反对，说又要搬家又要开店，哪里有啥子时间哦，话音未落就被老板娘踢了一脚。盛可以不明就里，顺着老板娘的话往下说："回家看看挺好的啊，我记得你们家在简阳吧？"

老板娘点头："对，简阳，屋头人都在那边，朋友邻居也多得很，起码一年一次嘛要见一下。"

转头问乔希年："妹妹，你没去过四川，这次跟我们一起去吧？"

乔希年马上摇头，很坚决："我就不去了，店里好多事情要做，你们走了我更要留下来。"

老板娘仿佛一早知道她会这么回答，顺势就说："那行吧，我带乐乐一起去哈，琪琪有个伴。"

乔希年张张嘴，很不好意思，内心知道老板娘是对的，乐乐跟着亲妈的生活保障大不如跟着老板娘，何况他又格外依赖琪琪。

老板娘紧接着指出了非常实际的问题："那你住什么地方？"

她指了指楼顶："昨天开始已经要烧水洗澡了哦。"

盛可以马上举手："希年住我那里去吧。"

所有人看着他。

盛可以觉得自己的提议非常好："我有两个卧室，就我自己住。酒店公寓里什么都有，乔希年就带几套衣服去就行了。"

所有人看着乔希年。

乔希年的筷子停在半空中，惊慌地看看盛可以，看看老板娘，嗫嚅着："不、不好吧。"

盛可以耸耸肩："你不愿意就算了，那你去住酒店呗？"他仰起头来还算上账了，"附近有一家价格比较合适的八天酒店，好像是一百六十九块一晚，洗衣服另外加钱。老板娘你们回去两个礼拜是吧，满打满算两千八算三千吧，也还好，没太多钱。"

乔希年瞳孔爆炸。

她不能忍受花三千块就为了睡两个星期的觉，执着地看二楼："我觉得烧水洗澡也行，再住两礼拜问题不大。"

老板娘使劲儿摇头："要不得，这条街上已经没得几个人住了，晚上停水停电，你一个女娃娃自己住到楼上不安全。"

一挥手，老板娘给了乔希年两个选择："要么你去盛总那里住几天，要么你跟我们回四川，你看着办吧。"

最后投票表决，乔希年自然是输了，必须要去盛可以那里住，他埋头扒饭，差点笑出声来。

现在一打电话，盛可以想起来了，上次定是这么定的，只是糊涂二少爷忘记了回程就是今天。他连忙问乔希年："老板娘他们几点的车啊？你怎么回来？"

"两点的车，还要一小时才进闸。"乔希年觉得盛可以问得奇怪，"我坐地铁回来啊。"

盛可以说："我让司机去接你吧。"

乔希年马上摆手："不用不用，地铁很方便的，半小时就到了。"

盛可以不勉强她，顺着话交代："那好，你到了花市街告诉我一声，你的行李不好拎，我让司机过去接你，顺便帮你拿东西。"说完把电话挂了，不给乔希年再瞎出主意的机会。她看数字的时候有多英明神武，到需要别人帮忙的时候就有多磨叽，简直叫人烦恼。

他往自己办公室去，心情非常愉快。乔希年会在他那里住，并不表示两人之间有什么，盛可以也不需要和她有什么。可是想到朝夕都能和她相见，就莫名地很高兴。

更何况，他心里还存着一个拥有巨大能量的小秘密，能叫他做梦都笑出声来的小秘密。

盛天骄要从集团调一笔资金出来给乔希年做私募。明面上操盘的人需要有从业资格，会从盛世投资找，实际上运作的人是乔希年，盛可以总控。所谓的总控，盛可以理解为帮乔希年披荆斩棘平事儿，让她能心无旁骛赚钱。给公司赚，也是给自己赚，顺带出口气——帮他盛可以，也帮乔希年自己。这事儿盛可以越想，越觉得靠谱，毕竟是盛天骄主动提的，大哥可不是个胡说的人！盛可以一路盘算，钱本身应该不是问题。盛世集团这几年经营势头非常好，各条业务线都欣欣向荣，毛利率逐年提高、负债率又低，现金流杠杠的，有钱！

再说了，乔希年初出茅庐，盛可以没奢望她能上来就干一个几十亿的盘子，一两个亿两三个亿就足够了，先练手。盛天骄作为大股东，公司主要决策者，要拿一两个亿投个基金，按惯例来说完全不会有什么问题。

流程当然不能少，董事会、股东会、各位董事表决签字，总要折腾一个周期。盛可以知道自己得等等，他还决心吸取教训，这一次不先把气球吹大了，等尘埃落定，再跟乔希年聊实在的。他怀抱如此美好的期待，和乔希年开始了为期两周的同居生活。

然后他就发现，跟乔希年住根本没什么世俗的乐趣可言，因为她天天在学习和工作。

方圆夜包子店的连锁化在盛天骄的亲自过问下上了快车道，很快就要开起来了。盛世的专业团队接手之后，每件事都在有条不紊地运转，也招到了足够的人日常运营，再不需要乔希年晚上去当服务员了。

她每天去店里看看，跟团队的人对一下销售成本数据，三天两头和盛世投资的团队开开会，一般来说晚上就没事了。每天盛可以只要正常下班回家，都会看到乔希年待在书房。

他的书房里本来就有一个很大的电脑，功能非常强，二爷主要拿来玩玩游戏看看网络小说。

乔希年搬过来的时候带上了自己的笔记本电脑，就是之前盛可以打着生产力工具名号给她送去那一台。她坐在书房，左边一台电脑，右边一台电脑，中间桌面上放着一个小学生写字用的双行本，加上一字排开十支削尖的铅笔。

万事俱备，乔希年左一眼右一眼，电脑界面切换得飞快，不时运笔如飞做笔记。盛可以往往进去兜一圈，满怀敬畏地在一边瞅几眼，就赶紧溜出去玩自己的。有时候刚走两步，乔希年叫他："二哥，你来看看这家公司的数据。"盛可以就只好哭丧着脸走回去，心想我怎么这么命苦。

过了几天他得出一个结论，如果不能让乔希年很忙，乔希年就会让他很忙，这太凶险了，盛可以于是跑到翟晓敏他们那儿，要了一堆公司正在调研的项目资料，往云盘一存，回家让乔希年看。他还特严肃地告诉她，这些公司的模式都不错，很值得关注，但要不要投资，得靠乔希年拿个准信。

换了一年前甚至半年前，乔希年肯定对此重任战战兢兢，敬谢不敏。现在不一样了，毕竟相处久了，有了不少合作成功的经验，她对看项目和盛可以的依赖都开始习以为常。

盛可以一说完，她转身就去调资料。盛可以啼笑皆非："所以饭也不用吃了呗？"

乔希年茫然地抬头，问："吃什么饭？"

盛可以大笑起来，说："你真是个神仙。"

他点了两个外卖，等外卖来了就拖乔希年出来吃。两人在餐桌边坐下没到十五分钟，乔希年干脆利落吃完，又冲回去了，继续沉浸在她的信息海洋之中。盛可以翻着小白眼孤独地继续吃自己那份儿，还自言自语："那些寂寞的家庭主妇就是我现在这样的心情吧。"

他的孤独是有回报的，乔希年每看完一家公司，就会出来跟他讲分析结果，简洁、直接、刀刀见血。盛可以听得懂就自己记下来，听不懂就掏出手机来录音，第二天到公司跟翟晓敏他们开会，依样画葫芦说一遍，满座皆惊！

二爷有出息了！这个消息像是长了腿，飞到了盛世投资甚至盛世总部的每一个角落，所到之处都伴随着许许多多的询问，窃窃私语，质疑或感叹，绕一圈又回到盛可以耳朵里。主要传播者是李吉祥和安娜。他听完偷着乐，心满意足。

这天晚上下班，他让司机开车带自己到超市，吭哧吭哧买了一大袋子肉菜水果、形形色色的厨房调料、各种锅、一个电饭煲，最后还摸了一条花围裙放进购物车，买完单高高兴兴回家去了。进门和乔希年打了个招呼，他就一头扎进厨房开始叮叮当当煮饭。

过了好一阵子，乔希年一脸迷惑地出现在厨房门口，看着盛可以热火朝天地准备姜葱蒜八角桂皮十三香，仿佛要烧猪手。她看了看客厅："今天你有客人吗？"随之产生的第一个念头是："我是不是要回避一下？"

盛可以咣咣剁猪手，闻言举着剁骨刀想了一下："客人？没有。"他指了指乔希年，"咱们俩吃啊，你不爱出去吃饭，咱们老点外卖我觉得也不行。"

乔希年说："我也觉得不太行。"

她倒没嫌弃外卖的味道，而是觉得太贵。二爷点的外卖动辄两百块一份，乔希年不知道价格的时候还好，一旦知道价格，就难免直接换算成葱和肉，深感不值。

她迟疑地卷着自己的袖子，试图在厨房也扮演一个有用的角色。过去两三年因为袁哥的存在，乔希年几乎从来没有自己正经做过饭，唯一擅长的厨房业务是包包子和下面条。

"我来帮你吧，我帮你……洗菜？"她走到水池面前，探头看了看，发现盛可以已经把菜都洗好切好，分门别类摆在专门的滤水盆里，垫着厨房用纸，十分井井有条。

"二哥，你会做饭的吗？"这是发自灵魂的拷问，乔希年从来没把盛可以跟厨房连接在一起。

盛可以耸耸肩："你记得我跟你说过不？我小时候是跟我亲妈过的，她身体不好，我经常自己做吃的。"

一边说一边手下忙碌，东一下西一下说不上很娴熟，可是先干吗再干吗的章法是有的。家常下厨跟游泳或者骑自行车一样，属于肌肉记忆。

"那时候没智能手机，我就去书店买菜谱，要做哪个菜就把菜谱撕下来贴在厨房墙上，看一眼炒一下，依样画葫芦。"

他叹口气："炒来炒去，就会青椒炒蛋、红椒炒肉、炒白菜毛豆，要么咸得要命，要么压根没放盐，我妈每次都说好吃好吃。"

他突然停下话头，扭头看着窗外。正值黄昏，巨大的悲伤驾驭着每一缕风，破空而来抽打他的灵魂。灯红酒绿，荣华富贵，在这瞬间都毫无意义，更不值得留恋，他愿意付出一切换取再次回到二十年前，和妈妈坐在一盏十五瓦的灯泡下吃顿自己做的家常饭。

厨房里突如其来的安静极其沉重，乔希年慢慢走到盛可以身边，轻轻拉住他的手，放在自己的手心里。

盛可以回过头来，对她笑笑："今天也有白菜炒毛豆。"

乔希年点点头："太好了，我喜欢吃毛豆。"

她没回书房工作，留在了厨房里，对盛可以伸出了援手。

如果说盛可以勉强算是一个半吊子厨师，那乔希年的职业称号应当是厨房破坏神。

她酣畅淋漓地向盛可以展现出了自己笨手笨脚的一面，面对不熟悉的炉具，不熟悉的设备，甚至不熟悉的碗，惊慌失措，顾此失彼。

打好的鸡蛋不小心倒进了洗菜池，废了；嫩嫩的菜叶子放进了没放油的热炒锅，焦了；猪手还滴着水没用厨房用纸抹干，她倒了一半进热油锅，锅里顿时跟放鞭炮似的噼里啪啦炸起来，一块猪手直接蹦上了天花板。

乔希年尖叫着逃到很远的地方，然后试图把剩下的猪手一块块用单手投篮的方式扔进锅。

盛可以在旁边差点笑岔气。

他把乔希年抓到了厨房外面，关上了门："来来来，你别折腾了。我来做饭，晚点让阿姨过来收拾残局，你干你的活儿去吧。"

乔希年闹个大红脸，认真地道歉："对不起。"

盛可以爆笑，伸手敲她的脑门："对不起个啥？上帝给你开了一扇智商两百八的门，就肯定给你关上了做家务事这扇窗。"

他一脸认真："术业有专攻哈。"门一关，缩回去继续奋斗了。

奋斗一个多小时，盛可以总算做出了两菜一汤，凭良心说好吃真谈不上，吃的人却都很高兴。乔希年随口问了一句盛可以："二哥，看你整天到处吃，你最爱吃什么菜啊？"

他脱口而出："肉片酸辣汤。"他比画了一下，"肉片炒熟，放辣子面放醋，放点儿水烧烧，切点儿碎菜叶子进去，泡饭，好吃。"

乔希年若有所思："这属于什么菜系啊？好像没听说过。"

盛可以对她笑笑："没啥菜系，老家那边的菜，我妈爱做。"他歪着头想想，吃了一口自己做的毛豆，还是有点太咸了，这多少年了，他一点没长进。

"很久没吃了。"言语平常，只有他自己知道其中有多少思念。

人间烟火，不在风味，都在心情。

他们吃完饭，老板娘打来了视频电话，叫乐乐跟妈妈聊天，乐乐过来说了一句："妈咪你好，妈咪再见。"掉头就走了，乔希年喊着乐乐，乐乐没有回应，顿时笑容暗淡下来。

这一周多，乐乐跟着老板他们回去，每天都是白天疯玩，晚上八九点打电话过来。老板娘说一下他们在四川每天都干了啥，走亲戚、吃吃喝喝、打麻将，还带着两个孩子特意去成都看了大熊猫，等等。

乐乐跟着老板两口子和琪琪生活的如鱼得水，连说话口音都已经彻底转化成川普了，叫他"幺儿"，他会说"啥子"。

总之，乐乐似乎根本不需要亲妈在身边，天天都过得很开心。

想到这里，乔希年的心情就很奇妙。她很年轻就生了孩子，糊里糊涂当了妈，从来都不擅长带孩子，和她不擅长做家务如出一辙。

老板娘把乐乐接手过去照顾得妥妥当当，还能带着出远门不用担心，这当然是好事。然而转念一想，亲儿子不需要自己，乔希年又难免惆怅，觉得自己实在没用极了。

盛可以跟老板娘说了几句话，挂了电话转头看看乔希年，有点奇怪："怎么了？好像突然不高兴了。"

乔希年笑得有点勉强："没有啊。"

盛可以看着她："怎么没有？"

他伸手过去，指尖点在她的唇角上，轻轻往下划线，又点在她的眼角，转了个圈。

"你心里有事的时候，嘴角就会往下撇，眼角就会皱起来。"指尖移到她的脸颊，"这里还会僵硬。"

他眼神里都是温柔："一看就知道了。"

乔希年低下头："我自己都不知道。"

盛可以觉得好笑："因为你不开心的时候，不会专门去照一下镜子啊！"

指尖与乔希年皮肤接触，那一点温暖仿佛流星，闪过的瞬间，人会想要许下愿望。

他收回手，温存地说："你还没说呢，怎么突然就不高兴了？"

乔希年迟疑良久，和他人倾诉对她来说永远都像一道出错的数学题，没有解法。

这一次她克服了自己的心结。

"我就是觉得，乐乐好像、好像不怎么需要我，跟着老板娘他们走了就走了。"

她有点沮丧："他们说得对，我不是一个好妈妈。"

盛可以"扑哧"一笑，拍拍她："胡说。"

他还懂儿童心理学，不知道从哪里看的："乐乐知道你在这里，知道你永远都爱他，哪儿都不会去，所以他不用跟你、黏着你，这是孩子有安全感的表现。你这么聪明的人，居然不懂这个？"

乔希年明显不懂。她的表情在说：你不是在忽悠我吧？

盛可以胸有成竹："真的，谈恋爱也是这样啊，你觉得对方很喜欢你，很爱你，那你就不用天天盯着他在干吗、去了哪里。很安全，越是担心才黏得越紧。"

被这句话触动了，乔希年沉默下来，直到盛可以突然问她："对了，谁那么欠，说你不是好妈妈的？"他义愤填膺，"我去帮你骂他。"

乔希年的嘴角终于舒展开了，她摇摇头："很久以前的事了，没什么。"

她站起来，准备回到自己熟悉的世界里去："我继续去看材料了。"

盛可以表示同意，还给人布置任务："你多看看华世科技那一家，他们想做裸眼 3D 技术，我觉得有点儿意思。"

乔希年一口否决了："不行的，他们的创始人团队全是做技术出身的。除非引入渠道合伙人，否则现在投钱进去都是浪费。"

盛可以委屈地眨巴眨巴他的大眼睛："不行吗？"

"不行。"

二爷叹口气，道："乔总太严格了。"

乔希年认真地跟他解释："真的不行啊，不要说渠道了，他们连一个做营销的人都没有，一门心思在做产品上，要投也要等他们把产品做成型。"

盛可以点头如捣蒜："行行行，都听你的。"

他站起来舒展了一下腰身："乔总你忙着，我给你去切水果。"

他自得其乐："你看咱们俩配合得多好，一个主外，一个主内。"说完笑嘻嘻地去厨房了。

两周时间转瞬即逝，中间泰格哥又来突袭了一次盛可以的办公室，心急火燎地问他袁哥去哪儿了。他性子急，上次带袁哥他们去看了餐厅之后，觉得这事儿八九不离十，连做内部设计的建筑公司都找好了，结果袁哥这边拿着合作协议迟迟没有动静。

泰格哥一边想开馆子，一边有点馋，咽着口水打电话给问袁哥怎么样，有啥想法啊？袁哥说自己在四川探亲呢，回来再说。

泰格哥哥是见过风浪的人，听到"回来再说"四个字，马上觉得不妙。他跟袁哥不熟，自己也知道逼着人家接受投资实在太像骗子了，只好来找盛可以。

盛可以也蒙啊，以他对袁有明先生的了解，开一家高级川菜馆是他梦寐以求的事，没理由投资的人风头火热，他技术入股的人摆个冷脸啊。

泰格哥哥一走，他就给袁哥打电话，毕竟是自己人，袁哥对盛可以说实话了。

原来方姐安排一家人回四川，固然是为了探亲，主要是冲着找臧大师去的。

袁哥这个人实在，他自觉不是人家大师的亲传弟子，没名没分地拿出臧家大旗来挂在店门口，于情于理于良心都过不去。既然如此，那就别搞了呗。

老板娘想得就不一样。她朴素地坚信，是个厨子都愿意开一家属于自己的餐厅，起码自家老公那是做梦都想。如果那位齐大爷就是臧家传人，自然也是个厨子，只要把事情当面锣对面鼓地说开了，未必他就不愿意开？

这么好的机会，绝不能说不要就不要，方姐是有决心的人，有困难不怕，好事多磨嘛。

她说干就干，拉扯着一家人回四川，路上才跟袁哥讲了自己的想法，叫男人回去赶紧干正事，不要窝在屋里打麻将。袁哥被老婆的深谋远虑和行动力折服了，吹了一路的彩虹屁。

他们从西京坐火车，先到成都，带娃儿去看了熊猫，再回简阳，计划是把娃儿放在哥哥嫂嫂那里，两口子再转回成都去找臧大师。

结果袁有明的二哥袁有才一听，说你要找哪个？啥子大师不晓得，要是想找那个以前住我们前头老屋的齐大爷，那不用去成都了，他又回简阳了。

据说这位齐大爷吧，这一次好像下了决心，不把女儿劝回头誓不罢休，不但住下来了，顺便还干起了活路，这几天正在乡坝头给一家办白喜事的人家掌勺搞流水席。袁有才问弟弟要不要去看一下。

袁有明当场震惊了。西京那些有钱人嘴里的臧大师，简直神仙一样的人物，云中龙，风中虎，见首不见尾，大把达官贵人哭着喊着都吃不到他弄的一顿饭，怎么会沦落到乡坝头给人家做流水席？

简阳是十八线小城市，县城外还有乡下，山高水长十分偏远。乡民们红白喜事、过生日没有去馆子的，都在自家门口的坝上摆流水席。所谓的坝，就是一块大平地，饭桌露天，厨房也露天，场面大的要连续摆几天，四里八乡请了没请的过来都是客，上席吃就行。

操办这种席面的大厨同样很需要技术，但跟高级餐厅里的技术不是一个概念。手势要大操大办，执锅铲如大刀，下调料配菜如埋仇雠，三伏、三九、雨雪暴晒都不在话下，对体能和经验的要求远远高过对味道的把控。

要是给泰格知道，他一定会说，从理论上来讲，家传专做私房菜的臧大师但凡名字跟流水席三个字连在一起，都算大大的亵渎。

袁哥抱着半信半疑的态度赶到乡坝头，一看泥炉土灶前那一位，中等个子，光着膀子，裤衩垮垮的，趿拉一双塑料拖鞋，精瘦脊背上汗如雨下，头上包块白布，脸上褶子一层层的，手臂倒是健壮有力，正拿一把巨大锅铲爆炒回锅肉。不是别人，正是他一日为师的齐大爷。

袁哥远远看着他往锅里没命地下盐巴味精海椒，悄悄对方姐说："我觉得咱们的事儿有戏。"

方姐点头如捣蒜："他流水席都愿意整，开馆子指定有戏。"

逮着午饭后短暂的休息时间，他们上去找到老头儿，短平快把事情一说，人哈哈大笑："还在说这回事啊，老子不是什么大师，就是个糟老头子。老子姓了个倒霉的姓，三天两头有人找错人，烦求得很。"

袁哥就蒙了，居然能搞错？

来了就是客，臧大师按住他们吃席，大锅炒出来的回锅肉确实别有一番风味，吃完回去想了半天，不知道该相信泰格哥还是相信齐大爷。最后长叹一口气，袁哥想明白了，既然齐大爷不想开馆子，甚至不想向人承认自己是臧系的后代，那就勉强不来。

这个世上有些人就是视金钱如粪土，把人生当游乐场，因此最是难搞，别人根本拿不住他对什么有兴趣，就更不可能借此吸引他，他就没有那个可以拿捏的把手。

袁哥正和方姐说自己的想法，盛可以就打电话过来了。

袁哥把前因后果说了一遍，心态很乐观："强扭的瓜不甜嘛，说了几次了不行那就算求了嘛，你那个泰格朋友找你了哇？他刚也找了我，我没说啥子，过几天我们就回来了，我明天再找齐大爷问一次，不行就算了，我把那个啥子合作协议退给你们朋友。"

盛可以安慰他："他们非要用什么臧大师的名号，那就不理他们了，咱自己开一个。"

袁哥打哈哈，一听就是没往心里去，作为一个现实主义者，好事情不发生之前他都选择不相信："对嘛对嘛。"

他们又闲扯了几句，袁哥把电话挂了，听到二哥在门口喊："有明，齐妹儿找你。"

他们回家来就住在袁有明的二哥家，自建房二层楼，前面有个小院子，邻居们都是住类似的屋子。袁家的屋，建是爹妈建的，袁二哥留在简阳主力照顾二老，自然房子也就过给他了。红砖楼，敞亮开阳，地方大、房间多，亲戚时常流水一样来，有的一住就是十几天，管吃管喝，住得差不多拍拍屁股走了，在城市里简直不可想象。

他说的齐妹儿就是臧大师非要认的那个女儿，跟袁家当了十几年邻居，两家两代一直关系很好。这个妹儿长得顺溜身材，高高挑挑的，长眉细眼瓜子脸，年轻的时候也是简阳一枝花。人到中年生了孩子，操持家务每天陀螺一样地转，面相憔悴许多，皮色也黑了黄了，不复青春。

她这下进来，直言不讳就问："有明哥，你跟那个老不死的说要找他开餐馆哇？"果然乡下消息传得飞快。

袁哥愣了一阵子才明白过来齐妹儿说的老不死是臧大师，而不是她现在家里的继父，这可真是亲疏分明。

齐妹儿出了名的孝顺，虽然家里老头子是后来爸，父女关系却好得很。前几年老头儿中了风半瘫痪了，进进出出、里里外外都是齐妹儿照顾，尽心尽力，再麻烦也不高声说话。邻里都说齐老头好人有好报，当时非要跟一个拖油瓶的女的结婚，被家里骂得脑壳发木都从不后悔，现在终于有补偿了。

袁哥就问："齐妹儿，你问这个干啥？"

齐妹儿穿着藏青色的绵绸裙，宽宽松松的长到膝盖，菜市场三十五块一条，她进出都穿这些。此刻，裙子往屁股下头一包，椅子上一坐，她抿起嘴来鼻孔里叹气，说："你先说是不是嘛？"

袁哥抓脑壳："有是有那么一回事，未必搞得成。"

"为啥子？"

"你们老汉，嗨，齐大爷，他不愿意得嘛，说我们认错了人了。"

齐妹儿眼角有皱纹了，五官轮廓没走样，细看还是清秀得很，听到这句话白眼差点儿翻到了天上，忍不住做了一个怪相："你信他个邪，他就是当厨子的，祖祖辈辈都是厨子。我妈跟我说的，老辈子还是大厨子，在那些当大官的屋头做事，人丁不旺，到他这一辈就剩他一个了。"

袁哥一拍大腿，这就对了嘛！一边忍不住佩服西京的泰格哥，凭几个凉菜就能识别出一个快要灭绝的流派，这不是一般的吃货啊！

他还是没搞清楚齐妹儿来找自己的原因："然后呢？你不是认都不认他咩？做啥子关心他开不开餐馆？"

饶是这么熟的邻里邻居，齐妹儿听到问话还是脸上一红，扭捏着好一阵子没出声。方姐在旁边听着，女人心细，她又格外体谅人，倒是咂摸出一点味儿来了："齐妹儿，你是不是有点啥子想法？"她问得委婉，意思却很明白，"我们也不是外人，你跟我们说清楚些嘛。"

齐妹子站起来把门关了，一咬牙一跺脚："要是这个餐厅开得起来，赚得到钱不？"

方姐不准备被她牵着鼻子走，耐着性子说："你先莫管赚不赚钱，你先说你想干啥子？"

齐妹儿叹了口气，腰塌下去了，疲态毕现："屋头搞不起走了，没得钱，老的老，病的病，我们老公在外头打工也是一年比一年难。"她望向袁哥，眼里燃烧着希望的火焰。

"老不死要是搞餐厅能赚钱，我就原谅他了，算他将功赎罪。不然的话我一个女人家，实在不好弄。"

"不好弄"三个字，轻描淡写，背后却是一家的生计，绵绵长长挣不断的为难。

方姐太明白这种不好弄的心情了，当家开门七件事，柴米油盐酱醋茶，娃儿读书老人看病，流水一般花钱。收入却跟种树一样，不管做什么，从有苗苗到结果子，旷日持久不说，还不知道中间会不会一个雷打下来，前功尽弃，颗粒无收。

她走到齐妹儿身边，挨着坐下拉住女人的手，声音里满是同情："晓得，晓得，就是你老汉儿挣了钱，给不给你呢？"

齐妹儿点头："给是要给的，他一辈子荒唐，耍起过的，一点儿钱都没存下来。他晓得我要用钱，这半年到处给别个整红白喜事流水席，攒到一千两千就给我。"

袁哥问："那你收了没得？"

齐妹儿真资格是个好人，好人的意思是自己背着重担的时候，还忍不住帮旁人捡掉落的柴火。

正如此刻，她深深长长地长叹一声："收不得，他也是个老东西了，个人不存点儿钱，吃啥子嘛用啥子嘛，给我我也不要。"

她垂下眼睛，捶自己的膝盖，被生活拖累得筋骨都酸了的人，不知道什么地方不舒服，只好到处捶打："开个餐厅搞得起走就不一样了，肯定能多点钱，那我就连他一起伺候了，多一个不多。"说起来难免动容，"他也老了。"

袁哥跟着一起叹气，方姐在旁边想了想，忽然眼睛一亮："齐妹儿，你真心想你老汉儿开这个馆子哇？"

"那是。"

"那我跟你说，有个办法。"

这个办法说简单也简单，袁哥和方姐不出头了，齐妹儿变成了主力军，臧老头那边流水席办完一回到自己家，她就打上门了。

话既然说破了，那就说得清清楚楚，齐妹儿给老头子划下了道，要么就去找袁哥，把馆子开起来，股份归齐妹儿，她负责为老头子养老送终，过去的事不提了；要么就一刀两断，谁都不要拖累谁，假惺惺耗着没得意思。

臧大师寻女儿寻了这么些年，一直得不到原谅，内心说不凄惶是假的，这一下被拿捏得像团软酥肉似的，考虑了两秒钟马上投降，"好好好"起码说了十八次。

他躁眉耷眼跟着女儿去找袁哥，态度一百八十度大转弯，热情主动得很，生怕别个又不干了。这事儿峰回路转的，居然梦幻一般有了眉目。

袁哥两口子喜出望外，马不停蹄给泰格哥回电话。泰格哥也喜出望外，脑壳都要笑掉了，万万没想到去盛家吃顿饭给自己整回来个世外高人，马上指挥自家律师发了协议书授权书过去。

袁哥留了个心眼，没自己作主，找盛可以帮忙过目。盛世集团的法务团队严阵以待截和，文书拿过去一看，大怒："坑老实人是不是？休想！"连夜开会修改协议授权书条款，挖地三尺，寸土不让。

最后变成所有人撇在一边，两边律师大战三百回合，合作协议、授权协议，前前后后改了七八次，最后总算在盛可以认为袁哥他们没吃亏的前提下拟定了。袁哥拿到了臧大师签好名字按了指印的授权书，终于可以高高兴兴启程回西京了。

方姐一买好车票就给乔希年打电话："妹妹，先前看的房子应该空出来了，你去收拾一哈，搞搞卫生，大部队回来好住进去。"

乔希年当然满口答应，盛可以把电话抢了道："我叫公司行政去帮你们都收拾好了，该买的也都买了。你们到站之后，司机会在外面接你们，先送到我这里吃饭，然后帮你们把行李拉过去。晚上你们就直接可以在新房子住了。"

袁哥很感动，觉得没白给二爷煮面，乔希年就很诧异："二哥，你什么时候安排的这些事？我都不知道。"

盛可以一本正经地说："不是说好了你主外我主内吗？这些事就属于内。"

乔希年一脸不相信，盛可以咳嗽了两声，说："其实是公司的行政比较能干，我就是交代了他们一声，功劳很小。"

乔希年由衷地说："起码你记得交代啊。"

盛可以说："那是啊，自己人的事，怎么会不记得。"

过了几天，袁哥他们回来了，司机把他们接到盛可以的公寓，一进门，袁哥睁大了眼睛。

他震惊是有原因的，首先这个房子太漂亮了，高级、奢华、土豪！

其次，他左右一看，乔希年在沙发上坐着，面前放着电脑，左右堆着资料夹，正在埋头不知道写什么，盛可以呢，就在厨房热火朝天做饭。

他们一进去，乔希年一下跳起来和乐乐抱在一起，高兴得眼睛眯成了缝。琪琪也冲上来，给乔希年看自己和乐乐在火车上买的激光玩具。老板娘忙着把自己身上背的手里提的小件行李一件一件放在合适的地方，而袁哥就站在厨房外不肯动。

他困惑，甚至是惊恐地问盛可以："你在干吗？"

盛可以系着围裙捏着锅铲，理直气壮地说："我在给你们做饭。"

袁哥转身看看乔希年，问："为什么是你做饭？"

盛可以说："因为乔希年有工作要忙。"

袁哥沉默了一下，说："啥工作？"

盛可以说："我的工作。"

袁哥嘀咕："这都什么跟什么？"

盛可以没注意到他的迷惑，兴致勃勃夹起炖锅里一块黑乎乎的东西，举到袁哥面前："要不要试试我做的红烧肉？"

那个锅是法国进口的珐琅锅，红色，圆罐圆盖，弧线流畅，美貌绝伦。

肉嘛，就远不是那么一码事了。

袁哥往后躲了一下，不敢直视，喃喃自语："这是啥子红烧肉，杀人用的吗？"

盛可以坚持："袁哥你试试嘛，我觉得味道很不错。"

袁哥默默上去把他的锅铲缴械，围裙扒了，一把把人推了出去："滚蛋滚蛋，我来弄。"

在厨艺这个领域，面对袁哥，盛可以完全没有自尊心，连象征性的抗拒都没有，他兴高采烈撂了摊子，擦着手出去了。

乐乐看到他，马上挣脱了乔希年的怀抱跑过来，手里举着一个做工不怎么样的魔方："盛叔叔，你会不会玩这个？"盛可以一把把他抱起来："我会一点，你呢？"

乐乐点头："我也会。"

小手咔咔咔一阵扭，魔方八面纯色出来了，盛可以一点儿都不惊讶，天才会玩魔方，这不是标配嘛。他乐呵呵地说："乐乐真棒，叔叔给你买个十六面，不对，三十二面的！"

这顿饭他们折腾到八点才吃，两个孩子都在沙发上睡着了，四个大人还在聊天。盛可以一碗碗干饭，吃得那个香啊，袁哥一时间都拿不准到底是谁刚刚舟车劳顿，远道回来。

吃完饭他们张罗着去新房子，乔希年的东西一早收拾好了，一个袋子就能装的满。

下楼一看，盛可以的车只能坐六个人，方姐就让盛可以别送了，他们几个大人搞得定，他在自家待着就行，请司机拉他们一趟。

盛可以同意这个安排，还帮方姐拎着行李下了楼，乔希年走在最后，车子关门之前他就在挥手，挥了好多次。

而后他转身上了楼，打开公寓的一瞬间，盛可以意识到现在只有自己一个人了。

他转悠了一圈，屋子空空荡荡，没有半点儿响动，然而布满了记忆的回声，有气味，有模模糊糊的影像。这些栩栩如生的幻景，制造出海量的孤单。

盛可以提醒自己，你是个大人了，你一直都很习惯独自生活，只不过有人来借住几天，现在回去了而已，你要镇定。

他于是坐下来开始看书，看了几页不耐烦了就玩游戏，玩了几盘魂不守舍，输得底裤都不见。队友们特意开了语音问候他全家，二爷终于清醒了一点，赶紧退出来跑到夜生活群里找节目，一个一个不同的选择滑过去，花样繁多。

他想着，现在不过九点半，出去喝一杯正当时，要是喝酒的地方在方圆夜包子店附近的话，晚点儿出来他还能吃几个包子解解馋。

包子是一样的，只是……那家店里不会有乔希年，就像这间公寓里也没有她，书房没有，卧室没有，厨房没有，到处都没有。想到这一点，盛可以丧失了所有继续坐在这里熬时间的勇气，他在房间里转了一圈，找到自己想要的东西，而后几乎像是逃跑一般下到街边拦了个车，直奔乔希年他们的新住所。

袁哥他们新租的地方没在西京新城，那一带实在太贵了，倒是离第二家方圆夜包子店不远，坐地铁二十多分钟就可以到。

房子相当小，空间利用得很紧密。八十多平方米倒有三个房间两个洗手间，饭厅客厅一应俱全，全套白色家具落落大方。

上一任租户是一家公司的几个女员工，都是有素质的人，房子里外都保养得很干净。厨房洗手间亮堂堂的，该有的都有，跟盛可以的公寓相比当然有云泥之别，可已经是袁哥他们平生住过最好的房子了。

盛世的行政把前期工作做得很到位，清洁做好了，必要的东西买齐了，花市街的行李都搬了过来，整整齐齐摆在进门的地方，达到了住户拎包入住的服务水准。

方姐进去之后到处转，一个地方一个地方看，东摸摸西摸摸，脸上发光。袁哥跟在老婆屁股后头，看着看着不知怎么心一酸，发狠说："婆娘，老公一定为你好生赚钱，买个我们自己的房子，比这个还大，还好。"方姐转过来抱着袁哥的腰，软绵绵地说："要得。"乔希年刚好看到这一幕，眼睛一热，急忙扭头去收拾东西了。

主卧旁边那个小房间是儿童房，一张高低床，一张长书桌，刚刚好合适两个孩子一人一头看书做作业。前任房客还留下两个豆袋椅，一个蓝色一个鹅黄色，拼在一起很大，两个孩子在上面滚来滚去，乐不可支。

突然来到一个新环境，乐乐和琪琪都兴奋得不肯睡觉，在房间里把自己的玩具书本搬来搬去，上下铺说悄悄话，谁睡上面谁睡下面调换了好几次，最后干脆一起挤到了上铺，四条胖嘟嘟的腿儿都搭在栏杆上，就这么歪着睡过去了。

老板娘和乔希年十点进去看见这场面，又好气又好笑，赶紧把乐乐抱下来放下铺，给他们盖好被子关了灯，又把家居必要的一些东西拿出来放好。一直忙到十一点多，乔希年才回自己房间。

她的房间是整个公寓最小的，跟之前花市街二楼比又宽敞太多了。何况她东西不多，把乐乐的衣服玩具都拿去儿童房之后，乔希年所有东西就全都放在了一个大塑料箱里，有限的几件衣服，床上用品和日用品。

她铺好床,套好棉被,把一个枕头装上枕套,整整齐齐摆在床的中央。这些都是她自己买的,很朴素,她喜欢纯色纯棉,颜色越淡越好,盛可以住的公寓里一切东西也都是浅色的。

乔希年想到这里,难免回忆起上两周的生活点滴,脑海里浮现最多,她最怀念的,全不是酒店舒适豪华的环境,无微不至的五星级服务,而是她常坐的那间书房,以及每次盛可以进来看到她在工作时的神情。

他进来之后,总是悄悄站在那里等着,等她有所反应,而不是直接打断她。

每次她恍然回神,意识到盛可以就在身边的时候,都能从他脸上看到笃定、满足、愉快等种种神情,以及令乔希年甚至不敢相信的,还有一点点的崇拜。

他看着她的眼里总是有光,她从他的凝视里看见了自己的价值。

这对三十二岁的乔希年来说,是生命中一件大事。

她将自己对盛可以的依恋仔细地埋藏起来,开始整理衣服,一件件从塑料箱子里拿出来,该叠的叠,该挂的挂。大部分衣服都是旧的,有的甚至还有破洞。例外的是盛可以带她去买的那些衣服,盛家家宴前买的几件,去赌场玩那段时间也买了好几件,质地非常好,混在其他衣服中如珍珠在泥,格外显眼。

乔希年拎起自己最喜欢的那条红色裙子放在膝盖上,掌心在裙身上不自觉地轻轻摩擦。这时手机忽然响了,是盛可以打来的。

她手忙脚乱接起电话,很惊讶:"二哥?"

盛可以压低声音:"希年,你下来一下吧,我在你们新公寓的楼下。"

"为什么不上来?"她打开门张望客厅,虽说刚搬进来,可也算不上乱。盛可以是自己人,方圆包子店二楼都去过,何至于见外。

盛可以罕见地流露出了几分赧然:"呃,袁哥他们才回来,肯定累了,我一上来又鸡飞狗跳的。"

他咽了口口水,有点紧张似的:"你忘带东西了,我给你拿来了,你下来吧。"

乔希年抓了一件长T恤套在家居服外面,下了楼。果然盛可以在单元门外站着,今晚天气很好,溶溶月色照着他挺拔身影,玉树临风,叫乔希年看了心里一跳。

她抱着手走过去:"二哥,我忘什么了?"

她下来的时候很认真地在脑子里盘点过了,自己待过的地方,触碰使用过的东西,收拾时写的清单,丁是丁卯是卯都很清楚,实在想不起来还落下了什么,"丢三落四"对乔希年来说是个很陌生的词汇。

盛可以转过身来,露出笑容,人们看到自己喜欢的人时,自然而然会有这样的笑容。世界冰凉而斯人温暖,因此一靠近就会心情愉快。

上一个小时在公寓孤零零待着时那种无依无靠的感觉瞬间就淡了,他举起一个小东西:"喏,这个。"

一根新牙刷,包装都没拆。

乔希年两个礼拜前搬进盛可以公寓的时候，他在楼下便利店给她买的。

无端端走进一家便利店，买了个牙刷带回去，甚至都没有跟乔希年说，一声不吭地放在了主卧的洗手间，和自己的牙刷并列着。

现在成了他过来找乔希年的由头。

乔希年笑起来，接过那根牙刷，掂了掂，说："谢谢二哥。"而后指出，"我有牙刷呀。"

盛可以点点头："我知道，我看见你收拾了。"

他为自己的行为找了一个完美的借口："我就是怕吧，万一呢，你到新的地方，想用新牙刷什么的。"

他往乔希年的方向走了两步，两人几乎贴在一起，乔希年握紧了那根牙刷，没有往后退，而是轻轻抬起头来看着盛可以。

他漆黑的眼睛，长长的眉毛，他温柔抿紧的嘴，听她说话或望着她时，眉宇间会微微皱起来，百分之百投入的神态。

乔希年感到眩晕，她轻轻眨了两下眼睛，眼睛闭上的时候，她感觉到盛可以的手指轻轻抚摸过自己的耳轮。那一点接触稍纵即逝，寂静无声，却带来脑中如惊雷一般的震动。

无论多迟钝的人，此刻都应当听得见盛可以无言之中的千言万语。

可是乔希年却低下了头。

她突兀地往后退去，急促地说："二哥，谢谢你，那、那我上去了。"

盛可以僵在原地，一瞬间之后便向她挥手："好的好的，你早点休息啊。"声音比平时更尖，仿佛故意用活泼的语气拼命掩饰自己的失落。

乔希年望着自己脚尖，低声答应，正要转身，盛可以又说："希年，我问你一个问题。"

惊慌之感宛如电流，从乔希年的太阳穴一直窜到了脚后跟，她嘴唇发干，颤抖着问："什么？"

结果是一个很严肃的问题，尽管此刻问来有点奇怪。

"如果有得选的话，你这辈子最想做的事情是什么？"

这实在出乎意料，不过乔希年是有答案的，而且这个答案最近几个星期越发清晰了。她很快，很笃定地说："我这段时间帮你做的事，就是我最愿意做的事。"

盛可以喜欢这个回答。

他向乔希年微微俯身过来，距离刚刚好，不至于令她局促，她又能看到他脸上的认真和热切。

"如果有机会，我们能一起工作，做你最擅长，也最喜欢的事，你不要再推辞了好不好？"

乔希年的心怦怦狂跳起来，她迎上了盛可以炽热的眼神，终于清楚地说："好。"

等待着，等待着，时间像水一样流过去了。

等待着等待着，方圆夜包子的店铺越来越多了，虽然还在前期投入阶段，可是前景很好，人人都知道有个专门开在夜生活区的包子火了。

等待着等待着，方圆川菜馆落成了，门脸儿装修得非常高级，进门就能看到一幅巨大的藏字草书挂在墙上。旁边有美术馆展品用的原木铭牌写了备注，把藏家的来龙去脉说成传奇，精彩纷呈，看得人心驰神往，食指大动，恨不得赶紧上桌体验一把前朝达官贵人的口味。

要说泰格哥的人脉不是盖的，盛可以豪门少爷的光环加持威力也远超常人想象。试营业第一天，西京有头有脸的玩咖全来了，根本不需要任何什么KOL（达人）造势，马上社交媒体大爆，世上哪有比爱吃爱玩的有钱人更有用的意见领袖？

泰格哥专门派了一个公关经理带着老板娘迎来送往，没多久方姐就能独当一面了。她在这方面很有天赋，看到所谓公关的核心——管它来的是谁，热情周到给够面子，加一点儿任人想象的另眼相待，贵客们自然高兴。至于卖的是二百九十八块一份的香菜捞毛肚还是两块钱一个的肉包，本质上并无不同。

作为方圆的一分子，乔希年自然跟着大家忙。不过，包子店既然开始连锁化，财务控制就有专人来做，川菜馆子这边，投资方也派了团队来掌管中后台运营，她只代表老板他们参与监管和查验。从一开始的全面参与大事小事一把抓，乔希年渐渐又回到了协助支持的角色位置上，甚至干脆又在川菜馆前台结起账来了。

和花市街大排档相比，高级餐厅的环境自然是天上地下，她自己没有发过半句牢骚，可是老板娘看着却不是滋味，见到盛可以来吃饭就私下拉他嘀咕："哎，你不是说要请乔希年去你们公司做事咩，不是都培训了咩？怎么没个动静呢。"

盛可以内心比她更着急，被问到脸上还要装样，说："我们公司大，流程多嘛，而且，也不是我说了算呀。"

经过包子店连锁，经过川菜馆开张，方姐对盛可以已经刮目相看了。她从没在大公司上过班，一直没搞清楚盛可以具体什么身份，但他明显是个大老板啊，不然怎么可能说开连锁就连锁，说开馆子就开馆子。

既然如此，方姐认为这种话就是推脱："你上点儿心吧盛总，你看看我们家乔希年，在这里坐着结账，浪不浪费？"

盛可以苦笑，心想姐姐啊，连你都知道浪费，难道我不清楚？

他不敢明着催盛天骄成立私募基金的事儿，于是曲线救国，没事就往盛世总部跑。以前有会议通知他去参加他都装瞎，邮件都不看，现在哪怕是跟他没半毛钱关系的会，只要盛董出席他就出席，专注于在哥哥面前刷存在感。尤其是那些和投资有关的会，二爷简直一屁股的劲，讨论项目的时候他还抢着发言，说得有根有据，条条在理，细致入微，高瞻远瞩，一听就是行家里手，回回都震惊参会者全家。

原因无他，他背后有乔希年这个强大的黑手，助他有备而来，自然效果卓著。

绝对没有人想得到，方圆川菜馆的前台收银员在桌子下面一溜儿放了三个电脑屏幕，看的都是进出几个亿，十几个亿甚至几十个亿的盘子。什么叫大隐隐于市，这才是真资格的大隐隐于市。

无论公司怎么想，盛可以下定决心要让乔希年做她擅长和喜欢的事，以此去博取更大的未来——他们共同的未来。

这么努力奋斗了好几个月，守得云开见月明，盛天骄终于单独找他了。

盛可以接到电话满心欢喜，心想这必然是基金的事儿有戏了啊，当即兴冲冲过去，结果一看到盛天骄的脸色就觉得有点不对。

"哥，你找我？"他忐忑地问，在盛天骄办公桌旁边站着，像个等待考试结果公布的小学生，而且还是平时比较学渣那种。

盛天骄皱着眉头，从办公桌后面绕出来，示意盛可以坐到会客区。

他一如既往开门见山："私募基金的事，我知道你一直都很关心，现在遇到了一点问题。"

盛可以心一沉："什么问题？"

盛天骄不看他，舒展开坐姿，拉伸了一下身体，这些多余的动作仿佛在掩盖什么。

"投资协议有股东不愿意签字，比较棘手，我还在跟对方谈。跟你说一声是怕你着急，毕竟这事儿说起来已经有一段时间了。"

盛可以一脑门子官司，耿直地问："哪个股东？"言下之意是谁那么大的狗胆，居然跟大老板顶着干。

盛天骄摇摇头："不重要，任何一个股东不同意，这笔钱我也不能硬拿出来。"

他放缓了语气："老二，你多等几天，我有消息就跟你说。"

盛可以一口气闷在胸口，知道自己马上要耍小性子，孩子气发作了，还是没忍不住嘀咕："那你电话里通知我一声就好了，干吗非要我过来。"

盛天骄笑笑："现场有神灵，重要的事当然是当面说更合适，再说我也想跟你聊聊你最近的工作。"

他确实公平："你最近工作表现很不错，有目共睹，据说也不怎么出去玩了。"

盛可以没工夫为自己感到高兴。

他还是纠结股东不愿意签字的问题："哥，到底是哪个股东嘛？你要是方便，安排我带乔希年跟他聊聊。"

二爷为了乔希年，半点顾不上自己的面子："你不是说我最近工作有进步吗？都是乔希年帮我的，你见过她，你知道的，只要跟她说上话，我相信那个股东一定会改变自己的想法。让乔希年操盘一个私募基金，对公司、对股东、对她自己，都是好事，三赢。"

这句话引起了盛天骄的注意。

"老二，那你呢，你扮演的是什么角色？"

盛可以毫不犹豫。

"公司赢也是我赢，股东赢也是我赢，乔希年赢也是我赢，我不需要特别考虑自己。"

盛天骄没有想到自家兄弟会有这等觉悟和深情，一时间竟然说不出话来，干脆走到办公室一角的茶台旁，亲自泡茶，招呼盛可以："来，你坐下喝杯茶，跟我详细说说你的想法。"

盛可以常跟人喝茶，但他个人其实对茶没什么兴趣，他觉得这是老人家的习惯。不知道为什么，西京还好，上港和宁市是重灾区，几乎家家公司老板的办公室都有巨大的茶台，专业设备，各色茶储，极品明前大红袍老班章，一应俱全，好像坐着不喝上一杯工夫茶事儿就谈不下去似的。

他当然不敢直接在哥哥面前吐槽，老老实实坐过去，两兄弟喝着茶，聊聊工作，说说日常的事情，气氛倒也融洽。尤其是盛天骄，难得地说起自己一双儿女，都是十多岁，一个在美国读书，一个在英国读书，两个都不省心，很后悔不应该那么早送出去，现在覆水难收，鞭长莫及，简直不知如何是好。

盛可以这是第一次听到英明神武的哥哥自陈麻烦，他一感慨，盛天骄就皱眉头："胡扯，你就一直让我很头疼。"

结论就是："你们仨都差不多。"长兄如父，这句话是说得再明显不过了，盛可以端着杯子小口啜茶，没有回应，也没有顶嘴。

两兄弟相谈正欢，忽然盛天骄的秘书从外面一路小跑进来："盛董，抱歉打扰，邓总来了，正在电梯里。"

盛天骄一脸意外，盛可以的表情就格外复杂。

邓总世上千千万，能让盛天骄的秘书不顾老板在谈话直接冲进来的，只有一个。

盛天骄的亲娘，盛可以的后妈，协助盛老爷子打下偌大一片商业版图的那位邓总。

邓总全名邓艺如，名字婉约如小家碧玉，本人却凌厉如大开大合一把关公刀。亲近的人叫她邓姐，公司的人和生意伙伴都尊称一声邓总。她反正不喜欢被叫盛夫人盛太太，老盛发达后也是一样。

她父亲是小生意人，耳濡目染，邓总极精明，商业嗅觉十分敏锐。和盛楚生结婚之后，两人齐心协力，白手起家，对事业的热忱和投入不分伯仲，从没有放松的时候。

既然如此，邓总自然在公司里掌握了很大的话语权，有时候盛老板做了某个决策邓总不喜欢，她很有可能会下一分钟直接宣布推翻，活生生演绎"让你们看看谁是真主子"的戏码。

大概十年前，盛老爷子沉疴在床，盛天骄作为长子，辅佐父亲多年之后终于浮出水面，全面接管公司。盛楚生的股份按照他的安排，大部分也到了盛天骄的名下。

流水的盛总，铁打的老邓，大老板从老公变成了儿子，邓总仍和以前一样天天来上班，呼风唤雨，其独断程度甚至变本加厉起来。很多事明明盛天骄的想法是东，邓总一定要大家往西，当场跟儿子翻脸的场面不在少数，弄得公司高层个个惶恐，不知道到底谁在当家作主，又应该把宝押在谁的身上。

幸好盛天骄为人沉着，不动声色周旋，花了两三年时间将财务人事业务各个部门的核心都换成自己的人，再跟亲妈摊牌，把她的头衔从行政总裁直接调成了顾问，一切人事财务批复的权限一夜之间干脆利落就关了。

邓总气个半死，缓过劲儿来之后终于醒悟这是亲儿子，并且羽翼已丰。她毕竟老了，自己的时代无声无息之间已经过去，而且盛天骄的个性外柔内刚，不让拿捏就是不让拿捏，比当年的盛楚生要难对付得多。

她总算没有疯魔到和自己的亲儿子针锋相对，再不情不愿还是退下去了。尽管如此，她还是有股份有虚职，偶尔来一趟公司，盛世集团上上下下还是尊称她邓总，毕恭毕敬。此外在家里自然仍是说一不二，唯一跟她过不去的一直都只有盛可以。

这会儿他听说邓总上来，霍然起立，撒腿就要走人，被盛天骄叫住了："老二，你这么走，不合适吧。"

盛可以看到哥哥的表情，福至心灵，刹那间就明白了。

不在投资协议上签字的股东，正是邓总本人。

否则区区一两个亿的投资，怎么可能有人跟盛天骄对着干。

一股邪火从盛可以的脚底板直冲天灵盖，他脸色全变了，脱口而出："是她不签字对不对？"

盛天骄看着他的表情变化，十分无奈，每当他必须要夹在亲妈和弟弟之间，这种无奈感就避无可避。而他的神态变化和避而不答的事实，无形中已经验证了盛可以的猜测。

盛天骄没有徒劳地解释，没什么好解释的，他唯有苦口婆心地试图说服："老二，你想做成事，就不能意气用事。妈妈想和你聊聊你拿钱投资的想法，作为关键股东她的做法合情合理，你逃避是没用的。"

盛可以翻了个白眼："我跟她聊？她跟我聊吗？哪一回她跟我说话态度是合情合理的？"

盛天骄沉住气："我知道你们俩不对付，但是不对付就不沟通，这肯定不合适。抛开一家人的关系，你在这个世界上要应付的人多了，哪能个个都跟你那么对付？"他挥挥手，"总之，你等等看她要说什么，不耽误你什么事。"

盛可以很气："哥，你今天让我来，还叫我喝茶，这么闲情逸致，其实就是等着让老太婆来堵我的吧？"

盛天骄板起脸："别胡说，我没那么多闲工夫玩花样。"

他叹口气，语气又缓和了："妈妈在公司这么多年，眼线比你想象的更多，只能说你今天一来，她就收到了消息，如此而已。"

他一锤定音："坐着吧。"语气平静，内心却十分烦恼。

投一个小基金让盛可以和他名下的人去掌控，这事儿一开始运作，盛天骄就知道母上一定会反对。

他以为和往常一样，晓之以理，动之以情，就能够在一定程度上改变邓总的想法，结果他远远低估了老太太对这个外来子的警惕。

投资协议所有股东轮署完毕，最后来到邓总面前，她协议没看完就直接严词拒绝。盛天骄好说歹说半天，全是白费。

他想办法做老太太的工作，又尝试不少次让盛可以回家吃饭，参与家庭活动，希望能看到邓总和盛可以之间一点半点关系缓和的迹象。那时候趁热打铁，软硬兼施，说不定他就能说服两边把事情聊聊好。

结果一头是犟驴，另一头也是犟驴，难得见面要么互相当空气，要么干脆针锋相对。邓总善于嘲讽和辱骂，盛可以善于消极对抗，谁也不服谁，不要说坐下来谈正事了，搞不好一句家常话都能弄出在爆竹仓库里点火的效果。

盛天骄的威风在家里半点儿用都没有，对妈妈发脾气不合适，对盛可以发脾气更不行，这个弟弟难得最近着点儿调，一推不是要推更远？

幸好盛天骄的太太温和可人，偶尔盛利好也会在场，姑嫂两人一唱一和勉强还能把场面混过去，否则家里吃饭的气氛跟上刑一样，让人周身不适。

这么僵持了一段时间，盛天骄一筹莫展，这边邓总不松口，那边盛可以催得急。

现在狭路相逢，盛天骄一想，索性就把事情挑明了也好。

他不准盛可以走，当弟弟的自然不敢真的硬走，可是想到即将要和来人面对面，盛可以平静的心情马上烟消云散。他僵硬地坐在沙发上，无数根本不愿意去想的往事一幕幕闪现，历历在目。

用"不对付"这三个字来形容盛可以跟继母的关系，盛天骄已经算是十分含蓄了。

盛可以十四岁的时候才到盛家来，他来是因为亲妈没了，无依无靠，走投无路。

来西京之前，他和母亲一起住在偏远的山西十八线小县城钱谷镇，镇上最有钱的人家里存款都没有超过五位数。

越是这样的地方，人们越是秉持着愚昧的观念，盛可以从小就知道，自己是所有人口中的"没爹的野种"，为这个称呼，他不知道打过多少架。

盛可以小时候很瘦，身体没优势，大部分时候都打不过。然而他不虚打架，每次都是主动进攻，不依不饶，穷追猛打，头破血流遍体鳞伤仍然无所畏惧，直到大人冲过来拉架为止。

他不在乎自己是不是个野种，但这个词中包含了对母亲的羞辱，唯独对此他无法释怀。

书上说"守得云开见月明"，流行歌曲里说"不经历风雨怎么见彩虹"，这些最后都被证明是谎言，起码对盛可以的妈妈来说是彻头彻尾的谎言。无论她守候得多么虔诚，等了多久，最后等到的都只有疾病和绝望。

他一辈子都记得母亲是如何孤独度过生命最后几年的，如何不错眼地看着病房的门，坚持将电话铃声调到最大，生怕错过自己日思夜想的电话。她的要求很低，只不过是希望盛可以的父亲来看自己一眼，甚至电话里说上几句亲近的话，可惜最终也没有等到。

盛可以独自送母亲上了山，下葬的时候流干了眼泪，昏睡在新坟前，直到东方既白。

他怨恨父亲，很久之后他从各种渠道，得到许多零零碎碎的信息，真真假假凑起来，足以还原当时场景：为了阻止男人去看望重病的前妻，盛天骄和盛利好的母亲，也就是人人敬畏的邓总，除了一哭二闹三上吊，还带了一把刀在手边，日日夜夜不离身，上班开会吃饭睡觉都如此，且撂下了狠话——男人敢去探病，她就敢先杀了两个孩子再自杀。

这个女人有能力帮老盛拼事业从零拼到亿万，有狠劲怀着身孕还一天工作十六个小时，人人都猜想她自然也有说到做到的霸气，而老盛甚都不用猜，他知道结果。

老头子没敢挑战新妻的底线，却又在前妻死后良心发现，葬礼后一个月，他出现在盛可以独居的小院门口，带走了盛可以，带进了西京自己和邓总的家。这个决定给他带来了将近二十年的后院起火，从此家无宁日。

这一切盛可以都知道，都看在眼里，对老头子没有半点同情，老盛死的时候他全程冷冰冰，在葬礼上戴着墨镜不动声色，邓总哭得死去活来，盛可以眼前浮现的全是自己母亲的身影。

他恨父亲，也恨后妈，就像所有那些不幸的，被抛弃的孩子一样，恨意和血肉融合在了一起，根本无法剥离。盛家每个人都知道这一点，甚至也都理解这一点，所以盛天骄从来不强迫盛可以回家过年过节团聚，最多两兄弟提前一起吃个饭就算他的意思到了。

遇到乔希年之后，盛可以逢年过节很多时候都在包子店待着，也许对他来说，因为老板两口子的存在，因为乔希年的存在，那一处简陋之极的城中村自建房反而更像家。

邓总的高跟鞋声音在外面地板上"咔嗒、咔嗒"响，来者不善，护士和司机都留在门外，她大步跨进来随手一摔门，"砰"一声，里里外外的人都噤若寒蝉。

邓艺如六十七岁，每天一小时的锻炼加天价科技美容手段，让她的脸和外观维持着一种奇异的年轻感。身段纤细、头发乌黑、皮肤光滑，所有皱纹都被肉毒杆菌消弭于无形，眼角被手术刀开出了美丽的弧形。

然而岁月带来的衰败仍无处不在，她的模样就像盐碱地上覆盖着的草皮，鲜嫩、蓬勃、活生生的，只是没有根，需要定期置换。

她老了。

丈夫死后，她很少出去应酬，对夫妻男女之爱的需求似乎也跟着被埋葬了。对邓总来说，费尽心力整饬皮囊并非对风月仍有幻想，而是一种不服输的标志。

她对谁都不服输，无论是活着的，还是死去的。

是有形的人，还是无形的岁月。

现在邓总站在那里，穿着简洁的直筒白裤子和黑色丝质衬衣，戴着价值七位数的长流苏翡翠耳环，像下一场要去哪里参加派对。她冰冷的眼神落在前来迎接的盛天骄身上，再落到坐着不理睬的盛可以身上，两个男人都没有说话。

她淡然开口："开门见山吧，这儿就你们和我，废话就不多说了。你是不是要给他两个亿，让他自己操盘投二级市场？"

盛天骄点点头，没多说什么，他没对盛可以说谎，他是真不知道亲妈怎么会今天杀上来把盛可以堵个正着，一时间也不知道邓总葫芦里卖的什么药。

邓总微微叹口气，脸上露出了非常明显的失望表情，尖刻地说："你们男人就是这样，个个都是养不熟的狼，无论为你们做了什么，对你们多好，到了关键时候，都是胳膊肘往外拐。"

盛天骄皱了皱眉头，看了一眼盛可以，他不介意亲妈对自己开火，如果骂自己两句能让她对盛可以态度好一点，或者让盛可以舒服一点，那多骂几句无妨。

如果说邓总对盛天骄还只是失望，她转过去看盛可以的神色里就满满都是无可辩驳的厌恶。

她吃喝了一声："你，要拿两个亿，你凭什么？"

盛可以不说话，眼睛看着旁边。

从他十四岁进盛家门就是这样，谁为了任何事骂他，他都不理，眼睛看旁边，死猪不怕开水烫。这个姿态也是提前告知骂的人，他绝对不会接受训诫，也不会改变自己。

唯独从来没有真正骂过他，而是一直在教他的盛天骄，能得到他有意义的回应。

邓总最恨他这种消极反抗的姿态，今天也是一样，她脸色渐渐铁青。但和平常不一样的是，她没有暴跳如雷，而是迅速控制了自己的情绪，甚至语气还放缓了。

"这样吧，你要两个亿对吧？可以，我可以签字。"

两兄弟都吃了一惊。

基于他们对邓艺如女士的了解，这件事绝不可能如她说的那么一马平川轻描淡写，她后面一定跟着条件。

只是谁都没想到，她的条件如此苛刻。

"你跟我去公证，放弃你在盛家的继承权，拿着这两个亿给我滚蛋。以后不要告诉任何人你和我们盛家有关系。"

她黑白分明宛如秋水的眼里喷着火，半生的积怨正在内心蒸腾，声音尖锐刺耳，变得就像毒蛇嘶叫，每一句话都四溅硫酸，恨不得置面前的人于死地。

"你本来就是个野种，什么都不配有的玩意儿，盛楚生那个死鬼王八蛋非要把你带进门，坏了全家风水，难怪他早死，他早死活该。你想继承我跟老盛千辛万苦打下来的基业，你趁早别做梦，既然你要拿这两个亿，我给你，你拿上之后，马上滚蛋，我告诉你……"

邓总话没说完，盛天骄突然一声暴喝："妈，你太过分了！"

他平常八风不动，此刻脸却涨成了猪肝色，严厉地望着自己的母亲："老二是盛家的人，这是不争的事实。你这样说对谁都不公平，爸爸在的话，也不会愿意听到这些。"

邓总大怒，扭身抓起旁边桌子上的花瓶，扬手就对着儿子丢了过去，盛天骄无奈地一闪身，花瓶落在地上，碎成几片，她声嘶力竭骂起来："你给老娘闭嘴，你这个不孝子，白眼狼，什么时候轮得到你在我面前大呼小叫。"

这时候盛可以笑出了声。

这声笑，让邓艺如和盛天骄都愣住了。

盛可以缓缓站起来，拿起自己的包，清了清喉咙，走到邓艺如面前，居高临下地看着继母，悠闲地说："死老太婆，你别跟我玩这一手了，你想让我放弃老盛的继承权？门儿都没有。"

他还有心情掰手指："我想想啊，对，我是他的亲儿子，起码能分他三分之一的财产，我什么时候要，你就得什么时候给。你想用这种卑鄙的手段让我放弃继承权啊，别做梦了。"

邓艺如气得手都抖起来了，指着盛可以的鼻子，尖声怒斥："你这个不要脸的死野种。"

盛可以再次笑起来："是啊，我是个野种，可我就是姓盛啊，我就是能拿盛家的财产啊，略略略，你能对我怎么样？"

邓总挥手一个耳光打过去，盛可以似乎早有预料，一闪就躲开了。他背好包，哼着小曲儿，看都没再看继母一眼，就此扬长而去。他的背后传来邓总几乎失控的叫骂声，可是门开了再一关，也就什么都听不到了。

盛可以步态轻快地穿过哥哥办公室外的走廊，下了电梯，平常他会在写字楼门口上自己的车，今天却一直下了地下停车场。在电梯间通往停车场的拐角处，他停下步子，站在那里深深吸了一口气，而后一拳砸在墙上。

一拳，又一拳，手掌通红肿胀，皮肤破裂，鲜血涌出，沾在白色墙壁上，触目惊心。

四周极其寂静，空中回荡的，唯有一拳又一拳袭击的单调咚咚声。

盛可以从办公室离开两小时之后，盛天骄打电话来，他接了。

没听哥哥说什么，他劈头就一句："你不用劝我，你告诉老太婆，除非她找人砍死我，否则我绝对不会让她如愿的。"

他有一句话没说出来，跟盛天骄说不上，却如同雷鸣一般在脑海中回荡。这跟钱没关系，这跟荣华富贵没关系，这是我亲妈的愿望，这是她最后的希望，这是她付出一切换来的结果，谁也别想给她来个釜底抽薪，她死了也不行。

邓艺如有她的道理，有她的立场，盛可以不在乎，他是自己妈妈的儿子。

盛天骄没有为邓总解释的意思，更没有教训他，只是说："我知道了，我打电话是跟你说另外一件事。"

盛可以转不过弯来，还在怒气冲冲："什么事？"

盛天骄顿了一下，说："老二，注意你的语气。"

盛可以沉默了很久，想起哥哥做的一切，终于强迫自己冷静下来，平静地重复了一次："哥，你找我什么事？"

"钟家想要投资一个亿到你公司那边，条件是让妮娜进公司做执行合伙人，你觉得怎么样？"

这倒是件新鲜事，他问："妮娜？钟妮娜？哪个钟妮娜？"

"经常来家里，也经常跟你一起玩的那个钟妮娜。"

盛可以半天没反应过来。

他和钟妮娜当然很熟，酒搭子，狐朋狗友的核心人物，吃喝玩乐的长年合作伙伴。

钟妮娜跟盛天骄和邓总也很熟，她的父亲钟元吉是盛老爷子最重要的生意伙伴之一，双方事业上合作无间，有不少共同的投资，生活上也志趣相投，可以说有过命的交情。可惜钟元吉五十出头就车祸去世，钟太太紧急把儿子从国外招回来继承公司，连大学都没读完，那时候钟妮娜才十多岁。

她是小女儿，又长得格外美，父母对她宠爱非常。她从小就跟着家里人出来应酬，穿着公主裙在大人谈生意的地方走来走去，想要什么就有什么，走过的每一寸路都由赞美和奉承铺成，父亲去世后待遇甚至更好了，母亲溺爱，哥哥更是什么都不管。

盛可以对她的童年生活不了解，单看现在的做派也足够得出结论。这样一个含着金钥匙出生，以享乐为日常的女生，怎么突然要来做执行合伙人？

执行合伙人是要劳动的！要上班的！

盛可以流露了自己的心声，盛天骄就轻描淡写地回应："她妈妈来找我，说钟叔叔去世之后，小钟毕竟年轻，撑不起那么大的生意规模，她们陆续在变卖名下的一些产业，最近有大笔现金入账，阿姨帮妮娜管着她那部分。她的意思是妮娜这么大了，想让她做点正事，别的人她信不过，我们毕竟是知根知底的。"

钟太太想得很对，两家是世交，盛家有头有脸，投进来的钱能有多大收益不敢说，起码不至于被人骗。

他说："他们真金白银投钱，我觉得可以啊。"

盛天骄说："那就好，我来交代高总安排她入职。"

"行，好像我说不行有用似的，不过，她能干什么啊？"

"你不知道吗？娜娜专业和投资对口，金融管理，本科港大，硕士哥大，还是优秀毕业生。"

盛可以惊呆了："我真不知道。"

他晚上刚好有个酒局和钟妮娜一起，见到人就问："你妈投钱给我公司，要你来上班，这事儿你知道吧？"两人说着话往酒吧里面走。

钟妮娜穿着桃红色抹胸裙，腰是腰腿是腿的，一进酒吧门全场瞩目，比舞台上的跳舞女郎都更受人关注。她习惯了，挽着盛可以的手臂目不斜视，说："什么叫我妈投钱，是我要投的好吗？"

"你妈愿意啊？"

"怎么不愿意，比我拿钱养小狼狗好吧？毕竟是做事，还是跟你们家一起。"

看来大小姐还真的动过脑子。

盛可以接着问："你妈妈这么想我理解，那你呢，你图啥？"

钟妮娜眼睛都瞪大了，她上下眼线都涂得很浓，高光用得到位，显得鼻子挺翘，眼仁又黑又深，艳丽妖娆。

"我图啥？"

盛可以耸耸肩："对啊，你图啥？"

钟妮娜得天独厚，有钱有貌，喜欢包包喜欢车子喜欢珠宝首饰，想怎么买就怎么买，想怎么换就怎么换。他们认识那么多年，有时候连续一周天天见面，却从来没聊过彼此想做什么，人生有什么理想这一类的话题。

盛可以认为没什么好聊，他认识那么多富家小姐，家里有做医药的有做矿产的，有卖车的有卖商铺的，家里的发财之道各有不同，她们的人生却千篇一律：先穷凶极恶地玩，玩够了有一天看上哪个差不多的男人，风风光光结婚。嫁的人多半不会穷，就算穷，娘家也有足够的钱管她一辈子锦衣玉食，顺便把老公也扶起来。

钟妮娜就很气："你当我是个洋娃娃呗，胸大无脑就知道吃喝玩乐。"她拍了盛可以一把，"我想做事的。"

盛可以没往心里去："行吧，你是大小姐，你爱做什么做什么。"

钟妮娜得意地笑，露出脸颊上两个小小梨涡，把盛可以挽得更紧了："二哥，你要帮我。"

盛可以满口答应下来："帮帮帮，咱们谁跟谁。"

这时候他们已经到了包厢，孙贼冲上来给了盛可以一个熊抱："二哥！来走一个。"钟妮娜劈手抢过孙贼手里的酒杯闻了闻："怎么又喝洋酒啊，烦不烦。"

漫长的夜生活又一次拉开了序幕，沉浸其中的盛可以和妮娜有一句没一句地聊着天，没事儿喝个小交杯，期间还出去接了一个乐乐打过来的视频电话。小朋友把盛可以买给他的海洋生物科普书都看完了，睡前特意来给他上一节鲨鱼知识普及课，盛可以已经喝得有点晕了，蹲在酒吧外的路边，扶着脑袋听乐乐奶声奶气说话，不时听到乔希年在旁边补充一两个知识点，在这一点点时间里，他内心意外的平静和满足。

那时候他可万万没想到，钟妮娜是认真的，她真的想做事。

两个月后的一个周三。

盛可以像条咸鱼一样瘫在办公室里，现在是下午六点。他今天开了一天的会，每个会上都在发脾气，有时候嫌别人说得不清楚，有时候嫌别人说事情说得太清楚，总之身上所有的毛都是竖起来的，谁碰到了谁就会被扎个透心凉。

这种鬼见愁的状态已经持续很长一段时间了，根本原因就在于盛天骄之前答应的投资一直没下来。

一周前他又去了一次盛天骄的办公室，事情毫无转机，投资协议仍然卡着没过。邓艺如女士自从跟他当场撕破脸之后，选择了胶着战术，不冲突、不沟通、更不妥协，看谁能耗得过谁。

盛天骄试图让弟弟明白这件事和其他公司决策不一样，他不能以大股东和董事长的地位去强行解决，只能通过时间渐渐消解，可惜盛可以不怎么买账。

他深深觉得人和人是不一样的，有时候，你跟一个人血肉相连，甚至朝夕相处一辈子，仍然未必了解对方，更不喜欢对方。而有的人一出现，你就发自内心地认定这个是自己人，信得过，靠得住，杠杠的，比如说袁哥他们两口子，还有乔希年。

他们和盛家之间，财富名望势力隔着十万八千里，可是到了关键时候，比如说丧尸爆发，世界末日来临，人们必须要抱团取暖，团结一致求生存的节骨眼上，盛可以宁愿跟袁哥他们组队，也不想和盛家人和自己日常相处的那些狐朋狗友凑一起，谁知道他们什么时候会往你背后捅刀子抢你手里一块饼。

他有一次喝多了还跟袁哥这么说来着，结果袁哥一脸嗔怪："啥玩意儿？丧尸爆发？那我们抱团有什么用，要等政府啊！"

盛可以没想到还有这么大义凛然的选择，只好退而求其次："那……政府反应也需要时间是不是？在那之前，在那之前我愿意跟你们一块儿住。"

袁哥还是嫌弃他，而且是很实诚地嫌弃他："真到了那时候你可少吃点，外面有丧尸可能不太好买菜。"乔希年和方姐在旁边笑得拍大腿。

指针指向六点半，有人轻轻敲门，盛可以以为是安娜，道："你下班吧，我这里没事了。"

人家直接推门进来了，如此随意，只有钟妮娜。

她的头发盘成了素髻，化了干净利落的淡妆，眉目如画，清丽过人，身上穿一套定做的灰色职业装，简单的西装和长裤，里面搭了一件白色 V 领 T 恤，很朴素。

"二哥，下班了吧。"

盛可以懒洋洋地说："还没有，忙着呢。"

钟妮娜说："你不下班，人家安娜有自己生活的好嘛？我让她先走了啊。"她扭身喊了一句，"安娜，你先走吧。"

安娜很会做人，过来站在门口，问盛可以："盛总，您还有什么事吗？"

盛可以不想说话，挥挥手："拜拜。"

安娜嫣然一笑，拎起包包和外套，高跟鞋清脆的声音很快消失在了走廊的尽头。

盛可以问她："你来干吗？"

钟妮娜坐在他桌子一角，说："我上这么久班了，盛老板，你是不是应该跟我聊聊工作聊聊未来啊，对员工这么不上心的吗？"

盛可以哼了一声，说："我不想管你的未来，明天就辞职都行，我愿意给你一天一个月的补偿费。"

钟妮娜大笑："给什么补偿费啊，盛总，你格局小了。"

她看着盛可以，突然正经起来："说真的，我这两个月都在看公司之前的项目，有些地方想跟你探讨一下。"

盛可以摆摆手："我不想听。"

钟妮娜脸上的笑容彻底消失了："你不想听也要听。"

盛可以拗不过她，于是像忍耐宿醉一样把头放在了桌子上，闭目装死。钟妮娜不去管他，真的开始一个项目一个项目说自己的看法，行云流水，滔滔不绝。

她说的是不是有道理，盛可以完全不知道，因为他一句都没听进去，脑子里一直嗡嗡作响。过了好一阵子，他突然打断钟妮娜的话，说："娜娜，我问你一个问题。"

"啥？"

"你饿不饿？"

钟妮娜为之语塞，好半天才长叹口气："算了。"

她站起来开始自暴自弃："走吧，去吃饭吧，我一天都没怎么吃东西，要饿死了。"

盛可以总算高兴了一点："走。"

他们一起在附近一家日本餐厅吃了饭，吃饭的时候两个人共在的微信群里不断响起召唤，叫他们去哪里哪里喝酒。盛可以觉得去喝一杯无妨，钟妮娜却严词拒绝："不行，明天要上班，八点就要到，我回去睡觉了。"她干脆利落结账走人。

盛可以非常迷惘："什么八点就要到？我怎么不知道公司改了上班时间。"钟妮娜在司机的搀扶下上车，对他回头一笑："我改的。"

说起来盛可以确实误判了钟妮娜，她一到盛世投资，公司气象焕然一新。

起初说钟家大小姐要来的时候，大家都觉得这是又多了一个菩萨。坑嘛，是占了一个，人嘛，是在这里，事情嘛，是不干的，但什么好处都不能少他们一份，这还不叫菩萨？

结果钟小姐不是那么回事，她不愧科班出身，专业上很懂，进公司之前对盛世这些年涉足的领域和项目都下了一番功夫研究，上手上得飞快。难能可贵的是她既有自己的主见，又能听业务团队的意见，和她外表展示出来的骄横跋扈大相径庭。

翟晓敏向来眼高于顶，对这位钟小姐都啧啧称赞。没几个月，盛世投资俨然改天换地，有了一种前途无量，欣欣向荣之感。

与之形成鲜明对比的就是盛可以，他之前一段时间雄起了没多久，突然又颓了，而且颓得摧枯拉朽，一往无前。半途而废，就显得二爷格外不行，人们背后嚼起舌根子来的时候，总忘不了横竖对比一番。

不知道盛可以听到这些闲话没有，可能听不听到都无所谓，他每天照常来上班，高兴就去开一下会，不高兴就窝在办公室里打游戏。身边比较接近的人比如说安娜，都明显觉得他现在不高兴的时候比以前更多了。

每天六点，哪怕全公司都在加班，他照样拿起外套走人，十天里有八天去了隔壁的方圆川菜，有一天钟妮娜实在忍无可忍，把他给堵门口了："二哥，你去哪儿？"

盛可以知道她明知故问："下班了啊，我去吃饭。"

钟妮娜眉毛都挑起来了："你去哪里吃饭？"

"关你什么事啊，我想去哪里吃饭不行。"

钟妮娜把门一关，很大力，安娜在外面立刻站起来走出去，连外面套间的门都给关上了，和钟妮娜配合得天衣无缝。

"前几天肖老四跟我说，看见你在隔壁方圆川菜收银台帮人结账，朋友圈传疯了，古有卓文君当垆卖酒，今有盛二爷前台收银，怎么了呢？盛世投资 CEO 的位置给你待遇不够好？下班了还得找家餐馆打第二份工呗。"

她越说越气，越说越尖酸，纤细的手指就差没戳到盛可以鼻梁上了。他一点儿不生气，听钟妮娜一顿批完了，反问："就算是吧，我去帮人家收银了，关你什么事？"

钟妮娜怒目圆睁："我们是合伙人，你干什么当然关我的事。"

盛可以一摆头："合伙又不是结婚，你管我业余时间去干啥。"伸手把钟妮娜扒拉开，一溜烟就跑了，气得钟妮娜把他桌子上所有东西都推下了地。

他到了方圆川菜，门口已经有好几十桌在等位了。这家店从一开始随到随吃，到后来等位三小时起步，前后不过几个月的工夫。

这么顺风顺水下去，年底就能收回投资。泰格哥满怀信心，说到时候就要去其他大城市开店，每个地方开一家，把方圆做成高端川菜的标杆，投资啊团队招募啊都是小事，最主要的就是要辛苦袁哥携家带口去新的地方开疆辟土，毕竟新店没有大厨坐镇是行不通的。

袁哥听着人家给他描绘美好蓝图，高兴得合不拢嘴，更高兴的还不是为了自己，是为了在家乡的齐妹儿和齐大爷。这几个月下来拿到的钱，可以说解决了齐妹儿所有的人生问题，她发过来的照片上容光焕发，换了个新手机都知道开美颜了。

只有盛可以听了跳脚，说："不行不行，去什么外地，在这里多开几家会怎么样？你们走了我去哪里吃饭？"

大家都笑他，说盛总情商太高了，这恭维人的水平，简直出神入化。袁哥在旁边幽幽地说："啥子情商不情商哦，他是认真的，我们没在，他过节都不晓得去哪里。"一边说一边拍他，完全没把二爷当外人，"么得事，你跟我们一起去就行了。"好像他会真的没饭吃一样。

盛可以穿过等位的人走进去，乔希年已经在收银台后面坐着了，看到他来就笑："下班啦，今天好像晚了一点。"

盛可以熟门熟路跑进去，跟她坐在一起："是啊，临下班了有点事。"

乔希年"哦"了一声，没问什么事，这时早来的客人吃完过来结账，乔希年操作电脑，输入账单，打出小票，对方刷卡付钱，开了发票走人。前后都是系统操作，和包子店时代相比鸟枪换炮，是个人都能干，再也不需要乔希年心算了。

每次看到这个场景，盛可以就想起老板娘的那句话——是不是很浪费？

客人越来越多，盛可以知道自己坐在收银台有点碍事，再给熟人看到了发朋友圈确实也不好，扒起来跑到厨房后面小办公室去了，这是方姐和袁哥平常休息的地方。

今天方姐也在，正带着两个孩子吃饭做功课，看到他来了就笑："你还真的跟报道一样天天来啊？"顺势站起身，"来，你给乐乐讲讲功课，他的作业我都看不懂。"

盛可以过去一看：小学信息奥赛精选题，当即有点蒙："乐乐，你幼儿园什么班啦？"乐乐奶声奶气："大班。"琪琪在旁边举手："我也大班。"

盛可以把题目书拿起来翻了翻："你们大班教这个啊？"一看已经做了一大半了，字迹稚嫩，歪歪扭扭的，但解起题来一丝不苟，绝对不是在闹着玩。

他全身心震惊："这也太卷了吧！什么幼儿园啊？"

方姐插了一句："不是学校发的，他自己跟乔希年去书店买的，说上面的题看着很好玩。"

几十年的人生经验告诉盛可以，要识别一个人是不是聪明人很容易，只要看他是否喜欢做数学题就可以了。最聪明的那些简直能把数学题当饭吃，难题解出来的瞬间高潮迭起，比干啥都快乐。

他对乐乐肃然起敬："乐乐，你真的需要我教吗？"

乐乐咬着铅笔想了想，摇头："不用，我自己想得出来。"他把题目书扒拉回去，继续做，唰唰不带停的，十分凶残。

盛可以放心了，万一乐乐说要教而他根本不会，那可就丢人丢大发了。

他在里面待着，没一会儿袁哥从厨房出来，叫他："哎，你来了哇，吃饭了嘛？没吃的话我给你煮碗面。"

盛可以笑："袁哥，我看你忙成狗，给我煮什么面啊，赶紧干活去吧。"

袁哥摇头："我这边一忙起来，你有些日子没吃到家里饭了吧。我给你拌个夫妻肺片，捞点儿蹄花，你等着哈。"他噔噔跑回去了，一会儿又跑出来，端了个店里的托盘，上面端端正正一碗面，高汤鲜香，葱花翠绿，雪白脱骨的一整个蹄花窝在面上，旁边挤着一个完美无缺的煎鸡蛋。面碗旁边放了一碟泡菜，一碟夫妻肺片，许多种香气氤氲在一起，勾得盛可以的馋虫蠢蠢欲动。

方姐在旁边看他吃，跟看弟弟或者儿子一样，心满意足，忽然冷不丁问："你最近是不是有啥子心事，闷闷不乐的？"

盛可以的筷子悬到空中，又放下去，他很爱吃袁哥做的蹄花，明明是白炖的，却有着层次多变的口感，入口即化，唇齿留香。

他说："是有一点儿，方姐，这你都看出来了？"

方姐笑："啥子叫我都看出来了？我看不出来才奇怪吧，我几乎天天看到你，早就觉得你不太对咯。"

她拍拍盛可以："没得啥子事嘛？要不要我们帮你做点啥子？"

自打盛可以跟邓总撕破脸当场闹翻，已经好几个月了，他一次没回过大宅吃饭，盛天骄能不见也不见，狐朋狗友的各种局去得不少，白天上班除了钟妮娜，公司里那些也都是熟人。背后编他段子的，说他小话的，腹诽的，明贬的，阴阳怪气的，多了去了。

从来没有人当面来问他一句："盛可以，你好像心情不太好，没什么事吧？要不要我帮你做点什么？"

可能是他隐藏得太好了，也可能人们根本就不关心。

盛可以差一点儿就哭起来了。

他在蹄花汤的热气里忍住了眼泪，说："我有一个项目，本来想跟希年一起做的，结果公司没批准。"

盛可以努力地装作若无其事："我有点儿沮丧，也觉得有点儿对不起希年。"

说出这句话来，忽然心情就好了一点。

方姐"哎哟"了一声，看了看外面坐在收银台后的乔希年。

她想了想，说："你晓不晓得希年来我们花市街那个店的时候，是啥子样子？"

盛可以摇头，乔希年从来没讲过，他也没问过。

方姐看了一眼旁边在玩的两个娃娃，琪琪的注意力在动画片上，乐乐还在刷题，都没听他们说话，但她还是压低了声音。

"造孽得不得了，下大雨没的地方住，身上一点钱都没得了，烧到三十九度，晕倒在街上了。乐乐那么小一个奶娃，聪明惨了，晓得挨家挨户敲门求救，敲到我们店门口，我们幸好那天还没睡，袁哥出去把她背了回来，烧了三天昏迷不醒。袁哥每天把她背到街上诊所打点滴，啧啧，瘦得皮包骨。"

她叹口气，当时的场景犹在眼前，心有余悸。

盛可以第一次知道乔希年是这样来到西京花市街的，眼睛都瞪大了，震惊难言，好久才说："方姐，你们真是好人，希年幸好遇到了你们。"

方姐从鼻子里"喊"了一声："你还会抢台词耶？"

她指了指盛可以："你有功劳，晓得不？小乔也好，我们也好，幸好遇到了你，不然我们再对她好有啥子用？最多就是带她回简阳，下力干些粗笨活路，吃一口干饭。"

说到这里，她对外面努努嘴："你看她，你看我们娃娃，最起码，都平平安安的，无病无灾，包子店还开起公司来了，她也有一份，赚不赚钱不说，起码安下身来了嘛。"

盛可以没想到方姐会有这番话，他透过小办公室半开的门缝向外看，这个角度看不到乔希年，他眼前仍然栩栩如生地浮现出她的脸：眉毛的形状，嘴唇的颜色，下颌线的弧度，思考问题时突然严肃起来的神情。

主导运作一个私募基金，赚很多钱，走上人生巅峰，成为万千人崇拜的对象，这是人生境界的一百分。

流落在大雨的街头，头顶没有片瓦容身，孤儿寡母，危在旦夕，这是人生境界的零分。

二者之间，还有一到九十九那么多层次，进一寸有一寸的欢喜。

他忽地有些释然，由衷地说："方姐，你说得对，是我钻牛角尖。"

方姐抿嘴笑，抽了张纸巾给他："鼻子上有葱花。"

盛可以吃完这碗面，出去柜台前问乔希年："哎，一会儿打烊了，咱们俩去散散步好不？或者看个电影什么的。"

乔希年很震惊，货真价实地震惊，甚至看了看四周，好像自己旁边还有别人。

盛可以伸手弹了一下她的鼻子："问你呢。"

乔希年傻看着他，看了好一会儿，忽然嘴唇抿起来，笑得很甜："好啊，那你等我。"

餐厅十点打烊，老板娘把乐乐和琪琪带回家去，顺便跟轰鸭子一样把乔希年和盛可以轰走了，万事不用他们插手，赶紧滚蛋是正经。

他们沿着餐厅外的步道一路慢慢走，走到了西江沿河大道，清风徐来，无论什么季节，西京的江边永远令人心旷神怡，难怪这一带的房子寸土寸金。

他们瞎聊着天，工作、餐厅、老板和老板娘、乐乐的学习……一个人说个什么话题，另一个人就能接下去，没什么好说了，就安静一会儿，然后总会有人想说点别的。

唯独极其亲近的人，才有这样自然的相处气氛，只有深深喜欢彼此，才会觉得沉默和喧闹都带光明。

他们在步道上漫游，经过跳广场舞的大娘们，经过练滑板的少年们，经过唱着蓝莲花的流浪歌手，经过屏声静气夜钓的光头阿叔，烟火人生的点滴，都在这一串串司空见惯的风景里。

这样平和喜乐的心情，盛可以已经很久没有体会过了，就在他鼓起勇气，想跟乔希年倾诉近来遭遇时，她忽然说："二哥，你是不是有电话进来，你手机好像在包里振动。"

盛可以一想，下午开会确实是把手机调了振动的，一看果然有电话进来，他看到的时候刚好对方挂了。

钟妮娜打的，连续打了七个，每次都响足一分钟，简直丧心病狂。

以盛可以对钟妮娜的了解，她多半是喝多了，找他凑角喝下一场或者玩游戏。虽然这种情况在钟妮娜上班之后已经很久没出现了，但她故态复萌也不出奇。

他没想去管她，一面随手打开信息看了看。

这一下就把他的好心情立马给看没了，因为钟妮娜五分钟前发了一条信息给他，写着：二哥，救我，救我，快点来。此外还发了一个定位，是三点二公里之外的BB DOLL，盛可以和钟妮娜之前常去的一个夜店。

盛可以一头雾水，马上打回电话给钟妮娜，听到的却是"您拨打的电话已关机"，他难免慌张起来，告诉乔希年："我要去夜店找一下娜娜。"

乔希年愣住了，她的表情变化一闪即逝，盛可以还是看在了眼里，很显然，乔希年把"我要去找一下我好像出了什么事的朋友娜娜"理解成了"我要去和女朋友娜娜在一起"。

他马上说："你和我一起去吧，她找我找得有点急，我去看看她是不是出了什么事，确认没事了咱们就回来继续散步。"他伸手揉了揉乔希年的头发，没说出来的意思是"你放心吧"。

这些全凭灵犀传递的小心思，电光石火，在两人心里流转，浓得像黑夜，甜得像蜜糖。乔希年使劲儿点了点头："嗯。"

他们上车赶到夜店，门口是单行线，司机把他们放在了马路另一边，路上盛可以一直打电话给钟妮娜，还有他们比较熟的共同的朋友，都没找到大小姐的下落，心里多少有点着慌。

一下车，眼看面前绿灯只有七秒了，盛可以仗着自己腿长，一边继续给钟妮娜拨电话一边拉着希年狂奔过街。此时一辆黑色的车突然从对面的单行道上逆行掉头，呼啸着冲过斑马线，几乎是掠着盛可以的鼻子过去的，车子带起来的风差点把他们掀翻在地。

盛可以冲着远去的车骂骂咧咧，拉着乔希年进了夜店，他以前来得特别多，在这里属于VIP中的战斗机，备受尊敬。果然经理马上就过来了，点头哈腰："二爷，今天来了，怎么没提前告诉我？我好给你留位。"

盛可以问他："钟小姐来了没？"

"来了啊，在那边包房。"

盛可以松了口气，转身往经理手指的包房去，经理在后面喊了一声："二爷。"他欲言又止，脸色在光影变幻的霓虹里阴晴不定。

盛可以觉得不对，问了一句："怎么回事？"

经理有点为难："您去的时候可能要小心点儿，今天钟小姐的那两个朋友，好像、好像脾气不太好。"

脾气不太好？盛可以心里直嘀咕，谁吃饱了撑的在夜店里犯脾气啊？

两人径直去了包房，一看偌大的包房空空如也，半个人都没有，可满地都是碎酒瓶子，果盘砸到了墙上，落了一地浆果，红红蓝蓝的在彩色灯光下格外诡异。一看这场面，盛可以心都提到了嗓子眼上，进去转了两圈，在茶几旁边的地上找到了钟妮娜的手机。

他撒腿冲出去，和正往这边走的服务员撞个满怀，一把揪住人家就问："钟小姐呢？"

服务员惊讶地往包厢里看了一眼："哎？刚才还在呢，我之前送了果盘过来。"

"刚才是多久？"

服务员掏出手机来看下单时间："半小时前他们要了一个果盘，十二分钟前我送进去的，钟小姐的朋友说不按铃不要进去，我就走了。"

盛可以看了一眼钟妮娜的手机，心想，坏了，要是手机在身上还能报警定位找人，现在怎么办好？

乔希年在旁边说："看一下监控吧，这里是不是到处都是摄像头？"

一语惊醒梦中人，盛可以打电话报警，一面小跑着冲到夜店里面找经理，让他带自己去保安室看监控。

果然，七分钟之前，钟妮娜被两个男人一左一右夹着，跌跌撞撞出了V8，往电梯方向去了。

经理吓得脸都白了，急忙调出电梯的监控，盛可以看到钟妮娜下了停车场，而停车场的监控显示钟妮娜上了一辆黑色宾利国王。

盛可以稍微松了一口气，拍到了车子，自然就能看得到牌照，有牌照报警之后各处一查，理论上来说就能把人找到了。

结果视频定格一拉近，盛可以傻眼了。

车子的牌照是空白的。

夜店经理在旁边说："这是套牌啊，两个牌照，一个是空白的，一个是真牌照。有些人在高速上超速不想被拍，就会在一些限速路段用空白牌照。"

盛可以挠头："完了，这怎么办？"

他有常识，知道这种情况下警察也不那么容易锁定那辆宾利的去向。而从监控上看，钟妮娜跟那两个男人结的梁子似乎还不小，对方气势汹汹又推又拉的很不客气。这一带走万一出了什么事，她妈可只有一个女儿。

他正慌着，乔希年说："麻烦你把车子放大一点，清晰度调高一些好吗？"

保安按她说的操作，乔希年聚精会神地看着屏幕上那辆车，而后问盛可以："我们穿过马路的时候是几点？"

盛可以看了一下手机，他过马路的时候还给钟妮娜拨了一个电话，十一点十七分三十二秒。

乔希年看着监控视频上那辆黑色宾利开出停车场的时间，十一点十五分十一秒。

她问经理："这个位置的车开出停车场，开上你们店门口那条路，要多久？"

经理不明就里，说："如果出口没有车塞在路上的话，应该最多一两分钟吧。"

乔希年马上对盛可以说："二哥，你告诉警察，那辆把钟小姐带走的车车牌号码是西A3860999。"

盛可以和经理异口同声："你怎么知道？"

乔希年看着盛可以拨电话，一边解释："我们在斑马线上有辆车从旁边逆行拐弯，差点撞到你，记得吗？"

"嗯，就是这辆车？"

"对，所有特征都吻合，车后备厢标志旁边还贴了一个金色装饰不知道是什么，监控里这辆车也有，然后它的车牌号码就是西A3860999。"

经理说："他们肯定一出停车场就按键把牌照换过来了，空白牌照在城里上路很容易被交警抓的。"

盛可以赶紧打电话给 110 补充报警信息，挂上电话之后，他眼睛亮亮地看着乔希年，说："乔小姐，你可真了不起。"

乔小姐像个孩子似的嘟嘟嘴，鼻子微微皱起，温柔地看了他一眼。

有了车牌号这个关键信息，警察做事速度飞快，绑架钟妮娜的人很快就被抓了。

盛可以把乔希年送回家又赶过去警察局接大小姐，录完口供回到家，钟妈妈和她哥哥都在，老人家吓得半死，又是哭又是骂，又是后怕又是心疼，一直折腾到了后半夜。盛可以英雄救美心情尚可，就是累得贼死，一回家就倒头睡着了。

过了几天，钟妮娜稍微恢复了一点，约盛可以吃饭表示感谢，一边吃一边把来龙去脉说了说，原来犯案的是个一直狂热追求钟妮娜的小开，家里生意不算大，自己脾气很不小，前后被她拒绝几次，就魔怔了。

人一魔怔，干出来的事自然神憎鬼厌，匪夷所思。他那么大一个人，也读过书的，居然假托钟妮娜朋友的名义约她出来喝酒，趁机想要硬带她回家生米做成熟饭。好像他强迫了钟妮娜一次，对方就会死心塌地跟他一辈子，从此天下太平似的，完全忘记了法律这回事。

"当然了，"钟妮娜总结道，"再怎么说，幸好盛二哥你及时赶到，义气干云，救命之恩，涌泉难报。"

盛可以没好气："你有时间打电话给我，怎么没时间报警？"

钟妮娜一脸懊恼："我跟他说我有男朋友，他问我是谁，我就说是你。你想想啊，盛家二少爷是我男朋友，他总应该知难而退了吧，结果你不接电话，你要是接了电话赶紧来，或者电话里骂他两句，说不定就没事了呢。"

盛可以嗤之以鼻："幼稚，他嫉妒得发狂，说不定等我到了，当场一刀捅死我们俩。"

他像哥哥训妹妹一样伸手弹了一下钟妮娜脑门："你以后少招惹这些烂人了知道吗？"钟妮娜白了他一眼。

她吃了两口菜，忽然说："二哥，你那个包子店的红颜知己，乔希年，是这个名字吧？是她记住了抓我那辆车的车牌，警察才那么快找到我的，是吧？"

盛可以瞄她："是，你记得请人家吃饭，她才是你真救命恩人。"

钟妮娜"哼"了一声："请吃饭算什么呀！"她伸出筷子，在盛可以手臂上戳了一下，"我妈跟我说了。"

"说啥？"

钟妮娜又哼了一声："说你后妈不给你钱和乔希年一起投资的事儿。"

"嗽，你妈怎么知道的？"

"我妈跟邓总是闺蜜啊，你哥跟我妈说的，让我妈去劝劝邓总，不过看样子是没劝好。这事儿吧，我们都觉得是她不对。"

这些七拐八弯最后虚头巴脑的话盛可以压根不愿意听，赶苍蝇似的挥挥手："别提了，坏胃口，赶紧吃完要回去上班了钟总。"

钟总偏要提："二哥。"

"又怎么了？"

"你想要两个亿，不见得要跟你后妈要啊。"

盛可以瞪她："别说风凉话啊，不跟她要，我跟你要？"

钟妮娜笑得很贼，拍拍自己 32C 的美好胸膛："哎，怎么着，说对了，就是跟我要。"

盛可以含着一口饭，眼睛都瞪圆了："你有两个亿？"

"我爸没了，我跟我哥他们分家产，给我留了三个亿，一个亿在盛世投资了，还有两个亿，我妈说我可以全权处置的。"

"啊，真的？？你愿意投给我？"

幸福来得太突然了，盛二爷的声音都在颤抖，要不是旁边还有人，他简直想要打自己一个小嘴巴，看是不是身在梦里。

钟妮娜笑着说："那句话怎么说来着？救命之恩，涌泉以报，涌泉就算了，给两个亿吧。"

第七章

红裙子与苦涩的告白

◆

一年之后。

西京的四季不分明，春天和秋天往往在人们一恍神之间就过去了。这一年春末，西京四季酒店宴会厅办了一个投资界的颁奖典礼，盛世投资去了四个人，钟妮娜、翟晓敏、盛可以，还有乔希年。

她穿着第一次和盛可以逛街时买的那条红色裙子去的，尽管后来陆续添置了很多新装，这条裙子始终是乔希年的最爱。

她没化妆，坐在前排，面前桌子上摆着她的名牌，钟妮娜和翟晓敏代表盛世整条投资线上台拿了年度成就奖，盛可以代表盛年基金上台拿了年度黑马奖。

这支基金是盛世投资，盛可以和钟妮娜三方持有的。盛可以从哥哥那里拿到了一个亿的私人借款，盛世投资以公司名义投了一个亿，加上钟家的钱，前后一共注资四个亿。

基金规模很小，可是第一年的年度回报率就达到了惊人的百分之七十三点五，而且创造了不少神一般的精细操盘纪录，让业内人士叹为观止，股东们的收益更令人心情十分愉快。在此战果基础上，盛世集团也很快通过了协议，下一年将会追加对盛年基金的投资。邓总对盛可以还是有意见，但她的好处是从不会跟钱过不去。

这一切都发生在短短一年半之间，是战斗的一年，也是收获的一年，得奖的瞬间就是总结战斗迎接收获的时刻。乔希年在下面静静看着台上的人，唇边带着微笑。

她清楚记得自己第一天正式去盛世投资上班的场景，盛可以帮她安排好了一切。她的办公室比照的是二爷自己的规格，家具是他亲手挑的，看起来都平平无奇，可是质量精良，使用感完全符合她务实精简的偏好。

桌子上有一台很大的电脑，顶级配置，电脑两边各放了两台一体机。这个架势一看就知道办公桌后坐的是高手，普通人压根看不过来那么多屏幕。

她走进来，礼节性参观了一下自己的办公室，而后立刻坐下开始工作。从那一天开始，一直到盛年基金大放异彩得到业界承认，乔希年的日常规律几乎没有任何改变。

开盘的时候她看盘，不开盘的时候做调研，资料收集，以及学习。

说起来，互联网就是为乔希年这样的人而发明和存在的。她报了哈佛和普林斯顿两个金融系的在线课程，一天天吭哧吭哧地学，英文交作业写论文，速度快得叫人害怕。大学的学生联络专员特意打越洋电话过来，问她要不要申请实际入校名额，乔希年把这个当笑话跟盛可以讲，他惴惴不安地问："那你想去吗？"

没等乔希年回答，自己又下了决心："你要是想去，我就支持你去。"

非常大无畏。

她愉快地笑，凝视着盛可以，说："我现在这样挺好的，不用去哈佛。"

想了想，纠正了自己的说法，以乔总一贯的精确，说："我现在这样是最好的了。"

一天天的，乔希年在变化，像毛虫成蛹再化蝶，高飞在天，流光溢彩。

盛世集团上到盛天骄，下到安娜，所有人都心知肚明，乔希年是盛年基金的最大功臣，幕后黑手，控盘的核心。而且，她的前途还远远不可限量，现在只是开始。

叫人不明白的是，尽管盛可以一再跟她商量，甚至连盛天骄也特意过问，乔希年仍然拒绝了把名字加入盛年基金合伙人名单的提议。她不出席公开活动，不接受任何采访，写的文章一律以公司名义发表，或者干脆署盛可以的名。二爷莫名其妙地暴得大名，在专业期刊和社交媒体上成了一个有影响力的金融分析文章作者。

乔希年对抛头露面的警惕和反感极其强烈，就像那是一个陷阱，踩进去就会遭受灭顶之灾。

盛可以当然不明所以，他只能理解为时候未到。

时候未到，一旦到了，乔希年自然会名满天下。

颁奖典礼结束的第二天，乔希年去了第一人民医院，她约了毕志良医生的咨询。

自从去了盛世投资上班，财务自然不再是问题。她开始定时约毕志良医生正常的门诊号了，一个月去一两次，渐渐也形成了一种习惯。

这一次诊疗，乔希年其实是去报喜的。她不好意思特地打电话告诉毕志良医生自己主理的基金得了奖，好像太嘚瑟了，可是内心分享的冲动却难以磨灭。这种心情就像一个成绩不怎么好的孩子突然考了一百分，会想要向全世界炫耀。

毕志良听说之后，很为她高兴，连说了好几次太好了，他真诚的愉快溢于言表，这也让乔希年满怀感激。

她看着毕医生的笑容，内心默默地想：我这是遇到了多少好人啊！

诊疗时间是一个小时，报喜只需要五分钟，恭喜她之后，毕医生继续问："那么，最近还会失眠吗？上一次来的时候，说已经有好转了。"

她"嗯"了一声："最近都睡得比较好，因为白天事情很多，回到家就有点累了。"

毕志良点头："劳作的人们睡起觉来最香甜。"

乔希年笑了："班扬说的。"

"你看过班扬的书？"医生很惊喜。

"没有，我有一次在一本杂志上看到过这句话的引文，注解说是英国散文家班扬说的。"

毕志良观察着她的表情："你是不是在想，散文家怎么会知道劳作是怎么回事。"

乔希年不好意思地"嗯"了一声。

毕志良忍不住笑："也许散文家也是需要搬砖养家的呢。"

乔希年点点头，这时她的脸上露出了犹豫之色。

毕志良马上问："有什么需要跟我说的吗？"

她抬起头来："我现在确实不失眠了，可是每天晚上一点三十七分，我还是会突然惊醒过来。"

好像生怕毕医生误会她在投诉诊疗没用，乔希年急急忙忙加了一句："好很多了，只会醒一下，然后又可以睡着。"

毕志良医生温和地说："但还是会醒那么一下，对吗？"

"是的。"

"醒来时候的第一个念头是什么呢？"

乔希年说："冰面。"

"冰面？"

她闭上了眼睛，脑海中出现的，正是冰面的景象。

连绵无际的河面结了冰，白茫茫一片，一无所有。只有她独自跋涉其上，有的地方冰结得很厚，有的地方却只有浅浅一层。视线穿过透明冰面，能看到下面的水中有黑色漩涡不断回旋，不时闪现出一只眼睛的形状，仿佛在窥视她，又仿佛在跟踪她。

因为这只眼睛的存在，湛蓝色天空与冰霜世界都失去了美感。她小心翼翼地走着，不时神经质地回头，脚趾紧紧抠着地面，生怕下一步踩到的冰面就会轰然崩塌，自己落进漩涡之中，从此万劫不复。

毕志良轻柔地追问了一句："可以描述一下是什么样的冰面吗？"

乔希年沉默良久，向医生笑了笑："我好好想想，再来跟您说吧，现在更多是一种模模糊糊的感觉。"

医生接受了她的说法："当然。"

他轻柔地指出："人的环境变化非常大，尤其在向好的时候，会有一种不真实的感觉，生怕自己所得到的幸福或者成就是稍纵即逝的，轻易就会被破坏。这是很常见的反应，下次来的时候，你可以跟我说说你到底担心什么会破坏你现在的生活，好吗？"

乔希年答应下来，这时候诊疗时间到了，她走出医院门，接到了盛可以电话："乔总，差不多可以吃饭了哦。"

盛可以跟乔希年一起吃饭很常见，不过这么特地挑一个很特别的地方还包场，就是有史以来头一遭了。

他挑的是西京最贵没有之一的那家日本料理，餐厅名字叫日之夕，一共八个座位，只接受预订客人。

吃饭的时间约的是七点半，他七点就到了，坐立不安地在餐厅里等，手边放了一束花。

九十九朵玫瑰，用一条18K金的链子扎着，花中间放了一张小小的卡片。

盛可以一会儿去摸一下，一会儿去摸一下，忐忑之情溢于言表。

大厨在料理台那里瞅着盛二爷，实在忍不住了："二哥，你要干吗？"

盛可以有点不好意思地摸摸头："我……嘿，我想，跟喜欢的人表白。"

大厨挺诧异："看不出来，二爷你这么复古的吗？追妹子还有表白这个仪式？"

盛可以说："不然呢？"

大厨露出了沧桑的表情："一般都是不小心滚到床上去了，发现越来越喜欢和对方滚到床上，然后就一直滚呗。"

盛可以说："不行不行，这个不行。"

大厨和盛可以很熟了，反正也没别人，反正也不忙，就耿直地八卦上了："这个是谁啊？"

盛可以没说，他猛然就悟了，"乔小姐。"

"你怎么知道？"

他们以前一起来吃过几次饭，都是和公司其他人一起，闹闹嚷嚷，结果大厨就是这么神棍，此刻猛点头："眼神，你看她的眼神跟看别人不一样。"

盛可以很佩服："这你都看得出来。"

"看得出来啊，我看得出来的东西多了去了。"

大厨话音刚落，门一响，服务员清脆的"斯密马塞"问候声传来，盛可以急忙闭嘴，还瞪了大厨几眼，意思是你可别胡说啊。大厨忍笑做了一个嘴边拉拉链的动作，转身准备食物去了。

乔希年进门的瞬间，时针指向七点半，非常精确，是她一贯的风格。

她从医院出来之后回了一趟家，和乐乐玩了一会儿，顺便换了在家的装束：松松垮垮的运动裤，旧的海军蓝条纹上衣，头发扎了一个马尾甩着。快到吃饭的点儿她就直接出门了，整个是下楼到便利店干一串鱼丸的样子，这让大厨很伤心："乔小姐，您这是很不乐意来我这儿吃饭哪？"

乔希年说："什么呀？"完全没明白过来他的意思。

盛可以给她张罗拉椅子："他说你穿得随便。"他又非常偏心地为她辩解，"吃饭嘛，当然是舒服最好。"乔希年一本正经地点头表示同意："是啊。"

她不在意这些，以前不在意，现在更不在意了，吃什么、穿什么、买什么，都行，混弄过去就得了，根本不讲究，除了乐乐和偶尔跟盛可以去散散步，她的注意力基本全在工作上。

这会儿她坐下来就说："我有点饿了，能先给我上碗面吗？"

大厨没脾气道："不是一家人，不进一家门。"他扭头气鼓鼓地煮面去了，盛可以追在后面喊："我也要。"

日之夕没有菜单，大厨做什么吃什么。今晚有秋叶蟹、大鲍鱼、河豚刺身、蓝旗金枪鱼大腹，食材都新鲜之极。乔希年胃口还行，上一道吃一道，吃了好一会儿，忽然问盛可以："你一会儿要去哪里？"

盛可以不明白："去哪里？"他到处看了看，"我不去哪里啊。"

乔希年对着旁边那束花努努嘴："你不去哪里，那这束花是干吗的？"

盛可以有点窘。

那束花是给乔希年的。按理说她一进门，他就应该颠儿颠儿上去把花给人家献上，最好当场单膝跪下，把准备良久的台词一股脑儿念出来，接下来乔希年接不接受，要杀还是要埋，就是她的事了，盛可以反正说完收工。

可能在一起的时间太久，相处的方式也太家常了，自己人见面之后马上开始轻车熟路干饭的习惯力量极为强大，根本没给盛可以任何余地走出另一片天地。

此时乔希年问起，他犹豫了下，照直说了："给你的。"

乔希年嘴里含了一口西京烧鳕鱼，还没来得及咽下去，只能瞪大眼睛来给出自己的反应，盛可以局促地屏住了呼吸，而后结结巴巴地又说了一次："给、给你的。"

乔希年终于把那口鱼吃下去了，她转过头去看看那束花，再看看盛可以，说："为啥不折现？"

大厨在料理台后爆笑出声，盛可以蒙了："真的吗？折现？"

乔希年的遗憾之色真的溢于言表："这束花得一两百吧？买点吃的回去看电视多好。"

盛可以说："九千九。"

乔希年简直要拍案而起："什么？这才几朵花？云南花卉市场的批发价格最近大幅度下降，最好的玫瑰从产地出来才三块钱一支，这是什么玩意儿？要了咱们九千九？"

她问盛可以："能退不？哪怕半价呢？"

大厨快要笑岔气了，盛二爷知道乔希年不是跟自己在逗闷子，只好跟她展开严肃的探讨："这是天使之香花店的镇店之宝，大马士革玫瑰。你看这链子还是金的，不能跟云南批发市场出来的相提并论，卖九千九是常规价。"

乔希年完全不接受这种说法："西京怎么可能有大马士革玫瑰，海路陆路都过不来，她们骗你的。"

现在连服务员都开始笑，盛可以终于有点挂不住了："好好好，不是就不是。"他有点急躁地把那束花往乔希年怀里一放，"你爱要不要吧。"他起身去上洗手间了。

等他回来，大厨和服务员们都很有默契地不见了。乔希年把花放在了自己旁边的椅子上，还在继续吃，心无旁骛。

盛可以坐回自己的位置，深吸了一口气，说："乔希年，我要跟你说一件事。"

乔希年瞥了他一眼："怎么了？明天不想上班吗？"

盛可以啼笑皆非，心想我在乔总眼里这是什么形象。

他摇摇头："不是，跟工作没关系。"

乔希年感受到了他的严肃，擦擦嘴坐好了，小心翼翼地说："怎么了？"

盛可以豁出去了，清了清嗓子："我想跟你说，我喜欢你。我们天天在一起彼此很了解了，你也知道我不是个随便的人，我想问你，能不能当我的女朋友？"

他说完就紧紧盯着乔希年，等着她回应，也许是"好"，也许是"不行"，起码有个回应。他早就预习过了，如果是"不行"，他就要紧盯不放追问为什么，要怎么改进，有没有量化的指标拿来参考。无论是道德品质还是体重外观，只要乔希年说出来，他就有决心加以优化。

但他做的功课如同铁甲钢拳打中雾气，力道无处实战，准头完全落空，想象中的一切都没有发生。

他表白之后，乔希年一言不发，身体仿佛僵硬了，脸色在温暖的恒温室内一点点变得煞白。

她坐在那里坐了良久，盛可以叫了她两次都完全没有回应。他没辙了，正准备叫大厨出来打圆场，没想到乔希年忽然站起来，一言不发走出了餐厅大门。盛可以追上去的时候，她已经上了街边一个出租车，在晚风中绝尘而去，很快消失得无影无踪。

自表白失败之后，盛可以和乔希年之间就落下了一层古怪的屏障，他们仍然朝夕相处，该说什么平平常常地说。如果说最大的区别是什么，那就是每当他们眼神对视，其中一方就会转过头去，而不是像以前一样露出笑容。

乔希年没向盛可以解释那天自己为什么突然离开，自然也没给他答复，就好像什么都未曾发生过。

而盛可以呢，他知道不必追问。毕竟乔希年决然离去的姿态已经是最强烈的一个NO，再追问也不可能改变事实，只会给自己带来更多既失落又伤感的复杂情绪。

他唯一能做的就是躲起来，日常能不见就不见，下班了也不再和乔希年一起去方圆川菜馆吃饭，而是自己提前一点就先走了。

这么长时间相处下来，盛可以已经习惯了凡事都向乔希年报备，去哪里出差、去哪里吃饭、和谁出去喝酒、什么时候回的家、昨晚做了什么梦。

原来习惯可以轻易被打破，他不再说，乔希年不会问，两人就这么别扭地分了起来。

这天晚上他跟妮娜还有一帮朋友在丽思酒店的酒吧里坐着，一个菲律宾的乐队每周三次在此开唱，唱的都是些经典英文老歌，叫人听得打瞌睡。

其他人都在热火朝天地聊最近去了哪里玩，又准备去哪里玩，只有盛可以特别蔫巴，一杯一杯喝闷酒。钟妮娜看不过眼了，问他："你干吗呢？不用陪乔希年加班吗？我走的时候她办公室还亮着灯。"

盛可以翻了个白眼："她加班就加班呗，关我什么事。"

钟妮娜"哼"了一声:"你们俩公不离婆秤不离砣的,又不是第一天这样。"再看看他神色,明白了,"你和乔希年吵架了?"

盛可以倔强地摇头:"没有。"

钟妮娜幸灾乐祸:"没有才奇怪了。"俗话说八卦乃人生快乐之本,她给盛可以加了一杯酒,整个人都倾过去了,"说说看,怎么了?"

盛可以憋了一会儿,没憋住,说了。钟妮娜听到他表白的时候已经不行了,等他说乔希年夺门而出,屁都没抛给他一个,终于笑出了声。盛可以生气地不说话了,钟妮娜赶紧见好就收,好言相劝:"好了好了,我不笑。"

她认真地分析:"人家希年有个孩子,感觉以前过得也不太好,否则不至于会跑到包子店当服务员。我觉得吧,她是不是对男人啊,谈恋爱什么的有恐惧感?"

盛可以不至于蠢到没想过这一点:"我知道她有恐惧感啊,所以我都在尽力让她觉得安全不是吗?"

钟妮娜必须承认盛可以在这个方面做得很不错,他总是会自然而然地为喜欢的人着想。

她忍不住露出了妒忌的神色:"喂,既然她拒绝你了,那你赶紧和我结婚吧。"

大小姐挺有想法:"咱们俩结婚了多好,结婚了之后你玩你的,我玩我的,什么都不妨碍,强强联合。"

盛可以没脾气:"这就是你对美好婚姻的想象吗?既然要各玩各的,为什么要结婚?"

钟妮娜的高才生不是白当的,说话一套一套:"婚姻是以经济为基础,以感情为纽带形成的社会制度。"

她指指自己,又指指盛可以:"我们俩结婚,经济基础满分,我们俩玩得到一起,感情纽带也算有吧,差不多就得了。"

她语气里的嘲讽也不知道是真的还是演来的,在歌声与喧闹声中仍然清晰可感:"你想干吗,追求真爱吗?"她一句话斩钉截铁,"世间无真爱。"

盛可以不想就这个话题继续和钟妮娜讨论下去,他悻悻然起身走到吧台边,点了一杯血腥玛丽,加上双倍的酒精,几口喝完,又要了一杯。

钟妮娜跟过来了,看他喝得又急又快,劈手把杯子抢了,很不耐烦道:"二爷,干吗这是?真失恋了还是真矫情了,至于吗?"

盛可以对她笑笑,他一贯好脾气,好脾气里藏着九头牛都拉不回的犟劲儿:"没事儿,你别管我。"

钟妮娜叹口气:"你这个人啊,你想追人家乔希年,表白一次人家不理你,你就一副全盘放弃的样子,怎么也算不上有诚意吧。"

盛可以摆手:"你不了解乔希年。"他无意中说了一句重话,"她不是你,爱玩把戏。"

有一些女孩子很懂先抑后扬,欲擒故纵的道理,不管喜不喜欢,头几次你问她要不要当自己的女朋友,回答都是不。等你为此情绪低落,她忽然回头给你一个甜枣儿,落差那么大,普通人根本把持不住,一下就被套进去了。

钟妮娜是此中高手，她这辈子跟任何男人谈恋爱都像做数学题，方程式怎么解她就怎么来，以算出答案为乐，从不患得患失。盛可以跟她认识那么久，不知道看了多少场戏，看都看熟了，要不是这个坏毛病，当初她也不至于差点被追求者劫持。

俗话说得好，不要拿事实来开玩笑。盛可以这么直来直往地戳钟妮娜肺管子，她脸有点搁不住，神色都变了，看在多年交情的份上，硬生生忍了下来，说："你要是真心喜欢她，就赶紧找她聊聊。"而后她话锋一转，伸出一根手指，在盛可以的手背上轻轻抚摸，赤裸裸地调戏上了，"要是闹着玩的或者放弃了，那今晚就跟我回家呗。"

她对盛可以眨眨眼："说不定过十个月我们可以奉子成婚。"

盛可以摇头："拉倒吧你。"他叫酒保给他调第三杯，端到面前他又不喝了，"算了，借酒浇愁太丢人，我回去了。"扬长而去。

钟妮娜在后面喊："喂，好歹把单买了啊二哥。"

二哥假装没听见。

他消沉了几天，白天上班还好，晚上绞尽脑汁到处玩。这周五正在酒吧里呆呆看着一群妹子跳舞，忽然手机响了，一看是乔希年，盛可以顿时跳起来，心跳都漏了几拍，冲出酒吧门外去接电话。

结果不是乔希年，是乐乐。

他奶声奶气地问他："盛叔叔，你在哪里啊，怎么都不来看我啊？"小声音挺委屈的，"我很想你。"

盛可以心里软软的："叔叔最近比较忙，所以没来看你，对不起，叔叔也想你。"

他试探了一句："你妈妈呢？"

乐乐说："妈妈刚刚下班回家，洗澡去了，我问她你为什么不来看我，她说她也不知道。"

小孩子原来也会盼望，也会觉得寂寞的。

"盛叔叔，你不喜欢我了吗？"

盛可以急忙澄清："叔叔喜欢你，叔叔最喜欢乐乐了。"

他知道语言没啥用，必须要行动来证实，当机立断就说："那叔叔明天来看你好不好？我带你去买乐高。"

乐乐居然老气横秋了一把："不要再给我买乐高了，那是小孩子玩的呀。"

盛可以啼笑皆非："你就是个小孩子啊。"

他们俩讨论了几分钟乐乐到底喜欢什么玩具，电话里拉钩上吊，约好第二天幼儿园放学了就在家里见，正互相说再见的时候，乔希年过来问乐乐："宝宝，你给谁打电话呢？"

他愣了一下，还是把电话挂了，回到酒吧里开始打开手机看哪家玩具店能第二天上午就把货送来。穿超短裙的女郎在他旁边蹭来蹭去，他压根没注意到，一门心思在给乐乐买礼物。

最后胜出的是全自动火车机组和手工组装奥特曼，盛可以严肃地考虑是买一个呢，还是两个都买，他有一种微妙的介于家长和玩伴之间的心情，什么都想给孩子搞一个，又担心这样把他宠坏了不好。

正犹豫，忽然盛天骄的电话进来了："明天跟我去上港，要去拜会一位老领导，另外去看看成武哥。"

盛可以一拍大腿，得，明天乐乐看不成了。

他急忙给乔希年打电话，没人接，一看时间，母子俩应该都睡了。

他想给乔希年发个信息说明情况，可是打开对话框手指划来划去，心里有一口莫名的怨气，让他一时间不知道这个信息应该怎么写。不管怎么写，都好像是他在利用乐乐跟乔希年套近乎。

总不能先发一段声明，说我对你已经死心了，我就是想来看看乐乐吧？怎么听怎么古怪。

他觉得自己挺矫情，这矫情的感觉，他很干脆地也怪在了乔希年的头上。希年那些带领盛年基金披荆斩棘、一路长红的优点，忽然之间呈现出了叫人不舒服的一面，比如说很少表露情绪，太重结果，比如说凡事都依靠理性判断。

盛可以拍了脑袋一下，提醒自己别像个怨妇一样继续嘀咕下去了，而后给老板娘发了一条信息，让她转告乐乐自己突然明天一早要出差，给他买的玩具会寄家里。

老板娘多半已经和老板依偎着睡得呼呼的了，盛可以等了一会儿没见到回信，又追加了一条千叮万嘱：*一定要告诉乐乐我不是故意不去看他的呀。*

第二天他和盛天骄在机场碰头，就问："大哥，咱们过去怎么安排？见领导，然后呢？去成武哥家吃晚饭？"

"是这么约的。"盛天骄忽然笑了笑，说，"对了，你跟明明有联系吗？"

上次在上港见过之后，黄成武对盛可以颇为满意，过后还问了盛天骄几次这俩小的有没有进展，盛天骄都以不干涉年轻人的事为由混过去。

盛可以说："有啊，我们经常微信上聊聊天，分享下吃的玩的，她来过两次西京，我都热情接待了的，她现在和钟妮娜比跟我熟，经常一起去玩。"

盛天骄追问："没什么实际的来往吗？"

盛可以啼笑皆非："啥叫实际来往？人家对我没意思啊，而且就算有意思，异地呀，相互了解的成本太高了，行不通的。"

盛天骄说："异地不异地的，这个好办，都是大城市，适应起来很容易的。"

听他那语气，盛可以要是不反对，他就随时要弟弟连根拔起搬上港去了。

二爷急忙岔开话题："她开始帮成武哥管公司了，做采购，我这儿也一摊子事，谁迁就谁都不好，也没必要。"

盛天骄一听说得也有道理，于是说："不错，老二，你遇事开始动脑子了嘛。"

这句话说不好是夸他还是骂他，盛可以没回答，哥哥自己下了结论："跟希年学的吧？"

盛可以听到这个名字就有点烦恼，他不容易藏心事，一烦恼就摆到了脸上，盛天骄马上问："怎么了？你和乔希年闹矛盾？"

这位大哥非常务实，自打乔希年证明了她的天赋能够变成财富之后，盛天骄就时常敲打盛可以要珍惜乔希年，要爱才。

盛可以被问破心事，只好承认："嗯，有点。"

"为了工作上的事吗？"

明显盛董不够了解盛可以和乔希年的相处模式："工作上有什么矛盾好闹啊？她指哪儿我打哪儿。"

盛天骄觉得他很有自知之明，很欣慰。

"那是为什么？"

盛可以踌躇了一下，他其实是想和人倾诉的，但真话都到嘴边了，最后还是没说出来。

倒不是表白被拒这事儿显得他没面子，在哥哥面前要什么面子。真正影响他的是一种奇怪的迷信感。

把事情经过说出来的话，他和乔希年两个人没戏这一点就坐实了，再没有转圜的余地了。这就好像过年的时候不要说四，鬼节晚上早点回家，十三号最好不签重要合同、不坐飞机，全是迷信，可一旦遇到了就难免当真。

他不出声，盛天骄等了一会儿没下文，就算了。大哥心里有数，只要这两人都在干活儿，别因为私人关系影响公司，你们闹什么都行。

他们看着时间登机，一路无话，到达上港之后按部就班，忙了整天，晚上见到黄家大小，明明格外高兴，又让成武哥误会了一把。唯独盛可以有点心不在焉，老想着乐乐有没有收到玩具，开不开心。

终于晚餐结束，盛可以和黄明明还一起去喝了一杯，午夜才回到酒店放下行李洗澡。就在满头满脸都是泡泡的时候，撂在洗手台上的手机响了。

这个钟点的电话，一多半是西京的狐朋狗友们喝高了找他续场，盛可以没在意，继续专心洗头。一分钟之后电话自动挂断了，立刻又响起来，连续响了四次，盛可以心里就有点犯嘀咕了，狐朋狗友们可没有这么执着。

他拉了一条毛巾把自己包起来，手还是湿淋淋地就抓过电话，一看电话是老板娘打的，还发了信息，打开听到老板娘暴躁的语音劈头盖脸："赶快回电话，出大事了，乐乐不见了。"

盛可以吓得不顾自己是光着的，一屁股坐到马桶上，给老板娘打了回去："方姐，怎么回事？乐乐怎么了？"

老板娘带着哭腔说："乐乐不见了，今天去幼儿园接说已经走了，找到现在都不见人。"

尽管乔希年的经济状况和以前不可同日而语了，但乐乐一直去的还是花市街那家幼儿园。这是因为琪琪不愿意转校，她的小伙伴都在那里，所以乐乐就跟着不愿意走——他很依恋琪琪。

乔希年去咨询了心理医生，医生给乐乐做了一些测试，得出结论是乐乐智力极高，但在人际交往方面，发育则比同龄的孩子还慢一点点，让他在自己熟悉的环境中成长，以及和感情上能给他安全感的同伴在一起很重要。

既然如此，孩子们就一直没动窝，想着干脆等上小学再直接换好学校，也就一年半载的时间了。

那家幼儿园盛可以去过，孩子大部分都来自城中村及其周边，父母干啥的都有，基本没有安保措施。现在城中村开始拆迁了，幼儿园还是继续在开着，只是学生数量渐渐少了。

盛可以在电话里跟着老板娘发慌，一边努力理清思路，问："看了幼儿园门口的监控吗？他什么时候走的？"

"看了监控，只看到他跟平常一样走出大门，然后就不见了。"

盛可以不能理解："什么意思，他走出大门不就有人接他吗？希年呢？"

乔希年每天要工作起码十二到十四个小时，大部分时候都是老板娘在帮她带孩子。但是每天下午四点左右，乔希年都会离开办公室去幼儿园接乐乐，陪他走回家，一起读书说话，一小时后再回到办公室继续工作。

乔希年一旦把什么事情放上了日程表，那这件事就必然会被执行，哪怕实在走不开，她也会提前安排好，怎么今天会疏忽呢？

老板娘说："小乔今天也准时去了的，但乐乐已经不见了。"

盛可以完全想不通为什么，他担心乔希年，说："希年现在在哪儿？"

"在屋里头哭，我看她要疯了。"

盛可以赶紧打了两个电话给乔希年，没人接。

他打开订票软件，最早一班飞机是六点过五分，他告诉老板娘："我八点就可以到西京，你让乔希年到花市街派出所等我。"

老板娘没明白："为啥？"

"去派出所那边申请调幼儿园周边的监控，一个大活人，不可能完全没拍到的。"

"那我们能不能现在就去？"

盛可以想了想："应该可以，儿童失踪马上报警没问题，我有几个在公安工作的朋友，我帮你问问具体应该怎么做。"

他放下电话，转头找到自己公安局的朋友，对方噼里啪啦把孩子丢了怎么办的关键事项包括报警流程语音说了一遍。盛可以一条条转给老板娘和乔希年，叫他们赶紧动起来。乔希年那边还是没半点反应，老板娘秒回："马上去。"不愧是家里的顶梁柱主心骨。

盛可以继续给乔希年打电话，心知肚明她不会接。

当妈的丢了孩子，是一个人所能受到的最沉重打击没有之一。

盛可以没当过妈妈，但他当过孩子。

他记得自己十几岁的时候调皮，玩到天昏地暗都没回去。缠绵病榻的母亲硬是一步步挣到河边山上，到他常去的地方寻找，最后自己摔得膝盖青紫，嘴角流血。

他倔强，没有对妈妈说过半句对不起，可是从此不调皮了，该回家的时间一定回家，贪玩两个字丢到了身后。

第二天，他担心乐乐，又担心乔希年，凌晨一点多得到老板娘消息说已经报案，白天上午会跟着警察一起到幼儿园和附近派出所调监控，他这才稍微放了点心。他躺在床上却没有半点睡意，睁着眼睛耗到清晨干脆直奔机场，落地西京一开机就看到老板娘的信息，给他发了派出所的地址定位。

他到的时候监控录像已经看完了，老板娘在跟警察说着什么，乔希年呆呆坐在派出所外面的椅子上，脸色惨白。她整整齐齐穿着上班的衣服，脚上却是一双在家里浴室穿的塑料拖鞋。

盛可以进来，她目不转睛地望着他，眼眶渐渐地红了，泪水凝成珠，簌簌而下，无声无息滑落，像受了天大委屈的孩子终于见到家人。盛可以过去坐在她身边，拉着她的手摇了两下，说："我和你一起找乐乐，放心，乐乐那么聪明，不会有事的。"

乔希年没回应，只是哭，盛可以伸手抱住她的肩膀，感觉到她热热的眼泪流过自己的脖子，忍不住也心酸起来。

这时候老板娘走回来，说："我们走吧。"她随即看到了盛可以，"这么快就到了啊。"

盛可以点点头，望见警察走回了办公室，问老板娘："怎么说？"

老板娘叹口气，看了看乔希年，说："我们先回去吧，让小乔回去跟你说。"

这话说得挺奇怪，盛可以刚要寻根究底，老板娘对他使了个眼色，搀扶起乔希年。她顺从地站起来了，靠在老板娘身上步履虚浮地往外走，盛可以赶紧跟上去："我叫司机过来。"

他们回到家里，老板娘安抚了乔希年几句，让她坐下休息，自己往店里去了。盛可以喂喂喂跟上去："老板娘，方姐，还没说怎么回事呢，看监控找到乐乐了没？"

老板娘停下脚步，表情很为难，她探头看看悄无声息的乔希年，轻声说："你让小乔跟你说吧。"

盛可以更迷惘了。

找到没找到不就是一句话的事吗？为什么还要特别让乔希年跟自己说？

老板娘没给他机会掰扯，门一摔就走了。

盛可以给乔希年打了一杯水，小心翼翼递过去，低声问："希年，到底怎么回事啊？监控里看到乐乐了吗？"

乔希年双手紧紧握住杯子，过了很久，木木地说："看到了。"

盛可以目不转睛地看着她，等下文，迟迟没有，他催着问："然后呢？宝宝是跑哪儿去了？看到监控应该就有线索了，警察帮咱们找去了吗？"

乔希年脸上露出了一种茫然的神情，好像身处陌生之地，她站在车水马龙之中四处张望，看不到来时路，也不知应该去向哪里，而天色要渐渐黑了。

盛可以抓住她的手："希年，希年。"

她垂下了眼睛："警察说让我们自己去找。"

盛可以目瞪口呆："什么意思？我们自己去找？"

他想起了一些坊间流传的说法，明知不可能，内心还是很慌："小孩子给人抱走不管的吗？还是要丢失二十四小时才立案？"

乔希年小声说："不是。"

她把自己的手机打开递给盛可以，手一直在抖，屏幕上正播放一段视频，画质很模糊，是从监控录像上翻拍的。

画面正对着幼儿园门口，乐乐背着书包走出来，琪琪在不远处和其他孩子打闹。

乐乐表情严肃地站在保安室的旁边，刚站定，像听到了什么，于是向右边看过去，脸上露出惊讶神情，紧接着他就张开手臂向外跑。

镜头里一个男人迎过来，一把把乐乐抱在了怀里，举起来抛了两下，随即抱着孩子消失在了摄像头之外。

盛可以不敢相信自己的眼睛，他翻来覆去把这段短短十几秒的小视频看了又看，最后望向乔希年："这是谁？"

他心里已经有了答案，乐乐的表现已经说明了问题。

果然，乔希年说："乐乐的爸爸。"她从盛可以手里把手抽出来，放在自己膝盖上，说，"我丈夫。"

盛可以耳边好像听到了一道雷声，他徒劳地说："你的意思是说，你前夫？"

乔希年没看他，她整个人像在失血或者脱水，渐渐地委顿下去，累得仿佛一句话都说不完整，坐都坐不住。她摇摇头，细微地说："我丈夫。"

盛可以呆住了。

他认识乔希年满打满算两三年，不算长，可是因为在一起的时间特别多，经历过的事情也特别多，他总觉得自己和这个人格外亲。

有的时候，盛可以能感觉到希年想把他往外推，但也推得并不坚决。他总觉得她只是内心有顾虑，渐渐就会好的。

盛可以当然知道乔希年有过去，而且是很不愉快的过去。一个本应如星辰般耀眼的女人被过去严酷地折磨过，以至于让她对自己缺乏正确的判断和起码的信心。

没有人愿意谈论自己不堪的过去，免得重新被噩梦缠绕，盛可以很理解。

他同时还相信，过去已经过去了，自然会有雨过天晴时来运转的时候。乔希年现在身边所围绕的都是亲爱之人，值得信任、值得依赖，对她好。

老板娘、老板、乐乐、琪琪，当然还有他盛可以自己，甚至盛年基金那些工作人员，跟着乔希年所向披靡一年下来，是个人就对她尊敬有加，五体投地。

只要愿意等待，迟早会有转机。

直到这一刻，盛可以终于知道了什么是一厢情愿。

过去从未过去，过去一直在延续，过去如同一只饿狼潜伏，等人放松警惕，而后腾空而起，择人而噬。

屋子里死一样寂静。

忽然，乔希年开口了，过去排山倒海而来。

乔希年记得那一天是五月十七号，天气很好。阳台上的月季即将开放，她拍了照片放进名为阳台花园的相册，编号月季一百零九，第一百零九张照片，记录这一盆花从栽种到含苞待放的不同时刻。

她如往常一样，十点上床，凌晨一点三十七分醒来。屋子里寂静空荡，她丈夫王鹤没有回家，没有叫她，她是自己醒来的。

乔希年起床在卧室和客厅之间走动，心神不宁，过了很久才放松下来，有一种微妙的喜悦和放松潜入内心，她忽然意识到这是很长时间以来，第一次自己一个人在家过夜。

她坐下来看财经消息，看大洋彼岸的证券盘变化，在一款模拟操盘的软件上买进卖出，不时回头关注家门口有没有什么动静。王鹤不喜欢她关心股票的消息，说太急功近利，太虚无缥缈，他进门之前，乔希年要及时关掉软件。

王鹤彻夜未归，乔希年没有打电话去找他，他不喜欢被查岗。第二天上班路上，她接到第一人民医院护士打来的电话，说王鹤因为急性肠胃炎昨晚送医，现在还在昏迷之中，她吓得手机差点儿掉在地上，急忙赶去了医院。

王鹤还在吊水，护士说他是急性肠胃炎加轻微酒精中毒，半夜被送过来看急诊的，情况不算很严重，但也要住几天院。乔希年喃喃地感谢护士，而后手足无措地在老公床边坐下来。

坐了两个多小时，王鹤醒了，醒来第一句话是："小乔你来啦。"第二句话就是："我有麻烦了。"

他的麻烦在于这场病来得不巧，他五月十九号那天要出差去奥地利，机票酒店签证全都准备好了，客户也都约好了。

王鹤和乔希年共同拥有一家小贸易公司，员工几十个人，也投资了工厂，做高级艺术玩具出口，也做针对国内市场的网店。

王鹤在经营方面很有方法，又勤奋，业务一直都做得不错，没几年就在宁市买了自己的房子。

说是说共同拥有，乔希年知道这是老公对外给自己面子。她不懂生产，不懂营销，不爱说话，商务拓展自然上不了手。

王鹤于是把公司的行政后勤交到她手里，从装修到办公文具的采购，林林总总琐碎又不可或缺的事都是乔希年在管。王鹤经常对员工和客户说，他见过最细心最负责任的人就是乔希年，他全世界最信任的也是乔希年。大家都啧啧称羡，不是羡慕王鹤，而是羡慕乔希年，老公这么好，还这么爱她。

王鹤确实好，长得就很好，脸庞英俊，身材修长，校辩论队的主力，率领 A 大所向披靡。每次比赛他只要一出现都能惹来女生观众的尖叫声，四肢发达头脑还出色，成绩出类拔萃，当年在 A 大风头无两。

乔希年和他恋爱之后，暗恋王鹤的女孩子在学校大路上痛哭着问他："乔希年有什么好？"乔希年在一旁很尴尬，可是她也想知道答案。

王鹤说没有答案，爱不需要答案。

王鹤在病床上打电话找公司员工，看谁能代替他去奥地利见客户，结果业务熟练的没有签证，有签证的对产品和客户都一无所知，忙活了半天，硬是没有半个合适的人。

他望向乔希年："小乔，你有申根签证，要不你代我去一趟奥地利吧。"

乔希年本能地摇头："我不行啊，我怎么行？"

王鹤露出微笑，手从被单下伸出来，冰冰凉凉的，按在乔希年的手背上："我知道你不会做这些，但再不行也好过没人去啊。"

他脸色苍白，货真价实地在发愁："我好不容易才约到这个客户，他们是施密特家居玩具连锁，在欧洲有四百多家。要是我们的货能进去，今年明年的订单都不愁了。"

他紧紧握着乔希年的手，说："我前后跟了小半年，基本上该谈的都谈妥了，这次去就是要正式见一面，当场把合作协议签下来。你是我太太，代表我去最合理，其他人去的话，可能还会被客人误会我们不重视，你说是不是？"

有理有据，乔希年不由自主地点了点头。就算无理，她其实也没有办法拒绝王鹤的要求，任何要求。这么多年以来一贯如此。

王鹤很高兴，伸手摸她的脸，乔希年微微吃了一惊，身不由己地往后仰了一下，王鹤脸一僵，马上又笑了："我的好宝贝，我就知道我只能依靠你。"隔壁的病人羡慕地看过来，低声埋怨身边的老公："看看人家。"

这句话敲钉钻脚，乔希年再没有任何可能退却了，王鹤叫她拿出手机打电话给公司的人："把施密特连锁那个客户的资料发一个压缩文件给老板娘，她今晚要看，越详细越好。"

他定定地望着乔希年："你一定能行的吧，你不会让我失望吧。"

乔希年慌忙点头。

当天晚上王鹤继续住院，探视时间结束之后乔希年自己回到家，一面收拾行李，一面把公司同事发给她的资料解压出来投屏到电视上看，把资料详细研究了一晚上下来，她稍微松了一口气，感觉真的能应付过去。

飞维也纳的航班是十九号晚上七点四十五分，商务舱。

王鹤自己出国一直坐经济舱，经济舱四千块，商务舱就要一万八千块，他总是说傻子才会多花四倍的价格在飞机上躺下睡一觉。这次乔希年代他出门，王鹤却很慷慨地买了商务舱，交代她在飞机上一定要好好休息，这样过去才不会被时差折磨。

乔希年进了安检，还没背好包就接到了关琳的电话。关琳是她最好的、甚至可以说是唯一的朋友，高中认识的，毕业这么多年还一直保持来往。

乔希年告诉关琳自己飞奥地利出差，关琳劈头就问坐的什么舱，听到答案之后，那一股羡慕嫉妒之情沿着电话线冲了过来："你老公对你也太好了吧！商务舱那个票价可以买个很好的包了。哎，你去奥地利有时间逛街不？帮我带个葆蝶家，就是编织包出名的那个。"

乔希年不好意思地笑："我不太认识名牌。"

她一面说，脑子里浮现出好朋友的样子：大波浪头，永远鲜艳的双唇，大家穿着秋裤还瑟瑟发抖的天气里，她一样露出白花花长腿招摇过市。

关琳和她是高中同学，读的大学不同，但都在一个城市。头一年每过一两个周末关琳就会来找乔希年玩，大二大三她忙于恋爱，交新朋友，做自媒体，忙得不可开交，两人见面的时间慢慢少了。但关琳还是经常给希年打电话，她说得多，乔希年说得少。到了大四，关琳好像突然换了一种生活方式，又开始频繁地来找乔希年，当时乔希年已经和王鹤恋爱，王鹤还颇有微词，觉得她们腻在一起的时间太多了。

从外人来看，她们的个性截然不同。乔希年恪守各种规矩，安静而且低调，被人关注对她来说更像是一种折磨，关琳爱华丽喧闹，想方设法要成为别人注意力的中心，她去参加别人的生日派对，永远要在最后到，出场时声音响亮，动作夸张，让全场人的目光都牢牢聚集在她的闪亮妆面和好身材上，哪怕为此打扰了寿星切蛋糕也无所谓。

拥有如此强烈个性的人，喜欢她的人自然喜欢得浓烈，不喜欢她的人也会讨厌得很彻底，关琳都无所谓。她和乔希年一直都很好，也许是因为乔希年从不表现出喜欢还是不喜欢，她不随意判断。

有一次关琳问她："看你这波澜不惊的样子，世界毁灭你其实都不在乎，对吧？"

乔希年想了想，说："我在乎又没有用，为什么要在乎？"

关琳忍不住大笑："说得有道理。"

她又慎重地说："小乔，要是在乎的话，就要拼命去争取啊，不战斗你怎么知道没有用呢？"

结果乔希年跟她较真："世界毁灭无法争取。"

"那不是有余地争取的东西。"

关琳很泄气："你多一点儿幽默感会怎么样？会死吗？"

害得乔希年满怀歉意："对不起，我确实没什么幽默感。"

关琳摇摇头，嘀咕着搂住她："道个屁的歉啊。"

乔希年顺利地登了机，在舒适的商务舱靠窗位置坐定。这个过程中她的手机一直在响，全是关琳的信息。她要带各种保养品，什么海蓝之谜、肌肤之钥，什么彩妆、药妆，不同款式的包包，货品图片和国内价格都写得清清楚楚，交代了乔希年务必要货比三家，甚至最后还发了一个行李箱图片过来，说：你干脆帮我买个行李箱，把我买的东西都放进去。

乔希年看着那些图片苦笑，买东西按理说是大部分女人的快乐之本，她心里却很慌。临行前她查过资料，奥地利人主要讲奥地利语和德语，部分人讲英语。她读书时英文很好，单词量尤其惊人，曾把一本朗文词典从头到尾背过一遍，毕业写论文直接看原文资料也不在话下，但口语完全是另外一码事。

乔希年无法想象自己结结巴巴买东西的样子。

她回了一条信息给关琳：我可能没那么多时间去买东西。

关琳马上打电话过来了，机关枪一般扫掉落她的要求，不容置疑："少来，你刚才还说就去签个合同，待三天，签完合同不是大把时间吗？你准备干吗？你就去买东西呗。"

乔希年试图插话解释理由，几次都没成功，最后她招架不住，只好弱弱地说："那我尽量吧。"

关琳转怒为喜："这才是我的好姐妹，么么哒，爱你哦。"

合同确实签得很顺利，乔希年将之归功于王鹤之前的长期投入和精心安排。客户提起他来赞不绝口，前前后后的沟通到位了再加上一流的服务态度是拿下订单的关键因素。

乔希年觉得，也许，只是也许，她自己也有一点儿功劳。她花了一晚上加飞机上六七个小时时间继续了解自家产品资料，还顺便熟悉了一下同类品牌的情况，各大市场各种主流产品的销售数据，客户问的问题她都稳稳地答上来了。当然还是比不上王鹤，毕竟他是天才销售，但起码她没犯错误。

签约地点在客户的办公室，奥地利时间的下午三点多钟，完成必要手续后，乔希年用自己临时学到的奥地利语和客户告别，而后很高兴地走到大街上。

她站在一个十字路口，不远处是一座宏伟的教堂，大街上熙熙攘攘，正前方是一家运动品牌连锁店，大门的上方贴着巨幅的代言人广告照片。乔希年很少看运动比赛，依稀能想起来那是一个网球明星，滴落汗水的小麦色皮肤闪耀迷人光泽，一切都完美无瑕，五官、身体、跑动的姿势、闪亮的笑容。左手边是一家内衣店，橱窗里展示的比基尼令乔希年看了脸红，再过去十几米是综合购物中心的入口，里面汇集了许多一线大牌。

一辆冰激凌车叮叮当当从乔希年面前驶过，卖冰激凌的大叔唱的歌儿清晰可闻，不知道哪一家烘焙店飘散出甜蜜气息，一家糖果店在这条街道的拐弯处，名字叫 Miss Sweetie，甜心小姐。

乔希年贪婪地看过去，她穿着体面的连衣裙，高跟鞋，拎着装满了文件和资料的手提包，独自一人。路人经过她身边，投来好奇的眼神。

她忽然意识到，这是很多年以来她第一次独自来到一个陌生的地方，身边没有父母，没有同学，没有朋友，更没有男朋友或者老公。现在是国内深夜，所有她认识的人都已经入睡，她完完全全能决定自己的时间、去处，想干什么就干什么，想怎么来就怎么来。

起初喜悦很轻微，之后就如雪球滚动，震动了内心。乔希年径直向那家内衣店走去，在玻璃门前才发现自己脸上挂着喜不自胜的笑容，这笑容令她惊动。她提醒自己，她是为了实用的购物目标而来的，是为了帮朋友带东西才来的，橱窗里那些过于性感的三点式当然不是她的菜，可是琳琅满目中自然有更保守舒服的式样可供挑选。

乔希年的内衣裤一直是王鹤给她买的，全棉的白色平角内裤，配套同色背心式文胸，很舒服。王鹤很注重皮肤的健康，无论有没有穿破穿旧，每年年初都会给乔希年买回一打新的，怎么穿都成套，能搭配一切衣服。

当她独自远在异国的购物天堂，当她第一步踏进内衣店，乔希年马上明白了为什么很多人会对血拼念念不忘，流连忘返。

五月二十一号，这是值得纪念的一天。好几年之后乔希年回头望去，总是能看见那个对命运有何打算浑然不觉的自己，如同一只小蜜蜂般好奇地四处看着，唇角始终带着那一点儿情不自禁的笑容。

她一直逛到了晚间店铺打烊的时刻，看过了沿途店面里所有自己想买或不想买的东西，之后才意犹未尽地拦了一辆出租车回酒店，提着大包小包经过大堂。

这时有人叫了她的名字。

"小乔？乔希年？"

老电影《卡萨布兰卡》里有一句著名的台词：*世界上有那么多地方，每个地方都有那么*

多酒馆，你偏偏就走进了我这一家。

如果不是这样的话，这部电影就不存在不是吗？乔希年一直觉得这句台词矫情。

可是她此刻远离西京，远离一切她所熟悉的事物，一切她认识的人，在完全陌生之地，却遇到了曾经对她很亲近的人。

她的名字回荡在酒店大堂，乔希年闻声望去，看到一个男人挥着手向她急切地跑来，像一头熊。

这个人的块头即使在欧洲也算是大个子，虎背熊腰，一张脸棱角分明，身上穿着蓝色的布面夹克，牛仔裤，不知道是买小了一号，还是胳膊上的肌肉太发达了，衣服关节处的布料似乎随时会破裂。

千真万确是他，林浩君。和记忆中的印象相比没有什么改变，他是跆拳道黑带，国家二级运动员，篮球队的超级明星，成绩一塌糊涂的学渣。

种种标签，如同走马灯一般在乔希年脑中转动，最后定格在了最鲜明的那一个上——爱过她的第一个男人。

之后发生的一切，在印象中既清楚，又模糊：

他们一起在大堂酒吧喝了一杯，就像一扇门在乔希年眼前"咔嗒"一声关上，她似乎很快就失去了意识。

次日早上起来，林浩君睡在她身边，她一丝不挂，他醒来亲她的额头，说以后我们回国了也要多多联系。

她记得自己如何绝望地看着林浩君施施然离开房间，而后疯了一般在房间里寻找自己昨晚留下的痕迹，她的内衣丢在地上，身上有被抓挠过的痕迹，脖子上还有一个鲜红的吻痕。

她如同行尸走肉般坐上了回国的班机，以一种赴死的心情回到家。王鹤那天晚上没有回来，她彻夜未眠，想着要如何向丈夫坦白自己犯下的弥天大错，又要怎么做才能弥补。

她没有等到坦白或弥补的机会，第二天中午，王鹤像疯了一样冲回家，把手机摔在她脸上，微信里林浩君发过来的信息字字句句温存多情，却如同一个炸在王鹤和乔希年头上的晴天霹雳。

她和林浩君加上的，是自己的工作微信，这个工作微信，长年累月都挂在王鹤办公室的电脑上。

乔希年什么都不用说，一切就此曝光了。从那一秒钟开始，她就坠落到了地狱里。

王鹤疯了，接着乔希年自己也疯了。

他把她关在家里，用皮带抽她，劈头盖脸，背上、脚踝上，抽到血肉模糊，一边抽一边发出野兽一般如哭如笑的狂叫。

他往阳台下扔她的衣服，内衣、裙子、外套，无一幸免。

她的书、电脑、手机、本来摆在床头的结婚照，都被王鹤收集到了一个大袋子里，丢到了垃圾站。

他不准乔希年睡觉，不准她吃饭或洗澡，反复逼问她一切跟林浩君在奥地利接触的细节。

那些丑恶的、污秽的、可怕的字句，乔希年闻所未闻，比落在身上的皮带更令人疼痛钻心。她痛哭，王鹤用抹布摩擦她的脸，用臭袜子塞住她的嘴，逼她收声。

"你不配哭，你没有资格哭！贱人，我才是那个应该哭的人。"他嘶吼到喉咙沙哑，面目扭曲。

她可以忍受这一切身心上的暴击，可是她无法忍受失去儿子。王鹤把乐乐送到了自己父母家里，长达两个月的时间里，乔希年无法接触乐乐，甚至听不到他的声音，王鹤反复告诉她，她从此永远都不可能再见到乐乐，因为她不配当母亲。

乔希年就此崩溃了。她停止了哭泣，不再试图辩解或哀求，甚至完全丧失了对时间和空间的概念，整天躺在床上一动不动，满脑子只有想死的念头。

食欲消失了，她不去洗澡，不需要呼吸新鲜空气，甚至连洗手间也不愿意去，尿意来临时，她会直接拉在床上。

如果不是关琳闻讯赶来照顾她，乔希年也许那时候就已经死了。

关琳带她去看医生，医生开了抗焦虑和抑郁的药。那些药效果很好，能让她求死的心情稍微放下一点，恍恍惚惚做一些日常的事情，可是那些药副作用也很大，非常大。

她整天都在昏睡，睡梦中恶魔追逐她，长蛇缠绕她的脖子，很多很多甲虫聚集在脚边，潮水一般缓缓上涨，仿佛要将她整个吞没。

她听到很多很多奇怪的声音，早就去世的祖父母在她房间里坐着，慢条斯理地彼此聊天，不时叫她跟自己走，去很远很远的地方。

有一天，她祖母的鬼魂忽然对她说："你好起来吧，不然你永远都见不到你儿子了。"

祖父在一边笑，说她本来就不应该见到儿子，她不是个好妈妈，这么下贱。

她听到那句话，在幻梦中尖叫着伸出双手驱赶鬼影。关琳过来按住她的手，说："好了好了，没事了，你做噩梦而已，我在这里，我在这里。"

乔希年记得她当时睁开眼睛，惊恐地看着关琳，忽然意识到刚才幻觉中祖母的声音和关琳的声音很像，而祖父说的话，又仿佛是王鹤在发声。

她歇斯底里地狂叫，挣扎之中关琳抓伤了她的手。王鹤咒骂着冲进来，把她整个人抓起来扔到了地上。

乔希年撞伤了头，鲜血从额头上流下来，在眼睛前面形成了诡异的红色帘幕。透过帘幕看过去，关琳和王鹤的样子，还有身边的一切，都不像是在人间。

就这样过了很长一段时间，关琳和王鹤商量着要把她送精神病院，说的时候乔希年就在旁边听着，内心毫无波澜，仿佛他们说的是别人，自己其实已经死了。

有一天不知道为什么，家里没有人，关琳和王鹤都出去了，可能是没有及时吃药，她突然清醒了过来。

头脑恢复了正常运转的速度，能思考，能计算。极其敏锐地感受到自己遍身的伤痛，以及内心的癫狂。

乔希年记得，她挣扎起来，蹒跚地走到阳台上，贪婪地呼吸着新鲜空气。小区里面有一家幼儿园，小孩子们正在玩游戏，天真的嬉笑声远远传来，如同天籁，其中有个声音很像是乐乐。

乔希年就在那一刻如大梦初醒，她跌跌撞撞回到房间，从保险柜里找到一沓现金，再拿了几件自己的睡衣和乐乐的衣服，夺门而出。

她在乐乐幼儿园附近的小店里买了几件便宜衣服，长袖、长裤、帽子，把自己包裹得像个正常人，再借店主的手机给乐乐的班主任老师打了个电话，说自己要提前接乐乐去检查身体。那位班主任老师和乔希年很熟，不疑有他，把孩子送到了门口。

乔希年把乐乐带上出租车疾驰而去的时候，王鹤的车正好开到幼儿园门口，她如果迟来三分钟，就真的永远见不到自己儿子了。

乔希年的声音里满是绝望，她似乎随时会崩溃，却仍在顽强地缓缓诉说。

"我逃到了西京之后，在包子店安下身来。我想过要回去，通过正当途径离婚，可是我没有独立的工作，结婚几年，我的所有收入都来自王鹤，支出也是他的名义。医院明确诊断我有中重度抑郁，需要长期服药，这样子肯定也当不好妈妈。我通读了《婚姻法》，看过很多法条和判例，知道不管王鹤是跟我协议离婚还是起诉离婚，我都不可能拿到乐乐的监护权。而且我知道，哪怕我有探视权，王鹤也永远不会让我再见到乐乐，他绝对不会。"

三年前所经历的全部痛苦，这瞬间都汹涌而来。乔希年想起自己现金用完的那个夜晚，大雨滂沱，她背着乐乐跋涉在花市村里，试图寻找一个栖身之地，哪怕就一天，就几个小时，让这场雨过去，让她能坐下来喘口气。

她是无神论者，知道宇宙如何来，生命如何去。可是那天她却虔诚地期待世上有神佛，能于混乱之中，给她和她小小的孩子一点庇佑。

也许她的祈祷真的被某个大能者接收到了，乐乐敲开了方圆包子店的铁门。老板和老板娘救了晕倒在路边的乔希年，给了她一个工作、一个房间、一个家、许多照顾，以及从不追究她过去未来的深切慈悲。

盛可以终于明白了为什么乔希年会出现在方圆包子店。

"他们没来找过来吗？"他问。

乔希年摇摇头："我不知道。"

"我没在任何地方用自己的身份证，手机卡是老板娘的名字办的，我不出门坐高铁或坐飞机，他们可能也不知道去哪里找吧。"

"如果报警，其实还是很容易找到你的。"

乔希年缓慢地说："也许他并不想找到我吧。"语气不确定。

盛可以握住她的手，乔希年没有挣脱开。她的脸上，一点点地弥漫起羞愧之色，盛可以从未看过她这个样子。

"我虽然不是个好妈妈，我也不知道怎么好好带孩子，但我希望和乐乐在一起。"她像是在对谁辩解，哀伤而卑微。

"我不想失去乐乐。"

"我知道，你是个好妈妈。"盛可以忍住了过去抱住她的冲动，尽管她瘦弱的肩膀此刻瑟缩着，仿佛在呼救。

乔希年神经质地笑了一下："我不是个好妈妈。"

她黑幽幽的眼睛死死盯住自己手背上某一个地方："我如果是个好妈妈，就不会和别人有染，不会让乐乐失去自己的家。"

她的眼泪一颗一颗落下来："我是个坏女人。"

当最后一个音节落下，就像所有的航船都离开了避风港，房间里堆叠起了沉重的安静。

盛可以不知道说什么好。

他还是过去抱住了乔希年，非常轻柔的拥抱，只是给了她一个可以依靠的肩膀。

一个女人，一时糊涂背叛了自己的丈夫，为那短暂的说不定都称不上欢愉的背德时光，付出了沉重代价，失去身体的健康、失去心灵的平静、失去了完整的家，最后几乎失去了自己的孩子。

非要盛可以发表评论的话，他只有三个字可说——至于吗？

人生多短啊！犯了再大的错，被惩罚过也就算了，然后就要继续往前啊！往前的时候高兴也好，不高兴也好，为什么总是要背负着那些过去带来的镣铐呢？

平常在工作里，盛可以都是听乔希年的。他很清楚自己的职责和能力就是为乔希年开路，打掉那些前进路上的障碍，不管这些障碍是人也好，流言蜚语也好，关系也好，盛可以当仁不让，这是分工所系，乔希年做的事他做不了，反之亦然。

唯独现在，乔希年关心则乱，没有了主张，他必须要挺身而出，因为这同样是他的责任。

他的思路很明白，首要的，就是要解决让她最不安的问题。

"乔希年，你听我说。"他直视乔希年的眼睛，暗自希望自己比想象中会更有说服力，"你最担心的是乐乐，但乐乐是他爸爸带走的。不管怎么样，他爸爸不会对他做什么坏事，他起码是安全的，是不是？"

乔希年迟疑着点了点头，不得不承认盛可以说得有道理，虎毒不食子，被亲爹带走，起码好过意外或者拐卖。

盛可以明白她的心情："我们之前最担心的就是他不安全，这一点现在可以放心了，是吧？"

有理有据，乔希年突然一下回过了神似的，神情放松了一点。盛可以顺手抽了张纸巾给她擦眼泪，手很轻："你以前没工作没收入，身体不好，打官司可能拿不到抚养权。现在不一样了，你现在是大人物了，年入千万，光鲜亮丽。而且我们公司的律师超强大，你老公跟你比算个屁，知道吗？"

从乔希年的反应来看她显然不是特别知道，迟疑地说："我年入多少？"

盛可以说："今年结算起来，几百万肯定是有的。"

乔希年很蒙："是吗？"

"是啊，公司绩效是年终算的，我心里有数。"

他把话题拉回去："如果你老公真的不依不饶，咱们就跟他打官司，打到赢为止。"

想了想，他一不做二不休："万一打输了，我去找我哥的安保队伍，揍扁你老公，把乐乐抢回来。我就不信了，他还能跟我们家作对。"

乔希年一如既往地认真对待别人说的每一句话："不行的，犯法啊。"

盛可以刮了一下她的鼻子："就你老实。"

乔希年不好意思地坐直了身体，拿了好多纸巾擦脸擦鼻涕，长长出了一口气。盛可以说的一番话在她脑海中回荡，她精密的头脑运作起来，得出了结论，盛可以不是在胡说。

和三年前的乔希年相比，她已经不是吴下阿蒙。最起码，她是有能力去争取乐乐抚养权的。

这个想法就像一个压舱石，将她从昨天开始七零八落的心定在了胸膛里。

"谢谢你。"她轻声说，这三个字让盛可以一愣。几乎出于本能，他移开了自己的肩膀假装起身去给乔希年加水，略带着一点儿不自在。

如果你和一个人真的很亲近，她是不会对你说"谢谢"的。盛可以也不知道为什么自己要这么纠结，这句话跟陀螺一样在他心里打转。

另外一个不可回避的问题是："乐乐的爸爸，是怎么找到这里来的？"

乔希年摇头，远在盛可以说之前，这个问题她已经考虑过了，大数据锁定？她除了在证券软件上开户，没有在任何地方用过自己的身份证号码，这也是为什么她不肯跟着袁哥他们回四川的原因之一。就算是警察要找她也没那么容易，更不用说精准定位到乐乐就读的那个幼儿园了。

偶遇？摄像头拍下来的视频虽然很短，却能看出王鹤是有备而来，绝非巧合。

是谁告诉他乐乐在这里的呢？？

乔希年脸色苍白，背后汗毛竖起。

她想到王鹤的样子，就像一把刀子抵住了胸口。这把刀子下一步是会若无其事挪开，还是穿刺血肉造成重伤，没有人知道。

所有人都说他温柔又冷静，唯独乔希年每次听到这样的评价都想尖叫出声。

他常常说，我这个人不麻烦的，我只是希望身边的人听话。

乖乖的，吃他给你的东西，做他要你做的事，穿白色的内衣，裙子要过膝盖。

乖乖的，不要和他大声说话，不要反对他的意见，凌晨两点他坐在床边随意问你的问题，你最好打起精神来好好回答，

别让他失望，别让他生气。

别让他突然找到理由大发雷霆。

乔希年的双手紧紧绞在一起，喘不过气来。她眼前变黑了，仿佛世界要颠倒过来，光明如箭矢离弦一般逃离，一扇扇门与帘幕次第合上，窗户封死了，风不再吹进来，她无路可走。

盛可以发现她的状态不对，急忙回到她身边，抓住她的双手叫她："乔希年，乔希年。"

她一下回过神来，神经质地抓紧了盛可以："我不能失去乐乐，我绝对不能。"

乔希年的指甲剪得很短，这一下仍然抓破了盛可以的手背。他根本没注意，继续安慰她，

尽可能地让自己的语调不紧不慢："不会的，绝对不会的，我们不会失去乐乐的，你放心。"

忽然之间，他成了那个讲道理的人："乐乐是他爸爸抱走的，你们也没离婚，警察只能说这是家务事，让我们和乐乐爸爸沟通，对不对？"

乔希年不说话，悔恨与恐惧吞噬了她的理性。

盛可以看她眉头越皱越深，赶紧挡在她一往无前钻牛角尖的去路上："行，你别想了，先不管他怎么找到你们的，我们向前看。"

要向前看，就要找到乐乐，盛可以这时候很庆幸自己有个强大的哥哥："我哥有一个专门用于调查商业信息的合作公司，我会让他们帮我调查你老公的情况，包括乐乐在哪里。交给我，你放心，知道吗？"

乔希年抓住他的袖子："真的吗？"

"真的，他们很厉害。我向你保证，我们一定可以找到乐乐。"

他的保证起了作用，乔希年的情绪终于稍稍稳定下来，她困倦地靠着他的肩膀，眼皮颤抖着，突然就睡着了。

盛可以静静坐着一动不动，让她睡熟了，这才慢慢拖着她放倒在沙发上。从床上拉了一床毯子过来，很轻很轻地给她盖上。

他在屋子里转了两圈，自己出门直奔盛世投资，一头冲进钟妮娜的办公室。

钟总正在和几个人开会，盛可以也不管他们在讲什么，进去就挥手赶人，但是大家都不理他。钟妮娜有点儿恼怒，同时又一脑门子雾水："干吗呢这是？"

盛可以一屁股坐在了开会那几个人的中间，用身体语言表示盛总这是不准备走了，于是大家齐刷刷望向钟妮娜。

她皱起眉头摆摆手，说："我晚点再找你们吧。"一行人麻溜儿走了，盛可以啧啧称奇："钟小姐，你好大的官威，不知道的以为这个公司改姓钟世投资了！"

钟妮娜没好气，一拍桌子："老娘为了凑这几个人开会凑了一星期，等一下老蒋又要出差了，你干吗？有屁快放。"

盛可以一拍自己大腿，说："我知道为什么乔希年不愿意和我在一起了。"

钟妮娜低头看自己刚才开会用的材料，对儿女情长的话题丝毫没有兴趣，她懒洋洋地说："是嫌你太笨配不上她吗？我支持她。"这是她的心声。

盛可以还有心思抗议："打人不打脸你知道吧？难怪你万年烂桃花，招惹来的没一个正经人，就是因为你没情商。"

钟妮娜恼羞成怒，丢了一本巨大的笔记本过来砸中盛可以的"狗头"，道："自己还敢说打人不打脸，你这不是在打我的脸吗？"

盛可以把笔记本放回桌上，过去把钟妮娜面前的资料一把推开，然后原原本本汇报了一下这两天的事，包括自己和乔希年的对话。那一瞬间钟妮娜忘记了工作，她惊了："乔希年这么老实的吗？"

她这个反应盛可以料到了。

有钱人的圈子道德浓度很低，男女老少概莫能外。多少家庭都是夫妻双方各玩各的，纯洁感情、忠诚品质都算个屁，财产归属和控制才是真正的严肃议题，值得全力以赴争取守护。

盛天骄在他们认识的人里，算是独一份儿的洁身自好者。他严格来说也是富二代，结婚很早，居然没有情妇，不和年轻妹子厮混，几乎不涉足风月玩乐之地，最少明面上大家都是认他坦荡的。

除此之外还有谁？盛可以和钟妮娜打破头都数不出第二个。

从某种程度上来说，这也是钟妮娜从不认真谈恋爱，专注于招惹烂桃花的原因之一。

为了证明乔希年是个老实人，钟妮娜开始掰手指找反面案例，工作的事也不管了，直接暴露了女强人嘴脸下的八卦本色。

"我们认识的男的就不说了，没一个好东西，最多只分暴露了的和没暴露的。就说女的吧，关老三上次去酒店捉奸，把他老婆和他老婆的 MBA 同学堵个正着，那俩真说得出来，说开房是为了做案例分析作业，是不是现在流行这样分析商业案例？这样子可以分析得比较到位？"

盛可以不甘示弱，拿出了自己的宝贵库藏："西京女企业家协会有三个副会长姐姐，还一起包养小鲜肉呢，一起旅游，各种开心。"

钟妮娜点头："还有，还有王家的二儿子媳妇，叫莉莎的那个，和她老公的两个朋友都有暧昧关系，我们都认识。"

"还有一个网球教练。"盛可以补充。

"这你都知道？"

"她的闺蜜和我另外一个朋友去同一家美容院，闲聊的时候说的，不知是真是假。"

"去趟美容院就把闺蜜卖了啊，真行。"

"你们女人的闺蜜不就是用来聊的吗？"

"胡扯，我的闺蜜跟我都是做生意，搞钱，你懂个屁。"

"那是因为你没啥可以给人八卦的，你单身，传你的绯闻一点儿意思都没有，就算你和你的健身教练搞搞暧昧也是正常操作。对了你上次新找的那个马术教练挺帅的，你下手了吗？还有，哎哟。"

那本真皮厚底的笔记本再一次命中盛可以，他"哎哟哎哟"两声倒是被打醒了，摸着自己的脑袋言归正传："别提这些幺蛾子人了，乔希年和她们不一样。"他站起来原地转了几圈，犹如困兽，喃喃自语，"我总觉得她说的话里有什么地方不太对劲儿。"

"你觉得乔希年骗你？对她有什么好处吗？"

盛可以不同意："跟好不好处没关系，乔希年不会说谎。"

他还强调了一下："不会的意思是不擅长，一说谎那表情就暴露了，全在脸上，连乐乐都看得出来。"

钟妮娜拿起一支铅笔转动，若有所思："你刚才说什么来着？乔希年跟她前男友在外国睡了一晚，然后东窗事发了，怎么东窗事发的？"

盛可以一愣："说是她老公看见对方给乔希年发的微信了。"

他说到"她老公"三个字，内心有一种微妙的不自在，强行按下去了。钟妮娜点点头："他是怎么做到的？他在哪儿看到的微信？"

微信在手机上，手机跟着主人走，乔希年自己微信上的信息，怎么她老公在其他地方会看到？

盛可以回忆着乔希年的叙述，想起来了："说她和那个前男友加的微信是工作微信，工作微信是她和老公一起用的，密码登录、扫码登录都可以，上面都是客户和供应商、员工什么的。所以那边一发，她老公在公司电脑上就看到了，她反而第一时间没看到。"

钟妮娜从鼻子哼了一声："她没有自己的微信吗？明知道工作微信是和老公一起用，还给前男友加，这是什么操作？"

盛可以没回应，他呆呆地坐在那里，陷入了沉思。

盛可以不知道乔希年以前怎么样，人会变的，也许几年之间她的性格、脾气、习惯都截然不同了，毕竟人性万紫千红，千变万化。他盛可以不也一直在变化？只有一点不容易变化，那就是智商和头脑，天才会始终以天才的模式运转。

以乔希年对细节的关注程度、思考的精微和深入程度，以她看待事物关联的逻辑性推测，她所描述的穿帮方式是不可能发生的。

盛可以不知道乔希年睡醒了没有，摸出手机来犹豫了一下，发了个信息："还在睡吧。"

结果那边秒回："醒了。"看来没睡一会儿。

他马上给乔希年打电话，劈头就问："你和你那个前男友，姓林的，微信是什么时候加的？"

乔希年被问蒙了："什么？"

"你不是说他给你的信息被你老公看到，所以东窗事发吗？你是什么时候加他微信的？"

乔希年迟疑地说："我、我不记得了。"

"不记得？"

"应该是喝了酒之后吧，我喝多了根本不记得了，估计就是那时候加的。"

盛可以即刻斩钉截铁一口否定："不可能。"

钟妮娜在旁边瞪大了眼睛："凭啥不可能？"

盛可以言之凿凿，既是对钟妮娜说，也是对电话那头的乔希年说：

"我跟乔希年喝过酒，她酒量非常不行，只要喝上一杯红酒或者两杯啤酒，就会毫无征兆的突然昏睡过去。在那之前，她说话走路做事都没有变化。但是第二天酒醒之后，她睡过去之前发生的任何事都记得。"

乔希年在那边听着，很惊奇："真的吗？"

她不喜欢喝酒，也绝对不会自己喝酒，除了酿下人生大错的那一次，乔希年的喝酒经验全部都是和老板娘两口子加上盛可以。喝多了只有两回，一回是庆祝老板的川菜馆子开张，另一次是庆祝盛年基金旗开得胜。

她坐在这些对她温柔的人之中，很安全，没压力，大家起哄说干杯，乔希年就跟着抿一口，听老板和盛可以吹牛吹到兴高采烈，情不自禁也端起杯子来喝一口。这个过程中她记得所有人说过的话，做过的动作，包括谁给她夹了什么菜，谁帮她递过来一张湿纸巾，谁给她倒热茶水。到了某一个程度，乔希年的醉意上来，她知道即将要陷入甜蜜黑暗的昏睡，可是又不舍得离开，于是就会靠在椅子上，接着再靠住盛可以的肩膀，脸上浮出温柔恍惚的傻笑。世界忽然柔和起来，眼前的一切仍然巨细无遗地映入她的眼帘，记忆储存细胞和平常一样运作，忠实地提供可靠的存储与备用服务。直到她再也撑不住了，眼睛终于闭了起来，从完全清醒到沉沉入睡，前后可能不超过一分钟。

　　这就是乔希年喝酒的习惯。盛可以知道，甚至比她知道得更清楚，因为如果她没有喝醉，她不会靠在自己的肩膀上，一旦靠过来，没过两分钟，她就睡着了。

　　两人接触的瞬间如同温柔的电击，总会激发盛可以内心的战栗。他恍惚间觉得自己回到了在小镇上读初中的时光，喜欢的女孩子在背后，手指轻轻戳他的脖子，问一道题，借一块橡皮，多么纯粹的幸福。

　　他甩开那些多余的想法，得出结论：如果乔希年在醉倒之前和人加了微信，她一定记得。如果在醒来之后和人加了微信，她也一样记得。问题就在于，现在她想不起自己什么时候跟林浩君交换的联系方式，既不在醉前，也不在醉后。

　　怎么可能？她在电话那头陷入了失语，盛可以耐心地等了一会儿，说："你慢慢想，别急啊，你饿不饿，我等一下回来带你吃点东西。"

　　乔希年说："我出来了。"

　　盛可以很意外："你去哪儿？"

　　乔希年的声音低落而疲倦："我想去医院，和我的心理医生聊几句。我刚给他打电话了，他帮我加了个号。"

　　盛可以知道乔希年以前偶尔会去一家公益心理诊所咨询，自从不再需要操心钱的问题，她就转成到医生正常开诊的医院去挂号了。

　　这倒是件好事，起码她知道要去寻求帮助。

　　叮嘱了几句之后，盛可以挂了电话，坐在椅子上发呆，钟妮娜问他："你还在纠结乔希年那个加微信的事啊？"

　　盛可以皱着眉头："嗯，我总觉得不对劲儿。"

　　"什么不对？"

　　"很多事情感觉都不太对，加微信这件事，还有她老公对乔希年出轨的反应，都不太正常。"

　　钟妮娜"扑哧"笑了出来："哪个老公发现老婆出轨了会表现正常？正常才奇怪吧。"

　　"乔希年说她老公看到信息之后第一时间去幼儿园把乐乐接到自己父母家去了，然后就回来把她手机收了，家门反锁，把她关了起来。这正常吗？"

　　"不然呢，难道还要开瓶香槟庆祝一下？"

　　盛可以摇摇头："反正感觉就是不对。"

钟妮娜没兴趣听了，她认为盛可以就是接受不了现实——自己喜欢的女人其实已婚，而且至今已婚，而且之前婚内还出轨，这一切对任何人来说都能构成沉重打击，盛可以只是想逃避罢了。

她回到自己的工作上，顺口打发盛可以："你要纠结她老公应该有什么心理什么反应的话，别跟我说了，去找你家盛三吧，她是专家啊。"

一言惊醒梦中人，盛可以一跃而起："对啊。"还真的撒腿就走了。

钟妮娜目送他远去的身影，喃喃自语："真爱。"而后她叫助理，"让蒋总他们回来。"

西京大学的主校园在西京南城区近郊，从市中心过去驱车需要半小时，占地二十多平方公里，十二栋教学楼围绕着校园中心一个狭长椭圆形的人工湖呈放射状向外排列。

学校的历史并不悠久，和其他动不动就百年风云的名校没法比，唯一和最大的优势是有钱。成立二十五年来，西京大学专注于打造硬件环境，砸待遇吸引海内外各处学者，建设新兴学科，努力跟社会实际需要靠拢。他们的电竞专业和心理学应用研究都发展得很快，这几年成果显著，声名鹊起。

盛家三小姐盛利好就在心理学系任教，她比盛可以小两岁，一路名校，大学毕业后去国外读完博士回来，自己申请到了西京大学的教职。前年她刚升了副教授，平常就是带研究生，给本科生上课，做研究写文章，偶尔接一下公益的临床咨询，是标准的学问人。

站在一个外人的角度来看，盛三沉着而锋利，自己的人生规划得很妥当，执行得也很到位。有时候饭桌上闲聊，她常一句话说破家人最难堪的心事，又不给予丝毫同情。

盛可以知道她上大学读的是心理学之后，提前为她将来的恋人与老公流下了两行同情的热泪。万万没想到她这么多年既不恋爱也不结婚，对男人似乎没有任何兴趣。

盛可以到的时候，盛利好刚好下课回到自己的办公室，看见他突然冒出来很诧异："二哥？你怎么来了？怎么不提前打个电话。"

盛可以说："打了，你没接。"

她看了看手机："哦，我刚上课去了。"转身把办公室的门关上，给盛可以泡了一杯茶。

盛可以端端正正坐稳了，小心翼翼地说："我想跟你咨询一个应激行为模式的问题。"

盛利好把茶杯放在他面前，自己坐到桌子对面，有意无意地就好像在给他做诊疗。盛可以情不自禁地想了想，等会儿走的时候是给钱呢还是不给，给的话有没有优惠价呢。

"应激行为模式？你这是听谁说了这个词，还是到网上搜的？"

盛可以有点不好意思："都有。"

"好吧，对什么应激。"

"出轨。"

"被出轨的是男性还是女性？"

"男性。"

盛利好飞快地看了盛可以一眼，他立刻摆手："不是我，不是我。"

他妹妹冷淡地说："你说不是就不是吧。"

他很无奈："真的不是我。"

他没提到底是谁的问题，用了ABC作为化名，把乔希年讲的过程跟盛利好又讲了一遍，最后提出的问题是："你觉得这个老公的反应正常吗？"

盛利好认真地听完，问他："二哥，你为什么会想要知道这个答案？"

盛可以没隐瞒："因为A这个人，对我来说非常重要。"

盛利好点点头："我很高兴听到你有重要的人。"

盛可以很不好意思，说："你和大哥对我来说也很重要。"

盛利好毫不领情一针见血："大哥对你来说确实很重要，因为你一直把他当父亲看，我对你来说完全是陌生人。"

盛可以无法辩驳，只好破罐子破摔："倒也不用说得那么直接。"

盛利好站起身来："走吧，我带你去见个人。"

他们下楼穿过一条横贯校园的林荫道，走进了社科院大楼，绕着深深的教学楼回廊上楼，来到了四楼东翼最靠里的一间办公室。

门一敲就开了，门里站着一个中年男人，锃亮的光头，佛陀一样的圆脸，小眼睛，白上衣，下面配了一条潮得不太适合大学这个环境的迷彩阔腿裤，白板鞋，见到盛利好眼前一亮，笑眯眯地打招呼："哟，盛老师，你好啊。"

他扭头看到盛可以，问："这位是？"

"我弟弟，盛可以，你叫他小盛就行。"盛利好微笑，语气非常轻柔，"他遇到了一点事情找我帮忙，但我解决不了，只好来找你。"她扭头对盛可以说，"这是姜教授，犯罪心理学临床应用的大学者，公安部很多大案都会请他去做顾问，应该可以帮到你。"

盛可以当场结巴："犯、犯罪？犯罪心理学？"他为难地摸摸自己的脑袋，"跟我的问题没什么关系吧？"

姜教授很有风度，一边让他们进去坐，一边说："有没有关系咱们都可以听听看嘛，来都来了。"

"来都来了"这几个字威力很大，盛可以身不由己跟着盛利好就进去了。这位姜教授的办公室不大，布置得像个小型美术馆，墙上挂着字画，有中国水彩山水，也有印象派名作。到处都是鲜花和绿植，靠墙摆了一长条博古架，摆着盆栽、瓷器、雕塑，看得出来主人童心未泯，还有不少动漫人物的手办，有的还是限量版。

姜教授注意到了盛可以的眼神，端了两个水杯过来，说："我儿子的，他跟他妈住一起，不给放这些，他只好让我摆在办公室，没事来看看，过过干瘾。"

盛可以笑："我也有不少手办，有的还会升值，能升十几二十倍，很神奇。"

姜教授说："哟，这意思是说，买玩具还可以当作一种投资行为？"他很高兴地点点头，半开玩笑，"那以后他再要钱买，我就可以毫无心理压力地同意了。"

他们坐下来，姜教授言归正传，问盛可以："有什么事我可以帮忙的？"

盛可以豁出去再次原原本本把事情说了一遍，只不过越说越觉得自己有点大惊小怪，说话的声音都越来越小了，毕竟这里面的一切再往严重里说，也和犯罪没什么关系。

姜教授很仔细地听完了，点点头："明白了，你的目的是什么？"

盛可以一愣："目的？"他脑子一热就来了，没想过自己到底有什么目的。

姜教授温和地说："你这么大费周折来找盛老师，肯定有一个目的吧？"

盛可以语塞，盛利好及时接话了："那位Ａ女士是我弟弟的暗恋对象。我觉得他可能无法接受对方会出轨的这个事实。"

姜教授转向盛可以："是这样吗？"

盛可以从来没有这么窘过，脸一阵青一阵红，张了几次嘴想要反驳或者解释，却什么也说不出来。内心深处他必须承认盛利好说中了，他无论如何无法接受乔希年跟"出轨"两个字扯上关系。

姜教授没让他继续难受下去，说："当然，她到底有没有出轨并不是事情的关键。"

他站起来在办公室里走来走去："从你的描述来看，这位Ａ女士出轨的事实被她丈夫发现后，她丈夫马上采取了非常强硬的手段，包括禁锢她的自由，从她身边带走孩子，施加身体和精神上的双重暴力，虐待她。"

他问盛可以："对吗？"

盛可以点点头，猛然意识到专业和非专业人士间的区别何在。

乔希年回忆往事时并没有太多感情色彩，只是很平淡地描述了自己的遭遇。尽管惨烈，但好像也算是婚姻出现问题时夫妻之间的正常冲突。

姜教授一总结，事情的本质就变化了。

限制人身自由、殴打、情感虐待，导致乔希年精神崩溃，患上抑郁症。

这些全都是犯法的。

姜教授说得更清楚："按照我们的经验，正常人一般不会有这么激烈的反应，更不会反应得这么快速果断，一气呵成。"

"在遇到重大情感打击的时候，普通人第一时间情绪会有激烈起伏，有的人会失去理智会采取极端手段，比如说动手打人，但之后通过沟通、自我反思或其他人的劝说，往往会缓和下来。"盛利好补充。

盛可以有点蒙："姜教授，您的意思是？"

他对盛可以微微一笑："我认为这位Ａ女士的丈夫很有可能是重度的情感虐待者，长期操控和伤害他的太太，不是什么正常人的正常反应。"

姜教授从办公桌上拿过一张便笺纸，写下了一串数字："这是我的电话号码，你回去征求一下这位女士的意见，看看她是否愿意来和我聊聊。"

盛可以望向妹妹，盛利好说："专业人士的聊法和普通人不一样，你要是愿意帮她，最好能带她过来。"她又眨眨眼，"姜教授很难约的，公安部的领导都要排队。"

盛可以福至心灵："那是托你的福！"盛利好微笑，飞快地瞥了姜教授一眼。

他们告辞离开，盛可以走了几步发现盛利好没跟上，回头看了一眼，发现妹妹站在那间办公室的门口，仿佛有点恋恋不舍。

他等盛利好跟上来，说："你和姜教授关系挺密切的吧？"

盛利好语气平淡："是啊，我们关系还可以。"

盛可以点点头："当男朋友带回家的话，邓总可能不同意吧，年纪大了点儿，当教授估计也没什么钱，结婚了也不能给家里带来什么好处。"

后面两句话模仿邓总那种刻薄嫌弃的语气，简直惟妙惟肖。

盛利好一愣："二哥……"再大方的人说到自己的私事，也难免有点扭捏。她问："这么明显的吗？"

盛可以说："是啊，只有找自己的爱人帮忙，才是说去就去，说要就要，提前说都不用说一声的。其他人再怎么样，总会有个拜托的过程。"

盛利好对他刮目相看："你还挺细腻啊！"

盛可以笑："这和细腻没关系，我们天天在外面玩，玩的人里面好多人有一腿，看多了自然就总结出来了。"

他也有在大学者妹妹面前引经据典的高光时刻："世事洞明皆学问是不是？"

盛利好笑："说得是。"

盛可以问她："你跟大哥聊过没？"

"没有，我怕他去跟妈说，带来很多不必要的麻烦。"她对自己的母亲很了解，毫不遮掩，"邓总眼里除了我爸，其他人都是商品，不卖到最高价就浑身不舒服。道不同不相为谋，她年纪大了，多一事不如少一事，惹不起就躲呗。"

盛可以简直有一种同仇敌忾之感："你说得太对了！"

盛利好莞尔："二哥，是不是觉得盛家人其实也没那么糟糕？"

盛可以一愣。他们折返到盛利好办公室的楼下，她叮嘱盛可以："你尽快带你那个朋友来见姜教授，他经常需要突然出差，一错过就要好几天，别耽误事。"

盛可以答应下来，和妹妹告别之后就拿出手机想要打给乔希年。简直是心有灵犀，他刚要拨号，乔希年的电话就在屏幕上闪烁起来，劈头一句把盛可以给说蒙了："我知道我的信息是怎么被查到的了。"

第八章
————XINIAN

如果深渊有颜色

✦

西京大学到第一人民医院正常车程四十五分钟，盛可以半小时就到了。乔希年在门口等他，一动不动地站着，微微低着头，看病的人来来往往，如同流水淌过岩石。

他上前小心翼翼地问："希年，希年，你看过医生了？"

她过了几乎一分钟才有反应，神情僵硬，眼珠子转动的速度似乎都比平常慢了。

点头，又摇头。

盛可以伸手扶住她的胳膊往车子那边走，她跟着，脚步迈得很机械。

"希年，你去看了医生，还是没看医生啊，医生说什么了吗？"

她口齿有些含糊，缓慢地说："看过了，他……没说什么。"

她又突然冒出一句没头没脑的话："就是他们。"眼睛直勾勾的。

盛可以和她空洞的眼神一接触，被吓坏了。他拉紧了乔希年的手将她带到车上，让司机缓慢地在大道上行驶，不需要去任何目的地，就这样在西京大街小巷中游荡着。

轻轻晃动的车辆如同摇篮，隔绝了外面的一切声响，盛可以和乔希年并排坐着，手一直按在乔希年的手上，什么都不问，陪乔希年沉浸在静默里。直到她终于放松下来，如梦初醒。

盛可以握紧了乔希年的手。

乔希年勉强恢复了冷静，愿意开口说话了。

"我去找毕医生，他告诉我两个月前有一个关小姐来公益诊所那边找我，说在网上看到他们的病患列表里有我的名字，问她有没有和我联系？"

"关小姐？"盛可以反应过来了，"关琳？你那个朋友？"

"嗯。"

"她怎么会帮王鹤来找你？"

"我生病之后，她一直帮王鹤做事，可能一直在宁市。"

这事儿听着有点蹊跷，关琳按理说是乔希年最好的朋友，怎么会站在王鹤那边，甚至还帮王鹤来找她找乐乐呢。

乔希年头脑很清醒："也许她也觉得我做得不对吧？"

盛可以感觉到她的心情如同游乐场里的飞流直下，正在越来越快速地直插谷底，赶紧转话题，想把希年的注意力转移出来。

他说："我对心理咨询的规矩没有什么概念，但医生是必须要对患者的信息保密的是不是？家里人来看都不能给，怎么那个诊所会把患者的信息莫名其妙发到网上？"

希年说："小阳姐姐。"

盛可以说："什么？"

乔希年长长叹了口气，跟他解释："小阳姐姐是公益诊所那边的志愿者，有家公司赞助他们把患者的信息电子化，上传云盘永久存储，她操作不熟练，发到了公益诊所的网站上，直接公布出来了。"

那些信息里包括很详细的日常活动，包子店的描述，乐乐读书的情况，有心人只要一查，自然能找到他们。

电子时代这种事司空见惯，盛可以能理解。

之前他有个朋友，有点名气的网红，苹果手机被人破解了，黑客把他的私密照直接发到了社交媒体上，一时间全世界都看到了。

幸好那位老哥健身有道，六块腹肌线条分明，在自家浴室里自恋也不是什么大逆不道的事，没出什么问题，还帮他圈了一波粉。

不过，盛可以还是有一事不明。乔希年去的那家公益诊所名不见经传，王鹤怎么做得到精准定位，一发出来就看到了她的信息？

乔希年也不知道，但肯定有人会知道。盛可以翻了一圈通讯录，看到了一个专业对口的人，立刻打电话过去，那就是他的朋友孙贼。

富二代孙贼和盛可以一样，不愿意干活，被家里人按头干活。他出国学的计算机专业，顺理成章就做网络安全，一部分业务是给大公司检测和修复系统漏洞，靠着家族资源，自己抽风式地上上心，还做得挺不错。

这个点儿，孙少爷居然刚起床，也不知道头天玩到了几点，说话迷迷糊糊的："二哥，你找我？"

酒友面前无须客气，盛可以连寒暄都省了："我问你一个技术问题。"

孙少爷"扑哧"一笑："泡妞的技术问题吗？二哥你确实不行。"

盛可以翻了个白眼："别胡扯了，跟网络安全有关的问题。"

一听跟自己本行有关，孙贼稍微清醒了一点，说："二哥，你把问题发条信息给我，我发公司群里，我不懂的肯定有人懂，就不用转来转去地问了。"

这想法挺周到，盛可以于是如法炮制，问题发出去之后不到三分钟，孙贼截图把公司工程师的说法给发回来了。

那位工程师是这么写的：两种可能性，一是有人使用程序，不间断地在公开网络上搜索相应的关键词，比如说身份证号码，所以这边公益诊所的信息一上传，那边马上就锁定了，能直接找到 IP 地址，普通黑客就能做到。

盛可以往下翻了翻，下面没了，马上又打电话过去问："不是两种可能性吗？第二种呢。"

孙少爷又发了一个截图过来，上面就四个字：二是巧合。

盛可以没脾气了。

他答应孙贼晚上请他去喝威士忌，而后把咨询的结果告诉希年，她脸色惨白。

在网上不间断搜索希年身份证信息，这确实像是王鹤做得出来的事，侧面也证明她这么多年来小心翼翼是有必要的。她倒不认为王鹤对她有什么企图，多半就是想要把乐乐带走，毕竟那是他唯一的儿子。

盛可以握住希年的手，说："你愿不愿意另外去见一个医生？很厉害的心理学教授，我觉得你跟他聊聊，可能会有点帮助。"

无论他说什么，此刻都像是乔希年的救命稻草，她想都没想，就答应了。

他们和姜教授约了两天之后的下午三点，希年走进姜教授的办公室，和盛可以一样第一时间看到了博古架上的手办，那里面有一个动漫七龙珠里的贝吉塔超级赛亚人立像。

她久久凝视这个立像，目不转睛，姜教授轻声问："你也喜欢日本动漫吗？"

乔希年含着泪，说："我儿子也有一个，是二哥送的，他很喜欢，摆在自己做作业的桌子上，一抬头就能看见。"

哭泣的冲动如狂潮般涌上来，她扭头，默默在沙发上坐下，看着自己的脚尖。姜教授轻轻摆手，示意盛可以出去。

他过去满怀爱意地摸摸乔希年的头发，柔声说："我就在外面，哪儿都不去，在走廊上站着的。你有什么需要就叫我，叫一声就行了，知道吗？"

乔希年像个孩子一样顺从地点头，盛可以对姜教授说了声谢谢，一步三回头地出去了。

他在外面靠着栏杆，远望校园中葱茏的绿色。教学楼旁的足球场上一场比赛正如火如荼地进行，年轻的孩子们大声叫喊，奔跑着，冲撞着，球场旁的观众跟随着比赛的动态发出欢呼和笑声，吹口哨起哄，偶尔还有此起彼伏的咒骂。

盛可以入神地看着这一切，而在他的身后，姜教授开始和乔希年对话。

仿佛，乔希年的灵魂骑了白马，行经空无一人的大道。

夜色深沉，两侧连绵都是舞台，唱念做打，戏子格外卖力，演的是人生中或盛大或琐碎的片段，当时只道是寻常。

她停驻在一处舞台前，背景是大学校园，王鹤对她单膝跪下，倾诉自己的爱意。与此同时，他对她还有很多很多的要求。

另一处，舞台上她父母家的布景，她的房间，四处一尘不染，没有半点多余的东西。她的双亲长久而沉默地坐在客厅里，哪怕无事可做，也那样端庄地坐着。

　　乔希年是个孩子模样，她笑着跑进客厅，父亲严厉地说："别那么大声说话，要有规矩。"

　　再一处舞台，布景是她和王鹤住过的家，凌晨一点三十七分，王鹤喝多了进门，将她从床上一把揪起，摔到地上。

　　她惊恐地抬眼看丈夫，而他问她："你做错了什么，你知道吗？来，你好好反省一下，你做错了什么。"

　　她不知道。她从不知道自己做错了什么，但她渐渐明白了，自己做的每件事似乎都在犯错。

　　下一处舞台，背景是王鹤的公司。清早，树上挂着霜花，天气很冷。她在办公室门前拿钥匙开门。

　　明明非常规整地把钥匙收拾在包里了，却怎么也找不到，她弓起背来拼命地翻。王鹤就站在她的背后，他也有钥匙，却不去开门，只是冷冷地看着她，看着这个愚笨、一无是处的、总是乱七八糟的女人，看她最后能不能找到钥匙。

　　她很害怕，明明只是找不到钥匙而已，冷汗却从背上一点点流下来，最后他用力推了她一下，推得她摔到旁边冰冷的地上，说："你连一串钥匙都管不好是不是？你就有这么蠢！"

　　很严厉。

　　从此以后，只要她开门的时候王鹤在旁边，她就会情不自禁地颤抖。

　　她骑着白马，马蹄得得，空无一人的黑色大道上，她是自己人生唯一的看客。

　　大道尽头，那里是最后一处舞台，空空荡荡的血色舞台，中心只摆着一张床，就像恐怖电影里陪葬死人的那种大床，阴沉沉的纱帐垂下，暗淡灯光中青烟氤氲。

　　床上躺着一个人，那是乔希年自己，好像已经死去多时，脸色苍白如雪。

　　关琳和王鹤在她床边，鬼一般蹑手蹑脚潜行。他们像戴着面具，又像在做鬼脸，笨拙而疯狂地舞动双臂，窃窃交谈着，说出很多可怕的字句——

　　"给她吃药。"

　　"让她死吧，让她疯了吧！"

　　"她会死的。"

　　"她什么都不会。"

　　"她既愚笨又下贱。"

　　"嘻嘻嘻。"

　　他们诡异的笑声响彻了天地，落下来时变成钢针，铺天盖地刺向乔希年。针尖上带着雪亮锋芒，足以令人皮开肉绽。

　　她不再说话，不再描述自己所见到的舞台景象，而是蜷缩在椅子上，机械地举起双手仿佛想要向上天哀求怜悯，脸色像纸一样白，乔希年汗如雨下，泪如雨下。

　　她再也无法在姜教授面前保持基本的镇定，就那样抱住自己的头狂叫起来，一声声不成调的嘶叫里，偶尔几句完整的话，都是在喊盛可以："二哥，二哥！救我，救我！"

乔希年从姜教授那里出来状态非常不好，盛可以带她回了自己公寓，打电话和老板娘通报了一下情况。

她在床上整整躺了两天，不言不动，水米不进。

她没有睡着，至少不是始终在睡，大多数时间里都睁大眼睛看着天花板，水晶吊灯，奶油色的屋顶。白天黑夜或明或暗的影子变幻无穷，在姜教授那里看到过的一切，乔希年又反反复复看了好多遍，更多细节，更多场景，让她的身体的每一个部分都产生奇痒和刺痛。她没有去管，她走不出来，但仍然知道那是幻觉。

明知是幻觉，感受仍如此真切，这是何等之悲哀。

老板娘来看她，送了袁哥特意做的清粥小菜过来。希年根本不知道谁来了，叫也不答应，碰碰她，她就受惊似的把身体蜷缩起来。

老板娘站在床边隔着毯子拍她，轻轻地，拍孩子一样，拍着拍着，眼泪就下来了，说我这苦命的妹妹。

盛可以安慰老板娘，说希年在催眠过程中想起了很多事，大部分都很不愉快，是以前拼命压抑着不愿意去触碰的，一被召唤出来，就来势汹涌，冲击力很大。

人的精神就像一块板子，滔天大浪袭来猝不及防，一下就碎了。碎了想要重建，必须把这些心魔消化掉，这个过程需要时间，或快或慢。

他说得成竹在胸，振振有词，因为这些都是姜教授和盛利好的原话。可他眼睁睁看着希年一副半死不活的样子，手心里脊背上都是冷汗。

他知道自己应该相信专业人士，又后悔带希年去跟姜教授见面，千头万绪说不出口，只能落到行动上，那就是守着乔希年。

"衣不解带，寸步不离。"书上经常用这两个成语形容一个人对另外一个人照顾的用心。寻常的八个字里，有一种无声的惊叹，因为这并不容易。

盛可以做到了。

没人要求他，他也没有要求自己，只是自然而然地，就这么做了。

他一开始只是在家里待着不去上班，不时进去看看希年，给她喂水。明知道她不会答应，还是每隔一两个小时就问她要不要吃什么，想吃什么都行，他去买也行，他自己去做也行，请袁哥关一天店回来做也行。

他在卧室里待着，和希年说话的时候，会轻轻拉着她的手。有一次他离开房间的时候，发现希年的手无意识地抬了起来，在空中摸索。

她在找他。

乔希年在自己迷失了的世界里想什么，做什么，看见什么，别人都看不出来，但她显然知道盛可以在身边，她也需要盛可以在身边。

感知到这一点之后，盛可以就哪儿都不去了。他坐在床边，握着希年的手，困了就睡一会儿，醒着的时候就跟她说说话，自己接接电话看看手机，饿了也去弄点儿东西来吃，然后赶紧回到原来的位置。

上一次他这么守过的人，是自己的妈妈，最后他失败了，妈妈去了另一个世界。

这一次他绝不会重蹈覆辙。

你喜欢的人，亲爱之人，身处无间地狱煎熬的时候，你能去哪儿呢。

既然无法以身相代，那就守着吧，在门外呼喊着，让那挣扎的人知道自己不曾被放弃。

这是他唯一能做的事。

他这么守了三天，胡子拉碴的，睡了醒，醒了睡，又一次醒来的时候，他发现床上是空的，乔希年不见了。

盛可以一跃而起，叫着乔希年的名字往外走去。人还没到客厅，他就闻到一阵又熟悉又陌生的香气。

熟悉，是埋藏在人生过往中不再想起又永远难以忘记的熟悉，陌生，是埋藏在人生过往中永远难以忘记又不再想起的陌生。

那是他跟乔希年提过的，肉片酸辣汤的香气。

童年的味蕾，妈妈的手艺。

盛可以在厨房门口愣住了。

乔希年正在灶前忙碌。

她洗了澡，穿了一套他的睡衣，太长太大了，袖子裤脚都挽了好几层。料理台上堆满了食材和调料、肉、蔬菜、辣椒粉，锅里煮的东西腾腾冒着热气与香气。她正切着什么，低着头，眯着眼，弯着腰，全神贯注的样子，手里那把刀看起来重于千斤，和袁哥潇洒随心的把式截然不同。

砧板旁边还放着纸笔，叠成一堆的菜谱书起码有七八本，还有量杯，温度测量仪和计时器，知道的说这是下厨，不知道的以为在做化学实验。

盛可以没有去打扰乔希年，他退回客厅，悄悄坐下。香气从厨房里一阵一阵传出来，他下意识地屏住呼吸不敢闻。

不是不好闻，而是太好闻了。十四岁之后再没有接触过的气味，掺杂着母亲的身影，合二为一，挥之不去。

世上有千千万万的菜馆子，没有哪一家做那么家常的胡辣肉片汤。这本来是穷人家暴烈粗鲁的吃食，不登大雅之堂。

就算有，盛二爷也会下意识地避开，不吃不看，罔顾罔闻。别人以为他品味精雅，其实只是免得触动心事——应付不了的，人们往往都选择逃避。

万万没料到此时此地他自己破了功，不是破一点点，是摧枯拉朽，一往无前的破法。

他埋下头，含着泪。

乔希年听到声音走了出来，在他的睡衣里她看起来格外娇小，甩着袖子站在那里，凝视着盛可以。

她轻声说："二哥，我给你做饭吃。"

盛可以抹了满手泪，说："嗯。"

他站起来："我帮你。"

两人一起默默地做完饭吃完饭，希年的精神状态恢复了不少，脸上有表情了，眼珠子灵动了，能有条有理和平常一样，跟盛可以聊事情了。

她告诉盛可以，王鹤给她打了电话，号码应该是从公益心理诊所那里拿到的，一连打了好几个。

盛可以一下紧张起来："你没接吧？"

乔希年摇头："没有。"

她没接，甚至都没看手机，因为电话进来的时候，她正躺在床上万念俱灰，手机静音丢在客厅包里了。

"不过，他应该还会继续打。"

乔希年聪明绝顶，涉及与人相关的事却总是比较茫然，她问盛可以："他打电话给我，是不是就想告诉我一声乐乐在他那里？"

盛可以认为事情没有这么简单。

如果王鹤的目的就是带走乐乐，夺回儿子，那他是不会主动和乔希年联系的。

他从公益诊所那里找到了乔希年的信息，锁定了乐乐读书的幼儿园，悄悄夺走孩子之后，就会马上人间蒸发，把孩子能藏多深就藏多深，最好就此一刀两断。

王鹤主动打电话回来，这件事马上就变味了，变成了一桩警察管不了的绑架案，绑匪不会撕票。然而绑匪既然是绑匪，那自然有他的诉求。

盛可以在屋子里转了两圈，说："下次他打过来，你接就好了，听他说什么。"

乔希年迟疑许久才略略点头，她脸上掠过货真价实的恐惧之色。

她怕王鹤。

她一直一直都怕王鹤，从两人认识开始，恋爱，结婚，生了孩子，直到成为一家人，她只要看到他，精神依然会很紧张，生怕自己说错了什么，做错了什么，或者将要说错什么，做错什么。她从未意识到自己每时每刻都战战兢兢在看丈夫的脸色。

她觉得王鹤对自己很好，只是要求高，她觉得王鹤很优秀，和她在一起是她的运气，她觉得为了维护两人的关系，自己做什么都是应该的，王鹤要求的也都是对的，都是为了他们的家，为了她好。

直到姜教授以暴烈冲击的方法，强行揭开了他们关系里那一层虚假的，只有外人看起来才温情脉脉的面纱。

虐待狂，精神变态者。

这就是王鹤的真面目。

他自私、自恋、对人没有同情心，也没有同理心，所谓的爱、亲情、体贴安抚，都是装出来的，都是他用来控制身边人的手段。他太了解乔希年了，知道怎么做才能摧毁她，他也毫不留情地这样做了。

乔希年从他身边逃开，这是她能做出的最正确的决定，否则现在必然已经陷入了无底深渊——要么在精神病院彻底变成一个废人，要么已经自杀。

只是有一件事她始终没有明白：为什么王鹤要这样对待自己。

姜教授说，精神变态者做很多事其实是出于本能的，就像连环杀手一样，核心无非是为了取乐，满足自己的变态冲动。

他说得有道理，只是乔希年比姜教授更了解王鹤，他也许内心蕴藏着十足的疯狂，可是做任何一件事往往也都抱着明确的目的。

毫无征兆的，他突然发难，环环相扣步步紧逼，一定要致自己的结发妻子于死地，这是为了什么呢？

她情不自禁问了出来。

在盛可以面前，什么都可以问，这是她最新的领悟与发现。这让乔希年感到安心，她从未在任何人面前如此安心。

盛可以摸着下巴，说："为了钱？"

坏人们会为了钱做任何事，古往今来都是如此。

问题是乔希年没有钱。

她大学四年成绩全优，几乎每一门都是满分，学校推荐她直通研究生，被王鹤拦住了。他说他想要早一点和自己心爱的人定下来，组织家庭，安身立命，这个世界上有太多读书的人，却只有一个王鹤的妻子，他希望乔希年慎重选择。

说是选择，乔希年从未感觉到自己有选择的余地，她不敢面对王鹤阴沉的脸色，一时伤感一时暴怒的语气，更不敢去挑战他坚如磐石的决心。

如果她去上研究生，王鹤就会跟她分手，更极端的是到学校来大打出手，断送她的前途："我这么爱你，你不跟我走，那就都别过了，我们死在一起。"

这是他的原话，乔希年知道他做得出来。

因此她放弃了保送研究生的机会，跟着王鹤走了。

从那一天开始，直到她敲开方圆包子店的铁门开始当服务员，她都没有过任何真正属于自己的收入。

她在王鹤的公司工作，没有自己的工资卡。

她需要的东西基本上都是王鹤买好给她的，去哪里，干什么，吃饭旅游购物，也都是王鹤付账。

偶尔需要自己行动，她用王鹤的附属卡，每个月要向他报备账务的明细。

她没有钱。

盛可以说："那……是不是他出轨了，想帮女朋友腾位置？"

乔希年摇头。

如果他爱上了别人，想跟乔希年离婚，大概只需要回家来说一声就可以。

她既然抗拒不了结婚的要求，自然抗拒不了离婚的要求。

以乔希年的教养和个性，财产断然不会去争取，更不会不依不饶纠缠。

如果只是移情别恋，何必要做那么绝？

盛可以两手一摊，放弃了："我不明白，人做任何事情都要有动机的吧？"

乔希年承认是，两人相顾无言，她反过来安慰盛可以："等他再打电话过来，我听听他说什么，说不定能有点线索。"

盛可以说："行。"他看看表，这都已经十一点多了，"今天不会打了吧，这么晚了。"

希年平静地说："他会在一点半两点左右打。"

饶是常在外面通宵浪，盛二爷也对此感到震惊："什么不正常人类会在一点半打电话跟人说事情。"

乔希年很有经验："一点半两点钟是人在生理上最为疲乏的时候，情绪也会很低落，很容易被人影响。"

这是她的切身经验，往事历历在目。她时常会在这个时间点被王鹤叫醒，他精力极其充沛，又是夜猫子，那时候他问的问题，往往都暗藏陷阱，如果回答得不合他的心意，乔希年接下来的日子就会很不好过。

那天晚上固然是别想睡了，接下来好几天，都会被反复嘲讽、教训、指点。他自诩文明人，从不赤裸裸骂人，可是有些话乔希年当时迟钝不觉，过后回想起来，每一句都是羞辱。

盛二爷愤怒溢于言表："这他妈是个神经病啊！"他看看乔希年坐在那里的架势，"怎么着，你是准备等着他打过来吗？"

乔希年有点迷惘："对啊，你刚才说的，他打过来我听听他说什么，再来判断他到底想干什么，是吧？"

盛可以拍拍她的手："这么说没错，但为啥你一定要按照他的时间表行动？"

他可没有乔希年的心理负担："难道你还怕没接到他电话，他会觉得不高兴，你管他呢？"

乔希年和他对望着，似乎想通了其中关节，眼睛慢慢亮了起来："是哦。"

盛可以指指乔希年放在桌上的手机，说："你直接关机，免得你惦记这事儿，再不行你把手机给我，我揣到我房间去，让他打得肝肠寸断，没人理他。"

他说到"没人理他"这几个字，乔希年下意识地脸色微微一僵，盛可以看在眼里，马上给她鼓劲儿："他没法对你怎么样，乐乐是他的儿子，警察也知道他抱走了乐乐，他也不敢对乐乐怎么样，你不用怕他，知道吗？"

乔希年目不转睛看着盛可以，下定了决心，点点头："我不怕他。"

盛可以笑了："我们不怕他。"

他这么大的人了，有时候还是多多少少有点儿孩子气："实在惹毛了，我找我哥哥想办法，我直接弄死他。"

乔希年忍不住笑起来："有哥哥真好。"

她自己是独女，家里管得太严了，亲戚的孩子都没怎么见过，此刻羡慕之情溢于言表："我没有兄弟姐妹。"

盛可以温柔地看着她："你有我啊。"

乔希年眼眶一热。

她对王鹤的猜测一点没错，凌晨一点四十分左右，手机屏幕亮了，同一个号码不依不饶地不断打进来，可惜媚眼做给瞎子看，半点没效果。

乔希年按照盛可以说的，手机交了出去，吃了两颗褪黑素，平静地躺下了。她以为自己满腹心事，又躺了两天，多半要失眠，结果头靠在枕头上没一会儿，就舒舒服服打起了小呼噜。

盛可以就更绝了，他把乔希年的手机调成静音扔在一边，自己靠在沙发上玩游戏，跟微信群里的狐朋狗友们逗闷子，压根就不去理有没有人梗着脖子在打电话。

谁把王鹤当回事啊。

第二天早上起来，两人一合计，盛可以干脆带着乔希年去上班了。姜教授有指示，保持正常的生活节奏，有助于稳定情绪和心理状态，这是行动心理学的准则。人不是因为快乐而微笑，而是因为微笑而快乐。

上午开完第一个会，乔希年一阵风般冲进了盛可以的办公室。沿途有几个人喊乔总，她平常都会停下来和人家说上一两句话的，今天充耳不闻，扑到盛可以的面前就急切地说："他又打过来了。"

盛可以挽起袖子接过手机，看到屏幕上闪着一个熟悉的号码。

那真的是一个熟悉的号码，从昨晚到今天早上打了二十多个，还发了不少信息，都是诸如"接电话""赶快接电话""你居然不接电话"此类只有简短几个字的话语。

好像谁把他当根葱似的。

乔希年抓紧办公椅的靠背，手背上青筋都爆了起来："我要不要接，能不能接？"

盛可以想了想，说："接。"

乔希年受了惊吓似的往后一缩："那、那我说什么？"

盛可以伸手摸她的脸："冷静，冷静！你想一下，股票跌了怎么办？"

乔希年精神为之一振："哪个股票跌了？怎么回事，我看看图。"

盛可以哭笑不得："我就是打个比方，我的意思是说，这事儿跟股票跌了涨了处理的方法是一样的知道吧，兵来将挡水来土掩，不用慌。"

他把手机往旁边一扔，捉住乔希年的手臂，一起坐到沙发上，说："来，咱们演练一下，以你对王鹤的了解，接起电话来，他最有可能对你说什么？"

乔希年毕竟和王鹤多年相处，答案自然而然就浮出脑海。

"他会让我跟乐乐说话，让乐乐说想妈妈。"

女人为母则刚，与此同时也有了最大的软肋。只需要对孩子施加一点点折磨，妈妈就自然会承受十倍甚至百倍的痛苦。

王鹤太了解这一点了，他不会放过利用乐乐折磨乔希年的机会。

盛可以说："那你准备怎么回答他？"

乔希年扬起的脸上都是惶恐，她说："我……我不知道。"

出于本能，她想哀求王鹤放过乐乐，放过她，尽管她知道越是哀求，就会被拿捏得更厉害。

盛可以握住她的手："我教你。"

他像念台词一样说："乐乐好久没见到爸爸了，一定很高兴吧？这段时间妈妈比较忙，你乖乖和爸爸在一起哦。"

乔希年迷惑地看着他："可是……"

盛可以打断她："相信我。"

软肋无法消除，但可以伪装，可以遮掩，可以保护。

王鹤为什么要先带走乐乐，就是以此作为砝码，他必然认为只要儿子在自己手上，那就可以要求乔希年做任何事，她无法拒绝。

必须要一开始就绝了他这个念头，才有可能重新拿回主动权。

要想明白这一点并不需要卓绝的智慧，而是需要冷静。

乔希年的冷静远超任何人，可是关心则乱。做母亲的人，对任何有关孩子的事，都是冷静不下来的。

乔希年什么都明白，可声音还是在颤抖："万一……万一他迁怒乐乐、伤害乐乐怎么办？"

光是乐乐受到伤害的想象已经让她窒息，她紧紧抓住盛可以，浑然不觉自己有多用力。

盛可以没有挣脱，只是温柔地说："放心，我来想办法保证乐乐的安全，你先好好应付这个电话，好不好？"

他的声音对乔希年来说如同有魔力的吟咏，能带来安心感，她终于冷静下来，点点头："好。"

电话接通了，盛可以按下接听键，再按下免提，接着把手机递给了希年。

王鹤浑厚，略带磁性的声音传来，很有魅力。经年未曾交谈，他果然第一句话就是："希年，乐乐在我这里，你要不要跟他说说话？"

乐乐在那边叫了一声："妈妈。"

希年求救一般望向盛可以，她的嘴唇在颤抖。

盛可以坐过去，握住她的手，另一只手轻轻摸了摸她的头发。他什么都没有说，可是又像说了千言万语。

她回握盛可以的手，声音稳住了。

"乐乐，你这几天过得好吗？"

乐乐犹豫了一下，然后说："我跟爸爸在一起呢，过得挺好的。"

盛可以马上松了口气，内心竖起一个大拇指：好孩子。乔希年与他完全心意相通，唇角露出浅浅一丝微笑。

"那就好，你和爸爸好久没见了，在一起要开心哦。妈咪工作刚好也比较忙，过段时间来接你回家，好吗？"

乐乐说："好的妈咪。"

王鹤打过来的这个电话只延续一分钟三十七秒，从对方的角度来看，乔希年全程表现得十分平静，甚至有一种暑假小孩子出去夏令营，妈妈难得松口气的解脱感。

盛可以和乔希年都能感觉到这样的反应打破了王鹤的预估。

他必然以为乐乐一说话，乔希年就会哭出来，然后求他把儿子还给自己。

如此猝不及防，他甚至没得及调整自己的话术，笨拙地在通话的最后趾高气扬逼乔希年："你什么时候回家？你只要回家，就能和乐乐在一起，否则我不会让他见你的。"

乔希年的脸部表情僵硬了，尽管早就预料到了王鹤会有此一举，她的本能仍然释放出了恐惧，但她没有退缩。

"孩子非常需要爸爸陪伴，你们俩在一起不挺好的吗？乐乐，想妈咪了就给打电话，好吗？"

得到乐乐的一声"嗯"之后，乔希年还想说什么，被盛可以眼疾手快，一把把电话按掉了。

乔希年一下瘫软在了办公椅上，她捂住脸，泪盈于睫。

最后关头，她其实想要对乐乐说，妈妈爱你，你要乖乖，妈妈很快就来找你的，你放心，我绝对不会丢下你。

那是理性按不住的母亲的心，挣扎着在呼喊。

如果不是盛可以挂断电话，她前面的镇定表现就变得毫无意义，马上事情的节奏就回到了王鹤的控制之中。

盛可以什么都没说，去给她倒了一杯水，坐在旁边等她自己情绪平静下来。

他说："你干得很好，别担心，现在我们起码知道了乐乐很安全，是不是？"

乔希年"嗯"了一声。

盛可以对她微笑："现在我去找我哥哥，你等我消息。"

乔希年有点蒙："找大哥？等什么消息？"

盛可以挽起了袖子，说："我们要主动出击，不能被动挨打。"

乔希年更蒙了，看她泪痕犹在眼角，如此聪明绝顶之人居然也会一脸憨态。盛可以情不自禁过去在她额头上轻轻吻了一下，乔希年顿时耳根子都红了，盛可以对她笑："我先走了，乔总你慢慢忙。"

乔总回过神来："不对，你别走啊，你三点半有个会。"

盛总没脾气。

盛二爷找盛天骄是求助去的。

自打他向盛三求助颇有收获，就不知不觉接受了打虎亲兄弟，上阵父子兵的设定，毕竟事实胜于雄辩。人家以妹妹的身份对哥哥伸出了援手，毫无芥蒂，他一个大男人再扭捏矫情，不是有点难看？

他表明想法，盛天骄毫不意外："你要找啄木鸟查这个王鹤对吧？看他把乔小姐的儿子带到了哪里？"

盛世集团有一个长期合作的背调公司，名叫啄木鸟，总部在香港，在欧美东亚都有办公室，坐拥大陆与海外双重的信息渠道，是业内顶尖玩家。

他们为盛世服务了十多年，一直合作很愉快。盛世每年做那么多投资，个个项目都需要做背景调查，包括但不限于商业方面的，财务方面的，还有一个重点是创始人个人履历与信用方面的。

盛天骄很相信因人成事这一套，他能容忍自己投资的人在能力上有缺陷，因为人人都有能力缺陷，所以才需要团队合作互补，但他不能容忍他人的重大道德缺陷。

这也是盛天骄从父辈身上吸取到的教训之一。老盛就是因为自己的道德缺陷，导致整个家庭风雨飘摇，至亲之人终生内心隐痛，决不能效法。

盛可以对哥哥的询问点头又摇头。

"我是要查一下王鹤，我更想查的是另一个人，叫林浩君的，在哪里？干什么？最好是查查他有没有什么问题，可以作为我们的谈判砝码。"

盛天骄说："是要挟的砝码吧。"

盛可以笑了笑。

盛天骄表情严肃，似乎在说现在不是开玩笑的时候。

"老二，你详细说说看，你到底要干什么？"

从某种程度上来说，利用背调公司查私事，也是公器私用。盛天骄虽然是大老板，但一直以来都公私分明，不会轻易给例外。

盛可以观察了一下哥哥的神色，知道他不是随口一问，他敢不把自己的想法说清楚，盛天骄就会懒得理他。

于是他老实把自己的计划说了，一五一十，语气不是很有信心，一些细节也语焉不详，但起码是个计划。

盛天骄听完忍不住笑了："难得你动脑筋。"

他最后一个问题是："老二，这是乔小姐拜托你的吗？"

盛可以拨浪鼓一般摇头："不是不是，我都没跟她商量过，是我自己琢磨的。"

大哥看着他："凡事都有动机，你的动机是什么？"他这个人很实在，"你以前一直争取要让乔小姐管基金，这个很容易理解，找到一个天才，希望她有所发挥，能赚钱，对大家来说都是好事。但你刚说的这件事，纯属私事，按理说，你完全可以不管的。"

"为什么要管呢？"

盛可以愣了一下。

他的动机是什么？

他为什么要管？

他想都没想过这一茬，似乎为乔希年做任何事都天经地义。可是大哥这么一说，这些问题仿佛就有了千钧之重。

盛可以陷入了沉思，盛天骄没催促他，好整以暇看自己的手机。良久，他忽然说："我想要和她更亲近。"

盛天骄摘下老花眼镜，望向弟弟："哦？"

盛可以犹豫了一会儿，似乎在脑海里斟酌自己想说的到底是什么，他终于确定了。

"就好像，我和大哥你，我们不是一个妈妈的儿子，所以总觉得有隔阂，要经过很多很多事，才终于能体会到我们是亲人。"

他有点窘迫地摸了摸自己的后脑勺，急躁地说："我和希年，我感觉也是这样，我想要和她……"盛可以顿住了，几秒钟之后才脱口而出，"跟她更亲。"

没有隔阂、没有秘密、没有相对无言欲言又止。

她的问题，他要帮手解决；她的诉求，他要努力圆满。她被往事纠缠的时候，他有义务将阴影驱散。

这是盛可以毕生第一次，想和一个人亲密无罅隙。

他愿意为此竭尽所能。

盛天骄被触动了，他说："老二，我觉得你成熟了很多，总算知道自己要什么了。"

他不等盛可以回应，信手打出去一个电话。

"丁总，小盛总等一下要找你办点事，私人业务，你自己亲自跟一下，好吗？"

丁总全名丁盛辉，是啄木鸟背调中国区的负责人，跟盛天骄非常熟，和盛可以也见过很多次，大老板发话他能怎么说，自然满口答应下来。

盛天骄电话放下，盛可以一脸无奈地看着他："什么叫小盛总，我哪里小？"

盛天骄偶尔也有点幽默感："我怎么会知道？"

这时候丁盛辉的电话主动过来了："二爷，你有什么吩咐？"

二爷的吩咐非常简单，背调公司的专业行动更是利落。不到四十八小时，盛可以就带着相关的情报去找乔希年："希年，咱们去一趟北州。"

乔总正在日理万机，头都没抬，道："北州的产业发展不平衡，营商环境持续走差，我不看好他们的后力，在二级市场上更没有亮点，不用去了。"

盛可以拍了她一下，把乔总从工作中拍醒，椅子转到自己这边，说："我们俩去一趟北州，私事。"

乔希年不明白："什么私事呀？你有朋友在那边吗？为什么要我去呀？"

她眼睛往屏幕看，身体挣扎着把椅子往回转。这几天她在重新建仓，清掉了三个她认为已经短线收益见顶的股票，准备买进新能源赛道上成长空间大的，因此正在殚精竭虑做调研，任何人在这时来叨扰她都属于十恶不赦。

盛可以本来对此喜闻乐见，要知道乔希年是典型的单线程任务者，她越是全身心投入到工作上，就越不会因为自己的私事而焦虑，或者因太过于想念乐乐而做出错误的决定。

但现在情况有变化了，该干的事情要尽快去干，拖着它也不会自己解决。

这句话盛天骄对盛可以说过很多次，他从前都不以为然，直到竹板打到了自己屁股上，真的会疼，他才有所体悟。

他又把乔希年给转回来，这次把住了椅子的扶手不让她乱动。

"你听我说，我找到了林浩君的下落。"

"林浩君"这三个字飞进乔希年耳朵，像一声号角，她顿时神色一凛，心思终于从工作上挪开了，聚精会神地听盛可以说话。

"他现在住在北州，结婚了，有两个孩子，自己在一家很好的中学当体育老师，过得还不错。我们集团的背调公司找到了他的各种个人信息，足够我们找到他本人。"

他还补充了一句："放心，都是通过公开渠道找的，没有违法乱纪，我们又不是王鹤那种小人。"

盛二爷没事儿踩一脚王鹤不是随便踩的，盛利好说了，这是一种脱敏的方法，从小处入手，破除王鹤给乔希年留下的光明伟大正确完美无缺的形象，将来搬凳子砸人的时候才不会瞻前顾后，心慌手软。

盛二爷说道："想不到老三你对搬凳子打人这么有研究。"

盛利好面无表情："我只是打个比方。"

盛二爷不信。

盛利好忍不住笑："好吧，我在国外读书的时候经常跟人干架。"

天不怕地不怕，就怕学霸会打架。

盛二爷完成今日份踩王鹤任务，继续说："你去见过姜教授之后，我们都认为你当时在奥地利遇到林浩君，应该就是被王鹤设计的。但是否真的如此，设计陷害你又做到了什么程度，这些都只是猜测。"

他说到这里停下来，握住了乔希年的手，放在自己的掌心，一如既往地，既温柔又热情。

"而你，是这个世界上最不喜欢猜测的人，要让你放心一定要去求证，不管结果如何，知道真相，心安了，这件事才能过去，是不是？"

乔希年眼睛亮亮的，这句话让她心动的程度，超过她这一生听过的所有好言好语。

她凝望着盛可以，良久说了一个字："是。"

盛可以点点头。

"我们不坐飞机，也不坐高铁，以防王鹤还在利用黑客监控你的身份证使用情况，我们开车过去。我查过了，从西京到北州全程1673公里，其中超过1500公里都是高速路，头天早一点出发，开十二个小时之后，在中途一个叫雷州的地方住一个晚上，第二天下午就到了。"

他显然已经把这件事通盘想过了："开我哥的那个大保姆车，车上有办公区，我和司机换着开，四个小时休息一下，不用特别赶。你带上电脑，乔总的工作重要，万万不能被我耽误，明白？你该干吗干吗。"

他摇摇乔希年的手："你说好不好？"

乔希年毫不犹豫地给出了肯定的答案："好。"

盛二爷雷厉风行，说干就干，什么深思熟虑谋定后动都和他没关系。乔希年说完好的第二天清早，盛可以就准备好了车，催着她动身了。

盛天骄的车子与众不同，买的时候后面两排都拆掉了，改装出设备一应俱全的办公区域，四到六个人正经开个会一点儿问题没有，正中乔总下怀。

她也不含糊，真的带了电脑，且带了两台，还不晕车，上车就开干了，话都不跟盛可以说。二爷于是在旁边打盹儿，玩游戏，实在闲得慌就心满意足地咬手指，看着乔希年发呆，眼里都是钦佩和爱慕。有时候乔希年刚好抬起头和他眼神对上了，不知道怎么想的，会笑着伸出手来在他头发上摸一摸，盛可以马上喜笑颜开。他不怕被乔希年察觉自己的心情，这么快乐，这么心甘情愿地陪伴和付出。

爱情面前要什么尊严。

如盛可以所规划的，他们一路驱车，晚上八点左右到了雷州。这是一个有着浓郁海滨风情的城市，正值旅游淡季，游客不多，整个城市懒懒散散的，人们走路的速度好像都要慢一点，车子去酒店的路上随处可见小公园，隔着围墙能看见公园里有人遛狗有人跳广场舞有人跑步，和西京永远卷得热火朝天的气质截然不同。

乔希年扭过身去扒着窗户往外看，表情很向往，车子都经过公园一段路了，她还若有所思。

盛可以逗她："怎么呢，想提前规划一下退休生活吗？乔总喜欢跳广场舞这事儿我以前不知道哇。"

乔希年摇摇头，说："你看。"

刚好车子停下来等红灯，盛可以凑过去，乔希年指着的是路边一对老夫妇，看起来有七十出头了。老头儿身形挺拔，老太太很娇小，满头银发梳理得妥妥帖帖的，两人的穿着特地搭配过，男的蓝色上衣灰色裤子，女的灰色对襟小褂子蓝色阔腿裤。老头儿正蹲下来，给妻子系鞋带，老太太一边在说着什么，手摸着老头儿的光头，微微含笑，还带着些许往往少女才有的骄纵表情。因为被爱着，所以肆无忌惮的那种表情。

盛可以马上明白了乔希年的意思。

老太太的表情他们不陌生，盛可以时常在老板娘脸上看见。有时候她会拖着老公的衣服角，要求吃某种不太容易做，食材都不好买的东西，老板走到哪里她跟到哪里，就是要，非要不可，说啥都不听，完完全全像个被宠坏的小孩子。

然后老板一定会去千方百计地折腾，买食材、做菜，新鲜端出来往桌上一放，嘴里嘀咕："你这个婆娘麻烦得很。"好像很懊恼的样子，其实都是装的，全世界都知道他是装的，他看着自己的麻烦婆娘大口大口吃，一迭声赞美老公手艺，心头高兴得很。

这时候车子启动了，越过那两位老人缓缓向前，盛可以缩回去对乔希年笑："等我老了，也给我老伴儿系鞋带。"

乔希年脱口而出："我不喜欢有带子的鞋。"说完立刻就意识到了自己说得不合适，脸腾就红了，仓皇地猛盯窗外，不敢看盛可以。他心里乐开花，表面却很镇定，轻描淡写地马上接了一句："那我就给提鞋跟呗，总有用到在下的地方。"

北州比西京要大一倍，繁华程度稍有不如，但这几年发展得也很快。城市一旦发展起来，就会自然而然生出千篇一律之感。

他们进入北州市内已经是下午四点来钟，安娜早就帮她们订好了酒店和晚饭的餐厅，都在北州市中心，两人各自入住一个套房。拿到房卡之后盛可以就在电梯口告诉乔希年："我们晚饭要见一个人。"

乔希年下意识就说："林浩君？"脊背硬硬的，人马上就很紧张。盛可以爱怜地伸手摸摸她的头发，说："不是的，不是。"安抚语气恍如夏日雨滴落在炽热焦干的地面，顿时缓解了乔希年一怀焦躁。

她一路工作，脑子里仍然乱乱纷纷，并不安定。

她在奥地利与林浩君的偶遇，盛可以和姜教授都断定是王鹤设计构陷，可乔希年始终意难平。

她不是不相信盛可以对自己的了解，或姜教授的专业判断，她愿意相信。与此同时，她的理性告诉它，整件事里的逻辑里缺一个关键点：王鹤图什么？

他占有欲极强，生性嫉妒。从大学两人交往开始，乔希年和其他男同学甚至男性老师多说一句话，王鹤就会很不高兴，有时候情绪低落，有时候大发雷霆，每次都要闹很长一段时间，直到乔希年哭着承认错误，反复保证以后不再犯为止。

乔希年天生不喜欢社交，又习惯了依从王鹤的意愿，如此大学四年，和她单独见过面说过话的异性屈指可数。

他为什么要构陷自己的妻子和前男友有出轨行为，接着借此拼命折磨乔希年呢？

他想要什么，三年前的乔希年是完全无法拒绝的，哪怕他有外遇想让乔希年净身出户，也只要说句话，她一定会言听计从。

如此极端的暴虐行为没有动机，这在逻辑上无法说服乔希年，现在她还是这么想。

盛可以一如既往了解她的心情，说："咱们晚上跟北州一中的校长吃饭，放心吧，你就坐着吃。据说北州的河鲜非常有特色，安娜帮咱们提前订了岩团，红沙和胭脂鱼，你以前吃过吗？"

乔希年摇头。

盛可以眼睛发光："我也没吃过，据说很好吃。"

他很高兴："这就是我们俩的共同经历对不对，一起来吃从前都没有吃过的鱼。"

乔希年一愣。盛可以说的话里带着由衷欢喜，真如宝钻，甜如蜜糖，她一颗心为自己的事起起伏伏，又为盛可以不经意的一句话颤颤巍巍，这么强烈的情感波动她不喜欢，宛如冰火两重天，叫人备受煎熬。

盛可以说的河鲜馆叫六味，在北州湖的旁边，位置得天独厚，独栋小楼，一侧临大道，一侧临湖，自带一个姹紫嫣红开遍的院子，移步换景，煞是动人。

他们坐的包厢是全餐厅位置最好的，正对湖光。正值农历月中，月入银盘，湖上幽幽有风，浮光跃金，静影沉璧，古人妙语，历历成真。

包厢很大，疏疏朗朗能摆开两围，稍微挤挤三围都可以。中间有个屏风从天花板上落下来，将一间房分成两间，没有隔音效果，只是让客人眼不见为净。

他们俩坐下，刚把菜单看上，客人就来了。

来的是北州中学的常务副校长，姓陈，五十来岁，顶着典型的地中海发型，前额铮亮。人倒是精神爽利，半点儿不油腻，高大且体格精壮，行动迅捷，看得出来平常热爱锻炼。

寒暄中一问，果然陈校是马拉松好手，每年报名参加各地半马全马，之前两个月才去西京跑完回来，拿了前三十名。

盛可以顿时肃然起敬。他也时常跑步，五公里十公里，按袁哥说的，属于拉稀摆带式的跑法。但他的狐朋狗友里颇有一些运动健将，人生乐趣就在四处挑战极限，经常撺掇他一起去跑马拉松甚至山地越野跑，都被盛二爷一口拒绝。

他的原因很简单，要好好训练去拿名次吧，他吃不起那个苦，要重在参与摆烂吊车尾吧，他丢不起那个人，左思右想，不去为妙。

跑是不跑，不表示他不懂，此刻和陈校长说起来头头是道，加上从西京带去的二十年老茅台助兴，一口一个，两人很快就成了忘年交。

酒过三巡，岩团三吃也次第上了，余味悠长，鲜香兼备，不愧是江鲜中的极品。陈校长从容喝了一杯，很自然地就说："盛总，今天吃饭是丁总约的，他是我多年好友，却之不恭。既然出来了，我就问一声，有什么我能帮到你的？"

丁总，自然是啄木鸟背调那个丁总，既然都这么说了，显然陈校长知道盛可以的身份。

北州中学是本地名校，全国都排得上名号，普通权贵富豪，陈校长不放在眼里。要知道但凡家里有孩子的，都把求学当作头一件大事，陈校长在北州地界上，普通人请他出来吃饭，饶是有二十年茅台，也是请不动的。

既然请得动，就不是一般人。

大家心照不宣，盛可以就直说了："陈校长，难得咱们投缘，是这样，我想找你们学校一位体育老师，名叫林浩君，去学校直接找可能不太好，所以想请陈校长帮我们约出来。"

乔希年在旁边停下了筷子，憨憨地含着一口鱼，总算明白过来了盛可以千里迢迢过来约人吃饭，唱的是一出曲线救国。

她的智商比盛可以高，人情世故却从未得到过合适的训练，用一句老西京人的方言来说，要画公仔画出肠才知道到底怎么回事。

盛可以显然是怕自己和乔希年到了北州之后，直接去找林浩君找不到，或者找到了对方不配合，因此托人约了北州一中的校长吃饭，再请入校长找林浩君。

区区一个体育老师，怎么敢拒绝校长？但凡人在北州，那百分之百是要出现的。

只要他来了，坐下了，不敢走，那就什么都好问了。

陈校长不知道是怎么回事，但看在丁总和盛总的面子上，那真是一秒钟都没犹豫，劈手就打了个电话给体育教学组的组长，简单明了地要对方找林浩君，尽快到六味餐厅的 301 包房来，陪自己见个朋友。

没几分钟对方就回复说告诉林浩君了，他马上从家里过来，可能要半小时到。

陈校长放下电话，脸带微笑，转述完这一句，又起了一句："盛总，我听说你们盛世集团，这几年想投一些教育项目？"

盛二爷不是傻子，自然打蛇随棍上："是的，家兄对教育尤其是初中高中阶段的教育项目很有兴趣，想在国内做一个连锁的精英私立学校，正在请专业公司做调研，估计明年下半年会启动了。第一批会开在西京、宁市和北州，届时我们来了，一定要请陈校指导。"

几句话说得滴水不漏，其实什么都没许诺，可是叫人觉得受用，有盼头。他毕竟是盛世集团真资格的二少爷，大家都写空头支票，他的也比人家的可信许多。

时间转眼过去了二十多分钟，林浩君应该很快要到了，这时候盛可以趁着陈校长去上洗手间，悄悄对希年说："你去隔壁那张桌坐一坐，我帮你点好菜，你自己慢慢吃。"

话音未落，服务员进来放下了包厢中间的屏风，乔希年过去那边一看，桌面上摆好了菜，都是她刚才进来看菜单想点，又因为点了太多没吃上的。

她刚坐下没两分钟，门就开了，有人说话："陈校长，您好，李老师说您找我？"

林浩君的声音，千真万确。

乔希年的心怦怦直跳，所有胃口瞬间都消失了，她瞪着屏风，仿佛想穿透阻碍看清来人。

盛可以比她沉得住气，继续兴致盎然地聊着，话里话外都叫人知道他是个了不起的人物，说起另外一些了不起的人物时称兄道弟，换了一个人，简直像吹牛像过了头。

他跟陈校长之间更是亲热有加，谈将来的合作，谈自己对陈校长的认可，言语有来有往，十分投机。不要说不明就里的外人了，就连乔希年在这边听了一阵子，都疑心盛可以是不是早先就跟陈校长认识，起码一起去爬过山或者钓过鱼。

酒过三巡，一瓶酒见底了，情商和盛可以不相上下的陈校长话锋一转，说："我差不多了，老婆催我回家，盛总，明天有空咱们再吃饭，我就先告辞了。"

接下来的话是对林浩君说的："小林，盛总找你要问点事，他是我的好朋友，自己人，你知无不言言无不尽，好吧？"

林浩君忙不迭地答应："一定一定，陈校长放心。"听得出来，他压根就不知道这位盛总会问自己什么，又怎么会莫名其妙问到自己头上。

盛可以起身送了陈校长出去，两人门口还寒暄了一堆，再见慢走说了好几次。等包厢门一关，盛可以拉动椅子坐了下来，说："林老师，这样，咱们直来直往，我要问的事很简单，麻烦你照实跟我说就行。"

声音陡然就变了，从热情有礼变得冷淡生分，无缝衔接。

乔希年在包厢这边感觉到了他语气的变化，不知道这算是演技好，还是真情流露。此刻尽管心乱如麻，她还是忍不住宛然一笑，深觉盛可以的可爱。

林浩君迷惑地答应："您说，您说。"

"你几年前，是不是去过一趟奥地利？"

林浩君明显迟疑了一下，似乎拿不准自己该说是还是不是，最后还是照实说了："是去过，盛总为什么问起这个？"他是真不明白。

"你在奥地利的最后一晚，是不是遇到你以前一个大学同学，叫乔希年的。"

乔希年屏住了呼吸，手中筷子敲在碗边上，传来凌乱清脆的敲击声。她急忙把筷子放下了，双手按在膝盖上，竖起耳朵等林浩君回答。

林浩君久久不出声，再说话的时候就变得警惕了："盛总，我和你素不相识，这些过去的事情和你有什么关系？"

盛可以短促地笑了一声，笑声颇为刺耳。

"希年是我的未婚妻，我告诉你吧，她的任何事情都跟我有关系。"他慢慢说，"我想要了解关于她的一切，不管是过去还是现在。"

乔希年心里一动，她感觉到这句话是盛可以看着自己在说的，仿佛他炽热的视线此刻就投在屏风上。

这位爷顿了顿，反问了一句："你觉得应不应该？"

林浩君根本没有选择，只好机械地回了一句："那是，那是。"

盛可以继续说："我听她说，她跟你在奥地利什么都没有发生，你却到处告诉别人她和你出轨，导致她前一段婚姻失败，所以我来跟你求证一下，这到底是真还是假？"

说起来，盛二爷做股票的脑子没有乔希年好，做生意的脑子没有盛天骄好，做学问的脑子没有盛三好，可是他天天在外面玩，说到要拿捏人，但凡他愿意，那还是知道怎么拿捏的，毕竟诈唬的技巧玩筛盅也能用得上。

林浩君估错了形势，说不清是男人的虚荣心作祟，还是死鸭子嘴硬，他一口承认下来："原来是这样，说来惭愧，我们当时喝了一点酒，又是大学的男女朋友，不小心就酒后乱性了，希年离婚了吗？那真是太抱歉了。"

是个人都能听到他语气中微妙的一丝洋洋得意，乔希年握紧了自己的手，心情直坠到冰窟里，同时还情不自禁揣摩了一下盛可以的心情。

她一直相信，自己在奥地利恐怕真是犯了错的，因此林浩君说出这番话来，就像死命撕开一块没有完全愈合的伤疤，疼痛难忍，鲜血淋漓，可是并不意外。

盛可以不一样，他自打一开始就不信，坚决彻底，毫无动摇。

他对乔希年的维护，到了偏心的程度，有时候她都不知道自己是否值得。

听完林浩君的话，二爷这一刻已经开始生气了。

他说："原来是这样。"

他冷冰冰地说："想不到你为人师表，表里不一，道德败坏。"

林浩君没料到对方翻脸比翻书还快，大吃一惊，急忙辩解："这都是很久以前的事了，盛总，乔希年是个好女人，这就是一时糊涂，你不要往心里去。"

盛可以更生气了："不往心里去？你说得倒是容易。"

听声音他推开椅子站起来，在偌大的包厢里踱步，似乎恼恨难当，言语间霸道总裁气质表现得淋漓尽致："姓林的，不瞒你说，我来之前查过你，我知道你喜欢嫖，在女人身上花了不少钱，还被人家仙人跳诈走不少钱，你不敢告诉家里人，陈校长估计也不知道这件事。"

林浩君大叫了一声："你说什么？"声音又惊又怕。

盛可以恶狠狠地哼了一声："你敢说我胡说？我有证据的，不行，我得告诉陈校长，我去找我教育局的朋友投诉你，你这样的人当老师是对教育事业的一种亵渎。"

听这意思他不是发发脾气拉倒，而是货真价实要把林的工作直接给撸了。

北州一中是公办名校，正式老师是有编制的，不是阿猫阿狗随便能找到的工作。真要被撸了，对林浩君这样的人来说，那就是天塌下来了。

局势急转直下，林浩君前后没有浪费一秒钟时间，立刻投降："盛总，对不起，我刚才是胡说的。"

盛可以哼了一声。

林浩君恨不得把自己的心都掏出来放在桌子上。

"真的，盛总，我和乔希年什么都没发生。"

盛可以怒斥："你这种人我见得多了，出尔反尔。刚才还说酒后乱性，现在什么都没发生。老实告诉你，我不能接受我未婚妻跟你这样的人认识，回去我就跟她分手。在那之前我必须搞死你，否则难消我心头之恨。"

马上传来他按手机键盘的嘀嘀嘀声，应该是在紧锣密鼓拨号。

林浩君压力巨大，什么都顾不上了。

"盛总，你听我说，我当时去奥地利不是跟乔希年偶遇，是她老公要我去的，她老公本来就想要离婚，我估计乔希年人太好了，找不到理由离，所以她老公就陷害她。"

"什么？"

"我跟你说，真的，一切都是他安排好的。她喝的酒里我下了迷药，药也是乔希年的老公提前给我，我们什么都没干。我把她带回房间脱掉她的裙子就自己睡觉了，第二天早上她醒我就走了，话都没跟她多说。"

"不可能！你什么都没干，那你回国之后还给她发暧昧信息？"

"我没有她自己的电话号码和微信，那些信息是发到她老公之前跟我加的一个号上的，信息他都编好了，我就转一下。"

他话音落下，包厢里陷入了死一般的寂静。

几分钟后，包厢中间的屏风被一把推开，乔希年出现在了盛可以和林浩君的面前。

她脸色苍白，直勾勾地盯着林浩君，慢慢走了过来。

他不知不觉站了起来，乔希年每前进一步，他就下意识地往后退一步，眼神躲闪着，不敢和希年对视，一直退到了桌子的另一头，靠着了墙。

乔希年轻声问："为什么？"

男人难堪地低下了头。

他良久磕磕绊绊地说："我、我当时……欠了不少钱，他、他答应给我钱。"

有这句话就够了。

人高马大的一个男人，此刻像是被一个苍蝇拍子拍扁了，垂头丧气。

"希年，我真的什么都没做，你相信我，我当时是一时糊涂。后来我想要找你跟你说的，让你小心你老公，那个男的不是个什么好人，结果你那个微信都已经注销了。真的，我知道自己不对。"

他无路可走，忽然开始扇自己耳光，满怀懊恼和怨恨，货真价实地一下一下抽自己，脸上立竿见影出现了红色指印，一层层叠加上去。

耳光声在包厢里清晰可闻，谁也没去阻止他。盛可以过来牵着她的手，说："我们走吧。"

他们离开之前，看都没多看林浩君一眼，这种小人不会为自己做过什么而后悔，他后悔的是被人抓住痛脚，被人逼到墙角，偏偏又这么蠢，一次又一次重蹈覆辙。

司机一直在门口等着，他们上车之后，乔希年一直沉默不语，直到回到自己酒店房间门口，盛可以把她的包递过去，说："早点睡。"

希年凝视他，眼神如湖水一般清明，点点头。

盛可以摸摸她的头，转身回自己房间去了。

第二天他们从容吃了早餐，希年开了两个电话会，退房准备原路返回西京，车子开到高速入口的时候，盛可以忽然问："你和那个林浩君是怎么认识的。"

乔希年皱眉，显然听到这个名字就让她心情不佳，简短地说："我们是同学。"

"他读体育系，你读金融系，怎么认识的来着？"

"老乡，我们是一个地方的，都是常州人。我宿舍的室友认识他，介绍我们认识的。"

常州就是好莱坞电影《环太平洋》里生产巨大机器人的那个城市，编剧不是瞎写的，常州重工业发达，教育底子好，有不少好学校，自然也就产生了不少学霸。

盛可以打开地图看了一下："常州离这里不远。"

乔希年说："嗯，两个多小时的车程。"

司机插了一句："往北边走宁西高速，第一个出口就是常州。"

盛可以转头凝视着乔希年，轻声说："你想不想回家见见你父母？"

他这么说令乔希年猝不及防，脸色木木的，没有任何反应。

盛可以柔和地说："你出来这好几年，都没跟家里人联系过吧？"

他伸手将她细碎的额发往耳后轻轻掖过去，指尖那么轻柔，乔希年已经习惯了他的温存，不再躲闪，也不会觉得窘迫，只是这一次垂下了眼睑，代表内心有千军万马左冲右突。

"要不要我陪你回去看看他们？"

乔希年长叹一口气，摇头："他们不会欢迎我的。"

"为什么？"

乔希年对他笑笑，很勉强的笑。

换了一个人，她什么都不会说，人生不如意十有八九，可与人言无二三。

但眼前是盛可以。

她接受了自己的幸运，什么都可以跟这个人说。

"我爸爸妈妈，希望我听话，在家听他们的话，在学校听老师的话，嫁人了，就要听老公的话。他们不喜欢我做任何出格的事，千万不要与众不同。"

她看向窗外："我不跟他们联系，就是因为不想让他们失望，以前是，现在也是。"

莫名其妙的，她言语中带上了不应当存在的羞愧与惶恐，像时空错乱了，忽然回到了十年前、五年前，甚至三年前，她卓绝的头脑不是依靠，其他人的呓语却必须句句当真。

是盛可以，又是盛可以，把她一把拉了回来。

只是这一回，他没有用平常插科打诨或软语安慰的方式。

他说："我告诉你一个秘密吧。"

他很严肃，脸上没有半点儿表情，像是在刻意地、努力地把情绪排空，以便字斟句酌地把自己要说的话说完。

他没有虚张声势，他要说的确实是自己一生中最大秘密。

"我妈妈，不是病死的。

"她得了癌症，晚期。确实很严重，但不至于那么快就去世，如果能到大城市去治，可能能多活两年，三年，五年，我不知道。

"她是自杀的。"

乔希年身体一抖，手捏紧了盛可以，他却没什么反应，还是很平淡地说："我那时候已经十四岁了，读初二，马上中考，每天忙着照顾她又要上学，成绩不怎么样。

"更重要的是，我长得越大，不好管了，我爸来接我的可能性会越来越小，他愿意照顾我的可能性也自然越来越小，我妈担心再过几年她死了之后，我就彻底无依无靠了。

"我妈没问过我想要什么，她可能觉得，让我跟着一个有钱的爹，过大富大贵的日子，就是人生最好的选择，她用死来换回我爹必须对我负责任。"

盛可以咽喉间发出古怪的咕噜声，像硬生生吞下了某种滋味奇苦，外有倒刺之物。

他望着车窗外，幽怨地谴责，仿佛冥冥中那个慈爱的女人能感应他的心声："我亲妈，真的太不懂事了。"

他松开了乔希年的手，比画了一下："让我放弃全世界，换回我妈多活几年，我愿意。哪怕我书都不念了，每天给她喂饭接屎尿陪床，我都愿意。"

他甚至还对乔希年笑了笑。

"可惜她不知道，她把她想要的塞给我了，没问过我要什么，那些努力当父母的人，可能有时候就是这样，以为自己做得对，其实根本搞不清楚状况。"

两颗眼泪从他脸颊上滑过，落在胸前，簌簌有声。

乔希年突然张开双臂，俯身过去，紧紧抱住了他。

她明白盛可以的意思。

西兰花。

白色裙子。

无懈可击的礼貌与忍耐。

尽可能泯然众人。

别出格，别突兀。

她父母塞给她，非要她接受的一切。

在他们的观念里，也许都是好的。

只是他们从未想过，自己的女儿到底要什么。

乔希年父母家住在常州工学院附近的工院新村，这一带以前是工学院的员工宿舍楼所在地，后来所有旧房子都拆了，学校和地产商合作开发了这个小区。

小区一部分是商品房，一部分是学校教职员工的福利房，以远远低于市场的价格向学校正式教职员工发售。乔父是工学院数学系的教授，顺利买到一套四室二厅的房子，举家迁入，之后就一直住在这里，乔希年读大学才离开家。

去常州的路上乔希年跟盛可以回忆自己父母，她说："我爸爸智力很高。"

"原来是遗传啊！"盛可以评论道。

乔希年的爸爸性情很古板，每天准点上班准点下班，教书写论文，做自己的研究，几乎不和外人来往。她母亲身体不好，好几种慢性病，学校为了照顾她，在工会安排了一个很清闲的工作，整理一些文件之类的。就这样她也时常告假在家养病，并不是装的，她的确不舒服，在家里躺着，或者恹恹地坐着，什么也不做，凝视着空中一个点。

这样一对夫妇，自然会营造出极为安静的家庭氛围，而这样的家庭里，很难想象可以养育出活泼的孩子，特别是女孩子。

乔希年自小耳濡目染，被父母言传身教，和父亲一样行止计划精准到分秒。与此同时和母亲一样经常觉得自己心情低落，精力匮乏，很多需要与外人交接，筹划周旋的事，她还没做就有一种无能为力之感。

长大后她曾经想过，这到底是一种遗传，还是一种模仿。

盛可以安静地听着，在乔希年絮絮地诉说中，时间飞逝，车子下了高速，进入常州之后马上转到环城道，很快就到了工院新村。

上一次乔希年回娘家，还是去奥地利那一年的春节，初二到的，住了三天就走了。这三天之中乔父难得的脸上有笑容，但他高兴不是因为女儿在家，而是因为女婿在家。

王鹤陪着老丈人喝酒、下棋，晚饭后出去散步，绕着工学院的人工湖走两圈刚好三公里，两人谈天说地，聊得很投机。只要王鹤愿意，他可以让任何人觉得高兴。

反之亦然。

三年，说长不长，说短也不短，一切似乎都没有改变。小区每栋楼面前的花坛里，种的还是月季与迎春，都以熟悉的姿态摇曳。

他们到的时候是下午三点多钟，车在小区大门外停下，乔希年带着盛可以往里走。她走路的姿势有点僵硬，甚至莫名其妙驼起了背，眼睛直勾勾盯着地面。盛可以跟在她背后，感觉乔希年随时会停下脚步然后转身说："算了，我们走吧。"

如果她这么说了，盛可以不会勉强她，他们可以一起离开这里，永远不回来都没关系。

但乔希年没停下来。

乔家住在三栋二单元，从大门进去，沿着一条石板路横穿小区，三栋在大门对角处的位置。小区中心是一块广场，最外圈是一条绿色的步道，一圈下来大概两百多米，里面还有一圈健身器材，最中心有一片空地，好些孩子在玩，骑滑板车的，拍球的，你追我赶的，空气中回荡着快乐的叫喊声和笑声。

一个只有一岁多的小男孩摇摇摆摆走路，肉嘟嘟的小手挥舞着，经过乔希年面前，忽然急转身扑进了跟在后面的妈妈怀里，"咯咯咯"笑起来。乔希年情不自禁站定回头去看，眼睛一下就红了，盛可以急忙拉着她往前走。

工院新村的房子修了超过二十年，没有电梯，一进单元门，光线就暗淡下来了。楼道里的气味很沉闷，家家户户都保留着当年统一安装的金属防盗门，颜色十分老旧。

他们爬到三楼，眼看自家家门近在咫尺，乔希年忽然站住了，深呼吸了好几次，终于上前按响门铃。

一次、两次、三次。

清脆的门铃声在屋子里回荡，却无人应门，乔希年转身对盛可以说："好像没人在家。"语气中的如释重负呼之欲出。

盛可以说："要不咱们等一会儿？"

乔希年垂下眼睛，沉默不语，伸手又按了一次门铃，这次铃声落定之后，她扭身非常突兀地往楼梯口小跑过去，语气急促地说："走吧，没人。"

屋子里传来"砰"的一声，像有什么体积颇大的东西落在了地上。乔希年愕然回头，望着门望了半天，忽然有人说："希年？"

喊出"乔希年"名字的女人站在二楼和三楼交接的拐角平台上，约莫六十来岁，身材高挑，容貌端庄，眉眼和乔希年有几分相似，一头银发雪白蓬松，身上穿着黑底蓝花的衬衣和黑色长裤，肩膀上挎了一个装满菜的环保袋。

乔希年和她四目交接，下意识地喊了一声："妈。"两人都愣住了。

盛可以在一边大气不敢出，看看乔希年，看看乔妈妈，不知如何是好。最后还是乔妈打破了沉寂，她紧了一紧环保袋，迈步上楼，很平静地说："你怎么回来了？"就像乔希年只是早上出门上班，没到下班时间就回家了一样。

她越过女儿身边，掏出钥匙开门，手一直颤抖着，没有办法对准钥匙孔。

乔希年垂着头上前，小心翼翼接过妈妈手里的钥匙，开了门，他们一进去，乔妈妈就惊叫起来："老乔，你怎么了？你这是怎么了？"扔下手里的袋子往里面跑。

乔希年叫了一声："爸爸——"也跑了进去，走在后面的盛可以一头雾水，紧赶几步过去一看，原来有人摔了。

这套房子一进门就是饭厅，往里走是厨房，右手有道门进去客厅。客厅对着门的那道墙上开着方正的大窗户，装了绿色细网的纱窗。一张单人长椅摆在纱窗下，此刻长椅下趴了一个老头儿，戴着毛线帽子，穿着家里穿的细蓝条棉质的长衣长裤，上身趴在地上，双臂想撑却撑不住，腰身以下扭着，脸冲着地，一脸懊恼。

乔妈妈几步跨进去蹲下来扶他，老人嘶声说："我说哪个三番五次按门铃，以为是你没带钥匙。"

乔希年跟上去帮妈妈，乔爸爸一眼看到她，忽然眼珠子定住了，本来指着门的手悬在了空中。他的身体往下坠，像突然之间失去了动力，沉甸甸的，两个女人勉强拉扯着，没有办法把他提拉起来。

乔希年满脸通红，眼睛里灰蒙蒙的，她低着头，双手搀着父亲的手臂，感觉不到半点儿柔软。蓝色衣服下只有薄薄的皮肤绷着骨头，印象中那个瘦削却结实的父亲消失得无影无踪。

一阵剧烈的酸楚涌上来，可是她不敢哭，乔其明不喜欢女孩子动不动就哭哭啼啼，三岁的时候如此，三十岁的时候想必也没有改变。

盛可以看她们俩实在吃力，顾不了那么多了，上前抱起老人，轻轻放在单人床上。乔妈妈弯着腰半天直不起来，盛可以又赶紧去扶她坐下。屋子里四个大活人，除了呼吸声没有别的响动，空气像是凝固了。

盛可以看看这场面，自己留着实在不合适，刚想跟乔希年说一声先走，她忽然说："二哥，我妈可能扭着腰，你能不能帮我个忙？"

盛可以说："好好好，你要我做什么？要不要让司机也上来帮忙？"

乔希年摇摇头，找到乔妈妈扔下的一袋子菜，带着盛可以去了厨房。她把炉灶开关，厨具餐具调料所在的地方指给他看了一下，看她那轻车熟路的样子，估计乔家的家什布置从来没变过样，然后说："二哥，你能不能帮我妈做一下晚饭？"

盛可以摸摸头："要不我走吧？你们一家子的，很多话说吧。"

他又忍不住拉过乔希年的手："你没事吧。"

乔希年眼睛通红，带着哭腔说："我有事。"

"我不知道我爸成这样了，都不知道从什么时候开始的？我真是，我真是……"

她说不下去了，眼泪噗噗落，盛可以赶紧拍她："好了好了，这不是你的错，知道吗？"

他轻轻把她往外推，说："我知道了，你去跟爸爸妈妈说说话吧，我来做饭，不好吃别打我就行，知道吗？"乔希年很勉强地咧咧嘴。

他目送乔希年出去，顺手把门关上了，看看环保袋里有一盒250克的瘦肉，几条黄花鱼，六个蛋，还有一把青菜，半颗西兰花，姜葱蒜若干，简直不知道能怎么吃，他心想要是有传送门就好了，把袁哥传送过来，炒个四菜一汤再把人传送走。

客厅里隐约传来了哭声，中气不足的叱骂声，叫嚷声，有东西砸在墙壁上，乔希年颤抖着在说话，这些声音盛可以都没有刻意去听，更没有跟平常一样，乔希年一有什么动静就情不自禁要去管。

他一心一意笨拙地切着菜和肉，把自己的注意力全部放在厨房里。

这是乔希年家的家事，家事很多时候没有所谓对错，更不存在绝对的公平，家事只有这个家里的人明白来龙去脉前因后果，外人根本不应该插手，盛可以很清楚这一点。

他拍着蒜准备冒死做一道家烧黄花鱼，这一刻他想起自己去世的母亲，要是现在还有人可以天经地义打骂他一顿，他就是世上最幸福的人。

盛可以千方百计拖延着做饭的时间，菜和菜之间蹲在厨房地上玩游戏，竖起耳朵等客厅里的状况缓和，渐渐地终于有一点风平浪静的迹象，和平的气氛感觉比较稳定了。

他看看时间已经五点多，赶紧把菜装盘，一碗家烧黄花鱼、一碗蒜蓉西兰花、一碗清蒸水蛋，好吃说不上，应该也不至于吃死人。

仿佛心有灵犀，乔希年这时过来推开了门，眼睛肿了，满脸泪痕，痛痛快快哭过了，声音嘶哑着，开口就道歉："二哥，对不起啊，辛苦你了。"

盛可以连忙摇头："不辛苦不辛苦，就是你们家煤气灶不太好用，打火要打半天，回头给换一个吧。"

乔希年低着头，半天才说："本来应该让你先走的，跟你一点儿关系都没有。"

她鼓起了勇气和盛可以对视，说出了自己的心声："可是你不在这里，我觉得很害怕。"

盛可以走过去拍拍她的头，说："我知道了，你让我在哪里我就在哪里，好不好？"

他抬眼看到乔妈妈走过来，赶紧往后退一步，大声说："希年，端下菜，差不多吃饭了。"

乔妈妈刻意用平和的语气说："希年，介绍一下吧，你这样带客人回来一点儿规矩都没有。"简直是忍都忍不住要教训人。

盛可以急忙擦了手上前问好："阿姨你好，我是希年的同事，我们在一家公司工作的，我姓盛，您叫我小盛就行。"

乔妈妈露出礼貌的微笑："盛先生你好。"她看了一眼乔希年，说，"给你看到这么混乱的场面，实在是不好意思。"

盛可以拨浪鼓一般摇头："我什么都没看到，我做菜呢。"他转身把鱼端出去放在饭厅里那张小小的木餐桌上，殷勤地说："阿姨，吃饭不？我来盛。"非常熟练地就反客为主了。

乔希年帮乔妈妈把爸爸扶起来，坐上轮椅，推到客厅里来吃饭。老头儿瘦骨嶙峋，脸都变形了，稀疏的头发灰白相间，手稍微一抬一抬都要花很长时间，即使如此，他还是要端端正正坐在桌子旁边，自己拿勺子慢慢吃饭。乔妈妈想要喂他一口，他就严厉地瞪过来，脸上写满了不服。

这是一个一辈子对自己有要求，也对其他人有要求的人，哪怕到了万不得已，他都不愿意放松自己的要求。

饭桌上鸦雀无声，大家都配合乔爸爸的进食速度，缓慢地吃着。盛可以看着大家夹菜往嘴里放，有点提心吊胆，生怕二位老人吃着吃着突然呸一声吐出来，说这是什么玩意儿。

吃到一半，乔妈妈忽然说："希年，你吃点儿西兰花，有营养。"

她拿了一个小碗，装了一小碗西兰花，放在乔希年面前。

乔希年举着筷子定在半空，死死盯住那碗西兰花，几秒钟之后她放下筷子，把那碗西兰花倒回了大碗里，平静地说："我不吃西兰花，以后不要给我了。"

和乔家三口吃完饭，盛可以告辞出门，出门之后给乔希年发了一个信息，告诉她自己坐当晚的飞机回西京，司机会留在常州供她调遣，她想在家待几天都行。

乔希年回了他一个温柔的笑脸，这次她没有说谢谢你。

如果你知道自己和一个人足够亲，你就不会刻意说谢谢。

乔希年在常州待了四天，第五天回到了西京，到的时候已经是下午四点多了，她径直去了公司。盛可以一早得到消息，已经在她办公室等着了，看到她就迎上来："怎么还来上班啊？舟车劳顿的，回去休息好了。"

说是这么说，脸上却带着笑，看到乔希年他就很开心。

乔希年也笑，很浅，等司机放下东西走了，关上门，笑容就消失了。盛可以看她表情不对，就问："怎么了？"他想起乔爸爸憔悴的样子，下意识地有点担心，"你爸爸妈妈还好吧。"

乔希年坐下，双手按着自己的头，发了一阵子呆，叹着气说："我爸，是被我给气病的。"

盛可以在她旁边坐下，说："怎么这么说？"

"事实就是如此。"

她慢慢对盛可以道来原委：

乔希年从自己家里跑了之后，王鹤第一时间去了常州，对乔家父母声泪俱下痛诉乔希年出轨私奔的一干糊涂事。

乔爸爸当场气到昏厥，打120送医院急诊，还住了几天院。

他住院期间，王鹤衣不解带在医院伺候，医药费买单也抢着来，上到医生护士，下到病友家属，都双挑大拇指，盛赞这个女婿真是如珠如宝。

乔家二老看在眼里，听在耳里，欣慰之余，自然更多惶恐与惭愧，他们想必怎么想也想不明白，自己花了半辈子的心血教导出来的女儿，一贯来如此乖巧、温顺、知书达理，嫁的又是王鹤这样优秀深情的老公，怎么会出轨、私奔，做出无耻之尤的丑事来。

乔希年的父母对这个说法，照单全收。接下来三年，王鹤定期来看望二老，偶尔获知乔希年的消息，也会第一时间让他们了解。尽管妻子不见了，他仍然扮演着一个完美女婿的角色。

他所谓的消息，自然都是假的。

他说乔希年在西京和男朋友同居，性格变得和以前截然不同。

他说自己三番两次联系乔希年，苦苦哀求把乐乐送回家，却被无情拒绝，还把乐乐藏起来，让王鹤骨肉分离，痛苦不堪。

他说乐乐被乔希年的男朋友虐待，身体很不好，也不给好好读书。

他说乔希年冷酷地表示她宁愿死在外面，也不会跟父母和王鹤再有任何关联。

每一则来自王鹤的消息，都自然变成一把扎在乔希年父母心上的钢刀，本来身体很好的乔老师,眼看着就渐渐衰弱下去了。去年发了一次心梗,住了一段时间院,现在还无法完全自理,大部分时间都躺在床上。

乔希年在家几天,终于得知了这一切。

她不知如何自证与争辩,只能无言以对,就算把王鹤的丑恶嘴脸揭发给二老知道,又能如何?无非是在旧伤疤上插多一刀,给他们带来更多痛心与悔恨。

她只能告诉他们,以前的事都过去了,自己现在在一家大公司上班,乐乐也好好的,非常聪明,完全遗传了外公的数学基因。她把乐乐跳广场舞的视频给老人看,小孩子嬉笑的神情,闹腾的姿态,足以证明他受到亲妈虐待是十足的谎言。

盛可以问她:"王鹤现在还在跟你父母联系吗?"

她想了想:"说最近几个月少了。"

原因很简单,他找到了乔希年的下落,不再需要监控乔家那边的状况了。

盛可以看她有气无力的样子,很心疼:"行了行了,回来就好了,回头你征求一下你爸妈的意见,是不是搬到西京来,方便你照顾他们。"

乔希年对他感激地笑笑:"我说过了,他们不愿意,说住在熟悉的地方要舒服些。"

盛可以说:"那是你妈妈还能爬楼,我看她腰也不太好,再过几年,可能就爬不动楼梯了,就算不搬来西京,也给他们买一个有电梯的房子吧。"

乔希年"嗯"了一声,没往下细谈,转头看看自己的日程表,说:"五点半有一个会,我看一下资料。"

盛可以没脾气:"这么爱岗敬业的吗?"

乔希年一本正经:"这几天已经耽误很多事情了。"

她从自己的包里拿笔记本和手机,忽然嘀咕了一声:"这是什么?"她拿出了一个A4规格的硬塑料文件袋,袋口用胶布贴得牢牢的。

她问盛可以:"这是你的吗?"问完也知道答案肯定不是,他们都好几天没在一起了。

盛可以过来凑热闹:"这是啥?"

乔希年拆开文件袋,里面是一份保单、一张卡,还有一张字条。

字条上面是乔妈妈娟秀工整的字体,一笔一画,和她本人一样严谨端庄:

希年,这是爸爸妈妈在三十年前给你买下的年金保单,每年缴存十五万元,缴纳二十五年之后可以提取。

我们只有你一个女儿,物质上我和你爸爸都没有任何要求,唯一的愿望是我们不在了之后,你无须依靠任何人也能平安稳定地生活下去。

这笔年金是我们的毕生积蓄,加上现在的房子,是我们能留给你的一切。

现在我和爸爸把保单和银行卡都交给你,密码是你的生日后六位,账户里应该有一千两百多万元,应该足够你和乐乐好好生活了。

我们一直对你严格要求,是希望你成为一个对社会有用的人,一个高尚的人。也许我们的想法是错的，你有你自己的人生，无论如何，我们已经尽力了。

字条从乔希年的手中飘落，仿佛一个霹雳打中了她的前额，乔希年的眼睛睁得史无前例地大，死盯着空中的某一个地方。

盛可以捡起字条，一把鼻涕一把泪，说："你爸爸妈妈真不容易啊，有爸爸妈妈真好。"看样子乔妈妈写的字条对他的影响比对乔希年要大得多。

因为乔希年脑子里现在想的，并不是爸爸妈妈对我真好我真感动。

而是："我知道王鹤为什么要害我了。"

她冒出了这一句。

盛可以的视线落在那份保单上，他马上也明白了。

盛二爷绝对智商可能一般，人情世故是懂的，半辈子在有钱人堆里打滚，不少平民百姓不必关心的风险他也懂。

"你的意思是说，王鹤是冲着这笔钱来的？"

一想确实很有道理。

"你是独女，你父母的财产都是你的。你和王鹤是夫妻，你如果出什么事，你的财产都是他的，没错了。"

想起乔希年曾经的遭遇，盛可以越想越觉得可怕。

"诬陷你出轨，但不跟你离婚，而是想方设法让你精神崩溃。那么，只要能把你送进精神病院，医学证明你是无民事行为能力人，他就有权处置你所有的财产，半毛钱不用分给你。"

抽丝剥茧，水落石出。

他再深想一层："还有，他找黑客不断在网上搜寻你的信息。不仅仅是为了找到你，而是为了找不到你。"

乔希年没明白这句话的意思，下意识地说："什么意思？"

盛可以一句话就解释明白了。

"找到了你，可以继续整你，如果一直找不到你，那么一个人失踪之后，如果四年之间都没有任何音讯，他作为你的配偶，可以去法院申请宣告你的"死亡"，光明正大继承你名下的财产。"

他愤怒异常："这个禽兽。"

乔希年全身抖了一下，目眩眼晕，就好像被虚空中谁挥出的一记勾拳打中了鼻梁。

被姜教授开启的那扇往事之门，再度悄然滑开。

那里就像一个仓库，黑暗、潮湿，涌动着暗流，每一个角落都堆积着无数箱子、抽屉、瓶瓶罐罐，所有容器里都存着往事。

乔希年闭上眼睛，她的意念在仓库中慢慢走动，四处查看。最大的一些箱子已经经由姜教授的引导打开释放了，此刻空空如也，可是更多的小件容器藏在角落里，等着她去翻检。

她弯下腰，捡起一个药瓶状的罐子。医生开的药，药瓶上有标签，说每天一次就好，是镇静用的。

关琳拿过来给她吃的时候，标签不见了，说吃两颗吧，效果好一点。

旁边有一个一个黄色的小盒子，网上搜到的同名抗抑郁药，是白色的。而她吃的，是黄色的。

其他人吃完药会镇静下来，症状减轻，情绪有所好转，她却成为一个和平常截然不同的狂躁之人，打砸东西，攻击护工甚至陌生人。顺理成章的，乔希年变成了一个难以取信于任何人的神经病。

她摩擦着一个黑色的长颈瓶，里面有黑色的雾气旋转，许多场景，若隐若现，萦绕着各种声音，在耳边如鬼语呢喃，复现往事——

每次说去复诊的时候，她见到的医院，似乎都和上一次去的不同。

她吃过药发过狂之后，总是昏昏沉沉全身无力，仿佛随时会晕过去，只能闭眼，就像一个死人。

很多次，王鹤跟关琳会在她的房间外面悄声的谈话。

那些谈话的内容，一直裹着面团或纱布，混沌不明地放置在她脑子里某个地方，现在忽然蹦了出来，像惊雷在乔希年耳边爆响，穿过上千个日日夜夜的时间，字字句句清晰可闻：

"她吃药了？"

"吃了？"

"效果怎么样？"

"我看挺好。"

"多吃几次。"

"知道，哎，你真缺德你知道吗？非要把她变成个傻子。"

"这还不是为了你，为了咱们，来给老公亲一个。"

关琳吃吃的笑声。

窗外的风声，空调运转的嗡嗡声，街道上遥远的车喇叭声，药物在她脑子里引发的，永远不断的尖叫与轰鸣声。

"为什么？"

"为什么？"

"为什么？"

她反反复复问自己的声音。

此刻，随着往事容器的开启，她从前忽略的余音交织在一起，再度播放，像一张忠实记录了所有音轨的旧唱片。

这一次，那些她不愿意听，不愿意记，不愿意相信的话语都成了绝对主角，出现在了注意力的最中心。

她躺在家里奄奄一息之时，那两个人类似的对话乔希年听到不止一次。尽管如此，她却浑然不曾警觉自己身在陷阱，像一只被打断了四肢的困兽，正于精疲力尽中走向灭亡。

强烈的愧疚与失去的痛苦将她腌了起来，抽干了所有生机，将乔希年制成了行尸走肉，除了相信身边的人没有其他出路。

她认定自己是疯了，因此下意识地把真实的信息当作幻觉去处理，逃离之后三年都未曾想到有其他可能。

如果不是因为王鹤太过于急切，非要带走乐乐，永远不让她见到儿子，乔希年绝对不会反抗，而是跟着王鹤和关琳的魔棒起舞，渐渐万劫不复。

她想起乐乐发烧那一次，自己在盛可以的公寓里对他说的话："如果没有乐乐，我早就死了。"

这是多么痛切又多么真实的感悟。

盛可以耐心地在一边等待乔希年的回应，良久之后，她终于从往事的仓库里抽身回到现实，睁开眼睛。

她平静地说："我觉得你说得对。"

一千多万，对常人来说确实是个天文数字，足以把人变成鬼。

现在她只需要最后一片拼图，非常小，可是非常关键。只要这一块能嵌合，整个推测就彻底完整了。

她打电话给父亲："爸爸，我到了，你今天感觉怎么样？"

"放心吧，我老板不会扣我工资的，我是正常休假。"

"我会好好工作的，你放心。"

"我知道了，对了爸爸，我问一件事。"

她努力克制自己，装作语气平淡漫不经心，好像只是随机想起，随意一说："你以前有没有告诉过王鹤你给我存了这么大一笔钱，是什么时候告诉他的？"

乔父在那边说了几句什么，乔希年面无表情地听，听完之后，她说："我知道了爸爸，我过几天带乐乐回来看你们，你保重身体，好吗？"

电话挂断，她迟钝地望着手机的屏幕，脸上没有表情，就好像一台电脑信息过载了，一时间呈现出死机的状态。

盛可以等着，直到她自己缓过来，慢慢说："我爸爸跟他说了。"

"我去奥地利之前三个月，他和我在家拜年的时候说的，还告诉他那一年七月年金就会到我名下，我爸爸准备在我生日的时候把卡给我。"

盛可以从未听过乔希年的语气如此冰冷，充满了尖锐的，货真价实的憎恨。

她总结说："他真是一天都不愿意多等。"

第九章

别让"恶魔"窃取阳光

宁市，奥园路宝邸小区。

一辆奥迪 A8 开进停车场，顺利地滑入一个宽敞的车位，车位上方挂着一块"业主自有"的牌子。

王鹤从车上下来，吹着口哨朝电梯间走去。

在宁市，宝邸是高档小区的代名词，房子的位置、环境、配套设施、物业管理水平都是一流的。有段时间宁市有女儿的有钱家庭都流行全款陪嫁一套宝邸的小公寓，五十多平方米要六七百万，算婚前财产，给女儿傍身的。

王鹤想住宝邸很久了，今年初终于得偿所愿，一开始当然是租的，总得一步步来嘛。人生只要是上坡路，终究会来到自己想去的地方——再说三万多一个月，就算租的说出去也挺有面子的不是吗？

他就来看了一下房，掉头就拍板下定了，搬进来没几天，王鹤又去了一趟附近的奥迪4S店，想换辆车。

他之前开的是一辆国产的"宝马5"，二手买的，开了好几年了。宝马是不错的牌子，又国产又5系却叫人犯嘀咕，被人说了几次之后，王鹤自己都觉得是装腔，早就想换了。

他年初就在4S店订了个A6，三个月才到货，结果才订了几天，他就后悔了。

王鹤是搬到宝邸之后后悔的，因为那儿停的车没有A6这个级别，一水儿都是库里南、宾利、奔驰、迈巴赫，就连送孩子上学用的保姆车都要七八十万。

费劲巴拉换了一回车，天天回家还要在停车场矮人一头，这感觉王鹤想想都难受。

说起来他运气不错，他去奥迪店里看车的工夫，相熟的销售小吴过来，问他要不要考虑一下买 A8。

小吴说，去年有人订了一辆 A8 最高配，内外选的都是特别娇媚的淡粉紫色，结果临提车莫名其妙飞单了。

客人损失了三十万预付，而其他人买 A8 都是商务用的，对粉紫色比较抵触，已经在手里有一阵子了没能卖掉。

小吴就问王鹤："哥，这车你要不？你要的话原价给你呗。"他还追加了一句，"你之前订的 A6 到了之后，咱们加点钱当现货卖别人，哥你还能赚点儿。"

王鹤听完犹豫了最多一秒钟，就买了。

他心里明镜似的，如果不是在宝邸见了那么多几百万的豪车，自己未必会那么爽快接手一辆 A8。

买了就买了吧，不缺那几十万，开进小区的时候，起码觉得自己像正经住这里的人了。

王鹤踩着轻快的步子进了电梯，刷卡，屏幕上自动跳出三十三楼，而后平稳上升。他抬眼看看摄像头，训练有素的夜班保安想必正在密切监控小区里的安全情况，他再望向电梯间的镜子，端详自己的脸，一种人上人的惬意感油然而生。

他三十多岁，本来就是男人状态最好的年纪，又一贯来都注重锻炼和修饰，整个人修长健美，前段时间去海边潜水把皮肤晒黑了，更显得轮廓俊朗。

长得好是其次，人靠衣装，他身上的白色衬衣、牛仔裤和鞋子，式样简单，价格不菲，质料、设计、剪裁做工都很不错，能把人的气质衬出来。

有钱太好了。

这句话最近几个月频繁出现在他脑海里。

当然是个人就知道有钱好，可是有钱到底有多好，没体验过有钱日子的人，根本想都想不到。

就拿奢侈品来说吧，王鹤以前就经常出国，他在各大机场、国外的商场、奥特莱斯之类的地方都买过名牌，衣服鞋子包包皮带，一次两三万，和工薪族比算是很大手笔的消费了。

可是真正的有钱人原来根本不会特意去国外买奢侈品，更不会去奥特莱斯，事实上他们连品牌店都懒得去。店里要是有新货，柜姐会送到客户家里，挑多久都行，怎么挑都行。

品牌搞活动，会毕恭毕敬去请人家参加，秀场留出位置来，公关亲自接送，做足普通人眼里一百分的待遇，对有钱人来说只是基本礼貌。

这种体验王鹤有过一次之后，"有钱太好了"这几个字，就再也忘不掉了。

他带着这种愉快的心情到了三十三楼，刷指纹加密码开门，一进去就看到关琳瘫在客厅的沙发上，脚搭着茶几，手里举着红酒杯，八十寸的 4K 电视机开着，正播着一出无聊的肥皂剧，里面的角色尖声喊叫，不知所云。

王鹤顿时皱起眉来，他走过去，发现沙发边歪着一个空的红酒瓶，而精致的宝蓝色波斯地毯上晕开了一摊酒迹。

"你怎么一个人喝那么多酒？"他的声音带上了怒气，弯腰把酒瓶捡起来丢进垃圾桶。

关琳动都没动，只是瞥了他一眼，眼神中有敌意。她没化妆，脸因为酒喝太多有点肿肿的，黑眼圈很明显，头发乱糟糟的，身上那条真丝睡裙穿了几天了，现在胡乱卷在身体下面，露出了内裤，雪白大腿上一块块淤青很显眼。

王鹤等了一会儿，她还是什么都没说，王鹤在她身边坐下，试图好好说话："怎么了这是？"

关琳冷笑一声，把手中杯子里最后一口酒喝干了丢开，站起来摇摇晃晃就往洗手间走。

王鹤伸手一把拉住她，提高了声调："我问你，为什么要一个人喝那么多酒？"

关琳使劲儿甩开他，大着舌头嘟囔："别管我，走开。"

王鹤站起来，他的怒气值就像掉在开水里的一根水银温度计，以肉眼可见的程度直线上升，他更加用力地抓紧了关琳。作为回应，她发出痛苦的尖叫声，激烈扭动着，一面伸手向他的脸抓过来，红色指甲尖尖的，像野兽的爪牙。

她年轻时候最吸引他的，就是像野兽的那一面，和永远乖觉沉默的乔希年如同世界两极，男人要付出许多努力才能让她顺从，得手之后格外过瘾。

不知道从什么时候开始，她一点就着的脾气不再是刺激，更多变成了负担，也许是因为王鹤不再想要去征服一座已经爬过无数次的山。

王鹤躲过她的抓挠，手放开，再一推，关琳失去了重心，摔在了墙壁边，好一会儿都没缓过劲儿来。

他蹲下来沉着脸打量她，慢慢说："为什么要喝那么多酒？"

关琳抓着自己的睡裙边，歇斯底里地尖叫起来："滚开！滚开！滚，不要管我。"

这时王鹤的电话响了，关琳的尖叫声戛然而止，变成了充满警惕的质问："这么晚了，谁给你打电话？"

王鹤看了一眼来电，没有理会关琳，走进书房反锁了门，这才按下接听键。

"王总到家了吧？不好意思啊，今天把你留到这么晚，女朋友没有生气吧？"

电话里的女人声音轻快爽朗，和主人的气质如出一辙。

王鹤想起对方的样子，一整套路易威登的蓝色印花裤装，爆炸头，用一根衣服同色系的发圈松松地绑着，为人处世彬彬有礼，可是浑身上下都在提醒别人她的来历不凡。

赛琳娜，AMT总部的采购副总，和王鹤上个月在一个投标现场认识的。

那是集团分公司的一个礼品采购单，金额四十多万，绝对数额不高，利润还不错。

王鹤的公司有礼品供应这一块，早年投了几家工厂，自己有股份，能把价格控制得比较低，业务做得还不错。不过，这一次投标他本来是应朋友的请托去围标的，出来之后反而是他的公司中了，让王鹤很意外。

宣布结果之后，采购总监张总过来和王鹤打招呼，约好了过两天去他的公司和工厂看看。

老张来的时候身边跟了一个年轻女人，王鹤以为是个普通员工，结果采购总监告诉他，那是总部新来的营销副总，大老板的亲戚，刚从国外回来就空降当副总，正在熟悉业务。

"你叫我赛琳娜就好,国外不管多大老板都叫名字的,总来总去太官僚了。"她笑着这么说。

过了几天,赛琳娜助理联系王鹤,说老板有意跟王鹤的公司聊一个长期供应的合同,让王鹤去一趟 AMT 的办公室,他去了。

接下来对方又要求看一下接单的工厂,王鹤全程陪同,赛琳娜性情爽利,很好相处,王鹤对金主自然是曲意逢迎,一来二去,两人居然就熟起来了。

今天王鹤出去,也是参加赛琳娜组的一个饭局,一共六个人,除了王鹤,其他人都有头有脸。两个上市公司的副总,赛琳娜国外读书时的一个同学,看样子也是富二代,还有一个挺有名的男明星,不算大红大紫,但走在街上还是要戴帽子、墨镜、口罩,否则肯定会引来路人围观。

他们吃饭的地方在锦华堂,宁市本地最贵的私家菜馆,不接待非预订的客人,也不接受外人预订,王鹤听人说过几次,这是第一次有机会登堂入室。

饭局全程都在闲聊,两个上市公司的副总喜欢谈政经大势,富二代到处吃喝玩乐,言必称我在哪儿哪儿玩的时候,按理说表演人格最活跃的男明星反而不怎么说话,慢条斯理地吃,冷不丁甩一个演艺圈里的八卦出来,博个满堂彩。

王鹤知道自己没显摆的资格,自觉扮演了一个话搭子的角色,有人说笑话就捧个哏,别人需要什么,服务员万一有意识不到的地方,他就自觉自愿去张罗。赛琳娜似乎对此很满意,不断对他投过来赞许的微笑。

一顿饭吃了三个多小时,宾主尽欢,赛琳娜结账,没人跟她抢,一副天经地义的样子。王鹤找机会看了一下账单,六个人,八个菜三瓶酒,吃了两万多,最后上的那盘饺子是野生大黄鱼剁馅儿做的,一个饺子单算下来要几百块钱。

有钱太好了,与此同时,王鹤也深刻地意识到,自己那点儿钱,真的不算什么。

屁都不是。

眼下他回过神来,赶紧说:"没有没有,我哪来的什么女朋友,只有儿子在家,是有点晚了,所以没给他读成睡前故事,明天补上就行。"

赛琳娜"哟"了一声,带着些微钦慕,不明显,但听得出来:"王总原来还是个好爸爸,真叫人感动。我打电话来是想跟你说,我明天就回上港了,下个月还会来宁市。"

王鹤有点失望:"这么快就回去啦?我还说要回请你吃个饭呢。"

她爽朗地笑:"下次请没问题的,订单那边,请王总上上心。我们一年有两千多万的内部礼品订单,一直在找稳定靠谱的独家供应商,咱们从小订单开始做,我看好你们哦。"

王鹤马上表态:"您放心,不敢说完美无缺,我保证一定做到我们的极致。"

赛琳娜说:"王总这么见外啊,您啊您的。"

王鹤很识相:"您先跟我见外啊,还王总呢。"

赛琳娜又笑了:"那以后叫你王鹤哥,有合作咱们就是自己人了。"

她似乎浑然没去想自己这么一句话会给人带来多大影响,话锋一转:"下个月我来的时候,美蒂雅刚好有一个尊贵客户答谢活动,王鹤哥你知道吧?就是那个卖钻石的牌子,你要不要和我一起去玩玩?"

王鹤几乎是抢着她的尾音就答应下来了："当然，你邀请我，我怎么可能会拒绝？"

赛琳娜爆发出甜美的笑声，开开心心说了一声"好嘞"，电话挂掉了。卡在这个点儿，书房的门被关琳砰砰砰擂得山响："王鹤，王八蛋，你开门！你在跟谁说话？你在跟哪个女人说话？"

她喝醉了，口不择言，声调尖锐，每一个音节都歇斯底里，叫喊声穿破屏障，闯进王鹤的耳朵，他本来高亢激动的情绪，乍然之间落到谷底。

他坐在书桌上默默看手机，暗自期望关琳自己偃旗息鼓，结果换来的却是她更加剧烈的拍门和叫骂声。王鹤深深吸了一口气，走过去猛然拉开门，关琳一头栽了进来。两人面对面站着，她满头满脸都是水，长发湿透了粘在脖子上脸上，衣服前摆也星星点点都是水，好像她刚才一头栽进了蓄满水的洗手盆。

"你要干什么？"王鹤冷冰冰地问。

关琳瞪着他，脸板着，没有半点儿表情，唯有扭曲的嘴唇暴露了她内心有风暴起伏。

她举起手，像是要打王鹤，又像是在对什么喊停，口齿不清地说："你刚才和谁打电话？"

"客户。"

关琳嗤之以鼻："跟客户通电话要反锁门？"她咄咄逼人，"跟客户，客户说话，有什么不能给我听的？"

王鹤说："你去照照镜子，你这个鬼样子，跟谁说话最好都不要给你听到。"

嫌恶之情，溢于言表。

关琳扭头去看书柜的玻璃门，玻璃上的照影也以同样眼神看着她，一明一暗两张脸都渐渐露出不敢置信的神情。

王鹤在一旁缄口不言，眼神炯炯地观察着。一个人开始自我厌恶的瞬间，极其值得欣赏，这个人从前越是强大、自信、光彩夺目，崩溃起来就越赏心悦目。

他内心发出陶醉的呻吟，脸上却出现了怜惜之色。很简单，嘴唇微微弯下去，眉头皱起来，眼角就像看到强光一样眯着，王鹤把这个表情取名为悲悯面具，合适的时候戴上，总是能收获女人的眼泪。

他走过去，轻轻抱住关琳，嘴里发出安慰的嘘声，低声说："好了好了，别闹了，宝贝，没事了。"她听着，一开始茫然地梗着脖子，而后表情渐渐柔和下来，肩膀垂下去了，双手抬了起来，像是要回抱他。

王鹤和她在一起很多年了，从大学到现在，他认为自己非常了解这个女人。就像现在，关琳会像以往一样软下来，顺从地倒在他怀里，甚至主动向他求欢，这种事也不是没有发生过。

他抱着关琳柔软的身体，有点兴奋起来，忍不住伸手去掀她的裙子。就在这一刻，关琳如同梦醒了一样，双手举起来猛地推了王鹤一把，把他推出老远。

她有一双杏子眼，眯起来很娇媚，瞪大之后就有一种凶恶之感，而这往往是她生气的时候。

现在，她就这么瞪着王鹤，酒意仿佛在瞬息之间退得干干净净，缓慢却清楚地说："王鹤，你别装了，你拿到了乔希年的钱，是不是？"

王鹤眼睛都没眨："没有，她又没死，我怎么拿得到她的钱？"

关琳短促地笑了一声，像听到了一个天大笑话："你把乐乐带回来，不让乔希年见，你就是要她的命她都会给的，何况是钱。"

王鹤叹口气："乐乐也是我儿子，关琳你疯了吗？再说了，如果你说得对，那为什么乐乐现在还在我这儿呢？我要是真的拿了钱，难道还能继续留着他，不让他去找妈妈？"

关琳狐疑地摇摇头，她的视线在书房里飘忽，什么都没说，忽然之间打了个喷嚏，被冷水泡过之后开始凉上来了。王鹤过去抱着她的肩膀，往洗手间送："赶紧去洗个热水澡，别感冒了，整天胡思乱想的，你怎么那么贱呢？待在家里不上班，你这样，只会让我操心。"

关琳挣扎着质问："你没拿钱？你真的没拿钱？"

王鹤摸着她头发，手势轻柔，要是有外人在，任谁看了都会觉得他温柔可人："没拿没拿，真的没拿。拿了都给你，好不好？我的不就是你的吗？"

最后这句话打动了关琳，她顺从地脱掉睡衣。王鹤一把将她搂在怀里。

他闭上眼睛，眼前浮现出赛琳娜圆圆的、野性十足的秀丽脸庞，他幻想着自己怀里抱住的是比关琳有地位一百倍的女人，同样抱住的还有滚滚财源、泼天富贵。他王鹤值得过更好的日子，无论要付出什么代价。

一切都可以是代价。

这一晚之后，关琳好几天没回来，再回来就收拾了自己所有东西，直接从宝邸搬走了，给王鹤留了一张字条贴在洗手间的镜子上，用口红写着：我恨你。

王鹤回到家的时候捻着那张字条，忍不住发笑。

她真的有那么恨，就不会写这张字条了。

关琳是和乔希年一起认识王鹤的，不是关琳把乔希年拖去那个学长学妹联谊会，乔希年可能永远不会在晚上踏出自习室或者宿舍一步。

王鹤第一眼看到了关琳，去搭讪时先找的也是关琳，他那时是大学里万众瞩目的骄子，学生会副主席，院系篮球队的主力，成绩好、长得还好，在一众豆芽身材小白脸的男生之中是绝对的鹤立鸡群。

关琳当时有男朋友，然后王鹤一约她，她就毫不犹豫地取消了和男朋友当晚的约会，穿过半个城市，去王鹤定的地方找他。

她没想到王鹤约她出来，目的是想要了解乔希年，更进一步的，他想约乔希年。

关琳永远都忘不了那瞬间自己仿佛被冰水浇头的感觉。

有人说，越是吃不到的，就越吸引人。

这句话精准地描述了关琳的遭遇。

她千方百计接近王鹤，为了讨好他，还要从中拉扯他和乔希年见面。当他坐在两个女孩子中间言笑晏晏，偶尔转过头来深深看关琳一眼，她的身上就仿佛有火在烧。

她不知道的是，王鹤将她的反应，她的欲求，都一点一滴看在眼里。

她不知道的是，王鹤想追求乔希年，他也想要关琳，要的东西不一样，可是什么他都不想失去。

王鹤追到了乔希年之后，很快也和关琳滚到了床上。自那之后，关琳就一直觉得他们俩是绑在一根绳子上的蚂蚱，互相了解至深，也根本离不开彼此。

她始终相信王鹤的说法：当年他会跟乔希年结婚，是因为她太可怜，太偏执，经受不了失恋的打击。如果和乔希年分手，她会自杀，那王鹤会终生为此而内疚。

关琳过后，每每把这些话拿出来重温，一遍遍想要从王鹤这里索取证明，证明他爱的是自己。每到那个时候，王鹤就情不自禁想要打击她、伤害她，哪怕是两人刚做完爱，正沉浸在缱绻余温之中，他内心的恶意仍如潮水涌动。

他想要痛痛快快地说事实并非如此，他选乔希年结婚而不选关琳，纯粹因为乔家父母是大学里的知识分子，家庭环境更好、更单纯，他也更有面子。

他是乔希年真正意义上的初恋，两人在一起时，她纯洁温顺如羊羔。这个女人如此单纯，王鹤能将她控制于股掌之间，这是其他任何事情都无法代替的满足感。

当然他确实喜欢关琳，哪有男人不喜欢浪女的。

尤其是关琳这样的，美艳轻浮，表面上看起来劲儿劲儿的，什么都不在乎，实际上内心如同一块豆腐。

只要穿透那副张牙舞爪的表面，就能轻而易举将她一举摧毁。只要说爱她，又能把她的碎片粘合起来，让她继续千疮百孔地做人。

王鹤太了解关琳了。

他之所以从未真正试图摧毁她，是因为她还有用，小到跑腿给他买一杯咖啡，大到全身心奔赴来为他充当帮凶、杀人灭口，关琳在所不辞。

对一个男人来说，这个世界上不会有人比一个死心塌地的情妇更有用了。

不过，现在情况有了变化。

关琳说得对，王鹤拿了乔希年的钱，那一笔他处心积虑算计的年金，90%都到了他手里。

这几年银行对大额现金的转账有限制，乔希年花了一个多礼拜的时间才把钱分成几笔转给王鹤，一共1440万，比当初老头子说的还多一些，想必因为这些年经济形势好，分红比例比当时预估的要高。

两人谈的条件很简单，她把钱都给王鹤，王鹤就把乐乐交还给乔希年。

乔希年很痛快地履行了自己的承诺，痛快得叫王鹤代她想想都肉疼。一千多万啊，不是一千多块，不是一百多块。

怎么会有人愿意为了一个四五岁的孩子损失那么多钱？

王鹤心想，如果他有这么多钱，而有人绑架了自己的儿子，他可能不会爽快付钱，会犹豫。

愿意付出这样的代价，这算是母性的伟大吧，很多时候，王鹤觉得，所谓的伟大都是愚蠢。他收到钱的下一分钟就变了卦："希年，你回家吧，我们三个人好好生活在一起，我不能让乐乐过着没有爸爸的生活。"

乔希年发出愤怒的喊叫声："王鹤，你答应了我的，钱给了你，你就把乐乐还给我。"

他情不自禁地笑，非常痛快："我现在后悔了，希年，你回家就能见到乐乐，你不回来，那就永远见不到你儿子咯。"

他话锋一转："要么，你把剩下一百多万也给我吧。你给了，那我就把乐乐还给你。"

他不等乔希年回应，就把电话干脆利落挂断了，自己忍不住拍着桌子哈哈大笑。

乔希年不会回来的，这意味着她那颗愚蠢的做母亲的心会一再滴血。

她也不会把剩下的一百多万给王鹤，乔希年自己说的，这是她爸爸的治病钱。

王鹤对此很不爽，那么老了，治什么病，要浪费一百多万。

他决定继续想办法逼乔希年，一百多万也是钱啊。

有时候王鹤想，不知道乔希年是不是和他一样清楚，就算所有的钱都到了他手里，他也不会把乐乐送回去的。

他恨透了乔希年从家里带着乐乐逃走，将他的计划毁于一旦，好日子整整迟了两三年才到来，这都是乔希年的错。

如果她愿意老老实实发疯去精神病院待着，或者干脆死掉，那不就好了？非要让他这么费劲。

王鹤想到这里，摇了摇头，把字条扔进垃圾桶，一身轻松地走进书房。

他刚从夜店喝酒回来，喝得很爽。有个妹子一直在身边蹭啊蹭，喝到后来干脆坐到了他大腿上，短裙往上卷得都看不见了，圆滚滚的屁股热乎乎地贴着。

早知道关琳走了，他应该带那个妹子回家的。

王鹤懒洋洋地坐在书桌后，拉开窗帘，已经是凌晨一点多。夜色深透了，他心里一动，伸手拿起手机拨通了一个电话。

出乎他意料之外，电话被接起来了。乔希年的声音传过来："喂？"

王鹤不说话，乔希年迟疑地说："乐乐？是你吗？"

王鹤笑了两声："乐乐睡了，是你老公给你打电话。"语气亲近随便，就像真的是一对正常的夫妻在通电话。

那边静默了一下，然后说："我跟你没什么好说的，你到底什么时候把乐乐送回来？"

王鹤懒洋洋地转动椅子对着玻璃书柜，欣赏自己的影子。

"咱们两口子，你这么说话不对吧，乐乐是我的儿子，有什么送回不送回的，真正应该回来的是你吧！"

他这么激怒乔希年没有什么特别的目的，就是好玩。

他想象乔希年熟睡之中被电话铃声惊醒的样子，看到王鹤的号码，紧接着就想起乐乐。不管多少次，她都会以为这是乐乐打的，她还以为乐乐会很快就回到自己身边，在付出了那么大的代价之后。

王鹤心想，真是奇怪啊！哪怕朝夕相处多年，一个人还是可以完全不了解另一个人。

乔希年就是典型，她和王鹤在一起那么多年，竟然始终都不知道，自己老公人生最快乐的事就是不让别人得偿所愿。

他等了一会儿，乔希年什么都没说，王鹤轻轻地又推了一步："对了，你还没把钱都给我呢，说话不算数不太好吧，乐乐会跟你学坏的。"

她的声音里终于多了一丝无奈。

"我说过了，剩下的要拿来给我爸爸付医药费，这是我们已经说好了的。"

王鹤漫不经心地看着自己的指甲，美甲店是要比自己修得好，洁净、浑圆，一看就是对生活有要求的人。

"你爸得的是癌症，又那么老了，就算一百万能治好，也没有什么意思，你不如把钱省下来。"

他笑得很愉快："总之，你不把钱都给我，就别想再见到乐乐。当然，你老老实实回家也行，我的大门，永远都是为你敞开哦，宝贝。"

这是王鹤的特异功能，能够自然而然地在最恶毒最伤人的话和甜言蜜语之间无缝切换，乔希年永远都搞不懂他真实的想法是什么，到底是在暴跳如雷，还是在开玩笑。每当这个时候，喜欢凡事都清清楚楚的乔希年，就会不由自主露出极为困惑而忧伤的表情，对王鹤来说，那简直是世界上最美妙的画面之一。

可惜他现在看不到乔希年的表情，出乎他意料之外的是，她的语气也非常镇定，甚至还带着一丝不耐烦。

"行吧，乐乐也是你的儿子，你好好带着吧，我反正现在也抽不出时间来管他。"

"再见。"

那边传来"嘟嘟——"的声音，实实在在地挂断了。

王鹤一下子跳起来，脸色铁青地对着手机大吼起来："乔希年，你敢挂我电话，你敢挂我电话。"

他诅咒着马上拨过去，乔希年没有关机，铃声长长地响着，却没人接听，想必是静音了。王鹤像困兽般在书房里走过来走过去，不断拨打，却徒劳无功。

挫败感深深地攫取了他的情绪，甚至让王鹤有点手足无措，他以前是怎么规训妻子的？

他不挂电话，她绝对不能先挂电话。

要取得他的允许之后才可以结束电话。

他挂了，她再挂。

乔希年知道的，她绝对知道的。

甚至上一次他们打电话谈钱的问题，就一千六百万年金到底怎么分，扯来扯去谈得那么不愉快，她都是这么执行的。

结果就在片刻之前，她悍然挂了王鹤电话，甚至都没问过他还有没有别的要说的。好像她的意志突然之间至关重要，根本不需要在乎其他人想法了。

他喘着粗气，喃喃自语："弄死你，我要弄死你。"然后再度拿起手机。

很多人，特别是女的，不害怕受到伤害，她们或坚强或迟钝，对自身所遭遇的打击总是抱着逆来顺受的态度。

可是她们接受不了自己最亲近的人受到伤害。

这个世界上，乔希年最亲近的人毋庸置疑是她儿子。

女人当了母亲之后，这个问题绝不可能有别的答案。

他知道乔希年现在肯定不会再接电话了，可是乐乐会接。

他把乐乐从西京带走之后，放在了爷爷奶奶家里，给二老换了一个地方居住。

和对待人质一样，王鹤不给乐乐上学，不让他出门，给了一个电话手表，只能接听，不能拨打，号码只有王鹤知道。

他告诉过乐乐，任何时候都要开着声音，任何时候都要接爸爸的电话。

王鹤阴郁地想，现在就是你这个小兔崽子接你亲爹电话最好的时候，他要对那个五六岁的孩子怒吼、痛骂，把他骂得失声痛哭惊恐万状。

然后，他会让王乐乐跟乔希年通话，孩子会对母亲哭诉，她的心会为儿子的遭遇而破碎。

一刀能同时捅中两个人的软肋，效率简直不要太高。

王鹤露出愉快的笑容，平复了心情。他正要拨电话，屏幕亮了，一条信息进来。

是赛琳娜。

"王总，美蒂雅客户答谢会在下周六，你确认有空参加吗？我要确定出席人数了。"

王鹤眼睛一亮，顿时把乔希年和儿子都抛在了九霄云外。

他拿着电话，琢磨着自己要不要显得那么急切，要不要深更半夜也秒回，也许等到明天早上从从容容地确认更好？就像自己经常去这些活动似的，不稀奇。

他想到这里，默默自嘲起来：别装了，这些把戏，都只能骗又蠢又没钱的女人。他王鹤在赛琳娜这样的人面前，没有别的出路，必须竭尽全力地真诚可靠。

那些有钱人吃这套。

巧了，他也很擅长这套。

他坐下来，定了定自己兴奋的情绪，回复信息：我时间可以的，怎么这么晚还没睡？

赛琳娜回了一个表情包，是一只可爱的小熊摇摆着比 ok 的手势，然后又回了一条：加班，最近到处跑，事情太多了。

他马上点进表情包商店，下载了全套同款表情包，使用了其中一个捂嘴笑的图回信息。

咱们同病相怜，我也在加班。王鹤回。

你这样子不行哦，我已经因为工作太多没法谈恋爱了，你可不要学我。如果这是一句语音，王鹤简直能听到女人娇嗔的调门。

女孩子在你面前说她因为工作太多没法谈恋爱，这怎么听起来都是一个暗示，这一点点暗示让王鹤欣喜若狂。

他字斟句酌回了一条：懂得欣赏你努力这一面的男人，才有资格跟你谈恋爱。

果然对方发过来微笑和点赞的表情包，说：王总说到我心坎里去了。

然后是一句：下周见，晚安。

一周的等待对王鹤来说颇为煎熬，他感觉到赛琳娜对自己的印象很好，每天都会有事无事发信息来说几句话，天马行空，家长里短，聊她吃了什么，去了什么地方，见到什么人。

他在她的朋友圈里也开了眼界，大小姐喜欢买东西，三天两头都在奢侈品店，还有从第一排拍大牌时装秀的近景，或者在朋友的私家泳池开趴的照片。

她不发自拍，甚至自己都不入镜，相当含蓄，然而那些照片自然而然就贵气逼人。

王鹤经常盯着某一张照片看很久，泳池的一角，名牌店导购殷勤的侧脸，看得很入神。

这是他想过的生活，赛琳娜揭开了那个新世界的一角，三两剪影，看得王鹤心痒难熬。

不过，赛琳娜从来不给他打电话，王鹤偶尔鼓起勇气打过去，对方也根本不接，有时候甚至直接按断，很久之后若无其事发信息来说其他的。

他如果问起来，大小姐一句话就把他打发了。

很忙。

有钱人当然忙，而且有资格对任何人说自己很忙。

"你算老几，打电话我就要接你的。"这是王鹤脑补出来赛琳娜的内心独白。

他当然不高兴，可是他能怎么样呢！起码现在能怎么样呢？

也许有一天，也许总有一天。王鹤恶狠狠地想。

他可以像对待关琳或者乔希年那样对待赛琳娜，等她成为自己捏紧的一只麻雀，哪儿都去不了的时候，他就可以想干什么就干什么了。

美蒂雅的客户答谢活动一年一度，在不同的城市举行，获邀的都是年度购买金额一百万以上的客户，每次活动的规模都在一百人左右。

地点年年不同，去年是西京，今年是宁市，特意选了新开张的悦华酒店，超五星。用杂志软文的话来说，这家酒店是奢华与高雅的代名词，潮人们趋之若鹜的热门蒲点。

王鹤准时赶到悦华酒店门口，赛琳娜已经在那里等着了。

她身边站着穿黑色套装戴工牌的品牌公关经理，正陪着大小姐聊天。此外还有一个女人正在打电话，所有经过的人都回过头来看她，王鹤一眼望去胸口猛然一窒。

这个女人起码有一米七八，简单穿着一件黑色无肩带裙子，平底鞋，曲线完美无缺，肩膀和手臂的肌肉线条一看就是长年健身房里泡出来的，脸像中国版的芭比娃娃，浓妆、红唇艳丽如火，睫毛眨动美目流盼。

王鹤按捺着突然激烈起来的心跳，走过去和赛琳娜打招呼。他今天刻意捯饬过自己，淡紫色的衬衣敞开、灰色T恤、牛仔裤、板鞋，照着时尚杂志搭出潮男形象，死死压住自己小题大做的冲动。

结果一看到这位，他又忍不住自我怀疑起来了。

好在赛琳娜拉了一下他的手臂，很亲近的样子，让王鹤心里顿时舒服了一点。她说："来介绍一下，这是瑞塔，这是美蒂雅的公关莉莉。这位王先生是我们公司在宁市的重要供应商，也是好朋友。"

王鹤对瑞塔小姐伸出手，风度翩翩："瑞塔小姐，幸会。"

瑞塔刚好打完了电话，手机放进随身带的一个坤包。她没伸手，只是略微扭头看了他一眼，眼睛在淡金色的眼影烘托下深邃而明亮，王鹤感觉她看自己就像在看街上一棵树，很敷衍地说："你好。"

接着她语气不耐烦起来："赶紧进去打一头就走吧，我还有事。"莉莉急忙为她们带路。

赛琳娜略放慢了一点脚步，和王鹤并肩走在一起，悄声说："瑞塔一向来是这个脾气，你别往心里去。"

王鹤就笑，很有风度地说："大小姐是这样的，我明白。"

他情深款款地看着赛琳娜："只有你最特别，性格比谁都好。"

她扬起脸对王鹤笑笑，不置可否，神情娇俏明朗，和瑞塔的艳丽相比，别有一番自己的风味。

他们并肩前行，王鹤顺口问了一句："瑞塔是做什么的？"

"她自己没做什么，家里是做投资的。"

王鹤哦了一声，若有所思。

美蒂雅的公关活动和它的品牌定位一样，奢华又有品位。看完一场为来宾特别定制的秀之后，就是私家鉴赏时间，客人们三三两两在私家展厅里看橱窗中展出的新品。公关经理们亦步亦趋跟着，遇到合意的，点一点，马上帮金主试戴下单。

王鹤不是美蒂雅的常客，没人跟着他，他也乐得没压力自己到处转转，看了半天，挑了几样，人还在兴头上，赛琳娜和瑞塔过来了，莉莉仍然在旁边跟着，手中拎了三个袋子。

赛琳娜说："王鹤哥，我们走吧，差不多了。"

王鹤顺口就说："这么快吗？不是说还有晚宴。"

老实说他还憧憬了好一会儿晚宴的场景，想着能不能四处走动走动认识些有来头的人。

瑞塔轻轻从鼻子里哼了一声，欲言又止。赛琳娜拉了她一把，笑着说："我们晚上都不怎么吃东西的，你要是还想待一会儿的话我们就先走了。"

王鹤立刻明白过来，这些大小姐根本懒得留下来参加什么晚宴，他这么兴致勃勃马上就被看小了。

他内心涌起一股微妙的刺痛与恼恨，外表还得维持绅士风度，跟着她们往外走。

出了酒店大堂，等司机开车过来，赛琳娜随口问瑞塔："小妞，你怎么安排？"

瑞塔漫不经心地说："去会所坐一坐吧？我还要跟你聊点儿正事。"

她说着话，扭过身正儿八经看了王鹤两眼，出乎他意料之外，忽然说了一句："王总，要不要一起去？我们公司自己的会所，环境还可以的。"

说得挺客气，表情却很微妙，发出了邀请，却不希望别人接受。

王鹤看得分明，仍然顺水推舟："好啊，太好了，我喜欢红酒。"

瑞塔似笑非笑："那是，我没听过有人说不喜欢的，不喜欢都硬喝。"

赛琳娜抿嘴笑，看戏似的，这时候一辆银色的宾利欧陆GT滑到她们面前，赛琳娜招呼王鹤上车，转头问瑞塔："你呢，跟我走吗？"

大小姐摇摇头："我今天自己开车了。"

赛琳娜没想到这一点："你居然自己开车，不犯懒啦？"

瑞塔说："我爸刚买的一辆马丁，给我玩几天。"

这个消息让赛琳娜觉得意外："伯父到宁市了嘛？怎么不跟我说。"

瑞塔轻描淡写地说："没有，我让他司机开了两天多开过来的，这几天归我用，等我回去就让司机再开走呗。"

赛琳娜翻了个白眼："你真爱折腾，也就是亲爹这么顺着你。"

瑞塔笑起来："亲爹嘛。"摆摆手走了。

王鹤上了车，没一会儿，一辆美艳绝伦的玫瑰色阿斯顿马丁从他们身边开过去，瑞塔降下车窗对他们挥了挥手，手腕上价值百万的名表熠熠生辉。

这一幕深深地印在了王鹤的脑海里，就像他梦想的人生落地了，呈现出切实的场景，可感可触。一时间他分辨不出内心到底有什么感觉，是疯狂的向往嫉妒，还是懊恼，这世上那么多人上人，为什么自己至今不是其中一个。

瑞塔抢在他们前面出了停车场，王鹤才依依不舍收回视线。他眼角余光一闪，忽然感觉到赛琳娜注视着自己，心里一凛，意识到刚才犯了大忌，绝不能在一个女人面前表现出自己对她闺蜜的兴趣，否则无论两人关系多好，一定翻车。

何况，他和赛琳娜现在还没来得及建立起任何有价值的关系，一旦翻车，可就完全救不回来了。

他调整了一下表情，若无其事回过头，说："那辆车太漂亮了，就是颜色稍嫌突兀。"他叹了口气，"可能是看多了007电影，我对阿斯顿马丁情有独钟。"

赛琳娜说："是啊，瑞塔的爸爸很喜欢车，家里十几辆，见到好的就买，跟买玩具一样。"

王鹤按捺住内心的激动，说："她父亲做哪一行的？"

"不是说了吗，做投资的，不然她天天玩，自己能做什么投资，肯定是跟着家里人混。"

她说到这里好像想起了什么，俯身从脚边的袋子里拿出一个盒子，递给王鹤："对了，这是我刚随手买的，送给你，看看喜不喜欢？"

蓝色皮面盒子，两层，装着一块银色钢表，黑色表带，椭圆表盘，盘底是淡淡的灰蓝色，没有其他装饰，素净无华。

这块表王鹤刚才在美蒂雅新品展厅里瞎逛的时候看到过，镶钻的要十七万，无装饰版的七万多。设计简洁高雅，机芯也很不错，他自己其实看中了，犹豫再三没下手。

没想到赛琳娜居然买了送给他。

他喜出望外，不仅仅是因为收到礼物，更因为送礼物的人对他有心。

他庆幸自己有备而来，随即也从包里取出一个盒子，笑着递过去："咱们俩心有灵犀啊。"

这是一套珍珠首饰，美蒂雅展出的今季新品，耳钉、项链、手链，用的是日本伊贺出品的天然珠，正圆，光泽感一流，毫无瑕疵，售价十二万八千多。

王鹤逛了一圈，看中了两件他觉得赛琳娜可能会喜欢的东西，另外是一条白金链，带一个问号吊坠，吊坠上有一颗大概半克拉的钻石，售价九万。

看来看去，他总觉得是十二万那一套性价比高，尽管自己也知道考虑性价比正是穷人最典型的思维方式。

他最终还是买了珍珠首饰套装，付款的时候，油然想起一件小小的往事。

有一次关琳逛街，看中了一家店里一条两万多的手链，那会儿是最没钱的时候，她试了又试，最终没买，回头上网店找了一条同款高仿品，只要十分之一的价格。

到了之后，关琳戴在手上自我安慰，说反正谁都看不出来真假。

王鹤毫不客气地说："我看得出来真假，你自己也知道真假，买不起就别买，戴假的有什么意义？"

关琳勃然大怒，跳起来把那条链子甩到他脸上，两人大吵了一架，什么难听的话都说出来了。彼此相处久了，都心知肚明对方的软肋在哪里，王鹤骂关琳是贱货，倒贴赔钱，关琳骂他没出息，她跟了别的男人，就能买真金白银，跟了他，坏事做绝还什么都没捞到，只能买赝品。他王鹤就是个赝品，全世界都知道，只有他自己不知道。

从那一次开始，他就不再喜欢和关琳相处。也许从来没喜欢过。

这个世界上他最喜欢的人是自己。

谁让他觉得不舒服，谁就是敌人，无论原来两人之间有什么，彼此又认为是什么关系。

此刻关琳的形象再度在眼前一晃即逝，赛琳娜的脸占据了王鹤视线的最中心，她笑着打开首饰盒，拿起手链戴在了左腕上："真好看，谢谢你。"

王鹤晃了晃手里的表盒："谢谢你才对。"

赛琳娜凝视着他，嘴角再度露出若有若无的一丝笑，很神秘，又很暧昧，似乎酝酿着什么激动人心的想法，说："这是咱们互相送的第一件礼物吧，很有纪念意义呢。"

王鹤努力控制住自己的兴奋之情，有分寸地点头微笑："是啊，很有意义。"

要到很长一段时间之后，他才终于意识到赛琳娜说的很有纪念意义到底指什么，不过，那时候已经晚了。种了什么因，就会结什么果，这是颠扑不破的真理。

赛琳娜建议："不如咱们都戴上吧，好不好？"

她向王鹤抛来意味深长的眼神："还是莫名其妙戴了个外人送的表，王总的女朋友会不开心？"

王鹤听到"女朋友"三个字，下意识地看了一眼自己手机。关琳今天给他打了好几个电话，他直接就按断了，连一个信息都懒得发。

这是她的老套路，总是跑，跑了又希望他追，追了回来觉得不如意又跑。可是不管怎么折腾都在王鹤的手心里，她的反抗不过在撒娇。

王鹤厌烦地晃了一下头，把注意力拉回到面前，他决心趁着此刻温馨的气氛，往前轻轻走一步。

他试探着用手指轻轻贴了一下赛琳娜放在车椅扶手上的手，对方似乎僵了一下，但没退缩，这是个好兆头。

"我真的没有女朋友，单亲爸爸的全部注意力基本上都在小孩子身上。以前交往过两个女孩子，都因为这一点而觉得不开心。"

"单亲爸爸？妈妈呢？"果然赛琳娜问起来了。

王鹤望着窗外："以前太过于醉心工作了，公司刚起步，没办法，只能拼，他妈妈觉得太寂寞，就离开我们了。"

他叹口气，全情投入了一个爱子之人的角色扮演之中，既温柔，又惆怅："从那之后我就知道了，应该多陪亲人，工作是做不完的。"

王鹤一边说，一边借着玻璃的反光观察赛琳娜的表情，照他的经验，这句话肯定是有用的。

不少出身特别好的女孩子因为被保护得无微不至，成年后仍天真得令人发指。她们下意识觉得无论男女，喜欢孩子的多半就是好人，值得温柔以对。反而是那些市井中挣扎着长大的更实在，有钱的话拿钱砸就行了，不用玩这些有的没的。

果然，赛琳娜露出了同情之色，说："哎，每次听到你说起你的儿子，语调都好有爱，什么时候有机会也带我见见他啊？"

王鹤回头向她微笑："好啊，下次一定安排。"一面把手表拆封戴到了自己手腕上。赛琳娜的笑意更深了。

他们说话的时候，车子一路开出了二十多公里，到了宁市东郊一处别墅区。楼盘的名字叫洞天，房子是新中式的，兼具了西式住宅的功能设计和中式住宅风水的考究。进去小区主道的左边第三栋，就是瑞塔所说的会所。

管家出来迎接她们，带入二楼的茶室。疏疏朗朗的一个大房间，室外有修竹挑翠，掩映天光，大窗前一领茶台配几把木椅，独占空间的最中心，角落里一把扶手椅边一盏灯，此外别无他物。

瑞塔先到了，坐在茶台后熟练地烧水点茶，看到她们进来就说："来喝点儿我爸最喜欢的肉桂。"她接着吩咐管家，"让厨房做几个小菜，我们晚上随便吃一点，酒我等一下自己去挑。"管家答应着出去了。

她们喝着上品岩茶，聊着闲天。几巡下来，王鹤膀胱告急，去了茶室一侧的洗手间。

这个洗手间的设计很隐秘，藏在茶室一角，转个弯进去一处小走廊，放着大盆绿植。绿植旁边是洗手间的门，和绿色木质的墙围融为一体，没人指点根本看不出来。

王鹤解放了自我，拉上裤子拉链忽然心里一动，没冲水，轻轻开门走出洗手间藏在小走廊入口处，侧耳倾听赛琳娜和瑞塔在说什么。

女人私下闲聊一定会议论男人，尤其是其中一个女人正在交往或者有点儿暧昧的男人，这个时候她们更容易表露出自己真实的想法：看起来冷若冰霜的，也许热情已经在熊熊燃烧；看起来柔情似水迎合的，说不定别有所图，心里想的根本不是男女之事。

王鹤屏住呼吸，他站的这个位置太合适偷听了，谁都看不到他。房间非常安静，哪怕再小声也能听个八九不离十。

同样的道理，洗手间只要冲水，开门关门，外面的人也马上能转变话题，现在没有任何动静，赛琳娜她们聊得很自然。

不过，她们没有在谈论王鹤，半点儿都和他没有关系，她们在说一只股票的事情。

"分析师那边说，这周五估计最近这一波跌的行情就到底了，我们要重仓一只股票，这几天该清的股票全都清完让现金回笼，到时候要一笔过。"这是瑞塔在说话。

"什么股票啊？你爸不是一直都挺稳健的吗，什么时候开始玩大起大落了？"

"稳健？你哪来的印象我爸稳健啊，他最爱抽风了。"

"不觉得啊，你们家这几年收益很厉害，不稳健拿不到这个成绩吧。"

"那是他的分析师特别精，从来没有看走过眼，我爸跟供神仙一样供着那个谁。"瑞塔一边说一边笑，声若银铃。

赛琳娜显然是了解情况的，眼下也跟着笑了。

"那倒也是。哎，哪只股票？你跟我说说，我提前关注好，等你们开始玩了，也通知我一声呗。"

"固科科技，我把代号发给你，你倒腾点儿钱出来，加个杠杆也行，我们进去了你就跟着玩玩。"

"固科科技？哪个固，哪个科？"

"固定的固，科学的科，得了吧，你还记笔记，我说了发给你咯。"

"能不能告诉我爸？"

"别了，你爸比我爸还疯狂，资金量又大，万一上头了提前进去，那不就白准备了。你别坑我。"

"行吧。"

她们说到这里，自然就转了话题，开始说下周一个什么慈善派对。赛琳娜终于提到了王鹤的名字，说看看他有没有时间一起去，瑞塔表示这个男的还挺不错，有风度，脾气看起来挺好云云。

但王鹤已经完全听不进去了。

他打开了自己的股票软件，搜到固科科技，独此一家，别无分号。今天收盘价是 21.35，看 K 线图已经连续跌了差不多两礼拜，中间偶尔挣扎一点儿上去，第二天又跌得更凶。

今天是周三，瑞塔说的周五到底，王鹤把这只股票加了关注，然后从自己银行账户转了一百万到股票软件，三下五除二操作完，这才悄摸回到洗手间，冲水、洗手，走出来关门。回到茶台边，她们还在聊慈善派对主办人的八卦。

赛琳娜对他笑笑："肚子不舒服吗？"王鹤点点头："有一点点，没关系。"顺手拿起自己的茶杯，刚要喝，赛琳娜把他拦住了。

"冷了，换一盏吧。"

瑞塔给他重新倒了茶，微微笑："赛琳娜姐，你今天这么体贴，平时不见你对人这么好？"

赛琳娜有点不好意思地转过脸，王鹤心花怒放。

她们喝完茶，在会所的餐厅吃饭，喝了一点红酒，酒非常好，几个家常小菜也很见功夫，可见这里的厨师不是等闲之辈。

赛琳娜就住在瑞塔家的会所里，司机送王鹤回去，他在小区门口下车，穿过门禁，施施然漫步而回。晚饭喝的那瓶修道院红颜容回味悠长，味道醇厚，清风徐来，王鹤禁不住飘飘然，脚下如同踩着云朵。

等他穿过小区花园，来到单元楼大堂，一进去，心情就顿时低落了起来。

关琳坐在大堂沙发上，正对他怒目而视，脚边放着一个很大的行李袋。

她穿着很性感，正红色的真丝上衣，胸口开得很低，牛仔裤紧身到了要爆炸的程度，衬托出腰臀曲线楚楚动人。

这是战斗装，有备而来的。他们俩在性事上向来和谐，多年前在大学里之所以会搞到一起，第一次就是因为王鹤向关琳抱怨乔希年不解风情，抗拒和他亲热，而关琳的答复是解开了他的皮带。

然而王鹤此刻看到她矫情的样子，只觉得厌烦。

和她长得差不多，甚至更漂亮的外围野模，只需要花钱搞定，之后就可以不联系。不会为任何事争吵，更不会在你回家的时候把你堵在家门口，嘴角扭曲，满脸都是怨恨。

他很想要装作没看见关琳，继续往前走，但他们双方都知道，这是不可能的事。

王鹤叹口气，走到关琳面前，没坐下，只是冷淡地问："你来干吗？"

关琳脸上的表情说明她无法相信自己正在经历的一切。

每一个跟王鹤来往的女人，或迟或早都有这一刻。

她咬牙切齿地问："你抹掉了我开锁的指纹？"

听这话，她已经上了三十三楼，发现自己进不了门，于是在大堂等王鹤。

王鹤耸耸肩，理所当然地说："你不是搬出去了吗？搬出去了当然要抹掉你的指纹。"他反问了一句，"不然呢？"

他语带讥讽："你自己要走的，然后要我怎么做？在家里哭着敞开大门，等你随时回来吗？"

关琳瞠目结舌。

王鹤冷冷地看着她，看关琳还能说什么。

不出所料，关琳理屈词穷。

脾气是她要发的，搬是她自己搬走的，王鹤从头到尾没有主动提出过任何要求。

他只是把女人的退路全部截断了，还牢牢占据着受害者那个位置。

这个位置非常安全而且方便，进可攻，退可守，左右腾挪随心所欲，他得心应手。

关琳无言以对，王鹤耐心地等了一会儿，准备站起来回家，突然她尖声问："你手上戴的是什么？"

王鹤本能地将手往后一藏，可是已经来不及了，干脆说："关你什么事？"

关琳转到他面前，鼻翼狐疑地抽动。她真的很像一只狐狸，妩媚的时候像，愤怒的时候也像。

"你自己买的？还是哪个野女人送给你的？"

"跟你说了，不关你的事。"

这句话彻底激怒了关琳，她眼睛瞪得滚圆，戴在角膜上的美瞳隐形眼镜好像随时会弹射而出，死死盯住王鹤，他第一次注意到，关琳的眼白面积大得叫人害怕。

他戒备地往后稍微退了一步，做好了格挡的准备，关琳气头上喜欢打人，明明打不过，永远要先挑起事端，在家这样，在外也这样。

结果她没有和以往一样贸然动手，而是莫名其妙地冷笑了一声，放松了下来，冷冷地说："行吧，王鹤，既然你要这么绝，那我跟你也没什么好说的。这样吧，你把我的钱给我，我就走得远远的，咱们一刀两断。"

王鹤心里"咯噔"一下："什么叫你的钱。"

关琳挑起文过的眉毛，黑黑的，像两条身姿优美的蚕卧在眼睛上方，很有存在感："别装傻了，我去看过公司的账户了，你上个月放了两百多万进去，把之前欠的各种钱都还掉了。要不是乔希年把那笔年金给了你，你哪来的钱还债？"

她指了指电梯的方向："你哪来的钱住这里？买车子？"

王鹤很不耐烦："跟你说公司的业务做起来了，有什么问题？"

关琳大笑起来："去你妈的公司业务，你公司有个屁业务，你真当全世界都是傻子？我帮你在你那个破公司干了一年多，你赚的钱就够发工资的。怎么着，突然基因突变成商业奇才了啊，能一下子赚几百万回来了啊？"

她彻底翻了脸："你把乐乐带了回来，乔希年不可能不给你钱的，你当我是傻子？"

王鹤无言以对，心里极为懊恼。

乔希年生病之后，关琳帮他给公司做了一段时间账，知道公司账户的密码。后来没干了，密码一直没改，现在成了一个地雷。

关琳还在骂，提起了旧事："你自己说的，拿到钱你就跟乔希年离婚，我们结婚，钱是我们俩的。我跟着你做了那么多坏事，你现在要跟我翻脸，那行，一千六百万是不是？一人一半，你一分钱都别想少我的。"

她数落着，絮絮叨叨，钱的数字像石头，一块块砸在王鹤的脑门上，他脸色铁青地和关琳对视，眼里都是憎恨。

这一刻他恨不得扑上去杀了她，甚至已经在脑海里幻想着掐死关琳的场景。

双手紧紧地扣住她纤细的脖子，用力、用力，她的眼睛会凸出来，脸会变成青色。她的手会在空中抓扯可是无济于事，很快那具温热的身体就会变冷，会瘫软。王鹤看过资料，因为窒息而死的人会大小便失禁，关琳这么爱美，她一定不希望自己最后的下场是躺在满地横流的屎尿里吧。

王鹤想得入神，嘴角露出一丝狞笑。关琳仿佛感受到了他的恶意，身体本能地一缩，然后更愤怒了。她不依不饶道："姓王的，你别想对我动歪脑筋，老老实实把钱拿出来。我告诉你，你当初害得乔希年发精神病差点儿死掉的证据我都留着，你让她吃的毒药我都留着。你不给我钱，我就干死你，最多就是咱俩一起死。"

王鹤的表情凝固了，关琳狠狠地往他脚下吐了一口口水："你有我账号的，你不转，就等着警察上门吧。"

她撂下这句话就转身走了，连自己的行李包都没拿。一开始她走得很稳，趾高气扬，似乎一切尽在掌握。等她走到小区中心，频频回顾，确定自己已经脱离了王鹤视线之后，突然就腿脚一软，整个人跪倒在了地上。

已经夜深，小区里还有人在遛狗、慢跑，经过她身边都张望几眼。羞辱带着悲伤，还有许多其他强烈而难以名状的情绪汹涌而来，凝聚成锤，在关琳脊背上砰砰砰地敲打，她的肠胃像麻绳一般纠结起来。

关琳撑起身子挪到路旁边的绿化带，"哇"一声吐了出来。她胃里没有食物，落到地上的都是黄胆水，苦涩得就像命运本身，而且每一片黄连，都是她自己亲手种下的。

周五转瞬即至，王鹤早上起来就全神贯注盯着股票软件，固科科技的价格毫无起色，和上周一样仍在缓慢下跌，两点四十多的时候已经跌了四个多点。

这只股票是四年前上市的，发行价11块多，进进退退到今天才19块，不像是一只什么潜力股。王鹤把它的公告、年报，K线打开来反反复复地看，看了大半天，眼看马上要收盘了，他盯着自己手腕上那块表发了好一阵子呆，一咬牙一跺脚，还是买了五万股。

炒股票他不陌生，自从上大学他就开始在玩了。

作为聪明人，他很信奉巴菲特的那句话——他人恐惧你贪婪，他人贪婪你恐惧。因此经常逆势操作，人家跑的时候他就买，人家买的时候他就跑，不时依靠自己的技术分析结果玩一把短线，自诩打一枪换一个地方。

结果一顿操作猛如虎，一算收益2.5%，亏是没亏，也没怎么赚。

他前几年投了好几个项目，都失败了，欠了不少债。正是因为欠债欠得走投无路，他才处心积虑走极端，想把乔希年的钱提前弄出来。否则慢慢等乔希年拿到手，迟早不还是他的？半点儿风险都没有。

结果乔希年跑了，钱没弄成，他的现金流紧张到连房贷都交不起，自然股市里的钱就一分没剩全部都撤出来了。错过了一年多的大牛市，王鹤一直为此很懊恼，现在有了钱重回赛场，内心仍然难免忐忑。

既然忐忑，自然买完了内心还在算，自打他拿了乔希年那笔钱之后，肆意玩乐了几天，租豪宅买名车，再把公司和自己之前欠的债都还了，现在还有一千一百万，趴在账面上没来得及去做投资或者理财。

他这一生从未拥有过这么多钱，仿佛人生瞬息之间就天翻地覆了，做什么事都多了勇气和底气。

还是那句话，有钱太好了。

他琢磨着，拿个零头出来买买股票应该不算什么大事，万一周一还在跌就赶紧出来，损失几万就当在夜店叫姑娘了。

算盘这么打完，王鹤一路忐忑到周一，结果开市五分钟，固科科技直接涨停了。

王鹤看到的瞬间正在刷牙，高兴得当场叫了出来，一口沫子喷在自己睡裤上。

他把牙刷放下，盯着那个红彤彤的10%简直不忍心关页面。他告诉自己，要有定力，忍住，先别卖，毕竟瑞塔她们说要重仓的，不可能就一个涨停完事。

王鹤猜得半点儿没错，第二天开盘到十点十一分，固科科技再一次涨停，整个大盘都是绿的，它一家红，红得耀眼。

王鹤正在上班的路上，他没有犹豫，果断把股票卖了，获利二十万，比捡还容易。那么多现金就是给他捡，也要腰酸背痛捡好一会儿。

谁知道他的欢喜劲儿就持续了一天，周三，固科继续涨停，周四，10%，周五，开盘一小时后涨停。

王鹤就像被人从背后捅了一刀那么难受。

如果他上周五把自己所有的钱都买了股票。

如果，如果他稳一稳，周二不要卖，好歹等到周四周五，甚至就等多一天到周三。

如果，这些如果全都成立，那么他手里的一千一百万在一周之间，就生生翻到了两千万。

两千万！

这个世界上绝大多数人，这一辈子不要说挣，想都不敢想象自己有那么多钱。

两千万的光辉映照之下，周二那凭空而来的二十万突然一点都不美妙了，反而变成了剜心之痛。

王鹤每天看到固科科技涨停，每天都不敢买，生怕高位进去，第二天就开始崩，结果第二天又是涨。

这种患得患失的心理随着固科科技的连续疯涨飙升到了极限，周五快要收盘的时候，王鹤难受得简直无以自处。

他在办公室来回踱步，看着时间一点点过去，终于下定决心，打了一个电话给赛琳娜。这次大小姐居然接了，听声音心情很好。

他按住内心的急切和烦躁，照惯例嘘寒问暖一番，而后转入正题："我刚收到一笔小钱，也没什么特别的用处。上次你说瑞塔家里是做投资的，不知道有没有什么项目可以推荐？"

赛琳娜想了想："你玩股票不？"

王鹤拼命控制声音不要突然变尖或者升高，以免暴露出自己急切的心情："有可靠的消息也买一点。怎么，你有什么好推荐吗？"

赛琳娜停顿了一下，说："最近有一个股票，瑞塔他们公司在玩，你别告诉其他人，自己可以买一点。到四十块左右就卖掉，之前怎么上下都别管。"

王鹤的心"怦怦"跳起来，语气还要装冷静道："哦哦，是什么股票我记一下。"

不出所料，是固科科技。他看了一下，连续五个涨停之后，固科科技的价格离40仍然还有一段距离，也就是说，大涨还在后面。

赛琳娜很贴心地把代码和名字详细地告诉了他，然后说："王哥，这是我们朋友之间私下互相介绍玩玩的，你别多买。我也不敢保证股票会不会真的涨，万一亏了可不要生我的气哦。"

她的语气又亲近又体贴，王鹤心花怒放，恨不得抱着手机亲两下，人财两得的梦想是玫瑰色的。

他挂了电话立刻把全部现金转入股票软件，一口气全仓了固科科技，而后挥舞着拳头无声地喊着万岁。他在办公室里走过来，走过去，恨不得下周一眼睛一闭一睁就已来临。

固科科技没有辜负王鹤的期望，周一一口气涨了七个点，之后两天微跌，但周末来临时再度猛涨，七个工作日之后，如赛琳娜所说的，在收盘时终于涨到了四十块。

王鹤带着侥幸心理，没有在股票价格到达四十的时候立刻抛出，结果第二天开市就暴跌，起伏比女人的心情还快，他懊恼之余，急急忙忙迎着跌势把股票全部清了出去，获利比计划略少，但仍然有好几百万。

他操作完毕，瘫在沙发上，对着账户上的数字看了又看，目眩神迷。还是那句话，钱真的比捡钱回来的还容易。

他终于知道那些有钱人为什么能恒常有钱了，能动辄买一个亿的豪宅，一千万的车子，五百万的表了。

难道他们是一分一分挣回来的吗？

一分一分挣回来的钱，就只会一分一分花出去，永远和奢侈品无缘。

他忍不住浮想联翩。

如果，如果他有一个亿的本金，这一次操作下来，跟着赛琳娜她们的节奏走，两周就能变成两个亿，甚至三个亿。

这个最简单的算数，让王鹤在安静无人的午后独自惊心动魄，躁动难安。

他努力稳住自己的心神，给赛琳娜打了个电话，她直接按掉了，大概在开会，王鹤这次没有觉得懊恼，谁会对财神爷懊恼？

他字斟句酌的写半天，给人发了个信息过去：上次你推荐的股票涨得很不错，小赚了一点，想请你和瑞塔吃个饭表示感谢，不知道赏不赏脸？

赛琳娜的回信姗姗来迟，到晚上才发过来：抱歉一直在开会。我和瑞塔到西京了，下次约。

王鹤生怕赛琳娜就此又不回信息了，不假思索发了一条：还有其他股票推荐吗？

发完他就后悔了，知道自己显得太急切，太贪婪，思来想去，赶紧补了一条挽尊：跟着我们大小姐走，好过把钱投在一些莫名其妙的项目上。

毕竟千穿万穿，马屁不穿，果然赛琳娜回了一个笑眯眯的表情包，信息言简意赅：有消息一定告诉你。

王鹤对空挥了挥拳头，松了口气，目前来看，这就够了。

他自己兴奋了几天，周末心血来潮约了一班狐朋狗友出去吃饭，特意订了一家私房菜叫紫来品味。

这家店是一位名叫廖紫来的香港名厨在宁市开的，一天限量接待八位，每位两千六百六十六，不包酒水，另收百分之十五服务费。厨师上什么你吃什么，不爱吃也要装懂行。吃个饭跟孙子似的，大家还甘之如饴，说明这位名厨洞悉的并非烹饪，而是人们深藏的受虐心理。

王鹤这样的，从前属于想受虐而不得，一有机会立刻趋之若鹜。他带了三个朋友去吃饭，全程志得意满，挑酒的时候看到几千块一瓶的价格肝儿不颤，手儿不抖，一要就要两瓶，通体舒泰。朋友争先恐后喊哥，众星捧月。

其中有一个朋友也认识关琳，不知道他们之间发生了什么事，饭局间不经意地问了一句："琳琳怎么没来？她最近好像状态不太好。"

王鹤若无其事道："不会啊，怎么这么说？"

"前几天我在三元桥那边见到她，瘦得脱相了，她是不是最近生病了？问她她说没事。"

王鹤煞有介事地叹口气："生什么病，减肥，女的真是不可理喻。你说她又不胖，就算胖一点儿也没事，不知道为什么要拼了命地减肥，什么都不吃。"

朋友自然附和："她长那么漂亮，减什么肥。"

王鹤摆出一个痛心而无奈的脸色，喝了一轮酒，他漫不经心地问朋友："你在三元桥哪儿遇到关琳的？"

"国光商场门口，她说去买点儿早餐，可能是办什么事顺道经过吧。"

王鹤就知道了。这几年关琳大部分时间都和他住在一起，但自己一直有个小房子租着，宁愿空着也没清掉。

一开始是因为交了一年房租，放着也是放着。后来两个人经常吵架，吵狠了她就往外跑，有个自己的去处总是比较方便，于是就一年年续下来了。

那个房子就在国光商场上面，是个单人公寓，既然有人遇到她，说明关琳还是继续在那儿住。

王鹤吃完饭，结账的时候享受了一把真不在乎钱的感觉，叫了车往宝邸去了。路上盘算之前在夜店认识那个姑娘，小屁股，大长腿，历历在目。王鹤吞了口口水，不知道这么晚能不能约得出来，又能不能马上拿下。

他发了一条信息出去：在干吗呢？

对方很快回了一张图片过来，模模糊糊的背景是哪个跳舞的地方，照片的重点是重度美颜下的大眼珠子红嘴唇，低 V 裙子衬得胸膛白生生的，诱惑力不可谓不大。

王鹤端详了一下姑娘的神情，心里清楚对方喝得差不多了。

这会儿他要是过去，必然要买单，这还是小事，买完单能弄到手的，还多半是个醉得几乎人事不知的废物。

他从不趁女人喝醉酒的时候占便宜，和道德没关系，纯属嫌脏。

酒味，夜店浓郁复杂的臭味，人身上的汗味，长得再好看，那会儿躺在身边也跟一个脏马桶没什么两样，看一眼他都想吐，别说动手动脚了。

王鹤不再回复信息，只是端详了两眼姑娘的低胸，而后他想到关琳，以及她同样漂亮的身段儿，还有前几天摔在他脸上的威胁，盘算了一下，临到宝邸跟前了，让司机改到去国光商场。

他下车的时候商场还差几分钟打烊，一楼有家意大利牌子的珠宝店，这会儿准备锁门了。

王鹤一个箭步冲进去，看了一圈，挑了一对两万多的耳环。

他不是随便挑的，这必然是关琳喜欢的款，白金流苏镶红宝石，坠子长长的很招人。

鲜明、浮夸、闪亮，就像年轻时候盛装的她本人。

付款的时候他盯着人家收银机，一脸都是不情愿，自己也察觉到了，于是就想人真是有意思。

刚吃了一顿饭也是两万多，给得轻松自在。关琳好歹也跟了他这么多年，现在差不多的钱给她买个礼物，怎么就那么不得劲呢。

这儿没熟人，不用演戏，王鹤是真不情愿。他来这里，不是因为突然念起了旧情，买礼物也只有一个目的：小不忍则乱大谋，舍不得孩子套不着狼。

小火烧成大火之前，必须要想办法处理。

关琳跟他要八百万，那不可能，关琳想跟他结婚，那更不可能。

跟关琳在一起能得到什么？睡了那么多年，早就看都懒得看了，她能带来的无论是什么，归根到底只有那么多，再没有价值了。

可是他现在腾不出手来对付关琳，也没有想好要怎么对付她才能全身而退。而关琳的脾气他很了解，一旦缠上了必然不依不饶，谁都没退路。

他琢磨过了，眼下来看，最好的方法是稳住她。

王鹤长长叹口气，他知道自己应该怎么做，又不是第一次闹翻了再捡回来，又不是只有关琳会这么跟他闹。

他拎着礼物盒子往国光商场里面走，通过商场和公寓之间的门上了电梯。这里的电梯格外慢，趁这个空当，他回想了一下自己睡过的那么多姑娘，有的软弱，有的泼辣，有的天真乐观，有的一早被人生摧毁了，在世上行走的只是一个光鲜亮丽的躯壳。

不管怎么样，王鹤往往都能一眼看穿她们，知道她们寻寻觅觅的，无非是一个懂自己，爱自己，把自己捧在手心上当宝贝的人，一旦得到了，就死都不愿意放过。

但凡有这种期待，就最容易上手，无非是演戏，曲意逢迎，做低伏小。

对王鹤来说，睡姑娘当然很重要，但并非男女关系中最快乐的一部分。

最快乐的部分是把她们从手心里摔出去那一瞬间，看到她们爱情的光芒在残酷现实前破灭的余光，看到她们被虚无感冲击到无法站立的模样。

那场景简直令人欲仙欲死。

作天作地，恃宠而骄，习惯了之后突然破碎，那瞬间极具观赏性。

唯一的例外是乔希年。

王鹤从来都没看透过乔希年，尽管差点儿把她害死，他也拿不准自己有没有真正破坏她。

他想到这里，电梯已经到了十二楼，出门左边第一间就是关琳住的地方。王鹤在门口深吸了一口气，按响了门铃。

西京，月上中天，乔希年还在办公室加班。

自从乐乐被王鹤接走，她多了很多工作的时间，看样子公司的业绩今年铁定要爆表。

盛天骄现在很以盛年基金为荣，出去和大佬们见面，张口闭口就是我们有个小项目去年收益如何，资金盘子不大，收益数据叫人害怕。

大佬们都会闻味儿，一听兴趣来了，自然要求去寻访寻访，调研调研，于是动不动就有人上门。

这种时候就显示出盛可以跟乔希年的搭档之默契了，她不必抛头露面，该干吗干吗，二爷负责送往迎来，宾主尽欢。最痛苦的无非是提前跟着乔希年做做功课，打打小抄，别被人问倒了丢乔总和哥哥的人。

今天公司其他人都走完了，和平常一样。而乔总忠诚的同伴盛二爷在一旁沙发上玩游戏，鏖战三盘皆跪，眼看要哭出来了，也和平常差不离。

办公室的茶几上摆着老板娘特意送过来的爱心便当，两人的菜色还不一样，都是各自爱吃的，盛可以那一盒已经吃得干干净净了，乔希年却一口没动。

他打完一盘游戏，过去看了看乔希年，一边给她捏肩膀一边说："乔总，你这样蜡烛两头烧，还不进补是不行的，你知道吧。你再这样子，我要跟老板娘告状了。你去吃口饭好不？我给你热一热。"

乔希年没回话，面前好几个屏幕，她盯着其中一个出神，过了一会儿说："不知道乐乐在干吗？"

很落寞。

盛可以认为这根本不是个问题："他能干啥？肯定在看书，要不就是做奥数解闷儿。"

乔希年皱着眉："我很担心。"她的声音都颤抖起来了，"我怕他爸爸折磨他。"

她经历过地狱一般的精神折磨，至今都不敢说自己已经全然恢复，始作俑者正是王鹤。

乔希年无法想象小小的乐乐在噩梦中穿行的模样。

盛可以没再插科打诨了。

他想要安慰乔希年说不用担心，没问题的，乐乐不会有事，又知道自己说了不算数。

空言无益亦然无用，对其他人来说可能聊胜于无，但乔希年不是其他人。

他只好默默站在旁边，以最简单的方式和乔希年共同经历人生中的灰暗时刻。

幸好乔希年很快就重新振作起来了，她感激地抬头冲盛可以笑笑，小声说："我们会熬过去的，乐乐也会熬过去的，对吧。"

盛可以说："对。"他蹲下来，把椅子一转，乔希年转到了他的面前。他个子高，这么蹲着，刚好视线跟乔希年齐平，双手扶着椅子的扶手，慢慢地说："乐乐是天才儿童，是在你和老板娘他们陪伴下长大的孩子，当然，在下也有一点儿小贡献。"

盛二爷拍拍自己的胸膛，与有荣焉。

"我相信他不会那么容易被打击的。"他说得很有底气，又好像在为乐乐保证。

乔希年仰着脸看他，此刻英明神武决胜千里的乔总不见了，坐在大班椅上的是小小的爱忧虑的希年。

"真的吗？"她满怀期望地问。

盛可以气吞山河一挥手："当然是真的。"

他重复了一句乔希年刚说的话："我们会熬过去，事情会解决的，放心吧。"

乔希年的神情渐渐放松了下来，眼前这个男人，从来没有许下过虚假的承诺，没有掉过链子砸过锅，盛二爷在别人眼里可能吊儿郎当，真正亲近的人才知道他其实坚如磐石。

像有一只小蚂蚁在心上爬，乔希年抬起手又放下，迟疑片刻，终于没忍住用手背轻轻碰触了一下盛可以的脸，轻声说："我知道了。"

固科科技的连续涨停给王鹤带来了极度的亢奋，与之相比，他自己或身边的人炒股票的手法简直弱爆了。

既然尝到了甜头，他自然翘首盼望下一次，可赛琳娜却不怎么来宁市了。

两人微信上每天都会有几句话来往，言语里也透着亲近。但对王鹤来说，这些虚无缥缈的交往毫无意义，他希望尽快尽量得到更实际的好处。

集团的订单他在做着，请采购那边的张总吃了两次饭，张总对他态度不是一般地好，推杯换盏有三分醉意之后，居然拜托王鹤在大小姐面前多说自己几句好话，看来连公司的人都知道了王鹤和赛琳娜关系不一般。

这一来他更加心痒难熬，却又一筹莫展。

赛琳娜他想吃，吃不到，形成鲜明对比的是他吃烦了的关琳又回来了。这一次他没有松口让她搬回宝邸，宁愿自己不时去她的小公寓住一晚上。

关琳对此很不满，明示暗示若干次，王鹤总之是死猪不怕开水烫，置若罔闻。

尽管和好了，关琳仍然不时提出分钱的事，王鹤不正面回应，高兴的时候说我的就是你的混过去，不高兴的时候板起脸来什么也不说。

他最忌惮的是关琳说的那些残害乔希年的证据，和好之后旁敲侧击想问出放在哪里，关琳却根本不再多提，问急了就说只是说出来气他的，眼珠子滴滴转，似笑非笑。

关琳有个前男友，学计算机安全出身的，出国之后去做了黑客，他们之前在网上找乔希年，靠的就是这个黑客朋友。

万一关琳把证据托付给了这个人，那一旦全网泄露，王鹤就吃不了兜着走了，没有半点回手之力。

当然，害乔希年这事儿关琳自己也有份，捅出来谁也跑不了，这是王鹤唯一能安慰自己的地方。可是连他有时候也拿不准这个女人能疯到什么程度，也许到了必要的时候，她就是会选择同归于尽玉石俱焚。

这么纠结了一段时间，有一天他在关琳的住处过夜，睡前看书，忽然看到一句话：既然山不过来我这里，我就过去山那边。

王鹤眼前一亮，就像谁把他面前的一层窗户纸捅开了。

他急切地从床上爬起来去拿手机，动作有点大，躺在旁边已经睡着的关琳嘟囔了一句什么，翻了个身。王鹤悄悄走到隔壁洗手间，关上门给赛琳娜打电话。

"王哥，这么晚都没睡啊？"她这次接了，语气很困倦，像是从睡梦中被人惊醒。

"哎哟，是不是吵醒你了，对不起对不起。"

赛琳娜轻笑："没什么呀。你找我干吗？"

王鹤迟疑了一下说："我下周要去上港出差，待的时间比较久，有空吗？一起吃个饭？"

赛琳娜愉快地笑了："这么巧，瑞塔下周也从西京过来，我们已经约了吃饭了，那一起吧。"

王鹤一口答应："那太好了，一起一起。"

电话挂断，他在书房里转了两个圈平息自己的兴奋之情，回到卧室发现关琳醒了，半靠在床头看着他，若有所思。

"你干吗去了？"

王鹤若有其事放下手机，坐回到床上："客户的电话，要我下周去一趟上港。"

关琳牵了牵嘴角，说不上语气是讽刺还是奉承："王总可以啊，客户都拓展到上港去了。"

王鹤不耐地说："干吗阴阳怪气的，上港不是一直都有客户吗？"

关琳往下躺平了一点儿，说："我很久没去上港了，我跟你一起去吧。"

王鹤不假思索就拒绝了："我就去两天，排得满满当当的，你去干吗，换个地方逛街吗？"

关琳的视线从天花板上收回来，落在王鹤肌肉结实的背上，她深深叹口气，也不知道是为了什么而叹气，伸手抚摸着他，说："来玩一下吧。"

王鹤伸手关了灯，径直躺下，说："太晚了，明天吧。"而后就不再有动静，留下关琳在黑暗中久久凝视着他的侧脸。

他第二天回了一趟宝邸，收拾好行李箱直奔机场。

等登机的时候，他打开股票软件看了一眼，上次卖出股票回笼的资金还在账户里静静躺着，数额令人赏心悦目。

像固科科技那样的股票再来几只，操作大胆一点，灵敏一点，低进高出几次，他现在手上的两千万就会变成一个亿。

王鹤上了飞机都还在浮想联翩：一个亿啊！

他情不自禁地去算一个亿能做什么事，能买什么东西，想来想去想到了关琳身上。她就像一根喉咙里的鱼刺，挥之不去，她要的那八百万，同样压在王鹤心上像一块石头。

如果挣了一个亿，那要不就给关琳八百万吧，他很不愉快地考虑着，总得想个什么法子一了百了，让这个女人死心。

"死"这个字在王鹤脑海里激活了许多想象，双手掐住关琳脖颈的触感鲜明如真。

这个世界上没有法律就好了。

这真叫人遗憾。

下午四点半，飞机落地上港，他马上打电话给赛琳娜。打第二个的时候她才接，背景中流淌着轻快的音乐和人们说话的声音，看时间她应该在吃饭。

"王哥，你找我呀？"

"我到上港了，咱们什么时候吃饭啊？"

他既然来了，就做好了死守的准备，赛琳娜说明天就明天，三天后就三天后，他绝不争，死心塌地在这个城市等到机会来临。

赛琳娜轻笑起来，很愉快："哟，你这么快就到上港了，我还以为是过几天。"

王鹤马上表态："没事的，就你时间，你说什么时候见面就什么时候见面。"想象中赛琳娜会因为感动而露出甜美笑容。

结果现实比他想象的还要顺利。

赛琳娜说："王哥，你不如现在就过来找我，我们几个朋友在吃饭，瑞塔也是今天刚到。"

王鹤松了口气，故作体贴道："方不方便啊，别给你添乱。"

人家轻松自在道："那有什么不方便的，都是自己人，我发地址给你啊。"

打完电话，王鹤右手握拳，往自己左手掌心轻轻砸了一下，太好了。

赛琳娜和朋友聚会的地方是一家酒窖，说是刚装修好，还没有对外营业，老板今晚招待几个朋友一起玩玩。

门脸儿就在路边，很简洁，进去下几步台阶又进一重门就是酒窖的主场地，四墙都是酒柜，高及天花板，其间错落摆着沙发桌椅，通过稍矮的木酒架分割空间。

进门右手边有道窄窄的楼梯，上去是赛琳娜他们聚会的单间，装修得却像个真正的山洞，原始风味十足。王鹤进去之前，站在门口张望了一下，临墙的窄条桌上摆着酒和小食，有威士忌有红酒，都是好东西，靠近他的一张桌上放着一字排开六瓶麦卡伦，年份从1990年到2000年垂直。王鹤再不懂，也知道这几瓶酒奇货可居，价格甚昂。

他见到了赛琳娜，正在房间深处和几个男男女女聊天，容光焕发。王鹤调整好自己的表情，挺了挺胸膛，刚要走过去，关琳的电话来了，而且是视频。

他本能觉得厌烦，伸手想要按掉，而后意识到不妥。

这个电话不接，后面还有十个电话，关琳绝不会善罢甘休。

万一被赛琳娜注意到，或者他和谁要互相交换个联系方式，拿出手机和来电撞个正着，那就会带来不必要的麻烦。

他往后退，下了楼梯，绕过一个酒架子，身后几米有一桌客人全是男人，都或侧坐或背对他，正相谈甚欢。

王鹤就在这个地方按下了视频通话键，关琳的脸出现在手机右上角的小屏幕上，直勾勾盯着摄像头，脸上的猜疑浓得能滴下来，第一句话就是："你在哪儿，干吗呢？"

王鹤压低了声音，举着电话，让关琳能同时看到他和身后的那桌客人："和客户谈事儿呢，在一家酒窖。"

"干吗说话这么小声？"她咄咄逼人，王鹤知道她的习惯，张牙舞爪的时候，其实最没有安全感。

他轻快地解释："这里很安静，我走到一边接你电话的，难道还要喊出来叫所有人都旁听吗？"

他不等关琳继续问，追了一句："你呢，你在干吗？"

关琳可能实在想不出还能问什么，沉默了好一会儿才不情不愿地说："逛街，准备去买点儿明天吃的早餐。"

"别去买蛋糕了，早上吃点清淡的吧。"王鹤知道怎么伤害她的自尊心，"你已经胖了很多了，少吃甜的。"

关琳瞪大眼睛，她可能没睡好，眼白上布满血丝，下眼睑有深深的黑眼圈，眼袋浮起，粉底都盖不住。

"胡说，我最近体重掉了好多。"

王鹤笑："那更麻烦，看起来胖，体重又掉了，那就是身上的肉松了，你没事去锻炼锻炼吧，天天睡，怎么会有你那么懒的人。"

几句话就戳中了关琳的肺管子，她气急败坏还想争论，王鹤不容置疑地结束了对话："好了好了，我要回去跟客户聊天了，晚点我回酒店再给你打电话，好吧。"

关琳咬着嘴唇，脸颊因为恼怒而红了起来，生硬地说："你后面那桌是你的客户？"

"是啊，你不是看得见吗？"

"你拍张照给我。"

王鹤一阵烦躁，几乎想要不由分说马上挂断电话，或者找个安静的地方狠狠骂她一顿，这时候赛琳娜的信息过来了：**还没到吗？**

他的太阳穴突突跳了起来，拿着电话的手背上青筋凸起，他告诉自己，*忍着，忍着，忍着*，这不是发脾气的时候。

"行行行，你挂电话吧，我给你拍。"

他打开了前置摄像头，举起来好像在自拍一般，把身后那桌人拍了下来，发给关琳，而后把手机开了静音，回到楼上的房间。

参加聚会的有十几个人，赛琳娜带他一一认识。除了瑞塔之外，其他几个女人也都长得很美，有的是模特，有的是网红主播，都笑得甜甜的和王鹤打招呼，花蝴蝶一般在场子中游走。

男人中明显有一个是聚会的中心人物，一直坐在靠角落的沙发上高谈阔论，根本不起身，其他人轮着上前敬酒。

这人五十岁左右年纪，光头、鹰钩鼻、眉毛黑如墨汁，细细长长的眼睛往两边勾上去，故意眯缝似的，偶尔开合之间，精光四射，令人一见难忘。

他穿着老头衫大裤衩，夹脚拖鞋，坐姿大大咧咧，和一屋子型男美女对比毫无风度可言。他喝起酒来飞快，轮着端起威士忌和红酒的杯子，宛如牛饮，咕咚有声，一会儿一杯，一会儿一杯。

赛琳娜带王鹤过去，说："这是东哥，我们的大哥。东哥这是我朋友王总，你叫他小王就行，从宁市刚过来的。"

东哥瞥了王鹤一眼，懒洋洋地说："宁市过来的啊？宁市好啊，坐。"

王鹤身不由己就坐下了，赛琳娜坐在他和东哥中间，问："你喝红酒还是威士忌，红酒现在开的是雄狮，年份比较新，也不错，威士忌有麦卡伦20年。"

王鹤赶紧说："红酒吧，我比较喜欢红酒。"

酒倒上了，东哥和他碰了碰杯，闲闲地问："小王做哪一行？"

王鹤赶紧说了，东哥又问："一年做多少营业额？"

王鹤把自己实际做的业务数乘了个十说出来，下一秒钟就知道自己还是露了怯。东哥挑了挑眉，那意思分明就是：这么小的生意有什么做头？

他紧接着就直说了："这一行利润不高吧，辛苦钱。"

王鹤脸发热，硬挺着说："还行，就是要特别注意成本控制。"

东哥点点头，很敷衍，这时候瑞塔走过来了："东哥，咱们走一个。"

东哥似乎格外喜欢瑞塔，眉开眼笑，一仰头整杯酒下去了，脸不改色心不跳，酒量惊人。

他喝完擦擦嘴，看瑞塔跟王鹤也打招呼，就说："你也认识小王？"

瑞塔笑："赛琳娜姐的朋友就是我的朋友嘛。"

东哥从鼻子里哼了一声："都是朋友，怎么不带人家发财，还让小王苦哈哈地卖东西。"

赛琳娜说："上次那个股票我有告诉他的。"她扭头问王鹤，"是不是，我记得你说买了一点挣了的？"

王鹤说："是的是的。"

东哥看看他："这次呢，你玩不玩？很刺激的哦。"

王鹤没回过神来："什么？"

赛琳娜马上打断了他们的对话："东哥，这事儿和他没关系，王总就不掺和了。"拉了一把瑞塔，后者心领神会，举起酒杯把东哥的注意力岔了过去，"这瓶雄狮差不多了哦，要不另外开一瓶吧。"赛琳娜顺势起身，"我去找老板要一瓶玛歌。"她对王鹤眨眨眼，"今天东哥请客，千万别跟他客气。"

这一段对话电光石火下来，王鹤留了个心眼，酒过三巡，他找了个和赛琳娜单独在沙发上坐着的机会，问："东哥刚说的是玩什么呀？"

赛琳娜面有难色，低声说："王哥，我们圈子里的小事情，东哥误会了，你就别管了。"

不说还好，一说王鹤越发心痒难熬。

他从东哥的问话里感觉到，所谓的"这一次"肯定是什么发财的机会，说不定是又一只会连续涨停七八次的股票，甚至更厉害也有可能，毕竟就连东哥那样的人都说很刺激。

这就像全世界的钱摆在面前，隔着一层窗户纸就能尽归己手，谁能忍得住不往前冲。

他软磨硬泡，翻来覆去地拜托。财富面前，脸算什么，问一次不行，那就问十次。

最后赛琳娜没脾气了，也有点儿不耐烦，于是叫瑞塔过来："你跟王哥说吧，农发科这个项目他也想进。"

瑞塔举着一块芝士在吃，闻言很意外："真的吗？"

她打量了一下王鹤，好像根本不认识他似的，然后说："王哥，我也不跟你客气，这个项目入场要两千五百万现金，先验资，再配额，你行不行？"

王鹤愣住了："什么？"

瑞塔眼神里的轻蔑一闪即逝，这轻蔑和贪婪就像汽油从天而降，落在了王鹤内心的火种上，刹那间烈焰熊熊。他后背汗毛都竖起来了，神情亢奋地接话："你跟我说说看，万一行呢。"

事情就是这么一个事情，瑞塔他们六个人，另外三个今天没来，都在西京，每人两千五百万，场外配资四倍，一共六个亿，集中操作入场做多一只叫农发科的股票，有内线的，获利五十个点就了结出场，估计前后造势到清仓需要一个月左右。

瑞塔说得很明白，两千万五百万对她，对赛琳娜或者东哥来说都同样不是小钱，但远不至于倾家荡产，拿出来玩就玩了。他们内外呼应，有九成把握赚钱，剩下一成不敢说顶了，毕竟投资是玄学，始终有风险。

她特别关照王鹤注意这一点儿风险："王哥，你考虑一下，我们其他人都认识很多年了，知根知底的，万一出了岔子，谁都不会怪别人，你初来乍到，可得想清楚。"

王鹤张了张嘴，无言以对，人家已经把话说到了尽处。

这个晚上接下来的时间，王鹤一杯接一杯喝酒，心乱如麻，根本尝不出酒的好坏。场子很热闹，东哥如鱼得水调戏姑娘们，赛琳娜和瑞塔有一搭没一搭地聊买什么衣服去哪里玩。很明显，拿几千万出来搏一把这种事儿，经常有，定下来就定下来了，根本不值得他们特别讨论和操心。

王鹤带着一点儿醉意，迷迷糊糊地想，也许这就是有钱人的日常。

第十章

活着，就能爱着

◆

农发科的项目按照赛琳娜所说的时间启动了，王鹤赶在最后期限要求之前缴了资。两千五百万，这是他的全部身家。

乔希年给的，上次炒股挣回来的，他把整个公司抵押出去贷回来的，撸了所有平台网贷拿到手的，甚至还有父母可怜的一点儿积蓄。

他把钱转去赛琳娜指定的账户之前还有过片刻犹豫，而后对方仿佛心有灵犀，打了视频电话过来，给他实况看了操作账户的界面。

"王鹤哥，你还有五分钟，钱过来，咱们就一起玩，钱不过来，我们就封仓自己玩了。没关系的，你千万别勉强。"

就是"千万别勉强"那五个字，让王鹤下定了决心。

他把自己的两千五百万转了过去，没多久就在操作账户里看到了出资方给自己加的三倍杠杆。

王鹤心醉神迷地看着那一串串的零，眼里闪烁着黄金的光彩。他人在宁市，心却飞到了遥远的伊甸园，在那里有钱人就是真神，被供奉，被尊崇，活在玫瑰色幻梦之中，直到天长地久。

他的幻梦没有落空，至少头三个礼拜没有。

农发科不负所望一路飙升，每天几个点，每天几个点，做多的账户赚得盆满钵满。那三周的每一天，王鹤什么都做不了，像着魔一样盯着股票的指数，内心的计算机屏幕上不断闪动新的获利数字，每一秒钟他都感觉到自己比上一秒更富有。

这期间的一切都像是被施了魔法。他的公司接二连三拿下订单，他去做了个体检，一切指标完美无缺，连医生都啧啧称奇，他和关琳之间大吵了一架，关琳撂下了从此以后死都不要见面的狠话，从宝邸离开，随即拉黑了他所有联系方式，让王鹤非常开心。

三周之后，那是一个周一的早上，天气非常好，就像王鹤第一次买固科股票看着价格飞涨的那一天。头天从酒吧带回来的姑娘还在睡，王鹤看着她的长腿情不自禁，一边往上摸，一边打开了股票软件，想着看一眼，然后再去和姑娘厮混厮混。

如果世上有神，这一秒会在天上发出恶毒的哄笑。王鹤不知道，这一秒，是他一生之中最后安乐喜悦的一秒。

他打开股票软件，大脑立刻就凝固了，背心一阵阵发凉。

农发科被天量资金入场做空、暴跌，开市才一小时，跌掉了过去两个礼拜的涨幅。

就像被人突然一脚踢进了二月东北的雪河之中，王鹤满怀的情欲烟消云散，代之以狂潮般的恐惧。他惊恐地跳起来，手忙脚乱去搜相关的信息，想知道发生了什么事，而在他搜的时候，股票一直在跌，跳楼机一般地跌，一直跌到了他的买入点，还在继续。

这时候他整个人都僵住了。

他意识到了一个极其可怕的事实：如果他用自己的钱在玩股票，跌到某个点赶紧出来，他起码还能保住一部分本金。

可是他有三倍的杠杆。

一个亿，买入价跌百分之二十五，他的本金，就全部没有了。

当天下午三点，股市收市，农发科跌停。

次日，农发科继续跌，再次跌停。

连续三天，农发科跌了百分之六十多。

第四天下午两点，王鹤梦游一般出门，来到了关琳的家里。

他不知道为什么自己要去找关琳，明明两人已经撕破脸，明明是他把关琳赶走的，他走进公寓电梯的一瞬间，突然之间害怕得全身颤抖。生平第一次，王鹤希望有人抱住自己，告诉他没事，一切都会没事。

然而天不从人愿。

大限来临那一刻，赛琳娜发了一个简单的信息给他，信息里有一张截图，是操作账户的余额，以及短短一句话：**强行平仓，结束了。**

被平仓的那个过程就像魔法，你看着数字迅速减少，如同大江大河飞流直下，天地崩塌，然而天灾犹可自救，财富蒸发一往无前，摧枯拉朽。

王鹤的全部身家，就此灰飞烟灭。这四个字多传神啊，灰飞烟灭。

他腿软到无法支撑身体，在意识到到底发生了什么事之后，就惨烈地哀号起来，像受伤垂死的野兽或兀鹰，剧烈颤抖着的手拿着手机拨号，打开微信的动作都反复做了多次才成功。

他拨通了赛琳娜的语音电话。

立刻就断了。

王鹤瞪着手机，不敢相信眼前的一切，他又拨了一次，还是断了。

他费劲地控制住自己的指尖，发了一条简单的消息过去：**怎么回事？**

显示对方拒收。

他被拉黑了。

王鹤继续尝试，徒劳无功。

电话、微信，赛琳娜的、瑞塔的，全部都被拉黑了。

到这个时候他才突然想起，他甚至不知道赛琳娜和瑞塔姓什么。

一股凉气从王鹤腹股沟如喷泉一般涌起，流入四肢百骸，他紧紧握着手机，不由自主地瘫软在地板上，牙关不断地打着战。室温二十六度，他却冷得无以复加，与此同时，脊背上又全是汗，黏糊糊的。

他拼命地让自己镇定下来，回想自己和赛琳娜认识这几个月的过程——

他们是在集团的采购会上认识的；她是集团总部的采购副总，大老板的亲戚，大家都对她很恭敬；两个礼拜前他有一次寄礼物，赛琳娜给过他一个寄件地址，没有具体门牌号码，寄大堂物管代收，但确实也是集团那栋楼，他顺手查过。

王鹤内心燃起了一线希望，跑得了和尚，跑不了庙，那么大的一个公司，既然赛琳娜是总部的副总，她能走到哪里去？

他给分公司的采购部张总打了一个电话，对方接了，王鹤顾不上礼貌，劈头就问："赛琳娜在哪里？"

对方一愣："什么？"

他暴躁地喊了出来："你们总部，管采购那个赛琳娜，她现在在哪里？是不是在你们上港公司上班？"

只要对方说个"是"字，他就马上买机票去上港。哪怕要堵在集团总部的门口，也要揪出赛琳娜，叫她吐出自己的两千五百万。

这瞬间他脑子里有一个置身事外的看戏的声音，幽幽地说："你的信用卡都爆了哦，全部提现了哦，你没有钱买机票你知道吗？"

张总的回答，无异于雪上加霜。

"赛琳娜？你说黄小姐啊，她来我们公司是做调研，大老板介绍来的，安个副总的名头方便做事而已，早就走了。"

"走了？去哪里了？"

张总哈哈哈笑起来："王总你太高看我了吧？我怎么可能知道。不过，你怎么会不知道啊？"

他的阴阳怪气王鹤听在耳里，其来有自，毕竟上一次跟他吃饭，王鹤还在吹自己和大小姐关系如何亲密。

他这会儿顾不上这些细枝末节。

"那谁会知道？"

他问出来第一秒已经自省是徒劳。

就算集团有人知道赛琳娜的真实信息，谁会告诉他？

他茫然地举着电话，死死盯住远处墙壁上的某一个点，大脑骤然停止了运转，整个人像被包裹在一个密封的大球里，在崎岖狭窄的山路上无止境地旋转着，蹦跳着，路的两侧就是无底深渊，迟早会掉下去万劫不复。

从很远很远的地方传来了张总的声音，问他还有什么事，得不到回应就挂了电话，那"嘟嘟嘟"的待机声同样很遥远，隔着千山万水，或今生来世。

王鹤的手一软，丢下手机，站起来摇摇晃晃走到厨房，打开关琳放酒的橱柜。

四瓶酒，红的白的都有，他全部拿出来，就地坐下拿起一瓶，开盖，而后仰头往嘴里灌，喝完一瓶，紧接着又是另一瓶，意识渐渐模糊起来。他无休无止地继续喝，终于喝到肠胃都痉挛了，王鹤的头往旁边一偏，"哇"地吐了起来，秽物喷了一地，他的裤子衣服全都浸泡其中。王鹤无动于衷地望了一会儿，继续喝，到某一个程度，他终于往后一倒，靠着冰箱门昏睡了过去。

关琳回到家的时候，在厨房里看到的就是这么一个情景。

她根本没料到王鹤会出现在自己的住处，进门的瞬间闻到浓烈的酸臭味，第一反应是哪里的下水水管爆了，而后走到厨房，看见了王鹤。

一开始她很疑惑，王鹤把她粗暴赶出宝邸的场景还历历在目，她被推到地上摔出来的淤青都未曾消除。

他怎么会在这里唱这一出？而后她意识到，这必然是王鹤跟她说的那个大项目出事了，而他无路可走，无处可去。

关琳站在门口皱着眉头看他，看了好久，忽然嘴角露出一丝微笑。

她跨过满地的呕吐物，用纸巾捻起王鹤的手机，用他的指纹解了锁。

股票软件屏幕还开着，他跟赛琳娜、瑞塔的微信对话记录都在。

关琳靠在厨房门边，一条条一行行看过去，渐渐把事情凑了个八九不离十，看到最后，实在忍不住发出了快意的笑声。

她从地上拎起最后那瓶没开盖的酒，回到客厅坐下，又把王鹤的各种微信记录都看了一遍。

如意料之中的，她看到了许多不堪入目的对话、图片、小视频，跟各种地方认识的各种女人纠缠，甚至是关琳和他住在一起，还觉得两人感情很不错的时候，他也在外面疯玩着。

他到处骗人，说自己离婚了，前妻是个精神病，交过一个女朋友是神经病，全世界就他最倒霉。

关琳一边看，觉得自己身上半边冷，半边热，恨得咬牙切齿，恨不得抓起茶几上的水果刀进去捅王鹤两刀。

然而再看一眼股票软件，又释然了。

那句话怎么说的，人贱自有天收。

老天爷干得好，他算是彻底完蛋了。

关琳"咯咯咯咯"笑着倒在沙发上，对着虚空中的某一处举了举杯。

她盘算着要怎么把这个笑话看到尽，首先要等在这里，等王鹤醒来，那场面一定很精彩，他平常那么爱捯饬自己，爱修饰，自恋得像一只孔雀，现在却躺在呕吐物里，看他脸往哪儿搁。接着等他清醒一点了，就要讽刺他，怎么难听怎么说，让他无地自容，把他的自尊心踩在脚下，就好像王鹤踩她关琳一样，用力踩，压成齑粉，变成灰泥，最好一辈子都没法收拾恢复。

最后呢，最后当然是下逐客令，让他带着一身臭不可闻的呕吐物滚蛋。王鹤后脚一出去，关琳马上换锁，或者干脆搬家，这个败类必须永远消失在自己的生活里。

至于他还能去哪里，不是关琳要关心的问题，她已经对这个男人仁尽义至，也已经死了心。

关琳一边笑，一边又咬牙切齿，不必照镜子，她自知面目扭曲狰狞，可是这一刻多么值得享受。

她想了又想，意念中干瘾过足了，于是放松下来，慢慢喝那瓶酒，一面开始琢磨，王鹤遇到的这事儿是怎么来的呢？

他是个聪明人，一向来都谨慎甚至多疑，喜欢凡事都在控制中。

以前欠过债，主要是因为公司业务遇到了不可抗力，人算不如天算，好比出货的两艘船在苏伊士运河上被堵了十天半个月走不动，这种事儿谁能算得到？

谁能让他冒倾家荡产的风险，砸下全部身家？又是用什么方法说服他的？

另外一个问题是，谁会一开始就知道他有那么多钱？

关琳思来前后都想不明白，王鹤手机里的信息也不够多，只能看到结果，看不到缘由。

但有一点很清楚，设局整人一定有其目的。没有谁是出于兴趣爱好这么干的，特别是像王鹤遇到的这个局，时间精力金钱，都很可观，必然有人从中受益，才有可能出现。

关琳就更想不明白了。

王鹤倾家荡产，对谁有好处？脑子里闪过她认识的所有王鹤身边的人，且不说有没有能力搞事，实在是都没动机啊。

除了关琳自己。

她知道王鹤不会把乔希年那份儿钱给自己了，她再折腾、闹、威胁，都没用，光脚的是不怕穿鞋的，可是万一被人把腿打折了呢？王鹤有八百万，买个人打死她都可以，绝对不可能分享的。

她一口口灌酒，嘲笑着自己，乔希年是她最好的朋友，她为了王鹤这样的男人，为了自己根本拿不到的钱，就这么给出卖了。

伤天害理。

关琳回头看了一眼厨房，王鹤翻了个身，窝在了呕吐物里，仍然沉沉睡着。屋子里很安静，他的呼吸声因此格外沉重，就像濒死之人。

他已经得到报应了，不知道自己的报应在哪里。

关琳想着。

这时候电话铃声破空而来，吓了她一跳。

有人打电话给王鹤。

屏幕上显示的名字居然是乔希年。

关琳犹豫了不过半秒，顺手接了起来。

乔希年的声音还是那么熟悉，语气和说话的内容却让她很陌生："王鹤，你那边被平仓了吧？"

关琳一下从沙发上弹了起来。

为什么乔希年会知道王鹤被平仓了？

关琳莫名地紧张起来，心怦怦直跳，努力控制住自己，她轻描淡写地说："希年，是你啊，你有什么事吗？"

乔希年很意外："关琳？"

她沉默了一下，说："你让王鹤接电话吧。"

关琳看了一眼厨房，转身走到离厨房最远的那个小房间，关上门，说："他不愿意接你电话，你有什么事跟我说吧。"

希年迟疑了一下："这件事很重要，王鹤自己来听比较好。"

关琳夸张地笑了一声："希年，咱们都是大人了，就别装了，我听就是王鹤听。你说吧，什么事情那么重要？"

她想象着乔希年会因为这句话烦躁甚至恼怒，毕竟名义上她和王鹤才是夫妻。

然而乔希年没有任何情绪波动，关琳和王鹤什么关系，她似乎半点都不在乎。

沉吟几秒之后，她真的说了："你跟他说，把乐乐交给我，我会帮他把欠的钱还上，然后离婚，从此我们就没有关系了。"

关琳脱口而出："你帮他把钱还上？你知道他现在需要还多少钱吗？"

乔希年平静地说："当然。"

关琳的脑子乱成一团，之前她想来想去不明白的事，就像一团乱麻，渐渐开始理顺了。她忽然意识到，王鹤倾家荡产，除了她自己高兴，还有一个人会更高兴。

那自然就是乔希年。

她试探着问："你怎么会知道他被平仓的事？"

乔希年没说话，她似乎意识到有什么不对，好一会儿才说："关琳，让王鹤来跟我说话。"

关琳短促地笑了一声，恶意的快感涌上心头，她决定要在王鹤跌下去的坑里再扬一把土："他没话跟你说，你不用帮他还钱，他说他不需要。"

希年的惊讶溢于言表："什么？"

关琳狠狠重复了一句："他说他不需要。"

她干脆利落把电话挂掉了，顺便删掉了通话记录，拉黑了希年的号码。

关琳回到客厅沙发，左思右想，深觉蹊跷，而后再次打开了王鹤的手机，翻开了那个赛琳娜的微博。

发的东西不多，内容都很虚浮，完全没有自己露脸的任何照片或视频，也没有日常生活工作的写照。

关琳一张张往下看，终于看到了两个半月前的那天，九点多赛琳娜发了一张酒窖照片，配了一句话：悠姐新店开了，一如既往高大上，今晚热场，都是自己人。

照片是全景，焦点在高达天花板的酒架上，背景是虚化的，隐约看得出来还有坐着喝酒的一桌人。

这环境，这布局，关琳越看越眼熟，她琢磨半天，拿出自己的手机翻出和王鹤的微信记录——同一天十点多，他给关琳发了一张酒窖的照片，照片的中心是一桌喝酒的客人。四周环境跟赛琳娜发那张一模一样，他说这是自己的客户，正在一起谈事儿。

这些显然是说谎，他去上港见的是赛琳娜，根本没有什么狗屁客户。

关琳手臂上竖起一片鸡皮疙瘩，恨意冰冰凉，蠕虫一般在心里骚动。

王鹤是个烂人，这一点确认无误，她也心知肚明自己绝对不可能和他再和好，可嫉妒与被欺骗的剧烈痛楚从不讲逻辑或道理。

她的脑子急速转动着。

既然王鹤见的根本不是什么客户，赛琳娜说的又是自己人给没开业的酒窖暖场，那么说不定桌子旁边这些人和赛琳娜认识。

他们露了脸，找到正主儿的可能性更大，而找到他们，说不定就能顺藤摸瓜查出赛琳娜的真实身份。

关琳把王鹤拍的图片上的三个男人放大，把其中两张轮廓五官比较清楚的人脸截图下来，发了给自己的黑客前男友。

帮我找找这两个人是谁呗？

干吗，新欢啊？跟王鹤分了？

胡扯，欠我钱的人，你赶紧帮我找，这么多废话。

行行行。

你看，这个世上，人人都有当舔狗的时候，她关琳舔王鹤，王鹤舔赛琳娜，好歹还有个人舔她。多少年过去了，她要对方干什么，人都有求必应。

这叫什么？关琳讽刺地想，冤冤相报何时了吗？

她耐心地等待着结果。

这是社交媒体时代。

这是一个人人都想要向世界寻求五秒钟成名时刻的时代。

一普通人在网上发的照片，数量会超过她的祖宗八辈全部人拍的全部照片。

关琳期待着多少有点收获。

舔狗黑客效率很高，毕竟一个从不出门的死宅男似乎也没有别的什么事情好干。他发回结果，是在好几个社交媒体和收费的人脸搜索软件里同步搜出来的。

关琳意外地发现，她得到的结果多得令人震惊。

这不但是因为舔狗黑客技术高，还因为图片中坐在右边椅子上那个男人大有来历。

他不是寻常酒客，而是西京盛世集团的二少爷，盛可以。

西京出了名的名门公子，大玩家，跟不少女明星都有合影。好些年前盛世老董事长去世时，媒体做了一系列豪门争产的新闻，几乎所有报道里都有他的照片。

关琳坐直了身体，这一下惊着了。

她翻动照片，好多都是这位盛二爷跟各种美女的合影，环境和场合五花八门。高级别的商业论坛现场，某个明星结婚的婚礼聚会，更多私人饭局别人随手上传网络的抓拍。

点进不同的照片，还能看到各种和盛二爷有关的信息，他接受哪家杂志采访说了什么，就投资的方向做了什么介绍，名下的盛世投资和盛年基金两个公司去年收益如何。

关琳边看边泄气地摇头。

如果是其他阿猫阿狗，说不定能让舔狗黑客花点儿功夫找出对方的真实信息来，再打电话或者上门去问赛琳娜的下落。

但是去惹盛世集团的二公子？

关琳不是个小孩子了，她知道胳膊拧不过大腿的道理。盛世集团这个级别的财阀，只要不犯法，算得上是手眼通天。

就算她弄到了对方的私人信息，她能干什么，她敢干什么？

关琳愣愣地看着照片左思右想犯难，某个瞬间她心里一凛。

她这是在干什么？

发了一千遍毒誓，撂了一万句狠话，事到临头，十多年如一日的，她积习不改，还是情不自禁代入到王鹤那一头，苦思冥想为他解决问题的方法。

就好像她还是二十岁，看着乔希年挽着王鹤的胳膊走远。明明天朗气清，她却如同身在地狱，内心正被恶犬撕咬，一片片破碎，血肉横飞。

她记得自己曾经认真地祈祷，让乔希年和王鹤一起出车祸，让乔希年死掉，而王鹤受伤瘫痪一段时间。

这样她就能日日夜夜在王鹤的病床前坐着，陪伴他，照顾他，没有任何人来跟自己分享或争夺。

神佛接不接受这样伤天害理的祈愿呢？关琳不知道。

此刻她狠狠地骂自己："贱！"咬牙切齿，怒火中烧，仿佛自己最难堪的那一面就化身在前，活该承受无尽的羞辱。

她一翻身倒在沙发上，仰躺着继续看照片，漫不经心地一张张滑过去，看完一页就关掉一页，动作很机械。在某个瞬间，她的视线中忽然掠过一张格外熟悉的面孔。

她以为自己出现了幻觉，放大照片再三详查。

终于确定没有错。

她看到了乔希年。

那是一张去年的投资年度盛典现场照片，不知道哪个参加的人随手拍的，放在了自己的社交媒体上。照片拍的是坐在台下第一排的盛可以，他的面前桌子上摆着名牌。

他身边坐的女人中等个子，腰背挺直地端坐着，穿一条式样简单的红裙，头发盘起，微

微侧着的脸正好望向镜头，淡妆，表情平静，五官清楚可辨。

关琳的第一个念头是乔希年走错了地方。

她对投资没什么概念，可是投资界的年度盛典，坐第一排的应该是什么人，她还是有数的。

乔希年何德何能，坐在那个位置？跟大财团的少爷并排？

说不定她在盛世上班？当人家二少爷秘书或者助理什么的。关琳觉得这很合理。

乔希年聪明起来有多聪明，关琳是知道的。

可是这个说法也不成立。

因为乔希年面前的桌子上同样摆着名牌。

盛年基金首席分析师

乔希年。

千真万确。

盛年基金，首席分析师。

这个头衔就像一根丝线，串起来了所有散落的珠子。关琳就像在拼拼图，把她手里握着的碎片，一片片放下去，互相衔接、贴合、拼凑起来，渐渐呈现出完整的画面。至少她认为是完整的画面。

华灯初上，王鹤终于醒了，他翻了个身望着天花板，很久才反应过来自己在哪里，花了更长的时间才回忆起自己今天的遭遇。

世界一片漆黑，不仅仅是因为厨房里没有开灯。

他慢慢爬起来，扶着厨房料理台起身的时候踩到了自己的呕吐物，差点儿摔个狗吃屎。

酒精还在血管里肆虐，他的头疼得要裂开，稍微一动就天旋地转，胃部收紧，一阵阵痉挛，气体随着苦水不断冲击着喉咙，王鹤知道自己随时可能再度呕吐。

他站定了，喘了两口气，蹒跚着走向厨房门，客厅里开了一盏灯，王鹤却没去想这是为什么。

他甚至没有意识到关琳会出现。

当厨房的灯骤然被点亮时，他大吃一惊，习惯了黑暗的双眼受到刺激，顿时眯缝起来，眼泪在眼眶里打转。

关琳靠在门边，冷冷地望着王鹤，说："怎么了这是？赔大钱了啊？"

她很陶醉，这落井下石的感觉太爽了，简直叫人想要原地转圈。

王鹤擦了擦眼睛，什么都没说。

关琳咬着指甲，欣赏他一会儿，故意慢吞吞地说："哎，说起来，你是不是被人骗了？不是，你一向来都觉得自己挺聪明的，怎么会被人骗呢？"

王鹤还是什么都没说，他实在没什么好说的。

他吃力地挪动脚步，想要往外走，被关琳拦住了。

闻到强烈的酸臭味，她脸上露出了明显之极的嫌恶之色，说："王鹤，你想不想知道到底是谁整你？为什么要整你？"

她这句话终于吸引了王鹤的注意力，他反问了一句："你说什么？"

关琳把自己搜到的那张照片丢给了王鹤看，他的反应和关琳几乎如出一辙，一开始根本不敢相信。

"你的好老婆，有出息了，搞上了有钱的大少爷，想办法给你下套，惊不惊喜？意不意外？"

王鹤根本不相信："不可能。"

关琳过去劈手抢回了电话，幸灾乐祸地说："这有什么不可能，你查一下是不是盛年基金做空你那个什么股票，不就知道了？"

王鹤眼神涣散，脊骨像是被打断了，弯腰驼背，松松垮垮地站着，呆呆地望着关琳。

她目不转睛盯着他看，心底快意如潮，积聚多时的愤怒、怨恨、不甘，涓涓融汇，伴随着大仇得报的反转，成了大仇得报的美妙佳酿。

许多恶毒的词汇喷薄而出，关琳根本没有想这是不是一个合适的时候，她只想往王鹤的伤口上撒盐。

"你一直觉得自己了不起，谁都看不上，没想到被乔希年给整了是不是。说来奇怪，她跟着你的时候像条虫一样，一点儿都没用，逃出去了，居然能勾搭上那么有钱的人。啧啧，我都不知道她有这个本事，我真想问问她，这是怎么做到的？也让我学学。"

关琳嗤笑几声，继续挖苦王鹤："对了，其实我应该跟乔希年揭发你，坏事都是你干的，是你给她下药，是你为了吞她的钱把她变成精神病的。你这个人烂到了骨子里，坏事做绝，乔希年应该让她新男朋友灭了你，让你死得透透的，否则她怎么咽的下一口恶气？"

王鹤没有看她，死气沉沉地说："乔希年是你最好的朋友，你没害她吗？你又是什么好东西。"

这句话精准地刺中了关琳的软肋，她攥紧双手，像一只发怒地猫一般弓起了背，昂起头放开嗓子喊起来，一个字比一个字尖锐嘶哑："我不是个好东西，可我最少是为了你，我以为你喜欢我，结果呢，我从你这里得到了什么？你谁都不喜欢，你就是个人渣、变态，你是个彻头彻尾的神经病、禽兽，你这样的人根本就应该去死，早死早超生。"

她跌跌撞撞冲过去，猛地打开公寓大门，指着门外对王鹤狂叫起来："你给我滚，滚出去！我永远不想看到你。"

王鹤垂着头站在厨房里，很久都没有任何反应，不反驳也不辩解，等他再度抬起头来，脸色变得像死人一样白。

他摇摇晃晃走出去，经过关琳身边时停了一下，拉长声音说："你说得对。"

他走到客厅茶几边，弯腰拿了自己的背包，迟缓地来到玄关穿鞋。

他甚至还仔细地拍了拍自己被呕吐物浸湿的衣服，嘴角露出一丝讪笑，似乎为自己的失态感到非常过意不去。

然后王鹤转过身，和关琳面对面，这一瞬间王鹤的神情甚至算得上温柔，他微微一抬头，好像要跟关琳挥手再见，从此阳关道独木桥，缘分到此为止。

关琳看着他，张了张嘴，硬把想说的话咽了下去。

她提醒自己不要心软，起码要让王鹤死去活来几天，让他得到一个教训，而后，而后再说吧。

等她出了这口恶气，再看看要不要拯救他，告诉他关于乔希年可以帮他还钱的事。

关琳模模糊糊地这么盘算着，把门推开了一点，侧身示意王鹤赶紧走。就在这一瞬间，男人丢下手里的东西扑了过去，掐住她的脖子把她往门的方向猛推，直到门剧烈地关紧，发出响亮的砰声，关琳整个人被抵在了门后。

她的尖叫声冲出喉咙，戛然而止，王鹤两手紧紧掐住了关琳的脖子，膝盖顶住了她柔软的小腹，整个人压过去，用力、挤压、合拢，左手与右手的指尖接触着，勾起来，越来越紧，越来越紧。她的颈动脉剧烈地跳动着，血液呼喊着奔流，想要带着氧气突破关卡，动力却山崩一般逐渐减弱。

关琳剧烈地扭动身体，无法挣脱半分，她的手无望地抓挠着王鹤的手臂，撕出一条条指甲血痕，一面发出呜咽声，眼珠子渐渐凸出来，嘴角涌出白泡。她死死盯着王鹤，拼命从咽喉里挤出声音，出口的却只是破碎不成调的嘶嘶响，谁也不可能听得出来她其实在喊："乔希年会还钱给你，你不会破产。"

几分钟之后，关琳彻底瘫下去了，她的身体挂在王鹤的手上，四肢软垂如泥，脖子松松地歪下来，贴在他手背，眼睛大得可怕，眼珠子似乎随时可能掉落出来。

王鹤没有放手，维持着拼命掐脖子的姿势，一直到他确定关琳百分之百死了。

他退后一步，厌恶地把关琳甩到地上，她脖子上一圈青色的勒痕仿佛有生命般，在王鹤眼里蠕动着。

他低着头看着关琳扭曲的脸，漠然想道，不管怎么样，他至少知道了掐死一个人到底是什么感觉，原来不一定会大小便失禁，也许关琳之前排空得很彻底。

王鹤甩着自己的手跨过关琳的尸体，走进浴室，他把水温开到最热，洗了一个漫长的、仔细的澡，洗完澡之后他光着身体，打开了关琳放在卧室床头的笔记本电脑，开始查资料。

时间悄然流逝，一夜就这样过去了，其间王鹤过去门边查看了一下关琳，她的掌心摊开了。无论以前多么执着或贪婪，现在终于什么都不需要再抓住。她永恒地死着，从此以后都会平静且沉默，这让王鹤觉得很满意。

天色蒙蒙亮，很多人陆续起床了，新的一天即将开始。

王鹤拿起关琳的手机，用她的信用卡订了两张飞往西京的机票，而后打了一个电话。

"爸爸，你十一点前把王乐乐送到机场，在四十二号门等我。"

"我带他去找他妈妈。"

"是啊，我知道，孩子终究是需要妈妈的。"

"放心吧，我不怪希年，我会处理好我们之间关系的。"

"好的，到时见。"

西京，阳光灿烂的一天又开始了。

乔希年在办公室走来走去，已经二十四小时没有合眼。

王鹤没有回她电话，和关琳通过话之后，再打过去对方就不断在通话中，打了几个小时之后，乔希年终于意识到对方关机了。

这让她极为迷惑，因为实在不合常理。

被平仓，一把归零，身负巨债，这可不是一件靠赌气或者硬挺就能混过去的事。

对现在的王鹤来说，除了一死了之，乔希年是他唯一的希望。

他居然会杳无音信？

这不合逻辑。

乔希年不喜欢一切无法利用逻辑推断出结论的事。

她彻夜不断拨打王鹤的电话，都徒劳无功。

乔希年转而查到了王鹤公司的电话号码，问遍了员工，没有人知道他在哪里，她还从员工那里找到了关琳的号码，她同样关了机。

岂有此理。

时间来到清晨九点，她终于忍不住拨通了盛可以的电话。他昨天晚上跟盛天骄有应酬，十一点多回家的时候给她打了电话，两人和平常一样说了几句。盛可以不知道她一直待在办公室。

盛可以一听她的声音就察觉不对："怎么了？"

乔希年犹豫了一下，软绵绵地说："王鹤没有接我电话。"

盛可以很意外。

他们商量好的，王鹤被平仓之后，等上二十四小时，再一起给他打电话。

人在遭受重大打击歇斯底里的时候，脑子不会如常思考，等二十四小时之后，他就知道利害了。

这时候你跟他谈判，说什么他都会答应。

何况，乔希年不善于拿捏人性，这种和人斗其乐无穷的事儿，得盛二爷来。

"不是说今天我们一起给他打电话的吗？"

乔希年带上了哭腔："我想尽早见到乐乐，你又忙，我就直接打了。"

盛可以没话说了，怎么可能去责怪一个妈妈想要尽快见到自己久别的孩子呢。

关琳没有猜错，这个针对王鹤的局是乔希年设的。

更精确地说，是盛可以帮她设的。

乔希年一开始并没有设局之意，按照王鹤的要求,她把父亲给的一千四百万年金给了出去,当时的想法很简单：

如果王鹤真的愿意把乐乐还给希年，双方离婚，从此一刀两断，那么给了就是给了，破财消灾，相忘于江湖老死不相往来，她觉得值。

乔希年现在已经很清楚地知道了，她有能力挣到足够多的钱，可以让乐乐过最好的生活，只要靠自己，她就能改天换地。何况还有盛可以，永远充当坚强后盾的盛可以。

一千多万，假以时日，不算什么。

她当然知道王鹤是个坏人，真正的归宿应当是牢底坐穿。但他毕竟是乐乐的爸爸，她不喜欢报复，更不想给孩子留下阴影。

内心深处她甚至模模糊糊地想，如果王鹤不当坏人，她这一生都只会是在家里种月季，穿白色内衣，半夜两点起来给老公开门，永远是那个逆来顺受的乔希年。

没有事业可做，也不会遇到盛可以。

天若与之，必先取之。

这当然不算什么理性分析，但勉强是一种心理安慰吧。

归根到底，但凡能用交易的方法解决问题，那无论花多少钱买个安生，都是值得的。

她这么跟盛可以说了，盛可以认为不妥。

盛二爷不可惜钱，他同样认为如果钱能够彻底解决问题，那多少钱都可以。

关键就在于，光看王鹤的行径就知道，这绝对不仅仅是钱的问题。

盛三和姜教授从心理学的专业角度分析，说像王鹤这样的精神变态者、虐待狂、反社会人格，他最大乐趣就是控制和操纵。

他当然迷恋钱，因为钱是最好的控制和操纵别人的工具，能给普通人带来最大限度的权力。

他处心积虑折磨乔希年多年，视她为自己的禁脔，绝不会轻易放她逃出自己手心。继续扣留和藏匿乐乐，显然就是对付乔希年最好的方法。

姜教授说得直白，王鹤对王乐乐恐怕没有任何父爱可言，只是希望将所有和他有关的人都被他玩弄于股掌之间罢了。

乔希年承认姜教授分析得对，可她还是决定试试看。

噩梦一般的过去实在太久了，她发自内心地希望能好说好散尽快解决问题。

不幸的是，她的尝试果然失败了。

拿钱之前，一切都说得好好的，王鹤拿钱之后，马上摇身一变，不但拒绝把乐乐送回来，还开始扮演深情款款的丈夫，不要说配合离婚了，口口声声要求的是乔希年回家。

他不知道乔希年具体在西京干什么，但王鹤有一种直觉，离开他之后，乔希年过得很好。

这让他怒火中烧。

他越是知道乔希年绝不可能回家，越是逼迫她，只要她觉得为难，王鹤就会很高兴。

既然如此，盛可以就说，不如用用他的方法。

他的方法懂的人一听就明白，很简单，更不是什么原创的方法。他的圈子里一把把的人都有经历，玩币的、玩合约的、做期指的。

赚大钱的人当然很多，死的人也不少，窍门五花八门，有自己跳下水然后被淹了的；有直接被人推到坑里活埋的；有不小心给带跑偏的。

一亏都亏大发。

无论哪一种，倒霉的人都死于贪婪，这是绝大多数人的绞索。

王鹤不是例外。

如果他不贪心，本来可以在第一次买固科科技股票的时候就全身而退，凭空多了近一千万，谁也没法从他嘴里撬出来。

普通人有两千万，基本上一辈子可以衣食无忧了。然而盛可以拿捏准了，王鹤绝对不会就此收手。

除了上套者的贪，设局者的成色也很重要。

赛琳娜是黄明明，瑞塔是钟妮娜，东哥是西京私募基金第一人，泰格哥的好朋友。

要骗一个普通人，不可能有比这个班底来头更大的了。

货真价实的大小姐，还有货真价实的大资金。

不是二爷的面子，这些人当然不会出来装模作样，演戏骗王鹤这样蝼蚁般的小角色。

要穿针引线将这一切串联起来，幕后黑手要兼顾想象力和江湖地位，还有一点恶作剧的心肠——除了盛可以，没有别人做得到。

可是真正的原因不在面子，在里子。

王鹤这一边，六个人放了六个亿做空，黄明明她们拿出来的确实是真金白银。严格来说，王鹤甚至都不算上当，他怪不了任何人，因为其他人照样也是亏了。

只不过，SKL集团、钟氏集团，加上盛世，在黄大小姐她们的私人投资之外，还一共紧急临时调度了五十个亿出来做空。

因为乔希年认定这只股票可以做空。

他们在香港注册了机构，这些企业也都是香港公司。乔希年盯了两个月的盘，最终如愿以偿在做空的最高点套现离场，精确得像艺术体操中的空翻。乔希年翻手为云覆手为雨，运筹帷幄，决胜千里，让所有人都大赚了一笔。

乔总在这一出戏里没有出过一秒钟的场，但她才是真正等在王鹤面前的那一道无底深渊。

盛可以没想到的是乔希年会在王鹤被平仓的当天就直接给他打了电话。

更没有想到王鹤竟然会人间蒸发。

盛可以赶到公司，第一时间冲到了乔希年的办公室。她坐在沙发上，手撑着头，单薄的身体蜷缩着，从姿势就能看出她有多苦恼。

盛可以走过去摸摸她的头发："你不会一晚上都在这里吧？"

乔希年抬头看着他，露出心力交瘁的表情，声音中有极大的恐惧。

"二哥，王鹤不会对乐乐怎么样吧？他损失了这么多钱，走投无路了，不接电话，他不会对乐乐怎么样吧。"

盛可以叹口气，不出所料，让乔希年焦虑不安的果然是这个。

他也想不明白为什么王鹤会人间蒸发，只好硬着头皮安慰她："不会的，他这种人，欠了那么多钱，现在肯定躲起来了，或者干脆跑路了。况且，他又不知道是你在背后设的局，怎么可能去针对乐乐？"

乔希年紧紧盯着他："万一，万一他猜到了呢？"

她和王鹤在一起那么多年，这个表面上文质彬彬的男人发起疯来有多可怕，乔希年心里很清楚。

如果王鹤真的猜到了是乔希年在设计他，那现在一定是王鹤毕生最疯狂的时刻，他百分之一百会把怒火倾泻在乔希年最爱的人身上。

她打了一个寒噤，无数可怕的场面在眼前一一掠过，她不顾一切地抓住了盛可以的袖子，叫了起来："二哥，怎么办？万一他猜到了，他会杀了乐乐的，他真的会杀了乐乐的。"

这句话说出来把乔希年自己吓坏了，她捂住嘴，六神无主地望着盛可以，眼泪大颗大颗滚落。即使孩子只是在想象中受到伤害，做母亲的心仍然疼痛犹如刀割。

盛可以急忙伸手抱住了她的肩膀，像哄孩子一样轻言细语："不会的不会的，希年，你的脑子比我好一百倍，难道你想不出来，王鹤怎么可能会知道这一切的背后是你，他撑死能找到明明或者妮娜，他还能对她们怎么样？两个大小姐日常出门都是保镖，他真的找上门来立刻就抓他坐牢。"

他有节奏地轻轻拍她的背，声音很有力量："没事的，没事的。"

乔希年摇摇头，悔恨交加，她平常工作算无遗策，仍然逃不过关心则乱的铁律。

"二哥，我跟他说了我帮他还钱。"

盛可以的手僵住了。

他忍不住苦笑起来，终于埋怨了一句："希年，你怎么就不能等到我来打这个电话呢？"

乔希年痛哭起来。

盛可以慌了手脚，一把把纸巾塞给她，这时候乔希年的助理在门外敲了敲门，轻声说："乔总，十点的会你还开吗？"

盛可以不假思索地回："不开了，你告诉大家一声，我上午的会也让安娜帮我全部取消吧。"

乔希年用纸巾搌着鼻子，摇摇头："不行，上午跟艾尔集团的这个董秘会很重要。"

盛可以没脾气："能有多重要，一个会不开天能塌下来，而且现在是他们求着我们买股票，不是我们上赶着找他们。"

乔希年露出了一丝勉强的笑容："二哥，我坐在这里心乱如麻，不如去开会，你别担心。"

盛可以想想倒也是，于是放手了。

乔希年站起来抱着自己的电脑笔记本，继续擦着眼泪鼻涕走了出去。盛可以送她到了会议室，上电梯去了三楼自己的办公室。电梯门刚缓缓合上，另一个电梯就打开了，安娜从里面走了出来，她的身后跟着一个穿全套蓝色西装，风度翩翩的高个子男人，牵着一个五六岁的小男孩，赫然是王鹤和王乐乐。

"请往这边走，乔总的办公室在这里。"

安娜一边带着他们过去，一边给乔希年打电话，估计会议已经开始了，乔希年没接，她转而给盛可以打电话，说："盛总，乔总的儿子和爸爸来了公司，你和乔总在一起吗？要不要告诉她一声。"

盛可以刚进办公室，听到这句话掉头就往外跑，压低了声音说："你找个没人的地方跟我说话，千万别给任何人听见，别让人觉得奇怪，知道吗？"

安娜一头雾水，看了一眼王鹤和乐乐，心想难道这是来捉奸的？

她毕竟是金牌助理，神情没有半点儿异样，回了一句："好的盛总，我知道了。"随后把他们俩带进了乔希年办公室，安排在会客区休息，热情地说："我去给你们倒杯水，请稍坐。"乐乐眨巴着大眼睛看她，安娜弯下腰说："乐乐，你还是喝热巧克力吗？"乐乐迟疑地看了一眼王鹤，不易察觉地点了一下头。

安娜笑着说："知道了，那我去茶水间帮你泡。"转身走出了办公室。

她来到走廊远处，赶紧拿起电话："盛总，怎么了？"

盛可以气急败坏："你在哪里见到他们的？怎么就直接带上来了？"

安娜很蒙："在二楼前台看到的，乐乐以前经常来，都是到前台然后行政送到乔总或者你的办公室，我刚好安排完您十点半的会议出来看见了，就说我带他们上去。"

盛可以没好气："又不是乐乐一个人，还有他爸呢，你怎么不先问我一声？"

安娜一听这话就知道出问题了，她马上认错："盛总对不起，是我考虑不周，现在怎么办？他们已经在乔总的办公室了。"

盛可以这会儿已经进了电梯，背景音里传来下行的提示声。

他当机立断："你马上报警，我下来了，我过去乔总办公室看一下。"

安娜下了一跳："需要报警吗？"

盛可以在电话里嚷嚷："报警报警，赶紧的。"

安娜急忙答应："好的，我马上就办。"

盛可以想了一下，又叫起来："先别跟乔总说。"

他挂断电话，从电梯间冲了过来，一路撒开腿跑到了乔希年办公室，站在门口他犹豫了一下，深呼吸，带上一副轻松的表情，推门而入。

王鹤坐在沙发上，把乐乐搂在自己怀里，小朋友脸色蜡黄，有点儿病恹恹的，脖子梗着往外看，似乎在盼望着什么。

盛可以一进去，乐乐的眼睛立刻像星辰闪亮，大声叫出来："盛叔叔，盛叔叔。"

小孩子再聪明，也不会懂得审时度势，察言观色，他扭动着身体想挣扎下地，被王鹤紧紧地卡住了，小衣服都掀起来露出了肚皮，他一面还在真心实意地说："盛叔叔，我好想你，你为什么不来看我？"

王鹤的脸色铁青，他粗暴地把乐乐提起来，重重按在自己的膝盖上，厉声呵斥："坐好。"

盛可以血往头上涌，不假思索就往前冲，然而刚跨出一步，他就强迫自己停了下来。

王鹤一只手臂用力卡住了乐乐细细的脖子，强迫孩子贴在自己身上，另一只手垂在自己身体一侧。

这个坐姿不像爸爸抱着儿子，很别扭，可是到底是怎么个别扭法，盛可以一时想不起来。

乔希年的办公室一如既往平静，阳光从窗户外映照进来，可是每一缕空调口吹出来的清风都似乎在对盛可以低语："小心，小心。"

他镇定下来，轻松地和乐乐回应："你好啊，乐乐，好久没见了，你之前都上哪儿去了啊？"

乐乐刚一张嘴就被王鹤打断了："闭嘴。"

乐乐噤若寒蝉，身体往回缩了一下，双手抱住在了自己腰身的两侧，看着盛可以满脸委屈。

盛可以压抑住自己的内心波动，若无其事地继续说："哎哟，爸爸教育得很严格啊，来我自我介绍一下，我是盛可以，乔总的老板，或者说合伙人，幸会幸会。"

他伸出手，王鹤一动不动，盛可以尴尬地笑了两声，坐到他们对面的沙发上。

他打量王鹤，平心而论，这个男人长得不错，的确当得上大学校园万人迷的名号，乔希年一再说他聪明，难怪会自恋成病。

王鹤听到乔总两个字，嗤笑了一声，说："乔希年？乔总？她能干什么？"

听语气，这不是讽刺，而真的是个问题，盛可以一时间拿不准王鹤的意图，只能硬着头皮继续："乔总是我们的分析师，很厉害那种，她没跟你提过吗？"

王鹤凝视着他，表情很古怪，慢条斯理地说："是吗？她是分析师？负责操盘那种？"

盛可以内心"咯噔"一下，本能地留了一点后路："她主要负责分析，我们另外有人操盘。"

他拿出手机，在屏幕上点了几下，身体凑到王鹤身边，嘴里还念叨："你看，希年去年还拿过分析师的奖呢。"手机往王鹤面前塞，一只手蓄势待发，想要趁对方一松动就立刻拽孩子过来。

王鹤身体往后一仰，看都没看手机，接着一把推开盛可以，站起来掐着乐乐的脖子绕到沙发后面猛退了几步。

他们的背影映照在玻璃里，下面就是西京的繁华市景，夜晚有万丈光芒。

他面无表情，动作从容不迫，一只手横过来卡住乐乐的脖子，逼孩子下巴高高抬起，架在自己身前，另一只手从裤子口袋里掏出了一把陶瓷猎刀，锋刃闪着寒光，架在了乐乐的颈动脉上。小孩子一动不敢动，小手伸出来，张开，摆出了一半呼救的姿势却又在空中定住了，手指弯成了爪子的形状，嘴唇颤抖，脸色煞白。

盛可以终于明白刚才王鹤坐着的姿势怎么不对劲了，那是绑匪挟持人质的姿势，另一只垂在身边的手里一直握着刀。

他跟着跳起来，双手上举，本能摆出了投降的姿势，胸膛收紧，一时间简直喘不过气来。他结结巴巴地说："怎、怎么了？怎、怎么了这是？你冷静，冷静。王总，这是什么情况？"

王鹤冷冰冰地看着他，格外幽黑的瞳仁往外喷涌恶意，声音缓慢，清楚，不容置疑，根本不像个疯子，唯其如此，才说明他内心已经疯到了多彻底。

"你跟黄明明、钟妮娜，都是一伙的，乔希年叫你们来害我，我已经什么都知道了。"

他顺着关琳留下的盛可以的信息，查了一晚上的资料。

关琳没见过赛琳娜和瑞塔的样子，所以无法锁定她们的真正身份。

王鹤见过。

随便一查就全部对上了。

赛琳娜，是 SLK 集团成武的独女，黄明明。瑞塔，钟氏工业集团创始人最小的女儿，钟妮娜。

她们和乔希年之间的联系就是盛可以。

盛可以和她们私交甚笃，社交媒体上有很多各种场合的照片可以见证。

最关键的信息是：大举做空农发科的正是盛年基金。

盛年基金的合伙人一共有三方：钟妮娜、盛世集团、盛可以。

乔希年在盛年基金工作，王鹤在今天早上落地西京之前都不知道她具体在公司做什么，可是只要让乐乐往公司前台打个电话，几句话就把需要问的全都问出来了。进了国际金融大厦之后，尽管安保如此完善，只需要让乐乐告诉前台他要找妈妈，王鹤也就自然而然跟着进去了。

他一路长驱直入到了乔希年过去一两年生活的核心腹地，面对盛可以，再看到王乐乐面对盛可以时惊喜的反应，他认定自己的一切推断都是真的。

乔希年在工作中认识了盛可以，两人勾搭上了，为了报复自己，要回乐乐，她让野男人设局害自己。

千头万绪，千言万语，汇总到现在的王鹤脑子里，就只有这一句话，极其合理，极其合乎他所看到的一切事实。

他的反应简单明了，既然他的人生已经毁了，那就一定要拉乔希年陪葬。

盛可以微微弯着身子，动都不敢动，视线一直盯着王鹤手上那把刀。

这种高密度陶瓷刀非常脆，不适合日常使用，然而锋利度方面不输钢铁，拿来切肉能让平常人享受庖丁解牛的爽滑快感，有时候还能拿来当手术刀。

因为是瓷器质地，只要刀尖上套上平滑的封套，机场安检都有很大概率查不出来。

这把刀现在就贴在乐乐的大动脉上，王鹤不必用力，只要轻轻划拉一下，鲜血就会像喷泉一样涌出。那么小的孩子，几秒钟之内必定失血过多，神仙难救。这可怕的后果光是想象，已经让盛可以头皮发麻。

他不敢冒险，放低了声音，想要安抚王鹤："王先生，你听我说，不是这样的，乔希年在我们这里工作，你知道我们做金融的，日常都收到很多消息，有时候难免自己有个私人盘子玩一玩，这一次你是亏了，娜娜她们也亏了啊！我也亏了，和你亏得一样多，你不信我给你看我的交易记录。"

王鹤皱紧了眉头，冷冰冰地质问："你自己名下的基金，为什么会和你自己反着买？"

盛可以灵机一动，还是举着双手，说了四个字："操作时机。"

王鹤狐疑地盯着他。

盛可以脑子里快速整理信息，王鹤对金融证券的操作不熟悉，他现在知道乔希年是分析师了，但具体分析师能干吗？能干到什么程度？可能也不那么清楚，他们之间算是有一点信息差。

他心一横，决心利用这一点演戏演全套，煞有介事地叹口气："王总，说来你都不信，公司筹集了很多其他投资人的资金，调研结果就是买多，结果建仓的时候市场上出现了来自可靠渠道的新信息，公司操盘手权衡之下，果断转向，大头买了空。可是我们之前的小盘子已经买了，没有办法出来，你也看到的，那个跌的速度有多快。"

盛二爷在极大压力之下，演技发挥到了极致，要不是怕意外刺激王鹤，他恐怕已经要开始捶胸顿足，满地打滚了："结果我们全都亏了，跟你一样啊。"

王鹤将信将疑地盯着他，神情和动作似乎都松弛了一点，甚至反问了一句："你们也亏了？"

盛可以点头如捣蒜："亏了，亏了，亏得厉害。"

有把火在他胸膛里燃烧，盛可以小心翼翼地说："要不，王总你亏的钱，我们补偿给你？"

这句话产生了绝大的作用，王鹤蓦然脊背挺直了几分，眼神里有了光。

有一瞬间，盛可以相信王鹤马上会放下刀子，开始跟他讨价还价，他的内心突然充满了希望。

人们一无所有的时候，会以匪夷所思的姿态和速度走上毁灭之路，一往无前。

只要发现还有一丝挽回余地，那一点熊熊燃烧的极端心气，无论求死还是杀人，往往都会在瞬间弱下来。

盛可以望着乐乐苍白的小脸儿，不断轻轻颤抖的小手，心里祈祷着王鹤现在就选择放开乐乐，跟自己提要求，损失的钱全部给他，可以，多给一倍，可以。什么都可以。

他愿意给钱，多少钱都给，只要乐乐能全须全尾毫发无损地回到自己身边，然后光速带到离这个疯子爹十万八千里之外的地方，他要给乐乐找十个保镖每天围着出门。

盛可以抿着嘴，唾液停止了分泌，喉咙刺痛，口干舌燥，他盯着王鹤，等他的反应，对方沉吟不语，而他忐忑的心跳一秒钟达到了一百八十下。

他没想到的是，有的人在走向毁灭的瞬间，已经把身后所有的路都炸掉了。

生死无路，进退无门。

王鹤想起了躺在公寓门后关琳的尸体，他眼里的光像野火遇到暴雨，刹那间就熄灭了。

这几天天气不算热，也许她还能以一个正常人的样子在那里多躺两天吧。

他抓紧了乐乐，刀锋再度抵紧孩子的咽喉，冷冰冰地说："你耍我是吗？"

盛可以差点儿要哭出来。

最后一刻，王鹤仍然当自己是聪明人："你们不做空，股票怎么会跌那么厉害？"

而后他丧失了所有耐心，刀尖在乐乐的脖子上转了一圈，细细的血珠沁出来。乐乐皱起了眉头，不敢叫出声，眼泪一颗颗滴下来，落在王鹤的手背上。小小的孩子怎么都无法理解，为什么爸爸会对自己这样做。

王鹤对儿子的悲伤毫无感应，他平静地说："你让乔希年过来，不然我就杀了他。"

盛可以的视线扎在乐乐脖子那圈血痕上，眼前天旋地转。他莫名想起有一次法国阿尔卑斯山滑雪，中途拐错弯了，他从高级道的一个悬崖口直接飞了出去，幸好他技术过硬，及时扭身变向，总算落回了雪道。在空中的某个瞬间他低头看到悬崖之外根本不是雪道，而是乱石嶙峋的深渊，他仿佛感觉到死神就在他的背后如影随形，等着伸出黑色手指，轻轻推他一把。

那种极度恐惧的感觉，现在又回来了。他哆嗦着想说话，王鹤没有给他机会。

他脸上露出扭曲的笑容，低下头在乐乐的黑发上轻轻闻了一下，说："你不去叫也没关系，黄泉路上父子做伴，我也没吃亏。

盛可以高举双手往后退，大叫起来："我去叫她，你不要冲动，她在楼上开会，我去叫她，你别急，你等我一下，凡事好商量。"

他倒退着走到门边，开了一条缝，转身趴着门缝喊助理："朱玲，你去叫一下乔总过来。"

朱玲过来了："盛总，乔总在开会哦，她说很重要，不要打扰她。"

盛可以清了清嗓子，大声而缓慢地说："你找她没用啊，那我跟她说。"

他拿出了手机，对王鹤示意自己给乔希年发信息，正在打字，王鹤冷冷地说："打电话。"

盛可以侧过身，为难地说："王先生，乔总在和投资人开电话会，接不了电话的。"

他想了想，又转身叫助理："朱玲朱玲，你上去四楼把乔总叫下来，就说我找的，什么都别管了赶紧来。快点，啊。"这一瞬间他用身体挡着，把自己的手机从门缝里递了出去，无声地说，"给乔总。"

朱玲不明就里，走过来本能地张望了一下，一眼看到了王鹤的姿势和他手里的刀，吓得脸色都变了。好在她很乖觉，没有叫出声来，而是马上接过手机揣自己口袋里，强作镇定清脆地回了一声："好的盛总，我现在马上去。"

盛可以站在门边，小心翼翼地说："王先生，你等一下，四楼下来很快的，等一下就好。"

王鹤一言不发。

房间陷入了沉默，王鹤身体绷紧，像一根已经拔去引线的雷管，随时可能把周围炸个底朝天，盛可以看着乐乐，脑子无数想法纠缠在一起，忽明忽灭，回旋往复都是可怕的场景，就像全世界的恐怖电影被剪进了一个视频，此刻循环播放。连绵不断的冷汗从背上淌落，盛可以的衬衣已经全湿了，渗到了西装外套上。这个房间里的一秒钟，就像鬼屋中的一年那么长。

门外，朱玲拿着盛可以的手机，疾跑到电梯间，刚好一架电梯停下，从门里走出一胖一瘦两个穿制服的警察，后面跟着安娜。朱玲看到警察精神一振，马上扑了过去："警察叔叔，你们来了，太好了。"

左边那位身形稍矮胖的民警问朱玲："什么情况？"

这两位都是街道民警，接到110电话之后正常出警，从楼下上来的时候听安娜介绍了一下情况，想着高管的老公带孩子来公司闹闹事，多半是简单的家庭纠纷问题，此刻神态还比较轻松。

没料到朱玲脸色苍白，结结巴巴地说："那、那个人有刀，有刀，正顶着那个小男孩。"

两位警察马上就站直了。

闯入办公室持刀挟持，这是大事，瘦警察马上联系局里要增援，胖警察就问朱玲："你刚才是准备去干吗？"

她一脸惊慌："盛总在里面，他让我去找乔总。"手机递过去，"说把这个给乔总。"

安娜当机立断："我上去找乔总，小玲你带警官他们去办公室那边。"

警官拿过来，盛可以的手机屏幕上亮着一个对话屏幕，他写了句话：

报警，叫120，乔别进来。千万。

他们三个在电梯间等了几分钟，乔希年下来了，她带着重病号那种梦游般的表情，一只平跟鞋不知道什么时候跑掉了，光着一只脚歪歪扭扭往自己办公室冲，被警察拦住了："乔小姐。"

她停下来，茫然地抬头看了一眼，而后一把推开面前的人，闷着头继续往前走。警察牢牢抓住了她："乔小姐，你不能过去！"

她猝然尖叫起来，在警察的手下挣扎着："放开我，放开我，我要过去找我儿子。"

没有人见过乔希年这么失态，她对着走廊尽头的办公室狂喊："乐乐，乐乐，妈妈来了，妈妈来找你了。你们放开我。"

两位警察都围了过来，表情很严肃："乔小姐，你这样冲进去，最大的可能就是对罪犯造成刺激，让你的儿子受到更大伤害。你必须冷静下来，先告诉我们到底发生了什么事。"

说了两次，乔希年终于听明白了，她闭上嘴，脸颊上出现了一团黑气，整个人摇摇欲坠。朱玲急忙上前扶住了她，她断断续续开始说话，安娜和朱玲开始七嘴八舌补充各自知道的信息。

十分钟之后，附近派出所的三位增援警察到了，后面还跟着一个中年男人，穿着老头衫、大裤衩、拖鞋，拎着一个塑料袋子，脸圆圆的，头发没几根了，一脸憨厚地站在几位警察身后。任谁看了都会想说大叔你上这儿来看热闹是不是不太合适。

结果警察介绍说这是西京著名的狙击手，大家都叫他老高，武警生涯中十余次街头一枪击毙击伤匪徒。今天休假，他刚才正好陪老婆在国际金融大厦下面的进口超市买水果准备回家看爹妈，突然接到命令就这么上来了，狙击枪在路上，其他同事马上送过来。

安娜配合警察的要求，疏散了这一层楼的同事，走火梯和电梯都临时锁了起来，偌大的空间里现在就剩下了警察和乔希年。朱玲本来也要走，看安娜说自己了解地形留下来，犹豫了一下也站定了脚步，只不过她们俩还是心里害怕，远远跟在警察的后面，一直走到了乔希年的办公室门口。

四下寂静无声，大门紧闭，老高拎着他的塑料袋四下勘察环境，身影在走廊转角一闪就不见了。

最初来的胖警察悄声问朱玲："办公室里有监控吗？"

朱玲更小声地说："没有。"

胖警察问乔希年："有没有其他地方能观察到室内的情况？"

乔希年说："玻璃窗外。"

问题是这里是三十三楼。

安娜说："今天刚好是大厦外墙玻璃清洗日，清洗队的人在负一楼做准备，我可以让他们吊到乔总办公室外面去看看。"

马上被经验丰富的警察否决了："不行，那动静太大了，罪犯很容易有应激反应，万一出人命就完了。"

乔希年眼神直勾勾地，嘶哑地说："怎么办？"

胖警察说："我可以尝试着进去跟他谈谈看。"乔希年摇摇头："不可能的。"

瘦警察觉得可行："很多人挟持人质都是一时冲动，通过谈判缓解他们的情绪，他们了解事情的严重性之后，是有可能和平解决问题的。"

乔希年拼了命地摇头："我很了解王鹤，他不是一时冲动。"

盛可以给她的信息上写着：**乔不进来，千万。**

她看到这几个字，已经知道王鹤来此真正的目的是什么。

他是来杀她的。

慢刀子割肉没把她害死，他现在要毕其功于一役。

他带着乐乐来，因为这是她唯一输不起的筹码。

比她的生命更重要。

她话音刚落，助理桌子上的座机响了起来，丁零零的声音破过沉寂的空气，让人心脏急跳。

朱玲跑去接，那边说了一句话，她就马上开了免提，王鹤的声音传了出来："我知道外面有警察，我现在数十下，乔希年不进来，我就杀了乐乐。"

他甚至笑了一下，像杀掉乐乐这四个字让他十分喜悦，然后开始数："十。"

乔希年像一头母兽般往办公室门口冲，被人一把拉住了，旋即拖拽着带到了远离办公室的走廊上。

拖她的人是狙击手老高。

他身经百战，如此紧急的情况下，态度仍然比所有人包括其他警察在内都更放松，此时镇定发问："这里的办公室格局是不是都是一样的，我说的是墙壁，天花板，空间的格局。"

乔希年不明所以，身体紧紧绷着，朝着办公室的方向，说："对，完全一样。"急促得像在抢答。

远处的电话里传来了八的报数声。

老高低头摸了一下自己的小腿，上面有个血印子，看样子是刚才现场侦查挂了点儿小彩。他继续说："通风管道能直通到这间办公室的上方，我刚找了一间类似的办公室看了看，如果格局一样，那么管道出风口面对办公室内的开口很窄，要开枪的话，必须要对方出现在某个特定的角度。"

乔希年听到开枪两个字神情一凛，盯着老高："哪个角度？"

她招招手示意朱玲过来，一听问题，朱玲马上调出了乔希年的办公室内部空间图，这是上次她奉命为乔总装修的时候存在手机里的。

"七。"

老高眯着眼，估算了一下，手指落在了乔希年那张办公桌的后方，后面是书柜，左边是落地玻璃窗，右前方是办公室门，正前方是会客的沙发区。

他问朱玲："你刚才看到了犯人站在哪里吗？"

朱玲已经为乔希年工作一年多了，她很熟悉老板的工作区域。

"他站在乔总办公桌和会客区沙发的中间，面对门。"

老高挠了挠鼻子："得让他走到办公桌后面去。"

"六。"

乔希年直视着他："他走过去会怎么样？"

老高朴实地说："比较理想的情况下可以击中他拿刀那只手的手肘，手肘被打碎之后，刀会被抛出去，他没有办法挟持人质，我们就可以冲进去了。"

"不理想的情况呢？"

"五。"

老高眼睛都没眨："可能得爆头，这种情况第一会给孩子造成很大的心理冲击，第二是他死之前运动神经会有反射，有一定的几率割伤孩子。"

"多大的概率？"

老高摇摇头："不到临场，我不能信口开河。"

"四。"

他审慎务实的态度，比起大包大揽，更能让人放心。

乔希年终于冷静了下来，她急迫地说："警官，让我进去。"

她有充分的理由："里面那个人是我丈夫，我很了解他，我知道用什么办法让他走到办公桌的后面去。"

"你确定吗？他的目标很有可能就是你。"

"三。"

乔希年说："我知道。"

她用指尖在那张空间结构图纸上画了一个圈，跟老高确认："你说的是不是这里？"

得到肯定的答复之后，老高像一只胖野猪般，以其体型不应当有的速度，飞快赶往了通风管道的出入口。

乔希年往回走，一边甩掉了自己另一只鞋，挽起了衬衣衣袖，用手腕上的发圈把自己的头发一层层盘了起来。

随着这些动作一一完成，王鹤报出了二的数字，声音中已经开始有怒气。

这时候朱玲接到120的电话，说："救护车在下面待命了。"

乔希年对她笑笑，平淡地说："我进去了。"

"一。"

她推门而入。

办公室里，盛可以站在她的右边不远处，背后就是沙发区。他满头都是汗，眼里充满了血丝，领带的结松松的，身体往前弓着，好像随时要跳起来冲出去。

看到乔希年进来，盛可以的脸都扭曲了，好像马上要崩溃。他的嘴唇翕动，乔希年知道他在无声地责备——叫你别进来。

她转向王鹤，如朱玲所说，他按着乐乐站在会客区和办公桌中间，紧盯着乔希年，眼睛里铺天盖地都是恨，如果意念有实体，乔希年已经全身插满刀尖。

她鼓起勇气和王鹤对视，对视的那一瞬间，整个前半生如同潮水汹涌，瞬间席卷了她的脑海，一阵晕眩传来。那些舞台上演过的所有戏码，每一出场景之中她的所思所想所惊所惧，都像地狱中的冤魂伸出千百万只手，叫嚣着，挥舞着，要把她拖入无底深渊。

她下意识地想要转身就逃，逃到天涯海角，可她知道自己绝不会逃。

哪怕下一秒就死，她也不会再逃了。

乐乐脖子上、脸上、肩膀上都是伤痕，王鹤手中的刀不断划过、转动，持续割伤他的身体，一条条血痕流过又干了，而后再度叠加。小孩子面如死灰，苍白的嘴唇上出现了深深的裂口，他看到乔希年进来，轻轻叫了一声"妈妈"。

乔希年终于知道盛可以为什么这一副大难临头的表情。

她捏紧拳头，站直了身体，没有哭，没有尖叫求饶，更没有跑。

她开始说话，言语清晰："我知道你今天是来杀我的，乐乐是你家三代单传的儿子，是你的血脉，他什么都没做错，你不需要这样对他。"

王鹤神经质地笑了一下，刀锋再度划过乐乐的脖子。

乔希年的眼神躲闪，即刻又收回来，继续和王鹤对视："这样吧，你知道我绝对不会让乐乐受到伤害的，你把我杀了之后，你也要坐牢，他就没爹妈了，你父母会抚养他。"

她的语气让王鹤很不习惯，人命关天的事，她却像在说早餐的安排。

"既然你父母要养乐乐，那我们俩都知道，养孩子是要很多钱的。你是已经没钱了，但我有。"

"我有钱，很多钱。"

王鹤皱起眉头，他不喜欢这个女人站在自己面前挺直身体的姿态，不喜欢她从对自己逆来顺受的世界里逃了出去的事实。

他恨不得现在就上前一刀捅死乔希年，不，一刀不够，一刀怎么行？要千万刀，最好把她砍成几块。

他幻想着乔希年血流披面的样子，可是她说的话，又让他情不自禁想要听下去。

乔希年开始往办公桌那边移动，她刚走一步，王鹤就往后退一步，刀锋紧贴乐乐，划出一道长长的伤口，鲜血滴落，乔希年尖叫了一声，仿佛她自己正在刀锋下一片片被切割。

她用尽全身力气控制住自己的情绪，说："我告诉你我现在要做什么，我现在要走到办公桌的后面，给你看我的银行账户余额，一共三千三百万。"

乔希年凝视着王鹤，露出了哀求的神色。那是他熟悉的神色，多少年以来，每当他半夜回家，把妻子从床上强行拉起来回答自己的问题，每当他暴跳如雷指责她莫须有的不是，她都是这个神色。

如果说每个人都有自己的舒适区，这个神色，就是乔希年给王鹤留下的舒适区标记。

"我的网银已经登录，只需要密码验证，你可以把钱转去给你爸爸妈妈。不管我们俩出什么事，他们都能有这么多钱养乐乐。"

王鹤从鼻子里哼了一声："贱人，你又想骗我。"

乔希年悄然走近了两步，双手放在胸前，哀求的神色更加明显。她没有说太多话，因为言多必失，王鹤会从一切不必要的言语中，解读出根本不存在的信息。

"我有没有骗你，你来看一眼账户就知道了，你可以拉着乐乐过来。这里没有别人，我给你打开账户之后就走开，你把钱给你爸爸妈妈之后，再想做什么都可以。"

三千三百万。

这个数字打动了王鹤。

乔希年哀恳驯服的神情打动了王鹤。

他忽然觉得，无论发生什么事，拿到三千三百万都没什么不好，毕竟这是唾手可得的真金白银，甚至都不需要等待。

乔希年又往办公桌移动了一步，王鹤犹豫了一下，没有再厉声喝止。她立刻抓住这个机会一直走到电脑面前，将显示屏往办公桌的左后方转过去。这样一来，王鹤只需要走两步就能到电脑面前，这个小动作让王鹤感觉很舒服——她还是怕他，她还是屈服了。

乔希年俯下身，验证了指纹，输入账户、密码，打开余额，又移动了一下屏幕尽可能朝向左后方王鹤的位置，而后她远远退到旁边，对王鹤说："你看看吧，可以操作了。"

声音颤抖着，很卑微。

王鹤用刀尖更紧地抵住乐乐脖子，满怀戒备地一点点移到了电脑面前，他知道自己应该盯着乔希年，还有稍远处的盛可以，不要让他们有机可乘。他甚至还清楚地知道，自己已经是杀人犯，无论有多少钱，这一辈子都已经万事皆休。可是隐藏在他灵魂的深处，他的贪念在狂热高歌，如饥似渴地想要看到那笔钱，拿到那笔钱。

他决定按照乔希年说的，把她账户上的钱转给自己父母，然后，再把乔希年杀了，乐乐毕竟姓王，要不就放过吧。他缓慢地移动着，这时候乐乐挣扎着扭头去看了一眼盛可以，盛可以脸上流露出心碎的神情。

王鹤立刻改变了主意，他不能放过乐乐，他根本和自己不是一头的，他对那个姓盛的男人，比对自己要亲得多。

他来到了办公桌后，欠身去看电脑屏幕，看到了三千三百七十五万的余额。一种奇异的悸动从王鹤内心生发，一半是狂喜，一半是绝望。

这个他毕生未曾见过的天文数字拨动了王鹤的心，他一只手还压着乐乐，另一只手本能地伸出去，想摸鼠标。

此刻，噗一声脆响在王鹤耳边响起。

王鹤觉得自己眼前突然黑了一下，低血糖吗？他想。

他紧接着恢复了视力，不知道为什么，时间像视频在以 0.25 倍速播放，空间也在扭曲。

身体某处传来烈焰灼烧一般的疼痛，手臂不由自主地松开了。乔希年对着他冲过来，乐乐往下挣扎，摔到地上后手脚并用往前爬。精美的地毯上溅落大片红色和残渣，他茫然地瞪着，突然意识过来那是自己爆裂的血肉。

硝烟的味道清晰可辨，仿佛过年时误炸在脚边的二踢脚。

他猛然清醒过来，他被乔希年骗了。

又一次。

乔希年骗了他。

王鹤狂叫起来，他甩着右手残肢，血迹四处喷洒，冲过去抓起掉在地上的陶瓷刀，转身向乔希年奔去。

他死，她也要死，她的命运就是给他陪葬的。

他和正往乐乐奔去的乔希年狭路相逢，王鹤举起了刀，用全身的力气狠狠刺下去。他做过实验，这把刀，只要你刺对了地方，一刀可以杀死一只成年的大狗。他杀过很多，已经很熟练。

乔希年没有躲，她扑过去，扭转身体，护住了乐乐，窄窄的脊背弓起来，双手圈住儿子，让他完全被覆盖在自己的掩护之下。

王鹤跌跌撞撞上来刺了一刀，他头晕眼花，身体失衡，这一刀刺穿了乔希年的衣服，拉出一道长长的狭窄伤口，但并不致命。王鹤直起身体，再度高高举到，这时候盛可以赶到了，他一把推开了乔希年母子，直接撞上了王鹤。王鹤跟跟跄跄往后退，手臂伸长了，大幅度地乱舞着，混乱之中，刀从盛可以的前胸猛地划向下腹，喷出大片鲜血，盛可以挥出一拳，打在了王鹤的脸上，这个疯子终于仰面朝天倒地。几秒钟之后，警察一拥而入，将他牢牢按住，抓出了房间。乔希年放开乐乐，爬到盛可以身边，双手拼命去按他的伤口，哭着喊二哥，盛可以抓住她的手，奄奄一息地说："帅不帅？"而后就昏了过去。

这一天的西京新城喧闹得史无前例，警车呜呜呜开进去了好几辆，救护车呜呜呜开出去了好几辆。其中有一辆警车上有一个大叔，拎着塑料袋无奈地跟同事说，今天又去不成丈母娘家吃饭了，晚上的榴莲壳跪起来很难顶的。

乔希年跟着乐乐和盛可以在一辆救护车上。乐乐没有大碍，都是皮肉伤，包扎之后精疲力竭地在妈妈怀里睡着了。盛可以的伤势却相当严重，刀锋刺穿了胸背，差一点儿就伤到心脏一命呜呼，失血严重。救护车上医生护士忙着给他不断输血，乔希年握住他一只手，紧紧攥在掌心，眼睛是干的，心里却像疯了一样在哭喊。

这是一生中最爱她的人啊，她却没有机会说过半句温柔的话。

那时候她和老板娘他们搬了新家，他带着一支牙刷过来站在楼下，那青色天空下的剪影，乔希年一生一世都记得。

医生给盛可以又输了800cc血，医生告诉乔希年情况稍微稳定了，还有十分钟就到医院，应该不会有大问题。

这时盛可以的眼睛在氧气面罩下张了开来，他艰难地转动眼珠，先看乐乐，再看希年，眼神和平常一样清澈温柔。

他张了张嘴，手上用了一下劲，希年凑过去，哽咽着说："二哥，你要说什么？"

盛可以凝视着她，微微笑了笑，嘴唇开合，可是只说了两个字，就停下来了，又对乔希年笑笑，而后眼睑颤动，再度昏迷过去。

乔希年愣愣地看着他，低下头，把脸埋在他手心里，痛哭起来。

一个半月之后。

宁市。

物业管理处人头泅涌，好多公寓住户围在这里投诉，说最近一段时间不知道哪里的下水道堵了，好几层楼都臭得出奇。

物管的工程师上上下下查水管都没问题，最后终于找到臭味来源，那一户怎么敲门都无人理会，联系到业主打租户电话也没人接，物管就报了警。

警察破门而入，门后歪着一具已经高度腐败的女尸，满楼道看热闹的人闻到那个味道都忍不住呕吐起来，一哄而散。

案子很好破，到处都是指纹，再把监控一查，死者各种信息一调，犯罪嫌疑人马上锁定了，只需要抓人。

没想到抓人更好抓，嫌犯的身份一上传系统，西京那边同行就打来了电话："你找王鹤？已经在看守所了。"

"在你那边犯了什么事啊？"

"持刀挟持、绑架、故意伤害，你那边呢？"

"谋杀。手段恶劣，证据确凿。"

"得，让他家里人买骨灰盒吧。"

同一时间，西京。

盛世集团二公子在办公室勇斗歹徒，舍己为人的事被各路媒体轮番吹了好几回，看那架势，政府不给他评个见义勇为奖简直都说不过去。

盛公子确实受伤不浅，在医院住了一个多月才渐渐恢复起来。前一段时间整天躺着，意识都不太清醒，后来才慢慢恢复过来，能和人说话了。

他没有大碍了之后，盛天骄每天清早上班之前来看他一眼，话不多，主要目的是兀鹰似的跟着主任医师查房听近况，听完说有起色了就松口气，拍拍盛可以的头就走了。第二天再来，全世界都知道这个大哥靠谱。

来得同样勤的是乔希年，她的时段就是傍晚，每天那头下班，这头就来报到，坐在病床旁边拿电子阅读器看书，什么都不说。

老板和老板娘隔三岔五和乔希年一起来，每次都带菜带汤，打开包装盒香味能飘一病房。盛可以伤没好，只能吃流质营养餐，医院严格限制了种类，看得着吃不到，回回口水都能流到枕头上。这边馋得抓心挠肝的，那边医生护士全来了，生怕他真的上手吃。

老板就拍他的肚子，很轻，乐呵呵地说："哟，今天又不能吃，那你还是闻闻哈，闻闻过过干瘾，等你出院我再给你做，想吃啥吃啥。"盛可以一脸哀怨，白眼翻到外太空。

乔希年中间带过一次乐乐来，小孩子这段时间都在接受心理康复治疗，医生批准他来见盛可以的当天，乔希年就把他带来了。

乐乐到了病房，什么都没说，自己脱了鞋子，手脚并用爬到盛可以的病床上，紧紧依偎着他的肩膀，脸贴着盛可以的病号服，就那么默默地躺着。

盛可以不方便动弹，就把头尽量歪下来，碰着小孩子香香软软的头发，眼神望向乔希年，无声地问乐乐好不好。毕竟看着亲爹在自己面前变身杀人大魔王，实在不是小孩子应当有的经历。

乔希年看着他们俩，自己都还没反应过来，眼泪就一颗颗滚下脸颊。她嘴唇翕动却不知道说什么，最后突然伸出手，笨拙地对着盛可以比了一个大拇指。

她想起盛可以说的："我们家乐乐，遇到什么事都没问题！"

盛可以像是放心了一点，他忍着伤口牵扯的疼，手吃力地举起来，轻拍乐乐的背，柔和得像三月微风。小孩儿哼哼唧唧地扭了两下，还是那么躺着，手和腿搭过去，连着被子一起，紧紧抱住了盛可以，很安心的样子。

乔希年在一边泪如雨下，盛可以却微微地笑了。

盛天骄和乔希年天天来，都来得相当安静，盛二爷的各路狐朋狗友可就不一样了，基本上探病的同时都在骂他，起码冷嘲热讽几句，理由不一而足。

有人表示盛可以太弱鸡，打一个被狙击过的人居然还能受伤，简直战五渣；有的说他千金之子坐不垂堂的道理都不懂，把偌大家业看作儿戏，出院之后估计会被哥哥打板子；以孙贼为首的酒友们就怪他愈合太慢，耽误了聚会喝酒，导致他们出去玩没人买单。

盛二爷躺在那儿听大家数落一脸无奈，伤口很痛，没法反驳。

钟妮娜和黄明明来看他的时候就更扯了，两个大小姐当场几乎打了起来。

当时黄明明一进病房，劈头问盛可以，她设局搞死王鹤，立了大功，盛可以怎么回报？

盛可以不怎么能说话，只好眼睛溜圆瞪着黄明明，等她提条件，心里盘算这不管是要买啥，恐怕都不能推辞了。

结果她提的条件和物质奖励毫无关系，居然是："你必须要以身相许吧二哥，我妈天天给我安排相亲，你赶紧好起来跟我回家，就说我们俩彻底好上了，明年就结婚。这样起码有一年我妈不烦我，你觉得怎么样？"

盛可以赶紧闭上眼睛，想要以此表示拒绝，没想到钟妮娜大怒："明明，你这就不厚道了，谁都知道盛可以是我的好吗！起码我哥哥他们是这么想的，我只要把二哥娶回家，我哥他们就不会再管我了，你可不能坏我的事。"

黄明明不服："娜娜，你一打一打的男朋友，不能随便挑一个带回家哄你哥啊？我可没有，不行，二哥是我的。"

钟妮娜卷起了衣袖："二哥是我的。"

"我的。"

"我的。"

两姑娘越靠越近，头都抵到一起了，又是笑又是互相挠，两把银铃似的声线大呼小叫，闹得不行。

床上的伤员不顾伤口疼，颤颤巍巍伸出手猛按呼叫铃，脸上的表情就三个字：救救我。

这些人来看盛可以都不出奇，谁都没想到邓总居然也出现在了病房里，还来了好几次。

她倒是没有自己来，都是和盛天骄或者盛利好一起，每次都没待多久，不咸不淡在病床旁边说几句闲话就走。第一次来的时候说了一句是："你和你爸真挺像的。"叫盛可以琢磨了半天什么意思。

他后来问盛天骄才知道，邓艺如女士当年对一贫如洗的老盛芳心暗许，看中的就是老盛身上的男子气概，好些次路见不平帮被欺负的人出头，还曾经舍身帮邓艺如打跑了一群流氓。

盛可以听完看着天花板，眼前浮现的是自己亲妈的脸，她那么慈爱，又那么决绝。

她怎么知道自己以死相逼，盛楚生就必须要来承领儿子，哪怕付出再大代价也不能再推脱呢。

也许她对那个男人的了解，比盛可以要深。

一个半月过去，盛可以总算可以出院了，场面很隆重：盛天骄带着妹妹，老板娘一家和乔希年，钟妮娜带着盛世投资的高管，四面八方组团来接，就差没找一队人在医院门口舞狮了。

乔希年来得最早，进病房的时候二爷已经干干净净地坐在床边等着了，看到她就笑："你来这么早啊，要等一下我哥他们哦。"

所谓好了伤疤忘了疼，他还敢翻个白眼："都说了已经全好了，还那么大阵仗来接，我自己坐车回去完全可以的啊。"

乔希年笑："本来乐乐也要来呢，结果他们数学比赛要集训。"

盛可以表示赞叹："这才几岁就数学集训了啊，人比人气死人。"

尽管每天都问了，他今天还是要问一次："宝宝恢复得怎么样？不做噩梦了？"

乔希年的笑容淡去了，随即又振作起来："创伤后遗症那没那么快好，不用担心，心理咨询师一直在跟诊，我们相信专业人士就好。"还是那么一板一眼的。

她过去坐在盛可以身边，看看门口，看看自己的手，突然问："二哥，趁现在没人，我问你一声啊。"

"嗯，啥事儿。"盛可以感觉到她有点局促，赶紧扭过身来看着她。

"你受伤那天，在救护车上躺着，好像要跟我说话。嗯，你还记得当时想说什么吗？"

盛可以看着她笑，笑了半天挠挠头，有点不好意思地说："呃，记得的。"

"说什么嘛。"

他抬头看着病房的天花板，良久叹口气，一副豁出去的表情，慢吞吞地说："我呢，是想问你，如果我没死，你就嫁给我，好不好？"

全程盯着天花板，没看乔希年，姿态硬邦邦的，好像生怕一低头就会拧着脖子似的。

乔希年站起来，脸全红了，但这一次她没有逃走或者转移话题，而是勇敢地问："那你怎么没问出来呢？"

盛可以收回了自己对天花板的深情凝视，耸耸肩："那多缺德啊，万一我死了呢，不是给你添堵？"

乔希年赶紧说："呸呸呸，乱说什么死不死的。"

盛可以大笑起来："乔总，你都封建迷信了不好吧，这对科学理性是一个沉重的打击。"

他虽然痊愈了，还没有完全恢复，笑太大声牵动伤口，马上哼唧起来："哎哟，哎哟。"

乔希年赶紧去给他摸摸额头表示安慰，他拉住乔希年的手，满怀希望地说："我出院了，可以吃川菜了吧，你说老板会不会特意做两个好菜给我吃吃？"

乔希年笑："都已经做好了，都是你爱吃的。"

他们俩说着话，门外喧哗渐近，来势汹汹，想必是盛董一行人到了。赶在他们进门前，乔希年放开了盛可以的手，又塞了一个东西给他，说："你以前的手机。"

盛可以很高兴，道："哟，你还给我拿着呢。"

他之前把手机给朱玲了，进医院之后觉得旧手机晦气，换了一个，没想到乔希年现在拿回来给他："我觉得这个很有纪念意义。"

她若有所思地看着盛可以说："打开看看不？"看看两个字还特意加了重音。

盛可以有点不解，旧手机上卡都没了，能有什么好看。但考虑到乔希年那么隆重的语气，他还是打开了，一进去就看到了短信页面。

乔希年给他发了一条信息。

他那天在救护车上躺着，想问一个问题又没问的那一刻过后几分钟，就是乔希年给他发这条短信的时间。

好。

——全文完——